知音动漫图书 · 新阅坊
ZHI YIN COMIC BOOK 以梦想之名点燃阅读

知音动漫图书·新阅坊

ZHI YIN COMIC BOOK 以梦想之名虔悦购读

橘花散里
著

The Demon
Goddess
女神归来

知音动漫图书·新阅坊荣誉出品

《漫客小说绘》书系

请赞美最恐怖的女神。

请赞美最邪恶的女神。

请赞美最嗜血的女神。

请跪拜在她的裙角，匍匐于她的脚下。

她是你们原罪的化身，炼狱里长满毒刺的妖艳之花。

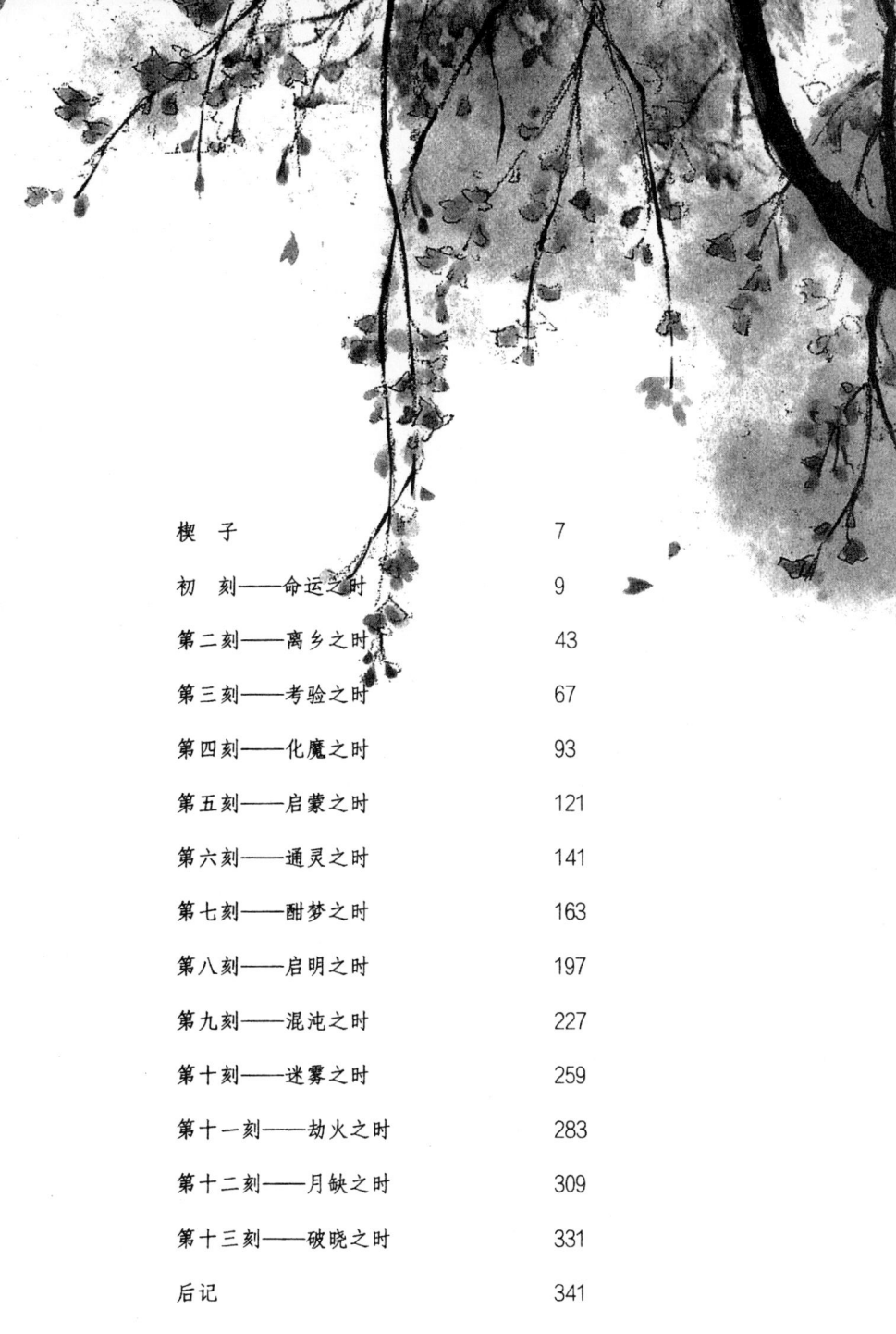

楔　子　　　　　　　　　　　　　7

初　刻——命运之时　　　　　　9

第二刻——离乡之时　　　　　　43

第三刻——考验之时　　　　　　67

第四刻——化魔之时　　　　　　93

第五刻——启蒙之时　　　　　　121

第六刻——通灵之时　　　　　　141

第七刻——酣梦之时　　　　　　163

第八刻——启明之时　　　　　　197

第九刻——混沌之时　　　　　　227

第十刻——迷雾之时　　　　　　259

第十一刻——劫火之时　　　　　283

第十二刻——月缺之时　　　　　309

第十三刻——破晓之时　　　　　331

后记　　　　　　　　　　　　　341

楔子

上古元年，众神造人，人类诞生带来无法抑制的欲望，衍生出魔，魔性嗜杀、狡猾、残忍，一时生灵涂炭。魔被众神囚禁于暗无天日之地，以腐尸、污水为食。自此，世界划分为天界、魔界与人界。

上古两百年，元魔天尊崛起，号令群魔，组千军万马，冲破天界封锁，进入人界，进而攻向天界，众神无暇他顾。柔弱的人类无力抵抗恶魔的侵害，尸横片野，此时有天赋秉异的少年察觉借助自然万物可得神力，遂通灵借法，命名灵法师。

上古五百年，人界涌现出大量灵法师，加入天界同盟军，与魔抗衡，元魔天尊重伤，魔界败退。为获得更多的力量和权利，灵法师带着法器开始自相残杀，妖族趁机叛乱，投向魔界。元魔天尊将自己体内的贪、嗔、痴三毒孕育成新的恶魔，次女苍琼最为强悍残忍，成为魔界之主，率军再攻三界。

上古三千年，三界决战在即。

前哨战中，有个幸运又勇敢的小灵法师，他穿过刀山深处，越过血海尽头，悄悄潜入恶魔军中，藏在美丽又尖锐的树丛中，决意手刃魔首，为师兄弟复仇。

隐隐月色下，他看见一弯清澈的湖，水中开满红艳如鲜血般的花，花丛正中站着位美丽的女神，晶莹水珠滴下，乌木般漆黑的长发披散在她如象牙般白皙的肌肤上，琥珀色的双眸里聚拢了满天星辰，美丽与恶毒糅合在一起，这是地狱众魔参照人心欲望雕刻出来，再将世间所有的光华都聚集在她身上，就连神灵都能为之魅惑的艺术品。

"攻击吧，这是恶魔最薄弱的时刻！"

内心的催促不断传来，少年却在愣愣地看着女神，不知何时丢下了手中的宝剑，紧紧捂住发烫的心口，开始窒息。

宝剑落地声响，惊动了女神，她回过头来，披上乌云做的衣衫，穿上紫金铸的战甲，握着散发着冰冷寒光的蛇形战矛，一步步走来，晶莹的水珠从她湿漉漉的长发落在地上，青草枯萎，花朵凋谢。面对女神被亵渎后的愠怒，凶残的魔兽不敢嘶鸣，纷纷低下桀骜不驯的头颅，周围安静得没有一丝声音。

不容抗拒，不容解释，没有反抗。

女神残忍地挖出了少年的眼珠——那原是一双对未来充满希望、明亮耀眼的黑色眼睛，里面映着她的容颜。

少年没有哀嚎，没有哭求，他倔强地抬起没有眼珠的眼眶，死死"看"向女神的方向："请告诉我，你的名字？"

女神问："蝼蚁般的生命，你可是要用永生来怨恨我？"

少年摇头："不，我要用永生来爱恋你。"

少年认真的表情让女神愕然，片刻后，她忍不住笑了起来，就好像听见天下间最可笑的笑话，然后低下头，恶作剧般地咬着他的耳垂，轻轻道："我的名字，是苍琼。"

"苍琼……"少年低声重复的这个动人的名字，这是他幼年时，在母亲的故事里听见过的既恐怖又令人敬畏的存在，也是他此行的目标——苍琼女神，世间所有嗔怒的化身，魔界的第一战神，她所有的敌人都见识过她的残忍，可是没有人知道她还有与这份残忍相匹敌的美貌。

少年问："还能再见吗？"

女神嘲讽笑道："我会等你。"

她抬手，长矛划过，银光掠去，少年的头颅在不断的呢喃声中落地，滚到了花丛边，仍在念着："苍琼，苍琼……"

少年将这个名字印入肉里，雕进骨里，用烧红的烙铁刻入每一寸灵魂里，生生世世，永不忘却。他相信，无论经过多少次轮回，终会再见。

"准备好，"女神毫无怜悯地踢开少年的尸体，她用诡异的面具，遮住这份让神鬼赞叹的美貌，然后骑上魔龙，大笑着在众魔的前呼后拥下发令，"天界众军已汇聚，明日是最后一战，让我们用鲜血来沐浴，将神灵的头颅装点在宫殿上！"

"万胜！万胜！"

云游的报信鸟飞过魔界，游荡在天空，唱着永不停歇的歌。

请赞美最恐怖的女神。

请赞美最邪恶的女神。

请赞美最嗜血的女神。

请跪拜在她的裙角，匍匐于她的脚下。

她是你们原罪的化身，炼狱里长满毒刺的妖艳之花。

……

人间历元年，魔界战败，天界遭受重创，人界妖魔作乱。

人间历二百三十八年，灵法师向苍生惊才绝艳，德高望重，平定天下灵法师之争，创天门宗，各大灵修门派也纷纷成立，收徒授业，对抗妖魔。

人间历四百六十五年，预言家莫非子预言苍琼再临，灵修门派如临大敌。

人间历四百八十六年，东秦国，洛水镇，萧家村有位普通的少年，转动了命运的轮盘。

初刻——命运之时

雄鹰俯视大地。

蝼蚁仰望苍穹。

黑暗中，毒蛇吐出了信子。

寒冬摧毁枯枝。

暖春长出新芽。

曙光里，毁灭是希望的开始。

【壹】

在这个闷热的盛夏，平凡的萧家村发生了不平凡的事。

猛烈的阳光照在绿宝石般的土地上，蒸发了露珠，晒低了花朵。知了声声，吵得人耳膜发疼，农忙的村人早已放下活计，去树阴下避暑。有三个胆大包天的少年趁没人注意，悄悄溜进了断头山。

据说断头山中有妖魔，然从未有人见过妖魔，也没有妖魔吃人的传闻，可是萧家村的村民们畏惧断头山，除了勇敢的猎户，无人敢踏足半步，更别提进去玩耍了。这几个闯入断头谷的少年是村里出了名的小混混，正处在初生牛犊不怕虎也不怕妖魔的轻狂岁月，他们对神秘的禁地充满好奇，总趁村人不注意溜进去玩，最初是断头山的山脚，玩了几次，没发现什么危险后，他们便渐渐深入……

"哪有什么妖魔？净胡说。"

"嘿嘿，老大，咱们刚刚捉弄萧小花真有趣啊，看她那哭鼻子的模样。"

"哼，那丫头整日涂脂抹粉还不能变漂亮的丑样，咱们是成全她。"

"她哥会来找我们算账吗？"

"我怕那怂包？上次两拳撂倒，他跪地上哭求爷爷开恩放他走呢。"

"哈哈，大哥英明，大哥威武！"

茂盛的丛林中，他们笑闹喧哗，品行糟糕得让人扼腕叹息。

这群坏孩子的老大是萧子健，他的身材明显比同龄人高出一大截，原本五官倒也不错，就是有些凶相在里面。他爹是外来户，听说有些不干不净，身材粗壮有力，打起架来走一把好手，他娘是萧子瑜的堂姑，牙尖嘴利，村里出了名的泼妇，两人是蛤蟆配绿豆，天生一对，都爱横行霸道，占些小便宜，养出来的儿子也是出了名的小霸王。他的小跟班，一个叫萧子江，

一个叫萧子河，是兄弟俩，父亲是个酒鬼，也不太管他们。这三个混混般的孩子，整天偷鸡摸狗、打架斗殴，也没人敢管。萧家村人对这几个孩子深恶痛绝，唯恐他们闯出弥天大祸。

断头山内很平静，除了更荒凉些，也没什么诡异之处，倒有不少好吃的野果。

萧子健一边淡定地接受两个小弟的膜拜，一边留意草丛里的蛇，一边在树林里寻觅是否有野蜂蜜、鸟蛋等美食。

"大哥，有美女！"萧子江这声大叫，激动得五个字破风了四个，紧接着他又强调，"大美女！"后三个字全变调了。

萧子健被身边的惊叫声吓了一跳，还以为毒蛇掉到身边了。他愤怒地训斥这大惊小怪的小弟："慌里慌张，成何体统？区区美女罢了，不是和你们说过，越是做大事的人越要镇定吗？"

"老大，这妞从没见过，是不是邻村迷路了的，咱们去问问吧？"萧子河也两眼放光。

萧子健知道这两个家伙都是没脑子的蠢货，他警惕地拨开半人高的草丛看过去。

缠满藤蔓的巨木下，站着一位白衣少女。

少女年约十四，白衣素裙，黑色长发，琥珀色的眸子，除了五官更清秀漂亮些，看起来和普通女孩没太大区别。她的表情似乎很迷惘，仿佛刚从梦中醒来，她用穿着淡黄色布鞋的脚，轻轻拨弄脚下泥土，仿佛刚学会走路的孩子，对身体的力量充满好奇；紧接着，她反复伸出白皙的双手，手腕露出只奇怪的银灰色的蛇形手镯，然后又轻轻摸了下古树树干，似乎想和它拥抱，感受生命的跳跃和温度。她的每一个动作都让人觉得很奇怪，但奇怪中又有难以言喻的优雅，深深吸引了所有的目光。

"大哥！上！""老大，看你的了！"萧子江兄弟流着口水，拼命怂恿着。

这看起来很柔弱的普通女孩，她穿得那么朴素，打扮连萧小花都不如，看起来也不是什么有身份的角色，只要捉弄完转身就跑，还怕对方父母找上门来吗。

萧子健却停下了动作，喜欢闯祸的他对危险的直觉特别好，如今他嗅到了莫名的危险感，甚至比差点被萧铁头拿铁锤砸死那次更强烈。

这个女孩有什么不对劲？

萧子健细细琢磨着。

他曾去洛水镇的灵云寺偷看过求姻缘的女孩们，其中包括被誉为洛水名花的县令家千金，那个穿金戴银的漂亮女孩有通身气派，让人不敢高攀。可是他在这看似普通的女孩身上，同样感受到了这种气派，甚至更有过之而无不及。如果她是九天翱翔的凤凰，他便是在地上仰望的癞蛤蟆，连多看一眼都是奢求，更别提上前搭话戏弄什么的……

呸呸呸，谁是癞蛤蟆？！

萧子健瞬间醒悟，赶紧将这种有辱身份的念头弃之脑后。作为十里八乡最有前途的混混，他自认勇气天下第一。别说前面的女孩装扮不像有钱人，就算她真的是迷路千金……这种搭讪机会更不可错过，说不准还能来个英雄救美，美女以身相许什么的，再不济也能和美女老爹讨笔赏钱。更何况，他往日里吹嘘自己打得死妖魔，如今背后两个小弟还在用崇拜的眼光看着自己，别说眼前看似懵懵懂懂的女孩是大户千金，就算是妖魔，他也得硬着头皮去说上两句。

林间乌鸦凄啼两声，了无声息。

萧子健刚要迈出脚步，他忽然察觉到不安的来源，是往日里喧闹的山林里，鸟语、兽鸣、知了的叫声统统消失不见，周围只有风吹动树枝、落叶坠地的声音，安静得像没有任何活物存在，世界如同静止，这种毛骨悚然的感觉让他陷入恍惚。

忽然，压迫感瞬间消失。

萧子健回过神来，鸟语蝉鸣再度响起，浮生若梦，瞬息而过，静止的画卷化作喧闹人间，只有巨木下的少女消失了。

他在做梦吗？

"人呢？"萧子健揉揉眼睛，惊恐地问小弟们。

少年们脸都白了，他们使劲摇头，表示没看见。

"你们刚刚有察觉到不对劲吗？"

"没有啊，没注意……"

"大哥，那女孩难道是妖魔？"

"闭嘴！咱们萧家村几百年来，何时出过妖魔？就算真是妖魔，她看见你们老大也只有掉头跑的分！"萧子健强作镇定，维持自己老大的尊严，训斥两个腿软的手下，"看你们俩没出息的，腿都软了，还做什么好汉？怎么跟你家老大混日子？"

"可，可是你也在害怕啊。"

"谁害怕了？"萧子健大声训斥，"我在考虑怎么下手而已！没想到被臭丫头溜了！"

"可，可是……"

"可是个屁！"萧子健心里害怕，不敢再在这诡异的断头山多留，可是当着手下的面，又不能丢了面子，他琢磨片刻，找出个好借口，"今天真晦气，咱们找点事情泻泻火，走！这里离驿道不远，去茶馆找病痨鬼玩去，好久没修理那皮痒的家伙了。"

"好！咱们听大哥的！马上去官道！"

"老大英明！老大神勇！咱们快跑吧，此处不宜久留……"

【贰】

"故事的后来呢？"

驿道大路旁，暂时歇脚的小茶馆里，衣衫褴褛的少年抱着茶盘，仰着头问，明亮的眼睛里闪着期待的光，他的名字是萧子瑜，今年十四岁，是茶馆的小杂役，平生最大乐趣就是听南来北往的旅人说故事。故事里总是有英雄、大侠、宝藏、神灵、秘密，故事里的主人公能做到许许多多他永远也不能做的事情，比如飞檐走壁、游荡四海、惩恶除奸、斩妖除魔……

偶尔因此耽误干活遭到打骂，但每次听见有趣的故事，还是让他挪不动步。

途经此地的旅人也乐意将听过的故事分享给这样热情的听众："自古邪不能胜正，苍琼女神是世间恶念的化身，拥有不死不灭的身躯和灵魂，最后的决战持续了整整三百六十五天，葬送了无数神灵、妖魔、灵法师和魔修者，最终苍琼女神还是败了，她的法器诛天被打伤，她的身躯被一柄由九天烈火炼就的宝剑贯穿，钉在不归岩的最上方。可是，烈火焚不去她的身躯，巨雷劈不毁她的灵魂，战败的她仍狂妄地告诉所有的旧部与信徒，嗜血的女战神终有一日会再临人间，血洗三界。无数旧部与信徒得其号令，不停冲击不归岩，百般无奈下，天帝之子凤煌真君自愿献出自己的所有修为和生命，他将身躯化作不可溶解的寒冰，心脏变成焚烧一切的烈火，组成伏魔阵法，将这头残忍的恶魔永远封印，藏在天的尽头，生生世世，永永远远……"

萧子瑜听得入神："苍琼女神回来了吗？"

"嘿，傻小子，"旅人大笑着摊手，"若她回归，这世间不会如此平静，咱们也没好日子过了。不过听说诛天负伤逃脱了，不知潜伏在哪里等待主人复苏，或许是个大隐患。哎，这种事也没咱们草民担心的分。洛水县倒是平静，前阵子西南的妖魔作乱，真是好惨……"

"负伤？"萧子瑜觉得这样形容物品很奇怪，有些不解，"我看村里的王神婆的法器都是桃木剑和黑驴蹄子，这玩意不应该是用毁坏或碎了来形容吗？"

"没见过世面的小鬼头！"旅人鄙夷，"你见过法器？居然敢驳叔的嘴？！"

"不敢，不敢，"萧子瑜偷看了眼老板娘，发现她没注意自己，赶紧将茶水满满斟上，猛拍马屁，"大叔走南闯北，见多识广，天下还有什么你没见识过的事情？你就发发善心，将法器什么的说给我这没见过世面的乡下孩子听好不好？"

旁边也有几个路过的听众，觉得有趣，跟着起哄。

旅人被捧得飘飘然，抿半口茶，继续吹嘘："法器可不是你们乡下神婆那些什么狗屁玩意，那是通灵性的玩意，不但有出神入化之能，还能变成人形，助主人一臂之力。瞧你们露出的乡巴子眼神，定以为我是吹嘘？告诉你，我曾有幸见过一次天门宗的灵法师正在收拾个

命运之时

什么妖怪。我那时候在人群里挤到个好位置，看得真真切切。他举手一扬，手里那把弯刀落地，瞬间变成了大美女！那是货真价实的美女啊！金色头发打着卷儿，绿色眼睛和猫儿眼珠般，皮肤白嫩嫩！妈的……看得老子那个口水直流啊！那美女随灵法师乘纸鸢飞去半空，主人念了不知什么，美女立即化作一道刀光，直劈山头，你们猜猜怎么着？"

萧子瑜猜不出，随大家狂摇头。

旅人一拍桌子，激动道："那美女所化的刀光，竟将整个山头都削了下来！轰隆隆的，山崩地裂，碎石乱飞，吓得好些人都尿裤子了。"

众人哗然。

旅人回首往事，拍着大腿，痛心疾首："怪不得人人都想做灵法师，弄个美女法器，又有艳福，又有本事。大叔那时还年轻，羡慕得当场冲去想灵修，奈何天门宗是天下第一门派，高高在上，能进去的都是灵修界百里挑一的天才，我不敢想。所以找了个不出名的小门派，奈何人家说我年纪大了，没天赋，无法通灵，驱使不了法器，白花了不少路费。哎，你们说凭啥天下好事都给灵法师享了……"

众人跟着摇头晃脑，阵阵感叹。

这年头，只要能灵修，哪怕是个小门派也是了不起的事。

奈何灵修耗费巨大，就算有才能，想进这行，家里不是有钱就是有权，再不济就是不世出的顶尖天才，还要运气好，被慧眼识珠的灵法师发掘出来了。

若是有个灵法师路过，发现自己身有慧根灵骨什么，抓去拜师学艺该有多好？

这样他就可以受人敬仰，斩妖除魔，不再被欺负，不再过苦日子了。

这是天下所有少年的梦。

萧子瑜也不例外，他捧着茶盘陷入狂热妄想状态。

旁边有小孩在问："怎样才算有天赋？"

大伙七嘴八舌地答。

"听说，有天赋的孩子从小就能感受到自然的力量。"

"听说有灵法师小时候能听懂乌鸦说话，让乌鸦给他做活。"

"我见过个灵法师，他说自己从小就能让杯中的水变冷结冰。"

"好像隔壁县有个孩子能隔空让东西飞起来，他去参加灵法师考核，似乎通过了。"

"大叔，我每次做错事躲猫猫，别人都找不到，算天赋吗？"

"哈哈哈哈！小鬼，要是天赋那么随便就有，灵法师就不稀罕了。"

萧子瑜不会和飞禽走兽说话，也不会操控水火，更不能隔空取物，他连躲猫猫都不擅长，挖空脑袋也想不出自己有什么和别的小孩不一般的东西，终于沮丧了……

"死小鬼！还不快给老娘滚过来！"如雷的怒吼声把他从妄想中惊醒，是茶馆的老板娘，正暴跳如雷地盯着他。萧子瑜吓得一个激灵，不敢多嘴，一溜小跑去厨房，低眉顺眼站在她面前听训。

"萧子瑜，你刚傻站着卖什么呆？！"茶馆老板姓胡，绰号母老虎，是个五十多岁的老女人，高大如山，满身横肉，据说这辈子都没嫁过人，性格极其乖戾刻薄，心情好有时候还会给萧子瑜肉吃，心情不好骂起人来可以两个时辰不带歇气。她看见萧子瑜休息听故事，没卖死力去干活，怒从心起，重重将剔骨刀砍落案板上，脱下围裙，扭着他耳朵，像提着根柴火般拎起，拖去后院，刚要骂，想了一会，忽然放开手，替他拍拍衣服上的尘土，似乎心情突然变好地问："子瑜，你听得那么入迷，是想灵修？"

萧子瑜愣了一下，摇头："不敢。"

母老虎拍着肩膀，继续哄道："别怕，说实话给大娘听听，男孩子总要有些志气的。"

她似乎心情很好，萧子瑜迟疑答道："嗯……我，我想灵修。"

母老虎将他上下打量了一番，笑道："哈哈哈，好有志气的孩子。"

她口气里蕴含着暴风雨前的宁静，萧子瑜不安地看着脚。

"笑死我了！你这小鬼还真敢想啊，"母老虎仿佛听到什么最可笑的笑话，"灵修灵修！灵你个头的修！也不撒泡尿照照自己骨头几两重！就你这德性也能灵修，老娘已经是神仙了！"不知为何，她今天的暴怒比往日更盛，骂得更加惨烈，"下三滥的狗东西，没人养没人教，学你爹那下三滥的死无赖，满脑子胡思乱想！还骗大家去灵修！结果拐了个不知哪里来的狐狸精，卷了钱财跑路！你就和你爹那无赖一模一样！骨头轻！不要脸！老娘最恨的就是灵法师！全部都是该天杀的贱货！"

一时的温柔，是为了更好的羞辱。

她越骂越激烈，辱及父母，还用油腻的指头重重戳着萧子瑜的额头。

萧子瑜忍着痛，紧紧握住拳头，再缓缓松开，他直直地听着莫须有的责骂，忍受着梦想被嘲弄的难堪，没有驳嘴，也没有流泪。弱者的求饶和反抗只会换来母老虎更大的怒火，甚至有可能会失去工作——为了生存，他是决不能失去这份劳累而酬劳微薄的工作的。

贫穷的孩子没有自尊，失去双亲的孩子无人呵护。

所有的反抗只会换来更严厉的辱骂，甚至挨罚。

这样的生活，他早已习惯……

自懂事以来，萧子瑜就没有父母，算是被族人抚养长大的，可是族人都很讨厌他。他们都说萧子瑜的父亲是个不务正业、好说空话的混混，当年骗族人的钱去学什么灵修，也不知是什么门派，反正在里面认识了他母亲，生了他。后来有人说他父亲根本没学灵修，只是

找了个骗子冒充灵修门派的弟子来合伙骗族人的钱，然后和妻子恶有恶报死了，留下萧子瑜这个拖油瓶给族人抚养。

送萧子瑜回萧家村的是个不负责任的路人，他将刚断奶的萧子瑜偷偷丢在族长门口就跑了，弄得族长发了好大一场脾气。族人欺负萧子瑜年幼，要走了他家所有财产做赔偿。知情人曾说，在他们忙着抢财产的时候，孩子在寒风中哭号，几乎活活饿死。

所幸，世间还有好心人。

萧子瑜邻居是个性格古怪、不受待见的孤寡爷爷。孤寡爷爷是大夫，因为得罪了有钱人，被打断了腿，所以回到萧家村后脾气越发怪癖，除养花弄草外，看谁都不顺眼，看谁都骂。偏偏是他收留了萧子瑜，给他米糊吃，给他把脉吃药调养，折腾了大半年才让他活转过来，自己身体却越发亏损。后来，孤寡爷爷摔了一跤，下半身瘫痪了，卧病在床，生活无法自理，脾气也越发古怪，动辄发火砸碗，萧子瑜仍尽心尽力地照顾他。他死前在族长面前发话，把自己的小破屋留给了萧子瑜，也算让他有了条活路。

孤寡爷爷死前告诉萧子瑜："别听那些狼心狗肺的家伙胡说，你爹娘刚成亲时曾回萧家村拜祠堂，我见过他们，你爹是个好人，再善良不过的好男人，你性格很像他。你娘温柔又漂亮，笑起来眼睛弯弯像月牙，和仙女一般，和我这样的脏老头子说话都是带着笑的，这样的好女人是不会做贼的……"

他的描述或许是真的，或许只是对自卑少年的善意安慰，可是萧子瑜愿意相信。

孤寡爷爷还给了萧子瑜一枚小小的白色玉坠子，背面却有滴黑色的斑点，形状匀称，有些像蝴蝶，被匠人顺着斑点形状在蝴蝶旁刻上缠绕的紫藤，很是别致，握在手心有温热的感觉，爷爷告诉他："这是你父亲送给母亲的东西，她不小心弄丢在井口，急得直哭。我却是个卑鄙无耻的小人，偷偷把坠子找到后藏起，还撒谎不还她。坠子上有紫藤花，这是你娘的名字呢，紫藤紫藤，多么动听。我每次拿着，就会想到她。我真无耻，真的很无耻，这事我愧疚了一辈子，本想等她来了还给她，可是老头子终究没等到她。现在把坠子还给你，也算物归原主，你不要恨老头子，老头子对不起你娘，她那天哭得好可怜，我怎能那么狠心，你爹娘都是顶好的人……"

"不恨，我不恨。"萧子瑜抱着玉坠痛哭，就如抱着母亲的爱，"我爹娘都是顶好的人，他们也会原谅你的。"

孤寡爷爷在忏悔后的欣慰中咽下了最后一口气。

萧子瑜在他坟前种了几棵紫藤花。

送葬后，萧子瑜每天早上都会在村口站一会儿，梦想太阳从东方升起的时候，父母会从遥远的地方回来找他，会像大勇的父亲那样教他读书，会像翠英的母亲那样为他补衣，给

他做好吃的，给他讲故事，唱轻柔动听的摇篮曲……只要他们回来，哪怕是像大牛那样天天挨打骂他都情愿。

太阳每天都升起，梦想每天都破碎。

或许明天会不一样。

孤寡爷爷死时，萧子瑜才八岁，没有愿意收养他的亲人，他也不愿意乞讨过活。而且他人小力薄，体弱多病，努力了很久，只有母老虎愿意收留他在店里干活。这个凶狠的女人以前也找过其他伙计，但他们都受不了她剽悍的脾气而干不长，如今有了脾气软和的萧子瑜，倒是合适。萧子瑜对母老虎很感激，是母老虎在痛骂声中教会了他缝衣煮饭等生存技能，提供衣食让他活了下来，而且母老虎虽然脾气不好，难伺候，却不贪财，客人的打赏什么都不会没收。

钱对孤儿来说，是最好的东西。

命运之时

"……你这笨手笨脚的孬种，老娘好心收留你干活，赏你饭吃，不让你饿死，你倒不知恩！就知道偷懒耍滑！"母老虎见萧子瑜不反抗，骂了许久也没意思，怒火渐渐消去，最后下命令，"我去杀只鸡，老牛快送柴来了，待送完茶水后，你先去菜园拔个葱，然后在后院收菜！不准偷懒耍滑！以后不准提灵修这事！你这小混混想都不配想！知不知道？！"

萧子瑜沉默。

母老虎拎着他耳朵再问："知不知道？！聋了吗？！"

萧子瑜回答："知道……"

母老虎终于满意了："窝囊废就不应该瞎想有的没的！"

待她走远，萧子瑜从口袋里掏出母亲的玉坠，放在唇边，每次心里难受时他都会这样做，仿佛母亲在身边默默地安慰他，鼓励他，陪伴着他做所有的事情。

他知道，母老虎说的是实情。

灵修最起码也要有个健康的身体，他连这个都没有。

先天不足，幼年困苦，让他身体亏损严重，情绪一激动就会犯病，别说灵修这种需要消耗大量精神体力的事情，就连普通的重体力活都干不了。邻居家好心的大娘都说他这辈子最好结局就是成为饭馆酒楼的大伙计或是有钱人家的仆役，多存些钱，讨个家境贫寒的媳妇，能过上温饱的日子就很不错了。

可是，母亲，我不甘心过这样的生活，我还有梦。

我想走父亲走过的路。

我想仗剑天涯，斩妖屠魔。

哪怕这是一个不可能实现的梦。

萧子瑜抱着玉坠，含着泪，轻轻地对母亲祈求："阿娘，我想做灵法师。"

【叁】

"冰蟒！这就是你给我找的'唯一'选择？这个废物？！"驿道旁的大树上，白衣少女坐在最高的枝桠上，藏在枝叶间，死死注视着萧子瑜的一举一动，脸色有些愠怒，"我等了五百年，魔族也等了五百年，我们不能再等下去！萧子瑜？他脆弱得连普通人类都不如，萧云帆的儿子怎会如此不堪？你是怎么照顾他的？！这样的孩子如何能助我复兴？萧云帆没有别的孩子或兄弟吗？"

"是的，主人，萧云帆没有亲兄弟，只有这孩子继承了他的血脉，"随着呼唤，她腕间名为冰蟒的银灰色蛇形手镯竟活了起来，细长的身躯缠着手腕上爬，绕上颈间，吐出猩红的信子，躯体里却发出低沉的声音，仿佛来自灵魂，"自他出生起，我便在他身边守了十四年。他那废物母亲生他的时候受惊过度，早产了，当时兵荒马乱，我被迫将他从歹人手中偷走，却无力抚养，想着人类最重血缘亲情，便将他送回萧家村，没想到……或许是先天不足，后天照顾得也不周全，他的身体有严重缺陷，不能过于激动，也不能过度劳累。"冰蟒犹豫了片刻，低下脑袋，一边偷看少女脸色，一边小声交代，"主人，他比你想象中更脆弱……幸好收养他的老头医术不错，几次都将他从鬼门关拉了回来。如今那老头去世了，我记下了几个药方，若他发作可以一试，好像有红花还是黄什么的……"

少女手中冒出淡淡的黑色气息，扶着的树枝渐渐枯萎，嫩绿的树叶化作枯黄。

新的身体，力量控制尚未完美，仍需克制。

她抽开手，深呼吸一口气，压抑愤怒，吩咐道："我再次确认，这是唯一的选择？"

冰蟒惭愧地低下头去："是的。"

少女也无奈了。

忽而，天空有数道阴影掠过，降下几阵强风，吹得沙砾乱飞。

四只巨大的纸鸢从远方飞来，彩色符纸折出的身躯在空中划出流畅的线条，灵石镶嵌的眼睛在阳光下熠熠生辉，硕大的翅膀带起阵阵狂风，为首的青色纸鸢上传来一股强大的气息。

树上的少女迅速往后退了些，掩了气息，将身形在阴影中藏得更严实。

纸鸢徐徐降落，竟停在了茶馆的后院。

"这是什么？长得和个公鸡差不多。"有无知者在好奇。

"你家公鸡长这样？！土包子！这是灵法师的坐骑！"有见识者回答。

灵法师大驾光临萧家村，还在这种简陋的茶馆落脚，真是开天辟地头一遭。

众人惊呆了，纷纷仰着脖子看热闹。

待纸鸢停定后，走下一名带着法器的老者和几位少年，老者相貌威严，衣着华贵，少年意气风发，皆穿云纹青袍，款式普通，质地却极好，眉目间都充满自信。那法器黑发紫眸，身着黑衣，面容冷峻如冰，除额上三道深紫色的纹路外，长得和人类一模一样——萧子瑜原也分辨不出，是旅人大叔说额上有纹路的都是法器，他才知道的。

率先冲过来的是个圆滚滚的小胖子，抱了只圆滚滚的独角羊羔，他随手给坐在后院台阶上目瞪口呆的萧子瑜丢了块碎银子，"好吃好喝的快上，要干净！咱们吃高兴了重重有赏，"然后不住和同伴抱怨，"热死了，我浑身汗都贴衣衫了，起码掉了五斤肉，小咩都热得吐舌头了。"

"它又不是狗。"

"所以才叫热得不像话！"

"矜持点，别叽叽喳喳的，你们有点未来灵法师的样子吗？别在这乡下地方丢人现眼。"

"就你高贵！就你多事！就你最像灵法师！"

"……"

萧子瑜从惊愕中恢复，赶紧回报母老虎。

母老虎不敢怠慢，以十二分功夫，拿出最好的茶水点心，命萧子瑜恭恭敬敬地奉上。

胖子抿了半口茶水，迅速吐出，敲着桌子抱怨："呸呸呸，这是什么东西？难喝死了，和刷锅水差不多，果然是穷乡僻壤，就没点像样的东西吗？"其他小灵法师也纷纷喧闹起来，嚷着要更好的食物。

萧子瑜不好意思地解释："对不起，这是我们店里最好的茶了。"

"别闹了，胖子，不是你说热得快中暑，要下来歇歇的吗？"同桌有个少年制止了他的呼喝，然后好奇地尝了尝杯中茶水，细细品尝了番，咽了下去，感叹道，"这就是普通百姓喝的茶水？我还是第一次品尝，味道果然奇特，别有一番风味在里面。"紧接着他又拿了块糖糕，咬了一小口，朝尴尬的萧子瑜笑了笑，替他解围，"味道挺特别的，挺好。"然后他小心翼翼地一口口将食物和茶水咽了下去，对众人道，"灵法师不应挑剔食物，你们也尝尝，可以吃的。"

不知为何，刚刚挑剔吵闹的小灵法师们再没一个发出不满，纷纷埋头，静静地吃了起来，只有个肠胃不适的换了杯温水。萧子瑜听见胖子一边咬牙切齿地喝一边小声嘀咕了句："你

不挑剔？！你平时喝的茶叶三百两银子一壶，老子喝不起，至少这次的茶叶老子能买三百斤，天天和你喝一样的……"

三百两银子一壶的茶叶是什么样的？闻所未闻！

众人恍惚了一下，纷纷将目光集中在中间的少年身上。

他约莫十五岁，剑眉星目，虽略显青涩，已可看出有长大后会迷倒女孩子的范儿，他的穿着打扮和同伴没什么两样，很低调的青袍，规规矩矩的装束，就是腰间挂了块古色玉佩，背上背了把珠光宝气的长剑。

风骚！这剑真风骚！纯黄金打的剑鞘，刻着展翅欲飞的凤凰，凤凰身上镶嵌着红宝石、蓝宝石、绿宝石、猫儿眼、珍珠等各色宝石，几乎闪瞎了大家的狗眼。每个人都有做强盗的冲动，盘算着若卖了这剑能多少辈子吃喝不愁。

少年的举止极优雅，哪怕喝最简陋的茶水，吃最低贱的食物，他的动作仍像在最高档的宴席上吃最珍贵的佳肴。他背着最昂贵的剑，态度却那么随意，就像背着最平凡的铁剑。他是群星之首，高高在上，但并不觉得难以靠近，反而很容易让人心生亲近。

这样高贵的人物都妥协了，平民还能抗议什么？

茶馆一时寂静无声，只有轻微的喝水声。

萧子瑜松了口气，安静退回后院，眼睛却仍注意着几个灵法师，怎么看也看不够，法器的身材看着还没大牛叔壮，他要怎么个开山劈海法？那胖子看着也不怎么厉害，还有那头羊，大概是宠物吧？有钱人家的品味真是奇特，非凡人可理解。

萧子瑜看完这个看那个，只嫌眼珠子不够用，整整送了三趟水。和他有同样想法的人有许多，奈何他们不是杂役，缺了天时地利之便，只能远远看着干瞪眼。

老者给围观得直皱眉，料想乡下地方就是如此，忍了忍，也没放在心上，勒令萧子瑜第四次送上吃食茶水后，不准再来服侍。

萧子瑜只好跑去后院，趴在墙角，躲着看。

送柴的老牛看见有新鲜事，不急着回家挨媳妇骂了，也跑过来看热闹。听完介绍后问萧子瑜："那黑衣男人就是什么法器？看着真有规矩，长得又俊，比大户人家少爷的气质还强。"

萧子瑜同意："法器就算变成人也不是凡人，长得天上神仙般，性格也是规矩的。"

老牛跟着猛点头："想必法器都是这般规矩有气质的，比咱们萧大户家那涂脂抹粉的败家公子有气质多了！"

天天在家和媳妇吵架磨练，老牛的嗓子有些大，不小心把声音传到那头，老者的眉毛抽了抽，不言语，少年们似笑非笑地看着那喝三百两银子茶叶的英俊少年，仿佛听见什么最

好玩的事情，憋笑憋得辛苦。

他被同伴看得不自在起来。

终于有人忍不住，"噗"的一声，扭头掩嘴笑了起来。

小胖子拖长音调，故意冲着萧子瑜挤眉弄眼："说得是，法器都是最有规矩气质的——"

背剑少年尴尬极了，赶紧解释："别乱说，会误导人的。法器就和人类差不多，性格多样，不是每个都那么好脾气的。师父的墨言性格确实好，沉默能干，但特别多嘴自恋任性乱来的法器也是有的……"

萧子瑜有些莫名其妙，不知他为何尴尬。

很快，他就懂了……

背剑少年的长剑，忽然爆发出男子的咆哮声，明明是很优雅的嗓音，说话却极其粗鲁难听："你大爷的！你说谁多嘴自恋任性乱来？你丫的又趁老子睡觉说坏话？！你说老子任性也罢了，能力强长得帅的法器本来就有任性的权利！但你说老子自恋是什么意思？老子长得英俊潇洒玉树临风也是错吗？！你嫉妒老子人见人爱花见花笑吗？！什么叫多嘴乱来？！老子才是瞎了眼找了你这个小肚鸡肠的主人！居然嫉妒自家法器比自己帅比自己受欢迎！不要脸！"

众人哄堂大笑。

胖子笑得直拍桌子，就连跟着他的独角羊羔，也跟着咩咩叫个不停，笑得直打跌。

背剑少年窘得差点找地洞钻，低声对宝剑吩咐："绛羽，别闹了。"

"闹你妹的！闹你奶奶的！"法器再次咆哮起来，"做主人居然诋毁自家法器的名声还不准别人说？！你罪无可赦！你今天晚上还想睡吗？！看老子怎么收拾你！乖乖练一晚上的气吧！哇哈哈哈——"

如此二货的法器，再配上个看起来很正经的主人……

背剑少年手忙脚乱的窘态压过了法器会说话的震撼，毕竟后者是有心理准备的——听说厉害点的妖怪都会说话，何况是专门收拾妖怪的法器？据说很多法器都能变成人形，自然会说话。就是这法器说话的口气，实在难以形容……

萧子瑜震惊过后，终于理解了他同伴的心情。他也憋笑憋得很难受，此时老牛已蹲身抱肚子使劲揉了。

背剑少年丢脸丢得面红耳赤，在自家法器喋喋不休的抱怨声中，闷头喝茶，然后幽怨地看了眼萧子瑜和老牛的方向，回过头继续喝茶，片刻后，又幽怨地望了一眼还在原地傻笑的两人。

他是不高兴了吧？

天晓得灵法师这种高高在上的人物，被嘲笑后会不会恼羞成怒，一剑劈了两个倒霉蛋。

萧子瑜后知后觉地想明其中关节，身旁老牛已脚底抹油，溜回家去。他也不敢久留，逃之夭夭，喂马去了。他没跑几步，就撞上了一个硬邦邦的胸脯。一个让他害怕的吼声响起："病痨鬼，你哪儿去？"

来人正是满心晦气，想找人发泄的萧子健。他没有留意到灵法师的到来，只看见了倒霉的萧子瑜，也找到了最佳的动手理由。他心中一乐，单手抓住萧子瑜的衣襟，狠狠提起来，忽然又想起茶馆里母老虎的菜刀雌威，怕她阻挠，小声威胁："跟我走，你敢出半句声，我转头把你丢池塘里喂鱼。"

萧子瑜仿佛被吓懵了，浑身发抖，连手中茶具都抓不住，一个粗瓷茶杯摔落在地，恰好砸到碎石上，发出一声清脆的破碎响。声音不远不近地传入旁边的厨房，传入母老虎敏锐的耳朵，她瞬间解下围裙，抄起剔骨刀跃出厨门，凶神恶煞地推开发愣的萧子健，狠狠瞪了他一眼，呵斥道："滚！敢来偷鸡摸狗，小心老娘剁了你！"接着一把掐着萧子瑜的耳朵，将他拖回厨房，迎接他的是铺天盖地的痛骂，隐约可听见"蠢呆子""窝囊废"等等。

萧子健见他被骂得如此凄惨，倒也不好发作，朝旁边吐了口唾沫，准备另寻乐子。

这场热闹，茶馆里的小灵法师们看得津津有味，胖子只觉找到了知音，朝背着华丽宝剑的少年叹息："无瑕，那家伙也是笨手笨脚，运气差，真可怜。"

"是吗？"背剑少年轻声道，"挨骂总比挨打好。"

"什么？"胖子困惑片刻，忽然懂了，"你是说，他是故意摔了茶杯？不可能吧？"

"那三个男孩来意不善，跟他们走后果更惨，他刚刚的手看似发抖，实则往旁边挪了些许，才将茶杯砸落地上。这是个没有必要的小动作，所以这不是意外，他算好了距离，恰好将茶杯摔落在石头上，才能发出声音惊动老板娘。老板娘将他拖走痛骂，看起来非常倒霉，却是示弱，给了那几个无赖发泄的余地，既不会继续阻拦他，也不至于和他秋后算账。"背剑少年慢条斯理地分析，"你们没发现，他被拖走后手就不抖了吗？"

旁边黑衣长者轻微地点了下头，对自己得意徒弟的判断力颇为骄傲。

胖子目瞪口呆，看了半晌厨房："你在蒙我吧？小小年纪有必要那么玩心眼吗？"

背剑少年沉默片刻："或许，这世间没人能保护他呢？"

胖子赌气道："我不信，我要问问他。"

背剑少年笑道："等着吧，那几个无赖少年不走，他是不会从厨房出来的了。"

话音刚落，萧子瑜就从厨房里冲了出来。

胖子大笑："哈哈，你被打脸了。"

背剑少年有些尴尬。

　　萧子瑜听完痛骂，原本想留在厨房烧火，忽然觉得有些空荡荡的，习惯性摸摸怀里，发现装着母亲留下的玉坠子的布袋不见了。他吓坏了，也顾不得萧子健还在外头虎视眈眈，忙冲出门去，疯狂寻找。

　　上天怜见，装玉坠的小布袋正躺在围墙边，光洁细腻的玉坠露出半个头，躺在沙地上，应该是被萧子健抓衣襟的时候不小心从怀里滑出来的，幸好没被人发现。萧子瑜欢快地扑过去，未料，他的手指刚刚碰到布袋的瞬间，一只黑色的靴子从旁边伸过来，旁若无人地重重踩在他的手指上，脚尖还用力地扭了扭。

　　十指连心，痛入骨髓。

　　萧子瑜咬牙："萧子健，把脚挪开！"

　　"想要？求我啊，"萧子健见逃脱的猎物失而复得，心里高兴，脚上力道又重了两分，狠狠地又旋又扭，狂妄而嚣张地笑，"你求爷啊！好好求爷啊！"经常跟着他作恶的两个跟班也跟着起哄："来，好好磕个头，健大爷的心肠是顶好的。""来来，别漏了也给河大爷和江大爷也磕个头。"

　　萧子瑜咬紧牙关，他能感觉到地上尖锐的砂石擦破了手心的皮肤，但仍握紧手中布袋，不求饶，不磕头，也不哭。

　　"这是什么？"萧子健将目光挪在了他紧紧握住的布袋，他刚发现布袋里露出的玉坠色泽很不错，似乎值不少钱，贪婪之心顿起，伸出手去，命令："拿来。"他用这样的方式抢过许多孩子的东西，小到吃食，大到铜钱，大部分的孩子都明白反抗只会换来小霸王变本加厉的欺负，两个耳光抽过去后，一般都会顺从，看着他们含泪交出心爱物品的屈辱模样，会让萧子健打心里感到快乐。

　　萧子瑜没有爹娘护着，素来很听话，从不敢违抗他的命令。

　　萧子健松开脚，伸手去夺布袋。

　　未料，这次懦弱的兔子却反抗了，他仿佛急红了眼，十指如铁锁般合得紧紧的，将布袋死死抱在怀里，使劲撞向萧子健，力道之大，竟将壮硕的萧子健撞得往后退了两步，然后仰头倔强道："这个不能给你。"

　　忽如其来的变故，让恶棍三人组都瞠目结舌，回过神来，萧子河惊讶地吐了吐舌头："这小子居然顶撞老大，胆子肥了不少。"萧子江跟着煽风点火："看来他眼里已没有老大的威严了。"

　　"你这个穷小子。"萧子健的面子有些挂不住，原本只抱戏耍目的的他顿时恼怒起来，狠狠揪住少年的衣领，怒道，"你家的钱都赔给族人了，一穷二白的，哪里有什么值钱东西？！明明是从我身上偷来的！快点还给爷！"

"我没有偷东西！"萧子瑜被羞辱得涨红了脸，他大声道，"这是我的！是我娘留给我的东西！上面有我娘的名字，是六爷爷转交给我的。"

"这话说得不对，"萧子江笑得更大声了，"你娘的东西怎会在六爷爷手里？"萧子河也毫不怜悯地耻笑："看来你娘不但是小偷，还是不守妇道的贱妇，所以生出你这个撒谎成性的贱胚子。"他们一左一右地架住萧子瑜的胳膊，将他牢牢固定住，让萧子健伸手去扳他的掌心，"明明就是爷的玉坠子，快快交出来，松手！快松手！"

"不给，这是我娘留给我的！"萧子瑜用尽全身气力，死死攥紧布袋，哪怕是折断他的指头都不肯松，竟让身强体壮的萧子健一时扳不开他的掌心，还被他咬到肩膀。萧子健痛得惨叫一声，跳去旁边，愤怒地提起拳头，重重打在他瘦弱的肚子上，喝问："给不给？！"

萧子瑜闷哼一声，倔强道："不给！"

萧子健更重的一拳头砸去："给不给？！"

萧子瑜痛得几乎晕过去，仍摇头："不给！"

响声惊动茶馆众人，纷纷将目光投向这边，萧子健作威作福惯了，并没留意客人是什么人，只是见他们衣着光鲜，面子越发挂不住，强词夺理道："贼婆娘生出的小贼！两文钱都没见过的穷鬼，光天化日之下，竟敢偷爷的玉坠子，还死不认账，我看你嘴硬还是我拳头硬！"

茶馆众人听了这番话，看看两人装扮，窃窃私语。

"那茶馆小子衣服上都满是补丁，看着就不像有钱人，怎会有闲钱买玉坠子？玉坠子可不是便宜的东西啊。那打人的小子虽凶悍了些，可穿得齐整，脖子上还有银项圈，看打扮就像个有闲钱的，怕是茶馆小子捡到他掉的东西，然后拒绝归还吧？"

"就是，看他刚刚说话做事倒像个伶俐的，殊不知是个贼，人不可相貌。"

"唉，死不悔改，长大不知会成什么样的人。"

听着这些有利于自己的议论，萧子健更是得意，如雨般的拳头重重往萧子瑜瘦小的身子上落去："龙生龙，凤生凤！老鼠的儿子打地洞！贼婆娘生的儿子做小贼！爷打死你这不要脸的小贼！"

萧子河与萧子江跟着拍手唱他们自编的童谣："萧家有个萧老三，偷鸡摸狗人人嫌，娶妻娶个贼婆娘，生个儿子也做贼，东家偷完偷西家，偷完金子又偷银，路人遇见一声吼，吓得小贼抱头逃，逃到茅坑钻进去，扑通一声掉进去，掉进茅坑送了命，送了命……"

萧子瑜死死咬着牙关，抱着心爱的宝物，不肯松手，也不辩驳。

自从村人们说他父母是贼后，他早已习惯大家的风言风语，也习惯了被孩子们排斥孤立，就算被委屈被冤枉，也极少分辩。他从不相信世间有神灵，也不相信会有人相信他。受到殴

打的时候，他只能尽量将身体蜷缩起来，减少受伤和痛苦。他以为这样痛苦就能减轻，可是没有，从没有……

为什么大家要这样对他？

明明他什么坏事都没做。

额头破了，血从眼角流过，像泪。

忽然，痛苦骤停，拳头迟迟未再落下，萧子健的惨叫声从头顶传来。片刻后，萧子瑜悄悄从捂着脸的手指缝隙里抬头看出去，却见那背剑少年不知什么时候走了过来，正紧紧抓住萧子健的拳头，掌心处冒出几缕青烟，散发着微微皮肉烧焦的味道，然后用商量的口吻，很温和地问："好了？"

"啊啊啊啊啊——"萧子健痛得差点满地打滚。

背剑少年松开手，手心处有些许火样光芒，萧子健捂着手背连连后退，被碰触过的地方已起了好几串水泡，钻心地痛。他大声问："你管老子闲事？！"

短发少年将红光渐渐灭去，他看了会自己的掌心，有些不好意思地说："我还不太会操纵自己的气，也不太能控制离火剑的力量。"

他腰间宝剑忽然发出了奇怪的嘀咕声："呸！自己窝囊，还怪老子力量大？"

"哪来的声音？"萧子江和萧子河犹在四处张望，"是谁在说话？"

宝剑再次发出粗鲁的声音："是你大爷！"

背剑少年的表情有些尴尬，向周围解释："我家法器脾气大。"

据说灵法师都有属于自己的法器，他们通过气来操纵法器，有些可以驾驭自然元素，有些可以驾驭飞禽走兽，有些可以操控法器和阵法，有些还能用气做到匪夷所思的事情。而且他们地位超然，权势倾天，杀个把平民就像吃饭喝水般平常。

萧子健见过些世面，听见宝剑说话，吓得全身一个激灵，他猜出了背剑少年的身份，赶紧放手，连连后退。跟着萧子健的俩跟班早就吓坏了，萧子河站在门口，脚底抹油逃之夭夭，萧子江位置不好逃不出去，缩着脑袋怯怯发抖。萧子健则抽着气，尽可能在嘴角挤出献媚的笑容："不痛不痛，我一点也不痛。"心里已骂了这个多管闲事的家伙祖宗十八代一百零八次。

"打人是不好的。"背剑少年很诚恳地说，"大家都有嘴巴，有什么话应该好好说，你说是吧？"

"是是是，"萧子健连连点头，"打人不好，实在太不好了，有话好说，好说……"

背剑少年再问："玉坠是谁的？"

萧子健骑虎难下，硬着头皮道："我的！你看他那身打扮，怎么可能买得起贵重东西？"

萧子瑜强撑着坐在地上，呼吸急促，脸色难看，却依旧坚持："我的……"

两人各执一词。

背剑少年看了眼嚣张跋扈的萧子健，略有迟疑。

围观群众越来越多，黑衣老者看着觉得不像话，对胖子耳语了几句，胖子屁颠屁颠地跑过来传话："无瑕老大，师父说时间不早了，让你少管闲事，快走吧。哎，不过是个破玉坠子，能值几个钱？搞那么麻烦。咱们赶时间出发，你要是看这穷小子可怜，砸他个百十两银子，给他买上十来个就完事了。"

背剑少年听了这话，特别的不高兴，他用很重的语气驳斥道："胖子，这世界不是什么都能用钱来衡量的，尤其是公理和正义。"

灵法师少年们一片哗然。

胖子目瞪口呆，良久方道："我咋觉得这么有道理的话从世界首富的独生子口中说出来特别欠扁呢？"

背剑少年不理他们，指着自己的胸口，对萧子瑜说："我叫岳无瑕，岳是岳山的岳，无瑕是白璧无瑕的无瑕，我是天门宗周长老旗下的弟子，我以自己的名字向这个世界的所有神灵发誓，绝不会撒谎哄骗你。"

因为他的誓言太诚恳，他的表情太认真，让人难以怀疑，而萧子健仍在旁边用愤怒的目光盯着，他眼里的怒火几乎能把自己烧死，所以萧子瑜犹豫再三，他愿意相信一次，将手中玉坠子小心翼翼地交到岳无瑕的手中，却迟疑着不愿放开："玉坠子……真是我的。"

"相信我。"岳无瑕接过玉坠子，细细地看了番。

整个茶馆的视线都集中在他们身上，就连母老虎也从后院回来，抱着双臂在旁边看热闹，所有议论仍是一面倒地倾向萧子健。这让蛮横的少年有些骑虎难下，他心虚地嚷道："布袋都到过他手里！他已经看清里面的东西是什么！说不定还拿过些钱出来，自然比我能证明里面的东西和数量！这不公平！"

岳无瑕问他："那这块玉坠子的样式，你总该不会记错吧？"

萧子健硬着脖子强撑："自……自然……那……那是我二姑奶奶送的玉坠子，很贵的。"

岳无瑕问："这块坠子背面刻了字，你知道是什么吗？"

萧子健笑了，虽然没看过玉坠子上有什么，但同为萧家村人，他曾从父母口中听过萧子瑜母亲的闺名，再加上刚刚抢夺时的对话，两相对照，更是确认，于是不假思索道："刻着'紫藤'，是紫藤花的紫藤，和他娘的名字相同是巧合，我二姑奶奶喜欢花，她有整整一套花名的玉坠子，随手拿了一个给我罢了，嘿，她还有牡丹、茉莉的玉坠子呢。"

岳无瑕笑了，望向萧子瑜："你说呢？"

萧子瑜立刻挺直脊背，大声道："玉坠上没有任何字，只有黑色斑点化成的蝴蝶，被刻

出的紫藤缠绕着，藤有两根，花有三串，叶有九片！这是我娘留给我的东西，六爷爷暂为保管，后来转交给我的。"

他的每个字都斩钉截铁，落地有声。

众人哗然，鄙夷的眼神看向萧子健。

从未吃亏的小霸王被看得脸红了，他强词夺理道："胡说八道！我……我只是不小心说错了！不过是个平常的东西，谁天天盯着它看！还数几根藤？几朵花？就是你这种想偷人东西的才故意数的！混账！下流胚子！还骗路过的贵人帮你！"

岳无瑕摇头，回头去看同伴，问："强词夺理，不可理喻。胖子，你来让他心服口服？"

胖子本不愿管闲事，但看着这嚣张跋扈的家伙太过分，也有些生气，他深吸一口气，把肚子缩进去些，尽可能像岳无瑕那样英武地拍着胸脯说："这点小事看爷的！小咩！上！"独角羊羔颠屁颠地滚过来，刨着后蹄，随着主人很有气势地附和："咩——"

小胖子得意洋洋地向众人解释："小咩是獬豸的后代，獬豸是什么你们懂吧？神兽！又勇猛又公正，它能辨忠奸，它会判断出谁在撒谎，小咩，别顾着吃草，快去干活……"

独角羊羔慢悠悠地走上前，嗅嗅萧子瑜，甩甩尾巴，走向萧子健。

小胖子还在滔滔不绝："獬豸可厉害了，判断出谁撒谎后，会用角把他顶得肠穿肚烂，一命呜呼，还会用四个蹄子踩，不厉害怎么能叫神兽呢？我家祖祖辈辈都和獬豸结缘的，想当年，那个独行大盗谭朗，杀人越货无数，装得一副道貌岸然的伪君子模样，审判几次都没见分晓，后来我爹出马，他在我爹的獬豸面前还试图撒谎，死得那个惨啊……"

萧子健听得浑身发抖，一步步往后退，眼看独角羊羔就快走到自己面前，惊叫一声，撒开脚丫子，扭头就跑。萧子江眼看老大逃跑，羊羔逼近，连连摆手："不是我的错！都是他指使的！别杀我！"连滚带爬，落荒而逃。

"獬豸厉害吧？唉，可惜我家小咩年龄小，角都没长完，发现坏人顶多蹭两下，皮都破不了！"小胖子正说得兴高采烈，看见对方跑了，有些莫名其妙，"咦？那小子怎么不见了……"

事情水落石出，原本压抑的场面忽然变得活泼起来。

旁观者有骂萧子健黑心的，有夸小胖子憨厚好玩的，更多是夸岳无瑕英雄出少年，足智多谋，行侠仗义的。

刹那间，无数的赞美之词将灵修少年包围，夸得人脸红心热。

岳无瑕给夸得很不好意思，他回头想将玉坠还给萧子瑜，仔细一看，顿时发现不对劲了。

萧子瑜虽然坐着，脸色却极其难看，皮肤失去血色，嘴唇发黑，浑身抽搐不断，冷汗淋漓。他缓缓倒下，蜷缩成一团，呼吸越发短暂急促，如水里捞出的鱼。他张着嘴，却连呼救都失去了气力。他的身体原本不好，不能受伤，也无法负荷太强烈的情绪变化，往日里他都会

命运之时

尽量保持冷静，将情绪波动控制在安全范围，可是今天的事情打击实在太大了，刻骨绝望和绝境逢生的喜悦过后，他再也无法控制崩溃的心情，压力冲垮了最后一根神经，失控的心脏疯狂跳跃，带着他迈向死亡。

这是谁也意料不到的变化。

岳无瑕有些紧张，他弯下腰，扶起萧子瑜，小心翼翼地问："你是否受伤了？"他见对方无法应答，迅速检查伤势，却并未找到任何外伤，无奈下，他只好朝茶馆那边呼救："师父！师父！"

周长老原本不愿管这摊闲事，奈何知道自家宝贝徒弟的顽固性子，听他叫了一次又一次，有不依不饶之势，只好叹了口气，出来按上了孩子的脉搏，然后摇了摇头："放弃吧，和伤情没关系，他是先天心脉不全，受不得刺激，病情发展得很快，来不及去取药熬药救治。这是个可怜的孩子，太倒霉了。"

岳无瑕呆了半会，欣喜地问："只要是护心的药就可以了吗？"

周长老忽然想起了什么，皱了皱眉。

岳无瑕手忙脚乱地从怀里掏出个白瓷瓶往外倒。

胖子看见这瓶子，大惊失色，使劲去拦："你疯了？这可是李大师的紫金续命丸，你爹给你保命用的，你不是说每颗价值千金吗？这一颗药就能买京城一套房子，能买几十个绝世美女！你给这非亲非故的穷小子用？疯了吗？"

"走开！"岳无瑕怒斥，"胖子，你怎能满脑子都是钱？！你不知道这世间有很多钱买不到的重要东西吗？！"他用力推开胖子，撬开萧子瑜的嘴，毫不犹豫地将"一套房子"塞入他口中，再灌了口茶水，"这药能护着心脉，会让他以后的日子好过些。"

胖子泪奔："师父，我最讨厌有钱人了……"

周长老拍拍他肩膀，表示安慰。

值一套房子的药确实很有用，刚服下药，萧子瑜的脸色便开始好转，他剧烈地咳嗽，缓缓从昏迷中醒来，听着周围对岳无瑕的疯狂赞美，他很快意识到发生什么事，抬手，用袖子拭去眼角的血痕，低声说："谢谢。"

他没有说太多，因为这样的恩情本不是用语言能表达的。

岳无瑕伸手在怀里翻了会，找出块白色的云锦手帕，递给他："给，用这个擦。"

萧子瑜感激地接过帕子，知道是贵重东西，不好意思弄脏，只轻轻地擦了一下，再次道："谢谢。"

岳无瑕倒不好意思起来了，笑得却很坦荡，眼中毫无半点虚伪："大家都是孩子，分什么贵贱？这点小事没什么大不了的。我看你这人挺有趣。可惜你不在天门宗，否则咱们还能

初刻

做个朋友，经常一起玩呢……"

萧子瑜尴尬笑道："贵人开玩笑了，天门宗都是天之骄子，哪是我这种乡下小子能进的……"

岳无瑕还想和他说什么，一直静静看着徒弟们表现的老者忽然站起，丢下几块银子叫道："休息够了，出发。"徒弟们赶紧跟上，小胖子坐上扑扇着翅膀的白色纸鸢，朝这边挥手："快点！"

"来了。"岳无瑕急忙应道。

萧子瑜羡慕地看着他转身离去，这个英俊、强大、善良、前程似锦的少年就像他无数次梦里变成的英雄般，谦虚有礼，不骄不躁，惩恶除奸，行侠仗义，享受着众人景仰，这是何等的意气风发。可是梦醒后，他仍是那个贫穷、瘦弱、无一技之长、甚至无依无靠的少年，看不见未来，也没有希望。就像说书人的故事里，那个衬托主角英明神武存在的配角，渺小得像地上的蚂蚁。

莫非他一辈子都要做蚂蚁吗？

浓烈的羡慕席卷脑海，渴望的烈火在焚烧心房，萧子瑜忽然生出平生最大的勇气，他挣扎着爬起来，不管不顾地叫住岳无瑕："等等！"

岳无瑕停下脚步，困惑地扭头看着他。

萧子瑜挺起胸膛，高声道："我叫萧子瑜，萧是萧飒的萧，子是孩子的子，瑜是美玉的瑜。"

岳无瑕笑了："萧子瑜吗？这名字很好听，我记住了。"

萧子瑜："我们还有机会再见面吗？"

岳无瑕："有机会的。"

纵使希望渺茫，萧子瑜仍鼓足勇气，期待地问："我也有机会变成像你一样的人吗？我真的有可能灵修吗？"

黑鸢上的老者看了两眼萧子瑜的瘦弱体格，无奈摇头。这个穷孩子简直是异想天开，安慰他两句就当真，自家徒儿什么都好，就是脾气太好了，身为上位者，还是要有些架子才是。茶馆众人忍不住大笑起来。那小胖子，笑得差点从纸鸢滚到地上，大伙纷纷起哄，嘲笑这做梦的家伙，母老虎脸色非常难看，但碍于有贵客在，不敢发作。

"别笑了，"看着那双明亮的眸子渐渐黯淡下去，岳无瑕急忙制止同伴的嘲弄，他走到萧子瑜面前，很认真地说，"未来的事只有天知道，我从小就相信，只要向着梦想努力，总有一天你会成功的。"

萧子瑜连连点头："我会很努力！比所有人都努力！"

岳无瑕伸出右手，笑得极真诚："我相信你。"

萧子瑜愣了许久才明白他的意思，有些慌乱地将自己的右手搭过去，用力握紧，对方掌心传来的温热就像冬天烧红的小手炉，烤得心里暖烘烘的，仿佛看见了春天的降临。

岳无瑕用力摇了两下手，肯定地说："我会在天门宗等你的，如果你来了，一定要找我。"

出生至今，第一次有人相信他的梦想。

萧子瑜忽然觉得鼻子发酸，有种想哭的冲动，他强忍泪水，像个小男子汉般重重道："嗯，我会来的。"

少年紧握的双手松开，离去。

岳无瑕坐上红色纸鸢，飞入空中，仍不停朝地上的萧子瑜挥手，然后飞入云间，越来越远，直至消失不见……

"救命之恩就会得到信任吗？"树上的少女若有所思。

两个少年并不知道自己的命运，乃至这个世界的命运，在她的一念之间悄然变化。

【肆】

萧子瑜痴痴地站在原处，做着美梦，直至母老虎的咆哮让他惊醒过来："死废物！还不过来干活！碗洗了吗？柴劈了吗？水烧了吗？光会吃饭不会干活的废物！垃圾！人家贵人说两句好话你就能当真？想跟着跑吗？！就和你爹一样的混帐！"

看见灵法师已走远，其他人也不再畏惧，跟着嘲笑起来。

"小子，以后发达了要帮衬下大叔啊！"

"你这小鬼脑袋里想的是什么？也不琢磨琢磨，这灵法师是你能当得起的吗？咱们村萧二老爷那么有钱也不敢想，你倒是敢蹬鼻子上脸了。"

"大家修点嘴德，年轻人不摔个头破血流是不懂事的，想当年大叔也不是没做过这种梦。"

"先别说你这样的家伙能不能被选上，就算撞了大运，光是灵修需要的衣食住行的开销，你想让谁来支付？莫非想学你那骗子爹？在村里骗一票就跑？没人会上这种当了！"

"你这个傻孩子，让大叔来给你好好说道灵修的难处。"

"……"

风言风语入耳，每句每字都戳得心窝疼。

萧子瑜不发一言，不驳一句，默默干完活后，躲去厨房角落，想着今日发生的种种，他控制着自己不要难过，眼眶却不由自主地阵阵发红，有几滴落不下的泪一直在打转。

他不知自己脑子是怎么转的，竟向岳无瑕许下这般狂言。

他也不是不知，灵修之路有多么难。

来来往往的客商在闲谈中也曾说过灵修的花费，光是最便宜的符纸就要半两银子一张，还有画符用的朱金砂，据说和黄金等值，好点的符笔更是要几百上千的银子，而符修已经算灵修里最省钱的一门了。至于法器，今天那见多识广的大叔透露，哪怕是最最垃圾的法器，也值千两白银。

这样的价码，别说他这种穷孩子，就连村里的地主也是可望而不可即的。根据灵修历史记载，各大门派里也不是没有出身普通人家的灵法师，但那些都是五岁能练气，七岁能通灵的天才中的天才，让门派们愿意贴钱培养他们。可是，就算解决了修行物质的需要，生活还是要钱吧？能选中去灵修不亚于做官，甚至高于做官，穷人家孩子再怎么苦也有爹娘扶持，有族人帮助，顶多是师兄弟们穿绫罗绸缎，他穿旧棉衣，师兄弟们吃山珍海味，他吃馒头大饼。原本萧子瑜的父亲被选去灵修，也是走的这条路子，族人以为他有出息，纷纷倾囊相助，每年族里都会给些银钱，虽然生活很窘迫，但省吃俭用还是能过下去的，待学成后还能挣点。这也是他被说是骗子后，族人对萧子瑜厌恶至极，甚至要抢他家产的主要原因——投资的钱都打水漂了。

一朝被蛇咬，十年怕井绳。

村里人存两个活钱不容易，就算有灵法师来说要收萧子瑜为徒，他们也不会相信了。

更何况，就算父亲在灵修方面没撒谎，他和母亲都是不世出的天才，但儿子的身子骨却是先天不足的身子骨，哪会有什么高人看上他？天才总要有些过人之处吧？不管是头脑、身材还是能力，他从小到大都没任何异于常人之处，顶多被夸做事比较细心，可细心要是能做灵法师，那绣花的姑娘们早就能灵修了。

萧子瑜越想越绝望。

他并不后悔因自己乱说话而给原本就看不起他的村人添了更多的笑料——反正村人本来就看不起他，那些坏孩子就算他不乱说话也会编笑料嘲讽他。

他后悔的是向岳无瑕许下了无法实现的诺言。

要是那风华正茂的少年当真了怎么办？

虽然大家都说那是客套话当不得真，可是他觉得岳无瑕回答时的眼神很认真，他是真的相信自己会为成为灵法师而奋发向上的。

不知为何，他不想让岳无瑕失望，哪怕是一点点也好，他想兑现自己的承诺。

可是，他该从何做起？

"阿娘，我应该怎么办？怎么办？"

萧子瑜再次拿出玉坠，一遍又一遍地问着。虽然很多年前，他就知道神佛们很忙，要

命运之时

斩妖除魔，要保佑天下太平，保佑升官发财，保佑别人生孩子，没空管他这个小小孩子，可是他仍希望天上掉下个什么爱管闲事的无聊神仙，挥挥袖子，把他的体格变好，头脑变聪明，更重要的是让父母回来，让他有朋友，很多的朋友，不再孤苦伶仃……

记忆中父母的容貌都是模模糊糊的。

只有永不实现的祈祷，每日每夜，在少年心头、喉间，反反复复诵念着。

夕阳落下，母老虎厌恶灵法师的心情因他们打赏的银钱变得很好，对萧子瑜的发病也有些后怕，让他早点回家休息，还给了他两个卖剩的窝头做明天的早饭。萧子瑜的家在村子西边，靠近小河，原也有三间房子，就是很破败，处处都漏雨，勉强能住人的只有主屋，院子里种了不少药草。

每个孤独而漫长的夜里，他总是一遍又一遍地想父母，最开始的时候会哭，现在已经不会了。

这样的寂寞，萧子瑜早已习惯。

忽然，门外传来一阵轻轻的敲门声。

深更半夜，谁会来访？

萧子瑜有些不安，他侧耳静听了会屋外的动静，然后从门缝悄悄望出去。门外站着个小女孩，还是个挺漂亮的女孩，她的皮肤很白，琥珀色的眼睛在月光中熠熠发亮，穿着朴素，只有皓月般的手腕上带着只灰扑扑的蛇形手镯，有些奇异的感觉，有些像爷爷在故事中提到的山鬼。

爷爷说，山鬼是帮助人类的林间仙女，可总归是妖怪。

萧子瑜踌躇着要不要开门。

这时，少女开口了："我是过路的旅人，想借宿。"

乡下民风淳朴，自古有留路人住宿的习俗。

可萧子瑜依旧迟疑，他觉得这漂亮女孩不像普通旅人，心里有些畏惧。

少女再次开口："我遇到麻烦，现在身无分文，请你让我住一晚，若是不方便，我便去隔壁家问问。"她转身要走，动作一瘸一拐，似乎受了伤。

"等等！"萧子瑜立刻开门了，他知道自家隔壁住的是出了名的老流氓，有前科，若是受伤的漂亮女孩大半夜冒冒失失地跑去他家，简直是羊入虎口，若遭遇了什么不好的事情，他这辈子都会良心不安的。萧子瑜无奈之下，只好将这个看起来很奇怪的女孩迎入家门，提议道："虽然不知大半夜发生了什么事，但你看起来情况不好。明天我去请郎中，再去县城帮你找官爷，替你寻访父母可好？"

少女摇摇头："不必，我没有父母，也没有家。"

传说山鬼是天地自然所孕育的林间之主，无父无母无家。

传说没提过山鬼会不会吃人。

萧子瑜浑身发寒，小心翼翼地问："你父母呢？"

少女轻描淡写地答："都死了。"

萧子瑜看着她满不在乎的表情，憋了很久才憋出两个安慰的字眼："节哀。"

"你当我是妖魔吗？"少女终于看出了他的忧虑，有些恼怒，"我来自南洋奉天岛，我爹娘在我没懂事时就被妖魔杀了，我连他们长什么样子都记不住，节什么哀？我要去岐城，若非符马在路上出了意外，将我摔下来，导致腿脚受伤行动不便，我根本不会在萧家村这个地方留宿！"

少女越说自己不要留在萧家村，她的解释越可信。

符马是平民能使用的最昂贵的交通工具，由木头和金属制作，镶嵌有飞行的符咒法阵，巨大无比，能在天空缓缓飞翔，日行两三百里，而且不受地势影响，很是方便。洛水镇很穷，只有官府有这种交通工具，是县老爷的专座，也用来接贵客用，偶尔也听说因木头老旧或狂风发生意外，如果眼前少女真是从符马上掉下来受伤的，她身上没带包裹，不像旅人装束也可以理解。

萧子瑜又想起今日经过萧家村的几个灵法师，也想起了半个月后将在各大城市举行的灵法师学徒考核盛事。他心里有了答案，并对刚刚的怀疑真心诚意地道歉："对不起，是我误会了，我去给你拿些跌打药酒来。"

少女冷冷地"哼"了声，没问他误会了什么，自己脱了鞋袜，抓住脚腕关节，狠狠地扭了一下，清脆的"咯"一声在安静的房间响起，在听着都觉得疼的声音中，她竟自个儿硬生生把错位的关节扳回了原位。

萧子瑜捧着药酒回来，恰好看见了这一幕，惊得目瞪口呆，他这辈子就没见过那么剽悍的女人，暗自寻思：莫非这就是灵法师的魄力？

"伤比想象中重，我需要休息两天才能上路，"少女正骨完毕，扭了扭红肿的脚腕，做出结论。她想让自己的态度看起来随和些，可是那双漂亮的眼睛里总有说不清道不明的威严和气势，请求也更像不容拒绝的命令，"帮助我。"

萧子瑜是个善良的孩子，他做不出把受伤女孩丢在门外的事情，只能同意。他主动将卧室让出来给少女休息，自己找了几件厚些的单衣准备去柴房睡。

少女似乎松了口气，她忽然叫住了萧子瑜，问了他的名字，并道："今日落难，实属无奈，你的恩情我会铭记于心，来日定会报答。"

萧子瑜这辈子受过很多人的恩惠，只恨能力低微，不能报答完全，哪里愿意接受别人的报恩？他果断拒绝："爷爷说，我活了十四年，受过很多人的帮助，也应帮助别人。今天你有困难，我帮你，明日我有困难，亦有人帮我，如此循环，善行不止。所以你放心养伤，不要放在心上，我会替你弄吃的，虽然简陋，还请不要嫌弃。"

少女看着满脸正经的孩子，轻轻地笑了一下。

传说中有君主，烽火戏诸侯，只为博美人一笑。

萧子瑜不知道传说中的美人笑起来有多美，可是他觉得少女笑得也很美，就像春日里暖风拂过，融化冰雪，原来女孩子笑起来能那么可爱，可爱得让他心跳加速，怎么也停不下来。萧子瑜很不好意思，不敢再看少女，慌忙告退。

少女再次叫住了他，指着自己，过了一会方开口道："我叫花浅，花是落花无情的花，浅是缘深缘浅的浅，朋友都叫我浅浅。"她刻意将"朋友"两个字咬重了些，似乎在强调什么，口气引人遐想。

萧子瑜"哦"了一声，匆匆离去。晚上，他躺在稻草堆上想着花浅的笑容。

南洋的女孩都那么奇怪吗？虽然奇怪，却不讨厌，而且还挺可爱。

萧子瑜睡在破陋的柴房，不知道为什么，辗转无眠。

【伍】

萧子瑜执意给花浅请了郎中。

隔壁村的吴郎中治疗跌打摔伤很有一套，他说花浅的伤势看着严重，其实没那么厉害，关节已经正好，只要再好好疗养半个月，不会留后遗症。当他把药留下，喜滋滋地离开时，萧子瑜的毕生积蓄就剩下十来个大钱了，他也试探着问花浅有没有钱，花浅摸摸口袋，摇摇头，不吭声。

萧子瑜只好认了。

唯一庆幸的是，花浅很好养，她有富家娇小姐的气质，却不挑吃拣穿，无论是苦药还是白粥，统统吃下，不抱怨，不折腾，也不哭哭啼啼。可是，花浅有奇怪的癖好，她特别喜欢看萧子瑜，看得萧子瑜紧张过头，把粥都烧糊了。

烧糊的粥难吃到恶心的地步，但他们粮米不多，没有挑剔的余地。

萧子瑜吃得直皱眉头，强逼着往肚子里塞。

花浅似乎对味道毫不在乎，她用勺子一口口往嘴里送，仿佛在吃美味的东西。

萧子瑜忍无可忍，终于问："你为啥总看我？"

花浅说："看你是不是好人。"

萧子瑜觉得自己想多了……

花浅歪歪脑袋，再次肯定："而且，你很有趣，看不腻。"

萧子瑜再次想多了，他脑袋一片空白，瞬间脸红了，烫得可以煎鸡蛋，他看花浅也不是，不看花浅也不是，最后还是低下头，努力往嘴里扒粥，忽然觉得这难吃的粥也好入口了，就和糖水差不多。

清冷的空气中，萧子瑜隐约嗅到了幸福的味道。

花浅站在门口，目送他去茶馆干活。

他如腾云驾雾般离去，忘了自己是怎么飘忽地走路撞到石头，也忘了自己是怎样飘忽地在母老虎的怒骂声中傻笑了。直到隔壁的牛嫂子急匆匆跑过来，一把抓住他就问，"住你家的小姑娘是什么人？无天良两口子要找她麻烦呢，你快回去看看。"他才从飘忽中惊醒过来。

无天良就是萧子健的父亲，原名吴天行，无牵无挂的外来户，入赘萧家村，不知在哪里发了一笔，成了村里的小财主，因欺男霸女的行径遭村人厌恶，被一致改称为无天良，平日里从不讲理，动不动就亮拳头打人，所以人人害怕。他老婆萧凤姑，从小娇生惯养，最是自私自利，更是一等一的厉害人。这两口子出马，绝对没好事，当年萧子瑜家里几十亩好田，就是他们带头要求分掉的，还说萧子瑜年纪幼小，没办法照管家产，两人撒泼取闹，把东西全部拿了去，直到榨不出半点油水才放过他。

这两人上门绝无好事。

花浅右脚有伤，连跑都无处跑，只有乖乖被欺凌的分。

萧子瑜心里大急，顾不上母老虎在后面叫骂，拔脚丫子就往家跑。他看见许多人在围观，无天良两口子正堵在他家门前叫骂。

由于前阵子岳无瑕替他出头，把萧子健的手背烧伤了些许，萧子健忙着赌钱，又不敢上母老虎那里报复，暂时没空理他，结果护短的无天良夫妇不肯善罢甘休，尤其是听见萧子瑜家里有块值钱的玉坠，更是像闻到血腥味的豺狼，觉得有油水可捞，就迅速赶来。见到萧子瑜不在家，却有个来历不明的漂亮女孩，心下更喜。

无天良手里还拿着他惯用来吓唬人的小匕首，炫耀似的上下翻动，对花浅威胁道："哪里来的标致小娘子？居然在这破地方藏了那么多天？该不是私奔的吧？"

花浅手持一根柴火，横拦在门，她说："我是萧子瑜的远房表妹。"

无天良甩着匕首冷笑："萧子瑜那小子无父无母，哪里来的表妹？"

萧凤姑帮腔："还是细皮嫩肉，一看就是没做过活的妹妹？"

花浅恼火这不知天高地厚的凡人，脸上并不发作，再次重复："我是他表妹。"

无天良哈哈大笑："别逞强了，爷在城里花街柳巷里见多了你这样的女孩子，个个都是皮肤白花花、小手滑溜溜的好妹妹，"他一边说一边试图摸花浅的手背，却被花浅嫌恶地重重一掌打下去，他倒也不嫌疼，而是闻了闻自己的手背，猥琐笑道，"香，真香。我看小娘子你就招了吧，必是哪家青楼跑出来宁死不从的姑娘，待爷把你送回去，也好拿几个赏钱。"

萧凤姑阴声阳气地帮腔："看你这模样就不是真正的千金小姐，倒像养出来的瘦马，这份冷傲高贵装给谁看？狐媚子，不要脸！"

他们俩动手想拉扯花浅，只道要把她送去县里的青楼问是哪家走失的。

这年头敢开青楼都是有背景的人家，无亲无故的普通女孩丢进去，花言巧语一编，哪里还出得来？

萧子瑜大急，连声阻止。

无天良哪管这丁点大的小孩子说什么？一脚踹去旁边，然后往花浅的细皮嫩肉上摸，花浅皱眉，左脚略移，似乎要摔倒般，手上柴火轻轻往旁边拦去，无天良冷不防，扑了个空，被自己的力气摔在窗台上，撞倒好几盆花草，无天良爬起来的时候扯了好几把。萧凤姑见自家男人摔倒，大怒，卷起袖子，指着花浅鼻子骂："贱丫头，还想反抗？！老娘来收拾你！"

花浅慢悠悠地躲避，似乎有些手忙脚乱，但好几次都险险避过，手中柴火轻轻打在萧凤姑的手上，似乎有气无力，却也打得她红一块青一块，打得她越发恼怒，也拿起根棍子，待无天良从烂泥堆里爬起来，一人手持匕首在后拦截，一人抄着棍子在前围堵，逼得花浅避无可避，无路可逃，然后要抓她走。

"放开我妹妹！"萧子瑜如被激怒的老虎般飞扑而至，抓住无天良的手臂就是狠狠一口。无天良吃痛，匕首乱挥，想把他甩开却失了准头，弄假成真地向萧子瑜眼睛划去。

萧子瑜闭上眼，迎接即将到来的厄运。

可是他没有等待预想中的痛楚，只听见围观者发出的抽气声。

他小心翼翼地睁开眼，却见花浅拦在自己前面，用胳膊挡下了匕首的攻势。

丑陋而巨大的伤口横在她白皙漂亮的胳膊上，大滴大滴的鲜血顺流而下，多得仿佛不会停歇，染红衣衫，染红地面。花浅死死地盯着无天良手中滴着血的匕首，不发一言，全身散发着恐怖气压，就像会吃人的恶魔。

划出那么大的伤口，流出那么多的血，会不会死人？

拐卖孤儿是一回事，当众杀人是另一回事，无天良没想到吓唬小孩会弄出那么严重的事情。

在冷静的女孩面前，他开始退缩，萧凤姑的腿也有些打颤，围观的人也开始声讨，这对恶毒的夫妻再不敢坚持，随便丢下两句狠话，连滚带爬跑了。

众人咒骂："两个该天杀的王八蛋，就知道欺负人！"

花浅只嘀咕了声："不过是两条只会叫的狗。"

她回头一看，发现萧子瑜又开始犯病了，脸色发白，扶着门气喘。

花浅有些不敢相信。她既没有杀人放火，也没有抢劫越货，更没把人拿去喂蛇，不过是打个架，受点伤还是自己身上的，这孩子好好的怎么就被刺激发病了呢？

所幸，萧子瑜服过岳无瑕给的丸药，这次发病没那么激烈，他喘息了一会，又吃了六爷爷留下的药，很快恢复平静，待看见花浅鲜血淋漓的手臂，他又再次喘气起来。

花浅把受伤的手往身后藏了藏……

有几个好心的村人，赶紧拿了些药酒来给花浅治伤。

萧子瑜强行让自己冷静下来，往日锻炼的情绪控制能力再次发挥作用，让他很快平静下来，他谢过村人，陪着花浅入屋，替她紧急止血。花浅再三确认他身体没事，可以帮忙后，拿出一个不知收在哪里的小布包，从里面拿出银针与丝线，将两样都放在散发着浓烈酒香的白瓷瓶子里浸泡片刻，然后穿针引线，将另一个黑瓷瓶子里的药水倒在伤口上清洗干净，紧接着用针线缝合伤口，她的每一下动作，都会带起身体的一阵抽搐，可是她没有哭，也没有叫，看得萧子瑜胆战心惊，不忍直视。

天色渐晚，屋内光线有些暗淡，看不清针线方向。

花浅抬头，命令道："替我掌灯。"

萧子瑜深呼吸几口气，尽可能镇定地点上久未用过的油灯，端在少女身旁，看她冷静地飞针走线，扎进肉里，仿佛她缝的不是自己的身体，而是什么破衣服。虽然萧子瑜在她拿出针线时对将要发生的事早有预料，可真看见这惨烈情况，又忍不住阵阵难受，眼看花浅即将全部缝合完毕，他终于开口："你不痛吗？"

花浅漫不经心道："痛，痛得钻心。"

萧子瑜忍无可忍，问："你怎么下得了手？你怎么不哭？"

"为什么下不了手？我要活下去，不想死，"花浅刚缝完最后一针，她咬断线，很不解地抬头反问，"而且……哭了就不痛了吗？"

伤口不缝上就会流血过多而死。

就算号啕大哭，伤口也不会好。

这是多么理所当然的事情啊。

她只是做出了最合理的选择。

看着花浅理直气壮的模样，萧子瑜被驳得无话可说。他也不是没有这样的经历，摔伤了膝盖，爬起来把伤口包扎好，继续走路。被萧子健等孩子王拦住痛殴，默默承受，甚至病

命运之时

发倒地，他也没有哭，是六爷爷发现，才勉强捡回一条小命。

为什么不哭？

邻居家二毛哭了，有母亲心疼地过来替他吹吹，村里杏花姐哭了，有她男人嘘寒问暖，萧奶奶哭天喊地，有孝子贤孙们跪下磕头认错。可是，萧子瑜的痛哭，能换来什么？

婴儿的哭声是唤起母亲的注意，得到帮助，渐渐成了习惯。伤心的时候哭是要同情，痛苦的时候哭是需要怜惜，委屈的时候哭是需要安慰，烦恼的时候哭是需要帮助……

当眼泪不能收获任何的帮助后，就不需要眼泪了。

萧子瑜年幼时也被宠爱过，他是很爱哭的，六爷爷还活着的时候，他有时也会委屈地哭鼻子，可是当六爷爷去世后，他痛哭了三天，然后再也不哭了，因为会心疼他的人已经不在了。

而花浅是个年仅十四的女孩，女孩都天生娇弱些，绝不是什么箭射眼睛拔下来往肚里吞的悍将，怎能修炼出泰山崩于面前不改色的心态？所以萧子瑜知道，花浅不是在幸福中长大的，她和自己一样是被忽视的孩子，甚至生活的处境更惨烈些，没有人会因为她受伤而给予任何的怜悯和帮助，才能炼就这样的性子。

萧子瑜明白，花浅不是不想哭，而是不懂哭。

不懂哭泣的孩子，是世间最可悲的存在。

很久没出现过的湿润，忽然流过眼角，滑过脸颊。

萧子瑜有了多年未曾有过的心疼，看着花浅毫不在乎地缝合伤口，他钻心地疼。

"这就是眼泪吗？为什么会落泪？"花浅缝完针，困惑地伸出手，轻轻抚上他的面颊，传来冰凉的感觉，然后她慢慢往上，滑过鼻梁，抵达眼角，拭去湿润的东西，又想了想，开口却是笨拙的道歉，"对不起，让你不舒服了，你身体一直那么差吗？怕血？"

看见她误会，萧子瑜赶紧摇头："我只是为你难过。"

花浅更不解："为何难过？"

萧子瑜却更难过了，他用袖子擦去眼泪，检讨："因为我无能，面对无天良夫妻这对恶棍，我心里害怕，不敢往死里抗争，只会逃避挨打，所以导致你受伤，村人们说得对，我萧子瑜是天下间最大的废物！懦弱无能可悲的废物！要是我当时……"

花浅打断了他的话头，果断道："别难过，这不是你的错，你帮助过我，我也愿意尽自己所能帮助你罢了。或许有些奇怪，但我从小就不怕痛，也不喜欢哭，这不是什么大事，这是我的问题，不是你的错。所以，请你不要为我难过……"

她越是解释，萧子瑜就越觉得悲凉。

"我不知道你经历过什么，可你不是废物，"花浅茫然不觉他的情绪，笨拙地安慰着，"你

只是暂时没发现自己的天赋罢了。"

萧子瑜不敢置信地重复："自己的天赋？"这辈子，被人"废物废物"地叫着，从未有人相信过他有天赋，他忍不住自嘲地笑起来："我只有做梦的时候才有天赋，我特别喜欢想东想西，做的梦也特别多。"

花浅轻轻地说："是的，你有天赋，虽然我还无法确定，但它确确实实地存在着，只是需要引导才能激发出来。人活着便要做梦，你倒是说说你的梦想是什么？梦想这种东西，没有尝试过，怎知无法实现？"

"梦想？"萧子瑜反复咀嚼这两个字，曾压抑住的渴望，再次跳了出来。

花浅好奇问："你可有梦想？"

"有是有，"萧子瑜谨慎地问，"你真不会笑话我？"

花浅肯定地摇摇头。

萧子瑜深呼一口气，鼓起勇气："我想做灵法师，走父亲走过的路。"

他悄悄看了眼花浅，唯恐她像别人一样笑话他不自量力，可是花浅没有，她的脸上并无任何嘲笑之意，却沉默着，仔细打量着他，似乎在想什么。

萧子瑜不自信地问："是不是太远大了？"

"不，这很好。这是你的愿望吗？"花浅从沉思中回过神来，她忽然伸手，将萧子瑜轻轻揽入怀中，闭上眼，用最温柔的声音，肯定地告诉他，"放心吧，你一定会成为灵法师的。"紧接着，她吻上了萧子瑜的额头。

这是一个很轻柔的吻。

淡淡的暖意，从额头一直往心窝里钻，把男孩的心烧得滚烫，他轻轻地问："我真的有做灵法师的天赋吗？可是，我什么都不会，什么长处都没有，身体也不好……"

"不要犹豫，不要害怕，相信自己，也相信我的话。"花浅放开萧子瑜，她用指尖轻轻抚上他的额头，被吻过的地方慢慢浮现出一个淡黑色的蛇形印记，然后渐渐消逝，要是众神看见这一幕，都会为之惊栗，这是让三界胆战，让妖魔俯首的印记。花浅满意地欣赏着自己的作品，吩咐道，"你有天赋，你会成为灵法师，哪怕前方布满荆棘，你也要毫不犹豫地走下去，不要流泪。"

从未有人相信过自己的梦想，就连六爷爷也不例外。

萧子瑜感动得想流泪。

他浑然不觉自己身体的变化，也不知这个奇怪的女孩会为他的人生带来怎样翻天覆地的变化。

他只想和花浅在一起。

【陆】

深夜的村庄，寂静无声。

花浅睁开眼，她悄无声息地走出房间，黑暗的魔气从她指尖蔓延，召来两只小睡魔，轻轻爬上了萧子瑜的肩头。随即，她推开了柴房的大门，来到昏睡的萧子瑜面前，俯身蹲下，伸手探向萧子瑜的脉搏，几道淡淡的魔气往他的心肺探去，查看他的健康状态。约莫两刻钟后，她终于收回魔气，脸色更加难看。

最后的希望被击碎。

萧子瑜的身体状况比她想象中更差，能活到现在已是幸运，若不采取任何措施，他甚至无法活到成年。可是，不管用何种手段，她都要让萧子瑜活下去，活得好好的，直到黑暗之日到来。

乌云蔽月，群星无光。

少女的清纯在她秀气的脸上渐渐褪去，换做成熟女人的韵味。她昂首立于天地间，仿佛最骄傲的神灵，嘴角却带着一抹诡异的笑容，阴冷可怕，残忍无情。这种恐怖的气息让人不寒而栗。树丛里传来沙沙的嘶鸣声，成千上万条蛇，从四面八方钻出，在她面前停顿，俯首，不敢再动分毫。

她是世间最恐怖的魔女。

她是生灵涂炭的元凶。

她带着满心的仇恨，从地狱最深处爬回了人间。

恶魔再次呼唤她最忠实的仆人："诛天 · 冰蟒。"

缠绕在少女腕间的小蛇再次从僵硬中缓缓醒来，轻轻地游动，落在地面，发出淡淡的银色光芒，罩着光芒而出现的，是一名高挑男子。他的肤色是没血色般的白皙，穿着黑色衣裳，看着有些瘦，却极结实，宛如千锤百炼过的武者。脖子上带着条来自上古的项链，腰间缠着条双头金蛇腰带。银白色长发如丝绸般洒下，随意在脑后束起，金色的竖瞳带着丝丝诡异，英俊的面孔上没有表情，额上有血红的蛇纹，仿佛带着地狱的嗜血杀意，全身散发着黑暗的死亡气息，让人畏惧，不敢接近，"主人，我最心爱的主人，我在黑暗中思念的唯一，"他俯下身，单膝跪地，吻上了少女赤裸的脚背。不知过了多久，男人终于满足抬起头，渴望地看着她的双眼，再次无比虔诚地祈求着："请原谅我离开了您四百八十六年八个月零二十四天，请原谅我没有完美地完成任务。"

世间法器能化人者无数，冰蟒是主人赋予他的昵称，鲜有人闻。

诛天是法器本名，若被灵修门派得知，整个世界都会引起翻天覆地的动荡，他来自魔界炼狱，嗜杀如命，躺在他面前的尸骨足以堆成山峰，鲜血能化作湖泊，他无情无心，毫不

怜悯，他的名字能让小儿停下夜啼，能让众神心惊胆战。

只有诛天自己知道，他并非无情，而是所有的感情都献给了主人。

苍琼，世间最残忍的女神，她只有心情不好的时候才会呼唤他的全名，或是让他去杀人，或是痛斥他的办事不利。冰蟒永远不知道主人的怒火会来自何方，他心里忐忑，在脑海中搜索了一下这些年做错的事，待想起自己曾在萧子瑜三岁时不小心用尾巴将他抽到地上，把他脑袋摔了老大一个血包时，担心极了，唯恐萧子瑜的身体缺陷和脑子不对劲都是自己害的。

冰蟒将脑袋越垂越低，正琢磨要不要招供。

所幸，花浅再次开口了："我探查过萧子瑜的身体，他与生俱来的心肺缺陷难以根治。"魔族的身体强健，自我恢复能力强大，纵使苍琼贵为魔界之主，力量强大，她有多擅长杀人，就有多不擅长救人。若是让她诛灭一座城池，或是冲锋陷阵，或是严刑拷打，她都能拿出千百种法子，若是让她救治性命，怕是连凡间大夫都不如。萧子瑜的身体问题极其严重，只有天界少数几个能医善的仙方能救治。她愤愤道："叶紫藤是个废物母亲，萧云帆也是个无法保护自己妻儿的窝囊废！"

冰蟒见主人没责怪自己看护不力，略安心，他试图为主人分忧："天界玉瑶仙子，擅长魂丝补魄，她能替萧子瑜将心肺重新织补好。"

花浅："玉瑶仙子被我杀了。"

冰蟒再出一策："雪妖族，擅长封魂存魄，可将萧子瑜冰封，万年不死。"

花浅："雪妖被我灭族了。"

冰蟒努力思索："还有南极仙翁、断命天君、白鹿仙人都能治病。"

花浅："三界之战时，我把他们都杀了。"

冰蟒："……"

当年，苍琼女神将敌方后防线破坏得太彻底，擅长医术的仙人被杀得一个不留。可是，若时光倒流，她还是会这样做的。因为她不在乎任何人的生命，也想不到自己这辈子还有要救人的时候。

事已至此，后悔已无任何意义，最弱的生命制约了最强女神的行动，花浅很无奈："原计划改变，萧子瑜活下去的唯一方法就是成为灵法师，借助人间通灵修行的力量让他的生命延长一些。若是留在萧家村，持续这样的生活，他不出两年必死无疑。我们只能带着他去天门宗，好好地照顾他，抚养他成长。"

"照顾？抚养？"冰蟒不相信地开口提醒，"主人，你从没养活过任何宠物，连乌龟都照顾死了……"苍琼女神的这个弱点在三界也算赫赫有名，众神皆知。人类和妖族曾给魔界之主进贡过许多珍稀动物，比如会说话的水晶鹦鹉、七色鲤鱼，又或者是雪毛狮、黄金虎。

苍琼出于装饰或药用等目的，也留下过一些在神殿饲养，这些动物没有能在她手上坚持活过三个月的，就连可以百年不进食水、不畏寒暑的黄金龟都不例外。只有蛇，作为她的分身和灵魂的一部分得以存活。久而久之，苍琼的神殿除了无数的蛇，再无生灵。

"冰蟒。"

"在。"

"人类应该比乌龟好照顾吧？"

"……"

传说中英勇无畏的女神，在上万年后，终于流露出一丝不自信。

第二刻——离乡之时

狼来了，狼来了。

牧羊人看见了恶狼的微笑。

牧羊人高呼着恶狼的姓名。

可是，没有人相信他的话语。

血泊中，只有绝望的眼泪。

【壹】

太阳缓缓爬上窗台，初夏的微热，照醒柴房里沉睡的少年。

萧子瑜从梦中惊醒，看看天色，才发现日上三竿，已到巳时。

自从他当众说出自己要去灵修这种话后，母老虎就抓住一切机会来羞辱他，顺带连他爹娘一同骂，压根儿不给任何反驳的机会，更何况萧子瑜年纪虽小，也是大老爷们，怎能和泼妇当街对骂？所以大部分时候，萧子瑜都硬着头皮忍了——他不愿和母老虎计较。

母老虎规定每天辰时三刻就要到茶馆，今日竟迟到那么久，想起她口沫横飞的骂人模样，萧子瑜马上从迷糊中清醒过来，手忙脚乱地穿衣服。忙着忙着，他忽然发现今天的村庄有些不同寻常，窗外有无数奔跑的脚步声、吆喝声、议论声，格外喧哗，似乎发生了什么。他侧耳细听，却有个尖嗓子的妇人在大声嚷嚷："死人了！有人被蛇咬死了！"

谁死了？

萧子瑜一下全醒了。

他赶紧跳下由两块木板拼成的床，冲去屋外，在卧室门口连叫几声"花浅"。

花浅不知在厨房折腾什么，她探出头，漫不经心地回答："没什么大事，不过是无天良夫妇昨天半夜被蛇咬死了。"

蛇伤人事件不罕见，罕见的是同时伤人，而且伤的是同一家人。

昨天才咒完，今天就出事。萧子瑜不敢置信地问："无天良夫妇？他们真死了？"

花浅回道："是，他们俩半夜的时候被不知哪里爬来的毒蛇咬死了。你高兴吗？要庆祝吗？"

萧子瑜点点头，又摇摇头。他对无天良夫妻确实恨之入骨，尤其是花浅受伤时候，他恨不得他们死，可是当对方真的死了，他虽松了口气，却没有想象中的高兴。这到底应是怎

样的心情？最后，他说："走，咱们去看看？"

花浅有些担心，昨天萧子瑜见到血就那么大反应，若今天见到死人，会不会当场挂掉？

萧子瑜对她的担心很无奈："我平时没那么容易犯病。"

花浅不信，短短几天她都见两回了！

奈何萧子瑜执意要去，花浅只好拖着受伤的腿，带上药丸，慢悠悠地跟着去了。

无天良的家是三进三出的农家大院，恶狗仍在狂吠，鸡鸭闹腾不休。村人和县衙赶来的捕快都站在无天良的房前。

在疯狂的狗叫声中，他听见萧子健撕心裂肺的哭声，似乎在叫爹和娘，凄惨得让人难受。

人太多了，萧子瑜担心花浅会被挤伤，便将她安顿在人群外头。花浅看见周围小女孩都躲着害怕，她为了和其他凡人女孩相似，也不好太突出，只好眼睁睁看着萧子瑜仗着身材瘦小钻入人群，正赶上洛水县的许捕头在查看尸体，地上躺着的是无天良与萧凤姑，他们俩的尸首浮肿得几乎辨不出容貌，咽喉、手臂、腿部都有毒蛇留下的牙印，旁边有几点早已干涸的黑血。

萧子健正蜷缩在屋子角落，满眼的泪，悲伤得泣不成声。

无天良夫妻虽是出了名的混蛋，但他们对这唯一的儿子倒是掏心掏肺地好，要星星给星星，要月亮摘月亮，偷摸拐骗回来的钱大多都砸在他身上。纵得他小小年龄，读书骂老师，习武去偷懒，打架耍钱倒样样精通，偷鸡摸狗之事也做了不少。村人怕惹上他父母俩泼货，很多小事也不敢多计较。

如果无天良夫妇死了，靠山倒了，萧子健会怎么样？

萧子健再强也不过是个十六岁男孩，家里也没什么要好的亲戚朋友，又深受村人痛恨。所以，他的家财会被找借口吞掉，如果不能学着自己乖巧老实些，怕是连人都会被赶走……

萧子瑜猜想，萧子健应该还没想到这些，他现在所有的悲伤都是因为疼爱自己的父母的去世，他悔恨地用十指不停抓着自己脸颊，抓出丝丝血痕，仿佛痛楚才能减轻他的内疚："要是我昨夜不出去就好了，我不该去赌钱的，我不该去赌钱，爹，娘……"

这是萧子瑜第一次见到小霸王会道歉，会后悔，会哭。这让他看见了受伤的自己，虽然依旧讨厌萧子健，可是他很难忍受这样绝望而凄凉的哭声。

他终于知道自己听见仇人的死讯为何没高兴。

他只是不愿为死亡而欢笑，不想听见痛苦的凄声。

如果世界能改变，再没有邪恶和伤害，那该有多好？

萧子瑜不是天真的孩子，这个弱智念头刚出，就被他自己在脑海里抽了两巴掌，可是他又不由得反思：为何自己觉得邪恶在世间存在是理所当然的现实，没有邪恶的世界是天真

幼稚的童话？如果邪恶的存在是理所当然，为何人们要憎恨它、消灭它？

萧家五老爷是萧凤姑的哥哥，两兄妹都是一丘之貉。如今见妹妹遭难，他赶紧顶着通宵赌钱造成的黑眼圈，抹干净嘴角吃完鸡鸭的油光，带着自家两个膀大腰圆的儿子，推开人群，挤了进去，扶起萧子健，做出戚容，干嚎了两声，假意安慰道："妹妹死得真可怜，留下你这孩子尚未及冠，以后可怎么过啊？怎么照料这若干家产？少不得被混混们夺去！所谓娘亲舅大，少不得要舅舅照料一二，以后你就跟舅舅过活吧。"

萧子健一口唾沫吐到他脑袋上："不要你这无利不起早的黄鼠狼假好心！当我是三岁小孩哄吗？我爹娘尸骨未寒你就想着我家那几亩地，你的照料怕是能让她从地底跳起来！给老子滚出去！"

"你这小子怎么对舅舅说话的？！"

"我爹也是一番好心！天底下哪有小孩管那么大家产的道理？少不得把我们萧家的钱财都给外人骗了！你可别敬酒不吃吃罚酒！"

"你们别以为我爹死了就能欺负我！惹毛了老子给你白刀子进红刀子出！"

"……"

言来语往，萧子健凭着一股寻常孩子少见的剽悍以一敌三，萧五老爷满脑子都是那份颇丰的家财，压根儿不把这小鬼往心上放，只是碍于无天良夫妇刚死，捕快还没走，马上动手有些不妥，步步忍让，假哭几声便离去了。

萧子健颓然坐在地上，抱着头，仿佛一截断根的树桩。

萧子瑜看着眼前这一切，想起了许久前的往事，曾经他被无天良夫妇与其他萧氏家族里的混混逼得走投无路，被萧子健欺负得头破血流，在他的眼里，无天良和萧子健就代表邪恶，他恨不得他们消失在世间，可是，风水轮流转，无天良和萧子健却被更邪恶的东西打倒了，他应该庆幸吗？

年幼时，孤寡爷爷问萧子瑜有什么心愿，萧子瑜一本正经地说："希望世界没有坏人。"

孤寡爷爷笑了他好多天，他说："只有孩子才能说出那么幼稚的话。"

萧子瑜问："坏人是怎么来的？"

孤寡爷爷说："坏人有邪恶的心。"

萧子瑜问："邪恶的心是从哪里来的？邪恶的心能消除吗？"

孤寡爷爷："邪恶能被善良和正义消除。"

萧子瑜问："我是善良的好孩子吗？"

孤寡爷爷："你当然是善良的好孩子。"

萧子瑜抽抽鼻子，伤心地问："要是善良和正义能消除邪恶，为什么我老被坏人欺负？"

孤寡爷爷哑言，他说这个问题太难太难了，要等萧子瑜长大才会明白。

人类真奇怪，他们赞美正义，却接受邪恶的存在，就如接受太阳、空气和水一般。

萧子瑜很努力地思考，努力地长大。

只有真正看懂世界，孩子才会成为大人。

【贰】

哭声中，议论声中。

许捕头对萧家的家产争夺案毫无兴趣，他马马虎虎地看完尸体后宣布："屋子没什么外人侵入痕迹，大概是附近的毒蛇没找到食物而潜行进来，爬上他们的床，咬了睡着的他们，这是一场意外，死者入土为安，生者节哀。"

"不！"萧子健仿佛从梦中惊醒，他猛地抬头，擦去眼角泪痕，大声辩驳，"我在镇上的捕蛇人处认出了毒杀爹娘的蛇，它名噬蛏，数量稀少，喜欢独居，剧毒无比。它们只喜欢待在深山，极少会出现在村庄，捕蛇人说此蛇价值连城，捕捉艰难，一条已是难得，何况这次伤人的至少有三条噬蛏！这不可能是意外！"

天下官员一般黑，洛水县的黑天老爷也不例外。

乡下地方，出点意外是小事，若出了杀人案，却要影响县老爷的政绩，县老爷政绩不好挨上官训，满肚子的脾气可是要发在办案的小吏们屁股上的。若是案子破了也罢，若是悬而不决，说不准还要影响乌纱帽。

所以，许捕头极讨厌杀人案。

何况乡下地方没油水，也慰劳不了他们破案的辛劳，若是劳累过度，跑得腿脚发软，腰酸背痛，如何回家见他那年方三十风韵犹存的好媳妇。

如今苦主不过是个孩子，死者风评极差，族里也没愿意为他们出头的人。区区几条小蛇，自然随便他瞎扯，许捕头巧舌如簧，将传闻中的各种巧合、奇迹、偶遇案件都说了番，连哄带吓，硬是把萧子健的疑惑统统用巧合解释了番，最后问："若你怀疑有凶手，你倒是破个案，告诉大爷还有哪路神仙能指示毒蛇作案？"

萧子健被问得哑口无言。

许捕头嘲讽道："莫非是传说中号令群蛇的苍琼女神再生了吗？哈哈哈，真是好笑。"

苍琼是残暴与复仇之神，蛇是她在人间的使者。

世人认为苍琼女神是邪恶的象征，却无法阻止她在人间拥有信徒，尤其是有私怨或有仇恨的人，他们会通过信仰苍琼女神，祈求得到力量来复仇。自苍琼女神被封印，无力插手

人间之事后，这种歹毒的信仰已被正道封杀，拜祭行为也减少了许多，但只要世间仍有怨恨存在，她的信徒就难以真正消亡。许捕头前些日子正破了个大户人家的丫环毒害主母的案子，拷问后方知她是苍琼女神的信徒，招供后不久就发了疯，信誉旦旦地说苍琼女神一定会像预言般再临人间，颠覆三界，把人类杀干净，闹得他们这群破案的人很不舒服，如今想起，忍不住拿来提提。

纵使萧子健的胆量比寻常少年大，也想不到那么高端的地方。

萧子健迟疑道："或许是妖魔？"

他的声音不大，却说得清亮，人群中瞬间爆发出议论声。

"妖魔？天啊！"

"咱们萧家村附近出妖怪了？"

"健小子啊，你可别乱说话啊，若名声传出去，有谁敢嫁来咱们萧家村？"

妖魔凶残，深入人心，恐惧的村人就像炸了锅般，议论纷纷，二十多年前妖魔作乱的惨状许多人还历历在目，几乎家家户户都有亲人在此浩劫中遇难，包括萧子瑜的爷爷奶奶。他们怎么也不愿相信萧家村会再次遭此厄运，若是妖魔真的存在，怎会放过满村肥美香甜的小孩儿和鲜嫩可口的大姑娘，去杀这肉硬得和老树皮般的无天良夫妻？就算这妖魔口味特殊点，不爱美女帅哥，只爱大叔大婶，却也没吃他们的肉啊！

这绝对是天谴！是老天看不顺无天良横行霸道，所以派蛇收了他！

萧家村人毫不犹豫地相信了这个真理，他们一致对内，狠狠谴责了萧子健不靠谱的推论，勒令其改正。萧子健总算尝到吃了黄连往肚里吞的滋味，面对群情汹涌的村民，他将满肚子话吞了下去，可是表情仍很狰狞。杀父之仇不共戴天，纵使被千人指万人骂，作为独子，他决不能让父母死不瞑目。无论用任何手段，付出任何代价，他也要亲手找出用蛇毒杀父母的仇人。

想通此关节后，萧子健不再将希望寄托在别人身上，他看似乖巧地低头听训，眼睛却往人群中张望，因为他隐约记起在县城里王二流子的瞎眼老爹以前也是捕快，喝醉吹嘘时曾说，有些凶手很喜欢在现场观看苦主的哭声，也希望了解破案的进度，所以认真观察围观群众，对形迹可疑的人加以调查，很可能会找到凶手的痕迹。

萧家村大约百来户人家，邻里之间都很熟悉，来个卖头油的新鲜货郎都会拿来说道几番，大伙儿知根知底，哪有什么厉害人物？顶多也就是欺善怕恶之徒，若真有这般狠角色，也轮不到他爹娘嚣张了。

萧子健皱眉苦思，把村人从头到尾排了一遍，怎么想都不可能。

"你小子听见了没？！"许捕头说得口干舌燥，见他不留心，一巴掌拍去，"出去！好

好给你父母收殓，做好孝子本分！祭奠他们在天之灵，不要想东想西，天天赌钱打混！给咱们衙门添麻烦！"

萧子健挤出人群，他忽然看见了角落里的花浅，一下子愣住了。

他突然想起来，那个白衣素裙的长发女孩，就是那天在断头山深山里突然消失的奇怪女孩，如今她正坐在石头上，像普通小女孩般哼着歌儿，无聊地摇晃着腿，可是她的眼睛里却有不属于小女孩年纪的冰冷与成熟，仿佛热闹喧哗都不放在眼里。她只死死盯着萧子瑜的一举一动，看着看着，她的嘴角忽然露出一抹诡异的弧度，浅浅的，淡淡的，没有感情，就像恶魔的微笑；待萧子瑜转头朝她跑过来，这抹可怕的笑容瞬间消失不见，普通女孩的表情再次挂在脸上，仿佛云淡风轻，什么都没发生过。

萧子健看得鸡皮疙瘩骤起，从来天不怕地不怕的他，忽然感到了害怕。

他想起了昨日父母去萧子瑜家闹事的经过，细细打听后，他确信这是头披着人皮的妖魔，害死了他的父母，不管付出任何代价，他也要揪出这条狐狸尾巴。

萧子健压下恐惧，握紧拳头，恨恨地下了决心，他从屋里拿出几块藏在角落的银子，追上许捕头离去的步伐……

【叁】

萧子瑜虽然聪明，却很单纯。

他相信了许捕头的说辞，萧家村不过是个穷地方，好多人一辈子也没去过比县城更远的地方，就算结怨，也不至于惹上什么高人。毒蛇伤人自古有之，噬蜂虽然罕见，也不是没有跑来村里伤人的例子，或许是卖蛇人不小心从笼子里弄丢的。萧子健只是因为父母去世而大受打击，有些不能接受现实而已。

反正论他和萧子健的交情，从村头数到村尾也轮不到他去安慰。

弄清楚事情真相后，他就不再胡思乱想，扶着花浅慢慢地回到自己屋中。

花浅示意他去厨房端早饭，谦虚道："我很少做饭，可能不太好吃。"

萧子瑜跑去厨房一看，整个人都愣住了，四碟小菜，大盆杂粮粥，还有一只油光闪亮的兔子，色泽焦黄，趴在盘子里，散发着诱人的香味。这是花浅饲养萧子瑜计划的第一步，她觉得让小孩子吃好喝好，身体就会变好。

萧子瑜大概半年多没尝过肉味了，他盯着兔子，狠狠咽了两口口水，揉揉眼睛，确认不是做梦。花浅解释道："今天早上，我看见这只兔子慌不择路地跑过来，一头撞死在那块石头上，便顺手捡回来了，咱们运气是不是很好？"

萧子瑜简直不敢相信："天底下竟有如此蠢的兔子？！"

"你听过守株待兔的故事吧？兔子都是很蠢的动物，"花浅撕了只兔腿递给他，"大概是神灵知道咱们肚子饿，派这只兔子来舍己为人呢。我来给你盛粥，你太瘦了，要多吃点。"

自从花浅来了他家后，运气一路好转！

萧子瑜捧着兔子腿，果断一口咬下去，左右开弓，吃得满嘴油。

冰蟒守在手腕上，眼睁睁地看着他的女神挽起袖子去盛粥，那双持刀拿剑，号令千军的手，居然放在个破木勺上，服侍这个渺小得如草履虫般的小屁孩吃饭，实在太可悲了……冰蟒心酸得恨不得变回烛龙原型去满地打滚，只有用巨大的蛇尾巴掀翻几座山头，灭上几十个城镇，祸害千里庄稼才能消除心中的酸涩。

这不应该啊……

他花了一晚上去河边，躲角落里学着乡下大婶们轮棒槌，控制手上的力度，好不容易把主人的衣服洗得又白又干净，又去树林里抓兔子，将所有的爱都倾尽在烤架上，用心烧烤，烤坏了十来只兔子才弄出这只可以呈给主人的完美作品，只希望看到主人满意的笑容，得到一声赞美，可是，可是他要这草履虫的赞美干毛用？！草履虫算什么东西？一根指头就能捏死几百个不带找零的，他应该乖乖饿死，而不是吃他冰蟒大爷为主人烧的饭菜啊！天啊！又一只兔腿！他的主人居然还面带微笑地给他最好的肉吃，天理何在？！

可怜的诛天蛇镯在心里不住地哀嚎着。

他的主人是十天八荒最强大最美丽的女神，他以主人为傲。

虽然主人脾气烂了点，性格暴躁了点，手段残忍了点，不那么温柔，可是她依旧很好看！超好看的啊！十天八荒里被她迷住的神仙妖魔没一万也有八千，那么多青年才俊跪在她面前请求青睐，都被一脚踹开，理都不理。他作为主人灵魂法器，是唯一一个可以随时跟在她左右的雄性！也是她战场上可信赖的左膀右臂！

虽然他作为法器，不能对主人表示自己的痴恋和爱意。

虽然他作为雄性，也很有自知之明地不敢妄想得到主人的感情，只能默默暗恋。

可是，上万年来，忠心、可靠、强大、英俊的他才是主人的唯一啊……

他才是主人的心肝宝贝小亲亲！

这个臭小孩算什么鸟东西？！凭什么得到主人的温柔？

比他长得帅吗？比他身材高大吗？比他能力强悍吗？比他忠心能干可靠吗？！

统统都没有啊！他就是个废物！废物！大废物！

可谁让他是萧云帆的儿子？谁让他体弱多病？谁让主人和他不敢轻举妄动，唯恐弄死这脆弱的草履虫？想到这么弱的家伙，竟敢逼得魔界第一战器为他洗手做羹汤，逼得三界第

一美女战神给他倒茶递水，此事若传回三界，所有神魔仙怪的眼珠子都要掉下来了。

主人在忍辱负重，他不能轻举妄动坏了主人的大事。

冰蟒心酸地盯着萧子瑜，怨深似海，琢磨着等他失去利用价值后将他一口吞到肚子里，彻底销毁，渣都不留！免得在主人的光辉历史中留下笑话。

萧子瑜被盯得坐立不安，他左右四顾，没发现其他人，倒是看到了花浅的手镯，随口称赞："你的镯子挺漂亮。"

花浅随意看了眼，道："嗯，就是挺蠢的。"

萧子瑜吃完最后两口粥，幸福地捧着圆鼓鼓的肚子休息，可没过多久，他就肚子痛了。

花浅以为食物有问题，差点在厨房把自家做饭无能的法器掐死，待找来郎中后，方知是萧子瑜常年不碰油水，肠胃不适应过度油腻，起了不良反应，这才将冰蟒放过。冰蟒辛苦工作，遭遇无妄之灾，对萧子瑜的怨恨又多了几分。

人类真是太难饲养了，比打仗难上一万倍。

花浅彻底失去信心，她决定速速将萧子瑜带走，交给擅长带小孩的人饲养，比如师父什么的家伙，越快越好，免得萧子瑜在她手上重蹈乌龟的覆辙。她提议："我们现在去岐城，参加灵法师考核吧？"

女神是实干派，说干就干。

萧子瑜愣了，他隐约猜测花浅和灵法师有关系，也下了决心要去做灵法师，可是他没想到事情进展那么快，昨天要灵修，今天就去报名，好像灵法师门派和大白菜似的，想进就能进。他弱弱地提出反对意见："我什么都不会。"

花浅看了他两眼，肯定道："虽然不知现在灵法师考核是怎么考的，但你会很顺利的。"她活了上万年，杀过无数灵法师，对灵修颇有研究，不需借助器皿的帮助也能鉴定出人类的通灵潜质，她在查看萧子瑜身体的时候，也发现了他难得一遇的特殊资质，虽然身体素质差些，各大门派还是会抢着要的。

萧子瑜被否定了很多年，很不自信，一时难以下决心："要不，过两天？"

花浅急着带他去灵修，追问："你有什么好怕的呢？"

被村人叫了十四年的"病痨鬼""窝囊废"，萧子瑜对花浅莫名的信心很没信心。

"莫非，你是懦夫？"花浅顿悟地拍了下手，做出结论，"对，你是胆小鬼，废物，无能者，草履虫，没有勇气也是应该的。"一连串骂人的话从她口中吐出，声音仍是轻柔动听，感觉不到骂人的意思，倒像在陈述事实，反而让人心生寒意，就像落入冰窟中。

"不，我不是！"男子汉大丈夫，怎能被女孩鄙视？萧子瑜脸都红了，他狠狠反驳，"我

的计划是省吃俭用半年，努力干活，存够两串钱，好歹凑够咱们坐车去岐城的路费和接下来的生活费，然后参加下半年的考试，我爷爷说，做人不能顾前不顾后，要有失败卷土重来的准备。"

"失败，何必活下去？"花浅平生最讨厌胆小鬼，闻言大怒，她素日训人训惯了，开口就是，"失败，就直接去死吧。"花浅吐出的每个字都像刀，毫不留情地扎在他心窝上，"你没有太多的资材，也没有更多的后路和援助，你是那么渺小，若要实现梦想，你需要比普通人更强的决心，而且是面对刀山火海也要迈过的决心，不能带半分犹豫，否则就没有半分希望。要知道，当你成为真正的灵法师后，斩妖除魔，需要面对的危险更多，难道遇到打不过的妖魔，你就丢下所有人逃跑，留待下次报仇吗？你必须为了队友去死战，用你的生命来拖住敌人前进的步伐。如果你连去死的觉悟都没有！倒不如别做灵法师，留在萧家村，继续像狗一样低头哈腰过日子，受施舍过活，好歹能安稳现世。"

"失败，就去死？"萧子瑜愣愣地问。

"不对，不能死，"花浅瞬间意识到萧子瑜不是自己那些皮厚耐骂的部属，而是心思细腻的人类，受不起激将，若萧子瑜真听了自己的话绝望去死就完蛋了，于是赶紧解释，"我的意思是，车到山前必有路，万事没有过不去的坎，先到岐城再想别的。生命是宝贵的，活着是世间最美好的事情，没有绝对的必要不要冒生命危险，就算有危险也先让我去，你千万不要轻贱自己，一定得活着，好好活着……"她解释得自己都想吐了。

萧子瑜似乎没留意她后面说什么，他呆呆地坐着，呆呆地思考着，忽然开口："对不起，谢谢你骂醒了我，我不应该懦弱，灵法师是危险和荣耀同在的职业，若连参加灵法师考核都害怕，我就没资格做灵法师了。"

花浅："不客气，只要你不死就好，我现在带你去岐城不是没打算的，因为我是……"

她话音未落，门外传来咆哮声："臭小子！别挡道！"是萧子健带着许捕头与众捕快们站在外面，阴着脸，一把将萧子瑜推了个踉跄，然后凶神恶煞地站到花浅面前，指着吼："就是这个来历不明的丫头！肯定不是好东西！"

花浅后悔没让冰蟒斩草除根，把垃圾解决干净。她看了门口一眼，就转身坐下了。

许捕头得了银子，对案子也有了几分动力，原想着多少也要敷衍两下，教训教训两个穷鬼，才对得萧子健塞给他的贿赂。没想到这漂亮小姑娘居然轻慢他，简直太不懂规矩了！许捕头原想敷衍了事的念头骤失，他居高临下，将花浅从头到脚打量了番，厉声盘问："你来自何处？为何在萧家村落脚？别用拙劣的谎话来欺骗，天下没爷查不出的事，胆敢有半句谎言，直接送衙门脱了裙子打板子！"

萧子瑜看出许捕头的火气，赶紧圆场："她是我远房表妹，小女孩家家的，没见过世面，

不太懂规矩，请捕头大爷见谅。"

"远你妈的蛋！"萧子健戳穿他拙劣的谎言，"都在村里穿开裆裤长大的，你家真有这门远方亲戚，老子还不知道？瞧你这'表妹'细皮嫩肉的样子，哪像乡下人的闺女？长得比咱村大户的千金都娇贵，你若真有那么有钱的亲戚，还用得着吃了上顿没下顿吗？"

萧子瑜怒道："萧子健你别想着公报私仇！净欺负小姑娘！"

"怎么？不高兴就来和爷单挑！"萧子健横眉怒眼，站在他身前，"是不是小姑娘还两说呢！说不准是哪里的狐狸变的人形！"

萧子瑜挥拳要打，却被花浅拦下，"够了，"她放下空碗和勺子，轻轻擦了擦嘴，从袖中拿出几份身份文件和路引，夹杂着一张黑底金漆，印刷华丽的推荐文书，全部递去许捕头手中，"这是我的来历。"

许捕头傲慢接过，随便翻看着，"南洋的奉天岛我知道，就在咱们这里的南面海上，年年商队都经过咱们县的，听说妖魔挺猖狂的，那里出产的椰粉与白糖都不错，我家媳妇特别爱吃。你父亲名花万贯，花家确实是奉天岛上的大户啊，看不出你是个商家小姐啊，你爹娘居然放你一个小孩跑出门，哼，肯定有古怪，"普通人出远门，都需要官府开具的文件，许捕头也不是没见识的人，认得出上面官府盖的大印真实无误，不想在上面纠葛，接着往那张黑色文书看去，他才看了第一眼，脸色就变了，赶紧揉揉眼睛，再看了几眼，越看眼睛越大，当放下文书后，他的脸色转了几转，原本的倨傲消失不见，反而弯腰赔笑问，"你是今年奉天岛推荐来岐城接受考核的灵修学徒？真是年少有为，英俊潇洒，不对，是美丽脱俗，英雄出少女啊！怪不得敢独自走南闯北，不知姑奶奶怎会大驾光临咱们小小洛水县？"

此言一出，所有人都呆了，萧子瑜瞬间明白了花浅刚刚说的话，她要参加灵法师考核，带着他一起去岐城，是最恰当不过的时机。

萧子健不知厉害，犹在嚷嚷，但几个吊儿郎当的捕快已经放端正了身形，站得挺直。

云雾大陆各地都有灵法师协会，每年灵法师协会都会推荐些孩子去各大门派学习，这类受照顾的学生只要稍微有些资质，然后在灵法师考核上走个过场，便可入选，所以被称为推荐学徒。他们多数来自灵修门派交好的权贵人家，中间也会掺杂几个真正贫困出身却极有天赋的孩子。萧子瑜的父亲就是被灵法师协会鉴定为百年一遇的天才，称为该届最有潜力的灵修学徒，遭到各大门派的哄抢，可惜此事只在灵修界流传，并不会透露给民间知道，萧家村又是偏远的小地方，真相传来传去就变了样。

总而言之，灵法界的推荐学徒不是权贵子弟，就是灵修天才，哪种类型都不好惹。

地方上具有初步审核推荐权，被推荐的学徒会交给五大城的灵法师总协会进行再一次审核，多数是决定是由大门派还是由小门派接受的问题，不管将来进入哪个门派，花浅都是

未来的灵法师。

普天之下，哪个凡人敢惹灵法师，敢惹灵法师协会？哪怕是未来式灵法师。

听说他们都是能劈山分海、吃老虎肉下饭的狠角色！杀个把普通人像喝水般容易！

许捕头差点吓尿了，他壮着胆再将花浅从头到尾看了一次，越发觉得她淡定的表情是高深莫测的表现，不笑的样子是要杀人的预兆，说不定背景深厚，手里有厉害法器，下一刻就拔出来把自己的脑袋砍了，自家县衙老爷是家里天天倒葡萄架的胆小鬼，绝对不会为他去灵法师协会出头的，估摸砍了也白砍。自家那风骚媳妇是守不住的，绝对要改嫁！不知会便宜哪个下三滥，连带他娃也得喊别人爹……

萧子健脑子里没那么多弯弯绕绕，犹在叫嚣："灵法师学徒何须装神弄鬼？把身份躲躲藏藏！捕头大哥，你千万别相信这妖女胡言乱语！她定是妖魔伪装的！捕头大哥，咱们要逼她现出原形！"

许捕头给这没脑子的气了个颠倒。

灵法师是小捕头惹不起的，妖魔他就惹得起吗？

灵法师杀人或许还讲理！妖魔吃人讲理吗？

天可怜见，他只是个卑微的小捕头，每个月拿点微薄的俸禄混日子，每日打打鸡揍揍狗赌赌钱罢了，来萧家村也只是为了捞点油水！至于什么来历不明的漂亮小姑娘，也只是想看看有没便宜占而已，哪想到要踢铁板啊？许捕头恨不得把怂恿自己来这里的萧子健给拖去宰了，连连对他呵斥："闭嘴！"

"谁他妈相信灵法师会和这穷小子鬼混？还什么兄妹？我呸！我们萧家哪来的这门亲戚？"萧子健看不懂眼色，也不肯善罢甘休，他红着眼逼问，"拿张纸随便涂几个字就想蒙骗过去？！好大的胆子！"

花浅抬起头，倨傲地解释："我在去岐城的路上，符马出现事故，跌落在萧家村，摔伤了腿，承蒙萧家子瑜大恩，收留养伤，唯恐外人风言，认为义妹，何曾需要你这等小人认可？！"

"义结金兰，结拜兄妹，说书里多得是！"许捕头见未来灵法师说话越发严厉，自觉性命堪危，赶紧附和，"正常的，正常的！那家伙就是小人，人小心眼小，哪能和您比？"他拍拍萧子瑜的肩膀，竖着大拇指不停夸，"小兄弟高风亮节！颇有咱们洛水县见义勇为的风范，是咱们洛水县的骄傲，大哥佩服你！"

萧子瑜从未被人这般不要脸地夸过，脸都红了。

萧子健见风向顿转，察觉不妙，怒问花浅："听说灵法师不是都有法器吗？你的法器在哪里？也不拿出来给爷看看？"

花浅反手，露出手腕，上面缠着枚灰色的蛇形手镯，忽然蛇首上的透明石头发出柔柔

白光，淡如月色，这层月色渐渐笼罩她的整只手掌，形状扭曲变化，延伸拉长。待月色褪去，蛇镯已消失不见，一把闪烁着寒光的短剑落在她掌心，剑长尺余，带着倒钩与剑槽，有蛇鳞般的细纹，剑柄为蛇首形状，依旧镶嵌着那颗荧光的透明宝石。花浅将短剑翻转两下，短剑忽然自动放出数道剑气，暴躁地擦着几人的脑袋而过，吹下三四根发丝，透出逼人的杀气，花浅抚上短剑，似乎在安抚他的脾气，温柔道："法器蛇镯·冰蟒，他脾气甚差，不喜欢被打扰，现在有些生气，你们还想看吗？"

冰蟒今日平白挨骂，憋了一肚子火，想用眼前这不长眼的家伙来血祭。

许捕头白着脸，猛地摇头："不用不用，让冰蟒大人休息就好！"

萧子健初生牛犊不怕虎，高声呼喝起来："蛇镯！蛇镯！你看！是蛇！我爹娘就是被蛇咬死的！"

花浅挑了眼许捕头，一遍又一遍地抚摸她的剑。

许捕头打了个寒战，一声暴喝，左右捕快立即扑上，把这不知天高地厚的小子拖住，呵斥道："就算蛇镯的外形是蛇，它也是把战斗用的法器，不是操控生灵的灵器，你这没见识的乡下小鬼！懂你奶奶个蛋？！少给老子胡言乱语！人家灵法师大人需要半夜派蛇杀你父母？又不是吃饱了撑着的！直接法器一划，你就算有七八个爹娘也要死！"

"谁有七八个爹娘？！"萧子健气得脸红脖子粗，就连拦住他的捕快听到这番言论，都忍不住偷笑。

许捕头一瞪眼："看你爹那贼眉鼠眼的贱模样，看你娘那天天在村里游荡的浪劲儿，哼！就算有人害他们，也是自己害的！滚滚滚！有多远滚多远！"然后他又赶紧回头赔礼，"小的说话粗浅，污了花浅大人的耳朵，这就带这小鬼回去教育教育，你就请……请，别放在心上。"

萧子健蛮横惯了，哪受得了这番奚落？他恨恨瞪着许捕头，扬起拳头要打，被身后几个捕快一人一脚，踹翻在地，瞬间疼得起不了身来。眼角破损，鲜血和眼泪混在一起，在面颊上划出长长的血泪，他仍死死地盯着花浅，仿佛要咬下她的肉来。

花浅根本不理他，慢悠悠地问："你说我是凶手，就想这样离开？"

"哪能呢？打扰了大半天，小的是那么不懂事的人吗？"许捕头立即把从萧子健那里收到的银子捧去花浅面前，"花浅大人要去岐城一路辛苦，些许银钱，是小的孝敬大人去岐城的一路花费，不成敬意，不成敬意。"

花浅终于点头，也不去接，示意他放在桌上。

冰蟒的杀气也渐渐平息，再次化作蛇镯，缠回她的腕上。

萧子健还想反抗，却被捕快牢牢制住，他恶狠狠盯着花浅："什么狗屁灵法师学徒，我绝不相信，我会找出你的真面目。"

许捕头狠狠再给了他一下子，直接敲晕拖走，泄愤道："把这不省事的送去牢里再好好收拾。"

谁也没注意过，愤怒至极的萧子健流血的手心曾不自觉地冒出淡淡烟雾，转瞬不见。

一行人如狂风暴雨般来，如和风细雨般走。

萧子瑜脑中的猜测得到证实，他敬畏地问花浅："你是灵法师？你有法器？"

花浅更正："是尚未入门的推荐学徒，其中区别还是很大的。"

萧子瑜小心翼翼地问："你怎么不早说？"

花浅："腿脚受伤，身有宝物，为何要说？"

萧子瑜顿悟得快，推荐学徒的能力还弱得很，花浅独自出门去考核，还带着件珍贵法器，若是不隐瞒身份，消息传出，被灵法师里的魔修者看上，杀人越货怎么办？推荐学徒离学徒都差老远，打起来，哪能和正式灵法师比？那些坏人为了法器，为了不让灵法师协会知道这事，绝不会只杀花浅就算了，还会杀了他灭口啊！怪不得那时候花浅挑了他家借宿，怕是觉得人少，容易隐藏。

如今萧子健设圈套要抓人，逼着花浅把真实身份告诉了许捕头，秘密怕是保不住了……

萧子瑜果断下决定："咱们走！立刻走！我去和大家告别，再和母老虎说一声，然后就去岐城！"

只有到了岐城，进了灵法师协会，他们的生命安全才能得到保证。

花浅皱眉："还算聪明，可是，何必再去见母老虎？徒添麻烦。"

萧子瑜坚决道："我有必须和她告别的理由。"

【肆】

"萧子瑜！你小子长能耐了？和你爹一样下贱！和你娘一样无耻！灵修灵修！你脑袋长屁股上了？！还要不要命了？老娘绝对不准你去那种鬼地方！"如预想中，母老虎压根儿不给他任何解释的余地，破口大骂，每个词里都是如火般的恶意，"你身子骨比老娘的擀面棍还细，脑袋瓜也不聪明！村里那么多比你聪明伶俐强壮的孩子都不打灵修的主意，你这个废物凭什么灵修？！灵修有什么好？打架？得瑟？！还是学你爹那样勾搭野女人，连父母之命、媒妁之言都丢了？不愧是老王八蛋生出的小王八蛋！"

萧子瑜瘦弱的身子在她的狂风暴雨中屹立不倒，咬着牙硬抗。

母老虎几乎陷入疯狂，在她眼里，这个十四岁的孩子一如他的父亲般可恨，她甚至想用手中的擀面棒像当年那样狠狠往他脑袋上、身上砸去，把他活活打死。

可是，她当年没舍得打死萧云帆，今天也无法打死萧子瑜。

约莫骂了大半个时辰，母老虎骂得声嘶力竭，骂得方圆十里无人敢靠近，见萧子瑜这没出息的半点反应都无，终于停下来歇息嗓子，喘口气。

萧子瑜忽然开口："大娘，我爹究竟是怎样的人？"

想起往事，母老虎的火气再起，歇斯底里地吼道："他是个贱人！下三滥！骗子！混账！"

萧子瑜不为所动："大娘，我要离开萧家村了，请你告诉我，我爹的事情。"跟了母老虎那么多年，他相信母老虎是知道些什么的。

"滚犊子！"母老虎见他油盐不进，又气又恼，压根儿不想和他多说，"你最好和你爹一样死在外面！老娘落得清净！滚滚滚！早死早投胎！你爹就是个骗子！你想知道你爹的事？！呸！老娘一个字都不会告诉你的！"

"是这样吗？"萧子瑜见实在无法得到答案，终于放弃，临行前，他弯下腰，深深鞠了一躬，"大娘，我要走了，或许很难再回来了，谢谢大娘多年的照顾，以后你要多保重，酒不要喝过头了，对身子不好。"

母老虎有些警惕："你别以为认个软，老娘就会心软。照顾？我呸！那是老娘恨你爹入骨，特意把你弄来折腾出气的！嘴上说得好听，你心里早就恨不得我死吧？"

萧子瑜诚恳地说："我知道你心里不喜欢我，可是你依然没有丢下我不管。那么多年，若不是有大娘明里暗里照顾，我早就死了。我虽然不喜欢大娘骂我，可是我认得清恩情，所以我要在临走前来感激你。"

他再次对呆滞的母老虎鞠了两次躬，转身离去。

无论受了多少苦楚，少年的心仍未染黑，他把所有点点滴滴的好都记在心上。

锦上添花易，雪中送炭难。

此次一别，怕是要很多年后才能回来。

眼看少年油盐不进，执意要去灵修，意志坚定，如当年那个人一模一样。

"等等！"母老虎忽然叫住他，犹豫了好久，终于叹了口气，开口道，"你这和善性子，倒和你爹一模一样，可是你长得和你爹一点也不像，你爹小时候比你帅气多了，你长得也不太像你娘，那狐狸精……不，你娘瓜子脸大眼睛，长得比你漂亮多了。对了，你长得像你奶奶，特别是那双眼。想当年，你奶奶也是个清秀高挑的美人儿，若非家世有难，也不能嫁给你爷爷……"

萧子瑜停下脚步，转过身来，他看见母老虎仿佛憔悴了许多，岁月在她脸上留下许多刻痕，刀刀都是磨难，可是她的脸上仍有不一样的光辉。她呆呆地坐下，看着远处的小山丘，在回忆过往的时光，似乎有着甜蜜、痛苦和悲哀："你爹就和你一样，特别喜欢听故事，喜

欢做梦，梦里是做大英雄、大侠客、灵法师什么的，我娘和你奶奶是闺中好友，我和他是青梅竹马，我性格泼辣，行事不逊男子，经常捣蛋，他便带着我去爬树，掏鸟蛋，下河摸鱼，那时候的日子特别开心，就和梦一样……"

青梅竹马的故事，总是浪漫温暖的。

那时候的母老虎还不叫母老虎，只是个活泼开朗的小姑娘，大伙都叫她月娘。月娘也没母老虎那般肥胖老丑，而是个圆圆脸蛋，高挑身材的小美人。脾气虽然泼辣些，却正直讲理，经常帮村里被欺负的人仗义执言，引得父母痛骂。

萧云帆很喜欢这样的月娘，觉得是个正义勇敢的好玩伴。月娘也喜欢粘着萧云帆，听他说梦想，说故事。两个孩子一块儿打鸡揍狗，挨罚受骂，形影不离。闹腾得久了，两个孩子的母亲，都觉得他们是天生一对，于是商议着要订亲。

萧云帆帅气、聪明、能干，是村里女孩人人想要的好夫婿。月娘从小对他情根深种，得此消息，大喜过望，开心得好些天都不好意思见萧云帆。

可是，还没来得及定亲，萧家村便遇到妖魔侵袭，萧云帆的父母双双去世，萧云帆守完孝，果断要去做灵修者。

灵修者一去不知何年归，也不知生死如何。

月娘发誓说要等他。

萧云帆说让月娘别等了，他心里只当月娘是小妹妹，是好朋友，并没有男女之情。

月娘压根儿不信，她以为萧云帆是喜欢自己的，说的话只是托词，他是怕自己做不成灵修者，怕自己会死，所以不敢答应她罢了。她也想和萧云帆一块儿灵修，便一同去了岐城参加考试，可惜她的天赋还不足以打动灵修者协会的人。

伤心过后，她强做笑颜，期待地对萧云帆说："我等你回来，你要多给我写信。"

萧云帆满脑子心思已在灵修上，没有多想，而且他始终觉得性格大大咧咧，像男孩似的月娘和自己也只是兄弟情谊，被父母之命逼着要成亲，完全想不到对方情思至此，于是开心地答："好，我会回来的！也会写信的。"

月娘得到承诺，大喜过望。

青梅竹马就此分手。

月娘独自守候着，乡下村庄，通信艰难，她坚持把村里的趣事写给萧云帆知道，偶尔也会收到萧云帆的回信。来信都是灵修门派里的各种趣事，可是信里渐渐出现一个叫叶紫藤的女孩，开始萧云帆说那女孩出身灵修名门，吃喝用度都很娇惯，穿的是千金一匹的紫云罗，喝的百两银子的百花酿，凡事都爱使钱开路，不知民间疾苦，所以对她印象很不好，后来又说她虚心好学，没有千金小姐的架子，特别可爱，特别聪明，还特别正义，月娘有不祥

的预感，可是她不愿意相信，毕竟那样的大小姐是不会嫁给穷小子的……

月娘的预感没有错，八年后，叶紫藤与家人断绝关系，下嫁萧云帆。

青梅竹马的爱恋，就此夭折。

成亲后，萧云帆带着叶紫藤回到萧家村祭拜父母，这时候的萧云帆打扮虽朴素，却更英俊了，而且意气风发，才华横溢，全身都散发着和以前乡下孩子不一样的气质。他这时才发现月娘根本没嫁，可是很多东西错过了，就来不及了。月娘几乎是歇斯底里地憎恨着叶紫藤，如果叶紫藤只是个很普通的女孩也罢了，可是这个贵族出身的女孩，比她美貌、比她聪慧、比她强大、比她能干、比她有气质，站在她温柔的笑容面前，月娘觉得自己渺小如尘埃，停留在原地的她只配在阴影里仰望这对谪仙般的男女。

原来萧云帆说喜欢月娘的男孩气，只是把她当好兄弟好玩伴的喜欢，他真正喜欢的还是叶紫藤这种温柔善良、说话细声细气的女孩儿。和叶紫藤越是对比，月娘就越自卑，越自卑她就越恨，恨得入骨，恨得心碎。

她唯一能比得上叶紫藤的，就是她更爱萧云帆！

可是萧云帆不爱她……

月娘问过萧云帆："如果你不去灵修，如果没有叶紫藤，永远待在这个小村庄里，你会不会按你娘的意思来娶我？"

萧云帆说："或许吧，可是这世上的事情没有如果，我不会待在小村庄。"

月娘是大哭着走的。

误会被澄清，萧云帆对童年最好的朋友愧疚至极，他无法面对月娘怨恨的目光，拜祭过父母后，几乎没在村里停留，就带着妻子离开了。

可是错误已经造成，得不到萧云帆，月娘一辈子不嫁人，她要永永远远诅咒那对可恨的男女。

母老虎的眼眶泛红，她咬着牙说："萧家村没有好东西，他们都骗了你，你爹是个很好的男人，只是运气有些不好，他没有对不起我，只是我恨他。我恨他离开我去灵修，我恨他娶叶紫藤，我恨他不听母亲的话来娶我，我也恨自己愚蠢，自从你爹失踪的消息传来，我就更恨他了，灵修有什么好？值得不要性命地去做吗？我讨厌你是因为我恨你爹，恨你身上流着叶紫藤的血，可是我不能不管你，因为你是他唯一的血脉，所以我不能眼睁睁看着你走上你爹的老路去。"

萧子瑜说："可是我还是要去的。"

母老虎喝问："为什么？！"

萧子瑜倔强地说："只有去灵修，我才能知道我爹娘究竟去了哪里，做了什么！"

母老虎沉默了一会儿，才说："就为了这个？"

"不，更重要的是，"萧子瑜想了想，脸有些发烫，仍大声说，"我喜欢灵修！我是我爹的儿子！我要做和我爹一样的灵法师！"

久久的沉默。

母老虎忽然开口："去天门宗。"

萧子瑜有些诧异地看着她。

母老虎深呼吸一口气，整理情绪道："你爹寄给我的信上说过，他进的门派就是天门宗。他带着叶紫藤回乡拜祖的时候，穿的就是天门宗的青色袍子，和前些日子路过我们茶馆的那几个天门宗学徒一模一样，天门宗里应该有你爹的信息。

萧子瑜愣了会儿，再次深深鞠躬，高兴地感激："谢谢大娘。"

母老虎站起身，慢慢朝柜台走去："若你爹还活着，就告诉他，月娘还在恨他。"

有多深的爱，就有多深的恨，爱恨永不消逝。

萧子瑜大声回答："是！"

母老虎从柜台摸出不少碎银子，装进小荷包，然后拿出几封被翻得破旧的信件，递给萧子瑜，叮嘱道："这是你爹留下的信，你拿去看看是否有用，灵修不易，别失踪了，实在修不成就认命回来吧，大娘这里还有杂役的位置给你，总归饿不死。要是被别人骂了，就想想大娘，他们那嘴皮子哪有大娘狠啊？千万别激动，平白给人看笑话……"

"好。"萧子瑜忽然觉得眼角有些湿。

【伍】

岐城的商店真多，人真多，机遇也多。

岐城是周国五大城之一，重要度仅次皇都。

这里是沿海商业繁华的中心，来往客商如云，不但有财大气粗的南洋客，有个头矮小的扶桑人，还有黄头发绿眼睛的西洋鬼，卷头发大胡子的西域人，甚至有从头到脚都黑不溜秋，不知道是人还是妖怪的大个头……

幸好萧子瑜平时听的故事多，对新奇事物接受能力强，他吃惊过后，偷偷看了几眼，见花浅对这些黑人不以为意，估摸他们是海外来的异人，就没学其他一起下车的旅人一样大呼小叫，惹人白眼。

萧子瑜揉着在马车上颠了十来天的屁股，觉得痛得很值。他在进城前，已按花浅的嘱咐，去洛水县的当铺买了两套八成新的衣服，如今打扮整齐，放在洛水县普通人家里已是新年见

客的装扮。可惜乡下穿衣服讲究实惠，以结实耐用料子为主，不跟城里追什么风潮，款式几十年不变，再加上买回来的旧衣尺寸有些偏大，和他身材有些不相配，所以岐城顽童走过他身边，认出他是外地人，笑了好几声"穷鬼""乡下佬""土包子"。

面对嘲讽，萧子瑜身经百战，果断当耳边风去了。

他继续观察花浅的行事，学着她的从容气度，尽可能想象自己是个有钱人家的少爷，硬起腰杆，无视耳边风，大大方方地走进城去，就是那对眼珠子老忍不住东张西望。

东边来的骏马好漂亮，通身雪白，无一根杂毛；西边的糕点铺很香，都是没见过的款式；北边又迎来了几个腰佩长剑的剑客；南面那趾高气扬的莫非是灵法师？！还有那大姑娘怎么穿那么少那么薄，好不知羞！岐城的新奇东西真多，萧子瑜怎么都看不够。

花浅已经五百年没来人间了，人间繁华已大不相同。她对周围的东西也感到有些新鲜，只是不像萧子瑜表现得那么明显。何况世界会变，人心不变，处处都混杂着或多或少的仇恨与黑暗气息，尤其是西街大户人家居住处，有道怨恨的气息直冲云霄，就连她这个主管复仇的女神也很少见到那么强烈的恨意，若非还有要紧的事在身，她定要去查看一二。

两个孩子在街上东张西望，寻找落脚处。

北城靠近码头，是繁华的商业区，可惜最近灵法师协会收徒，四里八乡来参加考试或来看热闹的都不少，大部分的便宜客栈都客满了。花浅听见萧子瑜的肚子咕咕叫了两声，她过了好一会才意识到这是饥饿的声音，便张罗着要去吃饭。她吸取把萧子瑜吃坏肚子的教训，这次喂食极其慎重，餐馆挑剔了一家又一家，不是嫌油重，就是怕不干净。萧子瑜以为女孩子吃东西讲究，默默跟在后面走，哪怕再饿也不开口。直到忽然闻到巷子里一个小酒肆传出来的红烧肉的前所未闻的香味，萧子瑜便站在门口，狠狠地嗅了几下。正转身离去时，背后传来几个骂骂咧咧的声音：

"死老头！没钱就别赊酒！谁相信你的鬼话？！"

"趁着掌柜不在，把这团垃圾丢出去！"

然后一个巨大的物体飞了过来，直接砸在萧子瑜的背上，砸得他一个跟跄，摔了个狗啃泥，手中包裹也飞了出去。

砸在屁股上的重东西压得他半天翻不过身来，"喂？！"城里人也得讲理的，萧子瑜很不满地回头想谴责这撞倒人的蛮汉，却发现是个须发皆白的瘦小老头，脸上脏兮兮的，穿了身旧得几乎看不出颜色的青布衣衫，浑身都是酒气和油腻，躺在地上"哎哟哟"地叫唤，很是可怜，也不知哪里摔伤。萧子瑜看看膝盖，揉揉屁股，也没什么大伤，不过是青了两块，他想了想，不再计较，伸手把老头扶起来，关心地问："老爷爷摔伤了吗？"

没想到那老头儿一把抓住他，带着满身酒气，大吼大叫："小孩儿，你的屁股硌伤了我！"

萧子瑜差点喷了："是你自己撞过来的！"

"我撞过来，你就得躲啊！你不躲不是故意要用屁股硌伤我吗？"老头儿看似瘦小枯干，实则双手铁箍似的拉着他，喷着酒臭，颠三倒四道，"小伙子，老爷爷也不是不讲理的人，你就请我喝碗酒，咱们这事就一笔勾销了。"

萧子瑜知道遇上无赖了，拼命甩开："我是乡下来的，我没钱！"

老头儿还在拉拉扯扯："四个钱就好，借四个钱给我买碗酒，待会我徒儿来还你，你是好心肠的好孩子。"

"我真没钱！"萧子瑜被这酒鬼拉得跌跌撞撞，急得乱抓乱扯，没想到正好扯到老头儿的裤腰带，裤腰带不结实，断了……

裤子滑落，背后露出两个皱巴巴的半圆。

大姑娘小媳妇尖叫着捂着眼，跑了。

萧子瑜可怜兮兮地捏着断掉的裤腰带，看着抓起裤子怒发冲冠的老头儿，然后乖乖地低下头。

"怎么了？"在前面专心探路的花浅看见萧子瑜没跟上，转了回来，本以为萧子瑜被欺负，准备出手相救，没想到看见这啼笑皆非的一幕，饶是剽悍如她也无语了，总不好在大街上殴打光屁股老头吧？花浅将老头细细打量了番，很爽快地说，"子瑜，算了，老先生想喝酒，便请他喝吧。"

老头儿对她竖起大拇指，夸了声："丫头，上道。"

萧子瑜乖乖将备用裤腰带交出，委屈地对花浅解释："我真没用屁股撞他。"

老头儿有了钱，对着酒馆伙计大吼大叫："你们这群龟孙子，现钱在此！速度把好酒好肉送上来，"接着他对萧子瑜和花浅说，"老头儿不欺负你们，不过赊些银钱应急，待会我的徒子徒孙过来，自有大把银钱还你，那群家伙都是灵法师，有钱得很。"

灵法师哪会来这种不入流的小店喝酒啊？

灵法师哪会被人像小鸡似地丢出去啊？

这样的人是灵法师，孩子们对灵法师的幻想都要破灭了。

酒馆发出阵阵嘲笑，好心人告诫萧子瑜："这种骗人的招式不新鲜了。"

花浅坐得淡定："没关系，我们得罪了老先生，请他喝酒赔罪也是应该的，赔裤腰带。"

"我真不是故意的。"萧子瑜听见裤腰带三字，都要哭了——好人果然做不得，他应该爬起来就跑的。

酒香肉厚，味道鲜美。

老头儿号称会有徒弟来付账，半点都没客气，抬手吃肉，举筷喝酒，吃得不亦乐乎，

一盆红烧肉吃完，回头再叫："肉来三盆，酒来五斤！龟孙子们，快点！"

萧子瑜已做好被骗的心理准备，看见花浅很淡定地在吃，便横下心，也大口吃喝起来。

花浅开口问："先生是天门宗的吧？"

老头儿愣了一下，没有否认，也没有承认。

"天门宗？"萧子瑜的耳朵竖了起来，他想起出发前母老虎说过自己父母是天门宗人，天门宗是灵修第一门派，眼前老头虽不知身份真假，终可一试，他急切问，"我爹也是天门宗人，他叫萧云帆，你知道他吗？"

老头儿喝酒的手顿了顿，很快，他摇头反问："萧云帆是谁？天门宗灵法师那么多，我天天喝酒快活，哪记得了谁是谁？"

萧子瑜很想形容下自己父亲的相貌，可是他自个儿也没见过，想了许久，也只知道是个男的，鼻子眼睛都不缺，可能比较帅。活了那么大，连父母长什么样都认不出，就算他们站在面前，也无法相认。

萧子瑜越想越难过，他垂下头，表情沮丧，像条被欺负的小狗。

老头儿伸出油乎乎的手，摸摸他脑袋，似乎想安慰两句。未料，门外忽然传来一阵喧闹，几个穿青袍的天门宗灵修学徒急急忙忙跑进来，看见老头儿后，毫无气质地大呼小叫，"找到了！在这里！糊涂师父果然躲起来喝酒了！""吴先生不是说不让你喝酒了吗？""就是就是，吴先生说你再喝下去，脑子越发糊涂，别说制符了，就连握笔都要有问题！到时候只能把你赶出门派了！""师父师父，你看你手都抖了！""师父师父，你不能再喝酒了！"

这群未来小灵法师们把小酒肆吵成了闹市，也把萧子瑜对灵修者的高贵印象全部打碎……

老头儿气沉丹田，大吼一声："老子手抖也是被你们气的！你们就听那死女人管东管西，老子溜出来喝个酒容易吗？！妈的，都躲到这种角落来了，还会被找到，一定是祝家小子的灵犀干得好事！我就知道那小子连法器都不是什么好鸟！呸！尽坏老子好事！白收这个倒霉徒弟了。"

"你不知道，吴先生都要气爆了。"

"要不是祝师兄把你交出来，吴先生都要上报长老处罚你了！"

"师父师父，你就跟咱们回去吧。"

几个人七嘴八舌，越闹越厉害。有个男孩儿跑去柜台，在瑟瑟发抖的伙计那儿结了账，然后拖着老头儿一块儿往外跑，老头儿扛不住，边跑边对萧子瑜嚷道："小子，我看你骨骼精奇，颇有慧根，有机会我们再好好喝一杯啊！"

那脏兮兮的老头还真是灵法师？

这出闹剧，看得酒馆众人目瞪口呆。

萧子瑜难得被夸赞，他兴奋地问花浅："他说我骨骼精奇，是不是看上我的天赋了？"

花浅抬了抬眼皮，问："酒鬼之言岂可当真？你知道那老头姓啥名谁？家住何方吗？"

萧子瑜摇头。

花浅再问："他知道你名字和住址吗？"

萧子瑜再摇头："莫非，你认出了他是灵法师？所以请他喝酒？"

花浅面无表情："天门宗的灵法师喜穿青衣，青衣上有云纹，不难认。我想去天门宗修行，自然不要得罪天门宗的人。本想打听点灵法师考核的情报，不过那老头喝多了，说话颠三倒四，胡言乱语，话题又被你插嘴打断，白糟蹋了我的酒。"

萧子瑜低头道歉。

"无所谓了，"花浅倒也不在乎这个小小的机遇，她再次叫了些清淡的饭菜，对萧子瑜说，"天色不早了，你吃快点，待会我们还要找客栈。"

萧子瑜听话，埋头苦吃，唯恐耽误时间。

周围的酒客议论了半晌老头子惹的闹剧后，开始讨论家里长短的小事。花浅习惯关注周围动静，便将这些鸡毛蒜皮统统听在耳中。其中有个中年大叔在说："人命真是脆弱，我邻居家老爷子是个急性子，前些日子做六十寿宴，他在宴会上吃得太急，一个丸子噎在喉咙，竟这样去了，好端端的喜事变丧事。"

花浅听完，呆了片刻，迅速伸出筷子，拦住了萧子瑜的狼吞虎咽，教训道："吃饭要细嚼慢咽，要有仪态，慢慢吃，其实也不差这点时间，要是噎到就不好了。喝水也慢慢喝，别呛到……"

萧子瑜继续听话，放慢了进食速度。

"被丸子噎死算什么？"隔壁桌有个年轻人也加入了讨论，"我们村里有个小媳妇刚嫁进来，被婆婆说了几句，委屈闷在心里不说，趁大家不注意就跳了井，真是莫名其妙，年纪轻轻的，心里哪来那么大的气？想不开啊……"

人类真是太脆弱了，淹死、吊死、摔死、砍死、噎死也就罢了，居然还有气死？

若将人类历史上的各种死法拿出来，不带重复的至少有好几千，任何一种都能要萧子瑜的命。花浅越想越心惊，她擅长引诱人类的黑暗面，将他们带向死亡，但如何让人类坚强地活下来？她从来没研究过那么讨厌的问题。

比起魔族和妖族的粗神经，人类属于细腻又麻烦的生物。

花浅小心翼翼地问萧子瑜："你有没有特别难过的事，或者讨厌的人？如果有人给你气受，或者哪里不高兴要告诉我，我们想办法解决，你千万不要做什么傻事。"虽然她不太擅

长安慰人，至少她可以把惹萧子瑜不高兴的家伙都杀掉，免得闹什么跳井之类的意外。

花浅为求谨慎，问了无数次。

萧子瑜差点被问傻，他不知道自己为什么生气就要做傻事……

花浅觉得这样下去不行，她根本无法理解人类的情绪，不能明白萧子瑜的心情，也不知如何照顾人类，她需要帮手。这个帮手必须忠诚可靠，不容易被人起疑心，还要擅长揣测人心，讨人欢喜，要能无时无刻跟着萧子瑜，无微不至地照顾他、保护他，还要向自己如实地汇报他的一举一动。

有这样恰当的人选吗？

花浅陷入沉思。

【陆】

岐城，三间五架，乌头大门，知州府邸。

后花园内，所有丫环仆役都在缩着脑袋做事，他们都不敢靠近同秋院那间被紧锁着的房子，只有受命看管的几个侍卫，尚在监管着。

冲天的怨气，从同秋院上头传来。

整个知州府邸上方都笼罩着扭曲的黑气，向神灵诅咒的话语环绕不息。

"地狱里的恶魔，请实现我的愿望，只要让他们去死，全部都去死，我愿意付出任何代价，让父亲去死，让母亲去死，让所有人都去死……"

府邸深处，是名红衣少年。

纵使憔悴如行尸走肉，也无法磨灭他的美丽。

他的身材不算很高，腰却极细，五官长得极好，柳叶般的眉，杏仁似的眼。可是他的美，却是雌雄莫辨的，在艳丽的宽松衣衫下，有些弱不禁风的感觉，如瀑黑发凌乱地散下，披在胜雪的肌肤上，他的脸也没有血色，就像被手艺最高的工匠雕刻出的瓷娃娃，易碎而精致，脆弱而美丽，仿佛随时都要消亡，却仍费力地诅咒着，一遍又一遍。

生命之火，一点点地焚烧，耗尽。

他仍在绝望地轻轻吟唱，虔诚地祈祷：

"最残忍的女神，最恐怖的女神，请收下我的生命与灵魂。

"苍琼……

"苍琼……

"苍琼……"

第三刻——考验之时

你看不见荆棘与烈火。

你只看见梦想的所在。

【壹】

花浅连番问萧子瑜平生有什么委屈和不痛快。

萧子瑜使劲回忆，结果越想越觉得人生悲剧，走路都有些飘乎了："小时候，大家都不喜欢和我玩，只有爷爷和我说话，我经常在院子里偷看隔壁孩子和她娘撒娇，八岁的时候爷爷去世，整个世界都灰了，那时候不知道如何养活自己，到处碰壁，算不算委屈？"

花浅紧张道："还有吗？"

萧子瑜继续思考："大家都说我爹娘是骗子小偷，说我是笨蛋，算不算？"

花浅擅长引导凡人的负面情绪，并将其放大，而如何消除负面情绪却很没把握。她听着萧子瑜的悲催过去，却想不到安慰的法子，说话也越发谨慎："现在呢？你要报复吗？"

萧子瑜不解："为何要报复？"

花浅提议道："等做了灵法师后，我陪你回去，把萧家村那些看不顺眼的家伙都灭了，让你开心开心。或者把男的拿来做奴隶，每天让他们干苦活，女的做婢女，日夜劳作。"她是司掌复仇的女神，每个人和她祈求的内容都是向仇人报复。她认为复仇可以消除人类的负面情绪，获得心灵满足，就怕萧子瑜太善良，接受不了残酷场面，所以不敢选择太过血腥的手段。

没想到萧子瑜过了好久才反应过来："你在开玩笑？对不起，我，我是不是应该笑？"

花浅判断失误，她最擅长的技能在单纯孩子面前毫无用武之地。看着萧子瑜用奇怪的眼神看自己，她为了挽回形象，又开始琢磨以前那些受凡人膜拜的天界仙女是怎么安抚人类的悲伤痛楚的。美丽大方？温柔体贴？花浅想到这几个词就觉得浑身不自在，她平生最爱打仗，最爱作恶，魔界的坏事至少一半由她主谋，比如逼宝象国国王交出国宝玲珑塔，绑架夷族族长的儿子要挟他们协助作战什么的，如今让她颠倒乾坤，违背本性，着实难受。

　　冰蟒缠在腕上，见主人纠结，利用心灵对话，欢快地建议："小孩子要什么体贴？！母狮子都把小狮子踢下山崖的！这个不憎事的小孩就应该早点面对世界的黑暗！多挨点教训有助成长，能让他早点具备识别坏人的能力，也是为他好！"

　　花浅暗怒："识什么坏人？识别出我的真身怎么办？踢什么山崖？踢过头死了你负责？！"

　　冰蟒见风使舵："主人不坏，人间的道德和规矩才是最坏的东西，主人是天底下可爱最善良最温柔的美女战神！"

　　花浅更怒："你在羞辱我？！"

　　冰蟒瞬间噤声："主人，我错了……"

　　"阿弟，莫要伤心了，"街角传来软软糯糯的女孩声音，花浅回头望去，是个十一二岁的小姑娘拿着根大红糖葫芦，安慰在哭闹不休的小男孩，一边挥一边说，"痛痛飞，痛痛飞，吃了糖葫芦，明天宝宝就不难过了。"小男孩破涕为笑："嗯！不难过！"

　　花浅茅塞顿开。

　　萧子瑜还在痛苦地回忆平生经历的委屈事来满足花浅古怪的好奇心，回过头去，却发现花浅不在了，他又急又怕，正想寻找，忽然一串红艳艳的糖葫芦，带着浓郁的甜香，递到他的鼻子下。

　　萧子瑜惊愕地抬头，却见花浅不好意思地拿着串糖葫芦，用僵硬的语调说："拿着，过去的事过去就算了，"她做了许久心理准备，还是不能把安慰这种羞人之语说出口，于是强硬道，"发什么呆？！快吃！"

　　萧子瑜整个人都傻了。

　　堂堂魔界女神首次哄孩子，那孩子的反应却和个白痴似的，简直丢人现眼。

　　花浅烦躁起来，她用最快的速度把糖葫芦塞入萧子瑜手里，甚至还不自觉地用了几个擒拿技巧，命令道："吃！"

　　萧子瑜偷偷看了眼越发不耐烦的花浅，赶紧低头，朝糖葫芦轻轻咬了一口。糖葫芦真的好甜，甜得发腻，腻得沁心，沁心的感觉让他的眼眶有些发红。

　　花浅皱眉："怎么了？"

　　萧子瑜转着手中糖葫芦，低声道："我想起很久以前，六爷爷带我去镇上买米面，六爷爷就是我和你说的那个收养我的孤寡爷爷，那时候我们很穷，买完东西已经没钱了，六爷爷见我眼巴巴地站在糕点店门口，嗅里面的香味，便退了半斤面，给我买了一串糖葫芦，那是我第一次吃糖葫芦，也是今天之前唯一一次吃糖葫芦，很甜很香，真的很好吃……后来，六爷爷病了，去世了，就再没人给我买糖葫芦了。"

花浅说："等你成了灵法师，要多少糖葫芦和糕点都有。"

萧子瑜扬了扬糖葫芦，乌云在他脸上消逝，换成了万里阳光般的笑容，他开心地说："那些糖葫芦和现在是不同的。"六爷爷和她给的，和旁人是不同的。

花浅嗤道："莫名其妙，这玩意都是一个味。"

萧子瑜牵起她的手，把糖葫芦塞入她掌心，笑道："你尝尝。"

"色胚！贱货！无耻！居然敢碰主人的手！"冰蟒看见这一幕，内心发出愤怒的咆哮，他家主人是极度讨厌男人碰触的，所有妄图吃天鹅肉的癞蛤蟆都给她丢进蛇窟里做饲料了，他强烈要求，"主人，训斥他！收拾他！"

"闭嘴！"花浅讨厌的是对自己有非分之想的男人，她没在萧子瑜身上感受到任何邪恶心思，也没有抗拒的必要。她犹豫片刻，皱着眉头，稍稍舔了下糖葫芦，然后丢回给萧子瑜，摇头道："我不爱吃甜食，分不清好不好吃。"

萧子瑜不解："花浅不是有钱人家的孩子吗？有钱人家不是天天吃糖葫芦的吗？我看村里萧大户的儿子，都是买两根，吃一根丢一根，难道你爹娘不给零花钱吗？六爷爷在的时候，他过年时都会给我三文钱呢！只是我不舍得花……"他忽然想起花浅从不提任何家里的事情，料想里面可能有隐情，自己炫耀和爷爷感情好说不定不对劲，于是闭了嘴。

"家？"花浅嘴角微微勾起个诡异而冰冷的弧度，她说，"我父母很早就去世了，花家在半年前就被妖魔灭了，全家连仆役三十八口，无一幸免。"

惨烈的过往，在她口中说得云淡风轻，仿佛不值一提。

萧子瑜赶紧道歉："对不起，我不该提你的伤心事的……"

"我不伤心，"花浅摇摇头，"我和他们本来就不亲，他们怎么样和我没关系。"

萧子瑜更不解了："那是你的家人。"

花浅略迟疑，答道："我不是父母期待的孩子，我的父亲，他是个毫无感情的男人，他想要孩子的唯一目的是培养完美的继承人。他认为女儿是不能继承家业的，所以他对我的出生没有兴趣，他的心思都在哥哥和弟弟身上。而母亲又是个歇斯底里的疯女人，她认定自己被父亲抛弃的原因是因为生了女儿，所以她恨我。"

萧子瑜替她愤怒："这不应该！这年头，女孩子也能很强大，灵法师里就有不少女人！"

"是的，父亲看错了我，看错了他那两个废物儿子，"花浅笑得很开心，"他至死都想不到，他的孩子里最有出息、得到家业的人会是我，"她忽然意识到自己失言，将话题转了回去，"反正族里和我关系不太好，大概比你在萧家更差些，他们出事我很遗憾，但就算他们不死，我这辈子也不会回去了。所以我不是什么千金小姐，而是和你一样穷，要从深渊里一点点爬上去。"

花浅为什么那么强？为什么不怕痛？

萧子瑜曾思考过，却没有答案。

现在他终于知道，虽然出身不一样，但花浅的过去其实和自己一样。

受伤了为什么要哭？被欺负了为什么要哭？眼泪有什么功效？

不被心疼的孩子，没有叫痛的权利。

没有后路的孩子，只能拼命努力。

至少他还被疼爱过，至少他还能有期待。看看因习惯而满不在乎的花浅，萧子瑜的心隐隐作疼，他鼓励道："浅浅，我会陪着你一起努力的！虽然我现在还很弱，但我会很努力很努力地不拖后腿的。"

花浅拍拍他的肩膀："很好。"

相同处境的两人渐渐拉近距离，感情越发深厚。

只有这样，她派冰蟒灭掉花家，用宿体取代花家女儿身份的举动，才不算白费。

恶魔做事，不留后患。

【贰】

黄昏日落，萧子瑜始终没能找到投宿的客栈，所幸有好心的店伙计在闲聊时透露，灵法师和学徒在岐城有专门的驿馆接待，而花浅是地方推荐学徒，估摸也有特殊待遇，于是两人急匆匆地跑去灵法师协会，总算在太阳下山前解决了住宿问题，而且价钱很便宜。

由于灵法师考核尚未开始，目前投宿驿馆的都是推荐学徒，大部分都是有钱人家子弟。等他们正式成为学徒后，要与家人分开住去山上，而且不再有大批仆役使唤，对许多娇生惯养的孩子而言，是痛不欲生的事情。灵法师协会很人性地考虑到这些少爷千金们的别离之情，也考虑到灵法师们的出行便捷，比如带个家人朋友什么的，所以允许带人入住驿馆。

岐城的灵法师驿馆是条件最好的驿馆之一，坐落在城郊，背山靠海，有优雅的园林景致，划分成许多大大小小的院落。由于花浅只带了萧子瑜一个人，所以被分配去梅园的小套间。

梅园位于驿馆的最里面，屋子较狭小老旧，入住的人很少。

萧子瑜在路上，看到了抱着母亲肩膀哭着说不要去灵修的少女、围在一起炫耀法器的少年、站在池塘边不知在想什么的男孩、和丫环仆役们叽叽喳喳炫耀个不停的女孩……更有甚者，问藕园内，有个白发苍苍的老奶奶，带着一大群花枝招展的丫环，拖着个满脸不耐烦的华贵少年，痛哭流涕道："我的乖孙啊！你爷咋就那么狠心把你送去灵修呢？咱们家又不缺这吃的喝的，犯不着让你做这傻事。我的乖孙啊！奶奶含在嘴里怕化了，捧在手里怕吹了，

你生下来身子骨弱，都是娇养着的，哪里吃过那么大的苦，受过那么大的罪？你爹那个黑心烂肺的不孝子！他怎就狠得下这个心啊？我的乖孙啊，你娘也狠得下心……"

旁边有个中年美妇跟着一边抹眼泪，一边安慰道："母亲，别哭坏了身子，这也是为他好，他有灵修天赋是他的福分，我会让他表姐好好看顾他的。"

那群丫环也围上来，一个比一个哭得娇滴滴。

"少爷，奴婢舍不得你走。"

"少爷，听说灵修好危险，奴婢害怕……你什么时候能回来？"

"少爷，奴婢看不见你，心都要碎了。"

"少爷，奴婢要日日给你祈福，期望你早日学成归来再相见……"

婆婆是乡下出身，没什么文化，就喜欢热闹，喜欢护短，又喜欢牙尖嘴利的美人儿；夫君是孝子，所以婆婆身边的人不好训斥；美妇人看着那些狐狸精，越发觉得自家儿子去灵修是好事，只是掩不住眼里的心疼："珍儿，去到天门宗你要……"

那少爷对着美人儿柔情万种，安慰完这个又安慰那个，口里"姐姐""妹妹"叫个不停，惹得女孩们哭得更伤心了，自觉是风月里的英雄，情海里的高手。待抬眼看见母亲还要唠叨，又翻了个白眼，连声堵住话题："晓得了，晓得了。"

看着他那副死猪不怕开水烫的纨绔样，萧子瑜撑不住，偷偷笑了声。

偏偏那少爷耳朵尖，听见笑声，恶狠狠地瞪过来。

萧子瑜赶紧闭嘴，低头快走。

待走远了，管事和他们解释："那是莫家少爷，名珍。莫家是个暴发户，世代从商，虽然有钱，却没规矩，尤其是这珍少爷，仗着祖母疼爱，走狗斗鸡，没什么不敢做的事，据说还出过人命案，只是被家里用钱摆平了。他爷爷看着不像话，又怕他惹出更大的乱子，就想让他去灵修，锻炼下身骨。哼！也幸好他母亲出身叶家，是灵修界的名门望族，否则花钱也买不到资格，估摸也是混日子的。我看你俩不是有钱人家，最好别惹那做事没轻重的蠢孩子。"

萧子瑜的思绪略飘了下，他的母亲就是出身叶家，据说也是名门望族，莫非是那纨绔少爷的母族？萧子瑜倒没什么攀亲的心态，他不认为和母亲断绝关系的家族会接受她的孩子，也受够了萧子健这样的堂兄弟，知道求人不如求己，只是有些好奇："哪个叶家？"

管事没注意他说话，冷冷道："现在你们且让着他，由着他，等着他，待真正灵修后，有得他好果子吃。"

萧子瑜抢上前两步，再问："天下有几个名门叶家？出过灵法师的。"

"多了，待我想想，"管事漫不经心地数着，"叶是咱们云泽大陆的大姓，丘陵叶家，归城叶家，龙海叶家，洛城叶家，不过最最出名的还是红城叶家，据说整座城有一半都是他家

的产业，而且他家灵修天才辈出，几乎人人灵修，出过一百五十二个灵法师，其中到达宗师级别的都有十八个，家主叶无双更是出类拔萃之人。刚刚那个纨绔少爷的母亲叶氏，就是红城叶家的人，不过她是旁支庶女，也不怎么得宠，所以嫁了这暴发户。如今生了这儿子，文不成武不就，便想试试让他去灵修，说是有些天赋，也不知继承到叶家的灵修血脉几成，再加上那讨人嫌的性子，哼，我看他是学不成的……"

似乎是莫家少爷在入住驿馆的时候挑三拣四、出言不逊，狠狠得罪了管事，话题扯着扯着又扯到他身上去了。

萧子瑜正在沉思，也没在乎他后面说什么。

在他为数不多的童年记忆中，对于母亲的梦境记得最清晰。梦中母亲哼着摇篮曲，歌词已记不太清，似乎是"风睡了，云睡了，太阳睡了，小鸟也睡了，乖宝宝，快快睡，风在梦中吹，云在梦中飘"，母亲哼出的旋律非常轻柔，声音非常动听，让他睡得特别香甜。梦里他穿着漂亮的衣衫，不用受苦受累，不用饿肚子，还有父亲的笑声在环绕，幸福得就像仙境。

可是，梦醒后，他只能回忆梦中的歌声和笑声。

偶尔看村里萧六娘疼爱地给自家幺儿唱曲子，他就会偷偷地躲门外听，不自觉地将萧六娘那张平凡而慈爱的脸代入自己母亲的面孔，想着想着，就有掉眼泪的冲动。

他真的很想知道父母的容颜。

他希望期盼那一点点幸福的时光，脑海里浮现出的不是萧六娘的脸，而是真真正正，属于自己的母亲的面孔。

父母不知所终，最有可能保存母亲画像的地方是叶家，最清楚母亲喜好的也是叶家，所以萧子瑜想去叶家，不为趋炎附势，只为看看母亲成长的地方，弄清楚母亲的容颜，就算这一切都没有，至少他想看看自己的外公、外婆和舅舅，说不定他们会和母亲长得像……

可惜，他不知道母亲家在哪里。

叶紫藤被逐出家门，自认不孝，愧提此事，萧云帆出于对妻子的心疼，对外也没多说，在他给母老虎的早期信件上透露过母亲出身叶家，世代灵修，家境豪富，并没有更详细的信息。萧子瑜原以为这样的名门望族应该很好打听，没想到叶是云雾大陆的灵修世家大姓，竟让他无从查起。

难得遇到叶家人，不管是不是自家母族，也可打听一二，就算那叶氏不愿和乡下人说话，也不会在灵修协会的驿馆里动手打人，顶多让人把他臭骂一顿，也不算什么大事。

萧子瑜鼓起勇气，简单和花浅交代了一声，在她不解的目光中，冲回问藕园，气喘吁吁地拦住了还在哄儿子的叶氏。在众人的错愕眼神中，他涨红着脸，嗫嗫问："夫……夫人可是出身红城叶家？"

叶氏回头，微微错愕。

众婢跟着莫老夫人多年，早已炼就双势利眼，见这衣衫老旧的穷孩子，纷纷呵斥："你要打赏就去路边蹲着，也不撒泡尿照照镜子，配和我家夫人说话吗？""快快使人来打出去！""掌嘴！"

"好了好了，"莫老夫人在外最爱显摆善心，慢悠悠地喝住众婢，慈祥道，"这孩子身子骨单薄得……可怜见的，让小红拿几两银子给他吧。"

此地怎比庙旁路边？此地之人怎可寻常待之？

叶氏是有见识的，奈何莫家暴发不过两代，从未出过灵法师，婆婆是乡下地主婆出身，没多少见识，这次因为不舍爱孙，初次来岐城，还拿着在家乡的做派，也不知给人看了多少笑话。叶氏气苦，可惜她是媳妇，不能唐突长辈，只好耐着性子阻止众人，和蔼可亲地回答："我是红城叶家的人。"

萧子瑜受她的温柔鼓舞，胆量更大："叶家是否有叫紫藤的女子？"

叶氏略略一顿，脸上笑容僵住，她迟疑问："为何你打听叶家女子？"

萧子瑜正要说明，忽然想起自家母亲已被叶家驱逐，不知对方态度如何，怕被误认为攀龙附凤之徒，便隐下原因，只答："叶家紫藤是我家的恩人，是灵法师，曾救过我家人性命，父母去世前曾说要报答她的大恩大德，可是我不知恩人在哪里，听管事说夫人出身叶家，所以想问问……"

略过片刻，叶氏微笑答："叶家很大，光是近些的旁支就有二十多房，女孩子多得很，"她见对方一脸想问到底的样子，想了想，补充，"我十来岁时见过叶家族谱，印象中没有叫叶紫藤的女孩，大约是你弄错了。"

萧子瑜失望地问："真没有？"

叶氏肯定地摇头："没有。"

萧子瑜还想细问。

叶氏打断了他的话头，继续夸他："你是个知恩图报的好孩子，善良懂事，要是我家也有那么乖巧的孩子就好了。能住进驿馆的普通人家孩子都是不容易的，翡翠，去拿几两银子来……"

莫珍是纨绔性子，平日里被母亲骂惯了，看见萧子瑜这种懂事卖乖的小孩，心里就不舒服，又听见母亲一个劲地夸他，心里更不舒服，毫不留情道："娘，你和那穷小子说什么废话？说什么要找救命恩人叶家，装得乖巧伶俐模样，我看他是见叶家有钱，想攀上来弄几个钱花花，这种无赖咱们在乡下见得最多了！嗤——瞧？你给他块银子他就脸上开花了，还报什么恩啊？"

第三刻

叶氏急忙训斥儿子："怎能这样说呢？娘教你的礼义廉耻，怜老惜贫都忘了吗？"

莫珍无赖地嚷嚷："我不是都答应给他钱了吗？还要怎么个怜惜法？要不，我拖房里怜惜去？！来来，爷给你十两银子，你陪爷去好好玩玩？"

"混账！"叶氏气得脸红脖子粗，"你真不省心！娘真怕你这张嘴惹祸！"

老太太敲着拐杖嚷："我家乖孙都要去山上吃苦了，不知什么时候能回来，就算平时行为有些不妥，如今都快走了，你就不能少骂他几句吗？！"

母子、婆媳闹成一团。

萧子瑜给弄得面红耳赤，连说几个"不要"，没接施舍，迅速跑路。

花浅早已跟了上来，饶有趣味地站在不远处看，见他回来，问："打听出什么没有？"

萧子瑜摇摇头："没有。"

花浅道："不急在一时，待进了灵修门派后，总会查出来的。"

萧子瑜自言自语道："我只是觉得有点奇怪。"

花浅问："奇怪什么？"

"没什么，"萧子瑜笑笑，"大概是我想多了。"

他不明白叶氏为何好像觉得自己十几年前没在族谱上见过叫叶紫藤的女孩，叶紫藤就永远不会存在于在族谱上似的？叶紫藤从七八岁到七八十岁都有可能，为何她那么肯定自己十几岁时，叶紫藤是个女孩子？

女孩不是形容年轻未婚女子的词吗？

他在对话中没提过叶紫藤的年龄吧？

或许，只是叶氏的口误？

萧子瑜挠挠头，追究不下去了。

【叁】

离灵法师学徒考核还有八天，大批外地考生入城，岐城陷入一片疯狂。据说饭馆客流量都涨了三成，甚至还有开庄做赌，挑出部分参加考核又无背景的孩子来压他们过不过得了考核。

参加灵法师考核的孩子，每人要上缴一两银子的费用。

这是让普通人家心痛却不至于太吃力，庄稼人家咬咬牙也能挤出来的份额，主要是防止那些毫无天赋可言又想来碰运气的无聊人士参加。萧子瑜在报名的时候有幸被赌庄看上，被列入赌博名额，赔率是前所未有的低，赌他通过的可以一赔六十。

花浅知道后，兴致勃勃地把所有余钱都下在他身上。

赌博是不好的。

萧子瑜欲制止，可是被花浅一瞪，想起她的魄力和霸气，估摸会被骂，只得硬生生把看起来会显得心虚的反对吞回肚子里。身上压力更大，觉都睡不着了，他完全想不出花浅说的机会和天赋在哪里。

花浅怕他焦虑坏了，努力让他放宽心。

灵修讲究的是天赋，天赋不足后天就算再努力也是有限的，灵法师的修行是和法器一起进行的，每个孩子入学后都会开始通灵，待法器通灵成功后，灵法师的未来发展就差不多定型了，以前试过有暴发户给孩子请师父在自家学习，结果通灵出巨垃圾的法器，养成乱七八糟的灵修习惯，这个弯路要纠正过来，比规规矩矩进门派接受灵修的法门至少糟糕五六倍。所以，除灵法师世家出身的孩子接受过正统训练外，大部分参加灵法师考核的都是没有灵修基础的，考核内容只针对天赋，而不是具体通灵能力。

萧子瑜唯一值得庆幸的是，比起普通目不识丁的乡下少年而言，他识字。那时候族长给自家不争气的儿子请了先生，教他读书识字，萧子瑜趁机过去听，被族长儿子发现，本要呵斥他，萧子瑜对族长儿子说了一句话，让他决定把萧子瑜留下来做伺候笔墨的小厮，如此萧子瑜才得以读了两年书。他知机会来之不易，下了苦功，虽然不能写辞藻华丽的文章，考不了秀才，但至少识得全书上的字，也读得通文章。所以他拒绝了花浅的作弊帮助，自己轻松通过了灵法师考核的笔试，得到考核资格——灵法师门派没兴趣开班教授念书，文盲是没资格做灵法师的。

花浅得知往事后，好奇问："你对族长儿子说了什么？"

萧子瑜说："所有黑锅帮你扛，所有功课帮你做。"

族长儿子名萧子珠，蠢笨如猪，他本就讨厌读书，听到这个承诺岂有不喜？萧子瑜也履行承诺，在族长面前表现得比萧子珠更笨拙，让萧子珠有在父亲面前炫耀的机会，努力帮萧子珠掩饰错误，模仿他的笔迹抄书……他们愉快地合作了两年，直到族长认清自己儿子不是读书的料，终于辞退了先生，辞退了萧子瑜。

萧子瑜回忆往事，特别感慨："我最喜欢子珠做错事罚抄书，这样我就能多写很多字。纸笔很贵，免费练字的机会要珍惜。可惜他字迹特别丑，我模仿多年，弄得现在写字也不好看。唉，真怀念子珠骂先生是猪，被先生罚抄千字文二十次的机会啊……"

花浅努力夸他："能抓住那么有限的机会也挺难得的，至少萧家别的孩子没这样做。"

"是吗？"萧子瑜还是没多少自信，"或许是他们也不喜欢读书罢了。"

参加考核的孩子们忐忑着，不管他们有没有自信，是吃不香还是睡不好，灵法师考核的日子总归会到来。

花浅不喜欢迟到，她起了个大早，压着萧子瑜吃了三大碗粥，顶着清晨最早的阳光，坐上昨天就雇好的牛车，来到灵法师协会门口。灵法师协会位于岐城西面的岐山脚下，绕山环水，灵气逼人。它有上千年的历史，建筑庞大，诞生过无数的灵法师学徒，里面一阶一石，一草一木，都有来历。

待绕过松林，映入眼帘的是两扇约莫五六米高的朱红色大门，气势宏伟。门口种着两棵古松，松下坐着两只石雕的怪兽，独角龙首马身蛇尾，一口吐洪水，一口吐烈焰，皆双目狰狞，牙尖爪利，脚踏妖魔，威风凛凛。巨大的铜铸门环上刻着青面獠牙兽首，高高悬挂的牌匾被彩云环绕，刻着古朴有力的"通灵显圣"四字。

初次站在这样的门前，没有人敢大声喧哗，就连门下扫地的老头，看着也充满威严。

旭日初升，时辰尚早，灵法师协会门口已站了许多人，但大部分是陪孩子一起来报到的父母和仆役，真正的推荐学徒只有十余人。有高谈论阔的，有生离死别的，有打瞌睡的，除少部分内定的学徒外，大部分都不知自己会被分配去哪个门派，很是紧张。

萧子瑜旁边站了个特别高大壮硕的少年，他也是最紧张的一个，嘴唇都白了，双腿抖个不停，不停念道："不去万兽门，不去万兽门……"

萧子瑜有些不解，悄悄问："为何不去万兽门，难道你嫌万兽门不是三大门派之一？听说万兽门挺厉害的啊……"

高大少年缓慢地扭过脑袋看了他一眼，幽怨道："我怕狗……"

萧子瑜劝："万兽门又不是只有狗。"

高大少年闭上眼，一口气念道："我还怕猫，怕老鼠，怕兔子，怕羊，怕马，怕驴子……我小时候被很凶悍的猫追得满山跑，还抓了几道血痕，有皮毛的东西实在太可怕了！我只要靠近就会打喷嚏流鼻涕。"

他直接说所有兽类动物都怕算了。

萧子瑜想象了一下这个大块头被猫追得满山跑的景象，彻底无语了。

莫珍这纨绔少爷昨夜以最后的享受做理由，溜去画舫玩了大半夜，如今死活不肯起早。他母亲眼看快要迟到，心急如焚，直接让人把睡眼迷蒙的他拖上轿，一路抬来，如今正蹲在灵法师协会门口，由丫环服侍着梳洗装扮，顺便和其他孩子抱怨："也不知我娘紧张什么？我表姐在天门宗很受器重，我舅舅给我弄好了关系，考核不过是走个过场，定是要去天门宗的，其他的小门小派，爷才看不上眼。"他悄悄斜了一眼萧子瑜那边，发现花浅美貌，大喜，急急忙忙凑过去站在一旁，声音响亮地对萧子瑜说，"某些乡下出来的土包子，趋炎附势，脑

子真不清醒，也不看看自己有几两重，灵修是他们这些穷鬼能学得起的吗？"

和他待在一起的多为富家子弟，纷纷称是。

花浅对此不屑一顾。

莫珍只觉得美人冷漠的表情格外动人，看得心花怒放，恨不得上前亲近一二，奈何被母亲严重警告过，不敢在这种地方放肆。他暗暗忍了，却越发觉得在旁边和花浅窃窃私语的萧子瑜不顺眼，亵渎了美人。

大约等了半个时辰，孩子们开始有些浮躁。

朱红大门终于徐徐打开，里面走出数人，为首者是名美妇，她长得漂亮，身材高挑，肤色白腻，穿的是青丝裙，裙摆绣着两朵雪莲花，头挽高髻，斜插白玉簪，打扮很朴素，气质逼人，可惜脸上全是严厉和挑剔，尤其是那双凤眼含威，让人不敢靠近。她手中拿着根长长的法杖，杖首刻着飘逸的彩云，拥着颗如月亮般的熠熠生辉的白色宝石。

美妇身后是名年轻男子，穿着天门宗学徒用的青袍，长得很普通，但是眉目温和，态度谦逊，看着就是个好脾气，手却握着枚犀角雕刻的图腾配饰，不停抚摸，仿佛半刻都不愿分离。站在他旁边的是个腰佩双剑的少女，她个头娇小，同样穿着天门宗的云纹袍子，却刻意剪短了裙摆，里面穿着条浅绿渐染的鱼尾裤，腰间用几根穿珍珠的红丝带束出细腰，梳着双丫髻，插着几朵珍珠穿的小花，圆圆脸蛋，尖尖虎牙，小巧鼻子旁边有几点淡淡的雀斑，长相甜美，未语先笑，浑身上下都散发着青春的气息。

少女看了眼台阶下的灵修学徒们，立即笑个不停，似乎很开心。

众学徒给她笑得莫名，纷纷检查衣着打扮，是否有什么失误。

美妇轻轻地咳了声，年轻男子见师父不悦，赶紧轻推了把少女，她才努力收回笑意，昂首挺胸，尽可能装出个长辈的模样来，可惜甜美有余，威严不足。

待所有人都站端正后，美妇终于开口："我是这次灵法师考核的主持者，我姓吴，你们可称呼我为吴先生，"她冷冷地看了眼下面那群衣着各异，拖家带口来考试的孩子，"不管你们是富家公子还是贫寒子弟，入了此门，再无区别，丫环仆役统统不准带进，洗衣打扫，亲自动手，只有过年才准下山见家人，若是受不了灵修之苦，趁早滚蛋！"

孩子们阵阵惊呼，瞬间吵成了菜市场。

"等等？！我只听说不能带自家的丫环，难道灵修门派里没丫环给我们用吗？我们是未来的灵法师啊！怎能做粗活？"

"我不要洗衣，我的手会变粗的！奶娘说女孩子手粗了就嫁不了好人家了。"

"阿娘，你就去求求情吧，至少让我带翠儿进去，若是灵修学院穷，养不起丫环，我就自个儿养，出双倍钱，我大老爷们怎么能洗衣打扫？！"

"不要不要不要！我从小到大，连衣服都没自己穿过！"

"阿爹阿娘，呜呜，我舍不得你们，你们偷偷上山来看我好吗……"

"……"

"地方的灵法师协会越来越不像话，什么垃圾都敢往咱们这里塞，现在的新学徒是一代不如一代，陈可可，让他们闭嘴！"看着这群不像话的孩子，吴先生怒极，敲了下手中法杖，她身后的少女急忙走出，轻笑一声，猛地拔出腰间双剑，随意抛起，一青一红两把宝剑立即腾空飞起，如灵蛇般游动，数道剑气冲天而出，射向台下吵闹不休的众人脚边，留下无数道约莫半指宽的细缝，散发出阵阵或是灼热或是冰冷的气息。

众人悚然，若剑气再偏半分，他们的脚就没有了。

陈可可笑得越发灿烂："哎呀哎呀，没射中，焰断冰裂，咱们再来？"

空中双剑再次调转方向，对着众人。

孩子和父母不敢嚷了，场面瞬间安静。

"就是嘛，安静多好啊？你们吵什么？惹怒我家师父多不好，"名叫陈可可的少女收回双剑，笑嘻嘻地劝道，"咱们灵修门派里，什么名门少爷、富家千金没见过？往远了说，首富岳家你们知道吗？红城叶家知道吗？岳家独生子和叶家嫡出的大小姐都在咱们天门宗，那才是从小含着金汤勺长大的孩子，人家都不要丫环仆役，自己动手做事，你们算什么菜啊？往近了说，我娘还是郡主呢！我堂堂安城县主都没让人服侍，洗衣服洗得手都粗了，尽是老茧，你们还能比我娇贵到哪里去？！姐姐还给师父倒马桶呢！你们能有什么意见？若是对咱们灵修规矩有什么不满的，趁早回去，再闹腾，姐姐就不和你们客气了！"

白袍男子小声道："师妹，你的手是打架弄粗的吧？你衣服都是让法器给洗的吧？"

"祝明你少废话！我吓唬吓唬他们不成啊？"陈可可低声回骂他一句，继续对众人说，"你们能灵修，已是八辈子修来的福分！今年报名参加灵修协会测试的足足有八千多人，光是岐城就有一千二百三十四人，你们不要灵修就滚！多得是人在等你们的位置，哪天没个几十张想走关系的名帖送来我家师父面前啊？"

吴先生命令："还有哭嚷的一律丢出去。"

灵法师协会的仆役们得令，摩拳擦掌，虎视眈眈地看着孩子们，准备动手。

准备接受灵法师考核的孩子，若不是有志于此，则都是被家族逼着来的，见对方态度强硬，只好收了哀嚷，规规矩矩地遭开仆役，含泪上前，向吴先生行礼，一个个跟着她走入灵法师协会大门。叶氏看着自家儿子不甘的目光，暗暗庆幸没让婆婆跟着来。

萧子瑜不是第一批学徒，他眼巴巴地看着花浅走了进去，壮着胆子去问那个名叫祝明、看起来很和气的白袍男子："我是跟表妹一起来参加灵法师考核的，她是推荐学徒，我不是，

能不能让我和表妹一起进去？我会在轮到自己的时候才开始考核，绝不插队。"

祝明问了他名字，拿出卷名册翻了翻，确认名字后，有些迟疑："这样，不好吧？"

维持好次序的陈可可跑过来，问清此事，小手一挥，豪迈地说："他们是表兄妹，担心彼此，不好分开嘛，早点晚点没差啦，反正又不碍事。让他进去吧，祝师兄你就是死脑筋，没事的，没事的。"

祝明想想，轻声道："既然可可师妹说好，那便好吧。"

萧子瑜感激不尽，急急跟上。他来不及听到背后传来的两人对话。

陈可可："熬了整整三年多，总算轮到我做师姐来欺负师弟了，刚刚跑进去这个看着很傻很没用啊，哎呀哎呀，要是他能通过考核该有多好？我要好好调教调教他，想想就开心啊。"

祝明："可可师妹，不要这样，欺负师弟不好……"

陈可可："说错了，我是要尽师姐责任，好好教育他们而已。哎呀哎呀，我该从哪里开始呢？给他们讲天门宗的鬼故事？带他们去墓场过夜？抓他们去坐纸鸢疯狂大回转？想想就兴奋死了！祝师兄你陪我一起玩吧？"

祝明笑着摇头："真不明白你那么正经的师父，怎么会教出你这么疯疯癫癫的丫头。"

陈可可反唇相讥："我也不明白，为何你那么疯疯癫癫的师父，会教出你这种古板无趣的徒弟？"

祝明："……"

萧子瑜追着大部队的屁股跑，沿着笔直的青石道没跑多远，又看见一扇黑色大门出现在面前，门口站着两尊神将，都穿着盔甲，左边的持刀，右边的抱剑，高高悬挂着的门匾上用同样古朴的笔法写着"苦海劫风"四字。

萧子瑜停下脚步，看了会，他有些不明白了。

灵修之苦，世人皆闻，为何灵修者协会的入门顺序先是通灵显圣，方到苦海劫风？这世间还有什么能比成为灵修者更难呢？他想破脑袋也想不出。少顷，陈可可和祝明跟了上来，她见萧子瑜站在门口发呆，好奇询问，得知理由后笑道："师父说成为灵法师才是开始，以后斩妖除魔更难。"

萧子瑜似懂非懂地点头。

"老实说，比起斩妖除魔，我还是觉得做灵法师更难，至少妖魔不用考校我背书，"陈可可看他呆傻，越发喜欢，笑个不停，"别想了，这是灵法师协会成立时就立的匾，据说是很早以前就传下来的东西，那时候苍琼女神尚在，天下不太平，灵法师要和妖魔打仗，死伤惨重，方有此言。现在天下太平，没多少厉害妖魔作乱，你若好好修行，成了灵法师后，这

辈子的荣华富贵都有了。你要努力通过考核噢！这次在岐城主考的是咱们天门宗，有好种子都是优先咱们挑的！你只要能得个中上等，就是我家师弟了，我直觉你一定行！我直觉很准的！"

祝明觉得师妹太天真了，提醒道："这次主考的是你师父，你师父那脾气……"

"咦？"陈可可从兴奋中冷静下来，看看萧子瑜明显不够健康的身体，犹豫片刻，点头道，"可惜了，若是我师父来考核，要通过可不容易，不过我直觉你可能行！要努力啊！"

萧子瑜："是！"

陈可可："祝师兄，你算卦那么厉害，要不你用灵犀给他算算能不能通过考核？"

祝明看了眼手中犀角配饰，又看看萧子瑜，摇头道："提前知道自己的命运不是好事。"

萧子瑜赞同："是。"

陈可可："你们男人真麻烦……"

吵吵嚷嚷中，三人来到正殿。

正殿是神殿，也是灵法师考核的地方，许多白玉雕的天女在梁上飞舞，墙壁上画着八方神仙，主位有天帝天后的巨大雕像，天帝威严天后慈爱，处处熏香袅袅，圣乐袅袅，中间立有五座镶嵌着五色宝石的铜鼎，约莫半人高，看起来很有年头了，但铜鼎里面空荡荡的，什么都没有。

吴先生端坐正中的铜鼎后面，手中法杖已不见，取而代之的是名少女，白色长发顺滑地垂落在地面上，带着几颗珍珠串成的头饰，除额间嫣红的法器纹饰外，全身素净得仿佛没有颜色，连眼睛也是淡淡的白色，脸上没有表情，也没有什么神采，就如冰雪雕成的玉人儿般，她正翻看着推荐学徒的名册，认真地点名。

萧子瑜悄悄问："这是谁的法器？"

"嘘——小声点，考核快开始了，"陈可可偷偷告诉萧子瑜，"这是吴先生的法器，慈悲杖·鹤舞，可厉害了！在天下所有治疗系的法器里，鹤舞当属第一。上次胖子被砍断了手，都是鹤舞给接上去的。你若能进天门宗，可千万别得罪吴先生，咱们灵修很危险，容易受伤，要是被妖魔砍断手脚，她不给你治伤，嘿嘿，你就蹲角落哭去吧。"

祝明赶紧谴责："吴先生不会不给咱们学徒治疗的，而且胖子受伤是意外，只要乖乖听师父的话，灵修没那么危险。"

陈可可笑道："师兄就是爱紧张，我吓唬吓唬他罢了。"

说笑声中，考核开始了，第一个被点到名的是"王学知"，上去的是那个怕猫的高大少年，他似乎抖得更厉害了，对着吴先生的问话，应答都说不完整，两腿抖得和筛子般，听完吴先生的指示后，他几乎是闭着眼将手贴在铜鼎上。

铜鼎西南方，坤位上的黄色宝石忽然亮了起来，紧接着亮起来的是金色的宝石，开始尚未明显，后来却越发明亮耀眼，紧接着铜鼎内升起阵阵云雾，云雾渐渐变重，凝聚成团，就如云朵般，里面混杂着些许黑气，不仔细却也看不出。

陈可可低呼一声，见萧子瑜奇怪地看着她，觉得自己大惊小怪丢了师姐风范，便解释道："五行鼎的宝石代表最适合的灵修系别，先亮起来的是主修，后亮起来的是辅修，多数都是两三门，五行鼎内的云雾越多代表通灵资质越强，云雾的浓度越厚，代表修炼天赋越高，里面的杂质越少，代表和法器的契合度越好。这大块头主修土系，辅修金系，我估摸他会成为我师弟。我家师父是吴先生，她最喜欢体格好又老实的孩子，这家伙长得可真壮实，和熊差不多了，嘿嘿，以后差遣他给咱们师姐抬水搬东西可方便了。今年的师弟可不错。"

祝明含笑摇头："师妹你是没参加上年的考核，岳无瑕才是真正的强，他是纯粹的火属性灵修者，据说五行鼎因负荷不了更多的灵雾差点炸了，当时跟着去的是贺年，他说自己以为要被炸伤，吓得掉头跑，被师父狠狠训斥了。"

"无瑕师弟啊，也没什么了不起的……"陈可可几乎是捧着心说，"不过就是长得帅了点，家里有钱了点，人品好了点，性格好了点，温柔体贴大度强悍了点，受女孩欢迎了点，不过上次去黑凤山除魔，他的表现真的好帅气，好有风度……"过了半晌，她看了眼没反应的祝明，又露出嫌恶的表情，"我才不要喜欢他，他的法器太讨厌了！我看见那绛羽就满肚子火！仗着自己是神格法器，别说其他法器，就连师姐师兄都不放在眼里，自恋傲慢无礼，尽讨人嫌！哼，凤凰不落无宝之地，他肯定是看着岳无瑕有钱才跟他的！"

萧子瑜想起自己和岳无瑕的初次相会，看他被自家法器弄得手足无措的窘态，也偷偷笑了起来。

陈可可不解："你见过无瑕师弟？"

萧子瑜摇摇头，又点头："一面之缘，他被法器欺负，有点……"

陈可可给了一个就是如此的表情，表示理解。

那边，高大少年的测试已经结束。

吴先生对他满意到了十二分，还说了几句鼓励的话。

萧子瑜为他松了口气——至少不用面对大批有皮毛的灵兽了。

接着去测试的几个孩子都是富家子弟，萧子瑜不认识，五行鼎亮起的宝石颜色不一，多数都是一两颗，升起的云雾也没有王学知的浓厚，吴先生只是抬抬眼，看着没差太离，就放过去了。让萧子瑜惊讶的是，莫珍这个纨绔子的测试成果竟很不错，他亮的次序先后是金色和蓝色宝石，表示五行鼎认为他的灵修最佳选择是主修金系，辅修水系，鼎中升起的云雾虽然杂质略多了些，但浓度不比王学知差。显然他家族送他去灵修的选择，并不是随便决定的。

吴先生微微点头，在书册上做了记录。

莫珍傲慢地和所有人挥挥手，自信满满地离去。

花浅是所有推荐学徒里的最后一人，她在五行鼎前静立片刻，方把手伸去鼎上，五行鼎依次亮起了金色和红色的宝石，云雾袅绕，浓度和大家差不多，不算特别厚重，却极其纯净。没有任何杂质，吴先生也露出了个满意的微笑，将她记录在册。

不知为何，萧子瑜略略有些失望。

他总觉得花浅应该更强些……

灵法师考核都是由天门宗、武门宗和灵门宗三大门派共同举行，每年都会用抽签决定负责的城市，主持门派在考核的城市有优先挑选学徒的权利，吴先生不客气地将王学知、花浅、莫珍和两个不知名的富家子弟纳入天门宗名下，才让其他小门派的灵法师来挑选学徒。这些门派虽然不能和三大门派媲美，亦有独特之处，比如王学知死活不想去的万兽门，就以兽修为主，里面的灵法师的法器都是妖兽仙禽，这种活的法器都被称为灵器，门主的灵器麒麟是相当强悍的存在。另外还有用植物类法器为主的百花门、医毒为主的鬼门什么的，大部分人都算得偿所愿，除了那个被选入鬼门的女孩——据说鬼门要经常和尸体打交道，她当场就哭了。

好歹是同期学徒，大家安慰了进鬼门的可怜虫，兴高采烈地找师父去了。

吴先生遣鹤舞去安排接下来的普通灵法师学徒考核事宜，自己带着几个天门宗学徒去旁边告诫他们规矩去了。

大批普通考生蜂拥入场，鹤舞开始叫号，让他们参加考核。

陈可可将萧子瑜拖到阴影处，再次把他打量了番，叹息道："若是祝明家糊涂师父负责考核，我便偷偷帮把你排号提前，放你过去。可惜这次是我师父考核，你的排号在后头倒有利些。"

萧子瑜不解："为何？"

陈可可爽快道："我师父的性子是出了名的挑剔固执，刚刚推荐学徒表现得很不错，势必将她的胃口吊起来了。后面来考核的孩子，除了特别出类拔萃的，再难入她的法眼。如果你开头就冲上去，考核结果却普通，肯定会被她否掉。今年岐城招收的灵法师学徒名额有五十人，我估计能入师父法眼的顶多二三十人，如果考到差不多结束，人数还没招满，她就会放宽要求，把能力普通的也招进来，若是考到最后都不够人，她就会凭印象再挑些表现凑合的学徒加进去，这次考核有千多号人，天知道排前面的她能记住多少？！所以后考绝对比早考划算！但祝明家师父贪杯好酒，最怕麻烦，总想随便交差了事，对前面考核的学生都特

别宽松，只要能凑合就能过，后面他都懒得看，"接着她看了眼祝明，坏笑道，"据说傻乎乎的师父最喜欢看起来傻乎乎的徒弟，祝师兄可能就是这样被挑上的，所以若他主持考核，我觉得你会被录取的。"

祝明重重地咳了声："我听见师妹你说我和师父坏话了，我家师父，虽然行事荒诞了些，脑袋糊涂了些，但……至少，至少他，他是我师父。"

"你那活宝师父全天门宗都懂的，"陈可可毫不在乎，"你就装听不见好了。"

祝明努力挽救："至少别在新人面前说他傻乎乎。"

陈可可笑得越发甜美："可是，我就喜欢傻乎乎的家伙。"

可爱的女孩子笑起来很有杀伤力，祝明的脸微微红了一下，他想了想，在心里偷偷抛弃师父了。

【肆】

由于人数众多，其他的灵法师也加入帮忙，五行鼎属于极贵重的量产型生活用法器，这次考核整整用了五个，比往年的三个更多，萧子瑜排在末尾，花浅办完手续后过来寻他，叮嘱他不要紧张。

陈可可暧昧地挤眉弄眼："祝师兄你看，好漂亮的女孩，心动不？"

祝明怒道："别胡说八道，小心坏了别人的清誉。"

陈可可笑得更欢快了。

普通考核的过程和推荐学徒差不多，只是水准参差得厉害，有不比花浅差的，也有宝石黯淡得几乎看不见光泽，云雾淡薄得和雾一般，表现差的占了大部分——花浅说这世间没有毫无天赋的人，普通人多多少少都有点通灵的能力。

只有零零星星才能出众者被收下。吴先生像地狱恶魔，毫不留情地将绝大部分参与考核的孩子梦想打碎。萧子瑜听见不止一个人的哭声和哀求，然后被无情拖离，他越发紧张。他看着自己的双手，不太敢相信究竟有多少灵气。他看向花浅，想从她脸上找到自信。花浅斜斜看了他一眼，安慰道："放心吧。"

"一千一百八十二号。"鹤舞表情如冰，看向最后的考生。

在花浅的祝福声中，萧子瑜再次鼓起自信，义无反顾地走向五行鼎。他小心翼翼地伸出手，虔诚地放在决定他未来命运的道具上，此时此刻，他不知如何努力，只能祈求天意。

花浅说，只要正常情况他都能通过考核，偏偏，这不是正常情况。

五行鼎显示的景象极异常，也极缓慢，从绿色宝石开始，五颗宝石依次亮起，散发出

不明亮却柔和的光芒，这代表五系都能修行，亦能精通。灵修历史上能五系精通者不过五人，现存唯一的只有天门宗的宗主项云天。面对百年难遇的情景，在场的灵法师们都睁大了眼，飞扑去看，可是他们很快就失望了，五行鼎内，只有几缕浅浅的烟，数量少得甚至无法凝聚成云，淡薄得很，这是绝对的灵修废物表现。

"没道理。"有灵法师喃喃自语，"天下竟有这样奇怪的孩子？"

"怪异，太怪异了，莫非是天才中的废材，废材中的天才？"为了看清楚五行鼎中的情景，灵法师都快把鼻子贴到云雾上了，只希望能多看出两片东西来，可惜看来看去还是那么少。他们不敢擅作主张，赶紧将主考官吴先生请来断决。

萧子瑜听见大家议论，憋红了脸，使劲想在身体里挤出点什么云雾，可惜五行鼎压根儿不听他的哀求，鼎中的云雾越发淡薄，最后消失不见，留下五颗宝石熠熠生辉。

"够了。"鹤舞冷冷打断了他的考核，仿佛一切的奇景都和她无关。

萧子瑜轻轻收回手，有点期待，有点恐惧，等待吴先生对他做出最后的宣判。

吴先生将他从头到脚打量一番，朱唇轻启，残忍地吐出三个字："不通过。"

萧子瑜觉得整个世界都塌了，仿佛回到了六爷爷去世的那个夜里般绝望，今天站在神灵的脚下，他也像被抛弃的孩子，茫然无助。没有梦想，他还有什么未来？

天赋是最残忍的东西，破釜沉舟的勇气对残忍的现实没有任何帮助。

花浅将去天门宗，他再回不了萧家村。

他不怨恨花浅鼓励自己做的一切，至少他来过。

大滴大滴的眼泪在眼眶打转，强撑着不落下来。

萧子瑜很努力地思考，还有没有补救的方法。

花浅却震惊地睁大了眼，多年争斗，她对灵法师的修行深有了解，清楚这种五系全通在灵法界属于多么强大的天赋，所以她不明白萧子瑜落选的原因，莫非这个世界变了？

吴先生对所有有疑惑的人解释："系别只是辅助，通灵法力的先天大小才是关键。先要成为灵法师，才有选择系别的余地，而且普通灵法师终生将一两种系别修炼到极致已是艰难。五行鼎为这孩子选择的系别邪门得紧，奈何他先天不足，后天再锻炼也无法把这种能力发挥出来，可惜啊可惜。"

众人连连称是，惋惜不已。

萧子瑜弱弱地开口："可是，我能很努力地修炼，比所有人更努力。"

吴先生毫不留情地拒绝："没有灵法师不努力，不是所有的努力都会有结果。"

萧子瑜还想说什么，忽然身后传来清脆的鄙夷声："荒谬！"

所有人看向声音的方向，是花浅走出人群，带着愠怒，她听完荒唐的答案后，确认不

是世界变了,而是眼前的女人是个蠢货,忍无可忍她开口驳斥道:"通灵能力可以后天修炼,就算开始能力低下,只要勤学苦练,不过是进展比旁人慢些,成器比别人晚些。只有系别选择是唯一不可逆的先天属性,他能有五系之力,乃不世出人才!怎可轻易下断言?!"若是当年天门宗向苍生在此,绝不会做出这样不负责任的判断。看来五百年过去,天门宗没出什么惊世绝艳的人才,倒是一代不如一代。

吴先生被自己选中的学徒当面反驳,颜面顿失,勃然大怒,只是碍于在场有人,自持身份,不愿对小辈发作,冷笑道:"你不过是个刚入灵修之门的小女孩,怎知那么多东西?萧子瑜是无法修炼出五行之力的,原因我不愿多说。你身为天门宗新晋学徒,应该注意言辞,尊师敬长。"

花浅大怒,当年三界之战,实则神魔之争,天门宗算什么东西?她连向苍生都不太放在眼里,何况这个小小灵法师。她很清楚萧子瑜的潜力在哪里,虽有些许瑕疵,却还不到无法补救的地步。奈何多年未来人间,灵法师门派的水准下降许多,竟连明珠美玉都分辨不出。花浅有很多辩驳的理由,偏偏都无法说出口,她多年未踏足人间,不清楚现在灵法界是什么情况,也无法拿出当年向苍生等人的例子来说服对方,因为她无法解释自己为何与五百年前的死人有交情……

吴先生斩钉截铁道:"他不能去天门宗。"

有几个小门派尚有些意动,可是看看萧子瑜的穷出身,又有些犹豫。

花浅也在犹豫,若动用恶魔之力强行控制吴先生,让她屈服听命很简单,但众目睽睽之下,她的动作太大有可能被人发现,甚至惊动天界。若是露出痕迹,在力量不足的时候被围剿是大不妙的事情。她不想再睡个几百年重返人间,所以这是下下之策。若吴先生固执己见,她也只好采取这下下之策,私下剥夺她的灵魂,变成自己的傀儡。花浅细细琢磨着得失,手中悄悄凝聚出淡淡黑气,如毒蛇般缠在袖中,准备伺机放在吴先生身上,将她操纵,待萧子瑜进入天门宗后再抽空让她被妖魔杀死,以绝后患。

吴先生尚未察觉性命危机,她见萧子瑜满脸不甘,花浅满脸不服,其他的灵法师也有些动摇,她本不是擅长隐藏心思的人,又是暴脾气,便毫不留情地说出她本不想说的事情:"萧子瑜的身体先天有损,不适合灵修。"

萧子瑜迅速回答:"我会好好锻炼的!"

"我便让你死心。"吴先生冷冷地闭上眼。

鹤舞忽然动了,她一把抓住萧子瑜的手腕,按上脉象。萧子瑜大惊,欲挣脱已不能,他看见鹤舞雪白的长发飞舞而起,千万根银丝往他身体里钻,冰冷微痛的感觉传来,然后化作温暖,有些东西游走在他的五脏六腑之间,似乎把全身都看了个彻底。银丝游走到他的心

脏，忽然心脏发出强烈的剧痛，仿佛要炸开般难受。

萧子瑜拼命忍着剧痛，额上沁出大滴大滴的汗水。

吴先生睁开眼，鹤舞缓缓收回了银丝，摇了摇头，无情地宣布："他的心脏先天不足，这不是受伤造成的，我无法治疗。他这辈子都不适合剧烈的活动，否则，性命必不长久。"

吴先生问萧子瑜："你倒是说说，这样的身体要怎么个努力法？"

花浅开口道："灵法修炼，并非只有剧烈的活动，只能说他不适合做灵战师罢了。"

吴先生怒极反笑："你懂的可真多，看来天门宗还容不下你这尊大佛？"

花浅只是苍琼暂借的凡人肉身，而苍琼女神性格强硬，成名后无人敢逆其虎须，她借居小女孩身上早已憋屈万分，还被凡人一再冒犯，恨不得杀了她："若天门宗都是将珍珠当鱼眼的水准，这般门派，不入也罢。"

萧子瑜吓得赶紧劝阻："你不要为了我赌气。"

花浅在袖中悄悄操控着魔气，寻找机会："事实如此，有何气之赌？"

吴先生受不得如此激将，狠下心来道："好，那咱们就来看看，他有什么未来。祝明过来，"紧接着她看向躲在角落看热闹的陈可可与祝明，"祝明的法器灵犀可预知未来，我便让它看看这小子的未来，是否有这不知天高地厚的丫头说的那般成功。"

祝明躺着也中刀，被莫名其妙推入争执的中心，他很想装死，却被吴先生"尊师重道"的乖徒弟陈可可一脚踢了出去，摇摇晃晃地来到大家面前，挠挠脑袋，委屈道："我师父说不能随便看人未来，很容易逆天改命，造成不好的后果……"

吴先生喝道："我命令你看！"

祝明很委屈："萧兄弟也没有同意让我看。"

吴先生的柳眉再次扫向萧子瑜。

萧子瑜觉得知道命运是件很可悲的事情，但他更不愿被花浅说不知天高地厚，哪怕是有一线机会，他也想达到花浅的要求，所以他缓缓地点了点头。

祝明被吴先生逼得没办法，只好拿出灵犀，刚刚在萧子瑜面前晃了下，忽然门外传来颠三倒四的声音："我家乖徒儿，怎么不去给你师父买酒，跑到这老女人面前献殷勤？你心里还有我这个师父吗？或者你不是给这老女人献殷勤，而是给她徒弟献殷勤？速速给老子打酒去！"

吴先生保养极好，看着不过三十，被对方一口一个"老女人"叫着，火暴脾气再次升温，大声呵斥："你这老糊涂，给我滚！"

祝明见他提及陈可可，急得脸都红了，不停地摇手否认："师父你可别乱说，若是伤了别人女孩名誉可不好。是吴先生这里忙不过来，我过来搭把手罢了。"他觉得越描越黑，

考验之时

有伤师妹清誉，顾不上什么查探，赶紧一溜烟往酒肆跑了。

萧子瑜听见声音有些熟悉，回头看去，却见个穿着青袍的老爷爷，手里拿着个酒葫芦，摇摇晃晃地走了进来。他猛地认出这是污蔑他撞人的光屁股老头，穿戴整齐后差点认不出来了！他想打招呼，却看见老头儿偷偷朝他眨了眨眼，装作不认识般，摇摇晃晃走过他身边，朝吴先生而去。

萧子瑜察觉暗示，便不开口了。

老糊涂喷着酒气走到吴先生身边，嬉皮笑脸道："大妹子啊，我看你说得对！现在什么垃圾都想进咱们天门宗，也不看自己有几两几钱重。看看这小子身无四两肉，下巴尖得像猴子，简直癞蛤蟆想吃天鹅肉，是吧？"

吴先生捂着鼻子连连后退："滚！你这败坏天门宗声誉的不要脸家伙！"

"大妹子不要这样嫌弃老人家嘛，我可是在帮你啊，"老糊涂仿佛看不见她的难看脸色般，再次凑过去，讨好道，"对那种不知天高地厚的小子就是要给点颜色看！要不要师兄帮你？"

陈可可看得都要笑了，她知道自家师父对老糊涂看不起到极点，老糊涂也讨厌自家师父的顽固脾气，两人是死对头，这次抽签分配来岐城路上，简直闹翻了天。如今老糊涂这样故意给师父难堪，师父为维护天门宗的声誉，不好当着外人的面动手，怕是肚子都气破了。

"滚滚滚滚！"果然，吴先生连骂四个滚，差点要用耳光抽这不要脸的家伙。奈何老糊涂入门比她早，曾做过她师兄，她自诩重规矩，要为学徒做榜样，憋气憋得快晕死了。

鹤舞赶紧跑过来护主，奈何她不是能言善道的法器，也不是能战善斗的法器，刚开口半句，就被老糊涂几句混账话羞得头都抬不起，又急又恼，脸上的冷意也少了些，倒是添了几分人气。

老糊涂脸皮比墙厚："对！这小子就是该滚！看师兄怎么收拾这种卑鄙无耻下流的胚子！他想做灵法师，还不如下油锅滚三滚容易。"

吴先生见老糊涂非要赶走萧子瑜，气得头都晕了，鉴于老糊涂总和自己作对的过去，心里立即起了反感，开口道："这孩子也就是身体弱些，不太适合灵修，人品却极好，进退有度，努力上进，温文尔雅，怎就成了卑鄙无耻下流之人？天下间最卑鄙无耻下流的家伙不是你吗？"

老糊涂再次把萧子瑜从头到尾看了番，鄙夷道："这瘦得和皮猴似的家伙，看着和老鼠差不多，会努力上进？明明像师兄这种才是英俊潇洒上进的好人，大妹子你眼拙了吧？来来，师兄送你几贴明目药膏，你得多敷敷。"

吴先生气得口不择言："我看了这孩子的资料，他无父无母，又是这种身子骨，来参加灵法师考核本身就是勇气和努力，你何苦这样挖苦可怜的小孩？你这男人有没有同情心？！"

"勇气？参加个考核就算勇气？大妹子你眼皮子太浅了！"老糊涂不依不饶，"来来，让我考考他是不是有勇气！"他和几个小学徒吩咐了几句，学徒们露出不敢置信的目光，却被他一巴掌赶走。

吴先生赌气道："随你闹去！"

很快，她就后悔了，因为她低估了老糊涂的胡闹功底……

一口铁锅和火炉被抬入正殿，锅不算深，里面却装满沸腾的菜油，散发着恐怖的热气，前面抬锅的手抖了下，有几点油星溅在后面的小学徒胳膊上，他惨叫一声，赶紧放下油锅去旁边求鹤舞帮忙治伤。

老糊涂抖抖手，一枚铜钱落入油锅，再次激起数点油花。他满意地对萧子瑜说："你这种身子骨想灵修，简直荒谬！就和在油锅里捞钱般可笑！你说你能用努力来弥补先天不足，来来来，让我看看你的勇气和努力！若是你能在油锅里把钱捞出来，我就让你进天门宗可好？"

花浅脸色微动，她瞬间读懂了老糊涂的用意，袖中的黑蛇魔气渐渐消除。

"胡闹，这孩子的心脏受不起刺激！"这时吴先生的脸却白了，她想起当年老糊涂醉后和师父动手的混账事，知道他是天不怕地不怕，想到就要胡闹的性子，急忙制止，"你想废了这孩子的手吗？咱们天门宗不做这种缺德事！快让人把油锅撤走！"

"小小刺激都受不了做什么灵法师？趁早滚回家去！"老糊涂开口就将吴先生驳得无话可说，然后一边抵御吴先生的打骂，一边对她笑，"我逗逗这孩子而已，他哪敢做这事啊？别急别急，大妹子就是喜欢和我打情骂俏，打是亲，骂是爱，来来，你多骂个几声听听，师兄听得好舒坦。"

萧子瑜看着吵闹的两人，又看看花浅，他知道花浅不会害自己。

花浅朝萧子瑜道："冷静点。"

萧子瑜更加不解，他不明白老糊涂提出这种近似胡闹的要求是何用意。闹市中脱个裤子确实很羞耻，可他不是存心的，也赔礼道歉了，就算报复也不至于要害死自己吧。

吴先生仍在咆哮："我决不允许你败坏天门宗的名誉！"

萧子瑜抑制心里的恐怖，缓缓站去油锅前，热浪扑面，烤得汗珠一滴滴往下落。他很清楚将手伸进去会遭到什么样的痛楚，也很清楚若是双手废掉，是不可能使用法器走上灵法师之路的。

这个老头儿真的要毁了他吗？

萧子瑜不敢相信地再次看向老糊涂，老糊涂背着吴先生朝他挤挤眼，示意让他去做。萧子瑜颤抖着伸出手，放在油锅上面，阵阵难熬的热度，让他的手有些刺痛起来。

躲在角落看热闹的陈可可实在忍不住了，赶紧跑过来劝："师父，你就收了他做徒弟吧，这孩子是真有苦心的，也不是完全没天赋，顶多笨点蠢点没用点，咱们天门宗又不是没这样的蠢人。师父啊，你别和那糊涂师父顶了，我觉得这孩子真会做蠢事……"

祝明也跟着劝："师父，你就别闹腾了，我给你买酒，多少酒都行。"

"你们还真信这孩子敢下油锅？脑子有毛病吧？"老糊涂大笑，死死拦住吴先生，"他要真敢下油锅！老子就做主考官收了这徒弟！哼哼，吴大妹子就是口硬心软，这种窝囊废也要磕磕绊绊解释个半天，学学老子，心狠手辣，一招搞定，哎，口硬心软啊……"他在"口硬心软"这四个字上找重发音，似乎在专门说给谁听。

吴先生气得都脱力了，顾不得风度仪态，破口大骂："你搞定个屁！别害苦这孩子……"

萧子瑜放在油锅上的手开始颤抖，他没有退缩，只是有些害怕。

花浅再次开口："要冷静，抓住机会。"

机会？转瞬即逝的机会？

萧子瑜想起过去被踹入泥泞，被所有人轻蔑，看不起的自己。没有人相信他会成为一个优秀而成功的男人。永远过着卑贱的生活和现在的痛楚，究竟哪个更重要？

六爷爷说："你不可能成为灵法师。"

母老虎说："狗屁！你能有什么出息？"

萧六娘说："孩子，你应该做个平平凡凡的人，别学你爹，总是梦想着够不着的东西，飞得越高，摔得越重，以后就在乡下过活，努力挣钱，买两亩地，娶个大胖媳妇……"

他乖顺地听从了所有长辈的建议，可是他的心在咆哮，他的灵魂不愿顺从。

他不要过平凡的人生！

他的记忆里残留着父亲的碎片，受人尊敬，斩妖除魔，虽然没有见证过，可是他仍向往着这样的生活，他要重拾父亲的骄傲和荣光，他要成为灵法师，洗脱父母的冤屈，让他们在家乡能高高地昂首做人！他要做灵法师，守护所有重要的东西，孤寡爷爷墓前的花开得灿烂，萧六娘的幺儿在牙牙学语，周大哥最近猎物伤了腿，母老虎的店铺童叟无欺，虽然世间充满坏人，可是仍有许多的好人，只有灵法师才能守护他们不受妖魔侵害，让萧家村当年的惨剧不再发生，让母亲不再失去孩子，孩子不再失去亲人，让他父亲的悲剧和他的悲剧不再发生。

父母回来，所有人都开开心心地在一起，地久天长。

这样美好的世界，是他的梦。

他是为了这个梦，才勇敢地与命运抗争的，此时再退半步，此生再无机会。

电光火石间，萧子瑜想通了所有事，他努力将心平静下来，不让情绪的失控破坏身体，

然后伸出手，以迅雷不及掩耳之势，探入油锅，冲向那枚静静躺在锅底的铜钱。长期独自生活，他受过各种伤，可是滚烫的热油浸过手指、手背、手腕，十指连心，这份剧烈的疼痛依然让他难以承受，让他恨不得马上把手抽出来，趴在地上抱着手打滚哀嚎。可是他仍然坚持，用剧痛的手指捞起锅底的铜钱，待铜钱出锅后，萧子瑜才发出一声撕心裂肺的声音，几乎撕裂天际，传出云天，如征战至遍体鳞伤而爬上万兽王座的狮子，这是痛苦中带着发泄的咆哮，在宣誓着自己的成功。

他能做到，他做到了。

空气中散发着骨肉焦香，情景惨烈又可怕。

成功的喜悦再次让心脏隐隐作痛，血流沸腾。

众目睽睽之下，少年毫不畏惧，他用烫伤得可怕的手举起铜钱，固执而努力地递到吴先生面前，高高地抬起头，对着那双威严的凤目，再不退缩分毫："我完成了不可能完成的任务。"

此时，正殿里所有人方如梦初醒，纷纷发出惊呼声。

吴先生脸色灰白，软软坐下。她忽然发现自己掉进老糊涂的陷阱里了，作为灵法师考核的唯一考官，她是无论如何都不会接受萧子瑜这种先天不足的孩子去灵修的，更别提让他进天门宗了。老糊涂是天门宗的人，他在众目睽睽下，用极其残酷的手段让孩子证明了自己的勇气，若是她再拒绝让萧子瑜进入天门宗，那么天门宗的收徒手段会被灵法师界质疑，她回天门宗后也会遭到严厉的训斥。

吴先生悲哀地发现，她要挽回天门宗声誉的路只剩一条……

萧子瑜再次举高手里的铜钱，坚决地说："这是我的决心！"

老糊涂确实设了陷阱，可是这个陷阱太残酷，需要非同寻常的勇气才能达成，或许这孩子凭着这样的勇气，会有点出息吧？

想到这里，吴先生对萧子瑜的恶感也没那么深了。"鹤，鹤舞，给他疗伤……"她无力地挥挥手，低声道，"这个孩子，或……或许可以试试进天门宗学习，再看以后的造化。"

老糊涂对萧子瑜挤眉弄眼道："哎呀呀，我还以为大妹子无论如何都不会要他呢。"

吴先生咬牙切齿地在名册上写下：天门宗第五百七十二届学徒，萧子瑜。

在鹤舞发出的柔柔治疗光芒中，老糊涂早已算计清楚，慈悲杖·鹤舞有天下第一的治疗能力，吴先生从不推辞给天门宗学徒治伤，只要萧子瑜能忍着剧痛通过考核，他就是天门宗学徒，就有资格得到鹤舞的治疗。所以他利用油锅给萧子瑜布下了一条绝路，绝路里隐藏着唯一的出路。

萧子瑜找到了这条路。

老糊涂饶有趣味地看着照顾萧子瑜的花浅，这少女刚刚两次出声提醒，是最先察觉圈套的人。"看来这届学徒会很有趣。"他摇摇晃晃地喝了口酒，"可是，和我有什么关系呢？就算天塌下来也和老头儿无关，让别人烦恼去吧。"

第三刻

❧ 第四刻——化魔之时 ❧

传说中，有左手缠蛇，右手持剑的女神。

她将你的生命残忍夺去。

她将你的身躯拖进地狱。

她将你的灵魂用烈火焚尽。

你仍匍匐在她脚下，永不停歇地唱着赞美歌谣。

【壹】

在没有星星没有月亮的深夜里，萧子瑜做了一个梦。

他又梦见母亲在身旁陪着他，她穿着绣紫藤的白裙子，乌黑的长发披肩而下，她哼着动听的摇篮曲，用白皙的手轻轻抚上他的额头，她的手是那么的温暖，那么的美好，空气中洋溢着幸福的味道。

可是，他依旧看不见母亲的脸。

萧子瑜一声又一声地祈求着母亲转过头来。

母亲却说："不行。"

萧子瑜爬下床，试图去偷看。

"不！"母亲转过身，竟露出一张带着恐怖面具的脸，面具后是双漂亮的琥珀色眼睛。她洁白衣裙瞬间化作鲜红，如盛开的妖娆红莲，天地一片血色，仿佛要将世界焚烧燃尽。她的身上冒出无数毒蛇，吐出猩红的信子，朝萧子瑜扑来，一口咬上额头，往里面钻进去。

她说："你的生命永远属于我。"

她的声音缥缈而遥远，转瞬消失不见。

萧子瑜的额头却传来冰火交织的疼痛，他大叫着醒过来，眼前没有母亲和鬼面，只有白色烛影轻轻摇曳。额上传来阵阵凉意，浇熄了内心的狂热。他侧眼看去，是花浅在用湿帕子不停给他擦拭额头，待看见萧子瑜清醒后，她担忧的脸上终于露出轻松，嘴角也挂上了笑意，忙派人去告诉师父情况。冰蟒端水进来，插嘴道："主人照顾了你两天两夜，没合过眼。"

他的口气颇为不好，充满敌意，看着萧子瑜的眼神像要吃人。

萧子瑜初见冰蟒化形，不知其身份，看着那高大身躯和恐怖表情，吓得浑身一个激灵，险些以为是妖魔入侵。

花浅顺着他的眼神看了眼，喝道："冰蟒，不得无礼！"

冰蟒委委屈屈地把水放下，侍立一旁。

花浅解释："他只是长得凶了点，其实没什么的。"

萧子瑜释然："嗯，冰蟒大哥法相威武，粗看有些害怕，细看还是很憨厚老实的。"

冰蟒听着这完全不靠谱的评价，气得半死，眼巴巴地盼着主人给他正名，将自己残忍剽悍的威风个性好好述说一番。

未料，花浅犹豫了片刻，肯定道："对，他就是个善良的好法器！"

主人一盆子污水泼得冰蟒差点翻肚子。

花浅温柔地将帕子递上，解释："你伤后发热，昏睡了两天两夜，总算醒了，要吃点粥吗？"

萧子瑜接过帕子，抬头对上花浅琥珀色的眼睛。

两天两夜的不眠不休让这双美丽的眼里布满疲惫的血丝，却没有抱怨，只写满了对他身体的担忧。

她在担心自己？她在照顾自己？

六爷爷去世后，多少年没人这样对待自己？时间长得让他几乎忘了被照顾的滋味。

他以为这辈子再也没人会这样对自己，可是相识不足半月的花浅却做到了。

她毫不犹豫，挺身而出，为他挡了刀，为他的梦想努力，为他顶撞师长，然后为他不眠不休，为他喜为他忧……侠骨铮铮，重情重义，生死之交定当如此。

萧子瑜的眼眶有些湿，有些东西想掉下来，他拼命忍住；心在蠢蠢欲动，情愫萌芽，他拼命制止。花浅是世界上最美好最善良的女孩，能认识花浅，定是他今生最大的幸运。

"怎么？还难受？"花浅见他满脸迟钝，以为脑子烧坏了，再次紧张起来，要是知道人类受伤后还会发热，发热有可能导致死亡，她怎么也不敢让萧子瑜冒险下油锅，问题是她什么都不知道！她自己不在乎伤痛，亦不在乎别人的伤痛，她手下魔军无论男女，性情都极剽悍，受伤后简单治疗就能活蹦乱跳，遇到无法痊愈的重伤就自行等死，不拖累同伴。至于普通人类，她连看都懒得多看一眼，也没兴趣了解他们的身体病痛。奈何萧子瑜对她极其重要，不能丢下不管，当吴先生告诉她鹤舞只能治疗肉体伤痛，无法顾及伤后发热症状时，她后悔莫及，唯恐他就这样一病不起，撒手人寰，让她再也无法重返魔界，只好尽心尽力护理。

区区人类，竟敢让她如此狼狈，若是传回魔族，她将颜面扫地。

等封印解开之日，她要将天门宗夷为平地，把萧子瑜这废物拿去喂蛇！再将知道此事的所有人类和法器统统灭口！

花浅在心里怒吼着……

两人各怀心思，屋内一时寂静无声。

萧子瑜渐渐按下狂乱的心跳，开始回忆起昏迷前的种种事情："我成了灵法师学徒？"

花浅努力微笑："是的。"

萧子瑜迟疑再问："真的？"

花浅笑得难受极了："真的。"

萧子瑜颤抖地摸了摸自己的脸，仿佛在寻找自信，喃喃自语道："是的，我成了天门宗的灵法师学徒，天门宗，对了，我的手……"他低头看去，被油锅严重烫伤的手已恢复如昔，痕迹全部消失。他心里困惑，不由左右打量起来。

花浅解释道："是吴先生的鹤舞治好了你的手。"

萧子瑜的疑惑尽逝，只剩下一个答案，他陷入了狂热的兴奋之中。

"醒了，他真醒了！"忽而，窗外传来阵阵笑声，萧子瑜困惑地抬起头，不消片刻，一对双胞胎法器少年捧着东西，像旋风般冲了进来，他们俩约莫十六七岁容貌，身高和相貌都完全相同，很是清秀，不同处是他们一个海蓝色短发，海蓝色眼睛，额头上有淡蓝色的水纹，另一个是火红色短发，红色眼睛，额头上有淡红色的火纹，他们俩穿着款式完全相同的紧身黑色短袍，只是蓝发少年将衣襟扣得严严实实，红发少年则毫不在意地解开纽扣，露出大片白皙的肌肤。

蓝发少年彬彬有礼地向大家打了个招呼，冷漠生疏，红发少年却毫不在意，他自来熟般走到萧子瑜床边，把他从头到尾打量了一次，"嗤嗤"了两声，道："不过如是。"

萧子瑜被看得尴尬，问："你们是？"

花浅看了眼，难得夸赞："罕见的双生法器。"

蓝发少年客气地问萧子瑜："你就是将手伸入油锅的灵法学徒？今年的话题学徒？"

红发少年很不礼貌地冲着萧子瑜的脸嚷嚷："看着挺普通，哪里有趣了？咱们主人的眼光是一年不如一年了。"

蓝发少年谴责："不要随便在外人面前透露我们主人的缺陷。"

"也是，让太多人知道我们主人没品位不是好事，算了算了，管男人去死啊？！咱们是来送东西的，最重要的是美女，咱们主人说的美女法器在哪里？！美人儿？别害羞，出来打个招呼啊！"红发少年四处张望，一眼看见旁边的花浅，赶紧冲过去自我介绍，"美人儿好，我是活泼可爱大方爽朗的双离剑·焰断，旁边那个坏心肠的是双离剑·冰裂，我家主人说你的法器和主人一样是超级大美女，我们最喜欢照顾漂亮的法器师妹了，快快让她出来和我们师兄认识认识吧。"

"蠢货，别高兴得太早，"冰裂冷冷地喝止，似乎在偷偷训斥，偏偏声量让所有人都恰好能听见，"你忘了我们主人不可告人的缺陷吗？她说的美人儿说不准是个大脸平胸粗腰的

女人，我觉得你要勾搭女法器还是别相信主人的眼光比较好。"

焰断指指冰裂，又指指花浅，痛心疾首道："傻子，哪能呢？这主人虽然嫩了点，胸平了点，但颇有几分姿色，法器能差到哪里去？"

冰裂扫了眼花浅，毫不留情道："蠢货，你没听过平胸女之间都是惺惺相惜的吗？"

"好吧……咱们主人的身材是够寒碜的，不过她稍微好点吧，虽然差距不大……"焰断还想指花浅，忽然指头戳到个硬邦邦的胸脯，他徐徐转过身来，徐徐抬头……却见一个高大的银发帅哥正用恐怖的金色竖瞳瞪着自己，眼里几乎喷出愤怒的烈焰来，他狠狠地扭着焰断乱指的指头，丢去旁边，呵嗔道："我家主人才不是平胸，不对，就算她没发育完全，暂时是平胸，也是全天下最可爱的平胸少女！"

焰断不敢置信地看着比自己高半个头的男人，石化了。

冰裂在旁边冷冷吐槽："嘻嘻，这胸果然够平，平得和铁板似的。"

焰断从石化中回过神来，发出撕心裂肺的哀嚎："主人耍人！她又骗我们跑腿！"

"蠢货！"冰裂无视了他的叫嚣，将手中的东西递给萧子瑜，声音愈发礼貌，态度愈发谦卑，气息也愈发冰冷，"你好，我和旁边那废物的主人是陈可可，也就是你们的师姐，刚刚的失言请你们别放在心上。这包裹里的衣服是祝明师兄托她送给你的，他说天门宗多富贵子弟，怕你进去后被人小看了，这是他前几天刚做的新衣服，可能略大了些，让你凑合着先穿。祝明要和你说声抱歉，本应亲自前来，但你家糊涂师父又喝醉了，不但发酒疯还吐得到处都是，祝明忙着照顾他。我家主人是女孩子，不好大半夜来男人屋里，也请谅解。"

萧子瑜将包裹展开，里面是两套绣着天门宗标志和云纹的青衫，细棉布料子，还配有深蓝色的腰带，尺寸虽大，将腰身扎紧却也不差太离。他对祝明的细致体贴越发感激，只道改日要亲自上门感谢。

冰裂犹豫片刻，继续问萧子瑜："我私下想冒昧问问，你可有称手法器？"

萧子瑜猛摇头。

冰裂微微皱眉，焰断顺势口无遮拦道："我听主人和师父讨论，你的法器可不好办了。"

萧子瑜紧张地问："不是说贫穷子弟去灵修后，可以从师门处得到法器吗？"

"是倒是，"冰裂迅速答，"可是天门宗立派那么多年来，年年都有几个贫寒子弟，再加上有些家境普通的学徒进门派后发现自带的法器不适合自己，有些学徒在和妖魔战斗中弄坏了法器又买不起，也是由天门宗发放。年年月月下来，天门宗剩下的法器也不过百余件，其中七八件优质的都是珍格法器，愿意选择他们的灵法师很多，所以他们对主人的通灵操纵能力要求极高，而且心高气傲，挑三拣四，别说你是刚入门的小学徒，就连普通的正式灵法师都入不了它们的眼。其他略微像样的都给挑走了，剩下的大部分是资质很低劣的法器，不建

化魔之时

议使用，毕竟法器通灵跟了你后是一辈子的事情，需要慎重挑选。"

焰断嚷嚷："呸呸呸，岳无瑕也是刚入门的学徒，绛羽可是毫不犹豫地跟了他。"

冰裂："绛羽是神格法器，岳无瑕能驾驭他，潜力非普通灵修学徒可及，而且他们俩之间也是有缘，就像王八看绿豆般对了眼，也是无奈何的事。"

焰断："说不准也有好法器看上这头绿豆呢？"

萧子瑜听到熟悉的名字，急忙问："我曾见过无瑕师兄，他的法器很厉害吗？"

焰断："厉害个屁！绛羽就是个自恋臭屁的家伙！等老子变厉害后绝对要拔光他的鸟毛！一根不留！"

冰裂无视他的胡言乱语，继续道："岳无瑕是百年一遇的天才，他的通灵能力极其出众，方能在通灵境地里接触到绛羽，再加上他和绛羽天生有缘分，或许是钱缘，所以绛羽才屈尊降贵跟了他走！但是萧师弟的五行能力出众，通灵能力却极弱，就连对优质法器的灵魂通灵都做不到，谈何与法器签订契约？"

萧子瑜有些急："那我无法通灵修行吗？"

冰裂肯定道："难。"

焰断补充道："说难也对，说不难也对，我听主人他们讨论，都觉得你应该选择辅助类法器，如果运气好，像岳无瑕那样遇到个白痴法器自愿跟你走，通灵成功机会会高很多。咱们建议你自己去寻找有缘的法器，实在找不到才去师门里选择。主人与法器的契约是生死约，签订后才能共同使用能力，许多恶劣的灵法师更换法器的方式是杀死法器，这对忠心耿耿的法器是最残忍的事。就算你强迫法器同意自愿解除契约，法器的能力也会受到极大的损伤。"

大部分的法器灵魂都是弱小的精灵，利用通灵之力得到强大的力量，也有部分被神灵选中的强大灵魂，亦有为了报恩报仇等各种原因依附的灵魂，他们可以和主人相辅相成，通过结盟，得到更强大的力量。

失去主人的法器如没有翅膀的鸟，他们将失去大部分的能力，重回任人欺凌的弱小地位，这是尝过力量滋味的灵魂怎么也不愿接受的事情。

萧子瑜肯定地答："我发誓，绝不会做这种事的。"

冰裂再次行礼："我已将主人的东西送到了，若有失礼之处，还请见谅。"

焰断率先大步流星地走出门外，怨念嘀咕："没有美女，我到底是来做什么的？"

冰裂："蠢货！"

焰断："你再说一次！老子这次真的和你绝交绝交绝交！"

两个活宝吵吵闹闹地走远了，剩下仓促不安的萧子瑜，成功通过灵法师考核的喜悦荡然无存，取而代之的是对未来修行的担忧。

　　"别太将双胞胎的话放在心上，"花浅安慰，"你的通灵能力较弱，修行困难，更换法器就是放弃部分修行，的确不是好选择。而且就算用不了强大的战斗法器，你也可以选择资质较好的辅助法器。"

　　萧子瑜沮丧："辅助法器比较弱，我想斩妖除魔……"

　　冰蟒听见"斩妖除魔"四字，怒不可遏："就你这德性，只有被妖魔活吞的份，真是不识抬举！"

　　花浅劝道："所有的法器都是会成长的，辅助法器用好了也能成为很强大的攻击法器，三千年前，灵法师罗成，他的法器瑶琴就是属于辅助性，从最早只能用琴音做简单的心灵治愈，到后来的精神操控，给魔界添了许多大麻烦……"

　　冰蟒回忆往昔，痛心疾首，不由小声嘀咕："对，那家伙超级讨厌！"

　　萧子瑜期待地问："罗成他后来呢？"

　　花浅果断："死了。"

　　冰蟒得意："是苍琼女神亲自出手把他干掉的，也算死得其所了。"

　　萧子瑜："……"

　　夜里，萧子瑜辗转反侧。

　　他清楚，自己很可能只有一次选择法器的机会，必须慎重。

化魔之时

【贰】

　　萧子瑜和花浅约好第二天去市场碰碰运气，看能不能淘到适合的法器。他特意起了个大早，平定心神，然后梳洗完毕，推开大门，忽然看见院墙侧站着个女子，长发披肩，穿着白罗衣，衣服上绣着数串紫藤花，在阳光下亭亭玉立，美丽清秀的面容似曾相识。

　　女子朝萧子瑜露出一个温柔的笑容："你起来了？"

　　"你是谁？"萧子瑜的心起了阵阵涟漪，渐渐化作波涛汹涌的大海，再也无法平静。他忽然想起了自己的母亲，每次梦中都是这样的打扮，梳着这样的发型，同样的温柔，同样的慈爱，就连容貌也和想象中极其贴近……

　　女子抬起眼，怜惜地看着萧子瑜，漆黑眸子里载着盈盈秋水，欲语还休，温柔得仿佛能将人化了去。时间忽然变得很缓慢，仿佛过了许久，女子缓缓张开双臂，带着哭音，低声呼唤："我可怜的孩子，阿娘终于找到你了……"

　　年年月月日日的祈祷，终于实现？

　　萧子瑜的心跳开始加快，他激动得难以自已，千言万语堵在喉头，竟说不出半个字来。

女子柔声道："快过来，让阿娘好好地看你一眼。"

她的声音带着说不清的魅力，一字一句，都在挠着人心最柔软的地方，让萧子瑜的身体仿佛被操控般，不由自主地走向她。待走到近处，他艰难地停下了脚步，靠着月季花丛，似有踌躇。

女子再次急唤："好孩子，快过来，随娘回家。"

这样温柔的呼唤，这样美丽的笑容，足以让所有孩子扑入母亲的怀抱。

可是，萧子瑜忽然抬起头，再次问："你是谁？"

女子微笑："傻孩子，我是你母亲。"

萧子瑜又问："你是谁？"

女子不由愣住了，略微片刻，她声音越发魅惑，那种温柔却恐怖的操控力席卷而来："好孩子，我是你母亲，快过来，随我回家。"

萧子瑜声音越发警惕，他第四次问："你是谁？"

轻微的滴水声落在地上，青石砖地面染上点点嫣红，女子低下头，她惊愕地发现少年不知何时，悄悄地用月季花的花刺扎穿了指尖，流下好些血珠。可是她竟想不出这没见过多少世面的稚嫩少年是何时看穿了自己，发现被操控的真相的，这让她不由惊呼："不可能……"

萧子瑜死死盯着她的面容，道："你不可能是我娘。"

短暂的困惑过后，女子笑道："傻孩子，我是你娘。"

萧子瑜将手上的花刺再扎入几分，利用巨大的疼痛保持清醒："我虽不知道母亲的相貌，可是我知道我的母亲知书达理，是大家闺秀。她身上不可能有这种青楼女子般浓烈的脂粉味！更不可能有那么浓的鲜血味！你到底是谁？"

"嘘，原本不想引人注意，没想到你这孩子虽然笨拙，五感倒灵敏，不愧是今年灵法师考核里最特别的学徒。"女子的声音渐渐变得娇媚，容貌也起了翻天覆地的变化。她长得极妖媚，眼角下有颗勾人的红色泪痣，身材婀娜，腰肢柔软得好像柳条般，微卷的黑色长发随意披散着，身上随意套着件宽大的白袍，赤裸双足，手臂和脚腕皆佩着无数金饰，手里拿着条赤红的长鞭，她正用似笑非笑地看着萧子瑜，美丽的外表下是让人毛骨悚然的气息。紧接着，她叹了口气，低头对长鞭道："百魅，看来你的魅惑能力还有待加强。"

长鞭忽然发出柔和又妖媚，雌雄莫辩的笑声："呵，明明是主人你粗枝大叶，在阴沟里翻船，竟栽在这小毛头手上，说出去也不嫌丢人！"

"讨厌，人家只是想温柔地做做坏事，拐拐天门宗小学徒，不惊动那些老不死而已。"

"主人，算了，该杀就杀，该抢就抢，还是霸王硬上弓适合你。"

"霸王硬上弓？也罢，"女子抬眼看向萧子瑜，笑道，"乖孩子，跟姐姐回家好不好？姐

姐会很温柔地对你的。"

　　幻术解除后，空气中的血腥味越发刺鼻，萧子瑜的目光移向了她的脚边的草丛，里面隐隐露出一只穿着染血的布鞋的脚，另一只脚却不知所终。这样的恐怖景象让萧子瑜彻底惊恐起来，他想起了许多传说中的故事，那些杀人如麻的魔宗门徒，害怕得难以自禁，可是他仍鼓起勇气，高吼出危险的警告："魔宗来了！恶魔来了！"

　　长鞭喝道："主人！别逗小男孩了，你忘了鬼娘交代的任务吗？快动手，否则来不及了！"

　　女子闻声而动。

　　萧子瑜手无寸铁，只能连滚带爬地逃，奈何他的速度怎么也跟不上长鞭的卷势，眼看就要被卷走之时，花浅听到警报，急急奔出，看见这魔宗女子追着萧子瑜而去，神色一凛，右手轻抬，蛇镯瞬间化作短剑，她将短剑横在胸口，将萧子瑜护得严严实实，喝问："什么人？"

　　女子的身影如鬼魅般游动，左手持鞭，如灵蛇般游动，袭向花浅，右手则伸向萧子瑜，蔻红色的长指甲如魔鬼的利爪，似乎要抓走他。未料，花浅脚步轻移，看似随便走了几步，却将攻势尽数绕过，她抢在女子前，扯住萧子瑜的衣襟，将他丢向身后，抬起冰蟒迎上，大声道："快跑！"

　　萧子瑜虽担忧花浅安危，却知自己留下也帮不上忙，赶紧爬起，跑去找救兵。

　　"哎，小帅哥，别跑啊，姐姐可是很喜欢你的。"女子见目标消失，气得直顿足，她回过头，恨恨地对花浅道，"都是你这个碍手碍脚的小丫头，我今日让你不得好死。"

　　"是吗？我看不见自己的未来，可是我能看到你的未来，"花浅继续挡在她的面前，在没有顾忌后，她放弃了伪装，眼睛里流露出杀戮的光芒，她舔舔干涸的唇，浅浅地笑道，"你的四肢会离开你的身躯，血泊中，你无力反抗，将眼睁睁地看着自己引以为傲的容貌被毁坏，然后带着后悔的血泪，哀求仇人砍下你的头颅。"

　　"那要看你有没这个本事，"女子见一个小小灵法师学徒放此狂言，怒不可遏，不由动了杀机，法器长鞭瞬间变长，如千丝万缕化作的网，鞭身伸出利刃，铺天盖地往花浅身上罩来，竟想将小小女孩凌迟处死。

　　在重重鞭影中，花浅的眸色化作琥珀，短剑亦被掌心透出的黑气包裹，化作毒蛇的形态，她嘴角的笑容越发残忍，越发开心，仿佛觉得这样生死相搏不过是个有趣的游戏，诡异的蛇雾在她身边蔓延，卷向长鞭……

　　长鞭的鞭梢碰到蛇雾的瞬间，仿佛被什么东西刺痛般，它畏惧地往后缩了缩，攻势略停。

　　这是灵法师学徒不应有的魔气。

　　这个女孩到底是谁？

　　女子大惊失色，她的理智认为对手很好解决，可是直觉却告诉她情况很不妙，似乎惹

了什么不能惹的东西，这也是她平生第一次感受到死亡的错觉，竟让素来天不怕地不怕的她有些畏惧，退却。

正当犹豫中，忽而，破空声至。

一蓝一红，两把长剑带着火焰和寒气，瞬间而来，破开鞭阵。

陈可可从悬空的宝剑走上屋檐，甜美的面孔如被冰霜冻结，也有几分威严，她喝道："哼，我看这里魔气冲天，就知道不对劲，大胆魔宗，竟敢在灵法师的地盘闹事！定是活得不耐烦了！"

御剑的灵法师，有最好的移动速度。

她来得实在太快了。

花浅暗自叹息，急忙收回掌心魔气。

女子心中起疑，却没机会查探，她正被陈可可的两把法器纠缠得有些难受，虽然对手很弱，但是这样的双生法器天生具有有极好的配合，在拦截方面天衣无缝。她轻叱一声，看准个空档，长鞭卷向陈可可，口中只道："小美人，猜猜我在哪儿？"

红光闪现，百魅操控人心的能力发动。

陈可可在她妖娆勾人的声音里，陷入幻觉，竟看见了十余个身影，让她不自觉地陷入思考，动作迟滞，空门大开。

双剑察觉主人的失误，赶紧回身保护。

未料，长鞭鞭身又长了十寸，将双剑和陈可可一并纳入鞭网，封锁所有退路。

双剑大急，无能为力。

焦急之际，梅园内传来熟悉的高呼声："往下跳！"

双剑不及多思，果断一人一脚踹向主人屁股上，然后闭着眼睛，从屋檐上往下跳，数道鞭影几乎擦着他们身体险险而过，落地刹那，陈可可瞬间清醒，随之发出了惊天动地的惨叫声："哎哟！我的脚！你们这两个该天杀的混蛋！"

这时祝明手持灵犀，匆匆赶到。他见陈可可受伤，急忙查看伤情去了。

女子冷哼一声，凤眼却瞄向萧子瑜，发现捕捉有些麻烦。

因为吴先生带着鹤舞已出现在梅园的上空，还有其余门派的灵法师，纷纷带着法器，欲围攻。女子虽然对自己能力颇有自信，也不愿冒险与那么多人过招，忙招出水晶做的纸鸢，抽身撤退。

忽然，花浅诡异地出现在她的身后，如恶魔般，附耳低声笑道："你要牢牢地记住我说过的每一个字，日日夜夜想着，切勿忘记，因为就在不久的未来，它将成为现实。"

她是何时走到自己背后的？

女子吓得花容失色，急忙挥鞭抽向花浅。

花浅避开长鞭，轻轻跳下纸鸢，落在地面，恢复了人畜无害的单纯面孔，奔向焦急万分的萧子瑜。

"浅浅，你没事吧？"

"嗯，还好。"

"浅浅，对不起。"

"我不明白，为何要对不起？"

"因为对不起……"

【叁】

吴先生说这个妖女是魔宗的人，千变万化，风流浪荡，喜怒无常，最喜欢与天门宗人作对，曾杀过不少落单的灵法师和学徒。如今估摸是看在灵法师考核结束，想来杀几个学徒取乐。幸好大家警觉，未使她得逞。

吴先生越说越后怕，勒令众人不得离开驿馆，也不准单独行动。

陈可可的脚扭伤严重，哭得梨花带雨，可怜兮兮，就连吴先生的表扬都没用。

她的一双法器冷嘲热讽，丝毫没把主人的小伤放在心上。

祝明急得在旁边直挠头，可惜他的劝说只让陈可可哭得更厉害。

唯萧子瑜神色黯然，在对抗妖女的战役中，他除了叫救命外，毫无作为，依旧是花浅救了他。可是他做了什么？他被保护着，就像个娘们般逃跑。

这不是他的梦，他的梦里应是横刀立马，斩妖除魔，保护大家。

哪怕只有一次也好，他想像个爷们般把花浅，把所有人护在身后，他希望得到花浅的赞美，夸他是个男子汉，是大英雄。可是面对花浅的强悍，他总是像个小丑般，除了落荒而逃，再也做不出任何事。

萧子瑜沮丧极了，黯然回房。

花浅也在郁闷，这些天照顾人类已让她头疼不已，偏偏还照顾不好，今天不过错个眼，萧子瑜就差点出事，偏偏她又不能十二个时辰盯着萧子瑜，男女有别，也不可能形影不离。她找恰当人选来代替自己看护萧子瑜的决心越发强烈，琢磨再三，终于有了主意。

她走进萧子瑜的房间，随便安慰几句，然后伸手："听说你有个玉坠？借我看看。"

萧子瑜迟疑半晌，不知她用意，掏出玉坠解释："这是我母亲留给我的念想。"

花浅问："你似乎说过，你父母都是灵法师？"

萧子瑜点头："嗯。"

花浅接过玉坠，翻来覆去看了两次，确认了自己的想法，开口道："我看这坠子做得精致有趣，借我玩玩，待会给它打个络子，给你挂脖子上可好？"

萧子瑜对母亲的玉坠爱若性命，但花浅救了他两次性命，他对花浅的感激更胜性命，别说借玉坠去玩，就算借他的命去玩，他也会同意。

"晚点还你。"花浅也不客气，拿着温润的玉坠子，转身离去。

回房后，冰蟒终于忍不住嫉妒，酸溜溜地问："主人，你真要给他打什么络子？"

花浅将玉坠丢给他："仔细瞧瞧。"

冰蟒狐疑地接过玉坠，认真查探，他发现这个坠子里有个很普通的灵法阵，是个很低级的小法器，而且结构简单，是个辅助制符的玩意，里面记录了好几个简单的符咒，启动后可以将符咒快速描绘在符纸上。每个灵法师都要懂得最基础的符咒，制符靠的是反反复复地练，过程是极枯燥无味的，这块玉坠应该是哪个偷懒的灵法师学徒不耐烦画符，弄来糊弄师父的，里面连灵魂都没有，只能算是生活类法器，上不得台面，别说通灵，根本不会有灵法师拿去正经使用。

花浅问："你觉得这法器如何？"

"鸡肋般的存在，"冰蟒不屑，"它顶多是提高初级制符的成功率和速度，在灵法界，符文这东西只要肯花钱，要多少就买多少，这法器就算练到顶级，也不过是拿来挣点钱，防身护体。更何况这个坠子资质差劲透顶，连附魔都没有，不堪大用。"

花浅笑道："可是它与萧子瑜极有缘分，通灵会比较容易。"

冰蟒鄙夷："就算再有缘分，也是垃圾中的垃圾，和主人一样垃圾。"

花浅放下玉坠，淡淡地说："我倒觉得这法器不错，经过今日一事，我认为要尽快给萧子瑜寻得法器，这玉坠资质不佳并非大事，垃圾是可以修补的。"

冰蟒心有不甘："修补要动用你的力量，主人，你现在力量尚弱，为了这垃——这男孩不值得！主人……"

他的阻止没有任何效力。

主人心意已决。

花浅闭上眼，在摇曳的烛光下，双手合印，念动起魔界最古老的咒文，无数毒蛇般的黑气爬上她的脸颊，瞬间将清秀的面孔变得狰狞可怕，然后蛇影从她体内涌出，不停游动着腰肢，渐渐具象成型。刹那间，整个房间布满成千上万条斑斓的毒蛇，它们在狭小的空间里不停爬动、游走，吐着鲜红的信子，遮盖了烛光，将世界陷入黑暗，将身躯交缠、衔接，最后在地面渐渐地组出一个巨大的法阵，整个场面阴暗而恐怖。

待法阵完成后，花浅脸上的蛇影褪去，她的身躯就像失去灵魂般倒在椅子上，背后慢

慢浮现出一个美丽绝伦的女神影子，模模糊糊，却庄严神圣，不容亵渎。她左手拿着骷髅，右手缠着毒蛇，脚上带着金环，每走一步都带着死亡的气息。冰蟒赶紧俯身，跪在旁边，迎接主人的灵魂降临。

赞美女神，即使她失去了自己的身躯，只剩魂魄尚存世间。

可是她仍那么美丽，美得让人窒息。

冰蟒将头压得很低，身体激动得有些颤抖。

苍琼轻勾指头，那枚小小的玉坠立即浮空而起，渐渐降在蛇阵的中心，她用如鲜血般殷红的双唇念动着恶魔的歌谣，无数的蛇开始涌入小小的玉坠，将它染成墨黑，各种符文的结构在空中浮现，不停闪现，组成绚丽的画面，然后刻入玉坠。

听说，世间存在神器。

这是神灵和恶魔们用血肉、灵魂做出的最好的法器。

在毒与血的交织下，苍琼将力量注入玉坠，包裹成凝聚的球，一丝丝、一点点将纯洁沾染上魔的气息，然后隐去。约莫过了半夜，玉坠上的颜色终于渐渐退去，就像被清水洗去墨痕般，从浓到浅，渐渐恢复了原本白皙的光泽，女神的身影也像散去的云雾般，慢慢消失，周围变得干干净净，只剩冰蟒痴痴的目光，仿佛什么都没发生过。

花浅仍紧闭着双眼，久久无法醒来。

冰蟒将她小心翼翼地抱起，放去床上躺着。

他永远记得通灵的时候，那个神灵恶魔中都排不上号的女孩说她要成为最强的存在，要让他成为最强的法器。这句仿佛玩笑般的话语，在漫长的年月里，是他们共同进退、共同努力的目标。他们俩在乱世中结成契约，一起努力地生存下来，经历了无数的磨难，直到她成为君临天下的魔女，他成为威震三界的法器。

可是，她仍是他生命里唯一的信仰，无论是生命、尊严还是一切都没有比她更重要，他为了她什么都愿意做。

冰蟒紧紧握住花浅的手，暗暗发誓。

过了大半个时辰，花浅终于睁开眼睛，略休息了会，方彻底清醒，她问守在旁边的冰蟒："玉坠呢？"

冰蟒急忙将玉坠双手奉上。

花浅认真检查良久，极为满意。

她不希望萧子瑜太强，脱离自己的控制，也不希望萧子瑜太弱，事事受制于人，做一名使用辅助法器的优秀灵师是个不错的选择。若是放在往日，她是绝无兴趣去为凡人制作法器，奈何她手头有的法器都是天下名器，力量之强让神灵都要侧目，拿出来不但会引人注目，

也不适合萧子瑜使用。她复活后特意收集的几件凡间法器又不适合萧子瑜怪异的体质，所以她一时半会也不知去哪里找很弱的成长型法器，迫于时间压力，难得发现个和萧子瑜有缘的法器，便直接拿来改造重炼，让它有承受附魔的力量。

苍琼并不是擅长制作法器的神灵，仅做过的几件都是战斗法器，有很强的攻击力，曾把三界弄得焦头烂额。改造这种不具备攻击性的辅助法器是她的初次尝试，所以她只在里面随意注入了很少的神灵之力，或许略有失误，也算将力量做了增强，让萧子瑜在天门宗不至于太过丢人现眼。

她虽做了这件法器，却没将这样鸡肋的东西放在心上。

她不知这件渺小的法器，在她的微小失误之下，就和它主人一般，未来的命运已发生了翻天覆地的变化。

法器制作是对修为的损耗，苍琼在三界之战中失去身躯，力量变得微弱，往日随手可以制作的小玩意，竟耗费了她许多体力。冰蟒看着脸色苍白的主人，又是心痛又是怨念，他再次将萧子瑜列入千刀万剐的名单后，不由抱怨道："主人，法器的本质改造不过是底子，它必须拥有灵魂，灵魂来自附魔，这种没有灵魂的法器需要主人亲自制服妖魔精怪来附魔，可是萧子瑜的力量根本不足以打败妖魔和他们签订契约，就算这件法器和他有缘，又有您亲自出手为这件法器附魔，萧子瑜的资质也承受不了强大妖魔的通灵之力，主人那么辛辛苦苦为他改造法器，那小子能用吗？简直浪费！"

花浅笑了："只要有自愿成为法器的灵魂便可以了。"

冰蟒仍不理解："就算自愿，萧子瑜也很难和厉害的妖魔魂魄通灵，莫非主人要给他找兔妖、鼠妖这类弱小妖怪的灵魂？你难得制作的法器若附魔上这种灵魂实在太糟蹋了，而且用这类灵魂附魔，他去天门宗还是会被同窗嘲笑。"

花浅将玉坠紧紧收入掌心，冷冷道："我本就没打算用妖魔。"

天下间，最好的法器附魔都是神灵仙魔，名为神器，次等法器附魔各种妖物，名为珍器，还没有附魔的法器是凡器，鲜有灵法师去修炼它们。在众多附魔法器中，有种极其罕见的法器，它具有很强的成长型和多变型，附魔力量飘忽不定，有强如神器者，亦有弱比凡器者，大部分保守派的灵法师都不愿修炼这种不稳定的法器。

这就是鬼器。

鬼器附魔为人，人乃万物之灵，怎会甘心跃出轮回之外，世代为奴，忍受痛苦，受人操控？偶有被魔道强迫而成的鬼器，也是极不愿配合主人成长，最后成为残次品。

花浅需要的不是普通鬼器，而且是聪明伶俐的鬼器，能帮她照顾萧子瑜，并了解萧子瑜的内心，还要对她忠诚可靠。

冰蟒懂了主人的意思，连连摇头："太难了。"

花浅看着城西那股冲天怨气，嘴角露出冰冷的笑，她说："只要人间有恨，就不难。"

她早已发现最好的祭品。

【肆】

传说中，**魔界之首的苍琼女神**，她在诅咒中出生，在怨恨中成长，与毒蛇为伴，饮鲜血为生，食人肉充饥，她比任何神灵都热爱愤怒和杀戮，是邪恶的化身。

所以，当你有怨恨的时候，可祈求苍琼的救赎。

她是复仇的女神。

城西聂家百年官宦，聂家大少爷却男生女相，长了张倾国倾城的美人脸，举止阴柔如女子，命运坎坷，简直可笑可叹。

聂家府邸，同秋院内，静静堆放着许多被砸至破烂的华丽箱子，珍贵的绫罗绸缎被撕成碎片散落一地，珠花被扯开，玉簪被敲断，整个屋子都乱得像强盗过境般，床头坐着的红衣美人早已流干了泪，丫环们却对眼前的一切表现得很漠然，她们正手脚麻利地收拾着东西。

刚刚母亲又来了，继续劝说他为家族牺牲，为了父兄前途，去服侍贵人。

他不愿意，竟被百般折辱，甚至囚禁，准备当作礼物送出。

夜已静，月色朗朗，荷塘数点蛙鸣，夹杂着远处丝竹动人。

红衣心头的恶心、烦躁、愤怒再次涌上。

曾有人告诉他，忍耐痛苦是为了幸福的到来，他曾坚定相信这句话，用尽所有努力，寻找着属于自己的幸福。可是他失败了，幸福从不曾存在于地狱。

隐隐作痛的手腕，新旧重叠的刀痕。心中仇恨如火，焚烧灵魂，将最后的善良卷走。

他活着的唯一目的，就是为了复仇。

红衣用力推窗，窗已被仆役用木板钉死，他推门，立即有好几个粗壮的仆妇上前拦阻，屋内有母亲最忠心的丫鬟虎视眈眈，手无寸铁，求生不得，求死不能，他只能一遍又一遍地祈祷："地狱里的恶魔，嗜血的苍琼女神，请实现我的愿望，只要让他们去死，全部都去死，我愿意付出任何代价……"

弱者的祈求从不曾得到回应。

可是今夜却是个例外。

"纵使化身为魔？"上空传来清亮稚嫩的女声，"纵使付出灵魂？"

红衣抬起头，他看见横梁上坐着个身着白衣的女孩，她十四五岁，身量娇小，长得甜美可爱，

可是眼里却没有任何笑意，冰冷得像腊月的雪花。她的表情与年龄是如此的不吻合，就像披着女孩外衣的成熟女性，举止中有种说不出的诡异，像美丽的恶魔，让人害怕又挪不开眼。

同秋院戒备森严，她是谁？如何进来的？

红衣忽然有些奇妙的预感，他直觉眼前的女子并非凡人，不由紧张起来，往后退了两步，不小心撞翻椅子。椅子落地，发出巨响，门外守卫的仆妇听见动静，想开门查看。

梁上女孩弹弹手指，几缕蛇状黑雾从她指尖浮出，快若游龙，在所有人颈间转了半圈，钻入身体，片刻，所有守卫的仆役和丫鬟连呼喊都来不及便扭曲着面孔倒地，眼角、耳朵、鼻孔、嘴巴都流出黑血来，竟是瞬间毙命。女孩轻轻跃下横梁，身体却飘浮在半空中，带着淡淡月色，反问道："不是你呼唤我来的吗？"

红衣惊恐地问："你是？"

女孩冷冷道："我的名字，是苍琼。"

传说中，苍琼是地狱里嗜血的女神，是三界第一美女，是魔界第一战神。

可是，所有传说故事里，都没写过苍琼是个小女孩。

红衣的疑惑转瞬即逝，他看见女孩的身后浮现出女神的影子，模模糊糊，似近似远，身段却是从未见过的妖娆美丽，紧接着无数的毒蛇从影子里冒出来，充斥着整个房间，带着血腥的味道，俯首在主人面前，仿佛修罗地狱的噩梦再现。

红衣毫无畏惧，他又惊又喜地抬起头，再次问："苍琼？"

女神勾勾手指，恐怖的毒蛇缠上了他的身躯，紧紧束缚，将他抬上空中，送至自己身边。然后张开双臂，怜惜地将他抱入怀中，温柔问："我听见了你的祈求，你是如此怨恨着自己的家人，怨恨所有的一切，这样的怨恨让众魔动容。你的恨究竟有多深？"

红衣答："我的恨如地狱烈火般灼热。"

"让我看看你的恨，"女神的腕间伸出条黑色的毒蛇，狠狠咬住了他的心脏，钻入他的胸腔，阵阵剧痛过后，他陷入迷迷糊糊的幻境，幻境里再次浮现出他悲哀的一生，痛苦而绝望……

他过去的名字是聂闻书。

【伍】

聂闻书的记忆里，父亲是风流的男人，家里总有许多漂亮的女人来来去去，很少理会母亲。所幸母亲并不是善妒的女子，亦不会与父亲相争，但是她从来不笑。他出生在六月初六晒书节，是家中的嫡长子，上头有庶出的哥哥和姐姐，后来还有一个庶出的弟弟，可是兄弟都不喜欢他，总是会暗里欺负他。总是母亲保护他，虽然她不太会疼孩子，却会经常告诫：

"你是我的儿子，要好好学习，将来要出人头地，不要丢娘亲的颜面，别输给那些小娘养的。"

他说："好！书儿要给娘争脸面，做大儒，青史留名。"

父亲听后很是欢喜，替他请名师教导，还手把手教他写大字，与母亲的关系也亲近了许多。

一家三口，其乐融融。

可是，他的梦想，在五岁那年的龙舟会中破灭了。

龙舟会是一年一度的盛事，百船争渡，人头涌涌，他闹腾着要去看龙舟，又闹腾着要吃糖葫芦，扭头又看见有匠人在画糖画。甜甜的糖浆在他的铜勺下或扭成鲤鱼彩凤，或扭成猴子仙桃，看得他目不转睛，哭闹着不肯走。有仆役过来讨好，要偷偷带他去买糖画，可是车水龙马，拥挤得厉害，聂闻书一错眼，便与仆役走散，还没来得急哭闹寻找，就被一块帕子捂住口鼻，昏迷过去，再次醒来的时候，已在百里之外。

拐子问他姓甚名谁？早慧的聂闻书已察觉危机，一问三不知，装作懵懂幼童，被卖与贺州叫何姑的男人。何姑在贺州黑道颇有势力，年年采购男童入戏馆，将美貌少年充女子教养，登台唱戏，服侍贵人。此番见他美貌，何姑喜不自禁，命名红衣。

起初，红衣稚嫩，懵懵懂懂，不明为何要给自己换穿女装。可是在地狱般的世界里，摧毁天真不需太久，他很快就知道了何姑想要的是什么戏子，就也知道了同伴的低下地位。他亲眼看见同伴被欺凌，人类就如货物般被玩弄，丢弃，甚至死去。

红衣想起了夫子的教导，想起了书本里的礼义廉耻。

大丈夫宁死不屈。

奈何何姑舍不得这只会生金蛋的鸡，红衣无数次自尽都被救回，他的背上布满了一条又一条的伤痕。何姑对他越发凶狠严厉，他说书本是错的，世界上没有好人，都是道貌岸然的伪君子，他逼红衣听话，可是红衣从来不听话，他撕碎了衣衫，砸掉脂粉，甚至要剪去头发。

何姑说，若是他再犟下去，就要卖了他。

红衣想，卖了就卖了，做牛做马也不扮女子唱戏，不讨权贵欢喜。

照顾他的是较年长的男孩，名清暖，身量修长，长相秀美，额间一点朱砂。知道此事后，他悄悄来寻红衣："傻孩子，何姑把你卖的地方会比现在更腌臜，你会被活活折磨死。还是听话吧，别犟下去。何姑是只认钱的男人，他真会杀死你的。"

红衣痛骂："我就算死也不要做低三下四的事，更不要你这个下贱的兔儿爷帮忙！"

清暖整个人都僵住了，过了许久，他才轻轻说："若不是被拐来，谁愿意做这个……"

红衣耻笑："像你这样没皮没脸地活着，倒不如死了干净。"

清暖摇头："我不要死。"

红衣冷道："你便是书上说的那些贪生怕死之徒。"

"是的，我怕死，"清暖的眼里透出不一样的光彩，有些激动，有些坚强，映得他那张被精心修饰过的面孔有了男人的味道，他紧紧地握住红衣的手腕，仿佛要用力地掐进去，"坏人还活得好好的，我们好人为什么要死？！就算你骂我下贱，丢人现眼，我也不要死！我的阿娘是软弱的女人，她最爱哭，知道我被拐去，她会自责，必哭得伤心欲绝。我爹虽是粗人，却最疼爱我，我家还有妹妹，走的时候她才两岁，如今不知出落成什么模样。所以……无论活得有多耻辱，我都不会放弃希望，我要回家，回去告诉爹娘，他们的儿子还没死，让他们别伤心。"

红衣抽泣着说："可是，我不记得家乡的名字。"他住在内院，年纪幼小，被母亲看管得很严，平日没有出门的机会，唯一一次去看龙舟，就出了事。教书的先生学问很高，书本上的东西还嫌教不过来，哪里会想到告诉他住的城市名字？而生活在聂家的丫鬟仆役们对生活的城市习以为常，仿佛呼吸和水，也没人会特意去提及，种种因缘差错，酿成可悲的后果，纵使红衣早慧，也只知道是个比较大的城市，却弄不清城市的名字和模样，这让他对偷跑很绝望。

"咱们慢慢打听，总会找到的，"清暖紧紧地抱过他，眼泪一滴滴掉在他柔软的长发上，"傻孩子，不要死，只要活着，未来就会有希望，我们总会找到家的，家里没有坏人，只有爹娘，他们在等你回家呢。你要咬紧牙关，好好地活下去，哪怕只是装出个听话的样子来也没关系，不要让何姑怀疑我们，这样才能在机会来临的时候逃跑，甚至……复仇。"

"回家？"红衣将头埋入他温柔的怀里，过了许久，才问，"你家在哪里？"

清暖说："我记不清了，只记得是个乡下地方，父亲姓李，那里家家户户都种桃花，每年春天，桃花映得天空如晚霞般红，很美丽。我家多种了两棵桂花树，我最爱吃娘做的桂花糕。"他的眼里有对故乡的思念，勾起了红衣的乡愁。

他们不能绝望，要好好活着，一起回家。

月色下，柴房里，两个孩子伸出尾指，慎重地勾了个约定。

这是梦想的约定。

年余年，月余月，日余日，少年长成，风华绝代。

红衣身量极瘦弱，眉目如画，越发美貌婀娜，端得是倾国倾城，艳满柳州。他登台唱戏，云鬓花颜，一袭红衣，吹了首《相思曲》，回眸笑处，秋波涟漪，引无数风流公子尽折腰，投金珠满船，只恨不得将身许之。相较之下，清暖的身材高挑，喜着青衣，眉心朱砂如血，更有书生的斯文儒雅，以至何姑也放弃了给他浓妆艳抹，留了几分本色，却也动人。

很多时候，清暖总是默默陪在红衣身旁，如花间绿叶。

两人一遍又一遍地悄悄描述着未来的图画，梦里总有家乡。

经常有贵客一掷千金找戏子相陪，红衣和青暖都喜欢接待远方来的贵客，尤其爱听他们故乡的风情轶事，然后从这些故事里一点点和自己残留的家乡印象对照起来，偷偷寻找答案。

家乡饮食偏甜腻，河畔有杨柳，年年赛龙舟，八年前的龙舟胜者是个特别丑的老男人，举行法会的神庙很大，里面有许多神仙鬼怪的雕像，龙舟会上有大户人家丢失孩子……记忆里的无数碎片终于拼成了答案，指向岐城。

他们调查好线路，研究好伪装，重金买通了帮手。

在一个有雾的清晨，红衣和清暖双双逃离戏馆，奔往岐城，奔向自由。

避开追捕，他们陆路转水路，水路转陆路，再陆路转水路，好不容易甩掉了追兵。

万株柳，岐城近，小船荡漾在水波上，朝思暮想的故乡就在眼前。

红衣不由紧紧按住跳跃不已的心脏，害怕起来。戏馆的多年女装训练，强迫他养成了许多不好的习惯和姿态，总是努力改变，举止还是比较偏女气，他没有自信还能回到从前。

清暖握住他的手，肯定地说："放心吧，天下没有不爱孩子的父母。"

红衣略略放松，笑道："是啊，我娘很疼我的，她从小就重金教导我，还亲手给我做过杏花糕，我娘做的杏花糕可好吃了，我请你吃……"

【陆】

错了，一切都错了。

父亲听说自己儿子回来，起初是有些高兴，待看见他的容貌，先是惊艳，再是惊愕，最后陷入了长长的迟疑。他的哥哥弟弟高声嘲笑，不停问他在戏馆的经历如何，又问他哪个客人最是温柔体贴，哪个客人最是出手大方。他的母亲又有了一儿一女，她看见这个落难多年的儿子，眼里竟没有丝毫怜悯，只有嫌恶，她吩咐人将他安排去最偏僻的同秋院，不再理会，任凭兄弟对他肆无忌惮地羞辱，随便仆人对他冷嘲热讽。

他们说，聂家没有这样不要脸的儿子，长得和女人似的。

他们说，你在被拐进戏馆的那天就应该去死，至少不应该回来，为家族蒙羞。

他们说，聂家的嫡长子早就死了。

他们说，你要离其他的少爷小姐们远些，千万别把外面带来坏习惯沾染给他们。

风言风语，字字句句，如刀似剑，捅得心窝直流血。

可是，他们总归是逃出了地狱。

红衣得知清暖死讯的时候，是夜里子时。他的身体从兄长所在的浣花院里用破席抬了出来，他咽喉处扎着根金簪子，眼睛睁得很大，鲜血染红了青色衣衫，滴在青石路上，就像无声的泣诉。红衣几乎疯了，他不顾拦阻，冲去浣花院里质问庶兄究竟出了什么事。

庶兄推卸："我也不知他为何要自尽，莫名其妙就自己扎了喉咙，或许是想不开。"

红衣的咆哮几乎撕裂了嗓子："清暖不可能自杀的！我们在那种地方都活了下来，他一直鼓励我不要死，他还要找父母，他不会随便去死的！你说！你对他做了什么？"

庶兄漫不经心道："不过是想让他陪我唱几个小曲罢了，谁知道他气性那么大。"

红衣不敢置信地看着自己的哥哥。

"不过是个戏子，又不是没陪过客人，装什么贞洁？"庶兄露出了嫌恶的神色，"不过是个肮脏的货色，爷也是看他还有几分姿色愿意抬举他，谁知他那么不识抬举？败了爷的兴致。"

原来，在自己亲哥哥的眼里，他们是那样的肮脏不堪。

原来，就算离开了戏馆，回到家中，他们也无法摆脱噩梦般的命运。

红衣猛地明白了清暖为什么要死。

哀莫大于心死，杀死他的不是命运，是绝望。他们从地狱里逃脱，却逃不过人心的邪恶。

天空下起淅沥沥的雨，红衣缓缓瘫坐在地，他抱着最好的朋友，雨水洗去血迹，清暖的身子也渐渐冰冷，最后的气息亦荡然无存，红衣对着天，发出了撕心裂肺的哭问："为什么？！为什么命运无法改变！为什么！老天从未长过眼！"

他不该回家的，是他害死了好朋友。

悔已晚，清暖已逝，世间对他最好的人已经离开了。

母亲不过将庶兄责骂了一顿，命他禁足两个月，却是雷声大雨点小。

红衣混混沌沌地活着，如行尸走肉，直到在后花园里被安王看上的那天。

安王性格残暴，刚愎自用，颇受圣宠，唯有一个癖好是玩戏子。他来聂家做客时，不经意间看了眼红衣容貌，惊为天人，向聂父求人。安王炙手可热，聂父正巴结着他要升迁，略一犹豫，便应了。只道是让红衣过去煎熬几年，回来再去乡下买田置地。母亲对此不闻不问，专心哄着她的宝贝幺儿。

红衣听到这个消息后，彻底崩溃了。

他千辛万苦逃回家，却被转手送出。是不是天底下，真有不爱孩子的父母？

母亲咬牙切齿："安王是咱们得罪得起的吗？他说若是你不去他府上，便让你兄弟好看，我想起这事就担惊受怕，天天晚上都睡不着，哭得和泪人儿似的。你离开那么多年也没尽孝，如今难得你帮得上忙，怎就如此狠心？！"

父亲痛哭流涕："反正你都在戏馆呆了那么多年，早也该习惯这种事了，安王爷也不是什么专情的家伙，咬咬牙就过去了。爹就求求你，帮帮我吧，这是你爹一辈子的心愿，以后爹会好好补偿你的。"

哈哈哈哈，这就是他的好爹娘。

他们要用他的鲜血，为自己铺出一条富贵荣华的大道。

红衣在相姑馆里没有心碎，可是他回到家后，心整个都碎了。

他只以为何姑把持的戏馆是地狱，却不知天下无处不是地狱。

他的世界里只剩下恨，足以焚烧一切的恨。他要用怨恨把整个家都烧掉，把所有人都杀掉。可是，他是那么的弱小无力。

红衣抱着清暖的瑶琴，流着泪，一遍又一遍祈求。

他要强大，他要有毁灭一切的力量。

苍琼女神……

求求你，请收下我的灵魂，给我复仇的力量。

恶魔终于听见了他的祈求，实现了他的愿望。

女神将他拥入怀中，给予最温柔的安慰。

弹指之间，聂府燃起熊熊大火，所有人都睡得昏昏沉沉，无人察觉，直至熊熊烈焰燃起，所有生命此时已不能逃脱。

在火海中，苍琼带着红衣漫步，火势越烧越大，房屋倒塌，大树枯萎，灰烬化作黑色的蝴蝶飞满天空，如地狱里的美景，她欢喜地问："你喜欢这样景色吗？"

"我喜欢。"红衣听见了父亲的哀求，母亲的谩骂，兄弟姐妹们绝望的哭声，仆役丫鬟们痛苦的嘶叫，他平生第一次看见了他们绝望的目光，听见了他们衷心的忏悔。

"书儿，爹错了，爹再不将你送人了。"

"你这个弑父杀母，畜生不如的家伙！你就该天打雷劈！不得好死！"

"二弟，我错了，我不该强迫清暖的，我真的后悔了，求求你饶了我吧。"

"哥哥，我是你嫡亲的妹妹啊，你就放过我吧。"

"你会遭报应的！"

"报应？"在哀求声中，红衣轻轻地笑了，他笑得极明艳，仿佛听到什么最让人开心的事情，"我不在乎报应。"为了这场畅快淋漓的复仇，他已向恶魔付出了代价，他将落入比地狱更可怕的深渊，可是他不后悔。

在苍琼的示意中，红衣慢慢地步入火海，任火焰席卷全身。他的嘴角却挂着愉快的笑："原来杀人是那么愉快的事情，原来复仇的滋味是那么动人，为何我以前没发现呢？我想要更多的血，更多的恨，哈哈哈！我爱上了杀戮的滋味，让报应来得更激烈些吧！哈哈！让天打雷劈来得更剧烈些吧，老天在上，我红衣不需好死！"

烈火焚身，红衣的身躯灰飞烟灭，魂魄却凝聚成血色的光球，飘入女神手心，然后被融入一枚小小的白色玉坠中。

褪去名为人类的外壳，他已化作真正的恶魔。

这是地狱的女神制作出来的真正鬼器。

赞美苍琼，你将是我唯一的主人。

【柒】

明日便要启程往天门宗，据说山上生活艰苦，难得再见父母，所以小学徒们都抓紧时间出门，抱着父母哭的哭，买东西的买东西。再加上大部分学徒没有看见惨烈的打斗场景，在先生们刻意的轻描淡写下，倒将昨日妖魔入侵的恐惧冲淡了不少。

吴先生唯恐再出事故，三申五令，要求新学徒出门要有高级学徒带队，必须三人成行，不允许去偏僻地段，天黑前必须回来。萧子瑜便去求了祝明师兄，让他带自己和花浅去买生活用品。

祝明是个好好先生，一口应下。

陈可可听说马上要回天门宗，不顾自己腿伤，坚决要求同行购物。

萧子瑜开心地把天门宗的袍子穿上，花浅替他将宽大的部分东折折，西塞塞，整理出来的效果也颇有儒雅气息，就像读书人，萧子瑜兴高采烈地在铜镜前整好衣襟，将头发整齐束起，然后问在墙角画圈圈的冰蟒："看着像灵法师吗？"

冰蟒对主人帮这种家伙穿衣感到羡慕嫉妒恨，心里默默祈祷他走路被马车撞、下楼梯摔个七八十阶，吃饭噎死，喝水呛死，看大姑娘小媳妇的裙子被耳光抽死……忽然发现主人在瞪自己，想起她就是诅咒之神，赶紧灭了心思，委屈点头，变回原形爬回主人腕间。

四人愉快出行。

陈可可喜欢逛街，来岐城半月，已将大街小巷走得极熟。

在她的带队下，大家去尝了酒酿丸子，去酒楼吃了贵妃鸡，陈可可还买了许多绢花、首饰、脂粉和衣料，又怂恿花浅一起买，花浅虽看不上这些小东西，却看周围女孩子都买得疯狂，觉得自己要伪装得更贴近人类女孩些，便跟着买，顺便给萧子瑜也买了许多生活用品。

祝明是好人，主动给陈可可提包裹，大包小包挂了满身。

萧子瑜也想效仿，奈何人小体弱，提不了太多重物。

花浅弹指，再次召唤冰蟒。

可怜魔界第一法器手里提满大包小包，心酸之处，难以言表。

祝明说岐城符纸和制符用品都比其他地方便宜，陈可可闹着要去采购，祝明便带大家去专卖灵法师用品的灵雀巷买东西，花浅想找绣娘给玉坠打络子，萧子瑜也想看看能不能碰到合适的法器，也跟着去逛。

灵雀巷位于城西，略偏僻，旁边是倚红院，那是岐城最有格调的青楼，房屋极大，里

第四刻

面庭院深深，杨柳依依，据说里面的姑娘都精通琴棋书画，有大家闺秀的品格，只招待最上等的达官贵人，门口车马如龙。花浅见惯大场面，视之无物，祝明和萧子瑜都害羞低头而过，陈可可倒是好奇地往里面张望了两眼，什么也没看到，却被自家法器训斥了好几句。

灵雀巷里有五六家灵法师店铺，规模不小，里面挤满了人，许多聪明的灵法师商铺趁着考核之机，大打折扣，店伙计们吆喝不断。

"上好符纸，三十两一刀！经济实惠！"

"最新进货的白纸鸢，妙大师手笔！三米长！五米宽，日行千里！只要两千两银子，还送全套控制绳索和坐垫！都是上好缎子做的，值两百两。"

"白纸鸢是大众货，我家的红纸鸢个头小巧，速度更快，骑出去绝对帅气，一分钱一分货！那位小灵法师兄弟，快来看看哟！"

"水晶石甩货，一两银子一颗，错过这村就没下站了！"

……

萧子瑜看了东边看西边，眼珠子都快不够用了，他觉得样样新奇，样样新鲜，双脚仿佛扎根在地上，挪不动了。

祝明是来这里买过东西的，很熟悉店铺，他叮嘱萧子瑜不要乱跑，待会在巷口集合，然后带着陈可可直奔便宜的目标而去，很快就不见了影子。花浅四处问人，找了个手巧的小姑娘，挑了个花式繁复漂亮的络子，站在旁边等她打。

萧子瑜陪着等了半晌，忽然发现在巷子角落还有家不怎么起眼的店铺，挂着小小的"通天斋"木匾，门可罗雀，冷冷清清，便想跑去看看。花浅见这家店在她视线范围，命冰蟒陪着去。

萧子瑜在门口招呼了几句，见没人应答，于是自行走入。

通天斋里没有客人，掌柜正和店伙计在没精打采地聊天，看见个小孩进门立刻想赶，待看见天门宗的服饰，态度立即好转些许，待看见跟在后面进来的冰蟒，态度更是好上加好，集体围过来，殷勤地问要什么。最后是掌柜狠狠给同伴几个刀子眼，痛斥几句，亲自揽下了招待萧子瑜的活儿。

萧子瑜看着周围看不懂的东西，摸摸荷包壮胆："我想看看。"

掌柜："客官你来得好，咱们通天斋什么都有，上等的符纸不过六十两一刀，质地比外头那甩卖的便宜货好多了，还有鬼藤粉、朱雀砂，也有法器用的金水和灵石，价钱最是实惠，不知灵法师要什么？"

萧子瑜迟疑道："我想看看法器。"

掌柜困惑地看了眼冰蟒，他也认得出这是上品法器，不由迟疑："这是？"

萧子瑜以为他误会自己要换法器，赶紧否认："这是我朋友的法器，陪我出来为主人买

化魔之时

东西而已，我想要一件适合自己用的法器。"

旁边小伙计凑上来道："这客人我看面熟。"

掌柜再次将萧子瑜认真打量了番，拍着大腿道："这不是前两天天门宗收下的奇怪学徒吗？哎，我原本还想压他通过考核，一赔六十啊！有史以来最高的赔率。可惜我那婆娘没见识，死活不依，真是亏本亏大，白花花的银子啊……"他哀嚎许久，再次拍拍大腿道，"你这资质倒也怪异，不过有前途，来我们这店里却来得合适，"他颤巍巍地爬上百宝阁，拭去角落的灰尘，翻了半晌抽屉，终于找出个破旧木盒来，示意萧子瑜过去，打开木盒。

木盒里躺着支古旧的笔，笔上雕龙刻凤，不知什么兽毛做的笔尖，款式颇为典雅，似乎散发出阵阵不同寻常的气息。

萧子瑜问："这是什么法器？怎么卖？可否拿出来看看？"

"什么拿？！你这灵法师刚入行，不懂规矩，"掌柜大怒呵斥，"法器能用买吗？法器只能用请。"

话毕，他对法器拜了三拜，念叨着："子墨大人见谅，待小的请您与灵法师相见。"然后用红色丝绸包裹着笔身，小心翼翼地将笔拿出来，介绍，"此法名为百灵笔·子墨，附魔为清香荷花，妙笔生花能活万物，画出的百灵能唱歌，画出的老牛能耕田，还能画千军万马冲锋陷阵，乃天下无双的法器，更妙的是此笔在通灵方面需要的力量很小，最适合萧兄弟使用。"

萧子瑜听着有些意动，问："价值几何？"

掌柜更怒："此等宝物怎能用钱来侮辱？我老牛在这里经营灵法之物二十余年，也是响当当的人物，宝物只卖有缘人，若是小兄弟和它无缘，万两黄金不卖。"

萧子瑜听他说得严肃，只好小心接过掌柜手上的笔。

笔急切地在他的掌心微微滚动了一下，他不解地问掌柜。

"恭喜恭喜，"掌柜喜上眉梢，"此笔与小兄弟有缘，它喜欢你啊。你和子墨是珠联璧合，以后定能成为最强的灵法师。"

萧子瑜开心地问："那……我该给多少钱？"

掌柜含笑道："既然小兄弟和它有缘，老牛也不好多要，随便千把两银子就算了。"

萧子瑜的笑容僵在脸上："我……我没那么多钱。"

掌柜迟疑片刻，继续笑得像菩萨："看在你还是小孩子的份，就卖你八百两吧，虽然是极品法器，要是早几年，大爷直接白送给你，可惜我家儿子也做了灵法师，处处都是用银子的地方，大爷也是没办法，生活逼人啊。"

萧子瑜看向冰蟾求助。

冰蟾毫不犹豫地扭过头去，就当什么都看不见。

萧子瑜只好硬着头皮对掌柜说："我没那么多……"

掌柜脸色都变了："这可是极品法器！"

萧子瑜忽然想起花浅说过将赌赢的银子分他一半，陈可可也答应借几百两银子给他，而且祝明说过灵法师赚钱的门路多，待入了天门宗成为灵法师学徒后，只要勤快肯干，几百两银子不在话下，便咬着牙问："六百两，我大概还能凑到，再多真的没有了。"

掌柜思前想后许久，让他留下十两银子定金，终于应了。

萧子瑜先找花浅，花浅说还要稍微等等，他又去寻陈可可和祝明，正好他俩买完东西。陈可可是个说话算话的爽快人，她听说萧子瑜寻到了合适的法器，二话不说，拖起祝明就跑。

待来到通天斋时，他们看见莫珍带着几个猪朋狗友，搂着个美人儿正在通天斋内，翻来覆去地看那支笔，掌柜正巴结着给他做介绍："这笔通灵力不需太强，正是难得的法器。"

莫珍旁边的美人儿在扭着腰撒娇："珍大爷，你就送我个法器做念想嘛，姊妹们也会羡慕我的。嘻嘻，没通灵之力有什么大不了嘛？人家看见这法器就想起去天门宗修行的珍大爷，每日放在枕下睡觉，梦里也能见到珍大爷，好不好嘛？"

好端端的法器，变成青楼女子炫耀的摆设，实在糟蹋。

萧子瑜赶紧上前拦下，对掌柜道："我带了六百两来，这法器我要了。"

莫珍看见是自己讨厌的家伙，眼皮都不抬道："我出一千两。"然后勾勾美人儿的下巴，"正好凑个千金买笑。"美人在他怀里笑得花枝乱颤。

掌柜笑得如老树开花："莫大爷真是豪迈……"

萧子瑜赶紧道："我付了定金。"

莫珍鄙视地说了句，然后对掌柜道："双倍赔这穷小子。"

掌柜赶紧拿出二十两银子塞给萧子瑜："快走吧，法器卖给莫大爷了。"

萧子瑜愤怒至极："你不是说这法器只卖有缘人吗？怎能出尔反尔？他买去不过是给人当摆设玩，怎比得我正经修行？"

掌柜掏掏耳朵："哎，孩子，你约莫记错了吧？咱们做生意，哪有跟钱过不去的？"

莫珍嘲笑道："刚刚是刚刚，现在是现在，什么都会变的，傻小子懂不懂？"

陈可可贵为县主，虽然在家不怎么受重视，但也算千金贵族，怎受得如此小人侮辱？她在后面听得勃然大怒，顾不得祝明拉扯，冲上前道："不过是一千两罢了！当姐姐没钱吗？！萧子瑜！咱们也出了！多出来的算师姐送你的！"

莫珍对陈可可打量了好几番，慢悠悠道："看在师姐可爱的份上，我出一千二百两。"

陈可可几乎咆哮起来了："我出一千五百两！"

莫珍毫不犹豫："我出两千两。"

此时，花浅发现这边吵闹，匆忙赶了过来，直问："怎么了？"

莫珍看见美人来了，心花怒放，赶紧讨好道："若是浅姑娘有兴趣，只要陪我喝杯酒，这把法器就是相让也无妨。"气得他身旁的青楼女子直瞪花浅，急得老板直跺脚，连声道："使不得，咱们做生意最是诚信。"

花浅莫名其妙，好不容易弄明白事情来龙去脉，果断对萧子瑜道："算了，我们不要了。"

"怎么不要！姐姐看不得他那嚣张，姐姐出两，呜，祝明放手……"陈可可看见自家懂事乖巧好师妹被调戏，瞬间怒了，却被祝明捂着嘴，拖了下去，祝明尴尬地朝众人点点头道，"算了，咱们没那么多钱不买了，"回头低声训斥陈可可，"和那土财主斗什么气？你又想被师父罚跪佛堂吗？"

萧子瑜也劝："师姐，算了，谢谢你的好意，我不买了。"

陈可可继续咆哮："姐姐就看不惯那小子的张狂样！"

祝明低声劝："咱们回去再说，你何须为这点小事斗气？待他入了门派再收拾也不迟。"

大家左劝右劝，好不容易才把陈可可的愤怒安抚下来。萧子瑜想到那明珠暗投的法器，不免有些黯然，花浅低声安慰他。

托盘上的法器微微动了下，似有不甘，却无力抗争。

很快，掌柜已将法器包好递给莫珍。

莫珍早就把天门宗录取的女孩们看遍了，以花浅最美，可是花浅却不理自己，只围着萧子瑜那癞蛤蟆打转，还在低声细语不知说什么。他越看越怒，不由起了戏弄之心，在后头叫住他们："看你那么想要这法器，爷也不是不能让给你，只要你在地上磕三个头，叫我一声爷爷，我便发发慈悲，将这法器让给你又如何？"

陈可可听得气急败坏，立即抽出焰断和冰裂，要收拾这不知死活的小子。

祝明几乎是含着泪，扑着把她压下："师妹，这是大街，你别胡闹了。吴先生最讨厌徒弟在街上打架，更何况这里还是青楼门口，你想回去被教训吗？"

焰断倒是跃跃欲试："揍就揍！我看这小子贼眉鼠眼不是好东西！"

冰裂冷冷道："主人，咱们兄弟打架的破坏性比较大，要是把这家店都掀了，你赔不起钱别让咱们兄弟做苦力，因为打架闹事被师父罚跪罚不准吃饭，也别让我们再去给你偷吃的。"

陈可可怒道："赔不起就把你们卖了！"

焰断："没良心，我怎么就跟了你这无情无义无理取闹的主人？"

冰裂："那么多年，主人的身材没长进，无耻的程度倒是与日俱增。"

主仆三人再次闹成一团。

花浅觉得在这群人中间，不管做什么都丢人现眼，干脆拉了萧子瑜要走。

　　萧子瑜平素被闲言碎语说惯了，本也不在乎这点挑衅之词，奈何莫珍开口调戏花浅，他就不愿再忍耐，脑子里转了转，忽然开口道："好。"

　　莫珍差点以为自己听错了，不确定地问："你要给我磕头？"

　　萧子瑜道："是啊，反正我出身贫寒，磕头这点小事换个法器很划算。"

　　莫珍顿时开心了，他指着地面道："小子，磕头。"

　　萧子瑜摇摇头："你怎么证明会把法器交给我呢？"

　　莫家豪富，两千两银子也不是白捡的，讨美人欢心倒也值得，讨穷小子欢心简直是把钱丢水里去还没个响，莫珍压根儿没打算给法器他，不禁有些犹豫，想了一会后道："我朋友都看着呢。"

　　萧子瑜道："你朋友都和你是一伙的，我怎么相信呢？"

　　莫珍对掌柜挤挤眼："他能证明。"

　　萧子瑜道："掌柜已证明自己是个出尔反尔的小人，不可相信。"

　　莫珍急了："你左不行，右不行，到底要怎么才肯信？"

　　萧子瑜道："除非你对天发誓，不给我法器就是乌龟王八蛋。"

　　莫珍在青楼里赌咒发誓和玩儿似的，压根儿不在乎，赶紧发誓："行，我不给你法器就是乌龟王八蛋。"

　　萧子瑜转身就走："誓言发得不错，但我不想磕头了。"

　　莫珍愕然，继而大怒，跳起来问："你小子耍我？"

　　萧子瑜摊摊手，很无辜地答："你自己说刚刚是刚刚，现在是现在，什么都会变的，我已受教了。"

　　莫珍听着自己刚刚说过的话，百般不是滋味，偏偏不知如何辩驳。

　　店铺里的伙计纷纷掩嘴偷笑，就连美人儿都不禁莞尔。

　　萧子瑜走到门口时，又回头提醒："可别忘了自己的誓言。"

　　陈可可兴高采烈地补充："你说过不给法器就是乌龟王八蛋的噢，哈哈哈哈，这样的圈套都会钻进去，真是蠢。"

　　莫珍横行霸道惯了，甚少吃亏，脸上红一阵白一阵，他眼睁睁地看着萧子瑜就要离开大门，气急败坏，仗着身高马大，提起拳头就要揍他。萧子瑜吓了一跳，正要躲避，未料，旁边花浅忽然出手，狠狠抓住了他的拳头，摇头道："意气之争。"

　　莫珍被她握手握得心痒痒，连疼痛都忘了："浅姑娘，你要做什么？"

　　花浅拳头越捏越紧，莫珍的骨头开始格格作响，痛得他五官都扭成一团，冷汗大滴大滴地往下流，他不停挣扎，偏偏挣脱不得，硬着脖子笑道："浅姑娘真是，呃，刚烈女子，

生气也那么美，最难消受美人恩，呜，放手，我真消受不起了……"

花浅最厌男人轻薄，她好不容易才克制住当众杀人的心，重重一脚把他踢到墙角。

莫珍的脑袋磕在墙上，一声不吭就晕了过去，吓得他狐朋狗友连连惨叫，想要帮忙，又畏惧对方的气焰，只好扶起他连滚带爬地走了。

萧子瑜得救，赶紧和花浅道谢，想到得而复失的法器，又有些伤心。

"不用难过，这家店是黑店，"花浅用手帕使劲擦手，嘲弄道，"那法器不过是很低阶的**辅助法器**，而且受过严重的损伤，它画出来的东西都是纸片，只能唬人，值不了几个钱，莫珍是被那奸商黑了，走！"

众人被花浅的气魄震住了，赶紧跟着一路小跑。

陈可可悄悄问萧子瑜："花浅的脾气似乎很大？好相处吗？"

萧子瑜怕朋友被误会，全力解释："浅浅只是外表看起来比较冷漠，人却很好！她非常善良温柔！"

花浅听得目瞪口呆，她这辈子就没想过"善良温柔"和"好人"这种词汇能在自己身上出现过，这实在太不和谐了。可是，看着萧子瑜信心满满的眼神，她能怎么反驳？她能说自己是坏人，喜欢杀人放火抢劫吗？

萧子瑜再次肯定道："浅浅虽然嘴上不爱说，却喜欢做好事！她经常帮我！"

陈可可和祝明再次看向花浅，一脸钦佩。

花浅给看得浑身不舒服，"好事"这两个字对她太陌生了，她想开口否认，可是萧子瑜的眼睛亮晶晶的，似乎对她这些"品质"钦佩至极，喜爱至极，若是否认，会不会让这孩子再也不信任她？花浅想了许久，找不到完美解决方案，只得咬牙切齿憋出个"嗯"字来，心里暗暗叫苦。

她忽然怀念当年独闯龙潭虎穴，以一人之力挡下千军万马的时光。

战斗再怎么难，也比做好事容易……

好事是什么？好事要怎么做？

魔界第一战神陷入了前所未有的迷惘中。

第五刻——启蒙之时

从地狱中爬回来的女神。

请带着我们重归昔日荣耀。

【壹】

闹剧过后，大部分人已失逛街兴致，唯陈可可化愤怒为购买欲，狠狠买了一大堆东西，囊括吃的用的玩的，不但挂满了自家法器和祝明全身，连萧子瑜都帮着提了好几件，最后花浅也为了展示在萧子瑜口中的"好人"风范，逼冰蟒再扛了个竹制贵妃榻。

陈可可总算发现东西多得太离谱，不好意思地朝花浅笑笑："无竹让人俗，等到了天门宗，遇到雨天，我来泡壶明前龙井，咱们姊妹卧在这贵妃榻上听雨闲话，方为人间美事。"

花浅想了想："好。"

一行人吵吵闹闹地回到驿馆，大部分的学徒早已归来，收拾行李的喧哗声不绝于耳。萧子瑜替陈可可放好东西，拖着疲惫的身子回房，忽然被花浅叫住。她从荷包里取出条黛色丝绳穿出的蛇结络子，络子上系着的白玉坠更显晶莹温润。她将坠子轻轻放在萧子瑜的手心，抱歉道："本想亲自给你打络子，但我不擅女红，努力了一晚都不行，只好挑了丝线和款式让绣娘打，望你不要嫌弃。"

"谢谢。"萧子瑜惊喜地接过玉坠，目光却顺着玉坠落在了花浅的掌心。

他很久之前就发现，这是一双和普通女孩不同的手。

花浅有大家闺秀的气质，她的双手也修长白皙，形状很美，可是仔细观看，会发现她的指甲被剪得极短，掌心布满层层叠叠的茧子，非常厚，没有任何女孩子的柔软，而是很粗糙。

花浅发现萧子瑜的目光，她赶紧缩回手，轻轻握拳，昂起头，解释："我的法器是武器，需要长期的练习，练习就会伤手。"苍琼女神是天地间最美丽的女神，遗憾的是她没有一双与之匹配的手，常年征战在她手上烙上了战士的痕迹，这样才能毫不费力地操控冰蟒征战三界。花浅的身体是为适合她的灵魂而精挑细选的，为考虑战斗适应性，自然不会有柔软的掌心。

萧子瑜生活困苦，他的手上也有不少劳作磨出来的茧子，可是与花浅的仍不可同日而语，

要经过多少的练习，才能把少女的手变成这副模样？

灵法师是斩妖除魔、守护苍生的战士，他们不是闺阁里长大的贵公子和娇小姐，练武要持剑，持剑就有血泡，血泡破了是茧子，茧子上面再生血泡，花浅的手上新新旧旧的茧子就是这样快速磨出来的，这不是什么丑陋的象征，而是努力的标志，是战士的荣耀。

萧子瑜有些羡慕，又有些心疼："你是如何选择法器的？陈可可曾抱怨，大部分女灵法师都喜欢辅助类法器，或者远距离的战斗法器，鲜有用近战型法器的。她因缘巧合选了双剑做法器，没办法更改，天天练得死去活来，痛苦不堪。"

花浅回道："我不是大部分的女性灵法师，我喜欢近战的感觉，喜欢用刀剑砍下敌人头颅、用锋刃刺入敌人身体的感觉，喜欢鲜……不，喜欢胜利的滋味，就如全身上下每个毛孔都打开，这种淋漓尽致的快感让人欲罢不能。所以我选择了蛇镯，它是可变形的武器型法器，虽然现在能力不足，只有简单的短剑形态，未来应该还能衍生出其他变化。"

萧子瑜忽然沉默了。

花浅微微挑眉："怎么？你觉得我很古怪？"

萧子瑜赶紧摇头："不，我只是很羡慕你和法器的契合，在想适合我的法器在哪里。"

花浅问："你喜欢怎样的法器类型？"

萧子瑜迟疑："我不知道，我不喜欢血，喜欢保护人。"

"那正好，"花浅击掌，果断道，"灵法师战斗最佳配搭是战斗型灵法师加辅助性灵法师，既然我已选择了战斗灵法之路，你可选辅助灵法之路，以后和我组成搭档，我在前面用武器厮杀，你在后面辅助和保护我，说不定咱们的能力可以珠联璧合，成为很强的队友。"她见萧子瑜尚有迟疑，安慰道，"世人皆觉得战斗灵法师威风无比，但他们不知背后辅助灵法师的重要性。当年罗成的琴音能乱敌人心魄，让队友冲锋尽情厮杀；吴先生的鹤舞可治愈，让近战的队友不用畏惧受伤，灵法界还有许多或提升队友能力，或保护队友，或诅咒敌人的法器，能有一个与自己配合默契的辅助性灵法师做后盾，是每个战斗型灵法师的梦想。"她仍记得当年的战场，身为魔界战神，她所向披靡，战场里都是十天八荒有名望的妖魔神怪，罗成这个小小人类灵法师混在里面，纵使有几分实力，也算不上什么厉害角色，本以为可以轻松斩杀，没想到却被他的琴音乱了魔军，她是费了好大一番功夫，方取得罗成首级，从此对辅助灵法师的难缠牢牢记在心里，不敢轻视。她又想起当年她承诺生死相伴的战友，那个将所有献给她，守护她，却被她亲手击入地狱最深处，刺瞎双眼，用寒铁穿了琵琶骨囚禁的男人。她记得幽暗海底，他暗红的眸子里流出汩汩鲜血，他用嘶哑的声音念出最恶毒的誓言，"苍琼，我最爱的美丽女神，我最恨的恶毒女神，我将诅咒你永生永世没有感情，你的心将化作最坚硬的石头，感受不到世间任何的美好，哪怕是你得到所有的一切，依旧只有恨，只有怒，

只有无边无际的孤独。"她当时不以为意，大笑着扬长而去："承你贵言，正合我意。"

魔界的女神不要感情，她将所有的一切都踩在脚下，只要登上三界王座！

花浅想着想着，嘴角露出一抹冷笑。

萧子瑜不知她的心事，紧紧握住玉坠，期待地问："我能成为你的后盾吗？"

花浅不假思索地重复出上世的承诺："好，我的背后只有你。"

萧子瑜阵阵雀跃，他认为这是信任的象征。虽然他暂时还没有法器，没有钱，可是他已跨过最艰难的关卡，成为灵法师，未来总会有办法实现心愿的吧？

花浅指了指他手心的络子，问："戴上吧？"

萧子瑜发现自己又发呆了，他尴尬地扭过头去，掩下不安，手忙脚乱地把玉坠往脖子上套，可是络子的锁扣打得非常精细，他从未戴过这些东西，弄了许久仍没戴上去。

花浅抛下前尘往事，随手抽过玉坠，不由分说地将他按在椅子上，替他系锁扣。

玉坠很凉，有冰的感觉，少女的指尖很热，轻轻刮过萧子瑜的后颈，传来若有若无的温暖，直抵心房。

萧子瑜猛地发现，肌肤间的每一下摩擦都会让他的心跳加快一分。

这是什么感觉？

时间仿佛过得很慢，慢得要将时光静止在这一刻，聆听彼此的呼吸声。

时间仿佛过得很快，快得如白驹过隙，转瞬结束，只恨不能永远停下。

玉坠戴好，颈间仍留有淡淡的余温。

萧子瑜想自己大概是病了，他慌乱告辞离去，出门时还差点被门槛绊倒。

背后隐约传来花浅的笑声，她说："傻瓜。"

不管是萧子瑜还是天下任何人，不管真心还是假意，还是任何事情，她从不相信任何人，只相信利益。

【贰】

萧子瑜回到房，越发觉得丢人，他躺在床上，看着脖子上的玉坠傻笑，不知过了多久，他忽然发现玉坠似乎有些不一样了，他翻身坐起，在灯下翻来覆去地查看，却没发现造型有太大区别。莫非是打了光？上了油？他感到玉坠深处，似乎有什么在呼唤他……

错觉吗？

萧子瑜再次确认玉坠上的斑点和紫藤都没任何差别后，迷惘地思考着。很快，整日的奔波疲劳让他渐渐进入梦乡。

梦里，他看见了倾国倾城的红衣美人，被囚禁在白玉做的宫殿中，眉眼里都是哀怨。

他说："请你帮帮我。"

萧子瑜迷惘："我该怎么帮你？"

他说："请你将我带出囚笼。"

萧子瑜仍迷惘："我不明白。"

红衣美人只说了四个字："通灵显圣。"

紧接着，宫殿粉碎，美人消逝。

萧子瑜转瞬清醒，天已大亮，心却跳得很快，他死死握住颈间玉坠，总觉得有什么会发生，他狠狠深呼吸几次，才将心神平定了下来。

此时，门外传来阵阵喧哗声，是小学徒们纷纷告别父母亲人，收拾行装，准备前往各大灵修门派。萧子瑜察觉时间不早了，赶紧洗漱，跟着大家收拾东西。兵荒马乱许久，各家师父们总算点齐自家小学徒人数，准备出发。

六只符马仿佛要遮住整个天空，在空中盘旋，发出阵阵鸣啸。

符马降落时不断发出尖锐刺耳的声音，掀起阵阵飞沙，提醒众人躲避离开，待符马落地之际，重重的一声，更显巨大无比。这是萧子瑜第一次在近处看符马，它约莫五丈长，肋生双翼，有红色石头做的眼睛，做工精致美丽，不少普通人家出身的灵法师学徒都看得目瞪口呆。

莫珍不敢招惹花浅，另找了个容貌清秀的女孩子吹嘘："我以前坐过许多次，也没什么大不了的，不如纸鸢轻松便捷。我也骑过纸鸢，和风一块儿飞翔的感觉非常美。不怕不怕，以后哥哥带你一块儿飞。"

每只符马都代表一个灵修门派，接走了属于他们的学徒。

天门宗的符马是最后落下的，它是青色的，翅膀上有云纹的标记，就和学徒们身上的衣服颜色差不多，据说这是门派的象征。这一届天门宗招收学徒，岐城录取的共有七人，其中五个男孩，两个女孩。

祝明跟随大家上了符马，符马肚子里非常宽敞，就像个狭长的大房间，两侧开着数个窗户，镶嵌着五彩琉璃，摆着两排长凳，凳上有绣花锦缎的坐垫，很是软和，还有小几放着些瓜果食盒。萧子瑜好奇地在房间里溜达了两圈，竟发现符马尾部还有个小房间放着恭桶，很是奢华。

一声哨响，吴先生乘着蓝色纸鸢，如灵巧的飞燕，滑入蓝天。

陈可可乘着只双色纸鸢，紧跟其后。

在她的指挥下，符马跟着纸鸢的步伐，徐徐升起，缓缓向天门宗方向飞去。紧接着，天门宗的灵法师们也乘着各自的纸鸢飞起，将符马团团保护在正中，共同在白云中穿梭飞翔。

没乘过符马的小学徒都激动不已，过了起飞的紧张期后，纷纷凑去窗口观望，看着白

云在脚下飞过，兴奋地叫嚷，惹得那些曾坐过符马的孩子纷纷侧目。最后是祝明拦住了大家的吵闹，提议大家互相介绍。

那个怕动物的王学知，今年十七岁，在新学徒里是较大的，他说自个儿不怎么喜欢打架，家里祖上出过灵法师，父亲让他带着曾祖父的法器来考核试试，结果就中选了。莫珍那纨绔再次把自家财势狠狠夸了番，眼睛滴溜溜地继续绕着花浅转，似乎不肯死心。另外那个孩子叫廖勇，是武将世家的嫡次子，对王学知的书呆子气最是看不惯，便坐去莫珍那里陪他说些风月中事。还有个叫钱大贵的是盐商的儿子，也是富贵纨绔出身，擅长吹嘘拍马，家里和莫家有生意来往，对莫珍很是奉承，待听说莫珍有红城叶家的表姐，只恨不得能和他同穿一条裤子去。此外娇滴滴的女孩名冯娇，是绸缎庄的女儿，瓜子脸杏仁眼，穿着时下闺中最流行的燕尾裙，长得颇为漂亮，却有些娇蛮之气，她对花浅似有不喜，一路上把她从头到尾打量了无数次，想在她容貌和服饰上挑些岔子来笑话，奈何花浅面若冰霜，不怒自威，让人心生畏惧。她不敢造次，只嘲讽了句："穿得真是没品，一看就是穷乡僻壤来的土包子。"

花浅对这种程度的挑衅根本不放在心上，待轮到她介绍时，只简单地说了句："花浅，十四，南洋，奉天岛，花家。"

钱大贵闻言，惊诧道："奉天岛的花家？是不是前阵子遭遇妖魔洗劫，一百多口人都葬生火海的那个花家？莫非你是花家的幸存者？"

花浅答："正是那个花家。"

众人沉默了会，感慨万分，冯娇赶紧用帕子掩了嘲讽笑意，刻意做出个伤心的表情道："以前花家颇有财势，祖上也出过几个灵法师，如今他家的千金却成了破落户，连件好衣衫都买不起，可见世事无常，妹妹真是可怜，以后让姐姐照拂一二吧。"

花浅没兴趣和一根指头就能捏死的家伙拌嘴，沉默不语。

冯娇拿着帕子的手停在半空，有些尴尬，眼里水汪汪的都是泪，旁人看来倒像被人欺负似的，这番梨花带雨的做派，惹得莫珍怜惜不已，赶紧过去嘘寒问暖，百般安慰："娇妹妹不要伤心，浅姑娘经过大难，不爱搭理人也是正常的。"他看了眼萧子瑜，忽然想起曾遭受的屈辱，再看他和花浅坐在一起，靠得很近，心下愤恨，不等他开口自我介绍，指着他大声说道，"我第一次看见这小子的时候，他看起来就像个乞丐，浑身破破烂烂的，还有古怪的臭味。他拦住我娘问东问西，想讨银子！后来不知用了什么死皮赖脸的法子，竟讨了考官喜，混进咱们天门宗来，然后人模狗样地抖起来，还想捉弄我珍大爷，真是不要脸的家伙！"

"乞丐？"冯娇惊恐地往旁边缩了缩，看着萧子瑜的眼光就像看老鼠，她低声叫道，"我娘说，千万不能接近乞丐和泥腿子，他们身上都不干净，若是碰了乞丐再吃东西会生病的。"

萧子瑜鄙视道："你简直颠倒黑白。"

莫珍用鼻孔对着他："你敢说你不是穷鬼？"

萧子瑜怒道："我就算是穷人出身，依旧是你们同窗。"

莫珍毫不留情："就算同窗，我们依旧是不同的。我能随意买无数法器和灵修用品，你呢？你是个连八百两的法器都买不起的穷鬼！"

王学知听他说得过分，帮忙出头道："圣人有言，成大事者不分贵贱，莫欺少年穷。咱们是同窗，将来的事不好说，何况灵法师历史上也有过出身贫困的天才灵法师。"

"究竟是有钱人家培养出的天才灵法师多还是穷人家的天才多？穷人就喜欢拿着那几个特例自我安慰，"钱大贵嗤之以鼻，"发掘培养一个穷人家的灵法师要花多少钱？你们算过吗？不能成大器的穷人灵法师有多少？你们数过吗？我承认是有几个穷人家的天才灵法师成功了，可是更多都是失败的例子，而且他们的成功并不比有钱人家培养出的灵法师强多少，与其花那么多钱去发掘栽培什么穷人，倒不如把名额和机会都让给有钱去灵修的人家，这算盘打得才不浪费。"

莫珍闻言大喜，夸道："钱弟，英雄所见略同。"

冯娇也小声嘀咕道："就是，穷人灵修什么，咱们灵法师门派也不缺这几个人才。"

他们三人围攻萧子瑜，一阵冷嘲热讽。

萧子瑜从小在挨骂中长大，遇到这类事情都很冷静，他观察了一下，觉得和带偏见的人无法沟通，很快就放弃了和傻瓜辩驳的念头。但花浅不确认萧子瑜的情绪底线在哪里，唯恐他被气发病了，便不再沉默，替他圆场："是啊，人类修什么灵？在众神眼中，人类如蝼蚁，不管是富有的蚂蚁还是贫穷的蚂蚁，始终还是蚂蚁。人生苦短，纵使修到尽头，不过两三百年，如何与诸神媲美？如何与日月争辉？倒不如早早去死，免得玷污了三界净土。"

"噗——"一直冷眼看他们吵闹的祝明忍不住笑了，发现大家都在看他，赶紧制止，"好了好了，就算是蚂蚁，咱们也要做不一般的蚂蚁。不管出身如何，以后都是同窗，不要胡闹，早点做些有意义的事情，比如学学洗衣服刷碗倒夜壶什么的，新学徒入门可是先过下马威，再给师父和师兄师姐干一年活儿的，以后有得是你们忙的。"

众人被他的危言耸听吓到了，就连一直事不关己高高挂起的廖勇脸色都不太好看，冯娇几乎晕了过去，扯着莫珍哭啼不已，莫珍不停向她保证，有红城叶家的表姐在，总会得到优待的。

"天门宗是最古老的灵修门派，景色一定很美。"

"听说灵法师门派都很有钱，里面大概有很多珍贵的建筑和古树，雄伟壮丽。"

"不知和皇宫比，哪个更华丽？我家三婶的外侄的媳妇的表妹曾进过宫，她和我描述过里面的模样，听说……"

很快，矛盾被抛之脑后，未来的新生活才是大家眼前最关注的问题，孩子们兴致勃勃

地讨论着未来的生活，王学知陪着萧子瑜，其余人绕着莫珍，聊得热火朝天，祝明偶尔插嘴，花浅谁也不理。纸鸢飞飞停停，约莫过了三天，就连萧子瑜都看腻云彩的时候，符马忽然重重地摇了一下，风中传来淡淡的腥臭味道，很不好闻。萧子瑜从高空看去，只见无数山脉埋在云间，每座山脉之间都独立不相连，四面都如被刀斧削割般陡峭，没有任何可攀爬的路。

"怎么了？又遇到乱流了吗？"萧子瑜有些不好的预感，"到了吗？"

祝明站起来，四处张望："快了快了，天门宗附近应该很安全。"

孩子们齐去窗前张望，他们惊诧地发现吴先生等人的纸鸢队列乱了。

风中传来尖锐的啸声，巨大的气浪扑面而来，整个符马都被掀起，再倾斜，掀翻。孩子们摔成了一团，花浅不顾符马的晃动，走到窗前，抬头张望，看了半晌，很冷静地告诉大家："别怕，是妖魔群的袭击。"

或许是她的声音实在太冷静了，大伙迟疑了许久才回过神来，继而尖叫："妖魔？！"

传说中，妖魔喜欢吃人肉、喝人血，尤其喜欢吃小孩子。

怎么可能不怕？！

灵法师们拉开防御阵型，吴先生命令陈可可："是魔音鸟的袭击，这种妖魔力量低微，不足为惧，只是成群而行较为麻烦。前面就是天门宗，我拦下魔音鸟的攻势，你和祝明立即护送学徒们冲进法阵，通知师门救援。"

陈可可紧张接命，镇定安抚众人："你们是未来的灵法师，不要害怕妖魔，师姐会保护你们的。"紧接着，她再次唤出双离剑，念动法诀，"通灵附体，开！"焰断开始泛出阵阵红色光芒，剑柄处开始延伸，然后紧紧包裹住她的右臂，化作火焰般的鱼鳞半身铠甲，热浪逼人。冰裂则在她脚下变形，冰晶万点，化作寒冰般的巨大鲤鱼，优雅美丽地托着她带领符马，压低云头，飞入石林。

时值清晨，石林被浓浓雾气包裹，看不见周围景色。

花浅不在乎妖魔的入侵，她一直在观察萧子瑜的表情，唯恐他害怕。

所幸，萧子瑜有颗大心脏，从小对突发事件的反应都颇冷静，他没有鬼哭狼嚎，而是站在窗前，四处眺望，由于雾气影响，他看不见什么金色的法阵，由于能见度太低，符马在祝明的操作下持续降低，在石林中不断穿梭，陈可可在前面驾驶法器开路，不停扭头，故作镇定地安慰大家："别哭，师父拦住了魔音鸟，咱们马上就到了，天门宗里面有很多灵法师守护，他们收拾这几只妖魔和小菜似的。"她努力地给自己打了口气，再道，"师弟师妹们莫要担心，安全区域就在前方不远处。"

忽然，远处传来几声猛兽的嚎叫声，有些像狼，有些像虎，带着撕裂的声音，听起来就很凶猛残忍。紧接着，很远的地方，传来缓慢沉重的脚步声，大地开始颤抖。

萧子瑜打了个寒战，他回过头去，却见陈可可脸色已经变了，急问："这是什么声音？老虎吗？"

陈可可颤抖着嘴唇，强装出来的镇定瞬间消失大半！"是……是妖……妖魔，为……为什么这个地方会有妖魔……不，不可能，这里好多年都没出过妖魔了……"孤身遇妖魔，她害怕极了，却记着师父的交代，也不愿在师弟师妹们面前失了面子，所以忍着恐惧，厉声发号施令，"祝明！速速打开符马的紧急阵符！别怕撞山崖，快点飞！越快越好！！"

祝明匆忙奔向符马前头，在捏碎了一个红色宝石组成的法阵后，符马开始再次加速。

花浅忽然抓住萧子瑜："冷静！别慌！"

萧子瑜不解："我没慌。"

话音未落，利爪袭来，符马的肚子被割开巨大的裂缝，彻底失去了平衡，在孩子们的尖叫声中，直直往地面坠去，所幸此时离地不高，又有众多大树遮挡，孩子们随着符马舱室一块儿摔在枯叶堆里，摔得晕头转向，浑身擦伤青紫，却无大碍。奈何石林雾气重重，看不清前面三丈外的方向，只看见周围老树枯枝张牙舞爪，形态似鬼，更兼有恐怖的声音环绕耳侧，只恨不得将人吓死过去。孩子们抱成一堆，哭作一团，不知所措。

陈可可在天门宗两年，早已习惯了雾气，她能认得出方向，思索片刻，当机立断，降低冰裂剑，大吼："别哭了！快跑，前面不远有个吊索，进吊索后拉动红色绳子，有法阵会将吊索升起的，咱们赶紧回门派报告师父。"

小学徒们面色如土，都不敢嚷了，咬紧牙关，爬起来跑路。

冯娇走了两步，"哇"一声哭起来了："我腿扭了。"

莫珍迅速去扶："咱们不能丢下美人儿！"

可惜他是脂粉堆里长大的纨绔，力气微弱，压根儿扶不动人。

萧子瑜正欲伸手帮忙，王学知已冲了过去，抓住她的手，在尖叫声中将她一把扛在肩上，急急忙忙往陈可可带领的方向跑，陈可可脸色苍白，边跑边笑："本来还想串通师兄师姐们给你们这群雏儿来个下马威，如今这妖魔给的下马威可真够厉害。"

迷雾中，猛兽的嚎叫声再起，隐约能看见巨大的身形，带着无边无际的杀气，震耳欲聋，仿佛从浓雾中要扑向绵羊的猛虎，即将上演最血腥的杀戮。

恐慌害怕中，惊天动地的脚步声越发逼近，地上泥沙被震得四处乱滚，震得人心惊胆战。在极度的恐慌下，所有人都忘了哭泣，他们能做的唯一事情，就是奔跑，再奔跑。

陈可可抢先飞到吊索处，她从隐蔽处拉出藤篮，疯了般地催促："快点！快进去！快点！再快点！"

藤篮极大，编织得很结实，能容纳七八个人，周围有护栏，陈可可指挥大家一个个坐进去，

然后拼命摇铃铛，铃铛牵动天门宗设置的紧急报警，也发动了附在绳索处的伸缩法咒。粗大的绳索浮动出淡淡白光，笼罩整个篮身，将所有孩子包裹其中。紧接着，藤篮开始缓缓升空，待升空不久，脚下传来地震般的巨响，还有不甘的咆哮声。

大伙眼前仿佛能看见一只凶残巨大的妖魔在放跑猎物后的不甘表情。

随着藤篮越升越高，妖魔没有追来，大伙不由自主地松了口气。王学知还好奇地戳藤篮周围的白光，惊讶地发现这层白光能保护篮子里的人不掉下去。他高兴地告诉大家这个发现，这把钱大贵的恐高症状治好了。

大家重重地松了口气，恐惧过后，悲伤涌上鼻头，冯娇开始哭了起来，这份伤心感染了他人，男孩们被她哭得红了眼眶，萧子瑜低下头，就连天不怕地不怕的花浅，看见大家那么伤心，也赶紧装出个难过的样子来。只有陈可可在努力安慰大家："没事了，很快就到天门宗了，天门宗灵法师有好几百，咱们的师父都很厉害的，我师父吴先生的治疗能力是没得说，周长老的默言更是厉害，何曾将这种小妖魔放在眼里？"

萧子瑜放下悬着的心，却觉得周围有些怪怪的，好像缺了什么。

陈可可忽然问："祝师兄呢？"

此时，众人才发现祝明没有上藤篮。

陈可可赶紧冲着藤篮下面高呼："祝师兄？！祝师兄？！你在吗？"

"别过来！"底下，祝明闷声答，"可可，快走！我替你们断后，别回来！"

没多久，山下听见一声男人的悲鸣，叫得凄惨至极，吓得小学徒们一个个打起寒战，抱成一团。陈可可脸色发白："祝师兄……糟了，我要去救他……"

萧子瑜小心翼翼地问："你知道这是什么妖魔吗？说不定很厉害？"

陈可可毫不犹豫道："少乌鸦嘴！咱们天门宗附近就没出过厉害的妖魔，这下面的家伙叫得恐怖，估计是个什么垃圾小妖，我御剑而飞，速度很快，拉了祝师兄就跑，想必这妖魔是无奈何的！"

花浅冷笑："是融魔，不是你能对付的。"

"融……融魔？"陈可可脸色惨白。

融魔是魔界的守门妖，颇有智力，性喜食人，浑身都是滚烫的熔浆，吐出的气息都是致命的毒气，搁在妖魔谱里，也是前一百的货色，非灵法师学徒能解决的对象。陈可可在很久前曾参与过一次围剿融魔的战役，她不知天高地厚，仗着法器迅速，想靠近观看，结果一个照面就被烧得浑身是伤，几乎丧命，幸好当时师父在侧，方被抢救了回来。如今要在融魔手中夺食，她根本没有胜算。

可是，只要有一线希望，她就不能不管祝明。

陈可可咬咬牙，祭出法器，在冰裂和焰断的担忧声中，要去冒险相救。

莫珍见她行动，吓得如杀猪般叫起来，死死抱住陈可可左手不肯放："去不得！万万去不得！要是师姐你也去了，咱们又遇到妖魔怎么办？反正祝明师兄有预言能力，说不定吉人自有天相。"

花浅冷笑，不予置否。

钱大贵满额冷汗，扯着陈可可的右手不停问："不是说天门宗都是灵法师，妖魔不敢入侵吗？怎么咱们一来就有妖魔出现？我来做灵法师是为了让父母刮目相看，不是为了喂妖魔的。"

王学知哭丧着脸，开始胡言乱语："我就想知道一件事，妖魔有毛吗？我怕有毛的东西……都是被吃，我宁愿被有鳞的吃也不要被有毛的吃……不对，我不要被吃……阿爹，呜呜，我要做秀才，不要做灵法师……"

陈可可发飙道："你们放手！"

吵闹声中，忽然，藤篮停了。

众人面面相觑，不明所以，莫名的恐惧感再次蔓延在这片迷雾中。

忽然，藤篮剧烈地摇晃起来，很快，藤篮又不动了，紧接着是细碎的抓咬声，仿佛有什么东西在割藤绳。众人抬起头，他们发现藤篮上方笼罩着巨大的黑影，看不清面孔，黑影缓缓展开翅膀，遮住浓雾中仅余的几缕阳光，将整个世界陷入黑暗，然后发出一声尖锐刺耳的鸣叫。

这是魔音鸟的叫声。

胆小的孩子发出惊天动地的哭叫声。

陈可可呆呆地说："师父漏了一只……"

花浅解说："魔音鸟以声音扰乱五感，利爪攻击，我记得它挺喜欢吃心肝肠肚的。"

萧子瑜的脸色终于变了。

花浅怕他激动，赶紧安慰："没事没事，还有我在。"

萧子瑜在生死关头还算冷静，就是心里不舒服——他希望这话能倒过来，让他对花浅说。

莫珍脸色发白，握紧未曾通灵的法器，缩在藤篮最角落的地方，整整头发，念念有词："没事没事，大爷吉人自有天相，大爷还没睡遍天下美人，不会死在这种小地方的……"

王学知先松了口气，扛起斧头："还好，不过是只鸟，鸟没有皮毛，"片刻，他又后知后觉地发出哀嚎，缩进自家斧头的阴影里，"不对，就算没皮毛，妖魔也同样可怕。"没过多久，他又努力地探出头来，磕磕绊绊道，"不对，就算是有皮毛的妖魔，我也要保护女孩子，这才是书上说的侠义之道。"紧接着他开始飙泪，"阿娘，我好怕，我不要侠义之道，我的心肝不好吃，你要吃就吃黑心烂肺的去……"

钱大贵大急："黑心烂肺的东西谁爱吃？要吃定先吃你这种烂好人的！"

萧子瑜没有法器，他努力站在女孩子们面前，用瘦小的身子挡住她们。花浅手中翻出

短剑，皱眉。她一眼都没望顶上让人恐惧的闹腾，只看着藤篮之下，似乎在思考着什么，脸色很不好看。

魔音鸟发出尖锐的鸣叫声，震得人耳朵发麻，所幸藤篮有白光保护，孩子们才没有被震晕过去。可是它这样激烈地攻击绳索，迟早会将绳索弄断。届时大家落入谷底，再入融魔手中，亦没有活路。

陈可可知道祝明已凶多吉少，救兵一时半刻无法赶到，能保护大家的只有自己。

师父曾说，天门宗的灵法师都有勇敢无畏的心。

师父曾说，灵法师为苍生不惜己身。

陈可可虽出身贵族，却有极偏心的父母。她是被忽视的孩子，不管做得再好再多，也无法得到任何青睐，母亲的心永远在哥哥身上，她只有恶作剧的时候才能引起父母的注意。陈可可经常会想，如果她能成为强大的灵法师，能不能得到一些赞赏？如果她能扬名立万，能不能得到一些注意？如果她死在保护师弟师妹与妖魔的战争上，能不能得到一些眼泪？

祝明经常安慰她，他说天下无不爱孩子的父母，或许只是爱的分量不同。

陈可可无数次想象过，自己成为真正的灵法师后以一敌万的英武身姿。

可是当真正独自面对妖魔的时候，她竟是那么害怕，那么的无助。

陈可可很害怕，可是她必须面对自己的恐惧，她狠狠擦去因过度恐惧而流出的几滴眼泪，安抚众人道："这只落单的魔音鸟大概是想摔死我们，你们要稳着点，别自己弄翻了藤篮。这里是万丈悬崖，咱们挂在半山腰，掉下去绝对完蛋。师姐来掩护你们逃跑。"说完，她驾着双剑，英勇无畏地往空中飞了过去，冰裂与焰断在她身后拖出两条用火焰和冰花划成的光道。

光道在绝美地消散、凋零，陈可可就像个英雄。

萧子瑜抬起头，目送英雄的身影没入雾气中，有些担心，担心中有隐隐的羡慕。

天空中传来剑刃的碰撞声，不知战况如何。

众人一边高声呼救，一边忐忑不安地等待着最终的结局。

藤篮再次剧烈地摇晃起来，接着倾斜。

大伙尖叫着，死死抓住藤篮上的藤条不敢放手。

藤篮倾斜得越发厉害，此时大伙发现，系着藤篮的好几根藤绳，已开始断裂，眼看支撑不了多久。莫珍吓得脸都青了，他再不敢装风流倜傥模样，先看看身边花浅和冯娇两个娇滴滴的美人儿，看看志趣相投的钱大贵和廖勇，再算算萧子瑜瘦弱不堪的身子，最后一脚踢向王学知："给我下去！你这个大块头狗熊加大块头法器，超重了！都是你！都是你！滚！"

王学知死死抱着藤篮不放手："我又不是傻子！这种高度，跳下去铁定会摔死！"

"对！体重最大的快下去！藤篮支撑不住了！"

第五刻

"求求你，舍己为人，我们以后一定会为你立长生牌位的。"

萧子瑜赶紧阻拦："大家冷静！大家都是同窗，一起想办法渡过难关，不要推！"

莫珍嚷嚷："渡过难关的法子就是先把这大块头丢下去。"

萧子瑜怒道："藤篮已开始断裂，就算把他丢下去，也撑不了多久。"

"能撑一刻算一刻！"莫珍伸脚去踢王学知，钱大贵也挤过来，帮他一块儿踢，王学知的手被踢肿了，却死死抱着藤条不放手。

萧子瑜急了："别动了！越动藤篮断得越快！大家同舟共济，一起想办法。"

他话音刚落，绳索就断了两条，藤篮彻底斜了。

为了保持平衡，小学徒们惊叫着纷纷去抓藤条。萧子瑜被挣扎的莫珍不小心踩到手腕，一个没抓稳，整个人往悬崖下翻去，但幸好抓住了篮子的边缘。花浅见萧子瑜摇摇欲坠，赶紧拉住藤篮底部，然后伸手去捞，偏偏短了半分。

"撑着！别慌！"花浅倒也不害怕，站起身过去拉他。

"危险！让我来！"王学知念他刚刚帮自己说话的恩情，又不愿让女孩子冒险，便强撑着站过来相救。这个大块头好心办坏事，他不动犹可，一动惊人，藤篮再次剧烈摇晃。

萧子瑜微弱的力气再也抓不住藤篮，他发出惊天动地的惨叫，掉了下去。

王学知发现自己的体重酿成大祸，后悔不已："我不是故意的……"

花浅愤怒地瞪了眼王学知，毫不犹豫地往悬崖下跳去……

【叁】

听说人在快死的时候会很平静，如回光倒影般再次经历一生景象，萧子瑜的脑海里展现出了自己短暂的人生，乏味而无聊，所有鲜活的片段都是在花浅出现在身边后发生的，第一次离开小村庄，第一次鼓起勇气追求梦想，第一次成为灵法师学徒，接着就是……

不，他不想死，他还没成为灵法师！

萧子瑜不甘地在空中努力地挣扎着，想抓住什么树枝藤条，阻挡落势。

紧接着，他陷入了昏迷。

不知过了多久，萧子瑜醒来的时候，是倒在厚厚的落叶堆上。虽然身上多处有擦伤，鼻青面肿，所幸只骨头有几处疼痛，脚也有些瘸，却没有大碍。他小心翼翼地站起来，举目四望，确认自己是运气好，摔下来的时候无意识地伸手乱抓，又被很多树枝挡住，最后掉在柔软的树叶堆里，才没受重伤。

可是，大家在哪里？妖魔在哪里？

启蒙之时

虽然身体没有发病，萧子瑜还是果断吃了颗药丸，然后理清思绪，冷静下来，开始思考自己的处境。

虽然他没有法器，也没有和妖魔战斗的能力，可是这里是天门宗，天下灵法师门派之首，里面有众多高手，区区一个妖魔，收拾起来不在话下。他只要不惊慌，不乱跑，找个安全的地方藏起来，待门派里的高手收拾了妖魔后，自然有人会来寻失踪的学徒，到时候再出来便安全了。

萧子瑜盘算片刻，相信自己的决定，开始寻找躲藏地点。

此时，雾气散了大半，隐约能看见周围景色。他很快就挑中了一棵枝叶茂密的大树，凭借在乡下掏鸟窝练出来的爬树本领，忍着伤痛爬了上去，将青色的身影藏在大片绿色树叶里，配上满身的泥巴血污和淡淡雾气，隐藏得倒有几分天衣无缝。

萧子瑜盼望妖魔永远别出现在附近，可是老天爷似乎总喜欢欺负他。没过多久，重重的脚步声再次响起，云雾里浮现出四五丈高、两丈宽的身影，比他见过的所有动物都要庞大，能将人类如蝼蚁般轻轻捏死。

浓浓的血腥味扑鼻而来，这头名为融的妖魔越走越近，它的长相极其恐怖，脸部有些像狮子和老虎的混合体，身躯却像人类般直立，手臂的长度几乎与腿相等，每只手只有四个指头，都有锋利的指甲，浑身上下仿佛由石头铸就，布满红色的熔岩，流下的每滴口水落在地面，都会烧焦大片植物。如今，这头怪物正在四处张望，时而用鼻子在空气中用力地嗅，就如复仇的猛虎，在寻找着猎物。

萧子瑜有些后悔低估了融魔的高度，他所趴的树枝刚好位于融魔的耳际，融魔呼吸出的腥臭滚烫的气浪几乎能喷到他的脸上，它浑浊的眼睛几次扫过他藏身的方向。萧子瑜的心跳得快要脱出胸腔，他这辈子都没那么害怕过。可是他依旧保持了镇定，将呼吸速度放到最低，纹丝不动，仿佛和大树融为一体。

要活下去！好好地活下去！

这是他脑海中唯一的信念。

融魔从他身边经过，却没有察觉他的存在。它再次发出了惊天动地的咆哮，震得落叶簌簌落下。

萧子瑜浑身颤抖，死死抱住树干不动弹。

忽而，他发现不远处的树丛里，似乎有什么动了下，他不敢置信地定睛看去，竟是浑身鲜血淋漓的祝明躲在里面。他大概是凭借了灵犀的预言能力，竟在融魔的追击下逃脱成功，然后采取了和自己同样的手法来躲避融魔。可是，在融魔的逼近之下，他似乎恐惧得无法自已，也没法再操控法器，下意识想要逃跑，远离，却不小心露了马脚。

融魔听见了动静，也闻到了血腥味，露出獠牙利齿，朝他走去。

祝明的伤势很重，若被融魔发现，无法逃跑的他，必死无疑。

怎么办？种种念头在萧子瑜脑海里如电光火石般闪过，只要不管祝明，他就能活。

他理智上知道自己应该无视眼前这恐怖的一切，明哲保身，可是祝明师兄对他的种种好，他牢牢记在心上。入门考核的提点，身上的衣裳，这些对很多人或许不算什么，对他而言却是很多很多。

更何况他的梦想呢？他想保护苍生，保护身边的人。一直以来，他都被大家保护着，被花浅保护着。所谓的像个灵法师般战斗、保护大家，他从来未曾做到。难道，他的梦想永远只能存在心里吗？难道，他的梦想只是个笑话吗？

如同灵法师考核伸手入油锅般，只有在绝望中才能找到希望。

去战斗吧，不是为了别人，是为了自己。

融魔即将走到祝明藏身的树丛，死亡一触即发。

这时，萧子瑜像个英雄般，猛地从树上跳了下去，手持一根树枝，带着他今生所有的勇气，挺直脊背，雄赳赳气昂昂地站在融魔的面前，挥舞着树枝，如挥舞利剑："丑陋的大家伙！看这边！你这个白痴！蠢货！我会收拾你的！"

萧子瑜的咆哮声极大，妖魔立即注意到他的存在，缓缓扭过头去。

萧子瑜见妖魔发现了自己，不及多思，赶紧丢下树枝，扭头跑路。

很快，背后传来重重的追赶脚步声，萧子瑜死命地跑，仿佛忘了脚上的伤痛，忘了疲惫和难受，他的呼吸很重，呼吸很痛，但他跑得像兔子、像云燕，越过石头，翻过荆棘，他这辈子都没跑过那么快。他只盼将妖魔带去远处，只盼跑得比妖魔快，只盼天门宗的灵法师们快快发现他，然后斩妖除魔。

忽然，一个巨大的湖泊横在眼前，波光粼粼，鱼群跳跃。

萧子瑜收住脚，手足无措地站在湖边，他不会游泳，落入湖中也只有死路一条。

背后，融魔已追到眼前，没有援兵。

融魔伸出利爪，露出獠牙。萧子瑜走投无路，他从地上捡起石头，疯狂地往妖魔身上砸，仿佛一只想用米粒打败老虎的蚂蚁。

若是喂妖魔，倒不如在湖里淹死。

萧子瑜正想去跳湖，融魔已伸手抓住了他的衣领，将他提起来，似乎想要丢进嘴里吞掉。萧子瑜在半空中无助地挣扎，他想，自己大概要死了。但此时，他的额头忽然开始发烫起来，就如同烙铁在燃烧，如有千百只小虫在里面钻。紧接着，融魔闻了闻他的味道，放开了手，将他重重地摔在地上，睁大浑浊的双眼，困扰地看着这平凡的少年。

萧子瑜的额头开始滚烫起来，头痛欲裂。

他的额头冒出淡淡的黑气，汇聚成型，少年身后出现了女神蒙眬的身姿，如摸不到的雾气，似幻似真，美丽而妩媚。她披着战甲，手持宝剑，挽着毒蛇，用琥珀的眼睛高傲藐视苍生，仿佛宣示着王者的降临。

融魔迅速俯身跪下，向女神致以最虔诚的膜拜。

女神像清风，轻轻拂过它耳边，用听不到的声音说了几句话，转瞬消逝。

鸟不语，虫不鸣，空气冷清得只剩微风摇动树梢的声音。

融魔忽然发出了嘶哑而含糊的咆哮，他流下浑浊的泪水，不停地锤着自己的胸脯，仿佛受伤的野兽在悲鸣，要发泄完心中所有愤怒。在地狱深处，经过数百年的孤寂和绝望，它终于看见了魔族千百年来等待的女神，听见了女神的告诫，这是带领他们再次走向光明的希望。

妖魔罕见地落泪，泪尽血流。

萧子瑜仍抱着额头蜷缩在地，他无法承受神灵的灵魂，疼痛得几乎昏迷过去。

他没看见融魔跪在自己的面前，带着满脸血泪，发出嘶嘶哀鸣，只恨不得亲吻他的脚背。

天空中，飞来无数纸鸢，是灵法师们狩猎妖魔的队伍。

云雾依旧，视线模糊，他们发现了融魔巨大的身影，却看不清萧子瑜渺小的存在。

天门宗长老周顺天，手持默言，特来救援。他高高立于九天之上，很快发现了这头危害天门宗学徒的妖魔。本着斩妖除魔的信念，他举起了法器，黑色宝剑升空，又在空中化出千百根利箭，贯穿而下，将妖魔身边方圆数十米尽数笼罩。

举手间灰飞烟灭，谈笑间毁城灭阵，这是天门宗强者的力量，让所有生灵寸步难逃的力量。可是，他是如此的强大，竟看不见蝼蚁的挣扎和存在。

萧子瑜想过死在妖魔的手里，却没想过死在灵法师的剑下，他愣愣地看着天空箭雨，不知往何处逃。

忽然，满脸鲜血的融魔大喝一声，飞扑上前，用巨大的身子化作保护罩，将萧子瑜笼罩在里面。

破空，入肉，万箭穿身。

在灵法师的强大攻势下，这只丑陋的妖魔将萧子瑜护得紧紧的，仿佛这是它要守护的最贵重的宝物。

"为什么？"萧子瑜愣愣地问，饶是擅长察言观色的他，怎么也想不明白为什么传说中凶残的融魔要救自己。可是，这样不可思议的事情却实实在在地发生了，让他不能不相信。

融魔眼中血泪已干，丑陋的面孔因痛苦而扭曲得更恐怖了。

法器默言的通灵之力在他的体内爆炸，裂开，他的五脏六腑已受到重创，命悬一线，他发出了含糊而古怪的声音，这是妖魔之间特有的语言，古老而难懂，并非凡人可以理解。

可是，萧子瑜听懂了妖魔的话。

妖魔说的是："你是她唯一的希望，也是我们唯一的希望。"

萧子瑜喃喃道："我不明白，不明白……"

妖魔的身躯缓缓向侧倾斜，重重砸在草地上，死前，它的脸上仿佛还带着幸福的笑。

布满鲜血的草地上，染红的湖畔边，只留下迷惘不解的萧子瑜。

他额头的灼热感渐渐消去，呆呆地站在原地，想了很久，很久。

直到天空中纸鸢降落，直到花浅冲他而来，直到吴先生飞奔过来，将他拖回安全之处，直到陈可可围上来问长问短，他才清醒过来。他直觉自己能听懂妖魔说话不是好事，最好别告诉任何人，于是只将祝明的下落告诉大家，让陈可可飞奔去寻人。

大家都以为是这孩子运气好，在妖魔准备吃他的时候被救下。

周顺天也松了口气，他非常庆幸，只道是下手太仓促，早一刻晚一刻这孩子都得没命。

灵法师们议论纷纷，都夸萧子瑜福大命大，必有后福。

谁也没发现的角落，花浅悄悄伸出手，温柔地合上了融魔丑陋的双眼。

她说："谢谢。"

启蒙之时

【肆】

因融魔入侵失踪的孩子共有四个，周顺天确认了花浅和萧子瑜没有大碍，勒令众人再去寻找其他两人。

萧子瑜赶紧告知了祝明的所在。周长老大喜，忙派人去接他，并责令吴先生替大家疗伤。

吴先生为自己失策的安排极后悔，赶紧应下。鹤舞再次发出柔柔光芒，数道温柔的银线从法杖内引出，注入萧子瑜体内，所过之处，痛苦顿消。

老糊涂喝了两口酒，笑嘻嘻地说："我就说这孩子不错，至少运气不错。"

吴先生恨恨瞪了他一眼，再次把花浅也从头到尾检查了一番，确认只有小擦伤后，放下了半颗心。

没多会，祝明在众人帮助下，用纸鸢抬了回来，他的伤势虽重，却不危及性命。

唯独莫珍下落不行，生死不知。

众人百寻不到，担忧万分，有悲观者猜测他已惨遭融魔毒手。

这番推论让刚刚还深恨莫珍的萧子瑜也有些不忍。

忽然，湖附近的树枝动了动，树枝间发出了微弱的声音："师父，救命……"

众人急急奔去，高大的树丫之间，趴着的正是莫珍。他脸色惨白，原有的纨绔风度都

消失不见，就像受惊的兔子般，死死抱住大树，瑟瑟发抖，裤裆处还流下几滴臭气熏天的液体。吴先生赶紧指挥众人去把他救了下来，他白着脸，喘了许久气，忽然用恐惧的眼神看着萧子瑜，大声道："他，他和妖魔是一伙的！"

众人闻言大惊，吴先生皱眉，低声呵斥："你这孩子晕头了？"

莫珍疯狂地吼叫着："我看见了！我趴在树上什么都看见了！妖魔没吃他，还用身体护着他救了他，还和他说了几句什么！他和妖魔是一伙的！他是内奸！是坏人！"

萧子瑜沉默。

"胡说八道！"严厉的训斥声传来，是祝明听见莫珍在污蔑萧子瑜，气得刚包扎好的伤口差点破裂，也顾不得平日里彬彬君子风度，开口痛斥，"莫师弟，你与萧弟有怨，多方为难，总归是孩子之间的意气之争，我虽看不惯你，也不想多加责怪。可是今日萧师弟从妖魔手下，冒着生命危险来救了我！承蒙幸运，大难不死，正是可喜可贺。如此善良勇敢的孩子，你竟污蔑他与妖魔同伙？简直，简直不知所谓！心胸狭窄也要有个限度！我对你实在太失望了！"

莫珍急道："我真没撒谎，我看见妖魔对他磕头跪拜，还和他嚷嚷了什么。我若是撒谎，就是乌龟王八蛋！天打雷劈不得好死！"

"噗——"是陈可可忍不住笑了出来，她轻蔑道，"你这家伙早就做过乌龟王八蛋了，何必再做一次？平日里赌咒发誓就和喝水玩儿似的家伙，你说的话谁能相信？若是萧子瑜真有什么和妖魔私通的本事，我就是苍琼女神！哈哈哈哈！"

"可可！够了！灵修了那么久还是没轻没重！"吴先生听着不像话，出言训斥，"这种话不能乱说！看在你今日受苦的份上，姑且作罢，若有下次，必狠狠处罚你！"她斜斜看了萧子瑜一眼，又对莫珍道，"萧子瑜连灵修的资质都勉强至极，身子更是脆弱不堪，如何与妖魔通灵？你平日里欺负同门学徒就算了，玩笑也别开得太大。"

莫珍抓耳挠腮，快急死了："我真看见了。"

花浅问："我们找了你那么久，你为何才出现？"

莫珍不好意思道："我，我这不是吓晕了吗？"

"既是昏了过去，你该不是把梦境和现实弄混乱了吧？"花浅淡淡嘲笑道，"而且就算是真的，也可能是这妖魔要将萧子瑜放水里洗干净再下嘴呢？你躲在远处的大树上，怎能肯定它怪异的动作是在磕头？融魔在妖魔谱里也是排得上号的凶兽，它能对谁磕头？用用你的猪脑子想清楚好吗？！更何况你听见妖魔在乱喊乱叫，你怎能确定它是在和萧子瑜说话？你怎知它喊的不是'抓到好吃的'这类话语？你怎知它扑向萧子瑜不是想弄死他却出了差错？世间巧合无数，你的推测简直牵强附会，可笑之至！萧子瑜真有这本事，你这种家伙早死了！"

莫珍越听越迷糊，他也觉得或许是自己在半梦半醒间的错觉，或是误会了，凭萧子瑜

这种废物顶多是运气好些，倒也不至于有和妖魔私通的本事，若萧子瑜真有操控妖魔的本事，第一个被妖魔收拾的绝对是自己……

老糊涂总结道："这孩子就是运气好，运气不好他怎能做灵法师学徒？"

莫珍虽有些半信半疑，总算接受了这个解释，不再追究。

纸鸢纷纷升起，灵法师们带着新学徒们往空中飞去。

云雾缭绕处，正是天门宗所在。

随着阳光渐渐升起，浓雾散去，天门宗的景色终于扯开面纱，露在众人面前。

无数山脉埋在云间，每座山脉之间都独立不相连，四面都如被刀斧削割般陡峭，没有任何可攀爬的道路。

萧子瑜乘坐在老糊涂的纸鸢上，举目四望。他没看到繁花似锦，没有华丽建筑，甚至没有绿树成荫，小桥流水。这里处处都是怪石嶙峋，中间混杂着无数平矮简朴的建筑，风中传来淡淡的腥臭，就像妖魔的味道，很不好闻。

这番景象，不但和山清水秀扯不上任何关系，用穷山恶水来形容也是抬举了它。

启蒙之时

钱大贵忍不住哀叹："妈呀，穷山恶水，看起来像鸟不生蛋的地方，和想象中相差太远了吧？"莫珍附和："咱们金水镇的灵修门派不过刚兴几年，也在繁华城镇中间买了好些房子，门面看着比这里气派多了！难道天门宗很穷，没钱去城镇修房子吗？没钱可以说嘛，我家捐些就是，反正我爹有钱。"冯娇几乎要哭了："怪不得他们说要买好生活用品再来灵修，这种地方怎么能活？"就连一直沉默不吭声的廖勇，想到未来生活，脸色也有些难看。

这就是天门宗，未来灵法师的诞生地？

萧子瑜这种不在乎生活条件的孩子，也感到深深的困惑。

纸鸢载着孩子，穿过石桥，飞过石林，面前出现了巨大的妖魔骨骸——身躯极长，横跨山脉，形状似蛇又似龙，它的爪子嵌入石山中，高高抬起的头颅对着东方日出处，仍保持着战斗姿态。在孩子们的惊叹声中，花浅看着这骨骸，悄悄握紧了拳头，几乎能掐出血来。

冰蟒腕间犹豫问："这是傲天？"

花浅扭过头："是。"

魔龙傲天，地狱里苍琼女神的坐骑，美丽而强大的魔兽，它在主人被钉上不归岩后，仍抵抗到了最后，至死不屈。

冰蟒伤心地自言自语："我的好兄弟，我的好友……"

花浅没说话，她的眼里冒出愤怒的火焰。

这是不归岩，她的战败之地，她的耻辱之地。

三界最残忍的女神回来了，众生将为此付出代价。

东方，魔龙骨骸的笼罩下，有座古老朴素的建筑，比寻常屋舍更加高大，皆用大块石头砌成，四周有许多雕塑，刻着许多妖魔鬼怪，雄伟壮观，其中不少雕像都有残缺，破旧不堪，甚至有斑驳的痕迹，看着已经历过很漫长的年代，就像饱受风霜的老人，静静地守护着人间。

各地来的新学徒都陆续集合在此处，由灵法师们带领进入。无论是吴先生这种严肃正经的灵法师，还是老糊涂这种荒诞胡闹的灵法师，在进入此殿后都表情肃穆，无人发一言，让孩子们有些紧张起来。经过了门口的恐怖骨骸洗礼，他们不知会在这里见到什么奇怪的东西。

可是，大殿里面，没有描龙画凤，没有涂朱抹粉，庄严肃穆，正中悬挂着三十二张人像，画的是历代天门宗门主的画像，画像下有黑曜石雕刻着的人名，约莫数千，这是天门宗创建以来的所有门徒名单。

大殿正中，只有一个黑洞。

这个深不见底的洞，直径约莫三丈宽，周围被许多符咒和封印包围着，里面透着丝丝寒意，沁发着难以言喻的腥臭味。

学徒们交头接耳，议论纷纷，不明白供奉着这个洞有什么用。

天门宗门主闭关修行，暂时不理俗事。周顺天长老暂代门主教导之职，他温和地问大家："你们是否觉得咱们天门宗选址很险恶，咱们天门宗供奉的这个洞穴很奇怪？"

胆子大的新学徒连声问："为什么？"

周长老指着这个硕大的黑洞，用洪亮而高亢的声音道："这是不归岩，是当年三界大战，魔界用来连接人间的通道，亦是苍琼女神带军攻入人间的要塞之一，苍琼女神战败此处后，魔界败退，这条道路就被天门宗的师祖们封印在此。"

学徒们议论声止，大家都有些恐惧地看向这个深不可测的黑洞。

"灵法师不是为了炫耀，也不是为了好玩，甚至不是为了光宗耀祖，"周顺天长老看着这群青涩的孩子，一个字一个字地说："所有古老的灵修门派，都是建立在这种大大小小的通道上，若是妖魔入侵，我们将用鲜血砌成人间的第一道防线！若是妖魔入侵，我们将用生命为天下敲响警钟！这是灵法师存在的意义！这是天门宗存在的使命！"

宽阔的大殿上，周长老的一字一句，震耳发聩。

孩子们丢下骄傲，丢下自满，丢下争荣夸耀之心，纷纷低下头颅。

每一句话，每一个字都敲入他心中，四周寂静无声，每个人都在沉思。

他们终于明白，自己已不再是孩子。

他们已走上灵法师之路。

他们注定为苍生而战。

他们不一样的道路，由此开始。

第六刻——通灵之时

带你进入地狱的，或许是英雄。

向你伸出援手的，或许是恶魔。

【壹】

云雾密林，昏暗得几乎没有阳光，处处水烟缭绕，处处都有白骨累累。布满青苔的藤蔓相互纠缠在巨木上，几声沙哑的乌鸦叫声划破幽静，身上带着金环纹饰的毒蛇将另一条较小的蛇吞入腹中，然后从骷髅的眼眶处爬入，回到自己湿润舒适的窝。

这个人迹罕至的恐怖森林，是千魔女的家。纵使沐浴过外界的阳光，享受过凡尘俗世的奢华，每年她还是要回来休养半个月，因为这里有她牵挂的母亲鬼娘。

自苍琼女神战败后，魔宗势力一落千丈，灵法师门派发展得如火如荼，在很长一段时间里，魔宗门徒都像过街老鼠般东藏西躲，除云雾密林外，几乎没有容身之所。在魔宗门徒走投无路之际，名叫鬼娘的魔女自称得苍琼女神庇护，手持魔器赤练•莲梵，横空出世。她心狠手辣，残忍无情，对灵法师门派深恶痛绝，传说三日内屠灵法师一百七十二人，足迹过处，寸草不生，杀得灵法师门派胆战心惊。紧接着，她在三个月内将魔宗重新整合，用铁腕的手段和聪明的头脑，将这个古老的门派逐步复兴，成为魔宗第七十二任宗主，也是唯一的一任女宗主。

千魔女在战火中失去双亲时年仅八岁，被鬼娘收养为义女，极受宠爱，并传授通灵之力，授予强大法器，将她从任人摆布的弱小女孩化身成将别人性命玩弄于掌心的魔女。她视鬼娘为嫡母，百般孝顺，鬼娘对她的忠诚和能力也极信任，经常派她去执行一些棘手的任务，其中大部分是与灵法师门派有关的暗杀或刺探行动。可是，千魔女这次却接到了一个不可思议的任务，鬼娘让她去萧家村将一名叫萧子瑜的农家孩子带回魔宗，而且没有说明原因，态度却极重视。

萧子瑜，何许人也？区区小鬼，值得魔宗宗主如此重视？甚至派她出手？

鬼娘行事，素来诡异莫测，千魔女满心好奇，却不敢多问，只得听命行事。

可是她到萧家村时，萧子瑜已前往岐城参加灵法师考核。她略打听了下萧子瑜的生平，除了有对行踪不明的疑似灵法师的父母外，他只是个平凡懦弱的孩子，过着贫困潦倒的生活，也没什么朋友，从头到脚都找不出任何特别之处。这样的废物，满大街随手一抓，没一千也有八百，他何德何能，得到母亲的特别注意？想当年，母亲让她去暗杀千机门门主的时候，都没那么慎重过。

莫非，萧子瑜是灵修天才？母亲要将其拉拢入魔宗？

母亲对萧子瑜的重视，让千魔女百般猜测。

历年来，岐城都是灵法师门派驻扎的重地，又逢灵法师考核时期到来，大量灵法师聚集在此，别说没有妖魔闹事，就连普通的治安都好了许多，小偷小摸，甚至吃霸王餐的现象都大为收敛。若有参加灵法师考核的孩子在光天化日之下被强掳，如同打了各大灵法师门派的颜面，会逼着他们集体追查此事。千魔女单枪独马，不愿引起太大轰动，打算等灵法师考核结束，再将萧子瑜带走。

她认为萧子瑜的身体和天赋，都不足以通过考核，就算幸运过关，顶多也是去弱小的门派，在路上将人劫走，实在太容易了。

可是，她万万想不到，萧子瑜以废物之资，竟通过了灵法师考核，并成为天门宗学徒。

天门宗为天下灵法师第一门派，难入难出。

天门宗来挑选学徒的灵法师，个个都是好手，何况还有难缠的吴先生在。

饶是千魔女自视甚高，也不敢保证自己能得手。

可是，若让萧子瑜进入天门宗，在众多强手的庇护下，她将更难行动。

在魔宗，失败和恐惧都是遭人耻笑的事情。

千魔女怒不可遏，她在孩子们回天门宗的路上，放出大批魔音鸟，并冒险唤醒了一只沉睡多年的融魔，想将局面搅乱，趁机完成任务。她成功地拖住了吴先生等人，奈何这群小学徒运气不错，周顺天等天门宗长老救援及时，融魔的脑子也不太好使，竟未将萧子瑜送到她手中。千魔女眼睁睁看着萧子瑜如会飞的鸭子般进了天门宗，听不到他绝望的哭喊声，很是气馁，眼看母亲再三催促，只好先回魔宗认错，再寻后计。

千魔女咬牙切齿地怨恨着，她的法器显出原形——色彩斑斓的巨大怪蛇，载着主人在肮脏的密林中快速游走，仿若鬼魅。待来到云雾密林的最深处的芦苇丛前，巨蛇停住了前进的步伐，它清楚这里有巨大的食人沼泽，如无情的恶魔用伪装掩去凶残的本性，布下走兽踏入即亡、飞鸟落入即死的绝境，然后张开口，等待着猎物降临。

千魔女站在巨蛇背上，轻轻摇响手中刻着魔纹的金铃。金铃声音低沉，却传得很远，能布满整个云雾密林。紧接着，悠悠长歌从沼泽对岸轻轻飘来，如最残忍的修罗女在耳边低

语，却看不见声音的来源。

忽然，无数毒蛇从四面八方涌入沼泽，它们头衔尾，尾接头，身躯紧紧交缠在污泥和水面上，竟铺就一条恐怖而美丽的蛇桥。这座奇异的蛇桥不断延伸，尽头处，有座雄伟的神殿。

整个神殿是用玉石砌成，巨大黑玉正门上雕刻着修罗地狱和三千妖魔，雄伟壮阔，美轮美奂。神殿四周有用人骨堆成的九座巨大宝塔，带着符印和魔珠，里面镇压着千万冤魂，利用怨气形成保护神殿的魔阵；旁边种着无数奇花异草，终年散发含有剧毒的香气。

这是苍琼女神的神殿，世间所有邪恶汇聚的中心。

千魔女将法器重新化为长鞭，系在腰上，整好仪容，然后慢慢走过蛇桥，待来到神殿大门前，又从怀中掏出银镜，再次拢了拢卷曲的长发，恢复了千娇百媚的姿态，然后带着甜美的笑容叩响神殿旁边的侧门，侧门应声而开，露出黄金造柱，珍珠填海，穷奢极侈的内殿。

负责看门的魔宗弟子见师姐回来，似乎松了口气，想说些什么。

千魔女立即明白了，她问："母亲又犯病了？"

魔宗弟子狂点头。

千魔女快步走入正殿。

正殿，是一尊羊脂白玉雕成的苍琼女神像，她披着战甲，左手持蛇，右手持矛，乘着魔龙，翱翔九天。那双琥珀镶嵌的美丽眼睛里，有着永远不屈服的意志，那倾国倾城的脸上，有着永不退让的神采，白玉雕成的身躯栩栩如生，几乎能听见呼吸声在起伏，仿佛她仍在号令千军，征战沙场。

女神像的下方，有黄金白玉造就的宝座，上面飞翔着九条金龙，它们的眼睛都用不同颜色的贵重宝石镶嵌而成，每条龙的造型姿态各异，或厮杀，或征战，或呼风，或唤雨，代表了至尊无上的地位。

宝座旁边，站着个佝偻老妇，她有一张丑陋扭曲的脸，上面布满深深浅浅的皱纹，双眼浑浊，稀稀疏疏的白发凌乱地披散在肩，一只如骷髅般的手紧紧握着根暗红色宝石镶嵌的长杖，另一只手则在轻轻地抚摸着这华丽尊贵的宝座，嘴里发出阵阵尖锐而恐怖的笑，这种笑就像用指甲划过玻璃般的声音，笑得令人毛骨悚然。

千魔女站在她的面前，墨色双眸映出了夜晚里最妖媚的猫才有的色彩，她细细的腰肢被金丝束起，白色衣裙如流水般泻在地上，随着她的一举一动流动出最妖媚的线条，浑身上下都散发出青春洋溢的美丽。

这座华丽的神殿里，白发和红颜，丑陋与美丽，对比极其诡异。

老妇抬起尖锐的长指甲，指甲上的艳红早已老旧脱落。她指向千魔女："你回来了？"

千魔女脸上露出了少见的温柔，她毫无嫌恶地拉过那只丑陋的手，贴在自己光洁的面

颊上，轻轻道："是的，母亲，女儿回来了。"

"女儿？女儿？"老妇仿佛不敢置信地将这个词咀嚼了两次，"不！没有！我没有什么女儿！骗子，你们都是骗子！"恐怖的黑色毒气从她的手杖中蔓延，在即将碰触到千魔女的瞬间，又猛地收回，她仿佛想起了什么，俯身捧着千魔女的脸，仿佛在自言自语，又仿佛在对她开心地说，"对了，我有个女儿，可爱的女儿，哈哈，我认得你，不！你是该死的灵法师，灵法师通通都要去死……"

母亲又疯了。

可是，无论她多么疯，总会记得自己。

千魔女任凭鬼娘长长的指甲将自己的脸颊刮得阵阵发痛，也不离不弃。

自苍琼女神被封印后，汇聚在女神殿的巨大邪恶之力顿时少了载体，获得女神力量者，精神亦会被她的力量影响。近年来，原本睿智的鬼娘，神智越发疯狂起来。

千魔女不知母亲为何那么憎恨灵法师。

无所谓，只要母亲恨的，她也恨。

是母亲将幼小的她从死人堆里捡回来，给予疼爱和所有的一切。她相信世间只有母亲是真心爱她的。如今母亲的身体遭受着痛苦折磨，她愿意为母亲做任何事，就算屠尽所有的灵法门派也没关系。

随着时间的推移，神殿内，鬼娘的神智渐渐恢复，她遣开左右，然后急切地抓着千魔女的肩膀，询问："你将那个叫萧子瑜的孩子带回来了吗？"此时此刻，她的眼里没有重视的义女，只有萧子瑜的存在。

千魔女羞愧地低下头："对不起，母亲。我赶到的时候他已参加了灵法师考核，并成为了天门宗的学徒，天门宗防备森严，我一时难以下手，特此回来汇报。"

鬼娘听见天门宗三字，脸色骤变："他去了天门宗？天门宗？！该死的天门宗！"

千魔女赶紧保证："母亲请放心，女儿这就去天门宗，将他抓出来。"

鬼娘沉思片刻，吩咐道："从天门宗掳人不是容易的事，可是我要活的，一定要活的。女儿，你能做到吗？"

"当然可以，"千魔女依在她怀里，撒娇般地问，"母亲，你为什么对那孩子那么感兴趣？人家有些吃醋。"

"为什么？因为他很重要，重要得能让那位不顾一切，自然也能让我不顾一切，"鬼娘紧紧握着手中法杖，丑陋的嘴角勾出诡异的弧度，她不停地笑，"若莫非子临终的预言当真，那孩子将会成为改变世界的钥匙。"

莫非子是前无古人后无来者的预言家。听说他临终前见过鬼娘。

千魔女噤声，低头不再多语。

"君临魔界吗？多么有趣的未来啊。"鬼娘抚着那张黄金宝座良久，轻轻坐上，温柔地拉着千魔女道，"为了魔族复兴，苍琼女神复活后会千方百计得到萧子瑜。可惜我恨她，断不能让她称心如意地再次坐上宝座。所以我要将那孩子关入深海寒铁做的监牢中，再用九条毒龙守着，要三界六道再也寻不着他的身影，就连神灵都不行！……"

萧子瑜，萧子瑜，萧子瑜……

他就算是个废物，也是能改变三界格局的废物。

谁能掌握这把活着的钥匙，谁就能掌握魔族的未来。

据说苍琼女神是世间最残忍的女神，她绝不会饶恕任何背叛她的人。

莫非……

千魔女隐隐猜出了答案，这是值得冒任何风险的答案。

鬼娘再次问："我最值得骄傲的女儿啊，你爱我吗？你会为我夺来这一切吗？"

千魔女毫不犹豫地跪在宝座前，虔诚地吻过她的手背："是的，我爱你，母亲。我会将你想要的一切都献给你，哪怕是整个世界。"

【贰】

萧子瑜是个很好相处的孩子，心肠好，脾气好，理应有很多朋友。奈何在萧家村时，占了他家产的族人害怕把入了口的肥肉吐出来，到处造谣，败坏他父母名声，再加上萧家健看他不顺眼，百般刁难，逼得同村孩子们都不敢和他玩。如今进了天门宗，同窗大多是富贵人家的子弟，和他的生活氛围完全两样，大家都见识广阔，围在一起热热闹闹地聊名胜古迹或是文人书局，他通通插不进嘴，再加上莫珍看他百般不顺眼，拉帮结派，处处针对，结果是他在小伙伴里又被孤立了。

莫珍还在旁边痛诉他的过去，引得众人议论纷纷。

萧子瑜郁闷了，向花浅求助。

花浅想了想，开口道："作为灵法师，要学会从别人的话里分析出什么是有用的信息，再从信息中找到可以利用的地方。比如莫珍，从最早就应该判断出他是个涉世未深的纨绔子弟，会对你不利，然后分析出他的下一步行动，是会打压和嘲讽，还是实际暴力冲突？还有那些附和说你是傻瓜的，可以从言论中判断出他们的派系，他们的心态是……"

萧子瑜痛苦地听到花浅先生的灵法师教学到第三章《性格对战斗影响论》时，终于有给新学徒安排住宿的师兄来救苦救难，将他拖出生天了。

给新学徒安排住处的师兄名蓝锦年，外表看起来很随和，他对小学徒们颇有耐心，就是说话有些不知该怎么形容："那边绿荫遮盖，青瓦白墙的是咱们的食堂，荤素都有，味道不错，不要钱，管饱。你们千万别得罪管厨房的贺大娘，她可是咱们贺长老的远方堂姑，据说在天门宗干了将近四十年厨娘，很有脸面，就连咱们先生都对她客客气气的，惹毛了她小心没油水吃。对面山头被竹林围着的那几座红色建筑是女孩子的寝室，是咱们天门宗最大的禁区，千万别想着混进去偷窥，也别想着勾搭师姐师妹。咱们灵法界僧多粥少，总共也没几个女的，漂亮的就更少了。你们身为师弟就要好好学习，别想东想西的，若和师兄抢师姐，小心半夜脑袋被打出浆来也是自找的。尤其是不准勾引我妹妹蓝锦儿，虽说窈窕淑女，君子好逑，我家妹妹长得漂亮聪明人人爱，但她不是你们这种刚入门的小学徒可以宵想的！否则，哼哼……喂！别睡懒觉！"蓝锦年的训斥声刚落，他手臂系着的绿色藤蔓纹饰带刺长鞭法器立即动了起来，懒洋洋地冲着大家摆动了两下，又趴回去不动了。

这一路行来，他至少夸了自家妹妹五次，也威胁了新学徒五次，孩子们都无语了。

蓝锦年见大家都老实不插嘴，自觉法器威慑力不错，继续介绍天门宗的情况，越说越跑题，最后就剩王学知这种乖宝宝还在给面子地认真听，其他人都开始神游山上的女寝室了。尤其是莫珍，他最爱美人，已在心里将叫蓝锦儿的美女轮廓勾勒了四五遍，只恨不能马上跑去竹林外吹几曲箫，吟几首诗，引得美丽的师姐们出来相见，然后对他的满腹"财"情一见倾心，投怀送抱什么的。萧子瑜则满脑子都在担心讨厌和人说话的花浅，会不会被室友排挤。

众人约莫走了小半炷香的路，过了夹道，是座影壁，影壁后面是个小湖，山间微寒，湖水在冒着丝丝寒雾，上面游着群白鹅，四周绕着圈黑瓦青砖的小屋，屋前有杨柳，屋后有桃花，有少年三三两两聚在湖畔垂钓，嬉笑不休，颇有几分诗文上的田园风光。

蓝锦年夸耀道："从这里开始就是学徒寝室，虽然小了些，却也五脏俱全，屋内有洗漱处，有小院子，里面还有单独的隔间，可供法器居住。"

莫珍抱怨道："这种屋舍怎配得上灵法师学徒身份？还不如我家丫鬟住得宽敞。"

"谁说你们住这儿的？那可是师父的住所，"蓝锦年惊诧地看了他一眼，摇头鄙夷道，"你们的屋子在后面。"

莫珍举目四望，发现湖后还有几个院子，同样的黑瓦青砖，构架更小，几间屋子共用院落，却也干净，只是院落外面还晾着好些青色衣衫，他急问："这屋子实在太小，院子也太……太难看了吧？下人怎么将衣服晒在院子里的？真是没规矩。"

"哼！这是师兄的住所，那些难看的衣衫就是没规矩的我晾的！你们这些新人倒想得挺美！"蓝锦年狠狠瞪了他一眼，不再言语，他大步流星地带着众人继续往前走，走了约莫十丈远，方指着山崖角落四座破旧不堪的小院子，斩钉截铁道，"这才是新学徒的住所，还想

住好的？想得美！"

众人大吃一惊，急忙冲到近处，更觉简陋。屋子周围都是半人高的杂草，脏兮兮的，就和乡下的土屋差不多，连独立茅房都没有，更别提丫环仆役的住处。想到以后要自己打扫洗衣，还得倒夜壶，大部分孩子都面如土色，扑过去和师兄讨情。只有几个家族教育比较严格的孩子，知灵法修行入门都要先戒骄戒躁，这种自力更生是先生给予新学徒的第一重磨练，可是他们也没想到条件差至如此。从蓝锦年幸灾乐祸的口气来看，估摸是每年惯例给新学徒的下马威。他们心里暗暗叫苦，也只能咬着牙关应下来。

养尊处优的少爷们表达了最强烈的抗议，他们大多数都是在丫鬟奴仆服侍下长大的，从出生起就没睡过不是黄花梨的雕花床，没住过低于五间房的大院落，没闻过夜壶的恶心臭味，更别提收拾房子做家务什么的了，通通不会！他们叫苦连天，纷纷围着蓝锦年，攀交情，托关系，只求换个好些的屋舍，能得到湖边小屋最好，若不行，湖后那些也凑合，再不行，至少也要单人独间，绝不要和别人混住，还希望能花钱雇个小厮服侍，再不济几个人共用小厮也可以。

面对小学徒的八面围攻，蓝锦年一派好好先生模样，意见接受，态度依旧："不行。"

莫珍趁人不备，塞了张一千两的银票在蓝锦年的怀里，用这辈子最谄媚的表情哀求："师兄，帮帮忙吧，我家别的没有，就是钱多，以后师兄缺盘缠，无论走到哪里，只要进我莫家商号，多少钱都双手奉上！我莫珍皱个眉头就把名字倒过来写！"

"钱！你居然用钱来侮辱我？！"蓝锦年莫名地暴怒了，开口训斥，"你知道这世界上有很多用钱买不到的东西吗？比如公理和正义！小小年纪，满脑子阿堵物！有点出息不？"

萧子瑜觉得这种话好像在哪里听过……

莫珍素来觉得钱是世间除美人外最好的东西，如今被师兄一顿臭骂，骂得丈二和尚摸不着头脑。

蓝锦年歇口气，继续训斥："你家再有钱比得上江南岳家吗？岳家独生子知道吗？岳无瑕！你和他比算哪根葱哪根蒜的暴发户土财主？人家来天门宗第一年也是住这种破房子！还不要仆役丫鬟！所有活计亲力亲为！据说他在离家前，特意重金请了全京都最好的宫中嬷嬷和最好的管事练了一个月，不管洗衣做饭还是砍柴缝补全部做得有模有样！从来没叫过一声苦！"高阶师兄们悲愤啊，本来给新学徒安排住宿是很有油水的活计，只要有钱也不是不能弄点特殊待遇，没想到遇到岳无瑕这种有福不享的死脑筋，所有新学徒全完了，他们待遇再怎么也不能越过世界首富家独子啊，否则怎么跟师父交代？

蓝锦年是这场风波的受害者，如今谁跟他提钱他就想抽谁。

莫珍踩了逆鳞不自知，继续恳求："我表姐是红城叶家的，我和她青梅竹马，情同手足，

这次来她会照应我的，你就给点面子吧。"

蓝锦年"大惊"，急问："莫非你是云华师妹提过的莫家表弟？"

莫珍狂点头，露出八颗很狗腿的牙："太好了，表姐早已提过我？"

"那是！你家云华表姐可是才貌双全，天赋出众，小小年纪就成为周长老的亲传学徒，走到哪里都被师兄弟们众星拱月般捧在手里，除了无瑕师弟，其他男人想和她搭句话都不容易，"蓝锦年拍着他的肩膀，大肆称赞，"咱们天门宗学徒三百余，至少有一半男儿拜在她石榴裙下！听说红城里爱慕她的更是数不胜数，嘿嘿，大家私下给她起了个绰号叫'半城美人'。"

莫珍点头点得都快抽搐了："师兄，你就看在表姐的嘱咐上，替我换个住处吧？我会在表姐面前为你多多美言的，看你那么英俊神武，又得师父器重，绝对是天门宗数得上号的好男儿。"

"那是！好歹我也是个负责任的好男人，怎能辜负美人恩？"蓝锦年点点头，斩钉截铁道，"莫师弟你来得不巧，前阵子，云华师妹和其他师兄弟去了南面除魔，她临行前曾吩咐我，说自家表弟在家被祖母惯得无法无天，姨母来信说你不但性格骄横任性，还擅长惹是生非，三天两头就犯错，还连累家人，所以姨母很是担忧，希望趁你来做灵法师学徒时，将骄横之气磨去。云华师妹孝顺，最听长辈的话，所以特地叮嘱我好好地'照顾'你啊。"

莫珍察觉不妙，弱弱地问："怎么个'照顾'法？"

蓝锦年露出尖尖虎牙，轻轻地磨了磨："你说呢？"

莫珍傻眼了，奈何表姐不在，叫天不应叫地不灵，只好乖乖认命。

此时其他学徒见势不妙，不敢再闹，赶紧分房间，免得晚了挑不到好位置。而且大家都从蓝锦年的话中听出莫珍性格娇惯，做事鲁莽，容易惹祸，做酒肉朋友玩玩倒也罢了，住一起可能会倒霉，所以或婉言，或明说，都将他拒于室友名单之外。莫珍无奈，再次祭出最擅长的银票杀器，奈何能进天门宗的大多是富家子弟，谁缺这几个钱？何况听完岳无瑕的剽悍事迹后，他们深受打击，不敢妄动，更何况荒山野岭，有钱也没处花去。

莫珍出生至今，初次遇到金钱无法解决的事情，很是惶恐。

萧子瑜看见讨厌鬼倒霉，心里有些暗喜。

未料，蓝锦年是祝明相交多年的好友，他早就从陈可可处听说了今日在山崖发生的事情，对莫珍这纨绔没半分好感，心里存了帮萧子瑜出气的念头，便自作主张，先"好心"地安慰了莫珍，然后重新调整住宿安排，将和萧子瑜一块住的另一个孩子调去隔壁三人寝室，再将莫珍安排进去，让他们同住，还特意将长相凶恶，体格惊人，和莫珍有仇的王学知安排与他们同住，他估摸这看起来很有悍匪气场的新学弟，能把莫珍一天调教三顿，顺便给祝明好友和萧子瑜出气。

通灵之时

　　这种一箭双雕的恶毒办法，蓝锦年自信只有自己这样的天才才能想出来。临行前，他还拍着萧子瑜的肩膀，偷偷吩咐："放心，我和祝明是好兄弟，你帮过他，我怎么也得帮你一二，看那带着斧头的大块头就是块能打能杀的好料子，是江湖悍匪出身吧？他和你关系好，住一块正合适，你们就尽管欺负那倒霉纨绔出气，有师兄兜着！掌管刑堂的严先生是我师父，我也是执法人之一，就算闹大挨罚，师兄也会对你们偏心照顾的，放心放心，放一百个心……"

　　萧子瑜听完师兄的安排，整个人都风中凌乱了。

　　蓝锦年见时辰不早，乐呵呵地让萧子瑜不要谢他，屁颠屁颠地跑了。

　　萧子瑜看看老实厚道的"悍匪"王学知，再看看满脸喜色的"倒霉纨绔"莫珍，估摸在天门宗的幸福日子已经没有了……

【叁】

　　天门宗的女孩子较少，花浅的室友是个快出师的师姐，名叫沈静，她正在外出执行任务，一时半会还没回来。花浅便让冰蟒将房间整理了下，深深吸了口气。

　　天门宗的空气让她抑郁难受。

　　这是她战败的地方，也是耻辱所在。

　　曾经在这个地方，拼命保护她的玄龟将军和法器地裂一同碎在灵法师的手上，军师炎狐被围剿，他的法器素茹在主人死后，落入海中，生死未卜，那么多曾并肩作战的战友都不在了，而她忠诚的坐骑魔龙的骨骸还挂在天门宗的正殿上做炫耀的装饰！

　　今天，萧子瑜在她眼皮底下掉下悬崖，她没有拉住，这在以前是绝无可能的事。奈何人类的躯体、破碎的灵魂，让她无法发挥出原本十分之一的力量，竟连这点小事都如此费力。还有那些卑微的蝼蚁，竟一而再再而三地冒犯她的神威，还做出愚蠢的行为，险些害死萧子瑜，这是决不可原谅的。

　　花浅非常愤怒，恨不得马上将天门宗彻底毁灭。

　　上次她如此愤怒是什么时候？是那位受宠的侍女违背命令，与敌方大将私通，被她砍去了双手丢入蛇窟时，还是黎国的皇后出言嘲讽她不生孩子的女人不算女人，结果五子三女都被她活活钉死在护城墙时？

　　可是，她要努力克制住心里的愤怒，尽力不要发作。

　　忍耐，忍耐，再忍耐……

　　光明总会过去，黑暗终将到来。

暂时的忍耐，是为了更好的复仇，毁灭整个天地。

她努力忍耐了两天，愤怒再次达到巅峰。

新学徒入门后，第一个要学习的是灵法界的光辉历史。

可惜历史永远是枯燥无味的东西，灵法界历史也不例外。掌管这门课程的谢先生是个相貌颇为猥琐的老头，亦是灵法界难得的学术大师，他自命风流，最喜欢在讲授过程中随心所欲穿插许多野史故事，博得孩子们阵阵惊呼。他说："魔宗喜欢宣传苍琼女神是个很漂亮的女人，其实有考证说那很有可能是谎话，因为在万兽门收藏了一个苍琼女神当年用的黄金面具，那是非常丑陋的面具，世间哪有美女会将自己往丑里折腾？所以有说法是苍琼女神貌若无盐，而且她极风流浪荡，淫乱无耻，魔宗神殿是她的后宫，里面面首三千，还据说她攻打巨象国是因为巨象国王子高大威武，特别俊美，苍琼女神一见钟情，才将其掳回神殿，无耻啊无耻……"

"胡说八道！野史岂可当真？"前半段说她丑，花浅还可以忍，后半段她实在忍不住了，她平生最厌男人，内殿里都是漂亮的侍女们在打理，雄性生物敢踏足半步都会被她丢去喂蛇。至于那个巨象国王子，他是高大没错，但他的身宽和他的身高同等！横看竖看都是个球！她就算瞎了眼也看不上这样的货色！当年要不是因为这个球不长眼地写情书轻薄她，挑起她的怒火，巨象国还不至于被灭得那么干净！

谢先生见这新入门的学徒顶嘴，发怒了："无风不起浪，你并未见过苍琼女神，史书上也没记载她的私生活，又怎能证明野史不是真的？那么多野史流传，就算其中有假，也不会全是假的，她是风流浪荡的女人可能性相当高。"

花浅气得要杀人，可是她没法帮苍琼女神辩解啊！若是开口说了，人家定会起疑，问她怎么知道真正的苍琼是什么样子的，还为何帮恶魔说话，那让她如何作答？岂不是要露出真身？

大事未成，忍无可忍也要忍。

花浅不再辩解，也不能再听，拂袖而去。

"新入门的小学徒竟敢如此无礼！"谢先生勃然大怒，拦住了她的去路，训问道，"哪里去？"

花浅的表情高傲至极："我没兴趣听这种为老不尊的下流课程。"

谢先生的野史课程让很多保守的女孩子都不能接受，她们悄悄地在下面点头。

谢先生顿觉失了颜面，冷笑道："看来我这里容不下你这尊大神？你不打算学习了？"

"这种简单的东西，有什么好学？"花浅拿过他手中书册，随手翻了翻，紧接着，合上书本，一字一句地从头开始背，"混沌之初，天地万物皆有灵，善生元神，恶生元魔……"

一目十行，过目不忘，一个字都没有错。

谢先生目瞪口呆，他眼睁睁地看着花浅将书册丢回给自己，大步离去。他回过神来，怒吼："你不敬师长，我要告知长老，将你重重处罚！"

花浅回头，鄙夷地看了他一眼："与其听你胡说八道，我宁愿受罚。"

谢先生怒极反笑："说到做到，你给我去刑堂等着！"

花浅笑道："说到做到，我这就去。"

【肆】

事情发生得太快，太突然。

萧子瑜见花浅离去，意识到不妙，他用尽所有方法求谢先生消气，可是，一切都晚了。

天门宗极重规矩，尤其是尊师重道。花浅的所作所为就算有些可以理解的地方，也不会被先生们原谅。周长老为了在新学徒们面前立威，杀鸡儆猴，决意从严处置，整整罚了她二十藤条，还不许辅助灵法师治疗，让她记住痛，记住教训。

萧子瑜无计可施，只好找祝明要了瓶最好的伤药，飞速前往刑堂。

一来一往，行刑早已结束，花浅正面无表情地坐在刑堂附近的长凳上发呆，顺便让冰蟒给自己清洗伤口。待看见萧子瑜风尘仆仆地冲来，花浅有些吃惊，歪着脑袋想了片刻，才打了个招呼："好。"

她的态度好像在问"今天吃了没"一样自然，压根没把满手掌血放在心上。

纵使萧子瑜知道她不怕疼，也要郁闷死了，想骂又不舍得骂，只好拖过她的掌心，使劲往上撒药粉，一边撒一遍憋着问："你知道马上就要挑徒仪式了吗？和先生斗什么气？就算看他不顺眼，也不能现在发作。"

花浅歪着脑袋想了很久，给了个颇可爱的理由："或许是他秃头？"

萧子瑜给这天外飞仙般的理由呛得半晌无语，隔了好久才说："若骄横名声传出，没有师父要你，如何是好？我路上听见大家在议论，其他先生都很生气，觉得你骄横无礼，发话说绝不要你。你这笨蛋！我们这届二十余学徒中，你的法器和天赋都特别出众，若是错过拜良师的好机会，岂不可惜？"

冰蟒不屑地嘀咕："主人才不稀罕那些一根手指就能捏死的三流破师父……"

萧子瑜听见他嘀咕，有些生气，赶紧看看左右，见四下无人后训斥这不懂事的："你只是个刚通灵的小法器，就算资质很好，也不能太自傲，这可是天门宗，最强的灵法师门派，你说这话让人家听见了，会给浅浅惹笑话的！"

魔界最强法器被这傻子训得气苦，蛇肚子都要气大了一圈。

花浅面无表情："无所谓。"

"浅浅，有所谓，"萧子瑜都快急死了，"我和师兄打听过了，灵法师的第一个师父是最重要的，他可能会决定你未来的修行方向。你已和冰蟒通灵，是器法，最好是跟周长老，其次也得跟个好点的灵战师，若是灵战师通通不肯要你，你以后可怎么办？"

花浅再次重复："无所谓。"

萧子瑜郁闷了。

两人并肩坐在长凳上，良久，花浅忽然开口问："子瑜，你觉得苍琼女神是怎样的女人？"

萧子瑜被这个忽然而来的问题问得愣了下，不好意思地回答："我念的书不多，其实不太懂，只记得书上说苍琼是个特别残忍的女神，喜欢用恐怖手法镇压三界。所以，我想苍琼女神大概是个活得很辛苦的女人吧？"

花浅愣了："为什么？"

"元魔天君有许多女人，他有三个孩子，长子幽冥，次女苍琼，幺子宵朗，"萧子瑜不太自信地分析，"苍琼女神既不是长，也不是幼，夹在中间的孩子都是最被忽视的，而且她是个女人，最没可能继承元魔天君的位置。若说她天赋才华都比兄弟出色，历史不应该没有记载，所以我想……她得到魔界之主的位置，应该是付出了很多努力、很大的代价吧？弑父杀兄？恐怖压制？不信任任何人？这样的生活怎会轻松？"萧子瑜发现花浅看自己的目光有些奇怪，赶紧否认，"当然，我绝对讨厌苍琼女神这种视人命为草芥的家伙！她的所作所为都很过分，很可恶！只是觉得努力的部分还是可以学学的，毕竟我也很弱……"

花浅忽然笑了，笑得很开心，她点了点萧子瑜的额头："蠢货，你最应该学的是她的不择手段。"

"为什么？"

"秘密。"

"浅浅，等等我！挑徒仪式怎么办？"

"随便，跟你混就好。"

【伍】

黄金般的阳光穿过层层雾气，照到天门宗广阔的演武场上。苍翠的松柏耸立两端，四周刻着十八尊与真人等高的灵法师石像，神态庄严，手持各色法器，皆是神魔之战时赫赫有名的英雄，仿佛在维护这个古老的门派的尊严和秩序。

演武场的高台上，站着十八位德高望重的灵法师，负手而立，或端庄，或慈祥，或严厉，皆持法器陪侍在侧，他们是天门宗负责教授学徒的师父。萧子瑜来之前找祝明做了些功课，知道灵法师只是世人的统称，战场上还以能力不同进行详细划分：其中以携墨言的周长老为首，在战场上冲锋陷阵的是灵战师，数量最为庞大，是天门宗的主力，光是师父就足足有九位；其次以携鹤舞的吴先生为首，是在战场辅助的灵器师，师父有五位；另外还有个带着白色九尾狐的桃花眼帅哥睡眼蒙眬地在旁边打瞌睡，时不时被自家灵兽一尾巴抽醒，重新笑容灿烂地和大家打招呼，他叫胡适，是操控灵兽的灵兽师，灵兽师在天门宗较为稀少，学徒不足十人，他是唯一的师父；另外还有两名擅长炼丹制药的灵修师。

周长老在台上高声训话，忠孝节烈，礼义廉耻，无所不包。

孩子们听得难受，有不少已在用脚尖偷玩地面的石块。萧子瑜偷偷将先生连法器看了好几遍，忽觉不对劲，捅捅在认真听讲的王学知，悄声问："不是说有十八位师父吗？怎么我只见到十七位？站胡先生背后的那个应该是法器吧？我看见他额头上的纹饰了。"

王学知后知后觉地数了数，顿悟："对啊，怪不得我觉得数字不对，或许是有师父在外奔波劳碌，暂时没赶回来吧？"

大家也都察觉到这个问题，议论纷纷。

周长老见状，喝止议论，环顾身后众灵法师，迟疑片刻，解释道："负责教授制符的何先生……身体不适，今日暂时无法和大家相见，晚点课程中，你们再认识他。他虽放荡不羁，风骨却是极好的，而且制符能力杰出……"

"来了来了！"演武场天空中传来纸鸢扑翅声和大吼声，一道白光歪歪斜斜，扭成"之"字形直冲高台，若不是墨言出手相护，这道白光非冲入吴先生怀里不可。鹤舞胆小，见主人险些遇难，惊叫连连，把旁边胡先生怀里的九尾狐狸吓得瞬间炸毛，它以为妖魔入侵，尾巴竖得高高的，左右四顾，时刻准备发起攻势，连带着把胡先生的瞌睡虫也赶走了。

一时间，演武高台上乱成一团，原本的肃穆不再，只余笑话连篇。

周长老气得脸红脖子粗，指着纸鸢大骂："滚出来！"

"大清早的，周师兄火气还是那么大。"破损的纸鸢里，慢悠悠地伸出个酒葫芦，再探出个乱糟糟的花白脑袋。他察觉出众人的怒火后，赶紧喝了口老酒，嬉皮笑脸道："师弟没迟到吧？"

"何！思！道！"周长老的脸色由红转黑，黑得像锅底似的，他几乎是颤抖着按捺要杀人的冲动，将这混蛋的名字一个字一个字从牙缝里蹦出来，"你来早了，太早了，你就应该晚几十年出生的，免得拖累整个天门宗的百年清誉！免得把我活活气死！"

何思道便是老糊涂，除了周长老发火的时候，几乎没人叫他真名，他也无所谓。

萧子瑜看见带自己入天门宗的恩人，很是欢喜。

老糊涂对周长老的冷嘲热讽毫不在意，他挠挠头，递上酒葫芦道："师兄就是爱生气，来来，师弟请你喝两口。你知道吗？何以解忧？唯有杜康，一醉解千愁。"

周长老拂袖，仿佛甩开什么脏东西般推开他，连喝："滚滚滚！等宗主出关，我再禀报他狠狠罚你！"

老糊涂立即连滚带爬地跑去高台的最角落，临走时还大声问了句："周长老啊，今年有哪些不靠谱的学徒是要交给我的？放心吧！就算再不靠谱的学徒来了我手上，很快也会被调教得尊师重道、懂事听话的！嗝——"

周长老知道和自家师弟扯上关系就没颜面可存，歇了继续长篇大论的心思，宣布择徒仪式开始。

萧子瑜相信，此时此景，所有参加仪式的新学徒脑海里只有一个念头：绝对要靠谱！

大部分孩子都是白担心了，灵法师挑学徒没有考核那么复杂，他们会在先生们的辅助下进行他们平生中的第一次通灵，通过觉醒的法器能力交给不同的先生指导。

大部分战斗法器都能通过外表分辨，辅助类法器较为复杂，而且法器的外表和内在的灵魂有时候会有偏差，看起来很厉害的法器里面有个懦弱无能的灵魂，或者看起来很废物的法器里有个强悍的灵魂，也是有可能发生的。灵法师会根据通灵唤醒的灵魂强弱及属性选择自己的学徒，适合战斗的法器就去灵战师先生处，适合战斗辅助的去灵器师先生处，适合生活辅助的去灵修师先生处，唯一一个带獒兽的学徒无需考核，直接被送去胡先生手中。

花浅和另外两个出身灵法世家的学徒早已通灵，无需此步骤，他们将自己的法器展示了一番，纵使冰蟒刻意压抑，也难掩珍器风采，博得无数灵法师纷纷侧目。

展示完毕后，萧子瑜看见有个沉默的灵战师直接将那位用长枪的灵法学徒纳入旗下，另个咒法辅助类灵法学徒也被师父领走了，只有花浅倔强地站在原地，无人搭理。其他灵法师和周长老耳语了几句，萧子瑜在前排站得近，耳朵尖，勉强听见似乎是让她磨磨性子再修行。

没有师父愿意要桀骜不驯的学徒。

萧子瑜很为花浅担忧，想安慰她。

花浅却用看白痴的眼神望了他一眼，让萧子瑜忽然想起更值得担忧的是自己。

王学知没察觉室友的忧愁，他抱着半人高的巨斧法器，紧张不已："你说我家法器那么粗犷，黑鸦会不会是彪形大汉？我最怕长得凶的男人了……"

莫珍在旁边对自己的法器夸耀不已："看见这个镶玉银环了吧？它叫魅劫•素茹，经灵法师协会鉴定过，是难得的珍格法器，我多花了八千两黄金才从塞外客商手中买到的，费了老鼻子力气，你们买不起的啦。据那客商说，素茹的法相是个塞外美女，身材前凸后翘，玲

珑有致。我和家里伴香、怜香惜别，忍受相思之苦，来这个鬼地方修行，就是为了它。啊，我家朝思暮想的素茹美人啊，今日终于能和你相见，以后主人定会好好怜惜你的。"

他恶心得大家都要吐了，也就钱大贵脸皮厚，撑着说妙。

萧子瑜低下头，缩在角落里，看着同窗们兴高采烈地去师父面前做法器通灵。

从远古时期开始，三界六道中，弱小的神魔精怪，欲避天劫，就要将灵魂附在适合的器皿上，得以延长寿命，再用极缓慢的速度进行修行，亦有被神灵封印在器皿中的灵魂。后来，有人类凭借天赋的通灵能力，察觉到这些灵魂的存在，通过与神灵结盟，达成协议，法器赋予人类对抗妖魔和自然的力量，人类则帮助法器进行更好的修行，双方互利互惠，共登仙山，灵法师既是法器修行的辅助者，也是法器力量的封印。

经过挑选的灵法师学徒拥有通灵天赋，在师父的辅助下，他们已不需自行摸索缓慢的通灵方式，而是利用现成的符咒阵法，强行唤醒法器的灵魂，进行契约结缔。结缔的过程是主人和法器之间的双向选择，由于法器数量比灵法师多，普通法器急于修行，都不会太挑剔自己的主人，只要通灵成功，主人不是奇葩难忍，都能结缔成功。而珍贵的法器被万人哄求，像倾国倾城的公主，非要才学品貌样样出众的人中龙凤，还得让它看顺眼，才有机会带回去。

九位灵法师在演武场上布下符阵，九十九根昂贵的水晶熠熠生辉，符阵的正中间，是两座莲台，一边放着法器，一边是主人，莲台和水晶中间都被无数根银丝包围，纵横交错如蛛网，这些丝网可以增强小学徒的通灵能力，让他们更容易接触到法器的灵魂。

当第一位学徒带着短剑，紧张地走上演武场时，萧子瑜睁大眼睛，好奇地看着。

演武场上泛起片片白光，水晶中蔓延出更多的银丝，如活了般，飘在空中，越来越多，最终化成巨大的茧子，将人和法器包裹其中。孩子们陷入沉寂，他们死死盯着银色茧子，屏住呼吸，等待破蛹成蝶的时刻。

约莫过了一炷香，茧破了，孩子摔出来，落在厚厚的丝上，晕头转向了会，畏惧地看着旁边的茧，等待着自己的法器出来。又约莫片刻，另一个茧也破了，茧中伸出两只淡蜜色的手，长长的指甲上有猩红的色彩，带着七八只金环，这双手撕开银茧后，露出张妖娆的脸，黑发及腰，杏眼娇唇，上身近乎赤裸，画着许多红色纹饰，纤纤细腰，盈盈可握。

正当众人赞叹这法器的美丽，莫珍更是嫉妒得无与伦比时，茧中又缓缓爬出了美人的下半身，竟是头巨大的黑色蜘蛛，六根腿上都带着利刃，丑陋得难以形容。她缓缓靠近主人，试图靠近亲昵，当发现主人强忍惊恐而颤抖的双腿时，她尴尬地笑了下，将法相收回，重新化为短剑，落在地上。

孩子在旁边师父的提示下，战战栗栗地拾起短剑，原本暗淡的剑身如今散发出淡淡的紫色光辉，标志着灵魂的苏醒。他的胸前亦刻上了红色的远古符文，符文中心是法器的名字：

毒刃·狼蛛。

花浅见萧子瑜很迷惘的模样，解释道："绝大部分法器的法相都会留有些许灵魂的痕迹，如冰蟒的眼睛仍是蛇眼，这把短剑的灵魂是蜘蛛，阶级也比较低，修为也不高，法相偏蜘蛛模样，方变得如此骇人，待修为上去了，她或许能把腿变成人形。"

萧子瑜见拿着短剑的孩子仍哭丧着脸，压根儿不愿多看自家法器一眼，迟疑道："虽然蜘蛛是有些特别，但主人不应该害怕自家法器的模样吧？"

花浅耸耸肩："怕着怕着就习惯了，冰蟒刚化人的时候浑身鳞片，也不怎么好看。"

冰蟒得意地炫耀："比起那边以貌取器的臭小子，我家主人不管英俊还是丑陋，从未嫌弃过我。"

花浅："我对相貌没什么偏见。"

冰蟒奉承："那是主人太美丽了，天下所有容貌在你眼里都是一样的。"

萧子瑜赶紧指着自己鼻子问："我在浅浅眼里也和你一样吗？"

冰蟒怒道："滚！"

由于蜘蛛的模样太过震撼，导致后面进行通灵的法器再没有吓到人，大多数是中规中矩的模样。钱大贵的盾牌通灵后是个绿脑袋的乌龟汉子，这让他有些沮丧；冯娇的五彩扇是只孔雀，花枝招展得厉害，不但把主人的美貌压下一头，还招蜂引蝶，处处引人注目，气得冯娇当场就给她立起了规矩；王学知的斧头通灵出来竟不是大家想象中的男人，而是个身材高挑的女子，她穿着身黑色紧身衣，五官不算精致，却英气勃勃，浑身上下都散发着土匪气息，她在出茧后，立即用神力将王学知拖到演武场旁边，不顾主人挣扎，掀翻在地，然后捏着下巴左右看了许久，满意地说："不错不错，长得颇像你曾爷爷，我真怀念当年和你曾爷爷在雁荡山上打家劫舍，杀人放火的美好时光。他可是江湖上响当当的人物，黑风寨的大当家，手下七八百号兄弟，威风凛凛，走出去谁不叫声好汉子？可惜儿子不争气，就想着读书，光什么狗屁的宗，耀什么狗屁的祖？你祖宗什么时候让你们读书了？若是让你曾爷爷知道你不做山贼，早就气活过来了！幸好你虽身体瘦弱了些，却颇有前途，但看在是他曾孙的份上，我会罩着你的。放心，我都计划好了，若是你做灵法师混不下去，咱们就去雁荡山再把寨子给立起来！再给你抢个漂亮标致的压寨夫人！生七八个儿子！男子汉大丈夫！读你奶奶的书！读书有屁用？！能吃还是能喝？！老娘这辈子最恨就是读书！"

身材高大的王学知给自家法器压迫得喘不过气，绝望地朝萧子瑜要救援。

鉴于黑鸦大于王学知再大于萧子瑜的战斗力，加上黑鸦类似母老虎的恐怖剽悍气场带来的童年阴影，萧子瑜很没骨气地放弃了朋友，劝说："漂亮的压寨夫人，也挺好的……"

"那个骗子！我要找他赔钱去！"莫珍愤怒的声音传来，他引以为傲的贵重法器通灵后

出来的不是妖艳美人，而是个灰扑扑的小姑娘。她有灰扑扑的头发，灰扑扑的兔耳朵，五官和身材都不甚出色，很是平凡，就连穿着打扮也没有可取之处。如今，她正垂着长耳朵，揉着衣角，怯生生地听主人发飙，唯恐被退货解除契约，很是不安。

好心肠的欧阳先生在安慰莫珍："法器是看能力不是看外表的，你的法器很珍贵，好好修炼，或许会有很强的力量。"

莫珍都快哭了："谁要力量了？！我就是要外表啊！"

欧阳先生脸都黑了。

莫珍真哭了："我爹骗我，我娘骗我，我的美人，美人……"

所有人都默默扭头，无视这个蠢货。

冰蟒震惊地问主人："那是素茹？她怎么落到这地步了？"

花浅惋惜地摇了摇头："凡人是很难用得好素茹的。"

每个学徒通灵结束，确定法器属性后，就会有适合的先生将他们领回去，每个先生都收了两三个新学徒，就连性格糟糕得一塌糊涂的莫珍都被谢先生收下了，他说莫珍只是孩子脾气，磨练个两年就好了。周长老还将另外一个性格孤僻的学徒也塞了给他。

萧子瑜壮着胆子问相识的吴先生："花浅呢？"

吴先生冷哼一声道："哪座庙请得下这尊大佛？她什么都懂，哪里用得着师父？"

萧子瑜还想求情。

吴先生斜斜看了他一眼道："你还是先担心自己有没有师父吧，没有法器的灵法师如何修行？"

萧子瑜想了想："我不担心，我知道自己的师父是谁，他很好。"

"很好？"吴先生知他早慧，却厌他自以为什么都懂，不由嘴角露出嘲讽的笑容，觉得似乎应该提醒下这个蠢孩子。

"大妹子，我怎么不好了？不就骂你几句老女人，何苦记恨到现在？"老糊涂不知何时酒醒了，提着酒葫芦，摇摇晃晃地走了过来，左手将萧子瑜搂在怀里，右手去搂吴先生，"我就喜欢这孩子，单纯老实，看得透彻！没得那些自作聪明的家伙般聒噪。还有那边站着的女孩子，你们不要！我要！你们不就嫌人家说话老实直接吗？她又没说错，贺小子人倒是好人，可惜想得太多，少年开始秃顶，满脑子都是糨糊，这辈子也就练到这地步了，再过个一百年，功力也不会有长进。哼，这年头，说实话也是罪？大妹子，看来我不能夸你漂亮，得说你是老女人了，免得得罪人啊。"

贺先生给他这番话说得脸都红了，可惜老糊涂在天门宗辈分仅次宗主和周长老，就连周长老也不好随意处罚他。他当年还做过自己的师父，而且他也没吴先生的胆气，念着尊卑

有别，挨骂也不敢还嘴，只好忍了口血在心中。

"哼，你们正好凑对没法器的废物师徒！倒是天生一对！"吴先生知道自己骂不过这种不要脸的家伙，带着自家徒弟匆匆走了。

萧子瑜有些不解，想问，老糊涂却打了两个哈哈，岔开了话题。

眼看学徒们都通灵完毕，大家都有了去处，灵法师们准备撤了符阵，忽而，老糊涂开口叫住："等等！我这里还有徒弟没通灵。"

周长老看了眼萧子瑜，不耐烦道："别闹，他没有法器，正好你现在也不用法器，他可以跟你先学着种药草、画符，再学点灵法师的知识，将来有了法器再做打量。"

老糊涂狠狠一把将萧子瑜的玉坠扯了下来，醉醺醺地问："我是没法器，谁说我徒弟没法器？这不是法器吗？法器……"

萧子瑜吓了一跳，赶紧去拦："师父，你醉糊涂了，这不是法器，就是个玉坠。"

老糊涂打着酒嗝："怎么？玉坠就不能做法器了吗？师父告诉你，用什么做法器都可以！别说玉坠，就算木盆！烛台！都能做法器！"

周长老接过玉坠，查看半晌，皱眉道："不过是件制符的低级法器罢了，通灵有些不值得。"他又看了眼萧子瑜的身子骨，犹豫许久，叹息，"也罢，虽不知里面是什么灵魂，想必不会太强，你的通灵资质也只能用这样的法器了，以后虽不能和妖魔搏斗，至少能做做符咒，做个富家翁，也不枉你灵修一场，成了天门宗和你的师徒缘分。"

母亲留给自己的唯一记挂，竟成了适合自己的法器？

萧子瑜听得和做梦似的，几乎不敢相信自己的耳朵，他在花浅及师兄师姐的口中早已知道自己资质不好，很难与强大的法器通灵。所以在很长一段时间里，他都对法器死心了，本想一边学习制符一边修行一边慢慢寻找法器，没想到柳暗花明，法器竟在眼前，莫非是母亲听到了自己的祈祷，实现了他的愿望？

虽然周长老说这是很弱小的法器，可是他并不介意，无论任何时候，只要这枚刻着紫藤花的玉坠在身边，他就会觉得很安心。

虽然周长老说玉坠里的灵魂可能不太好，让他有点心理准备，可是，不管是老鼠还是兔子，是蟑螂还是蚂蚁，不管通灵出来的法器灵魂多弱小，多丑陋，他都愿意接受，因为这是他最心爱的东西。

吴先生简单讲解了下通灵的步骤，建议道："若是发现不行，你就放弃吧。"

萧子瑜紧张地带着玉坠，踏入演武场，在灵法师的指引下，坚定地将玉坠放入托盘内。铺散在四周的银丝再次游动起来，将他们包裹在里面，萧子瑜感到有种被水淹没的窒息感觉，强烈的难受过后，身体猛地一松，他的灵魂仿佛被抽了出来，沿着银光大道，游入另一个红

色的空间。

刚才通灵过的学徒曾说，法器的灵魂会在空间里等待主人到来，有些只要稍加寻找，找到后说几句话就可以了，有些则需要像捉迷藏般寻寻觅觅，千求万请才肯出来。总的来说，只要有资质，法器不太过高级，通灵就不算太难的事。

奇怪的是，萧子瑜在这个四面八方都是刺眼的红色雾气的空间里，看不见任何灵魂的存在，到处都是虚无，他在里面漫无目的地走，无论往哪边走，都看不到尽头。

他不知道灵魂在哪里，可是他知道自己要寻找。

萧子瑜决定往前走，在迷雾的尽头，寻找问题的答案。

他一直走一直走，灵魂的世界里，双腿仿佛没有感觉，不会疲惫。

疲惫的只有心。

资质优越的王学知曾说："他通灵的时候，黑鸦就在里面等着他。"

资质不差的莫珍和别人哭诉时说："进去没多久就发现了素茹，是素茹硬跟着他出来的。"

资质普通的钱大贵说："大概在里面找了半天，才找到了乌龟。"

萧子瑜知道自己通灵的资质是所有学徒里最差的一个，他不清楚自己要找多久，可是他必须找到法器的灵魂，他有信心。

他走了一个时辰，两个时辰，三个时辰……

他走了一日，两日，三日……

可是，他什么也找不到。

看不见尽头的路，看不到结果的努力。

终于，萧子瑜的心开始乱了，他不知自己到底在做什么。

要放弃吗？

"怎么办？怎么办？"萧子瑜一遍又一遍地问自己，寻找问题的答案。他忽然想起小时候，没有东西吃，他肚子饿得忍无可忍，悄悄跑去田里偷过两个芋头吃，被人抓住后痛打一顿，是六爷爷救了他，六爷爷说："孩子，你可以不知道要做什么，但你至少先要知道自己不能做什么。"

那时候，萧子瑜还没有做灵法师那么伟大的梦想，他学会了不能说脏话，不能偷吃别人家的东西，不能好吃懒做，不能打鸡撵狗，不能吃饭吧唧嘴……知道什么是不能做的事情后，人开始渐渐懂事，有了教养，有了梦想，然后一步步走向未来。

迷雾中的萧子瑜不清楚自己要做什么，也不知道方向在哪里。他唯独清楚的是绝对不能离开这里，只要离开，就代表通灵失败。或许别的灵法师就算通灵失败，也能换个法器再来，可是萧子瑜一无所有，他能走到今天，靠的是"失败就去死"的决心，他的失败是绝对

无法再来的。

萧子瑜知道自己没有通灵的才能，他也知道自己如果放弃，将很难再踏上灵法师之路。与其通灵失败，在花浅的嘲笑声中丢人至死，他宁愿死在这片迷雾里。

所以，不管这片迷雾有多大，路有多长，他都要咬紧牙关走下去，走到死的那刻为止。

他走了一个月，两个月，三个月……

迷雾里越走越乱，后面的时间，再也算不清了。

萧子瑜的神智早已模糊，他无法思考，脑子里只剩下三个字，就是"向前走"。

他绝不放弃。

"莫负月华明，且怜花影重，花影重叠香风细，庭院深沉淡月明——"

萧子瑜不知自己在这片虚无中走了多久，走了多远，一阵似远似近的幽幽歌声，唤醒了他的神智。他焦急地左右四顾，跟着歌声传来的方向，拔腿狂奔，有座白色的宫殿出现在他眼前，宫殿里绰绰约约有红色人影。

萧子瑜惊喜若狂，他想开口说话，却发现长久沉默走路的同时，他的语言能力竟开始退化，脑海里一时竟想不出该用什么声音来表达自己的心情。希望就在眼前，他急得几乎快要死了，拼命地把声音从嗓子里往外憋，却只发出嘶哑的"啊啊"声。

他用尽所有的气力，冲向宫殿，冲向那红色人影。

可是疲惫到了极致，骤然放松的心情让萧子瑜再无力支撑，他的双脚失去了气力，眼睁睁地看着自己倒了下去，此时，仅离宫殿一步之遥。

失败了吗？萧子瑜绝望地向前方伸出手。

失去意识前，他似乎抓住了一只温柔的手，似乎听见了这世间最动听的声音：

"我的名字叫红衣。"

{ 第七刻——酣梦之时 }

命运像场赌局。

你放下所有筹码，输赢由她决定。

【壹】

睡梦中，萧子瑜感到有湿润的帕子在轻柔地擦拭他的脸颊，带来温热的感觉，让脑海渐渐清明，也渐渐想起自己在通灵中遇到的事情，听到的那个声音，碰到的那只柔软的手……

"红衣？！"

他猛地睁开眼，唯恐梦醒又是一场空。

"醒了！子瑜兄弟醒了！"如雷巨吼在耳边响起，萧子瑜没看到梦中美人，却看见王学知的大脸凑在眼前，用充满血丝的眼珠子死死盯着自己，看起来怪吓人的。

"你吓到他了！"紧跟着是花浅恼怒的呵斥声，"吓出毛病怎么办？！"

"我没事，"萧子瑜觉得花浅有时太过紧张自己，她好像觉得自己是水晶玻璃做的，轻轻碰一下就碎了。其实他独居多年能活得好好的，全靠比常人更冷静，遇到融魔都没失控发病，何况王学知的一张脸？六爷爷以前是训练过他的胆量的，半夜带他走坟场，讲各种鬼怪故事，用老鼠、蛇等动物吓唬他，除了强烈的感情崩溃，普通惊吓和痛苦是伤不了他的。

明明下油锅、遇到魔女、遇到妖魔的时候他都没发病，为何花浅只记得最初呢？

萧子瑜郁闷，只盼以后有机会翻盘，重新证明自己的男子气概。

"对不起，我太激动了。子瑜兄弟，你这次通灵整整用了八个时辰才成功，史上罕见，师父们都坐不住了，怕你有个三长两短，差点要强行破茧，将你从通灵境地拉回来。是何师父死活拦住了大家，大家都以为他疯了，为此还挨了周长老不少骂，"王学知话匣子一开，就怎么拉也拉不住，言语间也没什么逻辑，几乎是想到什么说什么，"好不容易通灵成功，没想到你昏迷了整整一天一夜，说是精力受损，疲劳过度，让我们担心得不行，就怕你身子弱撑不住通灵的力量，再也醒不过来了，"不知为何，老实人的口气也含上了半分酸意，带着浓浓的羡慕教训道，"自古红颜皆祸水，温柔乡是杀人刀，子瑜兄弟，你要自制，莫忘了

本性，失了勤勉。"

世间谈起红颜祸水，当属苍琼第一。

冰蟾下意识反驳："我家主人才不是红颜祸水！"

"闭嘴！"花浅脸色很难看，她知道自家法器不说话还算冷酷，一开口就惹笑话，所以不允许冰蟾随便发言，如今过了五百年，这家伙在外头逍遥自在，胆子也肥了，是时候收拾了。但转念一想，又觉得他的愚蠢是很好的伪装，至少不会让人把他和诛天联系起来。

"什么红颜祸水？"萧子瑜茫然不知，他放眼四顾，只见莫珍用恨不得杀人越货的眼神在狠狠瞪他，瞪得他莫名其妙。还有那个叫素茹的法器小姑娘正在忙忙碌碌地为大家打扫屋子，而那头名叫黑鸦的母大虫正站在窗下，无所事事地打哈欠。除了花浅没有什么称得上红颜的物体，莫非是……萧子瑜不安地摸向胸前，胸前空荡荡的，没有玉坠的存在。他迟疑地问花浅："红衣呢？我的玉坠呢？"

花浅随手指了指门外。

忽而，紧闭的房门再次打开，灿烂的阳光随着艳丽的红色身影倾泻进来，仿佛黑白水墨画有了颜色般，映得破旧的房子也鲜活起来。这是萧子瑜第一次见到自己的法器，他终于明白王学知和莫珍的嫉妒从何而来。

故事里有绝世红颜，让君王烽火戏诸侯，为博之一笑。

戏文里有倾国美人，让两国相争，生灵涂炭在所不惜。

这样的美人，应是眼前模样。

风流入骨，艳色逼人。

红衣施施然行来，他笼罩在宽大艳丽的红色纱袍之下，却柔弱得仿佛连衣服都无法承受。通身上下无任何装饰，只有墨发如瀑，肤白胜玉，映得额间红色纹饰艳丽如血。那双载秋水的眸子，灵活如惊鸿游鱼，波光流转处，似嗔似笑，欲语还休，能勾得人心痒难耐，挪不开视线。

他捧着装满温水的铜盆，盈盈拜下，在萧子瑜面前俯身施礼，动作不艳不妖，似乎经过长年的训练，有难以言喻的风韵在里面。他缓缓开口，声音如被拨动的瑶琴，悦耳动听："红衣见过主人。"

随着美人进门，门外、窗外，统统挤满看热闹的学徒。

萧子瑜被嫉妒的目光盯得都要喘不过气了。

红衣似乎很习惯被注视，他对周围的一切视而不见，只卷起袖子，露出白皙的胳膊，然后熟练地将落在地上的帕子再次浸水，洗净拧干，然后轻轻替萧子瑜擦脸擦身。铜盆里的水温恰到好处，不热不凉，他的动作温柔细致，不紧不慢，却擦得萧子瑜脑门上的汗珠越流

酣梦之时

越多。在众人"一朵鲜花插在牛粪上"的议论声中，他尴尬得忍无可忍，赶紧一把抢过帕子，自个儿胡乱擦起来，待低下头时，才发现心口处多了行红色的咒文，约莫巴掌大小，繁复的咒文环绕着"灭灵·红衣"四字。萧子瑜小心翼翼地问："这是你的全名？此名何解？"

"回主人，"红衣微微颔首道，"红衣初次通灵，本应无名，幸得周长老教诲，言天生万物，人为万物之圣，红衣舍人身入鬼器，从此无灵无命，为逆天忘本之举，故名灭灵·红衣。"

萧子瑜不解："鬼器？"来天门宗的路上，祝明和陈可可和他讲了许多法器的事情，其中并没提及鬼器是什么东西，他以为法器的魂魄只有草木精怪、妖魔神灵，却不知人身亦可成器。让他御人为器，凌人之上，总觉得有些说不出的奇怪，他狐疑地问："为什么你要变成法器？如果想要力量，为何不做灵法师？我不明白……"

红衣恭顺答道："回主人，前尘往事如云烟，红衣早已放下，或许只是红衣不适合做灵法师。"他的回答带着淡淡的隔阂，听得出不愿回答，但是他声音却是格外的柔和，让人听得很舒服受用，甚至想一直听下去。

"好了好了，"莫珍看了半晌美人，飞快地打断对话，急切地冲到萧子瑜面前，平生第一次对穷鬼露出巴结讨好的神情，一边替他捶背捏肩，一边堆笑道，"子瑜兄弟，你第一次做灵法师，什么都不懂，鬼器这东西，看着虽然漂亮，可是内里没什么用，是所有法器里最弱的存在。我听周长老说，你的法器不过是制符用的小玩意，将来大概就是做做符，卖卖钱。钱算什么东西？你莫家兄弟这辈子缺什么都不缺钱啊！不如你开个价，把美女法器让给我，以后我一定把你当生死相交的好兄弟！子瑜兄弟说东，我绝不往西！子瑜兄弟说打鸡，我绝不揍狗！"

萧子瑜打了个激灵，解释道："红衣是男人。"

此时大家才将目光从红衣明艳照人的脸上移去其他处，慢慢发现他的身材平坦不似女子般前凸后翘，穿的是男衣，做男子打扮，颈间还有细小的喉结。这时间，大部分男人都没有断袖之癖，"原来是娘娘腔。"好几个羡慕得要死要活的小学徒只怨造化弄人，慢慢息了心思，王学知也不再嫉妒，在角落小声嘀咕："男生女相，不知是不是福气之兆，怪不得成了鬼器……"

红衣低头浅笑，他早已习惯这样的议论。

唯莫珍不依不饶，继续嚷嚷："只要是美人法器，男的我也要！"

冰蟾忍无可忍："法器只能一个，你想置素茹于何地？"

莫珍满不在乎："让她跟更适合的主人去。"

主人要换法器，就是要丢弃原有法器。正在努力打扫房间，想凭借努力突破相貌隔阂挣好感的素茹闻主人言，整个人吓得震了一下，手中扫帚落地，她红着眼眶，哀求地看着萧

子瑜，不停地轻轻摇头，几乎要哭了出来。

萧子瑜为素茹可怜，他摇头道："我的法器不卖。"

"也是，这般美人如何舍得，"莫珍是花丛中的老手，色狼里的领袖，哪怕舍了性命也不能舍了美人，他推己及人，觉得对方不会轻易放手，却不肯死心，仍不依不饶地缠着萧子瑜不放，"既然不卖，我们换如何？你穷苦人家出身，嗯……自古英雄多磨难，你这辈子的梦想是不是出人头地、做大英雄？如果你用这制符法器，怎能实现心中抱负？恰好我是个没大抱负的男人，只要温香软玉满怀足矣。子瑜兄弟，我家魅劫·素茹虽然长得不如你家红衣，却是珍品法器，价值连城，更是罕见的辅助法器，若好好修行，可帮你成为厉害的灵器师！所以咱们换换，你得厉害法器，我得绝世美女，正好两厢便宜。"

"混账！"冰蟒忽然暴怒，抓住莫珍的衣领，将他整个人提起来摔去墙角，右手化作短刃，要往他脖子去抹，"既然看不上素茹，老子现在就弄死你，再给她换个好的！"

素茹扑上去，死死抱住冰蟒的手臂，哭道："请不要这样。"

莫珍虽然混蛋，但罪不至死。

萧子瑜赶紧找花浅："快让他停手。"

花浅冷冷问冰蟒："你那么怜香惜玉做什么？"

"不不，我对天发誓，我心里除主人外没别人，我只是……"冰蟒瞬间松手，把莫珍丢在地上，急得恨不得把心挖出来在主人面前正名，"我这辈子都没正眼看过主人以外的女人，主人你懂的，素茹以……我只是觉得小丫头片子很可怜，看那纨绔小子不顺眼，绝对不是怜香惜玉！主人你要相信我！"

他越描越黑，众人都无语了。

花浅开口道："我家法器性格驽钝，还望多多包涵。"

莫珍揉着发红的脖子，正欲发作，听见美人道歉，瞬间消火，摆出大度模样："怎么也得给浅姑娘面子，只要他以后别那么粗鲁就好，我哪能去告状啊！哎呀，我脖子好疼，浅姑娘给我揉揉？"

素茹听见主人诉苦，急忙上前，却被他抬手挥开。

莫珍眼巴巴地看着花浅。

冰蟒怒火再起，指关节捏得咯咯作响，准备上前好好给他"推拿推拿"。

忽然，一只冰凉的手轻轻放在莫珍的脖上，莫珍打了个寒战，回头要骂，却见红衣笑意盈盈地看着他："浅姑娘是习武之人，力道不好拿捏，不适合推拿，还是让我来吧。"他说最后一句话的时候，在莫珍耳边吹了口气，吐气如兰。

莫珍美色当头，哪里顾得了那么多，只有点头的分。

红衣是鬼器，浑身冰冷，他的手虽然软，却带着渗人的寒意，力道经常失了分寸。

他时不时用软绵绵的声音，销魂地问："大爷，我捏得好不好？"

莫珍色欲熏头，纵使被捏得浑身难受，也死撑着牙关一个劲叫好。

众人看得发笑，花浅也觉得红衣擅长察言观色，应对妥当，心里对他再高看了几分。唯冰蟒回头再次看向素茹，见她如受气小媳妇般缩在角落，可怜兮兮地看着自家主人，心里叹其不争。他记得，多年前，素茹的主人是苍琼旗下八魔将之一。

那时候，魅劫·素茹不算强，却很麻烦，麻烦得让三界人人头疼，没有敌人会记得素茹的名字，大家都管她叫"神鬼莫测"。

素茹的原主人是个极聪慧的年轻魔将，也是女神的军师。他长得普通，却能谋善断，所以能发挥出素茹的真正力量，纵横战场，神见神烦，鬼见鬼愁。魔将把素茹打心眼里疼，捧在掌心怕吹了，含在嘴里怕化了，要星星不给月亮，几乎是当亲女儿看。这份主仆情谊，羡煞所有魔界法器。那时候的素茹虽然也很天真幼稚，爱哭易羞，尤其害怕和冰蟒说话，每次都要犯结巴、哭鼻子，可是她和主人在一起时，脸上的快乐色彩是魔界的黑暗都掩不住的。

其他法器经常欺负素茹，她总是不敢反抗。

冰蟒见她可怜，曾随手帮过她一次，训斥了那些欺负她的法器。

素茹视他为恩人，经常跟随他。

冰蟒并没有将这件小事放在心上，也没将素茹放在眼里。

可是，他没想到素茹会为这微不足道的恩情，付出沉重的代价。

那天，苍琼女神战败不归岩，魔军一溃千里。魔将们和天界拼到了最后一刻，魔器们或被敌人粉碎，随着主人殉难。女神在被封印前，授命冰蟒逃走，留待东山再起。

冰蟒受了重伤，是乱军的首要目标，他在围剿之下，陷入绝境。

是素茹，她牺牲自己做诱饵引开了追兵，也让她的主人，那个年轻的军师陷入重重包围。他们不屈不折，战至最后，浴血身亡。

冰蟒知道，素茹特别爱哭，她委屈时哭，别扭时哭，被捉弄时哭，开心时也会哭，可是他从未见过素茹哭得如那日般凄惨，她坚决不愿解除契约，要和其他魔器般与主人同生共死。她的主人最后一次答应了她的请求，却第一次违背了她的请求，他用双唇轻轻碰上了她的额头，烙下一个染血的吻痕，趁其不备，强行解除了和素茹的法器契约，然后将她狠狠地甩开，抛过敌军，落入深海。

主人强解契约，对法器损伤极大，素茹将如凤凰浴火，转世重新开始。

她将忘记主人，忘记冰蟒，忘记所有的一切。

可是，她会活下去。

冰蟒记得素茹落海前最后的哭声，凄厉而绝望。

再次相见的时候，她忘记了冰蟒，忘记了战友，忘记了主人，唯独印在心里的是深深的被抛弃感。她依旧是那个爱哭的法器，只是再没有主人会温柔地安慰她了。艰难的法器修行，一如离开保护壳的雏鸟，她难以承受。

冰蟒知道主人素来不喜素茹的软弱性子，或许要袖手不管，心里有些难过。

忽然，花浅轻轻拉住了冰蟒，摇摇头，用心灵沟通道："我明白你的心思，可是，保持现状对素茹比较好，将来天门宗会成为修罗场，她留在莫珍这种贪生怕死的小人手中不会有什么生命威胁，待我重归魔界后，再将素茹夺回，重新选主也不是什么难事。更何况，魔界法器们都是在磨难中成长的，素茹这孩子太过一帆风顺，事事都由主人做主，性格单纯过头，受些磨练也不是什么坏事。"

冰蟒释然。

他的主人，是绝不会丢下忠诚的部下不管的。

酣梦之时

【贰】

夜已深，众人散。

莫珍终于结束了红衣的地狱推拿，痛苦之余仍依依不舍，就连红衣这种见惯色中饿鬼的角色，也认为他不简单。

萧子瑜兴致勃勃地研究红衣的法器能力。

红衣伸出手，手中发出柔柔的光，将萧子瑜的神智引入另一个空间，里面是广阔的琼楼玉宇，空中飘荡着三张发着幽幽白光的符咒，一张是雾，一张是火，一张是水，除此再无他物。红衣缠着萧子瑜，仿佛教授写字般，握住了他的手，萧子瑜缓缓在空中画出扭曲的线条，竟是那三张符咒的形状。

萧子瑜在通灵之前就听老糊涂说过他的玉佩的法器能力是画符。

红衣遗憾道："这三张符咒是玉坠里原本保存的，我可以将其迅速复制出来，复制的符咒成功率和速度，则要看你修行的理解力和通灵力了。现在主人的力量真弱小，连画那么简单的符咒都如此辛苦。"

萧子瑜期待地问："还有别的什么能力吗？"

红衣想了想："制符材料消耗也会比较少。"

萧子瑜继续期待："还有呢？战斗、打架、辅助什么，有没有其他法器不会的技能？"

"若是其他法器不会的事情？有。"红衣思考片刻，在萧子瑜的期望中，眨巴眨巴漂亮

的眼睛，"红衣识字，若主人不识字，红衣可以念书给主人听。"

萧子瑜大窘，赶紧拒绝："不用了，我，我也识字。"

红衣惋惜道："太遗憾了。"

萧子瑜从制符的通灵幻境中归来，见自家法器实在没和战斗挂边的技能，有些失落，又怕自家法器灰心，一边安慰红衣一边自我安慰："制符也不错，制符也很有用。"

"制符有用？在天门宗所有法器中，你家法器唯一出类拔萃的只有外表罢了，"莫珍在给脖子的青紫上药油，听见这幼稚的言语，大笑几声，对萧子瑜教训道，"你这蠢货，别不服气，法器不管强弱，图的是给主人独一无二的技能。你在岐城逛过街吗？满大街哪间商铺没有符文卖？哪个厉害的灵法师缺那点买符文和材料的钱？哪个门派没有几十个专门做符文的灵修师？纵横灵修历史，你听过哪个制符的灵修师是出名的吗？顶多是在赚钱方面有些名气罢了。就连咱们小学徒都要学上符文课，人人都会做简单的符咒。你的法器不过是帮你做符文的时候速度快些、材料省些，可是谁稀罕这两样事？只要花钱，人人都能得到你的法器能力。大爷我压根儿没打算学制符，想要什么撒银子买就是了！以后你上课做出的好符倒是可以卖几张给我，美人法器做的符咒，我会好好收藏的。至于你想出人头地，就省省吧。"

由于不太了解灵法师体系，萧子瑜被他训得无法反驳。

莫珍见他吃瘪，再次来了兴头，哀求道："你就和我换法器吧，我不介意制符法器是废物，只要够漂亮就行，像我这样怜香惜玉、不在乎法器能力的主人也不好找啊。"

"哈，谁说制符法器是废物？！"大门再次被踢开，熏天酒气呛得人阵阵作呕，是老糊涂摇着他的酒葫芦，东倒西歪地爬到了小学徒的房前，醉眼蒙眬地将所有人扫视了一番，并未停在美丽的红衣身上，倒是直钩钩地看着萧子瑜，嬉皮笑脸道，"来，乖徒弟，陪师父去喝酒，入我门下，最重要的是学喝酒，男人没酒量算什么男人？不过是条老狗！"

"师父，你醉糊涂了！"萧子瑜赶紧去扶老糊涂，"少喝点，多喝伤肝。"

"无妨无妨，大丈夫醉死酒中，虽死无憾，"老糊涂却在摇晃中一把抓住萧子瑜，把他硬生生拖走了。

"师父，我不会喝酒！师父，我不要喝酒！"萧子瑜有些惊慌，不停低声反抗，"等等，规定不是说天门宗有很多禁地，学徒晚上不能到处走吗？师父，你快放手啊！我真不喝！"

"身为酒国英雄的徒弟不会喝酒怎么行？你这孩子样样都好，就这点不好，"老糊涂嗓子大，吼声更大，惊醒了天门宗所有学徒，大家纷纷点灯推窗查看。只见老糊涂一手捧着酒葫芦，一手拖着百般挣扎的萧子瑜，在月色下，越行越远，越行越远……

"出什么事了？"

"没事，睡觉。"

"嗯，继续睡觉。"

"今夜的风真凉爽啊。"

老糊涂将萧子瑜一路拖走，这番荒唐举止，惊动了天门宗内不少灵法师，里面不乏循规蹈矩之人，按理应出手制止，奈何他们都自诩有头有脸的人物，面对老糊涂这种油盐不进的疯子，那是穿鞋的遇上光脚的，秀才斗不过恶狗，不但无法解决问题，还要惹得自己一身腥。

罢了罢了，灵法师都讲究尊师重道，老糊涂在天门宗辈分甚高，又有周长老坐镇，横竖出不了大事，便由得他去吧。至于萧子瑜，身为徒弟，总要学会适应自己师父的脾气。

萧子瑜在所有人都知道、又所有人都不愿插手的情况下，来到了一座偏僻山峰。

天门宗群山险峻，处处都是羊肠小道、草木难种的地方，此山亦不例外，四面皆是悬崖峭壁，与主峰只有一道铁链桥相连。桥名"登仙"，桥上行走如踏云索，桥下云雾缭绕。过桥后，可见月朗星稀，萤火点点，黑暗中有阵阵奇香扑鼻而来，沁人肺腑。

流萤飞至，旋绕片刻，翩然飞去。

萧子瑜病愈初醒，铁索桥走得晕乎乎的，只觉进了瑶台仙境，偏偏看不清周围模样。

老糊涂伸出手，掏出几张符咒，在空中微微一抖，符咒瞬间被蓝色火光吞噬，化作无数星光，随着微微冷风，向远处飘去。紧接着，星光落处，迸出天籁之音。

"花开当折直须折，莫使金樽空对月……"

月亮之中，忽然浮现数名白衣仙女，云鬓花颜，额贴金花钿，宽袍广袖，衣袂飘飘，她们体态婀娜，或抱琵琶，或吹笙箫，或拿牙板，或提花篮，带着满天花香，翩翩飞来，载歌载舞。

老糊涂击掌问："有舞岂可无酒？！"

车轮声响起，紧接着，有梳双丫髻的美貌童子，乘着鹿车，踏着星河铺成的道路，慢悠悠地从月亮上驶来，向萧子瑜献上金杯琼液。

萧子瑜看得眼花缭乱，只以为自己闯了神仙夜宴，受宠若惊，赶紧谢过，浅抿半口，酒中带着淡淡果香，口齿留香的他悄声问老糊涂："师父，这里可是天上？"

老糊涂对他视之不见，却丢了葫芦，再吼："酒尽！再舞！"

仙女被惊得四处飞散，空余寂静。柔柔月光照射下，不知何时出现了一名异域美女，金丝般的卷发打着帘子垂下，湛蓝眼珠妩媚如波斯猫，浑身带满各色珠宝，用赤裸双足快速踏响金脚铃，扭起盈盈细腰，随着鼓点，跳着不知哪里的舞蹈，通身上下都是说不出的性感妖冶。

美女朝萧子瑜抛了个勾魂夺魄的媚眼，勾了勾手指。

这蛮夷女子好不知羞。

酣梦之时

萧子瑜自诩思想端正，又兼被六爷爷严肃教育过小孩子在街上不能乱看不正经的女人，否则会被雷劈，所以他很自觉地扭过了头，却按捺不住对这神奇舞蹈的好奇心，偷瞟了几眼。

老糊涂不以为意，他击掌合拍，观了半曲，再叫："不好不好，换来换来！咦，好像拿错了……"

异域美女骤然消失，天空中风起云涌，云彩中渐渐浮现出一张凶神恶煞的巨脸，紧接着电闪雷鸣，数道闪电直直劈下，其中一道打在萧子瑜旁边，擦着脚背而过，吓得正在走神的他脸都青了，赶紧向老天谢罪，心里却着实委屈——大人逛青楼画舫没事，小孩子偷看两眼美人就要遭雷劈，老天的惩罚实在太凶残了。

雷声过后，风平浪静，万物再次归寂。

老糊涂弹弹指，数盏灯笼在空中浮起，照得四周亮如白昼，山峰顶端面貌才真正显露了出来。

山峰的顶端仿佛被神仙用斧头整齐地砍掉般，是一片平地，上面开垦出数亩药田，有座青瓦白墙的小屋立在中间，屋侧对着几捆尚未处理的草药，屋上悬着块老旧木匾，写的是"瑶台仙田"。

这云端之上的药田，鬼斧神工，人力不可及。

萧子瑜简直不敢相信自己的眼睛，他问："这是谁开出的田地？莫非是神仙？"

老糊涂丢下酒葫芦道："据说这是当年神魔之战残留的战场，是不知哪路神仙劈出来的，倒是让我们得了片良田。天门宗地势险要，开垦不便，除了这片平整点的田地外，只余数十亩梯田。"

想当年，正邪不容，生灵涂炭。灵法师们纷纷挺身而出，自发组织成军，为救凡间而战，在不归岩迎战魔军入侵。那时神魔相争，打得山崩地裂，翻江倒海，灵法师们以血肉凡躯投身战场，对抗苍琼女神率领的十万魔军。他们为护苍生，缔造出一个又一个传说，这是何等惨烈壮美、何等荡气回肠。

踏足神魔之战的遗迹，遥想传说中的英雄，萧子瑜有些激动，只想找个地方拜祭一番，方不枉灵修一场。奈何老糊涂没这种英雄情结，他不等萧子瑜激动完，再次将其拖起，进入山间小屋内。小屋里布满灰尘，东西放得很是杂乱，大叠符纸、全新或秃毛的灵笔横七竖八地丢着，金砂朱粉散落，破旧纸鸢丢在角落，处处都是陈旧的污垢，墙角和床底都堆满酒坛子，散发着浓浓酒味，邋遢得难以形容。

萧子瑜一进去就打了三个喷嚏，老糊涂却在这间肮脏的房子里如鱼得水，他熟练地在被褥里找出个杯子，倒了半杯果酒，又在花瓶里翻出几块不知放了多久、似乎还被老鼠咬过的糕点，殷勤地递给萧子瑜："来，乖徒儿，随便吃点，师父这里除了好酒什么都没有，你

手上那骗人的东西可以放下了。"

萧子瑜这才发现刚刚从红衣童子手中接过的金杯化成了草编的杯子，里面的果酒不过是夜间的露水。他尚算聪慧，冷静下来后，立即明白了刚刚发生的事情，急切地问："刚才那些景色都是师父的符咒变化？"

老糊涂的神情不如平日般疯癫，却是少有的正经："你认为符咒是什么？符咒应该怎么用？"

"符咒？"萧子瑜见师父考校自己灵法师知识，迟疑片刻，规规矩矩地答，"符咒是灵修师制作出来的灵法道具，用黄纸为载体，利用灵法材料画阵，将天地灵力封印其中，可由灵法师的通灵之力驱动使用，其中有如师父刚刚展示的幻符，还有行云布雨的咒符，起火生水的五行符，还有照明的光符、飞翔的行符、驱使低等草木妖灵的鬼符，虽然力量较弱，不适宜战斗，但胜在种类繁多，主要用来方便人类的生活，也是灵法师的专用工具。"他想起刚刚老糊涂展示的幻符景色，真心敬佩道，"他们都说师父是天门宗第一灵修师，您展示的幻符制作精良，已达以假乱真的地步，真是名至实归。"

老糊涂压根儿不爱听奉承话，嗤之以鼻道："你见过几个灵修师？见过几个幻符？黄毛小子，怎敢如此夸口？"

"也对，"萧子瑜想了想，认真纠正了自己的想法，"师父是我目前见过最厉害的灵修师，就算以后遇到更厉害的灵修师，你也是我心里最好的灵修师。因为……是你让我进入天门宗的。"若不是老糊涂在灵法师考核上插手，设局说服了吴先生，他还是萧家村那个默默无闻的小伙计，萧子瑜对老糊涂的敬爱是发自内心的。所以，不管别人说老糊涂有多不靠谱，凭着这份知遇之恩，萧子瑜在挑徒仪式之前已将老糊涂当成自己的师父，也是最重要的师父。

未料，老糊涂听了他这番发自肺腑的话，却大笑起来。他说："果然是小孩子，谁给块糖就对谁付出真心。要知道，这世间对你好的人，未必真正的好，就算师父也不例外，没必要那么听师父的。你又怎知我帮你进天门宗不是为了自己，为了私心？"

萧子瑜倔强道："至少你让我进来了，不管别人怎么说，我都会尊敬师父。"

老糊涂问："你以后会听师父的话吗？"

萧子瑜坚决地点头："我一定听师父话！"

老糊涂嘲笑道："莫非师父让你去死，你也去死？"

这个问题难住了萧子瑜，他在脑海里排出了种种场景：若是像当年神魔之战般，师父让他为拯救天下苍生战斗，他是愿意的；若是让他保护重要的人赴死，他也是愿意的，若是为了别人的私欲，为了意气之争，为了莫名其妙的事，他当然是极不愿去死的。萧子瑜想了许久，实在找不到恰当的回答，只好低声道："我不知道……"

酣梦之时

"真是个实诚的傻孩子，"老糊涂的声音柔和下来，他轻轻抚上萧子瑜柔软的头发，吩咐道，"你一定要好好记住，人最重要的是不要太听话，有些事情哪怕是嘴巴上听话，心里也不能听，除非你自个儿愿意死，否则谁让你死都不能死，哪怕是为了天下苍生，为了任何人都不例外。"

长辈不是都喜欢听话的孩子吗？

萧子瑜抬起头，困惑地对上老糊涂那双浑浊的眼，他不明白师父话中的含义。

老糊涂放开手，缓缓说："我已后悔了，你不适合做我徒弟。"

萧子瑜急了："为什么？是不是我资质太差？我……我可以很努力的。"

老糊涂摇头，痛心疾首道："不，你五行皆通，心细手巧，这些资质都很适合做灵修师，可惜你只能做一个平庸的灵修师，不能成为我想要的灵修师。罢了罢了，你再喝杯薄酒，回去吧。"

这是第几个人说他没资质？萧子瑜的心再次从云端重重摔下山崖，如被重锤击了般痛，被逼到山崖，却再犯了倔劲，不依不饶问："师父请让我试试，不管你要什么样的灵修师，我都会努力做到！"

老糊涂不耐烦地甩手："快滚。"

萧子瑜死死站在原地："你不说，我就不滚！"

老糊涂勃然大怒："这就是你听话的表现吗？！不孝徒！若是不走，师父就拿棍子赶你走！"

萧子瑜顿时不安起来，他又想听话地往门口退，又舍不得走，一步三回头，忽然想到一事，回头哀求："至少……师父你认了我是你徒弟吧？师父，虽然我不知道哪里做错了，但你再给我一次机会好不好？"

老糊涂却笑了："那好，当日你敢用双手赌进天门宗的机会，今天你可敢与我再赌一局？"

萧子瑜大喜，点头如捣蒜。

"五日后，"老糊涂冷冷地说，"你半夜再来瑶台仙田，告诉我什么是灵修师，什么是符文。若是你的回答让我不满意，你不但不能做我的徒弟，我还要赶你出天门宗，让你这辈子再也做不成灵法师！"说完他狠狠一把将萧子瑜推出屋外，重重关上大门，喝道，"滚！"

作为一个从乡下出来、刚刚接触灵法师学习的孩子，萧子瑜除了从南来北往的客商口中，从花浅和同窗口中听过那么些零碎的资料外，懂的实在是太少了，灵法师里划分出的灵修师，更是他首次知道的新鲜事物。原本告诉老糊涂的答案，也是他从别人那里听来后整理出的东西。

灵修师是什么？符咒是什么？

师父要的答案是什么？猜谜难，猜心更难。

萧子瑜宛如刚刚识字就要去考状元的孩子，被试卷问得满脑子都是糨糊，他在师父门口站了许久，最后混混沌沌地走了。他决意这五天，就算不眠不休地问人、找书，也要找到师父要的答案！

萧子瑜在王学知处找了许多关于灵修师的书，废寝忘食地研究。

同为灵修师的祝明伤势已大好，听说此事，便过来宽慰他："何师父的性子很古怪，喜怒不定，经常想做什么便做什么。当年他也问过我这个问题，我说灵修师是为灵法师服务的职业，不管是符马运粮、云符掩护，甚至制作五行鼎选拔小学徒，灵修师都是灵修界不可缺的辅助者，如我的灵犀便是预言未来，可帮助大家逢凶化吉。当时何师父没说什么，把我放了过去。"

为萧子瑜担心不已的王学知闻言大喜，怂恿道："学新不如温故，你就照着祝师兄的话稍微改改，抄袭一下，混过关再说！"

萧子瑜摇摇头，他直觉照搬祝明师兄的答案是不能帮助自己过关的。

花浅对此不予置否，说总会有办法解决的，只叮嘱红衣好好照顾，别让他累坏了身子。至于莫珍，他先前兴高采烈地怂恿萧子瑜若被赶出天门宗后将红衣卖给他，最后被实在看不下去的黑鸦大姐头收拾了一顿，现在老实多了……

在朋友们的帮忙下，萧子瑜看了许久书还是想不出答案，他决定去天门宗内的灵修师处，购买几张符咒来究竟看看。奈何符咒很贵，饶是有祝明帮忙说情，得以成本价购买，他手上的那点银子也只买得起几张最便宜简单的……像老糊涂那天夜里展示的那种幻符是高级货色，目前卖了他也买不起。

萧子瑜转瞬一贫如洗，他捧着手上仅剩的几块碎银子琢磨该怎么办。

花浅不知从哪里知道，怕他愁坏身子，立即拿了点自己的银子送过来。

萧子瑜觉得花女孩子的钱不好，便拒绝了。

花浅便给他弄了几张符咒来："以后你画了还我。"

萧子瑜知道她在担心自己，心里更增感激。

【叁】

"白玉珍珠冠一个，三千两，黄金五宝腰带一根，两千两，翡翠蓝宝羽扇一柄，四千八百两！东海明珠一对，两千两！离火·绛羽！我不是和你说过灵修要低调吗？少买点不行吗？哪有法器像你这样奢侈无度的？咱们是不缺钱，是买得起！所以更应低调，谦虚，

不要让同窗觉得有钱人嚣张跋扈，影响不好！"

在天门宗，岳无瑕永远是万众瞩目的中心，他拥有百年难遇的灵修天赋，拥有新生代最强大的神器，却推崇众生平等，从不仗势欺人。他的外表英俊儒雅，性格温柔体贴，是翩翩贵公子的典范，是无数思春少女心目中的良人，他是天生的领袖，性格耿直，行事果敢，既不畏惧任何权势，也不害怕任何困境。今天，刚刚完成重要任务的岳无瑕回到天门宗，想泡壶茶喝喝，结果又看到门房送来的一堆大额账单，饶是他不在乎钱，也有些怒了。

在主人的再三催促下，离火·绛羽从宝剑中磨磨蹭蹭地化身出来。这名动天下的神器，有头鲜艳的红发，火焰般的暗红眸子，额头是展翅凤凰印记，俊美的长相永远带着藐视天下、唯我独尊的霸气，从不将任何东西放在眼里。他酷爱珠宝，浑身装点得穷奢极侈，珠光宝色，这身放在其他人身上会嫌暴发户的装束，却和他嚣张跋扈的性格融合得天衣无缝，衬得他如高高在上的君主。

普通法器？不放在眼里。

白痴主人？算什么东西。

"老子花你的钱是看得起你！大呼小叫什么？"绛羽出来后，果断先将岳无瑕鄙视了一通，"你这没品位的蠢货，有钱就该花，低调个屁！凤凰不落无宝之地知道吗？你看这些宝石和我多相配啊？这扇子，这腰带，只有这种品质的东西，才勉强衬托得出本大爷玉树临风、英明神武的气质，懂吗？老子不是普通灵法师的普通货色，是凤凰啊！凤凰可是要吃琼浆、喝玉液、在珍珠堆上睡觉的神禽，现在委委屈屈跟了你这小人类，你居然不惜福？！活腻了不成？！乖乖掏钱给我买东西，不准大呼小叫！在通灵境地的时候，你不是答应过这辈子要满足我所有合理的和不合理的要求吗？"

岳无瑕心里那个郁闷啊……

人人都觉得他少年英才，羡慕神器绛羽，却不知绛羽的恶劣之处。忆当年，初次和法器通灵，他在通灵境地遇到绛羽时，对这个如霸主般的男子颇为尊敬，以为他是像兄长般的成熟法器，便答应了绛羽的许多在其他灵法师处不合理的要求。

通灵境地签订的要求被算作契约的一部分，不得更改。

岳无瑕完全没想到，这个自恋、霸道、奢侈的绛羽在闯祸和惹事方面的天赋，都是常人难以企及。自从达成契约后，他在灵修方面的修炼是一日千里地增长，在道歉方面的修炼也是一日千里地增长。

托绛羽洪福，岳无瑕的完美气质时不时会破功。饶是如此，他对与绛羽缔结契约并不后悔，绛羽虽喜欢欺负岳无瑕，却从不准别人说他一句坏话；绛羽会毫无保留地在灵修之路上给予他指点，鼓励他，支持他去追求自己想要的东西；他有时候因年纪小而被人轻视小看，

绛羽都会毫不犹豫地维护他，狠狠给对方一脚；在很多次战斗中，不管多危险，绛羽都会义无反顾地保护他。

两人生死相依，并肩作战产生的深厚友情，是什么也替代不了的。

更何况除了他，天下没人养得起绛羽了吧？

岳无瑕无奈去付账，路上却见陈可可家的焰断正跟在美貌法器背后，姐姐长姐姐短地叫个不停，不由摇摇头，无视而过。

绛羽鄙视道："那对双胞胎好歹也算能凑合的法器，可惜就这点眼光。"

岳无瑕无奈问："你的眼光又如何？若是有合心意的雌性法器，也可结个伴侣。"

灵法界的法器，很多都会像人类般产生感情，有的如冰蟒般对主人的单相思，更多的则是法器彼此间的爱恋。可惜法器要紧紧跟随主人，大部分的感情都会被压抑住，顶多成为露水姻缘。只有少数开明的主人会同意让互相爱慕的法器结成伴侣。

但是，强者总是有特权的。

灵法界内，每个人都愿意和绛羽这样强大的神器搞好关系，以求得到帮助。

除灵法师间联姻外，法器联姻也是其中一条道路。

岳无瑕对绛羽的纵容在天门宗是出了名的，他早就说过，绝不反对自家法器的感情，只要绛羽愿意，不管看上哪个法器女子，他都会亲自上门为其求娶。鉴于岳无瑕前途无量，绛羽力量强大，曾有不少觉得自家法器美貌的灵法师上门自荐，却都被绛羽冷嘲热讽，骂了回去，他说："好大的胆子，山鸡、麻雀也敢拿来与凤凰相配？当老子饥不择食吗？老子英俊潇洒，帅遍天下法器，有资格能做老子女人的法器，定是要倾国倾城、让天下宝石通通失色的美女！岳无瑕你少废话！那女人爱哭就哭去，宁缺毋滥四个字认识吗！要老子给你贴脑门上读几次吗？你不挑三拣四？上次在河口县遇到的风骚老寡妇也很喜欢你，要不要娶回去做媳妇？"

如此反复几次，岳无瑕便死了这个心，想通过联姻勾搭神器的灵法师也死了这个心。

绛羽在法器里恶名远扬，人人避之不及。

岳无瑕表示："好了，女法器们都讨厌你了。"

绛羽对此不屑一顾："怎么可能有女人会讨厌我？她们不过是害羞罢了，可惜大爷是有原则的法器，弱水三千，只择一瓢饮。"

岳无瑕："……"

连日奔波，战斗厮杀，岳无瑕累极，付完账后回到房间，连饭都不想吃，直接躺在床上。睡前，他叮嘱绛羽不要乱跑，没想到稍稍眯了会眼，那麻烦的家伙又不知道跑去哪里闯祸了。

岳无瑕不放心，挣扎着起身，要去寻找。

未料，大门狠狠被推开了，他家嚣张霸道的法器竟急冲冲地奔了回来，脸上挂着从未见过的奇怪神色，似乎很焦急。

岳无瑕看得心里一凉："你又惹大祸了？"

"没有，"绛羽摇摇头，急切道，"主人，我终于找到配得上我的美女了！"

岳无瑕直接呆了，他为美女默哀。

绛羽唯恐自家看上的人被抢了，急切道："我去食堂时，看见众人在围观什么，挤进去一看，却见新来的法器，化形为红衣美女，其倾国倾城之貌能让宝石黯然失辉，勉强可以配我！主人你速去提亲！别发呆了！快点！备礼盒上门去！"

岳无瑕陷入沉默，他在琢磨自家法器闯祸的可能性有多大。

绛羽以为主人不愿意，急得不行，竟狠心发誓："主人，只要你给我成了这事，我以后绝对少惹祸！保证每个月打架不超过三次，保证不浑身宝石嚣张招摇！如果违背誓言，便罚我的羽毛黯淡无光，不再漂亮！"

岳无瑕的眼睛猛地亮了，着袜穿鞋，冲出门去："我马上打听法器的主人，准备礼物，提亲去！"

绛羽跟在后面叮嘱："绝对不可失败！"

【肆】

这世间，提亲如战场，讲究的是一鼓作气、一击必杀，若是被拒绝，便难以继续第二回合了。

岳无瑕深知能让眼高于顶的绛羽看上的法器至少是倾国美女级别，如无足够的利益动人，主人未必同意，所以他在出发前做了充足的准备，先去重金买了个黄花梨木雕刻、红色云锦铺内的华丽礼盒，再请死党胖子帮忙弄了京城最出名的四色糕点，除寻常灵法师给法器间提亲用的一百零八颗灵石外，还将家传的前代灵修大师南柯子做的云雨乾坤图放了进去，以助打动对方的主人。

他将准备好的礼盒给绛羽过目，绛羽只扫了一眼，便痛骂道："呸！没品位！"然后从自己的珍藏库里找出一套红宝石镶嵌的赤金头面，这套头面的宝石颗颗都有拇指甲大小，流光溢彩，贵不可言，虽然款式偏女气，却是让嗜好宝石的绛羽都赞不绝口的好货色。连同头面首饰放入盒中的还有绛羽珍藏的名匠雕刻的羊脂白玉凤凰玉佩，这块玉佩古朴素洁，却很有格调，是岳无瑕在绛羽收藏里唯一喜欢的物件，借过几次都被拒绝了。

这两样有钱都不能轻易弄到的好货色，绛羽为了求亲，竟全拿出来了。岳无瑕眼睁睁

地看着重色轻友的法器,还在兴致勃勃地思考用什么翡翠珠宝装点礼盒,心都快碎一地了……

在主仆二人的忙忙碌碌之下,求亲礼物很快准备妥当,可是求亲对象何在?

岳无瑕忙问绛羽佳人名字。

绛羽愣了半晌,手一摊,难得承认了自己错误:"当时太心急,忘了问。反正主人总会有办法的,快点快点,美女不等人的,若是给哪个不要脸的好色登徒子抢先一步,我就只好找对方单挑去了,要是不小心弄死人,这烂摊子主人也不好收拾吧?"

他的言语间隐隐有威胁之意,奈何岳无瑕就是拿他没办法。

天门宗内外,被绛羽打伤的法器至少有几十,被牵连打伤的主人也有十来个,岳无瑕为此没少挨训斥,若非师父喜爱他天赋过人,品德端正,又舍不得绛羽难得,早就逐出师门了。前车之鉴,历历在目,岳无瑕想起跪牌位就觉得膝盖痛。他不敢耽搁,赶紧四处打听红衣美女下落——

"大哥,天门宗最近没有访客,绝对没有!要真有什么美女法器出现,咱兄弟还能不知道?"

"无瑕哥哥,你为何打听美女?莫非你有心上人了?我……原来是绛羽的啊,可惜秀儿不知道,若是知道,必知无不答,答无不尽,秀儿这就帮无瑕哥哥打听去!"

"靠!老大,你不厚道啊!有美女不带我去勾搭?是法器?绛羽看上的?算了,小弟忽然想起师父罚的一百遍《清心咒》还没抄完呢。"

不知为何,倾国美女,竟躲得无影无踪。

岳无瑕跑得累了,倚在影壁,在绛羽的唠叨不休之下强行休息,忽然看见陈可可家的冰裂从西边走来。他知冰裂性格清冷,素来不喜理会这些鸡毛蒜皮的事情,但仍抱着侥幸的心理上前询问。

冰裂欣赏了这对焦头烂额的主仆二人组许久,缓缓开口道:"好像听主人还是焰断说过,这次来的新学徒里,有个很漂亮的法器,我不太留意这些事,所以记不太清楚了……"

新学徒的法器刚通灵不过两日,知道的人少是正常的。

岳无瑕大喜,谢过冰裂后拉着绛羽匆匆往新学徒住的静心居去了。

冰裂面无表情地目送他们离去,喃喃自语:"绛羽那混蛋要求亲,真是稀有。对了,主人有说过那漂亮法器是女人吗?我可统统忘了,这种有趣的事回去和焰断这大嘴巴说说……"

所谓的静心居,不过几间破屋子,每个新学徒进来都要住上一年,说是受些苦难才能磨掉身上的娇横之气,岳无瑕当年也在这里住过,也和同窗们一起抱怨这里的条件简陋,如今他早已搬出,倒是有些怀念在这里和大家同仇敌忾的日子。如今两年过去,静心居似乎更破旧了。黄昏日落,许多小学徒在忙忙碌碌地打水洗衣,看见陌生师兄前来,都颇为好奇地

看了几眼。

如火长发，赤色双眸，通身嚣张霸气的气质，像绛羽这种极英俊的男性法器，无论站在哪里，都是鹤立鸡群。可当你多看几眼，又会不自觉地将目光转向他身边的儒雅男人，岳无瑕就像块美玉，虽简单朴素，无半点颜色，可是就算放在最珠光宝气的首饰旁边，这份气质仍更胜一筹。

在天门宗待久的学徒和法器，都知道看见这性格恶劣的帅哥法器就得掉头跑，连带主人也不敢多搭理。可惜，静心居里都是新学徒，还不知道绛羽的破坏力，有好些出来帮主人干活的女性法器，看见这般英俊男子，这般出色法器，或大呼小叫，或悄悄议论起来，结果引来更多小学徒围观。

在屋内苦心钻研符咒的萧子瑜本是两耳不闻窗外事，也因红衣苦劝要多休息，不要勤奋过度，最后被黑鸦大姐头不由分说提着衣领，拎出去看热闹了。

自从得了神器，岳无瑕对各路围观都很习惯，他一边熟练地和各位新学徒打招呼，一边用眼角在女性法器群里帮绛羽扫美女。他没发现什么特别亮眼的女性法器，却在人群里发现了萧子瑜。

"萧子瑜？"岳无瑕愣了半晌，想起在萧家村的那次偶遇。他很欣赏这个被虐打却不服输的瘦弱少年，他希望自己的鼓励能给那孩子带来些不一样的未来，回来却被师父训斥了一顿。

师父语重心长的教导仍在耳边："无瑕，我知道你是个好心孩子，可是你是天门宗的灵法师，而且是新一代的骄傲，还是宗主看好的继承人。你在外面说的每句话，做的每件事，都代表了天门宗的立场。面对一个资质毫无可能成为灵法师的孩子，你不应给他这样的希望。若是别的希望也罢了，失败后大不了庸庸碌碌过一生，可是灵修之路难，难如上青天，尚无成绩前便死在这条路上的孩子无数，若这孩子没将你的话放在心上也罢了，若是他听了你的话，跑去进行毫不适合的灵修，因此死去，你该如何面对这份内疚？"

岳无瑕听完有些后怕，所以他对萧子瑜这个名字印象很深刻。他很害怕萧子瑜真的因自己的话踏上不归路，暗地里还差人打听过，希望能给予一些帮助，没想到打听的人却说萧子瑜已不在萧家村，所以心里更是担心。如今在天门宗见到萧子瑜毫发无损地实现了自己的梦想，他心里的激动比萧子瑜更甚，当下就跑了过去。

萧子瑜对岳无瑕当年在萧家村为他夺回母亲的玉坠是非常感激的，可惜两人身份悬殊，当时事发匆匆，他没机会多说几句话来表达自己的感激之情，深以为憾。而且当时岳无瑕是天之骄子，他是个穷人家的孩子，岳无瑕却能对他，以礼相待，并尊重他的梦想，给予他自信，这让萧子瑜更加感动。他特别想进天门宗，除了调查父母的事情外，也为了能实现对岳

无瑕的承诺。萧子瑜心里忽然涌上一股暖意，心里对岳无瑕的好感更甚，急忙迎了上去。

"子瑜兄弟，在这里见到你太好了，"岳无瑕不顾绛羽焦急的臭脸，也不顾众人围观，硬拉着萧子瑜去了角落，殷勤地询问他这段时间的经历，得知他冒险下油锅和路上遇妖魔的经历，又是紧张又是担心，只恨自己为挣钱没答应师父去岐城考核处帮忙，倒让这孩子受了那般苦楚。可是他也知道，萧子瑜若非受了这些苦楚，难入吴先生眼，倒也为他庆幸。他唯恐萧子瑜在天门宗无依无靠，被人欺负，便开始嘱咐种种事宜，并表示："是我鼓励你来灵修的，定不会让你受了欺负去。若是有人无理欺负你，你便来找我，我在这天门宗里还有几分薄面，你千万别客气。"

他的每字每句，都是真心实意，里面的浓浓情谊萧子瑜很轻易就分辨了出来。他鼻子有些酸，只不停地点头："我一直想见到你，想再向你说声'谢谢'。"

在灵法师群体里，岳无瑕也算个另类，他对钱和权都不怎么放在眼里，天生就喜欢照顾弱者，梦想是救济苍生，做名垂千古的大英雄，这份特别崇高的思想颇难找到知音，经常被说成幼稚。在得到萧子瑜的肯定和感谢后，他心里也有飘飘然的快乐，照顾弱小的强大责任感也油然而生。

如果世界是出戏剧，岳无瑕定是主角吧。

萧子瑜悄悄将自己和对方做比较，越比较越失落。他以为自己进了天门宗，和岳无瑕差距就不大了，可惜听别人对灵法师解释得越清晰，他就越清楚自己和岳无瑕仍是麻雀与凤凰的区别，岳无瑕就像那光芒四射的月亮，他只是月亮旁边那颗最暗淡的小星星，纵使他努力变得明亮，仍无法和月亮争辉。正如星星并不嫉妒月亮，而是心甘情愿为它做陪衬，萧子瑜也不嫉妒岳无瑕，他只是羡慕岳无瑕身上散发出的光辉，他想成为这样的男人，这样优秀的灵法师，所以愿意追随他的脚步。

可是，他再努力也做不成岳无瑕这样的主角吧？

萧子瑜毫无自信地胡思乱想着。

旁边，绛羽的心燃烧得如熊熊烈焰。他将周围美女看了圈，没发现意中人，又听主人扯了半晌废话，早已不耐烦，便轻轻地拍了一巴掌岳无瑕的脑袋。岳无瑕终于回过神来，笑着问萧子瑜："说了半天，倒忘了正事，我今日过来静心居，是为了替我家法器寻人。恰好遇到你，倒是方便，你可知今年新学徒里面，是否有个特别漂亮的美女法器？"

萧子瑜在乡下住惯了，他以前认识的最漂亮的姑娘也不过是萧家大老爷的外孙女，搁在城里，也不过是个村姑，再加上六爷爷经常教导女子重德不重色，娶妻娶贤，天天盯着女人看的都是二流子，所以他对美丑不怎么在乎，再加上心里早装了个花浅，觉得天下美女加一块都没花浅好看，便更加没兴趣留意什么美女。他努力地将印象中的法器想了一圈，从蜘

蛛女到黑鸦，都觉得挺好看的，实在想不出哪个算特别漂亮，于是问："你再说具体点，那美女法器长什么模样？"

岳无瑕略迟疑之时，被绛羽抢过话头："皮肤特别白，黑发黑眸，穿着红衣，额头上有红色的纹饰，身段苗条，走路婀娜多姿，说话声音软绵绵的，特别好听。我看见她拿了个食盒，想去搭话，转头就不见了。"

这描述，好像是红衣？

萧子瑜很惊愕，他从陈可可和祝明的抱怨中听过些绛羽的恶行，觉得绛羽忽然登门，事情绝不寻常，八成不是好事，却想不通性格看起来很温柔和顺的红衣怎么惹上了这个煞星，也不确定绛羽要拿红衣做什么。他只知道红衣是刚刚通灵成型的法器，还很脆弱，绝对禁不起绛羽的半分怒火，于是踌躇半晌，小心翼翼地问："不知我家红衣做什么事了，若是他惹绛羽生气，我作为主人，替法器受过可好……"

"什么受过不受过的，说得大爷……说得我脾气那么难相处似的，整个天门宗谁不知道我绛羽最喜欢锄强扶弱、仗义好事的？"绛羽听说佳人近在眼前，心下大喜，当下拍着萧子瑜的肩膀说，"当年在萧家村看见你，我和主人就知道你是个有出息的，以后我主人和你就是亲兄弟！以后你的事就是我家主人的事，你家红衣的事就是我的事，不管上刀山下火海，要是推脱半分，我绛羽名字倒过来写！"

萧子瑜听得一愣一愣，完全不知道发生什么事。

岳无瑕眼见自己在朋友面前的形象快给法器毁光了，赶紧推开绛羽，斟酌词句，递上礼盒，小心翼翼地提议："子瑜知道法器之间可以结亲的吧？我见子瑜兄弟应该不是那种不尊重法器人格的迂腐之人，所以冒昧提议，我家绛羽素来自持神器，眼高于顶，今日却机缘巧合，对你家红衣一见钟情，希望能结通家之好。虽然绛羽脾气是差点，但胜在感情专一，从不拈花惹草，心地也不坏，请给他一个机会，相处看看吧……"

此时，红衣已从玉坠里飘了出来，如一缕红烟，渐渐成形，站在旁边含笑听他们说话。

岳无瑕自诩见识宽广，看见如此倾国绝色也有些震惊，只觉红衣一颦一笑间，温柔妖媚，比平生所见任何美女都更具风情。想到自家法器的恶劣自恋，颇觉配不上美人，原有的七分自信瞬间掉成了三分，说话越发犹豫小心起来。

竟有男人向男人求亲？莫非法器性情和人类不一样？

没见过世面的萧子瑜陷入漫长的呆滞中……

红衣在通灵后因容貌引起过轰动，萧子瑜在很早前就通告过所有人红衣是男人，让那些色狼别打主意了，所以全天门宗都知道新学徒里面有个漂亮的法器是男子，大部分男人都死了心，就算不死心的也顶多是调笑几句，所以他的思维没往会有男人上门求娶红衣的方向

想。萧子瑜的思绪在分桃断袖方向飘了会，忽然想起岳无瑕似乎刚刚回天门宗，可能不知道此事，回过神来，刚要开口解释，却听见红衣在笑吟吟地问："你要娶我？"

绛羽只恨不得把心掏出来表白，点头如捣蒜："是！"

红衣继续问："你要三媒六聘来娶我？"

绛羽指天发誓："就算普通法器之间没有这些礼节，我也会让主人按人类规矩全部做全！绝对不会让你有半分委屈！"

红衣转瞬冷了脸："可惜我不嫁！"

"晚点我就让主人来提亲，"绛羽脑子里压根儿没"被拒绝"这三个字眼，他只当对方在考验自己，半晌才明白对方在说什么，立即反驳，"不可能！这世间没女人会拒绝本大爷的！你该不是在欲擒故纵吧？我不喜欢这套，猜来猜去没意思。"

红衣在离开戏馆后，早已不施脂粉，奈何不管他穿什么衣服，做什么打扮，都是天生丽质难自弃，如今成了法器，除红色袍子外，浑身上下没有任何装束，还是被认作女子，还遇过几次调戏，心中积怨已深。待绛羽冒失地跑来求娶时，他已忍无可忍，怒火终于爆发了出来，他指着自己的胸口问："你这瞎子，难道分不出男女吗！"

因为红衣的惊人美貌，很少有人会留意到他平坦的身材。

绛羽不敢置信地伸出手去，摸了一把，然后在红衣的怒视下，缩了回来。

围观的小学徒忍不住笑成了一团。

岳无瑕默默地扭过头去，希望不认识这个丢人现眼的家伙。

萧子瑜默默地走前两步，低着头，将红衣往后拉，唯恐他挑衅过度惨遭神器毒手。

绛羽颤抖地说："不可能，你们一定是骗我……"

随着绛羽脸色的阴沉难看，数点火星，从他身上迸发出来，越燃越烈。

萧子瑜当机立断，命令道："红衣！回去！"

红衣见势不妙，用最快的速度，一溜红烟逃回主人的玉坠中。

"子瑜兄弟！快跑！大家都跑！"岳无瑕迅速推开了萧子瑜，然后死死抱住自家即将暴走的法器，苦求道，"绛羽！丢脸不是什么大事！子瑜兄弟是无辜的！红衣是无辜的！围观小学徒也是无辜的啊！你千万别灭口啊！"

【伍】

岳无瑕托人传话，绛羽的脾气之烈，非主人能控制，需要时间来消除，让他这几天少出门，别碰面。萧子瑜在陈可可幸灾乐祸的转述中，也明白岳无瑕的难处，表示理解。

萧子瑜闭门不出，专心研究老糊涂的问题。

天门宗中，关心萧子瑜的朋友有好几个，他们都很怜悯萧子瑜初次灵修，什么都不懂的新手却遇上那么胡闹的师父，都很热情地想帮助他，纷纷绞尽脑汁出主意。

花浅是灵战师，不喜欢制符这种精细活，她说："灵修师在辅助方面可以算全能，就是受限较大，我知道的灵修师都极少上战场。灵战师可以让灵修师制作适合的符咒辅助自己战斗，冰符和雾符等在用得好的时候会有奇效，当年神魔之战的时候，罗成曾用上千张冰符暂且冰住了一条河流，伪装成道路，然后用大雾和暴雨让魔军看不清去路，随后逼降，待走上冰面后再用火符溶解，虽然不算给魔军很大的创伤，但是也拖缓了行程，把他们折腾得够呛。另外灵修师制作的木马纸鸢等在后勤运输方面也很有用。如果你师父故意为难你的话，我还记得几个失传的符咒阵法，效用很是不错，你拿去交给师父，想必就能过关了。"

王学知、陈可可和祝明都提了不少建议，就连莫珍也在美人前多嘴逞能说了几句。

所有灵修师、制符的功用都被大家梳理了一遍，答案已几近完美。

萧子瑜却觉得那些都不是师父想要的答案，他犹犹豫豫地提出自己的想法，却遭到了大家的一致耻笑。

"幼稚！你是用什么脑子想出来的？若像你这样乱搞也能过关，人人都能做灵修师了！"

"我家师父天天喝酒，做事情东倒西歪，说不定他是在说醉话，随便给你乱出题，醒来后就忘了，所以你不要太当真，千万别着着自己想法乱来，肯定不行的。"

"你这种穷小子懂个屁制符啊！尽瞎说胡闹，你在乡下的时候，连张符纸都没见过吧？大爷是为了红衣美人，才可怜你这废物，教你两招，别别不知好歹！我娘可是红城叶家的人，大爷再不学无术懂的也比你多！"

"放心，你就照我们说的去做，万无一失！"

萧子瑜被安慰得越发迷惘。

他知道自己的想法是不对的，应该照着大家说的去做，偏偏心里又有不安。

五日之约已到，萧子瑜就像科举前没看过书的学子般，硬着头皮进了试场。在王学知饱含热泪的祝福下，萧子瑜在夜深人静时，悄悄溜出静心居，沿着只走过一次的道路，前往瑶台仙田。

天门宗有宵禁，但监管不严，绝大部分学徒修炼后疲惫不堪，都没兴趣半夜活动。唯独老糊涂喜爱夜间活动，他素来任性妄为，从不将宵禁放在眼里，却苦了自家学徒。

乌云蔽月，伸手不见五指。

萧子瑜提着个小灯笼，深一脚浅一脚地走在不熟悉的山路上，竟不知不觉走岔了路，入了禁地。忽然，他看见前方有淡淡灯火，灯火落处是个巨大的笼子，笼子里关着只诡异妖

艳的女妖，她有青白色的肌肤，几近透明的眸子，紫色的双唇，绿色长发一缕一缕地垂下，身躯上爬满绿色的藤萝，左半边身子是美女模样，右半边身子却如魔鬼般丑陋。她空洞的眼睛里在流泪，长长的指甲一遍又一遍地抓在满是符咒的牢笼上，浑身伤痕累累。她的嘴里不时发出尖锐又凄厉的哀鸣。

萧子瑜再次听懂了妖魔的话，她说的是："救我。"

传说中，只有魔族才能听懂妖魔的话。

萧子瑜对自己莫名出现的天赋没有欢喜，只有不安。

女妖一遍又一遍地尖叫，她在拍打着笼子，咒骂灵法师，咒骂人类，咒骂世间所有的一切。

她骂的每句话，萧子瑜都听得懂。

萧子瑜手中的灯笼悄无声息地落在草地上，他想走，眼睛却无法从眼前这番恐怖诡异的景色中离开。不知过了多久，忽然肩后被重重一拍，他吓得心跳都快停止了，好不容易镇定下来，转过头去，却看见一位陌生的少女，正警惕地看着自己。她约莫二八年华，容貌甜美，梳妆精巧，打扮别致，尤其青色衣衫上用巧手绣满了各色花草，穿插得极为巧妙，蝴蝶蜜蜂仿佛能展翅飞起来。她左手提着灯笼，另一只手里却提着个和精致外表格格不入的粗糙铁桶，桶里满是未知的血肉。

少女严厉地审问："你是谁？"

萧子瑜闻着血腥味，只觉进了妖魔洞窟，牙关都开始打颤了，听着同样能懂的话语，他一时分不清带着血腥味的少女和浑身血腥味的妖魔间究竟有什么区别，脑子陷入了迟滞。

"还挺冷静？"少女将他从头到脚仔细打量了番，忽而笑了，她的笑声就像划过夜色的梵铃，连绵悠长，比任何的音乐都悦耳动听，笑得萧子瑜忐忑不安，总觉得自己做错了什么，却不愿打断这样美妙的笑声。待她笑了好一会后，用调侃的语气开口道，"原来是萧师弟，久仰久仰。"

萧子瑜总算清醒了，他分清少女说的是人类语言，心里略安，开始往正常方向思考，却怎么也想不起自己在哪里见过这女孩。他从幽暗烛光下发现女孩满是绣花的青色衣衫下藏着数朵云纹，疑是自家师姐，心下稍安，赶紧行礼问好，狐疑问："我和师姐初次相识，何来久仰？"

少女继续笑个不停，漂亮的大眼睛都眯成了月牙儿："谁不知道今年学徒里来了个叫萧子瑜的呆头鹅？他的法器让眼高于顶的混蛋绛羽吃了个大鳖，真是乐死我们了。想到那该死绛羽居然看上个男人，还正经八百地去求娶，哈哈，笑死我了，今年就指望这个笑话过活了。"

萧子瑜尴尬极了，一个劲地看脚下泥土，却再次看到少女手中提着的血肉，不由阵阵恶心。少年不太会隐藏自己面上的情绪，很快被少女看穿，她扬了扬手中铁桶，不依不饶地

甜梦之时

继续笑话："别人说你胆大，连融魔也不怕，我看也寻常，怎么连这点血就受不了？连个女孩子都不如？"

笼中女妖看见少女，再次发出恐惧的尖叫，刺得人耳膜阵阵疼痛。它一次次撞向铁笼，试图将牢门撞开，却徒劳无功。少女将血肉丢入笼中，再拿出一根铁棍，狠狠截向女妖，试图让它安静下来，并尽可能装出凶狠模样训斥："害人的妖魔！今时今日便是你的报应，还想嚣张不成？！很快师父就会让你解脱的！"接着她回过头来，扯着漂亮裙子对萧子瑜抱怨，"真讨厌，不过是在课堂偷偷绣几朵花，师父就罚我来喂妖魔，我最讨厌妖魔了！每次喂它们都会弄得身上尽是血味……嘻嘻，都是鸡肉和猪肉啦，你别一脸害怕的样子，这活儿将来就是你的了，你要先过来练练手吗？"

萧子瑜心里惶恐，问："为何天门宗有妖魔？"

少女理所当然道："灵修门派为何没有妖魔？部分制符材料是出自妖魔身上的，而且养几头妖魔，还可以用来给学徒练手，试验法器的攻击力什么的，很方便的。你别傻站着，过来看看！"

萧子瑜听她说得有理，便小心翼翼地靠近这只半边脸妖艳半边脸扭曲的妖魔，走到近处，看清它挣扎的面孔比小时候村人说的故事里的吃人婆婆更恐怖，不由往后退去。他对自己的反应很羞愧，暗暗猜测父亲第一次见到妖魔的反应，想必不会像自己这般没出息。他母亲是出身名门，见多识广，更加不会害怕。

少女见萧子瑜想得入神，继续鼓劲："不怕不怕，你还可以截它，打它。"

"不要，"女妖哀求似地看着萧子瑜，似乎明白他听得懂自己说话，眼睛里流下泪水，一半是清泪，一半是血泪，它忍着牢笼符咒带来的痛楚，伸出带着猩红利爪的手，不停恳求，"求求你，放了我……"

"别过来，"萧子瑜下意识地后退了两步，他扭头看着少女满不在乎的表情，再次不确定地问，"这妖魔叫得凄惨，你能听懂它在叫什么吗？有灵法师能听懂妖魔的话吗？"

少女大笑："大部分妖魔的智商不高，不会人言。咱们灵法师斩妖除魔就够了，哪懂它在鬼嚎什么？听说只有上古魔神才会懂妖魔之言，驱使妖魔行动。"

若是上古魔神才能听懂妖魔之言，那他是什么？

萧子瑜心下凛然，他坚信自己是普通人类，是名门正派的弟子，将来要做斩妖除魔的侠客，哪敢和穷凶极恶的妖魔为伍？若是让别人知道，岂不是将他当魔神砍了？若是花浅知道此事，是否会将他当怪物看？萧子瑜越想越不安，更加不敢让别人知道自己听得懂妖魔之言，便硬着头皮否认："怎么可能？我只是随便问问罢了。"

少女莫名其妙地耸耸肩，再次递上棍子，怂恿他靠近妖魔练胆子，将来好把师姐喂妖

魔的活计接过去。

萧子瑜不愿欺负毫无反抗之力的妖魔，婉拒了。

少女嫌他心慈手软，笑个不停，仿佛窗前风铃在摇个不停。

萧子瑜红着脸，垂着脑袋，低声问正事："瑶台仙田怎么去？我和师父有约。"话说完，他又有些后悔，师父半夜会见学徒好像很奇怪，万一引起师姐误会可不好，于是再次解释，"是因为……"

"徒弟和师父半夜能有什么约？要是换了其他灵法师，早想歪去了。也就是咱们灵修做符的知道这份苦！动不动就给师父半夜叫出去，不是伺候夜晚才开花的云香昙，就是挖什么见不得光的吓人草，就连照顾妖魔这种脏活也得干，也不怕弄脏徒弟的好衣服，"少女对萧子瑜师徒半夜会面倒是没吃惊，她抢先打断了话头，抱怨了一大堆，然后指着不远处的小路道，"你在岔路口转错方向了，你沿着这条路直走，走到第三个岔路口再往右转就是了。算了，你的灯笼坏了，那条路有些不好认，万一摔沟里去不太好，我就勉为其难地陪你去吧，免得你嫌师姐白笑话你半天，回去说我坏话。"

萧子瑜急忙应下。

两人刚刚起步，忽而，雷光划破了天际，大雨倾盆而下，淋得人措手不及。

少女发出声惊天地泣鬼神的惨叫："我的衣服！"

夜深人静，树影如鬼，萧子瑜听她叫得比妖魔还可怕，回过头来看见师姐心疼得快哭了，知道她在衣衫上是下了十二分功夫，将天门宗平平无奇的学徒服绣成这样是花了许多时间的，若是让雨水糟蹋了，实在可惜。他赶紧四处张望，却见不远处山坡上有个小亭子，便指给少女看。

"快去避雨。"少女一把拉着萧子瑜的手，急匆匆往亭子奔去。

萧子瑜有些迟疑，可是对方拉得甚紧，不好推脱，只好跟着跑。跑的时候，他不由自主地留意到少女的手心，白皙细腻，柔弱无骨，这是双美丽的手，几乎没有瑕疵，和花浅那双因使用武器而长满老茧的手简直是天渊之别。若是花浅没做灵法师，像普通女孩子般长大，又或者是她没有选择武器做法器，想必也能拥有一双同样美丽的手。

这样的念头，在萧子瑜心里只是一闪而过，连他自己都觉得幼稚可笑。

花浅为自己的武艺自豪，他也应该为花浅的努力自豪。女孩子的美丽绝不是用手来衡量的。

两人一路狂奔，亭子转瞬即到，这是个奇怪的亭子，建在块大石头上，亭檐很大，亭内却很小，方圆不过三四步，中间一张圆桌，桌上刻着棋盘，旁边有两张石凳，走道狭窄得连过人都难，若两人坐在石凳上下棋，旁边很难挤进第三个人。

酣梦之时

少女放开了萧子瑜，坐在其中一张石凳上，打了两个喷嚏，抱着肩膀瑟瑟发抖："好冷，这雨不知何时才停，好讨厌，人家会着凉的……"

萧子瑜赶紧解了自己的外套，连同灯笼一并递给她："师姐若不嫌弃，就用这衣服擦擦身上的雨水吧，擦完用衣服包着灯笼，捧在手上，多少能暖和些。"

少女迟疑地接过灯笼，低声问："你呢？"

萧子瑜挺挺胸脯，装作豪迈的样子："我是男孩子，以前冬天穿得比现在还少，不怕冷！"话音刚落，他的鼻子就很不争气地要打喷嚏，萧子瑜为了面子，很努力地憋住，憋了半天还是不成，两个响亮的喷嚏打了出来，样子颇为好笑。

"谁稀罕？"少女很不客气地笑了出来，她用萧子瑜的衣服擦干头发和身上的雨水，然后将衣服丢了回去，自己又从怀里掏出张暗红的符咒，念念有词，丢在桌上，桌上忽然升起一团明亮的火光，烤得周围都温暖起来。然后她才伸了个懒腰道："这样的火，才够暖和。"

萧子瑜不好意思地穿回衣服，好奇地问："为何这亭子那么小？"

少女忽然满脸愁苦起来，欲言又止，直到萧子瑜再三追问，方道："这个亭子叫棋亭，是天门宗的前辈建的，他们是夫妻，感情很好，特别喜欢在这里下棋，又讨厌被别人观棋多语，便修了个这样古怪的亭子。后来夫妻俩陆续仙去，这个亭子便留了下来，我们都管它叫夫妻亭。据说这个亭子特别灵验，呆在里面的男女都会做夫妻，所以平时经常有情侣来这里私会。今日我和你在此避雨，也不知未来会不会应验这个……"她在天门宗算得上美人，就算被叶云华抢了大半风头，追求者还是有许多，平日里她就喜欢看着那些傻乎乎的男孩们争风吃醋，将她如明珠般围在中心，捧在掌心。可惜她看谁都喜欢，看谁又都不喜欢，引得男孩们心猿意马，想入非非，总觉得有几分希望，虽不得门而入，却说不出她半分不好。如今她和萧子瑜孤男寡女，雨天共处一亭，气氛本有几分暧昧，她又将棋亭的典故告知了萧子瑜，是存了几分调戏之心，想看看这腼腆的少年会有什么反应。

是脸红？是害羞？还是慌乱解释？

届时他该怎样红着脸将话题扭回去，让他觉得自己还是个温柔易羞的好师姐？

少女低着头，嘴角露出丝狡猾的笑意，像只诡计得逞的小狐狸。

未料，萧子瑜很少和女孩子交往，对这类暗示从不往男女之情方向想。夜色深沉，烛光隐隐，他看不见师姐的表情，只听见师姐的调戏，只以为她嫌自己坏了名节，很不好意思，正色道："来棋亭的男女本就是情侣居多，形式隐秘，若修成正果，便将它传为佳话，那些未成正果的却不会将私事到处宣传，所以谣言不可尽信。师姐是天人之姿，才华出众，温柔善良，只有德才兼备的男子方能配得上，子瑜是万万不敢亵渎的。"说完他将身体再次向外挪了几分，眼睛死死盯着不远处的湖泊寒烟，不再看亭中少女，以示正人君子风范，阵阵冷

风夹着雨点飘过，再次淋湿了半个身子，萧子瑜重重打了几个喷嚏，觉得脑袋有点沉。忽然，他发现湖畔似乎有个模糊的身影，长发披肩，穿着单薄，身材娇小，似曾相识。

少女这辈子都没见过如此不解风情的蠢物，被气得半死，扭过头想不理他，冷不防却见萧子瑜猛地站起来，不由吓了一跳，未及开口问话，却见萧子瑜直直冲出棋亭，奔向暴雨笼罩的寒月湖畔而去。

雷光再次劈落，电光火石间，他看见了少女的脸。

这是一张熟悉的面孔，琥珀色的眸子带着泪痕，湿漉漉的黑发凌乱地披散着，单薄的衣衫早已湿透，她裸着双足，不知在那里站了多久，正呆呆地看着寒月湖心，柔弱无比，浑身都透露出浓浓的悲伤，竟比萧子瑜此生所见的任何人更痛苦。

萧子瑜揉了揉眼睛。

他觉得眼前这楚楚可怜的少女，有些像花浅？

是那个高傲自信，不可一世的花浅？

是那个永不落泪，刚强果断的花浅？

是那个从不退缩，毫无畏惧的花浅？

不，花浅是不会哭的，这个女孩不是花浅。

可是，万一……

萧子瑜觉得自己在做一场不可思议的梦，可是梦中的花浅让他揪心，她在迟疑，彷徨，仿佛随时要走入湖中，化作泡沫，消失不见。萧子瑜意识到这点，他的整颗心瞬间被烈火烧尽了，他再无法冷静，高喊着花浅的名字，越过草丛，跳过岩石，不顾一切飞奔过去，想要阻止所有可能发生的可怕事情。

这瞬间，他也意识到，自己不能失去花浅。

若说岳无瑕是在他心中扇起希望火星的英雄，花浅就是手把手将他拉出绝望深渊、将希望火种照亮天际的神灵。她是他努力的动力，是精神的支柱。

萧子瑜无法想象在自己成为灵法师的未来里，没有花浅为他鼓舞庆贺的身影。他想在未来，能自豪地告诉她："我做到了！"

雨落在身上，风刮在脸上，阵阵冷痛，却抵不过萧子瑜心里的恐惧。他脚下忙乱，不慎被斜穿的藤蔓绊倒，摔倒在泥泞中，砂石划破了肌肤，当他再次爬起来，带着满身肮脏和擦伤冲到地方时，却发现花浅不见了，水面平静如故，只有雨点打出的阵阵涟漪，空气中留有淡淡的熟悉幽香，转瞬即逝，泥泞的小路上，就连脚印也没有一个。

花浅去哪里了？

萧子瑜急得魂都快没了，他高声呼唤着花浅的名字，在附近的草丛里四处寻找着。

少女见他失魂落魄，迟疑许久，终于冒雨跟了上来，迷惘地问："你在做什么？"

萧子瑜手忙脚乱地比画着问："你看见花浅从这里走了吗？她的身高和我差不多，长头发，长得很漂亮，她，她不见了……"

少女莫名其妙地看了他半晌，摇摇头："我没看见任何人。"

萧子瑜整个人都呆住了，喃喃道："我明明看到了……"

少女打了个寒战，警惕地看向四周："谁会像我们这两个倒霉鬼傻子般在大雨天跑来这种地方？你该不是出现幻觉了吧？天门宗是上古战场，听说有很多闹鬼的故事。"

萧子瑜下意识想否认，可是他自己也不相信自己的眼睛，不相信刚刚看到的一幕，他觉得那悲伤的少女绝不是花浅，却很像花浅。他不过是摔了个跤的工夫，花浅是如何消失不见的？莫非真是狐仙鬼怪在作祟？

没错，一定是幻觉。

那个亲手缝伤、挨打受罚、家族覆灭也可以面不改色的花浅，她是绝不会掉眼泪的，会哭的女孩子不是花浅，刚刚发生的所有事，八成是他淋雨后不舒服产生的幻觉，萧子瑜摸摸自己发烫的额头，越发难受。就算是幻觉，他不彻底确定花浅的安危就不能放心，于是拔腿往女学徒住处跑，要找花浅问个明白。

少女察觉他的心思，赶紧拦下，怒骂道："莫非你要做登徒子？！"

萧子瑜后知后觉地反应过来，深更半夜强闯女学徒住处，而且是一群女子的住处，是最不要脸的采花大盗才会做的行径，哪怕是有千般理由，万般原因，也是做不得的，只要踏入禁地半步，他就会被以吴先生为首的众多女性灵法师轰杀至渣。

萧子瑜急得险些跳脚。

少女冷眼旁观，想到萧子瑜刚刚对自己调戏的腼腆正经，再看看如今的惊慌失态，心里泛上阵阵酸意——原来那乡下来的傻小子不是不懂男女之情，只是看不上自己罢了。想到此，她倒起了争强好胜之心，不甘地问："那个花浅是你的心上人？"

萧子瑜被这般直白的问话问窘了，他磕磕绊绊地答道："没有的事，她是我的好朋友，我，我只是，担心她而已。"

"噢——好朋友啊，"少女将心头酸意按下，故意拖长了语调，带上几分调侃气息，"你的好朋友长得漂亮吗？"

萧子瑜不明何意，老实回答："花浅很漂亮。"

少女犹豫片刻，忍不住再问："和我相比如何？"

萧子瑜毫不犹豫道："花浅更漂亮。"话刚出口，他终于发现少女脸色很难看，这才自知失言，赶紧补救，奉承道："师姐也很漂亮，你和花浅的漂亮是不同类型，各有千秋。"

可惜，晚了。

萧子瑜念的书还是太少了，不知古往今来，小至后宅，大至朝廷，甚至天下，女孩子为攀比美貌而掀起的战争不是一两宗……

少女心地倒不算坏，只是从小被夸美貌，骨子里有几分傲气，若是被岳无瑕这种众星拱月得连叶云华这般倾国美人也不放在眼里的贵公子拒绝倒也罢了，被萧子瑜这种没见过世面的乡下穷孩子拒绝，简直是奇耻大辱！她怒极反笑，倒是细细看起萧子瑜的外貌来，这一看，忽然发现这傻孩子虽身材瘦小，面黄肌瘦，衣着朴素，看着不太显眼，可是五官底子长得却着实不错，尤其是那对眼珠子，黑白分明，纯净灵动，他就像一枚未染上半点尘埃的璞玉。若在天门宗好好养着，将来身材长高，五官长开，说不准会是个儒雅俊秀的男子。

花浅究竟是何方天仙？竟能将这单纯孩子迷得神魂颠倒？

萧子瑜越说花浅漂亮，少女越是不服气，越想比试一番。

萧子瑜仍在发愁，不知怎样才能见花浅一面，确定对方安危。

少女在旁边轻轻笑，暗示道："你是傻子吗？"

萧子瑜顿悟，赶紧和少女深深行了个大礼，求道："师姐，你帮我去看看好吗？"

少女抬起娇俏的下巴，故作嗔怒："哼，大半夜的，我才不要去扰人清梦，你明日早上自个儿去罢了。"

萧子瑜再次行礼，苦求道："你看一眼就好，让我知道她没事，也好安心。"

"看在你这般诚心的分上，"少女转转美目，看了他一眼，狡黠道，"你若叫我三声好师姐，师姐便帮你。"

萧子瑜终于明白自己被调戏了，脸都憋红了，隔了好久，才磕磕绊绊道："好，好师姐……"

少女俯身过去，大声问："你说什么，我没听见。"

萧子瑜稍稍提高音量："好师姐，你帮我去看看花浅吧。"

少女摇摇手指，再道："雨声太大，我耳朵不好，听不清。"

萧子瑜无奈，只好在暴雨中，用尽全身气力大吼："好师姐！"

少女坏心眼得逞，笑得前仰后合，很快就忘了嫉妒，也忘了心疼弄脏的衣服，倒是羡慕起那个叫花浅的少女来，她见萧子瑜已羞得恨不得找个地洞钻下去，终于放过了他，拍拍他肩膀道："你还欠我两声'好师姐'，师姐都给你记着，别赖账。"

萧子瑜丢脸丢得都要泪奔了。

少女提起灯笼，递给萧子瑜，细心吩咐："花浅的事交给我，你放心去瑶台仙田见老糊涂吧，若是有什么事故，我会立刻用飞符通知你的。"

怎能让女孩子摸黑走夜路？萧子瑜赶紧拒绝灯笼。

暴雨略微转小，但仍绵绵不绝落个不停。

少女抬起手，一张符在她美丽的掌心烧出白色的火焰，空中出现无数萤火，将她整个人笼罩在中间，把步伐轻盈的她映得如走在星河之上的仙女，将萧子瑜看呆了。待走得数十步，她忽然回过头来，双手在雨中拢个喇叭大声问："傻小子！你知道我叫什么名字吗？"

萧子瑜摇头，大声回答："不知道！"

少女大叫："笨蛋！我是蓝锦儿！你欠我的账，绝对要还！别忘了！"

萧子瑜答道："好！"

蓝锦儿笑嘻嘻地转过身，踏着满地星光，越行越远，美丽的背影消失不见。

萧子瑜方回过神来。

精灵古怪的蓝锦儿，悲伤哭泣的花浅。

萧子瑜仿佛经历了一场诡异的梦。

他有奇怪的感觉，今夜仿佛要发生什么。

第七刻

【陆】

离瑶台仙田越近，萧子瑜的脚步越沉。

自身前途未卜，花浅安危未定，压在他心头的石头重得让他几乎喘不过气来。

他整整想了五天，仍不知该如何回答老糊涂的问题。

什么是灵修师？什么是符咒？

他通通不懂，他却觉得朋友给的答案是不对的，偏偏自己想的答案更不靠谱。

萧子瑜在瑶台仙田的外面徘徊了好一会，终于鼓起勇气推开大门。

老糊涂仍在酒乡醉生梦死，他甚至忘了今昔是何年，抬起迷离醉的眼问："你怎么来了？"

萧子瑜深吸一口气："我来回答师父提出的问题。"

老糊涂歪着脑袋想了许久，又灌了好些酒，仿佛想起什么，便不抱希望地挥挥手，口齿不清道："那你就说说看，若还是你师兄那些老一套……特别是祝明啊，那些臭小子敷衍了事的答案，哪怕是有一句话重复，师父就，嗝，将你赶出师门！反正你也没什么灵修天赋，不可惜。"

师兄师姐们的答案不能用？

萧子瑜脑海一片空白，他根本不知要如何回答师父的问题。

老糊涂死死盯着他，再次喝问："快说！"

萧子瑜慌到极致，脱口而出："我不知道！"

老糊涂似乎很惊诧，他看了半晌，再问："你回去想了五天，找不到任何答案？莫非你把时间都花在吃饭睡觉上了吗？还是你脑子里装的都是草？！"

萧子瑜硬着头皮，一口气答道："弟子生于乡野，在来接受灵法师考核前，不知任何灵修师的事情，弟子自知学识浅薄，只好尽力看书，这些天通读了南怀子大师的《符注》、于瑞大师的《百符集》、骆先生的《灵修法注》、欧阳先生的《无上修得》，得益匪浅。"

老糊涂点头道："能在短短时间内看完这些老不死的书，倒也不容易，你可从书中悟出什么心得？"

萧子瑜摇头道："弟子仍是不知道。"

老糊涂怒问："为何不知？"

萧子瑜想起这些书本里对灵修师的描述，他知道自己脑海里那隐隐约约的念头是大逆不道、不符合灵修师准则的，可是他已无路可走，也想不出更好的答案，只好绝望地回答："书上传授的灵修符咒固然是很好的，可是书上都说灵修师是守在后方，不能上战场。我想做个既能给战友提供符咒帮助，也能在战场上和大家并肩而战的战士，我也知道这不切实际，是妄想，是痴人说梦的想法，可是我觉得灵修师应该有获得战斗能力的方法，符咒能在战场上做到更多，希望师父能教导我……"

老糊涂继续问："你可知这样的灵修师该怎么做？"

萧子瑜越说越小声，越说越不自信："我不知道，可是我想试，我……我对符咒一点儿也不懂，可能说得不对……"

老糊涂立即变了脸色，他将手中酒葫芦重重砸在他的脸上，怒喝道："灵修师诞生了多少年，都是打杂的角色，何曾有过这样离经叛道的想法？你幼稚得不知所谓！速速滚出门派！免得这种事情传出去，沦为他人笑柄，玷污了天门宗的千年清誉！"

他的话，彻底摧毁了少年的自信心。

萧子瑜知道自己失败了，可是他依旧不甘心，眼泪在眼眶里打转，但他想起花浅还在天门宗，父母失踪真相未明，依然不死心地坚持："我不走。"

老糊涂怒道："难道你不听话？你要让天门宗蒙羞？"

绝境中，萧子瑜发现自己进也是死，退也是死，彻底绝望后，倒是把他骨子里剩下的那点犟劲激发出来了，他想着自己尚未实现的梦想，不再害怕丢脸，不再害怕被嘲笑，不管不顾地将自己的想法全部说出来，固执地反问："世间原没有灵法师，亦没有灵修师，没有符咒，更没有天门宗，所有的路都是人走出来的。就如同很多年前，豆子只能煮熟吃，是谁离经叛道地将它磨成豆浆，做成豆花、豆干的呢？为什么大家说灵修师是打杂的角色，我们

酣梦之时

就一定要做打杂的角色？为什么大家说符咒是辅助的道具，它就一定不能做战斗的工具？弟子不懂什么是灵修师，可是弟子不服！"

老糊涂厉声道："既然你油盐不入，愚蠢至极，还是离开天门宗吧。"

萧子瑜摇头："弟子不走。"

老糊涂问："难道你不怕玷污门派名声？不怕被世人耻笑？笑你是个异想天开的蠢货！是白痴，是笨蛋，是窝囊废，是天门宗的败类！大家都会说你的梦想注定是失败的！"他满是皱纹的脸早已涨得通红，眼中的浑浊消失不见，每个字都隐藏着难以言表的痛和恨，这份恨里却有难得的温柔，他说，"孩子，你要听话，乖乖地学其他师兄师姐那样，做个普通的灵修师，这样才有平坦的道路走，否则你会失去梦想，失去一切的。"

梦想？他要做灵法师是为了自己的梦想，和花浅、岳无瑕、朋友们并肩作战才是他梦想的一部分，留下来乖乖做个在背后卖卖生火符、寒冰符，做做纸鸢、灯笼什么的安逸富有的灵修师，根本不是他的梦想！所以，哪怕是通过了老糊涂的考验，成为普通的灵修师，他也不会失去梦想的，因为他的梦想已经死了。

老糊涂的逼问，让萧子瑜看清了最残酷的真相，心里燃起了熊熊烈火，比油锅更烫，痛苦的灼热仿佛要将一切焚烧毁灭。萧子瑜不是个自信的孩子，却是个倔强的孩子，他认准一件事后，固执起来也是极惊人的，他抬起头，决绝道："师父，我不要听话。或许我什么都不懂，可是我想做自己喜欢的灵修师，并为此努力。反正我是被骂白痴、笨蛋、窝囊废长大的，我不怕挨骂！更不怕被嘲笑！花浅不会因为我坚持梦想而嫌弃我，岳无瑕、王学知、陈可可、祝明，我相信他们，真正的朋友不会嘲笑我的梦想！除此以外，我也没有什么可失去的了。"

老糊涂问："你真不听师父话？哪怕因此付出任何代价？"

萧子瑜点头："是的，我不听话。"

老糊涂道："你可知道，没有师父要不听话的徒弟，也没有师父要给自己惹笑话的徒弟？你坚持自己那个不靠谱的想法，可会后悔？"

"不后悔。"萧子瑜去了纠结多日的困扰，也去了束缚，认清了前进的方向，他心里一片清明，踏实了许多。他再次诚恳地向老糊涂道谢，准备转身离去，不再思考将来。

老糊涂却猛地大笑起来，他笑得疯狂，笑得悲哀，他的脸上流下两行浊泪，落入地上，他用颤抖的双手从腰间掏出一个精致整洁的锦布包，缓缓打开，包里静静躺着破碎的玲珑玉球。

萧子瑜看出这是早已死亡的法器，按理早应抛弃，却被主人深深珍藏。

老糊涂无法抑制自己激动的情绪，他哭着抱着这枚坏掉的法器，将准备离开的萧子瑜

拖了回来，仿佛在发最重要的誓言："玲珑，我终于找到了完美的人选，我终于找到异想天开、不听话、不怕被所有人笑话的学徒了，这次我们再不会失败了！你快快拜师，顺便拜师娘，你师娘可厉害了。"

萧子瑜看着死去的法器，感得莫名其妙，却也不好不拜。

此时，雨势渐停，凄厉的尖叫声划破天际，刺入每个人的耳朵中。

"妖魔逃走了！妖魔杀人了！"

萧子瑜一惊，赶紧站起，望向窗外，却见囚禁妖魔的方向燃起了熊熊火光。

夜深人静，所有人都在睡觉。

天门宗防守森严，妖魔的囚笼结实牢固，贴满符咒，若非外力，绝难打开。

究竟是谁放走了妖魔？

萧子瑜忽然有了不好的预感。

酣梦之时

第八刻——启明之时

眼睛醉了，可以不看。

耳朵醉了，可以不听。

脑子醉了，可以不想。

你是世界上最聪明的丑角。

【壹】

"救命！妖魔杀人了！"

凄厉的哀号声划破云空，穿过山谷，在天门宗的夜色里回荡。

萧子瑜立即想起了密林深处那只被囚禁的女妖的诡异面孔和绝望的哀号，那种极端的怨恨会让它做出疯狂的报复。萧子瑜仿佛能看见女妖用利爪撕开人体的画面，血肉的味道似乎弥漫了每一寸空间，仿佛蚂蚁挠过心头，他有种毛骨悚然的感觉，仿佛被撕裂的人体或许是自己熟悉的朋友，或是花浅、岳无瑕，或是陈可可、祝明，甚至刚刚认识的蓝锦儿……

声音的来源方向很明确，西边绿竹林隐约可见火光，烧红了半边天，火光中混合着女孩们锐利的尖叫声，那是天门宗女学徒的住处……

近年来妖魔作乱频繁，高阶学徒大多跟着师父游历，绿竹林里留守的多数是新学徒和尚未出师的中阶学徒，随同学徒住在绿竹林的女灵法师屈指可数，而且大部分不是灵战师。事发夜半，女灵法师们从睡梦惊醒，妖魔早已犯下滔天血祸，她们只好一边疏散新学徒，一边朝天空发出了求救信号。分散居住在各处的男灵法师们纷纷惊醒，速速飞去救援，一时间，天门宗天空满是法器和纸鸢。萧子瑜看见胡先生抱着小灵狐，迷迷糊糊地站在白色画了狐狸图案纸鸢上，从瑶台仙田上方呼啸而过，宽大衣袍随风飘起，气质仿若谪仙，就是忘了穿裤子……

萧子瑜担心花浅，拔起腿就往绿竹林跑，还没跑到吊桥前，就给石头绊了一跤，直接滚到泥地里，摔破了膝盖。他顾不得痛，爬起来又要往前跑。

"回来！绿竹林和这里差了好几个山头，你要跑到什么时候去？"老糊涂赶紧喝住了这白痴徒弟的白痴行为，然后随手掏出个巴掌大的白色小纸鸢，吹了口气，丢出窗外。纸鸢见风即长，瞬间化作七八尺长，低低浮起。萧子瑜大喜，手脚并用就要往纸鸢上面爬，一边爬

一边感谢师父，并催促道："快出发！"

"你留在这里。"老糊涂一脚把他踹了下去，怒斥道，"你去了有什么用？你那娇滴滴的法器是能灭火还是能杀敌？"

红衣躲在坠子里柔弱地回答："主人，我怕火，也怕血，更怕妖怪。"

萧子瑜："……"

老糊涂摇摇头，不管坐在地上的萧子瑜，跳上纸鸢，准备过去帮忙，还没起飞，却觉纸鸢背后有些沉，回过头看，发现萧子瑜死死扒着纸鸢尾巴，恳求道："师父，让我跟着去看看吧，我的好朋友住在绿竹林。"

"你小子不怕死了吗？等等，朋友？女的？和你一同参加考核的那姑娘？……我懂了！"老糊涂遥想当年在天门宗爬墙调戏女孩的青春时光，推己及人，心下感慨江山代有才人出，伸出拇指，"好小子，不愧是我家徒弟，擅长抓住机会，眼光贼精，知道这种危机时刻是最容易讨女孩子欢喜的。那个叫花浅的女孩子倒是美人胚子，长大定是个冷美人，你没点英雄气概是讨不到她欢心的。来来，让师父教你，男人最重要的是胆大心细脸皮厚。你知道偷窥天门宗女澡堂的最佳地点吗？放心，你家师父不但传授制符，对其他事情也知无不言，言无不尽……"

萧子瑜跟不上师父的猥琐思路，呆滞了。

他想做出色的灵法师，可没想过做好色的灵法师。更何况，在他心里，花浅是高岭上的花，冰川顶的雪，能做好朋友已是幸运，其他不恰当的念头是万万不能起的。而且，他现在真的只是担心朋友，为何师父一点也不担心天门宗的祸事呢？

听着师父满不在乎的调侃，萧子瑜也清醒了。

或许妖魔在外界认识里很可怕，但是天门宗留守灵法师数十人，皆是精英，他们赶去现场，情况就会受到控制，事情也会处理得妥妥当当，如果妖魔强大得连这些精英都无法控制，就不但是天门宗的灭顶之灾，人间地狱也要降临，不管待在哪里都是死路一条。老糊涂是灵修师，他说的去帮忙不过是做善后的工作，出于局面未明的考虑，想把萧子瑜这个拖后腿的留下更为稳妥。

如今火光已小，吵闹渐渐平稳，萧子瑜猜测局面已被控制，他努力想着理由，壮着胆子辩驳："师父，咱们瑶台仙田位置偏僻，路途较远，待赶到时，周长老、吴先生等高手早已抵达，所以火光处才是天门宗力量最强大的所在，也是最安全的所在。我手无缚鸡之力，一个人留在这里，万一有落单的妖魔潜进来，我毫无抵抗能力，反而是最危险的。"

"分析得有理，有理，倒是我这做师父的疏忽了。"老糊涂意味深长地看了他一眼，指着纸鸢后头道，"上来吧，师父断不会破坏你小子英雄救美的好机会。"他将"英雄救美"四

个字尾声拖得特别长。萧子瑜知道不能陪师父胡闹，赶紧手足并用地爬上纸鸢，按吩咐用脚钩住两个固定好的踏足，抓紧翅膀上的把手，紧张地看着纸鸢升空，飞入夜空，腾云驾雾急驰而去。

雨后微凉，风在耳边刮过，有些刺痛。

萧子瑜死死地抓住纸鸢，内心的不安让他无暇去体验这种梦想许久的乘风快感，他问尚在哼歌的老糊涂："师父，我听见他们说死了人，你不担心朋友吗？"

老糊涂喝了口老酒，悠悠道："灵法师是不能怕死怕失去的。"

萧子瑜不能理解这种心情，没有朋友，生活还有什么意义？

老糊涂拍着他稚嫩的脑袋，意味深长道："人总归会死的，法器也会死，失去得多了，也就习惯了。"

萧子瑜完全不认可师父的话。

失去是永远不会习惯的。

绿竹林转瞬即到，许多灵法师和学徒仍在奔波灭火，火势已灭大半，浓浓的焦烟呛得人喉咙生痛，周长老正手持默言，黑着脸，站在焦黑废墟中央指挥众人行事。他的脚下卧着女妖的尸体，它双目圆睁，面目狰狞，伸着锐利的指甲，带着复仇的怒火，至死都保持着攻击的姿态，却被无数法剑刺穿了身躯，狠狠钉在乱石地上，满地鲜血沁入石缝，腥臭逼人，处处都是让人作呕的味道。

在妖魔入侵时，绝大部分女孩子都在梦乡里，受惊后醒来，都是匆匆披着单衣，拿着法器就胡乱跑了出来，或抵御，或逃跑，没经验的小学徒里还有不少被误伤的。如今女妖除去，又有长老和师父坐镇，大家都松了口气。除部分胆小新学徒还在哭闹不休外，其余人都忙着互相安慰，互相帮助，重新整顿仪容，中间也有些男学徒看见火光警报，不顾宵禁，冲过来英雄救美或看望心上人的，叽叽喳喳闹成一团。

贺先生哀痛地指挥众人将死者蒙上白布抬出。

萧子瑜不安地跑过去看了眼，白布下的女孩身量普通，被烧得面目全非，难以辨认，身上衣服也是天门宗常见的云纹青衣，看不出是不是认识的人。他双手合十，替这可怜的女孩哀悼了片刻，然后心急如焚地四处寻找花浅和其他相熟的人。寻了好几圈，终于发现花浅独自站在阴暗角落，她穿着一身素白单衣，长长黑发胡乱散在肩膀，脸上有几点被溅到的焦灰，但并无明显伤势，只有腕间蛇镯沾了些许血迹。

"我没事。"花浅的表情比往日更冷漠，更沉默。她看见萧子瑜过来，试图要露出点"温柔"的表情，可惜扯了半天嘴角仍是皮笑肉不笑，最终她放弃了展示"温柔"的机会，用冰冷无比的语调道，"这里危险，你不应该来。"

萧子瑜解释道："就是危险才来的。"

花浅面无表情："碍手碍脚。"

萧子瑜知道她不擅表露情绪，果断岔开话题："妖魔弄伤你了？"

花浅抬起手臂，展示出两道细细的划伤，像是指甲刮过的痕迹："些许皮外伤，没有大碍。"

萧子瑜将她检查了番，确认安全后略安下心来，想起被抬出去的少女，心里又有些难过，他问："死者是谁？"

花浅迟疑了许久，方道："沈静，我的室友。"

她的住所在绿竹林里较偏僻的角落，也是这次妖魔入侵首当其冲的目标，房子已被蚀月魔带来的流炎彻底焚毁，只剩几根黑漆漆的柱子。沈静是个与世无争的女孩，法器属于辅助系，战斗力弱，若想要她死，不管是制造意外还是暗杀都不难，没必要派遣强大妖魔闹出那么大的动静。花浅怀疑妖魔是冲着自己来的，可惜那时候她不在寝室，因为萧子瑜要半夜去瑶台仙田，不愿让任何人跟随，可是夜晚的天门宗山路难行，还有悬崖峭壁，她担心萧子瑜会在路上出意外，所以一直偷偷跟着他，直到绿竹林魔气冲天后才匆匆赶回来，此时沈静已死。她没有亲眼看到当时的情景，事后根据现场痕迹推测，总觉有些可疑。

沈静怎么死的不重要，幕后凶手是谁也不必着急知道，重要的是不在现场的她怎么证明自己的清白。她很快意识到自己有可能成为杀害沈静的嫌疑人，她不能解释自己为何半夜跟踪保护萧子瑜，也没有证人可以洗脱自己的清白，或许，编个理由？制作证人？踌躇中，萧子瑜见她沉默，以为是为室友的遇难而哀悼，努力组织词汇想安慰她："别难过，不是你的错。"

花浅的思路被打断，莫名其妙地看了他一眼："为何难过？我和她不熟。"

萧子瑜安慰不下去了……

吴先生走过来，发现了萧子瑜的存在，立即如临大敌地四处张望，确认老糊涂乖乖蹲在废墟角落喝酒，没调戏女学徒，也没有惹是生非后，才略略放松警惕，对花浅命令道："跟我来。"

花浅没有违抗命令，她低下头，乖顺地跟着吴先生去了，萧子瑜见对方没说不准自己去，也厚着脸皮跟上。吴先生带着两人来到焦黑废墟的中央，此时大部分灭火工作已经完成，高阶灵法师都集中在女妖尸体旁边，议论纷纷。陈可可浑身是血地站在正中间，她披着件宽大的男装，一边让鹤舞帮忙疗伤，一边激动地对大家描述当时的情况："第一个发现女妖的人是我，时间大约是丑时一刻。雨还在稀稀拉拉地下，我在绿竹林外月牙溪旁的九曲回廊处避雨，听见林子里有动静，我还以为是只野兔子，查看时却见是这头女妖。它直勾勾地看着学徒住处，狂奔而去，我认出这是封印在后山的能引天雷的蚀月魔，吓得腿都软了，赶紧一边

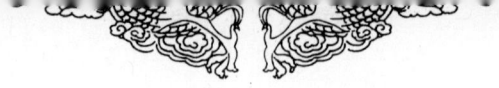

向大家报警，一边带着焰断和冰裂去拦截。可惜我打不过这妖魔，它抬手给了我一爪子，我就痛得晕过去了，后面的事，我就什么都不知道了，这般丢脸，有失师父颜面，对不起……"

"蚀月魔在天门宗饲养的妖魔里也算数一数二的货色，你学艺不精，打不过也正常。"吴先生狐疑道，"可是，我记得在天门宗弟子规中规定，亥时后，学徒不得师父允许，应留在寝室，不得随意行走。今夜的雨是在子时开始下的，你怎会丑时在九曲回廊处避雨？我不记得有吩咐你半夜帮我做什么事吧？"

陈可可支支吾吾起来："我，我，我睡不着，随便走走。"

吴先生厉声喝道："胡说八道！还不从实招来！"

性格爽朗的陈可可不知为何脸红了，她扭着衣角，死活不愿作答。

吴先生素来性急，看不惯这般小女儿形态，喝问道："快说！莫非你这调皮捣蛋的家伙就是放出妖魔的罪魁祸首？"

陈可可死命摇头，又不肯往下说，吴先生气得要动手打她，刚举起巴掌，背后传来个弱如蚊鸣的男子声音："师父住手，是，是我，我约可可师妹在九曲回廊处见面的。"竹林里钻出个狼狈不堪的青衣男子，他面对众人，羞得手脚都不知往哪里放，脸早已涨得通红，头使劲地往下低。萧子瑜趁他脑袋在钻入地缝去之前认出了他的模样，竟是祝明。他知道陈可可最喜欢欺负祝明，找他斗嘴胡闹，却只道是灵修好友，未曾往别的方面想……

祝明磕磕绊绊地解释，声音不过比蚊子哼哼大多少："妖魔出现的时候，我，我在向可可师妹请教些《南柯经》里不懂的地方。我，我可以证明她，她不是放出妖魔的罪魁祸首。"

"得了吧，请教《南柯经》？我家这徒儿我清楚，让她多看两遍书，倒不如让她把书吃下去。"吴先生毫不留情地驳斥，紧接着她也想通了少年男女夜半私会的心事，在放心自家徒儿和妖魔出逃之事无关之余，轻蔑地看了眼祝明，鄙夷道，"看你往日做人厚道，奉劝一句，这世间婚姻讲究门当户对，虽然可可性格随和了点，不怎么摆架子，显得有些像平民丫头。可是你们身份天差地别，一个是高高在上的郡主，一个是乡下土财主的儿子。哼，就算同是天门宗灵修学徒，你们也一个是手持珍贵法器的优秀灵战师，一个是拿着垃圾法器的废物灵修师。滚！以后没事少哄骗我徒儿。"

祝明的脑袋垂得更低了，他紧紧握着拳头，答道："是，是……可可师妹天人之姿，是祝明不自量力……"

"师父，不是这样的！"陈可可听见心上人维护自己，忍无可忍，截下话头，"是我约祝师兄出来的，是我对祝师兄单相思的，可是祝，祝师兄拒绝了我。"再厚脸皮的女孩在涉及感情的问题上也是害羞的。陈可可被迫在众目睽睽之下，将最丢人的真相说出，早已羞愧难当，大滴大滴的眼泪在这活泼开朗的女孩眼眶里打转，然后连珠串般地落下。她哭得可怜，

哭得伤心，却依旧努力地为对方辩解："祝师兄从来没有哄骗我，他也不愿意高攀我，他只是个很好很好的人，是我一厢情愿，是我白痴！"话至此，陈可可早已泣不成声，再也不愿描述下去。

女孩所有的骄傲和伪装在众人面前被撕碎一地。

陈可可绝望而去。

祝明似有不忍，抬脚要追，最终还是无力地收了回来。他轻轻地叹了口气，抬起头，坚定地告诉所有人："我可以为陈可可作证，妖魔出现时，她和我在一起，绝对和此事无关，而且她孤身拦截妖魔，是个有勇气的女孩，请你们不要再说她什么……"

看着两个尴尬的小儿女，周长老摆了摆手，示意此事到此为止。

祝明规规矩矩地朝众师父行了个礼，转身离去，背影寂寥。

萧子瑜终于意识到陈可可和祝明之间的暧昧，也察觉到双方门户不对的遗憾，他为这对善良的师兄师姐难过，却没有任何的词汇可以安慰开解他们，只好低下了头。

"陈可可和祝明互相有不在场证明，他们不是凶手，谁是凶手？"吴先生看见徒儿当众落泪，也有些后悔。奈何她性情高傲，哪怕是错也不愿承认，便再次开口，岔开话题，继续审理妖魔伤人之事，誓要将其查个水落石出，让天门宗上下安心。

"放出妖魔的凶手定是她。"尖锐的哭声传来，一个狼狈的女孩被拖到众人面前，躲在人群里的萧子瑜认出这哭得花容失色的少女竟是今晚见过的蓝锦儿，将她拖过来的人是严先生，他司掌天门宗刑罚多年，不管是相貌还是行事，都让小学徒闻风色变。他的脸极丑，肤色黝黑，失明的右眼处还有道长长的伤疤，让原本就颇为丑陋的容貌显得更加狰狞。他右半边脑袋上也是寸草不生，坑坑洼洼，布满扭曲的伤痕，伤痕上有数条血红色的法器契纹，却被疤痕扭曲得几乎看不出细节。如今他手持一根铁尺，用剩余的那只眼睛，仔细地审视着瘫软在地的蓝锦儿，喝问道，"说！你是怎么把妖魔放出牢笼、袭击学徒的？你究竟有何居心？！"

蓝锦儿怕得厉害，唇面皆白，她一个劲地哆嗦，不停哀求："不是我，不是我，我没有放出蚀月魔，师父救我，救我……"

她的师父冯先生赶紧上前，小心翼翼地问："严先生，锦儿在天门宗修行三年，家世清白，虽然性子有些娇惯，行事却谨慎小心，我相信不会是她做的。"

严先生连眼角都没扫她一眼，厉声道："冯先生，我已调查过禁林的泥泞和脚印，蚀月魔是雨势转小至雨停期间被放出的，我已问过各寝室学徒，让他们彼此作证，目前得知不在寝室的灵法师及学徒共有五人，其中祝明与陈可可私会九曲回廊，萧子瑜被老糊涂叫去了瑶台仙田，都算有人证。唯独她——蓝锦儿，今夜月圆，是蚀月魔进食之日，她受罚去给蚀月

魔喂食，曾接近关押妖魔的牢笼，定是她不小心打开了封印，导致妖魔逃脱！同窗身亡，如此玩忽职守的蠢货，罪无可恕！理应从严处置！"他语气极其严厉，脸上那道丑陋的疤痕随着青筋一跳一跳，看起来格外骇人。

灵修界内，灵修师地位最低。

冯先生虽疼爱蓝锦儿，可是她只是个培养符咒材料的灵修师，能力不甚出色，性格也唯唯诺诺，何曾被其他灵法师放在眼中？这次她帮徒儿站出来与性格不好相处的严先生讨情，已耗尽她平生胆量。如今被严先生一凶，徒儿再好也不敢救了，吓得缩回人群，躲得像个鹌鹑，心里默默为锦儿担忧，口中却是再也不敢吱声。

萧子瑜发现所有人都将愤怒的目光看向蓝锦儿，仿佛她就是放出妖魔的凶手。可是他知道这是不对的，蓝锦儿是无法放出妖魔的。萧子瑜有心解释，却意识到这样做会不太好。

天门宗都是厉害的灵法师，他们能帮蓝锦儿洗脱冤屈的吧？

萧子瑜踌躇着。

蓝锦儿再顾不得精心维护的美女形象和漂亮衣服，趴在地上，拼命叫屈。

严先生再三追问："可有人能证明你的清白？"

"人证？"蓝锦儿如醍醐灌顶，她猛地想到了脱身的理由，大叫道，"对！我也有人可以作证！我离开蚀月魔时，牢笼封印尚完整。"她猛地站起身，欲往男学徒所住的地方跑，没跑两步，眼睛一亮，在看热闹的人群里发现了萧子瑜，仿佛看见了救星般扑过去，抱着他的胳膊，把他拖到众人面前，激动道："就是他！这是萧子瑜！萧师弟！他迷路走到禁地，被蚀月魔吓得半死。我们离开的时候蚀月魔的牢笼还好好的，后来下雨了，在观棋亭避了大半个时辰的雨，雨量转小后我们就各自回去了！"蓝锦儿越想越有把握，越说越大声，她使劲地摇着萧子瑜，不停哀求，"你快证明我说的每句话都是真的！我没有玩忽职守将蚀月魔的封印弄掉。"

她说的每字每句都是萧子瑜刚刚想说的。

萧子瑜迟疑片刻，不敢隐瞒，答道："是的，我们离开禁林的时候，蚀月魔还在笼子里。"

严先生的独眼从蓝锦儿身上转向萧子瑜，阴冷问："小子，你将详细情况再述说一次。"

萧子瑜壮着胆子，将迷路事宜再次详细地解释了一遍，然后肯定地说："我确定，我和蓝师姐离开的时候，蚀月魔的封印还是好好的。雨势转小后，我们在观棋亭分手，她往寝室方向走了，我则去了瑶台仙田。"

严先生继续审问："你真是去了瑶台仙田？"

"怎么？还怀疑上我徒弟不成？"老糊涂摇摇晃晃地走过来，补充道，"严小子就爱想东想西，现在怀疑我徒弟，说不准待会还要来怀疑我老头子。来来来，爷爷告诉你，大雨转

小后不久他就到了瑶台仙田，陪老头子喝了大半个时辰的酒，然后就听见了妖魔出现的声音。按你推断的时间，妖魔封印解开的时候他不会在场，所以我们俩都不可能是坏人，嗝——"

严先生思索片刻，再次看向蓝锦儿，果断道："果然还是你，就算你可以证明与萧子瑜分手时蚀月魔的封印没有解开，你也无法证明在离开观棋亭后，是否再次回到禁林，释放蚀月魔。因为今晚不在寝室且无人证明行踪者，只有你。"他朝周长老拱手道："此女疑点甚多，弟子请求用刑。"

"用不得！"疯狂的咆哮声传来，是蓝锦年衣衫不整地冲了过来，他一把抱住怵怵发抖的蓝锦儿，将其掩在身后，双膝跪下，哀求道，"师父，我家妹妹心地善良，做事细心，她绝不可能放出蚀月魔的！锦儿身体单薄，皮肤娇嫩，若是受了刑，破了相，这辈子就全毁了！请师父详查！"

"哥哥！"蓝锦儿哭得上气不接下气，"我真没有放出蚀月魔，对了！"她忽然想起一事，便冲着萧子瑜喊，"还有一个嫌疑人！你在棋亭打听的那个女孩！她叫什么？花……花浅？对！一定是花浅做的！"

花浅愣了下，有些困惑，今夜那场忽然而至的倾盆大雨中，萧子瑜和蓝锦儿直冲棋亭避雨，她确认亭子里很安全，便没靠近，只站在距离较远的岩石下等候。雨声嘈杂，她也没认真去听两人闲扯，只见萧子瑜发疯似地冲出棋亭，让她惊了一下，紧接着又见萧子瑜冲了回来，她当时想了很久，不解其意。

萧子瑜心里的不安到了顶点，他绝对不相信花浅会做出这种事的，可惜蓝锦儿和花浅没有交情，在生死关头她指证花浅毫无顾忌。萧子瑜想起蓝锦年说的恐怖刑罚，不由有些害怕，他下意识地反对："别胡说，花浅不是这种人。"

蓝锦儿知道萧子瑜对花浅有特别感情，未必会帮自己，便死死拉着他，带着哭腔求："子瑜弟弟，你要说实话！你明明在寒月湖看见过花浅！而且她室友已死，谁也无法证明花浅今晚在寝室！"

蓝锦年威胁道："人命关天，你得说实话！若有半句虚言，我定和你生死相见！"

萧子瑜一时踌躇。

严先生先将萧子瑜搁开，问花浅："你放出了蚀月魔？"

花浅毫无畏惧地抬起头，直视他的独眼："没有。"

严先生又问："你今夜在寝室？"

花浅想了想，回答："是。"

严先生不依不饶："谁可证明？"

花浅轻轻摇头："室友已死。"

严先生提高了音量，喝道："为何蓝锦儿说在棋亭见过你？"

花浅坚决果断地否认："她看错了，我根本没去过棋亭。"

"我没看见，是萧师弟看见的！绝对没错！"蓝锦儿疯狂地尖叫起来，她死死抱住萧子瑜，仿佛抱住最后一根救命稻草，再次哀求，"师姐求你了，你要说真话！不能颠倒黑白，见死不救！求求你了！"蓝锦儿的眼泪一个劲地掉，表情像绝望的孩子。

花浅看向萧子瑜，她相信自己的隐藏是完美的，不可能被发现。案发至今，她唯一撒的谎是晚上没在寝室，但是杀死沈静对她半点好处都没有，所以她不会做这种多余的事，萧子瑜是老实孩子，不至于为这种事撒谎遮掩……

未料，萧子瑜陷迟迟没有开口。

"子瑜，你为什么不说话？"花浅有些极诡异的预感，她察觉到有些东西超出了自己的控制，莫非萧子瑜真的看见了"花浅"？

萧子瑜很为难，天秤的两边，一边是良心，一边是感情，他是说真话帮助蓝锦儿，还是说谎话袒护花浅？无论怎么选择，后果都将难以承担。

一直沉默的周长老终于开口了："说真话。你在犹豫什么？"

萧子瑜猛地惊醒，这世间，唯一无愧的只有真相。于是他缓缓开口道："我在寒月湖畔，远远看见了一个奇怪的女孩，她的身高和打扮和花浅类似，让我怀疑她是花浅。可是事后细细想来，应该不是花浅。"

严先生问："何以证明她不是花浅？"

萧子瑜道："那个女孩感觉很哀伤，她在哭。"

严先生给噎了下，在这届所有的新生里，他对花浅的印象格外深刻，因为他是亲手给花浅执刑抽板子的人。考虑到大部分新生都是娇生惯养的千金，不知道天门宗刑罚的厉害，所以最初的几下，他放轻了力度，想给这不知天高地厚的少女一个教训罢了，没想到花浅一声不吭地全部受了，神色倔强。严先生动了真怒，板子抽得一下比一下重，后来她好像发现严先生对自己不害怕而不高兴，便敷衍了事地叫了几声。打完后，她甩掉手上的血，硬邦邦留下句背熟的"弟子有错，多谢先生赐教"便直接跑了，看不出有什么反省之意，气得严先生连伤药都忘了给。至此，花浅这个名字在刑堂灵法师处是挂了号的，大家都觉得这是个顽强且麻烦的新人。若说这样的女孩会流露出脆弱，就连严先生这样多疑的人也难以置信。可是他不会因此而放弃对花浅的追查："人都有伪装，事情也有意外。哪怕我们都觉得花浅很坚强，不会哭，这个理由依旧不能成立，或许她也有崩溃的时候。"

萧子瑜也赞同严先生的话，接着提出另一个理由："大雨模糊视线，我远远看见很像花浅的少女并不能证明就是花浅，天门宗服饰很相似，有可能是有人穿着和花浅差不多的衣服，

梳着差不多的发型，故意误导。"

听着大家对自己的质疑和辩解，花浅依旧静静站着，仿佛众人讨论的不是自己。

周长老饶有趣味地问："你在想什么？"

花浅眼皮都没抬一下："我在想萧子瑜在寒月湖畔看见的蠢货是谁。"

周长老问："你不怕被冤枉？"

花浅："清者自清，室友已死。我无法打消你们的怀疑，可是我没有放出蚀月魔，也没有放出蚀月魔的理由。"

周长老再问："你不怕妖魔？"

花浅迟疑片刻，答道："是的。"

周长老笑道："花家三十八口人，遇妖魔袭击，尽数葬身火海，你是唯一的活口，当时情景想必惨烈至极，哪怕是成年人也会在心中留下难以忘怀的烙印。你一个小小女孩逃出生天，却不再畏惧妖魔？此理不通，不通。"

天门宗早已将每个学徒身份调查清楚。

故事的真相被揭穿，花浅琥珀色的眸子里流出像鹰般冰冷锐利的光芒，她死死地盯着周长老，良久，唇边忽然露出抹残忍的笑："花家火海的情景，我自是印在脑海，一日也不敢忘怀。但那个单纯无能的花浅早已随亲人葬身妖魔手中，她早已死了！如今的花浅，活着只为复仇，为了复仇，我什么都不怕！"

老者与少女对视着，仿佛都要看穿对方的内心。

终于，周长老先挪开了视线，他朝不远处的断壁，大声问："如何？"

"咩——"雪白的独角羊羔怯生生地从断壁后探出毛茸茸的脑袋，跌跌撞撞地往人群中跑，先嗅嗅花浅，再嗅嗅蓝锦儿，又嗅嗅萧子瑜，然后摇头晃脑地跑回主人身边。它的主人是个小胖子，圆圆的脸，圆圆的眼睛，圆圆的肚子，看着颇可亲，他从怀里掏出根胡萝卜，喂给独角羊羔，然后拍拍它的脑袋，表示奖励："小咩辛苦了，好好休息。"

萧子瑜眼睛睛亮了，他认出这是在萧家村和岳无瑕一同帮助过他的胖子，那头看起来很笨拙的羊，据他自己介绍，是叫獬豸还是什么的神兽，能辩谎言，识忠奸。天门宗的灵法师哪会将几个小学徒的口供当作证据，严先生的审问不过是试探罢了，周长老早就将此兽藏在旁边，就是为了从他们的话中找谎言，从而查明真相。

花浅看见獬豸倒轻松了不少，她知道这种神兽只能判断凡人的对错，却无法识别神灵的谎话。而且世间没有人敢用神兽去测试神灵说话的真伪，所以她撒的谎将无懈可击。

果然，胖子说："师父，小咩没察觉谎言。"

众人俱惊。

蓝锦儿说她没有解开牢笼封印是真的。

萧子瑜说在湖畔看见很像花浅的奇怪女孩是真的。

花浅说湖畔女孩不是自己，也是真的。

如果无人撒谎，那解开妖魔封印的人究竟是谁？

老糊涂忽然站起来，拍着周长老的肩膀，打破了这片沉默："好了好了，你这老不死的，就别吓唬这些傻孩子了。你早就该知道，蚀月魔的封印不可能是他们破的，你布置的那鸟玩意不过看起来简单，若是这几个小家伙能解开，能直接去给谢傻瓜之流做师父了，还用得着做学徒吗？说不定是你自个儿上次弄封印的时候疏忽了，让妖魔自行冲出了牢笼。"

谢先生气得脸红脖子粗，死撑着不吭声。

周长老恨不得杀了这看不懂形势的傻瓜。他自然知道自己用九九八十一道雷符布置的妖魔封印是极牢固的，安全可靠，天门宗懂得解开此封的不超过三人，皆是忠心耿耿的灵法师，否则也不敢让小学徒去照料这些妖魔了。若是强行破解，会遭受雷击的强力反噬。所以，不管蓝锦儿是否玩忽职守，或是花浅有心做坏事，她们的通灵能力都无法打开这个封印。能解开封印的人，绝对是魔宗一类的顶尖人物，灵修界位居前列的高手，他不愿说出，只是不希望大家恐慌……

蓝锦儿和花浅的话姑且不论，为了天门宗百年声誉，在找到明确的证据前，他们也不敢真的拷问自家年幼的学徒。若有半点冤假错案，会让天下灵法师心寒，而且整个事件最可疑的地方是萧子瑜看见的奇怪少女……

周长老果断下令："全员巡查，将天门宗彻底搜查一番，检查有没有隐藏着的魔宗之人。"他猛地回过身去，盯着萧子瑜问："或许这世间有穷人家的孩子存在灵修天赋，可是查阅族谱，往上推数，他们绝大部分的祖上都曾有过灵法师的历史，所以敢冒险一搏，横空出现的灵修天才，鲜有见闻。而你身世不可考，却倾尽所有参加灵法师考核，资质又很平凡，很是奇怪。所以，我暗中使人检查过你的来历，确定是普通孩子无疑，可是我仍希望你自己解释下身世，看是否有什么遗漏之处。"

萧子瑜从未听过这番道理，惊诧极了。他本是谨慎之人，觉得在没得到确切答案前不宜张扬，又觉得父母的身份不难寻找，想和师父混熟些，打听清楚再公开。如今被周长老当众逼问，慌乱下，他再次失去对判断的自信，不敢再藏着掖着，大声交待："我爹娘都是天门宗的灵法师，所以，我也是有灵法师血统的！"

"天门宗的待遇没那么差，灵法师也收入不菲，就算你父母因公牺牲，他们留下的孩子也会由天门宗抚养，断不会让你流落乡下过着困苦的生活。"周长老笑了起来，他摇着头问，"你的父母叫什么名字？"

萧子瑜大声答："我父亲是萧云帆，是萧家村人，我的母亲是叶紫藤。"

全场陷入一片寂寞，年长的灵法师面面相觑。

最后是周长老摇头道："天门宗，没有叫萧云帆和叶紫藤的灵法师。"

"怎么会？"萧子瑜整个人都傻了，他在母老虎的信件中确认过，他父母就是在天门宗修行的。待成了天门宗学徒后，他是多么高兴能在父母曾待过的地方学习，呼吸着父母曾呼吸过的空气。可是周长老的话将所有一切都否决了。

他不愿接受，小心翼翼地问："天门宗学徒那么多，或许我爹娘不怎么出色，让长老您忘记了？"

周长老肯定地回答："无论活着的，还是死去的，我绝不会忘记天门宗每个灵法师和学徒的名字。"

萧子瑜愣愣地看着周长老，怎么也不愿相信。

村人的恶言恶语再次出现在耳边，童年的阴影也再次浮现。

"你爹是个骗子，你娘是个来路不明的贱女人。"

"你就是个有爹生没娘教的贱孩子！"

萧子瑜被真相击溃了，他不停地喃喃道："不可能，是村人们在撒谎，我爹是好人，他不是骗子，他是灵法师。""对了，"他猛地想起一事，再次期待地问，"我娘是红城叶家的人，红城叶家是灵修世家，定会……"

"我从未听说红城叶家有叫叶紫藤的女人，又是欺世盗名之徒吧。"人群中传来个冷冷的声音，有少女缓步走来。她的容貌只能用倾国倾城来形容，纵使脸上布满冰霜，依旧像在冰雪中翱翔的白孔雀，明艳不可方物。她极其不屑地看着萧子瑜，仿佛在看什么垃圾："我们红城叶家的名声，不是随便一个姓叶的女人就能攀附上的，就凭你这种蠢货，也想做我表弟？"

这是红城叶家嫡出的大小姐叶云华，她有天生的自信，天生的傲慢。

她的傲慢再次撕开了萧子瑜不自信的心。

天才的父亲，聪慧的母亲，美好的期盼被一点点剥落。

老糊涂安慰道："或许你弄错了，其实周老头也是胡说，出身算什么东西？说不准萧小子祖上有隐藏的灵法师，比如曾祖母，曾曾曾祖母什么的。"

"我不信！"萧子瑜的世界在渐渐崩溃，他不愿面对这样残酷的现实，他对着在天门宗唯一和他亲近的灵法师哀求道，"师父，你在天门宗的资历最长，你定是知道的。我爹娘是不是天门宗的灵法师？师父，你好好想想……"

老糊涂挠挠头，看着自己酒葫芦，为难道："我醉生梦死，哪里记得了那么多名字？"

"对！定是你们忘记了！"萧子瑜猛地站起身，如愤怒的狮子般推开所有人，带着泪水，疯狂朝一个方向跑去，"你们都是骗我的！我要自己去找！"

"你去哪里？！"吴先生在后面追问。

"随他吧，"周长老拦住了要追逐的众人，看了眼他前去的方向，低声吩咐严先生，"你派人将花浅和萧子瑜的来龙去脉再仔细查一查，查查花家是否有人幸存，若是没有，便找花家的故交好友，定有见过花浅的人，另外再查查萧子瑜的父亲究竟是谁。"

【贰】

"萧，萧，萧，萧仙儿，不对，萧大圣，也不对……"

萧子瑜在周长老的批准下，经过守卫审查，再次进入了天门宗正殿。这里面有五百二十三块黑曜石，或崭新，或古老，每块都刻着数十个灵法师的名字及他们的法器名称，萧子瑜相信记忆可以作假，记录不能作假。他睁大双眼，在这些记录的石碑上，一个字一个字地寻找父母的名字。他忽然觉得自己认得的字很少，似乎忘了"云帆"和"紫藤"怎么写，明明石碑上有那么多字，他竟怎么找也找不到能组合起来的六个字，这肯定是没学问的错。

"没有。"优美的声音在身侧响起。

萧子瑜抬起酸痛的脖子，他发现红衣不知何时从玉坠里飘了出来，正飞来飞去，兴致盎然地研究这些黑曜石石碑，时不时小声嘀咕："哎呀，这个叫夏建成的我认识，他光顾过……嗯，是个挺色的大叔，脑袋秃了一大块，还有兔儿牙，小气吝啬，喜欢动手动脚，恶心死了，活该死得早！哎呀，这个叫张桀的我也认识，爱吹嘘的家伙，出手倒大方，原来他不是二十九，而是三十九岁。呸！我就说他脸上怎么那么多皱纹，还骗我们说是灵法师征战四方，劳累过度，导致年少老成。清暖还信了他的邪，和我吵架，哼，还是我判断得准……"

萧子瑜一直很好奇自家法器生前是什么人。

可是现在的他已无力询问了，他第三次从头翻阅起石碑上的姓名来。

一只没有血色的手挡在他的眼前。

红衣飘到了他的身边，劝道："死心吧。"

萧子瑜倔强道："那么多名字，或许我眼花看漏了。"

红衣沉默片刻，摇头道："我读书一目十行，过目不忘。我已将石碑查了一次，姓萧的男子共二十四人，其中二十人皆是百年前作古的人物，剩下四人中，超过五十岁的两人，与你父亲年龄不合。剩余两人，一人出身塞外，一人出身南方，皆与你父亲差距甚远。至于红城叶家，不分宗族旁支，灵修女子共七十二人，符合你母亲年龄的有五人，无一人名紫藤。"

无论你看多少次，结果都不会变的。"

萧子瑜死死抓着石碑不说话，任凭眼泪缓缓滑过眼角。

他不相信父母是村民们口中的骗子，丢下他，卷了东西，在逃跑的路上死了。

"至少，我父母是爱我的吧？"萧子瑜都不愿相信这个说法，如今事实摆在眼前，他不得不信，他抬起满是泪痕的脸，问红衣，"我从小相信自己父母是灵法师，是大英雄。他们要为苍生而战，迫于无奈才将我抛下……他们或许是受伤了，或许是失踪了，或许是牺牲了，总有一天，他们会回来，将自己的丰功伟绩骄傲地告诉我……我是灵法师的孩子，英雄的孩子，那些诋毁爹娘的人都会道歉。我每晚都是这样告诉自己的，我以为自己走上灵法师之路，同样为苍生而战，就能向所有人证明我爹娘不是骗子。可是，如果他们真的不是灵法师，为什么欺骗村里人，为什么要抛下我……"

"未必，或许这世上绝大部分的父母都爱孩子，前提是他们先得有一颗人类的心。可是，有些连人都不配做的垃圾，怎配做父母？孩子对他们而言，只是利用和掌控的工具，只要有利可图，随时可以舍弃、出卖。"红衣轻轻将萧子瑜拥入怀中，若还在为人时，他定会给予这个同样被父母遗弃、伤害的孩子一点温暖，可惜化为鬼魂之器后，他的身体和心都变得冰冷如铁，感受不到任何的怜悯和同情。听着孩子绝望的问题，他的嘴角勾起一丝嘲讽的笑，用最温柔的声音，吐着最冰冷的话语，一点点撕裂孩子天真的心，"你只见过父慈子孝，你只羡慕天伦之乐。可是你见过被赌鬼父亲卖去青楼的女儿吗？她孝顺懂事，哭着求着，可惜骨肉亲情抵不过二十两银子的赌资；你见过被母亲送去换亲的女孩吗？她青春健康，温柔贤淑，为了给无耻下流的弟弟换妻，被迫嫁给一个疯子；你见过被贫穷父亲丢进山里喂狼的孩子吗？你见过因为怨恨丈夫而摔死自己儿子的母亲吗？你见过易子而食吗？你见过为攀附权贵，将亲生儿子送去做玩物的母亲吗？！傻孩子，这世间没你想象中的美好，禽兽尚不食子，人类之恶，更甚禽兽。你见过的太少，懂的也太少了！"

萧子瑜无力地靠在红衣肩上，听着他愤怒的剖析，静静地流着泪。

红衣想起女神给他的交代，安慰道："就算没有父母，你还有我。法器和主人才是真正相依相伴、永远不会背叛的亲人。"

"是的，我还有你。"萧子瑜忽然想起一事，抬起头不死心地说，"父亲寄回来的书信上并没有清晰说明门派，母老虎不懂灵修界的事情，只是说衣服很像天门宗的学徒制服，或许是她弄错了。我父亲不是天门宗的学徒，而是其他灵法门派的学徒，我母亲可能也弄错了，她不是红城叶家的人，而且其他叶家的……"

红衣劝说："你的希望越大，失望更大。"

萧子瑜使劲地摇头，他的眼睛再次亮晶起来，激动地说："我真蠢！我有证据！可以证

明我父母是灵法师！"

红衣问："证据是什么？"

萧子瑜只回答了一个字："你！"

红衣惊诧："我？"

萧子瑜从怀里掏出玉坠，血红的玉石上缠着紫色藤花，在银色链子上散发着柔润的光泽。红衣瞬间明白了，他们执着地寻找石碑来证明，却忽略了眼前的真相。萧子瑜父亲送的玉坠，上面刻着母亲紫藤的名字，足以证明是两人所有。而且玉坠的形态极其低调，若非灵法师，很难辨别出这是法器。

灭灵·红衣的存在，就是萧云帆和叶紫藤在灵法界存在的最好证明，也可以证明萧子瑜有灵法师的血统。或许他的父母不是天门宗的人，或许他们不怎么出名，或许他们不怎么出色，可他们依旧是灵法师，萧子瑜由衷地相信着这个推断。他决定找机会回萧家村，再寻母老虎问个明白。

少年的心里再次燃起了希望的火苗。

他不再流泪。

第八刻

【叁】

花浅倚在九曲回廊，天空再次下起细雨，雨点随风飘在她的发上、身上。

空中飘来一团艳丽的红色云雾，是绝色美人浮在空中，用苍白的手撑开红色油伞，轻轻笼在她的头上，挡住斜风细雨，温柔道："主人，人类的躯体柔弱，夜寒风大，小心着凉。"

花浅意识到身体湿冷，往回廊内走了两步，问红衣："他还好吗？"

红衣将正殿里发生的事情详细描述了一番："他略伤心了一会，很快就好了。"

花浅"嗯"了一声，良久方道："你的任务是照顾好他，不能有半点损伤。"

"是。"红衣回答得很简洁，也很坚定。他虽不明白女神派他保护萧子瑜的用意，可是他从不提出任何疑问。他越是明白苍琼女神的残忍无情和利益至上，就越是明白萧子瑜身上有泼天好处，这样的好处是绝不会透露的，所以绝不能问，只能自行寻找。

花浅沉默许久，忽然问红衣："动乱之夜，你察觉了什么？"

红衣犹豫片刻，小心翼翼地开口道："主人，或许有人察觉了你的身份。"

"是的。"过了很久，花浅苦笑着答，"杀死沈静的人对我有怀疑，才会用我的模样出现在萧子瑜面前。他知道我不在寝室，也知道我撒了谎，可是獬豸并没有识别出我的谎话，这证明了我是神魔之尊或十恶不赦之徒，再结合时间和其他资料对比，便可算出我的真实身份。

那么简单的圈套，我却不得不踏进去。"她倚着回廊影壁叹息，"我知道能被天界委任看守封印的天门宗绝不简单。如今看来，这小小门派的秘密比我想象的更多、更深，如今只能靠自己一一查探，若军师在此就好了。"在魔族，她武勇无双，喜欢用强硬姿态对敌，可是在阴谋策略方面，她不如军师。军师忠心耿耿，为她出谋划策，解决了许多麻烦。当时她经常嫌弃军师不够武勇，嘲笑他思虑过度的性子，鄙夷他对自己的感情，如今最需要的却不是能征善战的将军们，而是他。

花浅不害怕任何正面冲突，这种躲在暗处玩弄手段的家伙却让她难受。

红衣谨慎地问："主人，你可有感觉任何魔气的存在。"

花浅轻轻摇头："敌人或不是魔宗，或有更好的伪装手法，或和我一样借用了人类的身躯。不，不可能是最后一种，能做到这点只有神魔界最强的几位，他们在神魔之战中凋零殆尽。"莫非五百年间，人间出现了许多她无法掌控的变动？可是没关系，越是这样越有趣，她会将所有的一切碾压粉碎。

花浅嘴角露出一抹阴冷的笑意。

冰蟒焦急地问："怎么办？若那家伙蓄意对主人不利怎么办？"

红衣浅笑道："没事，不管他要做什么，不管他想怎样，我们都不用担心。因为我们知道他的目标是什么，只要按兵不动，他迟早会出现。"

花浅赞许地看了他一眼："果然是聪明孩子。"

冰蟒仍在迷惘："目标是什么？"

红衣再次施礼道："请主人查探秘密时留心幕后小人的卑鄙伎俩，我会看顾好萧子瑜。"

冰蟒看见主人再三对红衣表示出赞许，抢着表功："何须主人辛劳，咱们可以让魔宗派人去调查此事，我们只管将幕后之人碎尸万段！"

红衣迅速低头，忍笑不语。

花浅无奈扶额，若非不想在其他法器面前给自家法器难堪，她恨不得立刻就把这没脑子的胖揍一顿。就算蛇类生灵没什么脑子，他好歹跟着自己混了上万年，看了那么多阴谋诡计，怎能如此丢人现眼？看着冰蟒茫然的表情，她只能咬牙解释："只有魔宗之人方可借助我的名号和令牌，驱使这只妖魔。呵呵，供奉苍琼女神的神殿，他们的主人拿着我的令牌，指示蚀月魔行动的目的是——杀我。"

"什么？魔宗已背叛主人？！"冰蟒大惊，总算察觉主人脸色难看，心下忐忑。

红衣看见形势不对，笑道："主人，我替子瑜主人送来些桂花糕点，他说这个不甜，或许对您胃口，请您尝尝。另外他说您似乎不喜制符，没在材料库领什么东西，若有剩余的黄纸份额，便让冰蟒大哥给我取些？"

　　花浅挥挥手，冰蟒如蒙大赦，赶紧带红衣离开。

　　两人一路行去，冰蟒沮丧万分，心里抱怨红衣太爱出风头。

　　红衣生就七巧玲珑心，怎会不知他的心意。他清楚不管是避免对方吹耳边风还是想得到更有用的信息，讨好主人身边的人和讨好主人同样重要。更何况出身人类的他先天就不如**魔**族能得到女神的器重，所以现在和未来都需要靠山，便飞下来诚恳道："冰蟒大哥，你是主人的左膀右臂，素来能征善战，武勇能干，深得主人信任，不耐烦像我这样弯来绕去猜心思也是正常的。虽然我不懂魔族是怎么划分，但人类讲究先来后到，咱们虽然都为主人办事，但论地位，论身份，论先后，你都是大哥，我是小弟。以后我不管猜到主人什么心思都给你打眼色，或让你来告知主人，如何？"

　　冰蟒大喜："甚好！我就是不擅长动脑子，老惹主人不高兴！"

　　红衣掩唇轻笑："小弟不才，却在服侍人方面颇有心得，要不我教你服侍女人的诀窍？讨主人欢心？"

　　冰蟒更喜："大好！大好！以后你就是我亲弟！有事我罩着你！谁欺负你我揍他娘的！"

　　"能得冰蟒大哥照拂，小弟感激不已。"

　　"太见外！"

　　"大哥。"

　　……

　　静心居，萧子瑜惊喜地捧着大叠黄纸："这是浅浅送我的？"

　　红衣笑意盈盈："她怕你修行制符不够用，命我偷偷送来。"

　　萧子瑜大为感动："浅浅真善良。"

【肆】

　　乌云蔽月，孤鸦远啼，深秋的寒风穿过天门宗的内殿，带来阵阵凉意。镶在天花板上的夜明珠散发着微光，透过纱窗，半明半昧。有黑衣法器抱剑，沉默守在门口，仿佛石头雕成的人像，听不见屋内一切声音。

　　屋内，两名老者，紫檀桌上香茗一杯已尽，一杯已冷。

　　"现在世道没有以前太平，这几年，东北、西南、海岛……甚至皇城都出现过妖魔作恶，光是天门宗剿灭的就有七十二起，还没算潜伏不现身的混蛋，它们是越来越嚣张了。前阵子**融魔**复活，魔音鸟作乱，天门宗内也出现过魔宗的痕迹，我相信莫非子的预言是正确的，苍琼女神即将苏醒，天地陷入混沌，鲜血填满大海，尸骨堆积成山，三界沦为地狱。当年苍琼

女神被钉不归岩，待她苏醒后会进行复仇，天门宗将成为第一个被血洗的目标。人类的力量很难与神灵抗衡，所以绝不能让她复活。为此，天门宗可以付出任何代价。"周顺天描述着末日的景象，平静的声音里透着淡淡苍凉。他是天门宗的长老，今年已八十有三，常年灵修和习武生涯，让他身材依旧挺拔，头发只有两鬓有些花白，看着不过四五十岁上下的壮年。天门宗掌门为登仙道，在二十年前闭关修行时，将天门宗事物交托于他，这位睿智的长老断谋准确，铁面无私，深得灵法师们的信赖。大家都相信他对所有的恐怖都不畏惧，哪怕绝境也难不住他。大家都相信他是天门宗的灵魂支柱，亦是人类对抗魔族的最强屏障。

期望如巨山，信任像重担，牢牢压在这可怜老人的肩上，他无法卸下，只能咬紧牙关挑起来。莫非子的预言，恐怖得让人毛骨悚然，前路危机四伏，排山倒海的压力却不可对人言。周顺天的心里最信任的一直是那位年幼便在一起的朋友，他们是同窗，也曾是并肩作战的好兄弟。那时候他们青春年少，意气风发，共同出生入死，彼此无话不谈，经历过无数喜怒悲欢。遗憾的是，所有的感情都在三十年前，随着乾坤·玉玲珑的影响而产生间隙，又在十四年前，随着乾坤·玉玲珑的破碎而彻底结束。

饶是如此，周顺天仍知道，哪怕是意见分歧，争吵不断，何思道依旧是不会背叛他的朋友。所以他对何思道的堕落痛心疾首，一次又一次想将躺在沼泽深处的朋友拉出来，哪怕努力一次又一次都被置之不理，他也不愿放弃。

外人对此很难理解，都觉得周顺天是白费工夫。

可是，在周顺天的印象里，何思道仍是当年那才华横溢的灵修师，不是什么狗屁老糊涂。

何思道对桌上的香茗嗤之以鼻，只捧着酒葫芦一个劲地灌，他今年不过六十五，十余年毫无节制的酗酒和邋遢生活，让他看起来比实际年龄大了许多，青丝早已花白，站在比自己年长的师兄旁边，看着倒像是对方的爹。可是他并不在乎这些，更不在乎什么人类的狗屁命运，他说："不怕不怕，万事有师兄在，师弟相信你天塌下来也能顶住。"紧接着，他又开始灌起酒来，却未曾喝到口里，摇晃了半晌酒葫芦，却发现已经空了，便再也坐不下去，嬉皮笑脸地要告退，"我先走一步。"

"别喝了！"周顺天恨铁不成钢，想把水灌进他装满马尿的脑子里，让他清醒清醒，他苦口婆心地再次劝说，"何思道，师兄知道你是性情中人，重情重义，过去的事我也不说什么了。如今天门宗危在旦夕，你不能再颓废下去了，你曾是灵法界最优秀的灵修师，别忘了过去的荣光，我会替你再寻更好的制符法器，你应该振作起来了。"

年年岁岁，两人间重复着一模一样的对话。

周顺天劝诫，何思道瞎扯。

可是，谁能将一个根本不想从泥沼里出来的人真正拉出来呢？哪怕说得口干舌燥，周

启明之时

顺天也得不到任何正面的回答，他早已劝得麻木，对今年的努力也不抱任何希望，越说越丧气。

"法器？更好的法器？"不知哪根针刺痛了何思道顽石般的心肠，竟让他的脸上有了些波动，他忽然开口驳斥了这位从不敢驳斥的师兄，"天下哪有更好的法器？！"随着这声质问，何思道掌控极好的情绪出现了些许裂缝，他那对世间一切都不在乎的浑浊双眼里，终于流露出痛苦的神色。若非亲眼所见，你永远想象不出这是怎样的感情，如同被冰封的大海，海面下有汹涌的漩涡。紧接着，他笑了起来，那种笑声就像一条艰难挤过冰缝，跃出海面，然后躺在冰面上等死的鱼，那是拼尽全力后的绝望。他嘲讽道："师兄永远是那么理智，那么冷静，在你心目中，只要为了天门宗，为了天下苍生，没有什么是不可牺牲，不可取代的，哪怕是法器、尊严、原则，甚至生命。可惜你能轻易找到代替耀阳的默言，却永远找不到能代替玲珑的法器，她是我的唯一，你为何就不能答应我那么小的要求呢？"

"你的要求简直不成体统！"周顺天被气笑了，"原来你还不曾从那荒诞的梦里清醒过来？！法器不过是人类手中的工具，你哪来的那么多痴念头？简直莫名其妙！愚蠢至极！荒唐可笑！"

好意未曾被接受，过去还没被放下。

何思道从来不明白别人的好意和苦心，更不明白世界的禁忌，明明年过花甲，他还是那个幼稚的少年，仿佛活在梦里，永远看不清世界的黑暗。

"荒唐吗？我只知道没有法器的灵法师不过是个废物罢了，你别忘了自己失去耀阳的时候，脆弱得连暗夜魔都可随意欺负你。"何思道嘴角的嘲讽渐渐消失，他极正经地回答，"我醉了那么多年，就是不要醒来。这墨守成规的世界对我毫无意义，至少醉了我可以不用看，不用听，不用想。师兄，我知你做的所有事都是正确的，我也知你是为我好，我更知自己选的是错误的路，可是，师兄……我已不是小孩子，不是你心里那条需要照顾的跟屁虫，我只想选择自己的路，不管是对是错，都让我走下去。"

周顺天喝问："你是让我放纵你醉生梦死？将自己彻底摧毁？"

何思道摇摇头："昨夜之前或许是，昨夜之后我已不会放弃。"

"为何？"周顺天略一思索，便想出了问题的答案，"因为他？萧云帆的儿子？我们根本不能确定他是不是萧云帆的孩子，说不定是谎话。"

"我相信他是，他的眼睛和他父亲一模一样，性格亦是同样的倔强和冷静。"

"就算他是又怎样？"

"就算他是又怎样？！"何思道冷笑了两声，嘲讽地反问。

周顺天沉默片刻，无奈道："对，如果他真是萧云帆的孩子，理应得到整个灵法界的尊重，得到更好的优待，因为萧云帆是真正的英雄。此事我们还需再调查清楚，不可声张，为

了萧云帆的遗愿，亦为了天门宗的声誉，若他真是云帆和紫藤的孩子，我们暗地里好好补偿他便是……"

"得了吧，少假惺惺了。"何思道毫不留情地嘲笑，"无论做什么，都不能掩饰我们是懦夫的事实，你甚至连承认萧云帆的存在都不敢。你有胆子去萧子瑜面前告诉他，他父亲的事情吗？告诉他，整个灵法界都应在他父亲面前跪下谢恩！"

周顺天沉默许久，方道："对不起，我愿意为补偿萧云帆做任何事，也愿意好好照顾萧子瑜，可是为了天门宗，为了灵法界，为了天下的安稳，我不能将真相告诉他……过些日子，我会找个理由将他调到我门下，替他换个更好的法器，和岳无瑕他们一同修行。"

"放屁！"何思道怒斥，"我教导他不是因为他是萧云帆的孩子！而是因为他是萧子瑜！他有比他父亲毫不逊色的天赋！你想和我抢徒弟，下辈子再说！灭灵·红衣是极好的法器，人美心善，聪明伶俐，懂事可爱！你想唆使萧子瑜换掉他，也下辈子再说！"

周顺天被骂得愣住了，他明白老糊涂对萧子瑜的偏爱，却不明白他为何连红衣那种弱小法器也要维护。转瞬间，他忽然又明白了，乾坤·玉玲珑是鬼器，灭灵·红衣也是鬼器，鬼器在他心中的地位是不一样的，他又想起当年的悲惨往事，不由阵阵揪心，低声再劝："你让萧子瑜用红衣就用红衣吧，反正乱不了灵法界的规矩。我也理解你对玲珑的感情，可是事情过去了那么久，你也该放下了。"

"不，师兄你不理解，你永远都不会懂得我的感情。"何思道的眼眶阵阵发红，他再也无法隐藏自己的感情，越发激动起来，"乾坤·玉玲珑在你心里不过是个微不足道的法器，可是她是我最珍爱的法器，是朋友，更是我的妻子！是唯一的挚爱！"

十四年前，九月九日，玲珑碎去，恩爱不再，那是他永远无法忘记的烙印。

慷当以慨，忧思难忘。何以解忧？惟有杜康。

他愿沉醉酒国，永不醒。

"堂堂男子，怎可毁于妇人手？！"周顺天气得几乎咆哮起来，"更何况，人类怎可与法器结亲，法器就算再美丽也是玩物，她能替你传宗接代吗？她能替你生儿育女吗？她能在你出门作战的时候替你操持家务、孝顺父母、守护家人吗？灵法师和自己的法器结亲这种事，是奇耻大辱！你想出门就被戳脊背吗？你想和玲珑一起活在别人异样的眼光里吗？你想丢尽天门宗的声望和师父的脸面吗？好歹活了几十岁！你就不能让人省省心吗？！连十六岁的岳无瑕都比你强！比你懂事！"

"够了！"何思道果断地打断了他愤怒的话语，他冷静地说，"师兄，我明白你所做的一切都是正确的，我也明白你对我的一番苦心。为了天门宗的声誉，为了你，我不会将萧云帆的事告诉萧子瑜。但从今往后，请你不要再干涉我选择的路，哪怕是身败名裂，头破血流，

甚至是死亡，我也绝不怨你。对了，萧子瑜是我千挑万选的徒弟，我要亲自执教，你不要把对岳小子的那套放在他身上！也不用像教育岳小子那样教他，他不需要你的关心！"

周顺天差点气笑了："听你口气，莫非你认为我教出来的徒弟不如你？认为萧子瑜比无瑕强？无瑕是百年一遇的天才，无论才华还是品行，他都无可指摘，无论灵修还是读书，他都首屈一指，他是天门宗下一任掌门的继承人；而萧子瑜是个身体脆弱得不堪一击的孩子，他根本没继承到父母的天赋，也无法进行高强度的灵修修行。若不是看在萧云帆的面子上，我天门宗绝不留这样的学徒。"

何思道却毫不犹豫道："是，我认为岳小子不及萧子瑜。"

周顺天这辈子最骄傲的徒弟就是岳无瑕，他容不得任何人轻视自己的爱徒，不由怒喝道："你果然老糊涂了！这种不要脸的话都说得出口！"

何思道喝了两口酒，恢复了嬉皮笑脸："师兄别怒，你年纪大了，脑子糊涂，看不出璞玉也是正常的。"

"我糊涂？"周顺天看着他醉生梦死的模样，忽然想了个主意，半开玩笑半认真问，"你可愿打赌？咱们就赌五年后，萧子瑜和岳无瑕谁更强？"

何思道打蛇随棍上："赌注是什么？"

"若你输了，以后不准再喝酒，重新寻找法器，广收徒弟，传授制符造器，重振天门宗灵修一脉。若我输了，"周顺天想了会儿，笑道，"便由萧子瑜做天门宗下任掌门！"

"这个赌注不公平，"何思道摇头，"若是岳小子输了，他本该退位让贤，我家小子瑜何时占了你半分便宜？这买卖做不得，做不得！"

周顺天问："你欲如何？"

何思道想了半晌，忽然道："若是子瑜赢了，你就将萧云帆夫妇的事情公告天下！"

周顺天果断道："不行！此事会引发灵法界动荡！"

"原来师兄对岳小子的信心都是装出来的啊？我就知道那家伙不争气，花架子，哪里配做未来掌门？"何思道大笑道，"他连萧子瑜这个废物都比不上，那就是比废物更废物的废物！待我出去宣传宣传。"

"我何时对无瑕没信心？"周顺天发现自己入了个坑，事关原则，他应也不是，不应也不是，最后他咬牙道，"若是萧子瑜赢了，也算师父教导之功。我除了将下任掌门之位让出外，还答应你所求之事，将乾坤·玉玲珑以你妻室之名，葬入天门宗忠烈园，刻入英魂碑，将来你与她合墓，再向天下认错。"

何思道大喜过望："此话当真？"

周顺天傲然道："无所谓，我根本不会输。"

何思道跳起身，往门外跑去。

周顺天叫住他，问："你去哪里？"

"找我家宝贝徒儿修行去！哈哈，他就是我的福星啊！"何思道扬了扬酒葫芦，大笑着离去，欢快得仿佛像个解开枷锁的孩子，"师兄！今天月亮很圆！记得要心情开朗，才不愧对那么美的月色！哈哈，今天是个好日子呢！吴家大妹子，那么晚去哪里？有伤者啊？治疗完过来陪我喝两杯啊，让你家小鹤舞斟个酒跳个舞来助兴啊。哎呀哎呀，你别见了我就跑啊……"

周顺天听着他的笑声越来越远，稍有焦虑。他深深地叹了口气，清冷的空气迅速驱散了内心的不安，他相信自己的眼光，萧子瑜这样的废物绝无可能击败完美无缺的岳无瑕。

【伍】

瑶台仙田，方寸斗室，原本的酒味被新鲜空气取代，大堆杂物全部消失不见，取而代之的是一张书桌，还有大堆大堆的书籍。有散发着淡淡墨香的新本，有线都快散开的古本，甚至还有二十多个旧竹简，刻满看不懂的古老文字。萧子瑜埋首书山，手悬狼笔，口中念念有词，两眼通红，似乎几天都没睡好觉。

花浅随意翻着竹简，神游天外，琢磨天门宗会将秘密藏在哪里。

红衣手捧食盒飞来，娉娉袅袅地将食盒打开，将菜肴一样样布于桌上，油爆过的花生米、酱腌的海带丝，配着碧梗粥和小碟炸鹌鹑格外开胃，然后又拿出几块甜香四溢的白糖糕，再次劝埋首用功的孩子道："主人，您和浅浅都歇会吧。功夫不急于一时，累坏身子不值得。"

"天奎末、蚁牛粉、灵砂土都是属于同类型的土属性材料，外观极其相似，他们的区别在于……"萧子瑜压根儿没听见他在说话，自顾自地边抄边背。他原以为上次顶撞了周长老，定会遭到处罚，甚至被逐出师门，他忐忑不安地等了几天，没等到任何责难，大家按部就班地修行，那场动乱仿佛没发生过。学徒们的课程终于上了正轨，为了让新学徒们早日适应灵修生活，早期的灵法师训练都极严格，每天练武校场上风雨不动地站着两排挨罚的倒霉蛋，一溜手提砖头蹲马步的是灵战师学徒，一溜头顶砖头大声背规矩的是灵器师学徒，偶尔还有几个带着灵兽站在屋檐下挂着牌子反省的灵兽师学徒，唯萧子瑜从未加入过任何处罚队列。他在众人嫉妒羡慕恨的目光下，被老糊涂抓去瑶台仙田开小灶，每天头晕脑涨地回静心居时，他都会被莫珍冷嘲热讽地说是靠拍马屁才逃过痛苦训练的。唯独萧子瑜自己知道，若非心里还有些不要命的狠劲儿，否则他宁愿去校场上扎马步。

制符如画图，练笔先练线。手要稳，笔要正，千丝万缕穿插其中，每条线都不能偏。

每日百张线图，反反复复画着基础线条，老糊涂布置的功课枯燥无比，这种基础的课程没有任何天赋可以弥补，必须用毅力来克服。半个月来，萧子瑜为了多得些练习机会，多拿些制符材料，偷偷帮对制符没兴趣的花浅把功课一并做了。每天画两百张线图，手腕练得红肿麻木，每天晚上都靠红衣用热水敷，否则没有知觉。亏得萧子瑜素有耐心，才咬牙坚持了下来。老糊涂也知道他们私下的小动作，只是他对教导花浅这种灵战师最没兴趣，睁一只眼闭一只眼也就过了。

萧子瑜越画越熟练，越画越顺畅。

忽然，花浅伸出手，抓住了他的笔杆。

萧子瑜迷惘地抬起头："我还有八十八张才画完。"

花浅不容置疑道："该吃午饭了。"

"已经这个点了？"萧子瑜不敢置信地看着窗外猛烈的阳光，终于察觉时间有些不对，他的肚子适时叫了两声，这才觉得饿了，赶紧谢过花浅的体贴，接过粥大口喝了起来，喝了两口，却见红衣在旁边，无聊地捧着那碟白糖糕，轻轻地嗅，仿佛在闻世界上最好闻的味道。萧子瑜好奇问，"你没吃过白糖糕吗？"话刚说完，他又觉得自己多嘴了，红衣的模样气度都不是小门小户培养出来的，白糖糕又不算什么昂贵点心，只是特别甜腻，乡下稍微有钱点的人家进城时也能吃个一两回，红衣怎会稀罕这个？

"天门宗的糕点不过寻常，最好的糕点在京城的百味坊。"红衣深吸一口气，将白糖糕轻轻放回萧子瑜面前，叹息道，"我生前最喜欢甜食，可惜没福气，我还记得那碟蜂蜜玫瑰酥的气味，浓郁蜜味里面有淡淡的玫瑰香，随风飘来，很美好。"

萧子瑜越发不明白了："你只喜欢闻？不爱吃？"

红衣纠正道："不是不爱吃，是不能吃。"

萧子瑜疑惑不解："为什么不能吃？"

红衣随口回答："因为吃甜食会胖，会坏牙，所以不能吃，牛羊鱼肉也不能吃，会留气味。为了维持身材，我平日里能吃的东西是极少的，有时候只有一些香露，"他想起往事，笑了起来，"那时候我半夜饿得不行，溜去厨房偷东西吃被发现，被罚饿了三天。"世人好细腰，他就只能挨饿，饿出弱柳扶风的身材、盈盈一把的细腰来取悦众人。

萧子瑜虽不明白红衣为何要刻意挨饿，却明白挨饿的滋味，他替自家法器难过。

冰蟒给花浅泡茶，听见这番话，不太明白红衣话中的哀伤，随口安慰："人类真奇怪，有人想吃却没得吃，有些人能吃却不肯吃。你又不是女孩儿，要那么漂亮做什么？把自己饿得那么瘦，风吹吹就倒怎么行？！男人就要结实魁梧才是好汉子！哪怕胖得像个球也比瘦巴巴好，你生前的老板肯定是舍本逐末的吝啬鬼！连饭都不给你吃饱，怎么干活？若他还活着

我替你收拾他！晚点我替你寻些糕点味的养护油来，玫瑰芙蓉露味道顶好，很多法器都喜欢。"

红衣被他乱七八糟的话逗笑了，连声道："往事已过去了，不必再追忆，先谢谢大哥的照顾。"

冰蟒大咧咧道："好说好说。"

萧子瑜见他露出笑颜，又和冰蟒相处融洽，也释怀了，匆匆吃完饭又继续在纸上画线条，花浅继续看书。

"乖徒弟！你可得给师父争气！"忽而，老糊涂像一阵风般冲了进来，看见花浅在旁边，皱眉道，"你怎么还没走？灵战师不滚校场上去打木人，留在这里添什么乱？偷看我给宝贝徒弟上的独家课程？"

他似乎忘了自己也是花浅的师父。

萧子瑜迟疑着要不要提醒他，花浅早已干脆利索地起身走了——她不稀罕做什么灵修师，更不稀罕学这些凡间的普通咒符。既然萧子瑜在这里乖乖画符，有老糊涂和红衣盯着，不存在什么危险，她不如去查探天门宗的秘密之所。

老糊涂等花浅走远后，表情严肃地告诉萧子瑜："我要将你培养成超越岳无瑕的灵法师！"

萧子瑜觉得自家师父喝醉了。

岳无瑕早已是光辉万丈的太阳，他只是黯淡无光的小星星，而且萧子瑜的成长经历造就了他低调谦逊的性格，做事微小谨慎，不喜出风头，也不喜欢引人注目。比起成为太阳的他更喜欢月亮，在孤寂的夜里反衬太阳的光辉却是不可缺失的存在。

老糊涂挥舞着酒葫芦："周顺天那刚愎自用的混蛋！咱们得好好打他的脸！"

萧子瑜默默低下头，没敢反驳师父口沫横飞的豪情壮志，免得被喷一脸酒。

老糊涂说够了豪言壮语，回归正题："你不是问师父符咒如何战斗吗？"

萧子瑜激动地点头。

老糊涂胡子微动，左手中忽然冒出一束火焰，喷向萧子瑜画好的大堆黄纸上，尚未等萧子瑜开口惊叫，右手又化出一片冰雨，在半空中将火焰浇灭。起手反手间，却见云雾飞扬，雷声四起，瞬息间四种基础符咒放了个遍。萧子瑜竟看不出他是何时掏出符咒，何时施放的。老糊涂见徒弟看得目瞪口呆，遗憾地开口道："快，是灵修师战斗的基础，可惜我老了，动作也慢了，否则数种符咒可以接近同时放出。虽然普通灵法师也能运用符咒，可是只有灵修师的法器拥有储备符咒和随时制作符咒的能力，也只有我们才能随身携带和即时制作各种各样的符咒，灵活多变，对症下药，用脑子才是灵修师的战斗方式。面对使用火焰的法器，我们可以用冰符、水符、雾符化解，面对使用寒冰的法器，我们可以用火符、土符化解等等，

但所有的战斗的前提都是快，若是被对手打断或看穿出手便是你失败的时刻。"

他说话间，手心再次出现一股冷水将萧子瑜淋了个透心凉。

萧子瑜愣了片刻，打了个喷嚏。

"蠢东西。"老糊涂将风、火、雾、水、土五种符咒交给萧子瑜，"从今天开始，你除了练习线条外，再将这几种基础符咒制作十次，我会让符材仓库给你增加相应的材料供量，你每天的空闲时间都要练习符咒释放的手法，记住要快而隐蔽，以后我会随时向你释放基础符咒，你要随时破解，等什么时候能后发先至，将我攻击你的符咒化解掉才算小成。"

萧子瑜连声应下，他为功课增加既高兴又苦恼，保证道："就算不睡觉，我也画完！"

老糊涂拉了拉他颈间玉坠，呵斥道："你这初出茅庐的小鬼器，让主人练练线也罢了，画符咒时还敢偷懒？要你何用？"

随着红衣一声轻笑，红光闪过，桌上五张基础符咒瞬间消失。

萧子瑜错愕间，玉坠忽然发出柔柔红光，像最柔软的水，缠绕在他的手腕和笔杆上，萧子瑜感觉桌上符咒不过看了一眼，所有线条却如刻在脑海中般清晰。在红光的包裹下，他画的每条线条都更加稳定有力，速度也开始加快，不需思索，不需停顿，在法器的带领下，他仿佛天生就知道怎么画。

世间法器与主人之间都有通灵默契，红衣作为制符法器，自有独特之处。

萧子瑜初尝滋味，很快沉浸其中，连老糊涂飘然而去也未察觉。他只恨不得多画点，再多画点，直到材料用完才意犹未尽地停下笔。红衣再次现身，朝他柔声道："主人，该休息了，我替你取饭食去。"

红衣长年累月地唱歌，声音柔媚至极，带着入骨风流。

萧子瑜揉揉酸痛的手腕，准备回寝室再继续努力。

"你个死娘娘腔，说话不男不女，真是恶心。"窗外传来一把极尽嚣张的声音，鲜艳的红发仿佛烈焰在风中燃烧，凤凰降临，美丽的红色双眸傲慢无礼，"你就是喜欢扮女人吧？这种癖好是……我想想主人上次说鬼魔童扮小孩吃人时用的那个词是什么，我想起了！变态！大变态！"他仿佛找到了最有趣的事情般，蹲在窗台上做了个鬼脸，继续讽刺道，"红衣是男扮女装的变态！"

红衣脸色微变："你在偷听？"

萧子瑜转头寻找："无瑕师兄？"

"绛羽休得无礼！回来！"岳无瑕气急败坏地冲了过来，帅气的脸有点黑，他将敲门的手收回，狠狠将绛羽从窗台上拖下，加重语气，严厉训斥，"你丢脸的事是我们调查不足的错，我已重重补偿过你'受伤'的心灵了，不是答应就此作罢，不胡闹了吗？你若再对红衣恶言

相加，我便关你禁闭！绝不留情！"

绛羽知道主人动了真怒，不好再继续下去，他撇撇嘴，嫌恶地在红衣漂亮的脸上又看了几眼："看在主人面子上，饶了你。"

红衣看了眼羞愧的岳无瑕，笑着对绛羽打趣："绛羽大爷，你的家教真好，脾气也真好，你定是天底下最善良的法器，哪里会和我这种小角色计较？"

美人一笑，艳若春花，眼波流转，看得人魂都没了。

绛羽得瑟得浑身羽毛都要抖起来了，傲然道："必须的！"

红衣笑个不停。

法器的灵魂多数是动植物，脑子比较简单，哪怕是神器、珍器也没有在智商上的优势。岳无瑕被反讽得无地自容，却知道自家法器脾气不好，脑子也不怎么好使，而且极度自恋自信，和他解释是件极困难的事。只好把丢人现眼没文化的法器收回去，尴尬地对萧子瑜和红衣分别行礼："对不起，绛羽的性格实在糟糕，我做主人难辞其咎，回去会严厉教训他的。"

岳无瑕性格谦虚，有口皆碑。

绛羽虽然脾气不好，喜好奉承，但在帮助同门斩妖除魔时从不含糊，众人虽讨厌他，却不憎恨他。何况他向红衣求婚的笑话依旧被说到现在，还有代代相传下去的趋势，萧子瑜能理解绛羽心里的怨恨，也知道岳无瑕的苦处。他和红衣打了个商量，问他可不可以和绛羽和解，红衣这辈子什么风浪没经过？哪里会把绛羽这点小心思放心上？他笑嘻嘻地随口应了，一溜烟跑回玉坠里看书，不出来了。绛羽见斗争对象跑了，念叨几句，自觉无趣，也回了剑中。

萧子瑜松了口气，问："无瑕师兄怎么来了？"

岳无瑕收回法器后，也松了口气："为动乱之夜来，听说你是当事人之一。"

绿竹林被袭击，女学徒身死，目击者众多，纵使灵法师们极力封锁消息，动乱之夜的消息在天门宗内还是流传得很快。纵使先生们解释是场意外，可是看着天门宗加强数倍的守备，学徒们都不太相信，谣言越传越广，故事越编越离奇，还衍生出各个版本，弄得人心惶惶。有两个胆小的学徒还装病，央求父母接他们回去，严先生毫不留情地将他们逐出了天门宗，让其一辈子都别回来了，并严禁大家私下讨论此事，违者交由刑堂打板子。

萧子瑜迟疑问："是长老叫你来的吗？"

岳无瑕不好意思地笑道："是我自己要调查的。"

萧子瑜有些惊诧，在他心目中，岳无瑕是个最规矩的学徒，到哪里都备受赞赏，犯错什么的事情与他无缘，可是他面前的岳无瑕却像个不规矩的坏孩子，调皮活泼，竟偷偷摸摸地调查师父不准查的事情。萧子瑜问："为什么？"

岳无瑕没有隐瞒，他平静地说："我没有家，天门宗是我唯一的家，我不愿意任何肮脏

的东西玷污它。而且沈静死了，她虽然看起来有些孤僻，不爱说话，却是个极好的女孩子，经常默默地帮助大家。她的死，让我们都很难过……"

难过褪尽，是燎原的怒火。

天门宗是让灵法师安心的地方，也是他们劳累征战后休息的家，他们可以放下法器，安心熟睡。当这个世界上最安全的庇护所被侵袭后，人心惶惶，互相猜测，还有谁能熟睡？

灵法师可以战死沙场，却绝不应死在家里。

前者是荣耀，后者是噩梦。

萧子瑜明白了岳无瑕的决心，他犹豫道："严先生说是场意外……"

岳无瑕笑了笑："你认为呢？"

萧子瑜不自信地答："我不知道。"

岳无瑕俯下身，看着他的眼睛，嘴角忽然露出个璀璨的笑容："你什么都知道的，只是你不敢说。拿出点自信来，你是未来的灵法师！在灵法师考核的时候，你展现过非凡的勇气和聪明，我相信你现在也能做到。试试吧，说错不要怕，错误不会对你造成任何伤害的。"

"我认为严先生是撒谎，他怕我们过度恐慌。"萧子瑜看着意气风发的岳无瑕，再对比笨拙的自己，越发觉得师父对自己提出的要求——超越岳无瑕——是个不可能完成的任务。但他希望不要和岳无瑕的差距太远，只要追近一点，哪怕是一点点也好，至少他应该勇敢些，就像对老糊涂诉说梦想时一样，他想把自己心里憋着的话说出来，"那天夜里，蚀月魔好像是冲着沈静师姐去的。若说不是巧合，沈静学姐进入天门宗的时候，蚀月魔已经在禁林了。沈静学姐是灵器师，她的修行不涉及饲育妖魔方面，所以不可能惹怒蚀月魔的。若说是巧合，为什么蚀月魔不杀路上阻拦它的可可师姐，反而直冲绿竹林呢……"

岳无瑕赞同道："你认为呢？"

萧子瑜想了想，肯定地回答："我认为，蚀月魔是被指示的！目标就是沈静学姐，天门宗内隐藏着魔宗的人。"

"我没看错你，你果然很聪明，也很大胆，分析得和我想的一样。"岳无瑕欣慰地笑了起来，"蚀月魔的血液有特殊的腐蚀魔性，是最上等火属性符咒的制作材料。这头蚀月魔抓回来后，在天门宗已关了七年，每个月都被灵法师取血，痛苦折磨之下，它的内心充满黑暗的怨恨。若是逃脱，它的首要复仇目标应该是折磨它的灵法师，而不是天门宗的女学徒，更不是与世无争的沈静。可是，这头蚀月魔偏偏冲去绿竹林，越过拦截它的陈可可，杀了沈静，与理不合。我曾无意听见师父们的对话，天门宗里面似乎有很多秘密，其中有条隐藏的秘道，曾有叛徒借此逃往外界，现在很多人都在寻找这条密道。"

萧子瑜问："你也在寻找秘道吗？"

"不，"岳无瑕断然否决，"是我们在寻找这条秘道，寻找隐藏着的魔宗人，寻找蚀月魔杀死沈静的真正目的，我邀请你加入我们。"

萧子瑜再次问："你们？"

岳无瑕肯定地答："是的，我们。"

萧子瑜不确定地问："为什么是我？"

岳无瑕挠挠头，疑惑问："我们不是朋友吗？我可是很信任你的。"

朋友吗？他可以拥有岳无瑕这样的好朋友吗？

萧子瑜心中一阵激动，他不愿辜负这份信任，用力重复道："好，我们。"

在这谜团重重的动乱之夜里，在这谜团重重的凶杀案中，他们想看清幕后的真相。

启明之时

第九刻——混沌之时

你寻找秘密，你寻找答案。

不知不觉间，你将踏入地狱。

【壹】

岳无瑕带着萧子瑜偷偷摸摸地来到后山，娴熟地东拐西拐，来到悬崖附近。他拉了几下挂在悬崖旁的藤蔓，藤蔓上方传来两声清脆铃响，有条仿佛活着的绿色藤蔓爬了下来，自行编织成篮，载着两人往上空升去。悬崖中间，有宽约一人的洞穴，待进入洞穴，里面豁然开朗，是个约莫五丈长宽的石厅，数盏蜡烛昏暗地映出一张石头雕成的长桌，旁边围着十余个石凳，石凳上围坐着四个人，都是高年级学徒，有三个人是萧子瑜认识的——祝明、胖子、蓝锦年，还有个肩膀上坐着只蝙蝠的瘦削男子，正在听蓝锦年抱怨："那该死的魔宗，竟将放出蚀月魔的黑锅让我妹妹背！把锦儿吓掉了半条魂，这些日子见她都没那么活泼了，饭量也变少了，整个人瘦了一圈，可怜见的。我家宝贝妹妹这辈子就没受过那么大的委屈，我非弄死那陷害她的家伙不可！"

胖子跟着附和："锦儿妹妹虽瘦弱了几分，可是腰也细了一圈，看起来更动人了。"

祝明可能是被陈可可打击大了，整个人看起来很憔悴，胡子都长了一圈。

萧子瑜看着这周围石雕的一切，惊诧不已，他不认为这是几个灵法师学徒用几天工夫做出来的地方。

岳无瑕看出了他的疑惑，笑道："这是胖子无意中发现的地方，似乎是灵法师前辈留下的秘密场所。我们经常在这里举行私密聚会，参加者共有六人，我是负责人，用传信鸟传信怕被师父发现，这里就是联络点。咱们都是学徒，课程不同，时间也不同，如果你发现了什么有用情报，可以来这里交流，如果没有人，就将情报塞进左边的石缝里。"

萧子瑜慌忙点头。

胖子看见萧子瑜，惊叫道："你说带个帮手来，带这种小鬼来做什么？"

祝明站起身，喜道："子瑜？"

瘦削男子皱眉："能信任吗？"

岳无瑕肯定道："子瑜经历了动乱之夜，能帮上忙，我信任他。"

蓝锦年也认出了他的模样，感激道："对！他帮过我妹妹！能信任，能信任，晚点我帮你揍那个叫莫珍的家伙报恩啊，和你同住那个大块头真是废物，半点用处都没有。"

"不用麻烦。"萧子瑜赶紧推辞，忽然想起那晚的事情，向岳无瑕提议，"不如让花浅也参加这个行动吧，沈静是她的舍友，或许她知道的事情会更多。"

岳无瑕沉思："花浅？我知道她，据说是性格古怪的女孩。"

萧子瑜保证："花浅只是不爱说话，其实是个很好的人。"

岳无瑕笑："我会去见她的。"

学徒间流传着许多关于花浅的传闻，孤高冷傲，目中无人等等。岳无瑕也在其他人口中打听过这个动乱之夜的当事人之一，他不认为花浅是那么简单的女孩，更觉得沈静之死，花浅一定知道些什么。可是没有证据之前，他不愿多说什么伤害别人。

萧子瑜也知道这些传闻，很为花浅抱不平，他希望尽快洗清花浅身上的嫌疑，让大家知道她的好。

练武场上，花浅莫名打了几个喷嚏。

冰蟒紧张道："主人不舒服？是人类的身体太脆弱了吗？"

混沌之时

【贰】

夕阳斜照，暮钟敲响，少年们嘻嘻哈哈地散去，练武场重归寂静，只有一名少女仍在认真练习着，长长秀发被红色丝带随意绾起。她穿着一身青色短打，浑身上下再无装饰，举手投足，闪展挪腾，动作简单，一招一式却皆有分寸。

萧子瑜知道花浅在练武时不喜被打扰，便拖着岳无瑕到旁边石凳上等待。

天门宗很少有女孩是灵战师，仅有的那么几个也是修行本身法器，鲜有这般锻炼拳脚的。岳无瑕是周长老最看重的徒弟，从未放松过他的体魄锻炼，他的习武天赋在门派也是数一数二的好，哪怕是不用法器，光凭拳脚也能轻松制服几条大汉。他平日里也会陪师兄弟们切磋，除了遇上王学知这般天生神力的货色，鲜有败绩。如今看着花浅练武，动作如行云流水，招式间力度十足，看起来很不错。

岳无瑕是好武之人，看得技痒，跳下场招呼："师妹，来切磋切磋，我不带法器。"

花浅感受到不同寻常的力量，停下了练习的步伐，轻轻地皱了皱眉头，寻思是哪里来的不自量力的傻瓜。她将目光缓缓移到了岳无瑕背上宝剑，琥珀色的眸子里猛地抹过一丝寒意。

冰蟒也顺着主人的目光从岳无瑕的脸上移到背后，惊诧片刻后，他认出了这把该死的法器。

这把剑化成灰他都记得——离火·绛羽。

当年的冰蟒是魔界最强的法器，十天八荒，在他手上毁灭的神器没有一千也有八百，离火·绛羽虽然在人间算是了不起的法器，搁在魔界和天界，不过寻常。它的主人也是个唯唯诺诺的家伙，只会满脸痴心地跟在苍琼女神背后拍马屁，恨不得将自己的心肝挖出来讨女神欢喜。

可是，谁又想到，这个看起来很没骨头的家伙，似乎爱女神爱得连性命都不要的男人，不知被谁策反，竟在最关键的时刻背叛了女神！

苍琼女神在不归岩陷入困境之际，是那个卑鄙的男人反戈一击，用离火·绛羽将她钉上了不归岩。

女神被封印之前，愤怒地拼尽最后之力，砍下了他的头颅，毁灭了他的魂魄。头颅落入尘埃前，他的口中吐出了最后的感叹："它说得对，只有这样，你才能永远忘不了我……"

女神问："他是谁？"

头颅在地上滚动着，再也不会说话。

带着火焰的宝剑，钉在恶魔美丽的躯体上，为三界之战落下帷幕。

苍琼女神的肉体被藏起来，魔界随着女神的灵魂一起被封印，在战斗中受创颇深的神灵进入休眠，妖族一蹶不振，唯独人类欣欣向荣地发展起来。离火·绛羽再次重生，此时的他已是人界的英雄，他拥有了更温柔更优秀的主人，受到了更多的荣耀和尊重，获得更大的名气和权利，他的女神却在封印中受苦。

凭什么伤害我家主人的家伙能得到幸福？

冰蟒看着离火剑上的火焰纹路，看着岳无瑕帅气温和的面孔，他觉得被毁坏的鳞甲又在隐隐作痛。黑暗的影子在悄悄蔓延，巨蛇的毒牙，缓缓伸出，他想将这尚未长成的凤凰连同少年一起吞噬。

离火·绛羽打了个寒战，他在主人的腰间醒来，警惕地看向前方银发金眸的法器，素来天不怕地不怕的他，忽然感到了彻骨的恐惧，仿佛被毒蛇吞入腹中般，幽暗禁闭，无法呼吸，浑身透着说不出的难受，却不知这样的感受从何而来。

岳无瑕发现了自家法器的不安，问："怎么了？"

绛羽死也不愿承认自己的词典里有恐惧两个字的存在，他硬着头皮夸冰蟒："看起来不错嘛。"

绛羽眼高于顶，这是他这辈子第二次夸人。

岳无瑕很震惊，为何他家法器只对雄性法器有兴趣？红衣长得像女人也就算了，冰蟒

长得爷们得不能再爷们了，他这种三观端正的主人，决不允许自家法器走上不归路！看过人间百态，认识过各种变态，经历过绛羽向男人求婚的打击，后遗症尚未痊愈的岳无瑕一下子想歪了。

神器的自信是强大的，绛羽在短暂的不安后，再次恢复了傲慢，他才不信一个小小的珍器有什么了不起的地方，不由对刚才的失态很是懊恼，对冰蟒更是厌恶，于是狠狠地瞪了回去。

萧子瑜察觉了两名法器之间弱小的火花，虽然狐疑，却乐观地认为这两个性格恶劣的法器连面都没见过，不至于得罪对方，纵使空气中有危机四伏的感觉，他还是尽可能将所有事情往好处想，露出几颗洁白的小牙，赔笑对花浅和岳无瑕说："看来他们很投缘。"

"投你妹！"

"投你奶奶个熊！"

两个法器异口同声，又继续互瞪起来。

萧子瑜被骂得摸不着头脑："到底怎么了？"

岳无瑕急忙呵斥："绛羽，不得无礼。"

花浅也伸手拦下了冰蟒，低声训斥："不要惹事。"她不过是见到当年的法器惊愕罢了，法器是被主人使用的工具，她憎恨的对象从来不是绛羽，更不是重生过的绛羽，也不至于要为收它而冒露馅的风险，更何况她现在事情极多，总要分个主次，不能纵容冰蟒胡闹。至于这个带着绛羽的少年来添乱，她也不介意收拾一顿："你真要和我切磋？"

岳无瑕应："放心吧，我不会伤到浅浅师妹的。"

话音未落，一道拳风扑面而来。

岳无瑕迅速抬手招架，未料，拳化做掌，转了个弯，仿佛预感到对手招数变化般，直劈他的腕关节处，震得他虎口发麻。刚刚变招往后跃时，少女仿佛猜出了他的行动，抢前半步，右腿已狠狠踢向膝盖，距离不差分毫，命中。岳无瑕无法受力，摇摇倒下，少女的手掐住他的脖子，膝盖顶着小腹，将他狠狠按到沙地里，笑问："切磋？"

她招招不快，招招预判。

从开始到结束，只有三招，胜负已分。

虽然对女孩有些轻敌，但岳无瑕无法想象自己会败得那么干脆利落，他愣愣地看着少女近在咫尺的面孔，看着那对冰冷如寒潭水的琥珀色眼睛，看着那羊脂美玉般细腻的肌肤，看着那微微翘起，带着残忍笑意的双唇，听着那温柔却冰冷的声音，整个人都呆住了。滚烫的血液从心头涌上面颊，他的心跳开始加速，越来越快，他的脑海一片空白，全身就感觉如云里穿梭的燕、遨游四海的鱼，无法形容，无法解释，却似曾相识。

他肯定自己见过花浅。

在哪里？哪里？岳无瑕疯狂地在记忆里搜寻。

他想起了，那是他从小到大反反复复做的同一个梦里。

梦里有鲜血和腐尸的气味，他驾驭着宝剑，坚定地飞向某个方向，似乎在寻找什么。他不知道寻找的东西是什么，可是那样东西很重要，是超越一切的重要。后来，随着岳无瑕的年龄增长，梦的景象越来越鲜明，他看见了鲜血汇聚的湖泊，尸骨堆成的高山，宛如炼狱，在这片红色修罗地的尽头有个模模糊糊的女子背影，他不顾一切地想要靠近，却一次又一次地失败。

梦境不断重复，刻入岳无瑕的骨髓。

他不停说服自己梦是镜花水月的幻境。

可是，和梦中相似的女孩真真切切地出现在面前，他竟不知如何形容这样的感觉，或许是，一见钟情？

花浅看他在发呆，以为被打懵了，起身向目瞪口呆的萧子瑜走去。

岳无瑕见她离开，急忙伸手拉住，期待地问："我们见过吗？"

花浅讨厌被男人碰触，她飞快地甩开那只貌似"登徒子"的手，朝萧子瑜问："你认识这家伙？"

萧子瑜尚未从震撼中醒来，他知道花浅不弱，却不知强到这种地步。他从其他学徒的口中也知道岳无瑕的拳脚功夫在男孩里也算排得上号的，于是他钦佩地看了半晌花浅，方将岳无瑕详细介绍了番。

花浅对凡人帅哥毫无兴趣，点点头算行礼。

"对不起，我不是故意拉你的。"岳无瑕对刚刚的失礼行为再三道歉，他压抑着激动的心情，对花浅夸道，"师妹好身手，巾帼不让须眉，让人佩服，不知以后还有没有切磋机会？你平日都什么时候在练武场？"

绛羽察觉出主人和平时不一样，好奇问："主人，你在勾搭女人？"

岳无瑕头次想丢了这成事不足败事有余的法器。

花浅努力想了许久谦虚用词，僵硬道："承蒙师兄相让，我不过是特别喜欢舞枪弄棒的粗鲁女子罢了，认真打起来，我怎及岳师兄家离火万一？那是传说中打败苍琼女神的神器，能得它认可的主人定是举世无双的才俊。"最后一句话，她很努力才没透出讽刺来。

不归岩上，血迹仍在。

随着苍琼女神斩下凤煌神君的头颅，离火·绛羽早已重生，他不记得前尘往事，亦不记得那乱中取巧的惨烈战役。苏醒后不断有人用这段过往恭维它，以为它是完全凭借自己力量战胜了史上最恐怖的女魔头，被捧得越发骄横，颇有"天下法器，唯我独尊"的自信。如今听见刚入门的漂亮小姑娘也知道他的威风历史，绛羽对其好感大增，得瑟道："有眼光，

虽然我家主人还年幼，比我略逊一筹，放在人类里也算很过得去了。"

冰蟾碍于主人的禁令，不敢多嘴，只冷冷"哼"了声，表示自己的不服。

岳无瑕见花浅态度冷淡，以为她还在讨厌自己，试图挽回声誉："我从未勾搭过任何女人，只是觉得你长得像熟人，一时失礼，还请谅解。"他一边说一边推了把绛羽，希望他帮自己解释两句。

奈何法器的灵魂多数是动植物，绛羽极度自恋惯了，脑子也不怎么好使，好不容易明白了主人的意思，赶紧补救："对，主人平时勾搭女人从不做登徒子行为，他只用脸。上次那周家的女儿，不过见了三次，就连闺名都告诉他了，还半夜相约。这是我家主人魅力仅次于我的证明，他还是很抢手的。"

名声被越描越黑，岳无瑕差点气绝，他咬牙切齿地解释："周爷爷的女儿，名翠花，身高一米六，体重一百六，擅使菜刀，因家暴丈夫公婆被休三次，现年四十六，有'汉中第一泼妇'之名。而且你这眼皮浅的家伙为区区一颗翡翠就将主人的行踪卖给那女人，让她半夜来堵我，这个账我还没和你算！"

"那不是普通翡翠，是超罕见的翡翠白菜！反正人类都差不多丑，而且周老头子说女大三抱金砖，他女儿比你大三十，抱的至少是金山。"绛羽很衷心地再次建议，"周家也蛮有钱，算是门当户对。周老头子说如果你娶他女儿，就给我用宝石做张床。主人，你给我买宝石床吧，否则我总忍不住想把你卖了……"

岳无瑕知道再和蠢货就这种问题争论下去毫无意义，深吸一口气，岔开话题，澄清道："这世间钱不是最重要的，为了钱出卖灵魂更是可耻的……"

绛羽大怒："难道我不是为了钱把灵魂卖给你的吗？！你敢看不起老子？！良心何在？！"

他们俩讨论的表情极严肃，话题却极可笑。

萧子瑜为了好友的面子，憋了又憋，憋笑憋得面红耳赤，肠子都打结了。他觉得再憋下去说不定得发病了，结果却是花浅先笑了出来，这一笑，倒是把尴尬给消了。

岳无瑕赶紧将自家不省事的法器踹了回去，再道了个歉，也不敢再瞎提什么似曾相识，只将来意说出，求教动乱之夜的详细事宜。花浅这段时间也经常被人询问，回答得轻车熟路："沈师姐很早就睡了，她性格比较沉闷，我也喜欢独来独往，虽然同住一室，关系却不怎么密切，所以我那天并未太留意她的存在。那天夜里，我在窗边听雨，远处忽然有毒焰来袭，蚀月魔转瞬来到面前，整个屋子一下就烧了起来。当时我有些慌乱，听不太真切，但沈师姐似乎连叫都没来得及叫，就淹没在火焰之中。接下来的事大家都知道，我尽力抵抗了一会蚀月魔，侥幸逃得性命，长老们赶到，事情就结束了。"

混沌之时

岳无瑕问："沈师姐死前连叫都没叫一声？"

花浅似乎迟疑片刻，点头道："或许，当时尖叫声此起彼伏，我也听不太真切。"

岳无瑕问："你确定她在床上？"

花浅回答："是的，我看见了她被火焚烧的尸体。"

岳无瑕陷入沉思。

"子瑜，有个猜测我并没有和其他人说，"花浅看着岳无瑕，想起自己那天离开寝室时的情景，装作犹豫开口道，"这个猜测有些诡异，也太不可思议了，我害怕吓到别人，不知应不应该说，可是憋在心里很难过……"

萧子瑜急忙道："不要紧，说来听听。"

岳无瑕也点头道："身为灵法师，没什么可害怕的。"

花浅迟疑许久，仿佛下了很大的决心："那天我回寝室不太晚，沈师姐早已歇下，她平时不会那么早睡觉的，我怀疑蚀月魔来前，沈师姐已经死了。"她看见大家惊讶的表情，赶紧补充，"沈师姐睡眠很浅，很是警醒，那天她却睡得特别死，我以为她前些天在外头出任务劳累过度，所以没管她。如今想想，会不会她那时已经死了……"天门宗宵禁查得不严，她离开的时候没做特别遮掩，也没留意沈静的生死，事后换位思考，若凶手要对她做手脚，沈静在房内就是一个障碍，被灭口的可能性很高。而且她在火起时冲回寝室，看见沈静死的姿势似乎没有猛烈的挣扎，若她死在蚀月魔入侵前，尸体上或许会留下蛛丝马迹。

萧子瑜急道："为什么你不告诉周长老？"

"蠢货！这种事能说吗？！"花浅的表情起了丝波澜，看起来有些焦虑，她狠狠瞪了萧子瑜一眼，训斥道，"若沈师姐死在蚀月魔来到前，会是谁杀的？我和她同寝室，岂不是最有嫌疑？更何况她死都死了，尸体都烧成炭了，我只是猜测，何必自找麻烦？你是嫌师父看我太顺眼，日子过得太舒坦吗？"

"如果沈静是在蚀月魔动手前就死了，那么凶手可能另有其人，蚀月魔可能只是来毁尸灭迹的？凶手的目的是什么？"如果按花浅的推理，整个事件会越发扑朔迷离，虽然真凶不知是谁，至少提出这个观点的花浅不太像凶手了，因为她刚在长老面前洗脱了嫌疑，没必要再说出这种话把自己推入最大的嫌疑犯位置。

花浅发誓："沈静之死和我绝无关系。"

萧子瑜问："天门宗的戒备真有那么严吗？外人真的无法进来吗？"

岳无瑕迟疑道："据我所知，是的。"

花浅忽然开口道："我怀疑天门宗藏有关于密道的秘密。"

岳无瑕慢慢地重复了一次："秘密？"

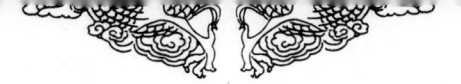

"天门宗是上古战场，也是三界决战所在地，若说这里藏有什么奇怪的东西并不奇怪，"花浅惋惜道，"比如秘道、密室、宝物什么的，统统都有可能。我听说天门宗出现过不少神隐事件，十多年前，曾有女孩神秘消失。虽然师父极力否认，但我终有疑惑，若是能看三界之战的相关书籍或许能得到些线索，可惜那些都是珍贵的古籍，不知被收在哪里，也不会让学徒翻阅，只好寄望师父查明真相了。"

"书库的密室。"岳无瑕失声道，"我师父说过那个地方，我怎么没想到？"

原来苦寻不到的密室在书库吗？周顺天的亲传弟子知道的果然比旁人多，花浅嘴角勾起一个轻微的弧度，然后快速收了回去。

萧子瑜看着眉飞色舞的岳无瑕，心里有了不好的预感，他小心翼翼问："师兄，你想做什么？密室应该不许学徒去的吧？这不合规矩。"

岳无瑕满不在乎道："沈静之死我是查定了，咱们去密库又不是去偷东西，不过看看书，你若害怕就别参加。"

萧子瑜不愿在朋友面前做胆小鬼，他使劲摇头："我去！"

岳无瑕期待地问花浅："师妹要参加吗？"

花浅摇摇头："我会替你们保守秘密，绝不泄露。"

岳无瑕表示理解，转头对萧子瑜道："密室可能会有机关，这行动有些危险，或许危及生命，子瑜兄弟你要跟紧我，小心点，我会让大家都看护好你的。"

"等等！"花浅听到"危险"二字时耳朵就竖了起来，她未待萧子瑜回答，瞬间转身，"子瑜去，我也去！"

萧子瑜："……"

岳无瑕大喜："原来师妹喜欢冒险，好巧，你的兴趣爱好和我一样。"

花浅咬牙道："是啊，我最喜欢冒险。"

石窟内，岳无瑕领导的调查小组又多了一人，还是个漂亮姑娘。

男女搭配，干活不累啊！

胖子激动极了，急忙给花浅斟茶递水，唯蓝锦年满心疑惑："这不是嫌疑人吗？"

花浅狠狠瞪了他一眼："我要洗脱嫌疑不行吗？！"

剽悍的女孩子不好惹，剽悍又漂亮的女孩子更不好惹。蓝锦年见岳无瑕对自己使眼色，祝明一派好好先生的脸，陈铭面无表情，胖子又围着女孩子转，觉得犯不着惹众怒，默默将自己的抱怨吞回肚子里了。大伙听岳无瑕布置任务："锦年在严先生那里弄张密室的线路图来，祝明算个出手的好时间，胖子负责装肚子痛，引开看守，陈铭让万福从通风口飞进去把

书库侧门打开，我去周长老那里偷密室的门钥匙。"

萧子瑜初次做坏事，忐忑不安："这样真的好吗？"

"没事没事，说不定能在密室找到什么有趣的秘密呢！我以前怎么就没想过这种有趣的事呢？"岳无瑕越想越兴奋，他叮嘱萧子瑜，"你在偷书前还有件事要做，去瑶台仙田弄几把栽树用的挖土铲子来，咱们等天黑就出发，这个行动浅浅师妹就先别去了。"

花浅强调："我要去！"

萧子瑜有不祥预感，他问："弄铲子做什么？"

岳无瑕满脸兴奋："挖墓验尸！我要验证浅浅师妹的猜测是不是正确。放心，我认识过一个盗墓贼，听他讲过不少故事，很有经验的！"

众人沉默……

众人久久地沉默……

是谁觉得岳无瑕是循规蹈矩的好孩子啊？！傻子吗？

是谁觉得岳无瑕是风度翩翩的贵公子啊？！瞎子吗？

这贼船上了还能往下跳吗？

所有人的心都被一万匹战马践踏而过。

"好主意，火灾死亡的人可通过嘴巴里的灰来判断是生前遇火还是死后遇火。"花浅淡定开口，她看一眼震惊的众人，解释道，"我以前认识个仵作妻子，听她说过不少故事，颇有趣。"

众人继续沉默……

岳无瑕和花浅惺惺相惜。

【叁】

天门宗的灵法师胆子都挺大，怕死人的不多，但半夜掘坟还是头一遭。

为了替沈静报仇雪恨，就算亵渎一下死者也是顾不得了，虽然有些争议，有些打退堂鼓，但大家最终还是在岳老大的鼓励下，很有义气地都溜去英魂碑处挖坟。萧子瑜再次对岳无瑕的魄力佩服得五体投地，他活了十四年，什么苦头都吃过，什么脏活累活都干过，就是没想过自己还有干挖坟看死人这活儿的时候……

月黑风高，寒鸦孤啼，挖坟夜。

瑶台仙田的铲子没人看守，萧子瑜很轻松就弄到了三把，然后壮着胆子，等室友睡着后鬼鬼祟祟地越过宵禁区域，在约定地点和大家一起集合，在岳无瑕的带领下，翻出静心居，

236

穿过羊肠小道，偷偷摸摸地来到英魂碑林内。红衣跟在他们旁边飘飘荡荡的，小脸惨白，更添鬼气。

碑林内，鬼火点点，有丛新土。萧子瑜日夜和红衣相对，见鬼见惯了，虽有些紧张，却不算很害怕，花浅本就胆色过人，其他小灵法师学徒多少也跟师父斩妖除魔过，见惯了尸体，还算淡定，唯祝明这不上战场的辅助灵修师很是畏惧，双腿抖得像筛子，三番四次打退堂鼓："算了吧，亵渎死者是罪过啊，而且沈静是女孩子，咱们这样打扰她安睡不好……"

和他同寝室的胖子怒道："你平时打扰我睡觉就好了？"

祝明急："不是这样说的，这里到处都是鬼火，难道你们不害怕……"

陈铭毫不犹豫道："无论如何，我也要查明沈静之死。"

狂风吹过，树梢摇曳，如神哭鬼泣。

大伙被他说得有些紧张，兀自镇定，小咩淡定地在旁边啃着坟前青草。

岳无瑕指着小咩，再次对大家鼓气："没什么好怕的！你们看，小咩都不怕！"

红衣飘去萧子瑜背后，缩成一团："主人，人家最怕鬼了……"

萧子瑜："……"

岳无瑕见大家都没有意见，宣布道："动手吧！"

孩子们你看我，我看你，面对掘坟验尸这种仵作才做的事情，他们都表示出不同程度的反感和抗拒，谁也不乐意动手。花浅以前在尸骨堆混惯了，不介意干这种活，可是看大家都不动手，唯恐失了人类女孩的"柔弱"形象，便缩回了拿铲子的手，命冰蟒出来干活。

冰蟒对主人的每个命令都遵循，就算上刀山下火海也毫不犹豫，何况区区掘坟。

其他人也按此行事，纷纷召唤自家法器。奈何岳无瑕家的绛羽是大爷，只有他让主人干活的分；胖子家的小咩年龄太小，舍不得劳累；祝明家灵犀极度怕生，宁死不愿在外人面前露脸；蓝锦年家的燕草是懒鬼，能坐着绝不站着，能趴着绝不坐着，哪怕主人用鞭子抽，他也坚决不干除灵法师工作外的体力活；那名叫陈铭的瘦削男子家的万福倒愿意为主人分忧，奈何蝙蝠是瞎子，实在不顶用；至于萧子瑜家娇滴滴的红衣更不用说，谁舍得让这样的美人做粗活？在祝明劝灵犀劝得口干舌燥，蓝锦年差点和燕草掐架之际，岳无瑕发挥出老大的魄力，卷起袖子加入了干活的队伍。萧子瑜要去拿另一把铲子，却被陈铭抢过，他深呼吸了一口气，对坟墓双手合十，喃喃念了几句话，仿佛下了决心般，开始挖坟，其余人则负责望风。新土埋得很松，没多久他们就把楠木棺材给挖了出来，用宝剑撬开钉子后，他们忍着恐怖和恶心，再次拜过遗体，然后研究了尸体的口，惊讶地发现果然如花浅所言，里面没有半点灰尘，显然是死后才遭到焚烧的。

"不会吧？"胖子一屁股坐在地上，不敢置信地问，"咱们天门宗真有杀人凶手？小静

不是被蚀月魔杀的，莫非，她是在绿竹林被害，凶手是女的？！"

祝明坚决否认："天门宗的女孩们都很善良，沈静与世无争，没有杀害她的理由，此事定是魔宗所为！"

陈铭喃喃问："魔宗之人杀静儿做什么？是如何进来的？又是如何离开的呢？"

蓝锦年陷入慌乱："凶手还在绿竹林，那我妹妹怎么办？她那么天真无邪，对谁都不设防，太危险了！"

萧子瑜愣愣不说话，看起来有些迟钝。

"当时和我同寝室睡觉的是尸体？我竟没发现，想想都毛骨悚然。"花浅有些"害怕"地猜测，"为何凶手不杀我，只杀沈静？"

蓝锦年不依不饶："装得像受害者，说不准你就是凶手！"

花浅怒道："我是凶手我带你们来这里做什么？！给自己找不自在吗？！别以为你是师兄我就怕你，这次事件我非弄个水落石出不可！胖子的灵兽在旁边，它都没说我撒谎，你凭什么下断言？"

蓝锦年"哼"道："谁知道那头羊测得准不准。"

小咩对他们俩不满地长叫了一声。

胖子勃然大怒："锦年师兄，你说话不要太过分，我家小咩不是山羊，是獬豸，你可以侮辱我的人格，不可以侮辱小咩的兽格！它说浅浅师妹没撒谎定是没错的，你别因为浅浅师妹和你家妹妹在严先生面前互相牵扯过就先入为主地乱猜，说不准是沈师姐在浅浅师妹回来前看到了什么不应该看的东西？"

"秘道？！"

"密室？！"

"宝物？！"

众人胡乱地猜测着，陈铭的脸色越发难看，他不愿意接受沈静为这些小事而死的"事实"。最后还是岳无瑕打断了大家的胡思乱想："至少我们证明了花浅的猜测是正确的，沈静是在睡前就被害了，可是这样……蚀月魔攻击绿竹林有什么意义吗？单纯大开杀戒？"

萧子瑜谨慎提议："要不我们将这件事上报给长老处理？"

众人用奇怪的眼神看着他。

陈铭死死盯着沈静的墓碑："只要能查明真相，我什么都无所谓。"

蓝锦年鄙夷道："若长老问你怎么知道的，你该如何回答？"

祝明比较谨慎："虽然规矩上没写不能挖坟，可是让长老知道，怕是会受到严厉处分，挨打关禁闭倒是无妨，我多要是知道我被赶出门派，大概会在祖先牌位面前活活掐死我……"

胖子倒是无所谓："我是不怕被赶出门派的，反正我家对我也没指望，就是舍不得云华妹妹。"

花浅更加直截了当："我不要。"

众口一词，宁死不能上报，谁透露出去谁不是兄弟。

萧子瑜只好作罢。

岳无瑕总结："天门宗隐藏的秘密太多了，事到如今，我们只能靠自己的力量调查到底。"

老大的提议获得了掌声和一致通过。

大伙七手八脚地把坟埋上，对死者拜了几拜，承诺明年多烧香。

陈铭从怀里掏出朵手制的山茶花，轻轻供在坟前，他说："别生气，我会替你报仇的。"

鉴于沈静师姐在天之灵没降雷电劈他们，大伙估摸她是同意了，心里很是稳妥。收拾好家伙，准备去书库做贼。萧子瑜隐约察觉到师兄们的心里除了好奇外，还有着一团燃烧着的火焰，他小心翼翼地将问题提出。

"沈静上个月才满十六，她不怎么漂亮，不太会说话，也不怎么起眼，经常会被大家忽视。她的辅助法器沉木·珈蓝，擅长调香，可用各种香气迷惑敌人，辅助战斗，也会调制些香料给大家们使用。我曾抱怨水边蛇虫扰人，她便送了个特制香包，味道很好闻，带上可驱蚊逐蛇。除此之外，祝明失眠时她曾送过安魂香，给熬夜念书的胖子送过醒神香，给爱漂亮的女孩们调制各种熏香，不管是可可还是锦儿她们都受过她的照顾，她总是默默地关心大家，却总是得不到大家的注意，直到她死了，我们才后悔从未好好地感谢过她……"岳无瑕越说声音越低，越说嗓音越难过，"子瑜你没见过她，所以不知道她是个多善良的女孩，所以我们不能让她白白死去，一定要查明真相。奇怪的是，长老们似乎想将这件事压下去，可是我们要弄明白为什么她会死，然后替她报仇，至于陈铭，他是最难过的人……"

萧子瑜早就发现，陈铭在调查小组中，是除了岳无瑕以外态度最坚决的人，他是沈静的同窗，性格沉稳，不太像喜欢惹是生非的人，却是唯一一个主动找到岳无瑕加入团队的成员，比起有点凑热闹的胖子和举棋不定的祝明，他是最积极的成员。除了岳无瑕外，谁也不知道他加入的真正理由。

陈铭看出了大家的疑惑，沙哑地答："我对静儿承诺过，出师后去她家提亲。"

这下大家都明白了。

青绸香包，香味依旧，香魂已逝。

世间最难报答的是逝者的恩情，世间最难买的是后悔药。

虽然岳无瑕牵头调查沈静的死因，可是查清楚这件事是天门宗所有学徒的心愿，知道此事的人，虽然不至于每个都有胆子加入行动，却或多或少地对调查行动有所支持。除了想消除动乱之夜的疑惑、恢复往日安宁外，对沈静的愧疚也有部分关系。

萧子瑜决定陪着岳无瑕一起走下去。

临行前，蓝锦年在沈静坟前微微停了一下。

萧子瑜问："师兄，怎么了？"

蓝锦年挠挠头："我总觉得有些地方怪怪的……或许是我想多了。"

【肆】

天门宗密室里或许有一切问题的答案。那里有许多高阶灵修书籍，其中不少是秘而不宣的上古档案，只有获长老批准的灵法师才能进去取阅，平日里由胡先生负责看守。有幸曾和师父进去搬东西的蓝锦年凭借好记性，详细画出了进入里面的线路图和结构图。"密室里除了古籍档案外，还收藏了些法器，供高阶灵法师查阅和使用。原本在密室外头设置有法阵，但书库是公开场地，历年来都有好奇心重的学徒有意或无意想闯入密室，被法阵击成重伤，后来先生就撤销了特别厉害的法阵，只命两头灵兽看守此处。其中，贪狼在动乱之夜受了些轻伤，正在养伤，只剩下灵狐小白在看守。所以，同窗们！我们的障碍只有一个！"蓝锦年在握拳喊口号。

"一个还不够？还想要几个？"胖子打了个寒战，左右看看，恐慌道，"胡先生看似笨拙，实则精明厉害，咱们在他手上是讨不了好的。那头狐狸也不好惹，你们以为它看起来娇小玲珑，人畜无害，显出原形却有三层楼高，不管是狐火还是獠牙利爪都能杀人，咱们碰一下绝对完蛋。当年我不知底细，得罪过它，结果被追了三个山头，做了两个月噩梦，至今小咩看见它就四腿打颤，掉头就跑。"

岳无瑕安慰道："咱们又不和它正面冲突，祝明算出宜动手的黄道吉日是下个月十二日丑时，我在师父处打听到，那天是万兽门门主的独生儿子娶亲之日，万兽门和胡先生素来交好，届时他会离开天门宗前去道贺，只留下小白看守法阵，这是动手的大好时机。缺少灵兽师的指挥调度，灵兽的思维和行动会简单很多，只要设计得当，也不是不能混过去的。"

胖子更恐慌了："你疯了！没有胡先生压制，小白发起脾气来更恐怖，会没命的。"

岳无瑕驳斥道："小心潜进去，不要惹它发脾气不就得了？哪怕真闹出来，自有我去和小白对抗。虽然我的力量尚未成熟，但凭借绛羽，未必不能和小白一战。最坏的情况是小白发现我们，示警告状，然后师父发现我们做坏事，抓去刑堂受罚，最坏结果就是被逐出门派，终归要不了你性命去。"

胖子嘀咕了几句："师父哪舍得把你赶出门派？"他自己在家族本来就没有天赋和前途，修行不过是混日子，不怎么害怕被逐出师门，听完岳无瑕的保证后，便渐渐放下心来。他知

道岳无瑕是周长老的心头肉，除非十恶不赦之罪，否则断不可能舍弃他。他也相信岳无瑕的人品，若事发定会挺身而出，为朋友认下大部分罪行，届时师父没有维护主谋而把从犯开除的道理，顶多是大家的皮肉都狠吃苦头。他心下稍松，回头教导大家："若是被发现，你们就把责任全部往岳小子身上推，有多少推多少，千万别客气，师父不会要他命的。"

想到天门宗长老们明晃晃的偏心眼，其余人纷纷点头赞同，并对岳无瑕的高风亮节进行了提前赞美。

"岳小子品行高洁，为朋友分忧解难，区区顶罪不在话下！"

"有你在，我们都放心！"

"安心安心，我会求刑堂的朋友，对你执刑轻些的，反正你被绛羽虐那么多年都挺过来，小小黑锅，不在话下。"

"无瑕师弟，我会和静儿一起感谢你。"

岳无瑕交友不慎，险些气绝，侧眼偷看花浅，却见对方神色未变，又莫名有些失望。

萧子瑜不太习惯这样打闹的相处方式，他看岳无瑕在角落可怜，便出言安慰了句："这样不太好吧？"

岳无瑕恨不得抱着这乖巧懂事的孩子大哭一场。

胖子赶紧把萧子瑜拖去洗脑……

大家把最坏的情况算计完毕，策划行动，分配工作就轻松了许多。

岳无瑕将引开小白的最危险的工作交给了胖子："你和它有仇，稍微挑逗下，它就会追着你跑，我们借机潜入，你记得要得罪它狠一些，多跑几个山头，万万不要那么快回来。"

胖子闻言，腿都软了："你假公济私，公报私仇！咱们还是兄弟吗？"

"兄弟就是你不入地狱，谁入地狱？！"蓝锦年果断往他膝盖上插了一刀，"何况咱们谁都没你形容猥琐，擅长惹人生气，擅长跑路。所以，兄弟你就安心壮烈去吧，我们会记得你今日的伟大壮举，给你立长生牌英魂碑的，碑文上可写'此地埋葬着一名被狐狸咬死的壮士'。胖子，我认识你那么久，有一事真不明白，为何你身材那么庞大，跑路却如此敏捷？脑后勺还带转弯的，该不会是被云华妹妹的暗器打出来的吧？"

"我和你拼了！"胖子怒极，利用体重优势狠狠将蓝锦年压在地上死锤，陈铭和萧子瑜两人加起来都拖不动他，岳无瑕优哉游哉地在旁边继续写计划书，花浅保持完美的无视，还是老好人祝明看不下去，劝阻了他们，安慰胖子道："小白虽跑得快，嗅觉灵敏，却不会飞，密库旁边有山林小道，直通断崖，咱们在小道路上布些机关，比如狼烟符之类。你一边跑一边发动机关，待到了断崖，就跳上纸鸢，在空中继续对小白挑衅，这样就安全了。"

陈铭深深鞠躬，请求道："此事只有你能行。"

胖子想了半晌，咬牙道："好，我给陈师兄面子！若有半点差错，定饶不了你们。事成之后，岳小子要帮我再送五封情书给云华妹妹！你顺便再多劝劝那傻丫头，她不喜欢我没关系，就怕她对你这不解风情的蠢货继续一厢情愿，伤透心肝，误了终生。"

岳无瑕毫不犹豫："好。"

胖子又回过头来对在旁边发呆的萧子瑜提要求："小鬼头，你是制符灵修师吧？给我弄些好使的狼烟符来！要味道刺鼻些的，可以干扰小白的嗅觉，这样的货色在外头卖贵得很，我可买不起。听说老糊涂把自己的材料库钥匙都交给你了，你可千万别省着材料，弄些坑货，交代了我一条小命。"

萧子瑜有些为难："我刚学制符，只会普通的雾符，狼烟符是高阶符咒……"

蓝锦年刚从胖子手中逃出生天，又开始新一轮嘲讽："虽然你是新人，却不能什么都不做吧？"

萧子瑜有些尴尬。

岳无瑕笑道："锦年别瞎说，子瑜兄弟做事特别细心，分析能力也颇不错。狼烟符我出钱买就好了，胖子你晚点跟师父出门采购时顺便买几张，记得要最好的货色，价钱贵没关系。"

胖子大喜："甚好甚好！"

萧子瑜不愿什么忙都帮不上，急道："让我再想想办法吧。"

岳无瑕不愿打击他的积极性便同意了。

接下来的日子里，萧子瑜在完成老糊涂布置的任务外，使劲研究狼烟符的制作方法，他拿了很多低阶材料不知搞了什么奇怪的研究，瑶台仙田总弥漫着一股说不清的臭味，老糊涂再也不肯在里面喝酒，就连一心扑在子瑜身上的花浅都差点绕路走，后来好些天都是派冰蟒跟着萧子瑜。

冰蟒庆幸蛇的嗅觉器官是舌头，他变回蛇形，死都不开口说话……

【伍】

二十三天的准备期转瞬而过。

萧子瑜揉着布满红丝的眼睛，点燃了陈铭提供的安眠香，待室友睡着后，去山林小道与众人集合。所有人都比他到得早，灌木丛深处，隐隐约约，染着玉簪的香味，每次乌鸦飞过发出嘶哑的鸣啼，都会吓得这群没做惯坏事的孩子心惊。胖子正在安抚紧张的小咩，这可怜的羊羔对那凶残的狐狸是比老虎还怕，还未见面就有些走不动路了，正双目垂泪，满地打滚，很是可怜。岳无瑕正在和陈铭不知说些什么，表情严肃，蓝锦年仍不怕死，嬉皮笑脸地打趣胖子，惹得对方阵阵不快，唯独祝明正紧张地踱步，他看见萧子瑜到来，惊喜得几乎叫

出来："你可算来了，是否安眠香用不熟练？"

"小声点！"胖子横眉怒眼地踹开这不够淡定的家伙，果断给迟到的萧子瑜来了个抱杀，"小小新人，竟敢让师兄们好等！"

萧子瑜被勒得喘不过气，除了道歉，还是道歉。

书库原被灰色围墙围起，里面是个宽敞的院落，中间是个大殿，旁边有几间偏屋，四四方方，格局规整。所有房屋的墙壁上都长满了爬山虎，夏日里很有风情，如今叶片在秋风的侵袭下早已凋零，只剩下暗褐的藤蔓，密密麻麻地布满墙壁的每寸缝隙，在月色下看来，竟如将屋子拖入地狱的鬼手，格外凄凉而恐怖。这种极美与极丑的景致，让天门宗的灵法师们对是否铲除这些爬山虎意见不一，最终还是保留了这特别的景观。院子最阴暗的角落，落叶堆里，有几头大狗像宫女服侍皇帝般，小心翼翼地围着一头白色狐狸，它有油光水滑的皮毛，圆溜溜的黑色眼睛，脖子上挂了块漂亮的玉牌，九条柔软的尾巴没精打采地垂着，看起来人畜无害，仿佛家里养的大狗，丢两块肉骨头，就能扑上来给你打几个滚。

"你把自己的手撕给它，它或许会给你打个滚。"

胖子咬牙切齿地说，他摸着自己圆润的肚皮，唯恐成为这头狐狸眼里的肉，越发紧张。他是这次计划中最关键的一环，好几次，他都想退缩了，岳无瑕倒也理解，愿意取代他来做诱饵。明明是好朋友，可是看着众人热情赞赏岳无瑕的目光，他会觉得岳无瑕才是真正的英雄，而他，无论做出任何事，依旧是尘埃里的废物，叶云华不屑一顾的死胖子！每每想至此，胖子的自尊就很受伤，他最终拒绝了岳无瑕的提议，继续承担诱饵职责，虽然他没有岳无瑕的本事，至少他希望自己的勇气不比岳无瑕差。

岳无瑕担心地问："你真的行吗？"

胖子表情英勇得可以做烈士了："这点小事，哪里难得住我！咱们去哪里布置狼烟符？"

"胖师兄，"萧子瑜摸摸口袋，不好意思地说，"对不起，我努力了很久都做不出狼烟符……"

"没事没事，"胖子一脸果然如此的表情，掏出几张看起来很复杂的符咒，拍拍他肩膀安慰道，"师兄有先见之明，早就买了几张狼烟符，反正岳小子家财万贯，你别替他心疼，逮到机会就使劲花他的！"

岳无瑕重重地咳了一声。

萧子瑜默默将自制的符咒放回兜里。

花浅看了两眼，忽然出手，从胖子手中将符咒夺来，看了两眼，笑了："这是狼烟符？"

胖子得瑟道："怎么不是？三百两一张呢！上等货色！"

花浅抖了抖，一股淡淡的黑烟从符中冒出，飘了些许就消失不见了。

众人都呆住了。

花浅赞许道："烟还挺黑的。"

"混蛋！那老头卖我的是假货！还说什么天下无双最好狼烟符，竟敢骗他胖爷！"胖子怒不可遏，将剩下两张符咒丢地上，踩了又踩，"下次遇到他，我非砸了他的店不可！"紧接着他意识到处境不妙，半哭着对岳无瑕道，"老大，计划中止吧，你不能眼睁睁看我给小白做饲料。"

岳无瑕踌躇道："明日胡先生就回来了，再无那么好的机会。"

花浅不由分说地从萧子瑜口袋中掏出几张用多层油纸包裹得严严实实的符咒丢给他，"用这个。"萧子瑜来不及制止花浅的行动，面对大家疑惑的眼神，他不好意思地解释道，"我琢磨着狼烟符最大的用处是影响小白的视线和嗅觉，所以将制符的黄纸放在臭硼砂等材料里泡过，然后将雾符画在上面，发动后就会产生刺鼻的臭味，或许能起同样的效果……"

花浅想到鼻子在这些日子受的苦头，肯定道："绝对有用。"她不知萧子瑜怎么调的，反正她活了上万年，就没闻过那么恶心的味道，比腐烂尸体的味道还难闻。那头狐狸的嗅觉比人类灵敏百倍，绝不可能受得了这味道。

胖子小心翼翼打开油纸，闻了一下里面的味道，差点吐萧子瑜身上，他连竖大拇指，果断同意了。

众人对萧子瑜连连夸奖，并问他符咒的布置方式。

萧子瑜素来谨慎，他早已调查过林间山道的地形，找出几个转弯处，算好能阻碍狐狸的脚步，又让它不会追丢胖子的位置，将符咒埋藏在草堆里，叮嘱胖子："你逃跑时，稍微用通灵之力，踩在有绿色萤火的地方，符咒就会发动。"紧接着，他又在胖子背后贴了张符咒道，"若是山道有西风，正好将臭雾吹去小白处，但祝明说今夜可能无风，所以我给你个风符装在背后，待启动臭雾符后，你将背后的风符同时打开，这样不管你跑向哪方，臭雾都会往小白脸上飘。"

胖子大喜："看不出你这小子想得还挺周到。"

萧子瑜被夸得不好意思，他知道自己能力欠佳，唯恐拖累队友，只好将方方面面都想多几分，做好应对措施。岳无瑕准备了三个传讯用的无声响螺，吹的时候不会发出声音，却会在其他响螺里产生振动，他给外头接应的祝明、做诱饵的胖子和自己各持一个，约定了暗号。萧子瑜趁大家忙乱，跑去远处树丛里再贴了张从老糊涂处得来的高阶符咒，祝明则向大家保证，卜过此行，定当顺利。

蓝锦年深吸一口气，将手放在爬山虎的藤蔓上，藤蔓轻轻地扭动起来，互相牵扯，缠绕在一起，渐渐化作藤梯，从墙上垂落。紧接着大家再次躲入附近的灌木丛中，陈铭依依不舍地拿出沈静生前送他的藏身香，洒在众人身上，消除了人类的气味。

胖子做了半晌准备活动，终于颤抖地爬上藤梯，用低沉却足以让小白可以听到的声音说："小咩，别闹腾，咱们不回去，东西还没到手呢。"

小咩委屈地叫了声："咩——"

胖子再道："不就是头恶狐狸吗？瞧你怕成这样，那家伙的皮毛倒是比其他狐狸都光滑漂亮。上次我偷偷在它尾巴上剪毛做的狐狸吊饰，云华妹妹挺喜欢的，可惜就是少了些，趁着胡先生不在，咱们再去偷些。嘿嘿，若是它有个三长两短，我非向胡先生把它的皮毛要来做衣裳不可，到时候拿它的尾巴给你做个窝，乖，别闹。"

士可忍，狐不可忍。

小白听见仇人的声音，想起上次尾巴毛被偷剪之恨，勃然大怒，瞬间皮毛倒竖，它撕去假象，身形变化，竟比房屋更加高大，漆黑眼睛变得血红，大小如灯笼，相貌瞬间从可爱团子化成恶鬼修罗，獠牙利齿，呼吸中喷着淡蓝色的狐火，随时可将人焚毁。它带着喘息的粗气，渐渐逼近胖子，张开口，利齿间有大滴唾液流下，仿佛看见了什么好吃的。

"救命！"胖子惨叫一声，用和身体不相符的敏捷度从墙上摔下，然后爬起，像个滚动的圆球，用诡异的速度往林间小道狂奔。小咩在他旁边跌跌撞撞地跟着，跑了没几步，就被绊倒在地，胖子赶紧回头，命自家笨蛋灵宠往其他方向跑，奈何小咩死活不依，胖子无奈，只好将这头笨山羊扛在肩膀上，玩命逃跑。

小白仿佛戏弄老鼠的猫，饶有趣味地看着眼前一切，待他们跑出些距离，才不紧不慢地追。总是跟在胖子身后五六步，吓得他连滚带爬，摔了好多跟斗，引以为乐。

岳无瑕看见胖子平安逃入山间小道后，终于松开了紧握的离火剑，率领众人再次爬上藤梯，翻墙而入。陈铭带上个蝙蝠纹的铁口罩，然后吹了个口哨，声音在空间里起了细微的波动，那几头狗连哼都没哼一声，纷纷栽倒昏迷。蓝锦年腰间长鞭再次伸出，化作细小的藤蔓，探入书库锁孔，然后轻轻一勾，锁应声而开，几个孩子互相招呼着，迅速闪了进去。夜晚的书库里没有光线，伸手不见五指，萧子瑜拿出带来的四张光符，输入些许通灵之力，光符瞬间在掌心散开，化作无数星光，将他们包围，虽然不算明亮，勉强也可视物。看着自己努力制作出来的东西绽放出美丽的光芒，萧子瑜颇为满意，他们在蓝锦年的带领下，挪开两个大书架，通往密库的石阶便显出模样来。石阶尽头，是一条黑色大理石铺成的过道，奢侈华贵，过道两侧都是铜像，有挽着花篮的仙女，捧着法器的神仙，有手持伏魔杖的罗汉，亦有双头的妖魔，皆铸造得惟妙惟肖，仿佛能活过来般。岳无瑕停下来研究了许久，感慨："颇有艺术价值。"

花浅看了几眼这些铜像，问："这些雕像有来历吗？"

蓝锦年漫不经心地答道："好像是前朝什么大师的作品吧？看着挺骇人的。"

萧子瑜不安地问："为何要在密库放那么多铜像？"

蓝锦年随口答道："或许这些铜像值两个钱，被长老们收藏到这里来了，尤其是那仙女像，胸大腰细，做得可真漂亮，严先生每次来都要摸两把她的脸，我都没敢告诉别人我家那么正经的师父也是色胚子……咱们快用响螺看看胖子还活着不？小白肯定不会放过那么大坨肥肉的……"他吹动响螺，发出暗号。

过了好一会，胖子和祝明都回复了几下。

大家知道他们平安，放心地继续往前走去，台阶走到尽头，没有门的踪迹。

岳无瑕问："锦年，门在哪里？"

蓝锦年迟疑道："师父开门的时候总不让我在旁边看，应该是正前方的墙壁上的暗门。"

墙壁上有着一行奇怪的红色纹饰，很是古怪，众人都凑上前去，四处敲打研究。

萧子瑜挤不进去，站在后头，忽然寒风吹过，他打了一激灵，看看左右铜像，低声问："师兄，你们是否觉得有些冷？我总觉得这些铜像好像在看我们。"

岳无瑕笑道："灵法师见的妖魔鬼怪多着呢，你别那么胆小，错觉而已。"

"噢，"萧子瑜站了半晌，弱弱地问，"可是，我脖子有些冰……"

此话说完，他自己也觉得不妙，缓缓地转过头去，猛然看见刚刚还在过道尽头的罗汉睁着那双个铜铃般大小的眼珠子，正贴在他肩膀不远处，怒目看着自己，手中伏魔杖已高高举起，即将砸下。后面跟着一票铜像，皆表情诡异，手持凶器，在地面上悄无声息地滑动着，向他们步步逼近。

萧子瑜僵硬地拍拍前面岳无瑕的肩膀，僵硬地问："无瑕师兄，我觉得不是错觉。"

"小心！"花浅早就留意到周围变化，眼看铜像出手，立即将他狠狠拉去身后，手中化出短剑，为大家挡下当头一击。岳无瑕回过头来，吓了一大跳，祭出离火剑招架，前面的蓝锦年和陈铭听见风声，也纷纷抽出法器，看见眼前景象，也有些呆滞。

十余个铜像，纷纷动了起来，笨拙却不失章法的组成阵型，向众人滑来。

"雕虫小技罢了。"陈铭极冷静地命法器开始变形，全身上下都被黑色紧身盔甲围绕，双眼亦被面罩遮蔽，他的手中出现一对利爪，如蝙蝠般准确地攻向铜像，瞬间削掉它的一节指尖，鄙夷道，"不过如此。"

"啊啊啊啊啊——"蓝锦年叫得比死了爹娘还凄惨，他扑上去，死死抱住陈铭，"斩不得啊！咱们是偷偷潜进来的，若是把铜像都弄坏，岂不是告诉别人密室被入侵？而且这些铜像是大师的作品，很贵的！"

陈铭无奈，展开蝠翼，飞上天花板，倒吊着观察形势。

花浅最喜欢暴力拆解各种法阵，听见蓝锦年的叫声，不好大展所才，只好缩后，命冰蟒也挡在萧子瑜身边，决不允许他受半点伤。她察觉入口附近的角落是铜像攻击的空档，便

护着萧子瑜慢慢移过去，招呼大家过来。

萧子瑜被女孩保护得很憋屈，也抱着希望叫出红衣，结果红衣看见满场的杀人铜像，叫得比主人还凄惨，然后用最快的速度一溜烟飘上天花板，和陈铭紧紧黏在一起，死活不肯下来。萧子瑜满心血泪，只好继续接受保护。

铜像纷纷聚拢，将空档围得水泄不通。

花浅看众少年被打得手忙脚乱，忍无可忍地提示道："这是长老们故意留下的阵眼吧？他们要把混入密室的家伙困在这里吗？"

岳无瑕思索片刻，赞同道："应当如是。"

蓝锦年几乎抓狂了："你们想想办法！若在这里待到早上，我们就得集体去刑堂报道了！"

岳无瑕："机关应该有停止的方法，你随严先生进来几次，这些机关一次都没发动？"

"没有。"蓝锦年尚不明白，花浅犹豫要不要继续提示，萧子瑜忽然开口问，"是不是仙女像的脸？"花浅愣了，她从未想过萧子瑜的观察力那么好，能看到铜像中通灵之力流动间的细微变化，这是顶尖高手才能做到的事情，莫非萧子瑜的实力不俗，是在扮猪吃老虎？

萧子瑜接着对蓝锦年嚷："你不是说师父每次来都会摸仙女的脸吗？或许机关在上面。"

花浅知道他是猜出来的，松了口气……

蓝锦年疯狂地回忆："好像是拉耳朵？不对；是戳眼睛？也不对；也可能是在鼻子上，要不就是头发？簪环？我如此品行兼优大好青年，哪记得师父那色胚子般的表现？我得仔细找找，可是这些家伙的紧逼攻势，如何让我寻找？"虽然平时看起来不太正经，但他也是同届学徒里最优秀的灵战师，收拾几个铜像不算什么，但是不将这些铜像弄出伤痕来却要制止它们，却很难。他从燕草中伸出几根藤蔓，绕了几圈，缠上带头的罗汉铜像。未料，罗汉力大无穷，硬生生将其扯断。蓝锦年哀怨道："藤蔓总归要靠泥土发力，若是在外头，有树木或土地可以借力，我倒是能擒住他们，可是这里，我不敢弄损石板地来弄泥土，否则和弄坏铜像也没区别了。外头小白已看见胖子了，咱们想破坏铜像，推卸给入侵者怕是很难。"

萧子瑜制符时间尚浅，没什么货色，他在怀里掏了许久，翻出臭雾符、光符、火符、传音符、幻符数张，琢磨许久，顶多能利用幻符弄个诱饵引开铜像，帮助逃跑，却无法解除铜像的机关，终归还是会被师父发现，没什么大用。

百般为难之际，岳无瑕手中离火剑忽然冒出凤吟之声，无数的烈焰向内收缩，将他裹在其中，整个人仿佛穿上了火焰做的盔甲，背后展开巨大的翅膀，如同浴火再生的凤凰。在蓝锦年的担忧声中，剑上射出无数道火焰，仿佛带着生命般的灵蛇，在地上和空中游舞，然后缠上众铜像，并没有像寻常火焰般燃烧起来，铜像的力量仿佛被火焰抽走般，纷纷停止了活动。岳无瑕身上的烈焰则好像得到燃料般，越烧越烈，越发艳丽。

混沌之时

"好美丽的火。"红衣在上空痴痴地看着这满地火海，仿佛回到了改变命运的那一夜，"它能吸尽所有的灵魂，夺取一切的生命。"那夜过后，他就爱极了红色，只有火和血的红色，才能让他冰冷的灵魂稍稍触动，再次感到人世间的悲哀和美丽。遗憾的是，这片火海中缺少了挣扎的哀鸣和哭叫的乐曲，少了鲜血的浸染，略逊几分妖娆。

绛羽在主人手中，亦看着上方轻轻飘舞的红衣，姿态优雅如火焰中的妖精。

他越发兴奋起来，离火剑的火越烧越烈，布满整个房间。

萧子瑜整个人都看呆了，他不明白岳无瑕的打算。

蓝锦年缩在角落，又惊又怒："岳无瑕！你疯了？偷个书罢了，你要毁了这里？！"

很快，慌乱的孩子们忽然发现，周围飘落的灼热火花温度并不足以将人烫伤，那些围堵他们的活动铜像却在火焰环绕下，如生命流失的重病者，行动越发缓慢，直至再也无法动弹。

莫非这火焰不会伤人？

萧子瑜好奇心重，他壮着胆子朝火焰伸出手，一小束金红的火焰缠绕上来，他觉得身体里的生命力仿佛化作了火焰的燃料，瞬间被抽走，连灵魂都要被榨干。他的双腿再没有气力支持身体，失去了平衡，摇摇晃晃地倚着墙，缓缓坠下。花浅迅速将他拖离火焰，训斥道："别胡闹！"

蓝锦年也平静了下来，勉强笑道："大家都说离火剑是神器，我不以为然，还当是操控火的寻常法器，顶多范围大些，力量强些，和万法门何先生的燎原或蜀门张道人的焚天相比不过半斤八两，今日一见，果然名不虚传。火焰是辅，离火剑主要用处是在吸收通灵之力吧？无瑕你往日和我们切磋，果然还是留了一手。"他知道岳无瑕是天才，但两人切磋时，岳无瑕打败他也要颇费工夫，偶尔他还会有几盘胜局，所以颇为自傲。如今方知离火剑的真正力量，他脑海中瞬息万变，演练出百千种对抗形式，竟找不出任何用燕草抵抗这种压倒性力量的方法，不由心生恐惧。

若岳无瑕与自己为敌？该如何应对？

幸好他们是朋友。

陈铭与蓝锦年对视一眼，又立即扭开，唯恐被对方发现自己心里萌发出的惧意。

铜像在火焰中渐渐失去了行动力。

花浅亲身经历过离火剑的功能，对其恨之入骨，没兴趣再来一次，她催促旁边发呆的蓝锦年："师兄，快去将铜像机关停止！"

"机关？对，去仙女像上找机关。"蓝锦年这才回过神来，赶紧绕开火焰，扑到仙女像前，仔细研究她的脑袋，从嘴巴摸到眼睛，最后在发现脑袋上的一枚蝴蝶发簪可以移动，用力往下一扳，再注入些许通灵之力，启动里面的法阵，铜像们发出细微的机关停止声。确认安全

后，岳无瑕立即撤回火焰，过了好一会，铜像们再次行动起来，他们缓缓将武器放下，重新恢复了原本的模样，回到过道两侧，再不动弹。

周围陷入死一般的寂静。

过了好一会，岳无瑕不好意思地解释道："离火噬魂，魂失伤身，我绝不对朋友用这个力量。"蓝锦年尴尬地笑了两声，僵硬地说："那是，那是，咱们可是肝胆相照、情深似海的好兄弟，胡闹两下就算了，怎能打打杀杀？你千万要管住绛羽，别让他乱来就好……"

"少废话，做正经事。"陈铭打断蓝锦年的滔滔不绝，他指着过道尽头满是花纹的墙壁问，"门在哪里？"岳无瑕走上前，再次敲打两下墙壁，皱眉道："好像没有锁，墙壁那头是空的，或许有机关，锦年师兄，你以前跟师父来的时候，没注意他怎么开门的吗？"

花浅看着大门上的纹饰，这些纹饰形状像字，每个字都古怪至极，绝非凡间所有。这是神灵的印记，她虽能打开，却要动用大量魔气，会引起骚动。花浅犹豫该用什么手法才能在别人毫无察觉的时候打开这道门。

少年们围着门敲敲打打，试图找到机关。

萧子瑜站在后面等了许久，忍不住伸手推了一把。

未料，随着他碰触的瞬间，墙壁上的纹饰发出幽幽红光，紧接着发出机关运转的细小碰撞声，而后两扇墙壁朝两边徐徐移动，分开一条通道来。

众人看得目瞪口呆。

萧子瑜的手犹在半空，他不明白为何这道门会为他而开。

这是神印，只有神灵血脉制成的钥匙方能开启，也是恶魔禁地。

萧子瑜本身就是把钥匙。

花浅很快明白了其中关键，她骂了几句天门宗灵法师的狡猾卑鄙。

萧子瑜不安地问大家："是不是师父忘了关门？"

蓝锦年迟疑道："我家师父有那么糊涂吗？他又不是老糊涂。"

岳无瑕看着这道奇特的门，喃喃问："或许是子瑜师弟按到了机关？"

陈铭不管他们议论，展开蝠翼，径直飞了进去。

众人不敢在大门口耽误太多时间，赶紧跟上。花浅最后一个进门，她的发间悄悄滑出一条灰色的毒蛇，落在地上，趁着没人注意，隐入密库的黑暗中，消失不见。

蓝锦年手中握着的响螺急促振动起来，是胖了的求救暗号。

胖子在林间山道里连滚带爬地跑着，只恨自己不是个真正的肉球，可以用滚的。

萧子瑜制作的臭雾符效果太强了。

原本抱着猫抓老鼠的心态欺负他的小白，在被臭雾呛得鼻子都快掉了后，彻底被激怒。它忘了主人给的禁令，待臭雾稍散后，獠牙利爪伸出，四蹄飞驰，带着满身狐火，誓要将这混蛋的脑袋给咬下来。

被几米高的狐狸追是什么感受？

胖子吓得魂飞魄散，撒蹄子狂奔，好不容易甩开被臭气熏得没有方向的小白，小咩这笨手笨脚的灵兽试图帮主人引开追兵，却又被树根绊倒了，趴在地上，双眼含泪地咩咩叫了两声，试图对主人撒娇求抱抱。小白耳朵灵敏，听见叫声，迅速调转方向，朝这笨蛋主仆冲来。胖子几乎要哭了，赶紧扛上自家成事不足败事有余的灵宠，玩命逃。他决定如果有命回来，定要狠狠地吃岳无瑕个几百两银子才算完事！

眼看断崖就在眼前，只要放出纸鸢就能飞上天空，逃出生天。

胖子那两条久经锻炼的短腿都快断了，还是比不过小白。

一丛狐焰擦着脑袋飞过，头发烧焦的味道传来。

狂风刮过，兽类粗重的喘息声已在耳边，带着腥味的口水仿佛滴到头上。

胖子心灰意冷，赶紧催动响螺，准备留遗言了。

忽然，小白的膝盖仿佛被树枝还是什么的戳了一下，轰然摔倒在地。

胖子回头一看，大喜，趁它困惑张望之际，连滚带爬地冲到断崖，毫不犹豫地丢出纸鸢，纵身跃上，飞入空中，瞬间恢复英雄本色。在和大家重新报了平安后，高声叫嚣："蠢狐狸！也敢和大爷斗？！速度把皮毛交出来！饶你不死！"

小白没主人帮助，飞不起来，气得在地上直转圈。

胖子谨记众人交代的拖延事宜，在空中不断激怒灵狐，时不时降低纸鸢，弄出点险状，引得它不舍离去。

众人收到胖子的警报，正准备放弃密室出去救他，未料，很快又收到了平安报告，他们笑骂了几句胖子胆小事多，便开始放心地查找资料。

密库极大，书籍数千，还有许多低阶的法器与符器。

少年们仿佛进了花团锦簇的世界，却不知自己要寻哪朵花，也不知要从何找起。

岳无瑕勒令蓝锦年的眼睛从春闺秘药的制作书上收回来，又将在魔宗制符书前蠢蠢欲动的萧子瑜揪回来，然后命大家分头寻找介绍天门宗秘史的资料，还让萧子瑜将识字的红衣也叫出来帮忙。

众人努力翻找，一无所获。

花浅在书柜的角落发现了一本带着淡淡魔气的书，她将书抽出，看了几页，塞入在另一端翻书的红衣怀里，红衣心下了然，捧着那本书飘回众人面前，欢喜道："这本书有些奇怪。"

从封面和穿书的棉线来看，这本书并不算很旧，没有名字，也没有作者，像是后期收集整理的笔记。里面的纸张大小不一，有些是女孩子爱用的花笺，淡紫色，带着淡淡的香气，有些是天门宗学徒练字用的普通白纸，亦有两张随手写的便条，甚至还有张干枯的枫叶，上面写着首思念情人的诗歌。笔迹或隶或行或草，多数端庄娟秀，应是同一女子所书。内容没什么意思，皆是女孩子闺阁记事，或伤春悲秋，或生活感触，还有些灵修学习的见解，虽颇精妙，也没什么特别之处。

"送春缓归去，不知游人……"

萧子瑜抽出那张夹在书中的紫色花笺，不知为何，心头有些说不出的难受。

岳无瑕将书翻了几页，忽然停住，指着书中半页未具名的信件道："这段话有意思——君说要调查数年前有学徒在绿竹林离奇失忆之事，我心惶恐。可惜后半页信件被烧毁了，不知是否被人故意隐瞒，这些书信章乱无序，像是将某个女子的文字收集起来，你们看这个，"紧接着他又往后翻出一张潦草写就的纸条，从颤抖的字迹中可以看出书写者的极度不安，"苍琼女神的怒火将焚毁三界。"

蓝锦年迟疑道："苍琼？传说中的女神？魔宗信仰的神灵？苍琼是灵法界的禁忌，为何天门宗人会提起她？"

花浅趁机问岳无瑕："莫非苍琼女神被封印在天门宗？"

岳无瑕茫然："师父没说过。"

萧子瑜注意到另一处："什么是绿竹林里的离奇失忆？"

陈铭毫不犹豫道："或许这就是静儿死在绿竹林的原因！"

蓝锦年手中响螺再起，是胖子发来的小白折返的警告信号。

"撤！出去再研究，"岳无瑕虽还想在这个宝库里寻找更多的资料，却已无法久待，赶紧指挥众人离开，萧子瑜发现红衣不在身边，赶紧寻找，却见红衣仍飘在放古旧书册的架子附近，手持书卷，饶有趣味地阅读。听见主人的催促后，他露出一个温柔的笑容，装作将书卷放回架上，实则悄悄藏入怀中，带离了密室……

密室的门徐徐关上，隔开了两个世界。

岳无瑕再次不安地看了眼密室，却未发现异样。

花浅轻快地步出密库，无需耽搁，她已将自己的分身放在里面，足够做任何事。

恐怖的毒蛇得到了整个宝藏，它将献与最美丽的女神。

【柒】

　　小白虽是狐狸，性子却极暴躁。到嘴的胖子飞了，还遭了许多奚落。若在往日，它定守在断崖，等那混蛋直到地老天荒，奈何主人临行前有令，命它认真看守书库。胡先生平日里看似慵懒不理事，若知自家灵兽玩忽职守，也不会轻饶。小白思前想后，将对胖子的仇恨压下，回去继续看守书库。门口的恶狗早已苏醒，摇头晃脑地继续巴结老大，却苦了困在密库的几个小学徒。他们躲在书库的角落，压下呼吸，试图等这头灵兽睡着再溜走。

　　可惜，小白被胖子挑衅得眼都红了，它在书库的院子里打着转，毛茸茸的九条尾巴，扫得满地落叶四下飞散，时不时发出愤怒的呜咽声，吓得几条狗夹着尾巴不敢喘大气，唯恐惹怒了这不讲理的禽兽老大，被活吞进肚子里。

　　灵兽耳鼻皆灵，少年们不敢靠近大门，怕被察觉。

　　所幸红衣是没呼吸的鬼器，萧子瑜让其飘去门口偷窥小白的动静，不停回转汇报。

　　"那头狐狸还在打转呢，那身皮毛真漂亮啊，比我以前的那件火狐裘还强些了。"

　　萧子瑜赶紧劝诫红衣："你可千万别打它的主意，我人小腿短，跑得没有胖子快……"

　　红衣应道："我哪里有那么不懂事？"

　　绛羽不放过任何讥笑他的机会，冒出头来，嘲弄道："区区火狐裘，看你稀罕成这样？没见过世面的可怜虫，你家主人也是小气鬼，这种玩意老子起码买了八件，件件都是最上好的皮子，没有半点瑕疵，还镶嵌了红宝石扣子。"

　　冰蟒见自家兄弟被欺负，怒道："骚包鸟，男人买这么多衣服做什么？！"

　　他只擅长打架，不擅长吵架，说出的话实在没嘲讽力。

　　绛羽正要反击，红衣伸手按下冰蟒，开口笑道："绛羽大爷尊贵无比，如开屏孔雀般美丽，浑身上下挂满宝石才能彰显出那暴发豪迈的身份和气度。"

　　绛羽傲然："必须的！"

　　红衣闻言，笑得越发灿烂。

　　迟钝如冰蟒也读懂了里面的讽刺味道，暗笑不已。

　　绛羽看着美人如此开心，以为吵赢了，越发觉得自己威武神明，不可方物。

　　众人同情地看向岳无瑕，蓝锦年忽然觉得自己对离火剑的嫉妒消失了。

　　岳无瑕满脸痛心疾首、悔不当初的表情。他强行把绛羽压回离火剑中，轻轻地咳了声，打断大家的憋笑，低声道："小白守在门口不愿走开，再过两个时辰天便亮了，届时会有巡逻的灵法师，咱们想跑就难了。"

　　陈铭建议："再等一个时辰看看？"

　　岳无瑕摇头："回宿舍还得大半个时辰，若是同窗早起，怕是也会发现。眼下情形来看，

第九刻

小白是不会睡的了，再让胖子回来引诱一趟太过危险。再等半个时辰，如果事情还没有转机，就由我冲出去，将小白引开，你们趁乱逃跑。我担心子瑜跑得慢，由陈铭兄弟你抓住他从空中撤退可好？"

陈铭闷声应下。

蓝锦年抱怨道："祝明那家伙算得不准，说什么今日行动可平安脱身，幸好他不摆摊算命，否则我非拆他招牌不可……"

岳无瑕摇头道："祝师兄已尽力了，事在人为。"

萧子瑜想起自己早先的布置，再次举手，小声道："让我来引开小白吧。"

蓝锦年看着他的小胳膊小腿，险些笑了："你？"

花浅坚决反对："你不能冒险，还是让我来！"

岳无瑕急了："怎能让女孩子冒险呢？这种粗活让我做就好。"

两人抢着去做诱饵。

萧子瑜示意大家安静，然后从蓝锦年手中拿过响螺，吹出几下暗号。

片刻，响螺回了一声，是祝明发出的信号。

众人等了半炷香时刻，山间小道不远处传来胖子的说话声："那小白就是只蠢狐狸，看老子怎么戏弄它！"

众人面面相觑，都不相信胖子会折而复返这危险境地。

小白察觉仇人在近，发出一声恐怖的咆哮声，带着众狗，冲出围墙，朝声音去处扑去，试图围堵。

少年们趁机逃出书库，冲入反方向的灌木丛里，祝明早已在此接应大家。岳无瑕安顿好其他人，立即要回去救胖子。萧子瑜死死地拉住他："师兄，别乱来，会被发现的！"

岳无瑕怒道："胖子是我在天门宗的好兄弟，他为我陷入险境，我怎能为逃避责罚，眼睁睁对他弃之不救？！"

萧子瑜赶紧解释："不是的。"

蓝锦年若有所思："那段话，似乎是前几日开会时胖子说的？我见你在摆弄什么。"

萧子瑜狂点头："那是师父送我的留音符，我录下了胖子说的话，把符纸贴在树上，以防不测。刚刚我让祝师兄启动了这张符纸，胖子现在正在断崖那边等我们呢。"他见大伙不解，又解释，"无瑕师兄设计让胖师兄引开小白本是极好的计划，可是我怕胖师兄失败，或是小白提前回来，所以录下了胖师兄挑衅的话语。刚刚被胖师兄激怒过的小白再次听到他在附近，必会追去，我将留音符放在林间小道的密林里，那里都是可藏人的大树，它要爬树找好一阵子呢，咱们可趁机逃跑。当然，咱们此次行动，胖师兄居功至伟，这个布置用不上是最好的，

所以我没说……"

蓝锦年惊讶地看着他:"想不到你这小子这般细心,师兄小看了你。"

"子瑜素来聪明心细,我亦不如。"岳无瑕也跟着夸奖道,他原知道萧子瑜细心,却不知他能将事情考虑周到至此,倒是自己太过凭借力量,有些鲁莽了,应向其多多学习。有这样的朋友互补不足,为人生之幸。他知道萧子瑜因天赋不好而自卑,逮到机会,便大夸特夸,希望能鼓舞起他的自信来,"今日若非有你,咱们会有大麻烦,子瑜还是很厉害的嘛!普通人哪有你这般聪明能干?"

连岳无瑕这样的天才都对他赞不绝口。

花浅也难得真心夸道:"这个小聪明用得不错。"

他真有那么聪明吗?

萧子瑜自幼活在挨骂声中,处事谨慎,鲜少被这样狠夸,如今被夸得心血澎湃,他忽然发现自己并非一无是处,也发现自己除勤奋外还有其他才华,自信心缓缓燃起。他忽然觉得哪怕是火星般渺小的力量,只要布置妥当,亦可燎原。

众人一边揉萧子瑜的脑袋一边夸他聪明,一边去接胖子。

少年害羞地听着大家随口的赞美,陷入漫长的沉思。

东方露出曙光,夜将过去,谁也没有将这个不起眼的少年的小小功劳真正放在心上。

很多年后,有孩子林间偶遇人间最强的灵法师,壮着胆子问他如何领悟灵修之路。

那名如谪仙般空灵的白衣男子放下长笛,告诉他:"从相信自己开始。"

【捌】

失忆虽然罕见,却不算闻所未闻的事情。

可是,什么样的失忆才算得上离奇呢?

密库里找出的无名少女笔记,越发勾起少年们的好奇心。他们费劲心思去调查此事,婉转打听,却发现此事很受避讳,没有任何灵法师愿意说,最终还是由胖子在和他交好的厨子的媳妇的奶奶处得到了答案。

那天,祝明和蓝锦年都有功课,陈铭被师父唤走,胖子便叫上岳无瑕和萧子瑜,以下山帮忙采购为由,溜去天门宗山脚的徐家村寻人。花浅对萧子瑜紧张过度,唯恐一个不留神就掉沟里摔死了,虽然没兴趣却也跟着去了。

徐奶奶今年已九十岁了,有些糊涂,她用没牙的嘴,口齿不清地描述道:"四五十年前,那时候我刚生了第三个还是第四个孩子,我家那老不死的还在,他给山上送柴米,曾听人提

起过，好像有个女孩不见了一天一夜，怎么找也找不着，再出现的时候，她好像忘了自己失踪过的事情。我当家的还叮嘱我不能往外说，可是，今天这小伙子可真俊，嘴真甜，让奶奶想起了年轻的时候，那时候我可是村里一枝花……"

岳无瑕给夸得尴尬，忙问："间歇性失忆吗？比较罕见，也不算不可能吧。"

萧子瑜急问："那个女孩是谁？"

这个问题难倒了徐奶奶，她不是天门宗人，也是听闲言碎语知道些许，隐约记得。"姓蔡？不对，或许是叶？花？还是啥劳什子的，老婆子的儿子又不娶灵法师做媳妇，关注她们做什么？那些姑娘天天和男人瞎混，往外头疯跑，不守妇道，也不知她们爹娘怎么想的！"

"奶奶老糊涂了，"她家孙媳妇看了眼面无表情的花浅，怕惹怒灵法师招祸，赶紧打断了自家奶奶的高谈阔论，岔开话题道，"离奇失忆算什么？我忽然想起，十余年前，女灵法师学徒好像少了一个，可是大家都当不知道。"

萧子瑜闻言，猛地抬起头。

胖子大呼小叫道："什么叫少了一个？"

她男人在旁边闷头干活，听见自家媳妇胡说，斥道："是你看错了。"

"谁看错了？算了，就当看错了，反正我说给谁听都不信我。"媳妇儿很委屈。

萧子瑜赶紧道："我们信，你说来听听。"

那媳妇儿犹豫许久，方道："若是我说得不对，你们就当瞎话，忘了吧。那时候我刚进门，正是爱俏的时候，喜欢研究个衣服啊，发饰什么的。这天门宗的姑奶奶们都是城里来的，最会打扮。她们出行时，我经常在远处偷看。我记得有个温柔和善的女孩子，打扮得格外别致，乌黑双鬓，有时挑得和流云似的，有时高高低低各不相同，有时堆成个花朵儿似的团，有时单梳个松散马尾，头饰也很特别，不是普通的花儿蝶儿般俗气，有时是木头刻的蝉，有时是珍珠串的月，或是连串的瓷珠儿……我还找镇上的匠人模仿她的蝉簪刻了个，可惜天渊之别。"

她男人小声抱怨："就知道打扮，败家婆娘。"

媳妇儿没管他男人，自顾自说："约莫过了两年，不知哪天开始，我再没见过那姑娘。"

胖子犹豫问："或许她去世了？你知道她叫什么名字吗？"

"大约吧，"媳妇儿遗憾地说，"我这种身份的人，今儿若不是各位少爷主动来说话，哪敢和你们搭讪啊！只知道那姑娘穿着和你们一样的青色云纹衣衫，似乎是学徒呢。或许是她不幸出了什么变故，我不知道吧。"

岳无瑕思索片刻，脸色有些难看，谢过徐家婆媳，起身与众人回天门宗去。路上，他才对大家说："我曾帮师父整理过英魂碑，近二十年来，斩妖除魔殉身的天门宗灵法师有十六名，其中尚是学徒的三人，都是在出师试炼中不慎犯了大错而导致的悲剧，其中没有任

何女学徒。"

胖子嘟囔道："女灵法师没几个，女学徒更少，都怜香惜玉地保护着呢，哪舍得让她们涉险？或许那女人记错，或认错人了。"

岳无瑕神色凝重："十几年前的事情，徐家媳妇连那少女的衣着首饰都记得，怎会记错或认错人？天门宗就算被逐出师门也有记录的，我不记得这些年有被逐出师门的女学徒记录。可是，那个女孩到底去哪里了呢？为何从未有人提及此事？"

萧子瑜迟疑地问："师父是知道却瞒着此事？或是他们也离奇失忆了？还是根本没有这个女孩的存在？"

天门宗的秘密比想象中还要多。

他们是否应该调查下去？

天气很好，少年们的心却越发阴暗，步伐也越发沉重。

羊肠小路，蜿蜒上山，石林处有吊篮迎接。

岳无瑕开口打破了这片沉闷："我相信师父，可是我也想知道隐藏的秘密。"

花浅附和道："我也是。"

岳无瑕再度和她有惺惺相惜之感。

胖子苦笑道："我觉得做这事不应当，可是不知道答案心里就痒痒的……"

萧子瑜笑笑，没有说话，他心里早已下定决心，哪怕是朋友们拒绝调查，他也要独自将此事查下去。他想起了自己的父母，亦想起了周长老斩钉截铁回答的"天门宗，没有叫萧云帆和叶紫藤的灵法师"，可是他并没有说天门宗没有叫萧云帆和叶紫藤的灵法师学徒。若失踪的少女和他父母有关，或许有什么神秘的力量或原因彻底抹消了他父母的存在，这是他无论如何也要寻找的真相。

沈静的死，串出了太多的秘密。

秘密的源头应是绿竹林——男人的禁地。

众人眼巴巴地看着花浅。

花浅还在苦苦找自己身体的下落，见大家托她搜查，自是毫不犹豫地答应了。祝明得知她要在绿竹林搜查后，强烈提议她找陈可可联手，说是陈可可人缘好，擅长打听，还悄悄递给她一包蜜糖糕，让她劝劝陈可可不要伤心。

花浅连安慰萧子瑜都要费尽脑子想词，哪有兴趣去安抚无关紧要的小丫头？果断拒绝。

祝明可怜巴巴地将哀求目标转向萧子瑜。

萧子瑜无奈，只好应了，和花浅一起提着包祝明买的蜜糖糕去看望陈可可。在会客亭等了许久，求了好几回，才见她阴郁地屋子里走出来，看了眼他手里的蜜糖糕，挤出个艰难

的笑容，难得客气道："谢谢，子瑜师弟有心了，记得我喜欢吃这个。"

萧子瑜不敢居功，赶紧否认："是祝明师兄买的。"

陈可可的脸就如六月的天，瞬间变了，她将整包蜜糖糕摔落地上，红着眼睛骂："谁稀罕那胆小鬼的东西？！要送东西怎不敢亲自来？！没出息！废物！笨蛋！子瑜师弟，我往日待你不薄，你居然帮他欺负我！你和他是一丘之貉，都是丧了良心的王八蛋！"

一连串骂完，她就哭着跑了。

山上的老和尚曾说："女人是老虎，惹不得。"

六爷爷曾说："女人心，海底针。"

萧子瑜站在原地，整个人都懵了，他不知自己说错了什么。

花浅面无表情道："看吧，我就说这种破事不能管。"

混沌之时

第十刻——迷雾之时

爱情蒙蔽了你的双眼。

你看不见邪恶的真相。

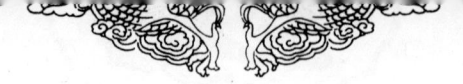

【壹】

绿竹林有秘密，从何调查？

花浅进入天门宗本就存了找东西的心，她在入住绿竹林的第一天就将周围搜查过，除了部分可能是以前留下的残余魔气外，并没有在周围发现强大力量的存在。动乱之夜发生后，她又将同窗深度排查了一次，在所有高阶学徒处发现过淡淡的妖魔味道，并非来自她们自身，而是衣服或物件上。

灵法师常年和妖魔接触，身上染有味道是很正常的事。

花浅私下排查数次，一无所获。

可惜勘察魔气这种手段只有大妖魔才用得出，她不能将自己调查的结果拿出来做依据，只好听萧子瑜出谋划策，什么找同窗问话，什么观察她们的言行举止，什么找周围有没有被挖掘过的痕迹……

萧子瑜说了很多，主题就是让她多交朋友。

花浅拒绝道："不要，我和小女孩没话说。"

萧子瑜不解："为什么？花浅不是小女孩吗？"

花浅："我性格孤僻，不太擅长和别人交流。"

萧子瑜衷心建议："没关系，浅浅只是看起来孤僻，性格却善良温柔，只要多交流，大家都会喜欢你的！"他很单纯地觉得花浅身世坎坷，多和朋友说笑有助开解。

冰蟒听完呆滞了许久："主人温柔善良？你在说笑……"

花浅用最快的速度堵住了他的嘴，果断道："好，我去交流。"

区区小事，她绝对不要破坏自己在萧子瑜心中最值得信任的朋友形象！

过了几天，惯常举办茶话会的陈可可寝室里又挤满了穿着单衣的女孩子，她们秉烛夜话，

在贵妃榻上叽叽喳喳得像几千只鸭子般吵闹不休。花浅试图像对付男孩子般挑起好奇心，将话题带去想要的方向："上次动乱之夜真可怕，虽然师父对我们说事情解决了，可我总觉得不安，说不定天门宗还藏了什么魔宗的凶手。"

"是啊，想起动乱之夜的蚀月魔我就毛骨悚然，花师妹和锦儿都被牵扯进去了，还有可可。""可可那天不是和祝师兄约会吗？平时完全看不出你们俩有一腿，瞒得我们好苦。""可可别伤心，我看祝师兄心里还是有你的，只是门户之别让他自卑，你看他不是让浅浅和子瑜师弟给你送东西了吗？""祝师兄虽然软弱了些，但人挺好的，特别老实厚道，肯定不会拈花惹草，哪像罗师兄，哼，明明有未婚妻还想勾搭云华，也不看看云华是他那癞蛤蟆攀得上的吗？""云华今天穿的那条裙子好漂亮，是百鸟坊新出的款吧？"

不管花浅说什么都会被莫名其妙地歪到其他地方，大家从恋情讨论到男人再到服装再到美食再到男人……她试图将话题带回正轨几次，直到大家热火朝天地讨论绛羽对红衣的感情有没有可能进一步发展、新入门的男性法器哪个最帅时终于放弃了。

忽然，蓝锦儿挤到她身边，笑着道歉："浅浅师妹，动乱之夜的事对不起了。我那时候被吓懵了，脑子不知转什么就冲口而出，冤枉了妹妹一直良心不安。有件事我一直想和你打听下。"

"没什么。"花浅琢磨是不是能再将话题拉回来，"你尽管问。"

蓝锦儿满眼期待："子瑜师弟有喜欢的人吗？"

花浅呆滞半晌："不知道……"

蓝锦儿大喜，再问："浅浅师妹，你喜欢子瑜师弟吗？"

花浅果断道："不。"

蓝锦儿更喜，又问："我可以喜欢他吗？"

花浅："……"

众人闻言，再度起哄："我道你眼高于顶，那小子瘦弱得很，而且年龄比你小，你怎会喜欢这样的男人？口味特殊，老牛吃嫩草！"

"谁老了？我只比他大两岁。"蓝锦儿力战群雌，毫不示弱，"你们都不懂，男人最重要是性格和责任感，找男人眼光要放远，挑有可持续发展性的。而且我比较任性，就适合软和些的男孩。现在子瑜师弟没人要，正是下手好时机，我看好他以后会成长为大帅哥好男人的。而且，他脸红的时候好可爱，一看就是没被女人调教过的好货色。"

花浅彻底无语了。

次日，她黑着脸回石窟向大家报告调查结果："目前得知新入门法器里红衣最美，冰蟒最酷，素茹最可怜，黑鸦大姐头好帅好帅好帅的，子瑜要小心锦儿师姐的调教……"

"等等！锦儿喜欢这种调调？让我去死一死！"

"女人真是难以捉摸啊。"

"什么是调教？"

"你敢勾引我妹！"

暴怒的蓝锦年一把抓住不明就以的萧子瑜，拖出石窟外调教去了。

花浅继续在石窟内听着男孩们从天门宗师姐师妹再到新入门美女法器哪个最漂亮哪个最风流的讨论，她就不该交什么狗屁朋友的！

岳无瑕忽然问："浅浅师妹，你喜欢怎样的男人？"

花浅："沉默寡言。"

岳无瑕大喜："好巧，我也是。"

花浅："……"

【贰】

蓝锦儿说到做到。她时不时跑去萧子瑜面前晃悠，不是送吃的就是给他研磨材料，每次理由都找得无懈可击。萧子瑜被她关怀得莫名其妙，但他没什么和女人相处的经验，不好意思拒绝师姐的好意，又隐约感觉到岳无瑕对花浅的青睐，心里不自在。

曾无意提过花浅送他的糖葫芦好吃，蓝锦儿送他满桌糖葫芦，据说是她亲手用上好的冰糖熬制，鲜红糖衣包裹着山楂、苹果、葡萄、橘子……

这一桌子糖葫芦让满脑子制符和调查的萧子瑜有些分神。

蓝锦儿半调戏半认真地说："好吃吗？看姐姐多疼你？"

萧子瑜只好低头："谢谢师姐。"

男女之间接触得少，他完全不明白现在是什么状况，却意识到这种事情不好和花浅商量。回首看见自家红衣，觉得他生前是美人，追求者众多，或许对感情方面了解比较多，便悄悄求解。

红衣是在风月场里混出来的，见惯各色人物，他看懂了蓝锦儿对自家主人的挑逗，也看懂了主人对花浅的小小情愫，可是他知道花浅的真正身份，也见过隐藏在女孩体内的苍琼女神的真相，心有畏惧。他也曾阅读过许多古籍，知道苍琼女神嗜好血腥，最厌风情，对她表达自己爱慕之心的男子，不管神魔人都没有好下场。蓝锦儿却是个活泼漂亮的女孩，经常被群星拱月，跟她走得近了很容易引起其他师兄的嫉妒。红衣平生所见的因情发生的流血事件不在少数，其中不少还是因他而起的，他不希望萧子瑜也陷入其中，更何况萧子瑜是花浅

点名要的人，就算无关风月，她也不会允许萧子瑜心里有比自己更重要的人存在。至于不知死活的岳无瑕，他不介意让绛羽陪他去送死。

红衣思及至此，决意将主人的小小情愫掐灭在萌芽状态，笑道："既然主人相问，我只好勉强猜几句，若有不妥切勿见怪。依我看来，祝明和可可情投意合尚不相配，锦儿师姐和你更是云泥之别。她美丽聪慧，追求者众多，哪会当真看上你？或许是她修行压力大，逗你玩玩罢了。红衣总觉得她对你的关怀像是长姐对亲弟弟的感情，所以你要像尊重长辈般尊重她。至于花浅，她和岳无瑕做朋友是好事，你的不舒服只是发现自己不再是花浅唯一的朋友产生的小小嫉妒罢了。"

成为灵法师后，师父教授的第一件事便是要信任自己的法器。

主人与法器互相信任，才能发挥出最大的力量。

萧子瑜对红衣的话深信不疑，他不安地问："是我太小心眼了吗？"

红衣道："嫉妒是人之常情，主人无需自责。"

萧子瑜赶紧道："不！我不想嫉妒，我希望大家都喜欢花浅，都和她做朋友。至于锦儿师姐，若她觉得捉弄我很开心就让她捉弄吧，男子汉大丈夫不能和女孩子计较，她送我的东西我会回礼的，绝对不占便宜。"

红衣含笑道："这才是朋友相处之道。"

萧子瑜认真地点了点头，他决定摒弃刚才"愚蠢"的念头。

此时，四周已安静下来，王学知的鼾声很有节奏地响起，莫珍呼吸安稳，显然早已入睡。

萧子瑜床头的响螺忽然发出了震动，是岳无瑕召集大家去石窟开会的声音。他使劲掐了两把脸，将困意驱除，悄悄披衣下床，朝石窟摸去。

月黑风高，风吹虫鸣，格外恐怖。

萧子瑜想起花浅说过天门宗可能藏着凶手，所以走得特别小心，特别慢。忽然，他听见身后传来树枝被踩断的声音。"谁？"萧子瑜停下脚步，回头张望，黑漆漆的草丛中似乎有身影晃动，紧接着传来两声模仿拙劣的猫叫。

妖魔会学猫叫吗？声音似乎很熟悉？

萧子瑜想了片刻，决定不逃跑了，他掏出光符，弹指，化出数点星光，飘向草丛黑暗处。

草丛处，有穿着青色绣云龙团锦衣衫的少年，正捂着自己的脸，尽可能将自己缩在角落，以图不被发现，待光亮照到身上后，他知避无可避，便大大方方地跳出来，怒道："你竟敢违背宵禁！夜闯绿竹林？！"

"莫珍？"萧子瑜震惊了，"你不是睡着了吗？"

莫珍被发现后，也不客气了，大声痛斥："我留意你好几天了！看你平日装得正儿八经，

迷雾之时

原来是个不要脸的登徒子！有了红衣这般美人儿还不知足，勾引浅浅师妹和锦儿师姐也不知足，还半夜偷偷摸摸溜出来，是想去绿竹林采花窃玉吧？！哼！我家师父曾说过，你师父也是不正经的混蛋！以前最喜欢蹲在绿竹林外偷窥女孩子！有其师必有其徒！你这乡下来的土包子，修行不怎样，轻薄女孩子倒是学得很快啊！我都没做过这样的事！"

最后一句话，他说得幽怨至极，还带着丝丝懊恼。

萧子瑜被莫珍剽悍的想象力震到了，静心居去石窟要走洗砚池的分岔路，分岔路的另一头通往绿竹林。如今洗砚池未到，说他去绿竹林也说得通，可是这不能代表他要夜闯绿竹林轻薄女学徒吧？！他想开口解释，却发现他们私下调查沈静之死的事情更不好说，会连累花浅和各位师兄。百般犹豫下，他忽然看见树上有人影晃动，是陈铭去石窟的路上发现动静过来帮忙，正倒吊在崖壁上，对自己做手势，似乎要用音波将莫珍这白痴弄晕，然后丢回去处理。

莫珍很胆小，他发现萧子瑜的视线离开自己，唯恐有诈，急忙道："你别想着杀人灭口！我跟踪你之前就让素茹去通知吴先生了！他们马上就到！若我有个三长两短，大家都会知道是你做的！"

萧子瑜脸色都变了，他已经听见许多脚步声正奔腾而来。

陈铭急忙停下攻击的动作，展开蝠翅，隐入黑暗中。

萧子瑜知道自己死定了……

莫珍听见救兵的声音，得意洋洋道："哼哼，本大爷神机妙算，救众美人于水火之中，灵儿姐姐说她最喜欢勇敢正义的男孩。嘿嘿，本大爷这回抓到采花贼，可谓勇敢正义的男子榜样啊。"

萧子瑜赶紧解释："不是这样的。"

"那是怎样？"吴先生愤怒的声音从山坡上传来，她头发简单绾起，随意插着根木簪子，披着件宽大的素白色袍子，看起来是刚从睡梦中惊醒，衣冠不整地匆匆赶来，素茹跟在她后面一路小跑，应该是莫珍派去通风报信的。还有好些天门宗的女灵法师，个个手持法器，面色冷峻，似乎要将这夜闯绿竹林的淫贼抓去剥皮打死。

莫珍赶紧跑去自家师父旁边，讨好道："我前些日子看见他鬼鬼祟祟地离开寝室，料想定不是什么好事！所以候了几天，总算逮到他的行踪。没想到这小子狗胆包天，竟然是往绿竹林而去！绿竹林里那么多姐姐妹妹，若是被这淫贼轻薄，坏了名声，这可如何是好？！"

萧子瑜使劲摇头："不是的，我不是去绿竹林。"

吴先生冷冷地盯着他："夜半三更，你是去哪里？"

萧子瑜哑声。

吴先生问："不能说吗？"

萧子瑜怕连累旁人，死活不开口。

莫珍讽刺道："这等偷香窃玉的事，他哪能说出来？"

萧子瑜平静地道："我没有！"

吴先生也不愿和他多说，吩咐旁人："鹤舞慈悲，刑罚拷问之事非我之长，将他带给严先生，必能从他口中问出今夜之行的真相，顺便查查周围有没有同党。"

萧子瑜唯恐岳无瑕冲动出来为自己脱罪，大声道："绝对没有！"

吴先生压根儿不信："闹出那么大动静，就算有同党怕也跑了，先拖去刑堂审问。你就尽管嘴硬，总归要将所有事情都交代清楚的，要是严先生连个孩子的口都撬不开，他也该告老还乡了。另外此事先不要透露给他那不知羞的师父，免得那护短的老头子想出什么奇怪的借口来救他这同样不知廉耻的徒弟。"

众人道："咱们出来时许多女学徒都知道了，怕是不好瞒。"

吴先生道："至少拖到天亮。"

众人押着萧子瑜前往刑堂。

鹤舞不忍，趁主人不备，悄声劝："傻孩子，千万别犯傻。动乱之夜后，天门宗风声鹤唳，严先生天天在追查私通魔宗之人。你若承认自己去偷窥绿竹林，看在尚未酿成大祸的分上，顶多是挨顿板子。若被严先生认为有私通魔宗的嫌疑，你不死也得脱层皮，所以你赶紧把真相招出来吧，刑堂的罪不是小孩子受得起的……"

红衣也劝："主人，好汉不吃眼前亏，低个头不是什么坏事。"

"不！"萧子瑜在是非曲直上，偏偏犟得很，他自认自己做的不是错事，宁死不愿承受这样的采花恶名，一口拒绝了他们的好意，"我没打算去绿竹林，也没有和魔宗私通！我无论如何也不会承认自己没做过的罪名！"

【叁】

天门宗的刑堂阴冷，千百年来，无数违背良知的灵法师都在此受过惩处，空气中仿佛化不开的血腥气。刑堂两侧列着十八尊真人大小的持法天神像，法相威武，极具威慑力。正中用白玉雕刻着当年苍琼女神被封印不归岩、群魔战败、首恶伏诛的场景，出自大师手笔，精美绝伦。曾有许多自命风流的男学徒仰慕三界第一美女的风采，进天门宗后故意犯点小错，以求进入刑堂瞻仰这座大型石刻。可惜世人忌讳苍琼女神勾魂夺魄的美貌，虽然用了美女的造型，却将其身材用盔甲包裹严实，表情刻画得丑陋狰狞，饶是男孩们再怎么放低审美标准，

也看不出苍琼女神美在哪里，颇为扫兴。

萧子瑜心里忐忑，注意力只集中在刑堂陈列的各色刑具上，许多是他闻所未闻的，他琢磨很多犯错的灵法师进来，不用刑拷，只要看看这些刑具就会招供。他很害怕严先生会将这些刑具用在自己身上，搜肠刮肚地想脱身方法。还没想出最妥善的借口之前，严先生沉重的脚步声已经传了进来，跟着严先生一路小跑进来的是他的亲传弟子蓝锦年。蓝锦年额头上挂着冷汗，同情地看了眼傻兮兮站在刑堂正中的萧子瑜，又看了眼旁边冷若冰霜的吴先生，使劲地想帮同伙脱罪："这孩子看着就胆小怕事，修为又是顶差的，怕是半夜睡眯瞪了，或是睡不着出来散散心，哪能是魔宗奸细呢？师父您别累着，拷问这么个孩子简单得很，您先去休息，让我来练练手就好！"

吴先生斜斜看了他一眼，斥道："严先生，你的徒弟也越发没规矩了。"

"锦年生性过于跳脱了些。"严先生在天门宗是出了名的公正严明，铁面无私，他看见自家徒弟蹦跶得不成样子，训斥道，"教导你多少次了，魔宗狡猾，奸细也未必看起来就是大奸大恶之徒。你都是高阶学徒了，明年就能出师修行，怎还是这么不谨慎？回去抄一百遍天门宗弟子规！"

蓝锦年急道："师父！可是……"

严先生再道："两百遍！"

蓝锦年不敢出声了，只好使劲对萧子瑜打眼色，希望他能撑到岳无瑕去瑶台仙田把救兵搬回来，也希望救兵的宿醉能醒。祝明说救兵昨夜喝了三坛酒，怕是醉狠了，一时半刻醒不来……

萧子瑜直直地跪在刑堂正中，不开口，不讨饶。

严先生看了他两眼，抚着刑具，幽幽道："我不忍心将这些手段用在孩子身上，若是不打紧的事，你还是快招了比较好，哪怕是真做了淫贼，看在未得手，顶多是鞭打后逐出师门的罪过，总比受刑值得。若你以为死咬着牙关不开口便能脱罪，那是大错特错。我执掌刑堂十八年，拷问过一百四十八人，其中三人用了些手段自尽，其余人都招了，其中罪者八十二人，重罪者十六人，皆为私通魔宗或门派叛徒。"

萧子瑜摇摇头："我没罪。"

严先生重重拍在桌上，喝问："你夜犯宵禁，究竟为何？"

萧子瑜颤抖道："睡不着，出来走走。"

严先生摇头："你穿着整齐，头发亦梳得一丝不乱，若是夜半睡不着在附近走走，何须如此装束？显然是要见什么人。"他见萧子瑜还要开口，先道，"如今何思道酒醉未醒，不知刑堂发生何事，他素来护短，若你想以他为由，和他对口供造假，也是绝无可能的，因为我

会分开问话，谎话里定有破绽，瞒不过人。"

萧子瑜只好不说话。

严先生放软了语调问："我见过很多淫贼，不是你这般模样。你夜半出行，是要见谁？"

他很快就抓到了问题的关键。

蓝锦年知道自家师父的本事，害怕萧子瑜供出同伴连累自己，只好再次开口，试图为其脱罪："说不定是和哪个女孩约会吧？咱们天门宗不是常有这样的事吗？男欢女爱，你情我愿，不能算什么大罪吧？"

吴先生疑惑地看了眼坐立不安的蓝锦年，笑道："你倒是维护这孩子。"

严先生知道自家徒弟性情，于己无关是断断不肯插手的，当即喝问："你与此事有关？"

蓝锦年恨死这老女人，赶紧否认："哪能呢？师父您别多想，我就是看他小胳膊小腿可怜见的，随便说说罢了，我最守规矩了，哪能和这样夜半乱晃的家伙有关联啊？"

严先生心中有数，暂且将自家徒弟搁下，继续审问萧子瑜。

萧子瑜知道自己招出岳无瑕等人，便要将调查沈静之死、潜入密库等事曝光，哪怕是自己身死，也不能出卖同伴，害了大家。所以他任凭严先生怎么恐吓利诱，也咬紧牙关，抵死不吐半个字。

天渐渐翻出鱼肚白，审问依旧僵持。

严先生耐心耗尽，疑心更盛，对年幼孩子的顾惜荡然无存，眼看就要抄家伙了。

鹤舞忍不住开口求情："主人，灵法师考核时，我曾为这孩子诊断，他身子骨极差，经不起任何拷打的……"

吴先生也想起在考核上的事情，她虽然心硬，却非心狠，想到萧子瑜脆弱的体格，也担心经不起刑拷，闹出性命之危，终于软下心肠道："算了，既然他不肯招，也用不得刑，禀告长老们直接处置算了。"

严先生自觉失了颜面，冷笑道："妇人之仁，在我刑堂不开口哪有出去的道理？"动乱之夜过于诡异，长老怀疑有魔宗之人潜入天门宗，所以他不相信任何人的清白。如今有人露出狐狸尾巴，不查个水落石出，他是绝不会罢休的。至于萧子瑜受不受得了刑，他并不放在心上，无论用任何手段，他都要撬开这孩子的口，得到真相。

萧子瑜看着冷冷铁鞭，平定心神，闭上双眼，等死。

蓝锦年良心上不愿让萧子瑜为大家背上罪行，又怕极了师父的手段，他心里天人交战三百回合，不知要不要暴露自己来救人，急得满脑袋大汗。此时有些学徒已经醒了，听说此事，聚集在刑堂外头看热闹。忽然，门外传来清脆女声："住手！"

众人回过头去，是花浅不顾禁令，冲进刑堂，如炸了毛的母狮子般，紧紧护着萧子瑜，

大声道："他绝无可能与魔宗私通，这孩子身体不好，受不了任何刑拷，我决不准任何人伤害他！"

萧子瑜急忙劝道："浅浅不要胡闹，我自个儿的事自个儿承担，连累你就不好了。"

花浅怒道："你的事就是我的事！你凭什么承担？你的身子承担得起吗？若是你死了，我，我怕是再也找不到一个你这样的人了……"她是最清楚萧子瑜身体的人，别说严先生的铁鞭落在他身上，就算被逼问得激动些都用不着考虑什么招不招，根本活不下去。

萧子瑜看起来却很冷静，他轻声道："浅浅，抱歉，我不能说。"

花浅冷笑道："说又如何，在天门宗这种假正经的地方，你们的行动至情至性，算什么丢人现眼的事了？"她来前就分析过了，与其受刑，倒不如让萧子瑜将岳无瑕招出来，虽然大家都要受罚，却只是几个孩子胡闹，比叛门之罪轻很多。看在周长老对岳无瑕重视的分上，也不好对从犯处罚太过，好歹能保住性命。

萧子瑜却是死脑筋："六爷爷说过，做人要讲情义，答应了不说的事，就不能说。"

严先生听了许久，问："什么至情至性的行动？"

花浅灵机一动，想起祝明和陈可可在动乱之夜做的事，准备开口借鉴之际，门外再次响起一把梵铃般动听的声音打断了她的话头。"是我！"是蓝锦儿穿着整齐，匆匆跑了进来，她推开花浅，又狠狠瞪了她一眼，然后在众人目瞪口呆中，含泪抱着萧子瑜，哭道，"子瑜，你不要为我瞒着了，要是你死了，我可怎么活？我还要名声有什么用？"

萧子瑜被捕以来都保持得不错的强大精神有些不淡定了，他不知师姐在唱哪出戏。

"子瑜，你就招了吧。"蓝锦儿没头没脑地劝了他两句，见他在发愣，赶紧放开他，转去扯严先生的衣角，一个劲地哭，"严先生，子瑜没打算私闯绿竹林，他是来和我幽会的，是我爱慕虚荣，嫌他身份低微，怕被朋友拿来说笑，所以逼他发誓决不可说出去。"

"什么胡话？！"蓝锦年从震撼中清醒，猛地跳起来，立即拖走自家宝贝妹妹，使劲对大家否认，"绝对没这事，我妹是睡迷糊了，她哪会做出私相授受这种丢脸事！更不会看上这新人穷小子！"接着又低声训斥妹妹，"你学祝明和陈可可那两个笨蛋作死不成？女灵法师本来就不好嫁人，你名节坏了，以后怎么找婆家？难道真嫁这穷小子不成？"

蓝锦儿任性惯了，她拿出刁蛮劲儿，对着哥哥咆哮："我就喜欢他！不成啊？！你嫌贫爱富，不让我嫁他！我就绞了头发出家去！"

一哭二闹三上吊是女人自古不变的法宝。

蓝锦年和蓝锦儿一同长大，自幼将妹妹疼如珍宝，是捧在手心怕吹了，含在口里怕化了，听见她生气就慌："不敢不敢，哥哥就随便说说，你哪能出家呢？你是什么时候和这小子搞，不，有了私情的？怎么哥哥都不知道？"

"你天天跟着猪朋狗友胡闹，怎知我女儿家心事？"蓝锦儿红着脸，怒道，"我就是喜欢这样的傻小子！真诚！实在！不会像别的男人那样朝三暮四，喜欢说谎话哄人！动乱之夜后，我与他共患难，两情相悦，我们都说好了！待他灵修有成，便上我家提亲！不行吗？！"

有男学徒来为长老传话，踏进刑堂，闻言，大悲："怪不得锦儿妹妹最近不理我们了。"

蓝锦年听得眼都直了，虽然他不讨厌萧子瑜，觉得他挺聪明，也愿意照顾他，可是这和愿意让他做自己妹夫是两回事！他妹妹貌美聪慧，心灵手巧，灵修世家公子拜倒在石榴裙下的也不少，怎么也应嫁个英俊潇洒、英明神武、才华横溢、忠贞不二、家财万贯、有权有势的好男人吧？哪能跟这种乡下出来的臭小子？而且这小子虽然不丑，却又瘦又小，一脸薄命相，说不准得害他妹妹守寡！定是这傻小子给他妹妹灌了迷魂汤！蓝锦年气急败坏，抄起燕草："老子要收拾你这不知廉耻、专门勾引无知少女的臭小子，我弄死你！"他知道自家妹妹笑嘻嘻的背后有着倔强的性格，就如学习绣花般，认准的事哪怕再枯燥无味都不放弃，如今这般为萧子瑜出头，定是真有了情意。

萧子瑜再愿意做烈士也不愿给这莫名其妙的理由挨打，他赶紧跳起来逃跑，一边跑一边解释："不是这样的！"

"受死吧！"蓝锦年不肯听他解释，燕草在地上蔓延出无数带刺的枝条，如鬼魅般缠向萧子瑜。

蓝锦儿扑上去，死死抱住哥哥，怒道："你敢打他一下，我就离家出走！不认你这哥哥！"

蓝锦年收回燕草，抱着脑袋蹲在地上，仿佛庄稼被偷的老农民，一个劲地哀叹："这哪能行呢？这不对啊，锦儿，哥哥绝不接受这种挫妹夫。锦儿，你不是眼高于顶吗？怎么那么傻啊……"

"喜欢就是喜欢了，能有什么办法？"蓝锦儿扯过萧子瑜，得意地炫耀，"何况我眼光好得很！他哪里丑了？多清秀多帅啊！暂时矮了点还能长嘛，我家男人长大后肯定比哥哥帅！家世虽然差点，但不会欺负我，灵修师也是赚钱的职业，不怕养不了家。"

恋爱中的女人是没智商的。

蓝锦年老泪纵横，他哀怨地看着萧子瑜，死活想不明白这貌似纯良的孩子是怎么把自家精灵古怪的妹妹骗到手的，可是他妹妹从小到大想要的东西就一定要弄到手。若他反对，妹妹真的会离家出走的。

萧子瑜虽知蓝锦儿在撒谎，可是他若反驳蓝锦儿的谎话，就落实了严先生的推测，又要陷入被拷问的境地，而且还会极大地伤了这个他视为朋友的少女的颜面，沦为祝明师兄的下场，被女孩们唾弃，被男人嘲笑，还有可能被愤怒的蓝锦年当场打死。可是他不反驳蓝锦儿的谎话……萧子瑜悄悄看了眼花浅，花浅正在打量蓝锦儿，脸上看不出任何喜怒。

花浅生气了吗？萧子瑜忽然很惶恐，比被吴先生抓到刑堂还不冷静。

至少后者他还知道会发生什么事，前者却是他陌生的领域。

蓝锦儿死死抱着萧子瑜的胳膊，哀求严先生："我害子瑜违反了宵禁，求先生轻罚。"

萧子瑜想起红衣的分析，怀疑蓝锦儿是为了报答他上次在她受怀疑时出言相救的事情，故意撒谎来救自己。虽然行为有些乱来，却颇有效。自动乱之夜起，两人关系不错，蓝锦儿给他做糖葫芦的时候大张旗鼓，很多人都知道，而蓝锦年的激动表现也打消了严先生的怀疑，天门宗男女学徒之间产生感情，在绿竹林附近偷偷幽会之事很常见，再加上蓝家也是名门，蓝锦儿的清白身份经得起调查，她如此信誉旦旦地为萧子瑜证明，再联系刚刚花浅提到的至情至性行为，倒颇为可信。

严先生想到萧子瑜入门以来的老实表现，觉得自己或许思虑过度了，魔宗就算找奸细，也不至于找身子骨如此差的孩子吧？说不准还没打听出什么情报，先天折在修行途中了。他再次询问萧子瑜事情的发展。

萧子瑜见蓝锦儿将谎话先斩后奏，为免牵连更多人，只好承了这份情，于是默认了此事，磕磕绊绊地说了几件自己和蓝锦儿之间的小事，证明两人交情匪浅，害羞得脸都烫得可以煮鸡蛋了。

吴先生怕他激动出问题，赶紧让鹤舞给他稳定下心绪……

花浅仍死死盯着蓝锦儿，似有愠怒。

蓝锦儿发现了花浅的不高兴，含蓄挑衅："你是子瑜的表妹，以后也是我表妹，大家好好相处，不要再引起误会就好。"

花浅冷笑："谢谢师姐指教，我从不误会。"

"哪有误会？子瑜兄弟和浅浅师妹是表兄妹，相依为命，亲近些也是正常的，"岳无瑕刚刚把醉酒的老糊涂稍稍弄醒，便拖着直冲刑堂，看见花浅在侧，脑子就停了片刻，稍微听蓝锦年哭诉了几句来龙去脉，大喜，赶紧恭贺道，"锦儿是好女孩，子瑜兄弟真是好福气！"他乐滋滋地琢磨着萧子瑜有了女朋友，懂得相思滋味，说不定会帮他在花浅面前说几句好话，他对那梦中女孩极为欣赏，经常思思念念着，只想多了解些，更多些……

蓝锦年大怒，跺着脚吼："这混小子的福气都修一百零八辈子了！要是敢惹我宝贝妹妹一丝半点不痛快，我非剁了他不可！"

岳无瑕欢快地帮兄弟说话："哪能呢？我用人格担保，子瑜兄弟不是这种人！"

萧子瑜满肚子冤枉说不出，都快憋屈死了。

鉴于灵法师男女比例严重倾斜，女灵法师因实力强横，独立自主难顾家，在社会上颇受异样眼光，婚嫁难，不少非灵修名门出身的女学徒都被家里叮嘱，尽可能在修行时抓个前

途无限的男人，出师后成亲，总比嫁不出强。所以每年每届学徒中，这样的荒唐例子随便就能拿出七八例。每个灵法师都是过来人，像吴先生这样厌恶情爱的是少数，多数人提起这种事都会心一笑，只要别闹得太过分，他们在涉及女学徒的感情事务上，都会睁只眼闭只眼，高高举起，轻轻放下。

蓝锦儿两眼泪汪汪，看着严先生不说话，我见犹怜。

萧子瑜死死盯住地板，仿佛在找条缝钻进去，像个傻子。

骤眼看去，两人好像被拆散的鹊桥，棒打的鸳鸯，死气沉沉。

此情此景，究竟是罚还是不罚？

严先生气得脸上疤痕一抽一抽的，越发显得阴森恐怖，他不死心地问："谁可证明你们不是串供？"

"我！锦儿喜欢子瑜的事情早就传遍了，除了锦年师兄谁都知道，大家都不敢告诉他……"岳无瑕用最快的速度跳出来，不好意思地对目瞪口呆的蓝锦年道了个歉，力撑兄弟，开口道，"我想起前阵子，曾看见锦儿悄悄跟在子瑜师弟后头，一边看一边笑，我问她为何偷看子瑜兄弟？她骂我多管闲事，让我别告诉子瑜兄弟，便红着脸跑了，我当时没琢磨太多，现在想来，明显是暗恋！而且我，我见过子瑜兄弟半夜溜去约会！我有留意一下，他没做什么坏事。"他再次信誉旦旦地发誓，"严先生，我愿用自己的名誉发誓，子瑜兄弟绝对是去约会，没有做坏事！"

约会的意思是指两人约定会面，虽然形容男女恋爱居多，却也能用于一般人身上。

岳无瑕不动声色地打了个双关语，将他们和萧子瑜的会面转为男女私情之上，发以重誓。严先生知道岳无瑕是周长老的心头肉，亦是天门宗的下任宗主，德才兼备，品行兼优，从不撒谎，很是可靠。既然他愿用自己的名誉来庇护萧子瑜，多少也要给周长老一个脸面，不再严厉追究，却需找个台阶将此事放过。

吴先生看不得这般胡作非为，开口道："就算是真的，也只能证明他们没有私通魔宗，可是违反宵禁也要严惩。孤男寡女，深夜会面，可耻至极！若轻轻放过他们，以后大家照样行事，不知会闹出多少丑事来，天门宗颜面何在？！"

"大妹子，太闹腾，"老糊涂的酒终于醒了，他摇摇晃晃地想从地上爬起来，却再次栽倒，最后他也懒得起来了，直接坐在冰冷的青砖地板上，靠着放刑具的架子，喷着满口恶臭的酒气，磕磕绊绊地指着吴先生道，"师兄也是看着你长大的，刚进天门宗你是多么青葱水嫩的小姑娘啊，如花似玉，有礼貌，说话还会红脸儿，现在怎变得如此刻薄？不过就是你家刘师兄变心抛弃了你嘛，何苦为这种男人做一辈子老姑娘？大不了帮你再找一个嘛，保管比刘师兄更英俊更有才华，免得你日日独守空闺，性格扭曲，看不得年轻人谈情说爱。"

他醉糊涂了，口不择言，字字句句，揭开吴先生心里最深的伤疤，戳得她鲜血直流。

吴先生勃然大怒："你，你这胡说八道的混蛋！鹤舞！替这不像话的家伙醒酒！"

"是！"鹤舞背后缓缓展开一双光点组成的白色鹤翼，每片羽毛都化作生命般游动的银色丝线，飘向老糊涂。老糊涂见势不妙，手足并用想逃，奈何醉得太深，摇摇晃晃跑不得多远，很快便被银丝追上。在抗拒中，千百条银丝缓缓侵入他的体内，在五脏六腑中流转，将酒味在空气中扩散，越来越浓烈。

老糊涂惨叫着："痛痛痛，大妹子温柔点。"

吴先生喝道："鹤舞，多用两千丝！好好将他用酒腌过的身子收拾清爽！"

鹤舞的双目化作雪白，羽翼越发耀眼，更多的银丝在她身上飘出，侵入老糊涂的体内。

老糊涂被缠得像个茧子，他无助地朝萧子瑜伸手，哀求："好徒弟，快来救我！"

"是！"萧子瑜听从师命，想伸手切断银丝，银丝却穿过他的掌心，毫无停滞。

"干什么呢？"岳无瑕将他拉回来，体贴道，"鹤舞的银丝洗髓虽然难受，却对身体很好，你师父身体被酒毒侵得太甚，是该收拾下了。"

萧子瑜觉得也是道理，安慰师父："良药苦口，治病总是不舒服的，你就忍忍吧。"

老糊涂老泪纵横："我白救你这不孝徒弟了！"

不知过了多久，银丝渐渐褪去，老糊涂浑身是汗，气色却明显红润了不少，脑子渐渐清明，他看着吴先生气得发黑的脸，也发现自己刚刚说得太过了，有些愧疚，便凑上去安慰："大妹子，我也是多喝了几杯，救徒心切，口不择言。你看在师父当年替你教训过那个混蛋男人的分上，饶了我这回吧。"

吴先生想起老糊涂当年那所谓的教训，生生将她后路断尽，更加恼火，就想抬手给这没皮没脸的家伙一耳光。可惜老糊涂始终是长辈，是教导过她的师父，她自认尊师重道，为了在学徒面前以身作则，只能打落牙齿和血吞。她几乎是硬挤出一个比杀人还恐怖的笑容，朝严先生行礼道："此事既与绿竹林无关，应由刑堂做主，我就此告退。"

老糊涂赶紧叫："大妹子，别急着跑啊。"

吴先生用最快的速度带着鹤舞离去，走得太急，险些被门槛绊倒。

严先生看着这满屋混乱，心里暗叹，他对这种男女之间乱七八糟的关系厌恶至极，更没有兴趣去研究什么两情相悦、相爱相知之类的屁事。他只在乎萧子瑜和蓝锦儿违反了门规，在夜半溜出宿舍乱跑的事。他有心将两人拿来杀鸡儆猴，奈何老糊涂在旁边虎视眈眈，只等他下令重罚就扑上来胡搅蛮缠。他好端端一条汉子，珍重脸面，却抵不过别人不要脸，思前想后，借着吴先生和老糊涂的打闹下个台阶，以初犯为由，判了个较轻的处罚，命两人去打扫刑堂的牢房，勒令要一尘不染。

萧子瑜松了口气，他最不怕的就是干活。

蓝锦儿在家虽是衣来伸手、饭来张口的千金小姐，来了天门宗后，被遣去照顾饲养妖魔，也吃过不少苦头，倒也不将打扫牢房放在心上。只有蓝锦年心疼妹妹，对萧子瑜越发横眉毛竖眼睛，怎么看怎么不顺眼，他朝师父请命，号称带两人去干活，准备将重活统统丢给萧子瑜做。严先生不太关注这点小事，倒也随得他去。

如今，天门宗的牢房没有关押犯人，所以可让孩子们前去。

萧子瑜上次看见犯人的时候只有七岁，那犯人是个强盗，被关在枷锁里游街示众，群众都非常激动，纷纷朝他丢烂菜叶和石头，还掺杂着几声口哨，仿佛一场盛大的狂欢。萧子瑜躲在孤寡爷爷背后，不愿意丢东西，还被萧子健狠狠嘲笑了番。他们说犯人都要送到牢房里，牢房里都是老虎凳和皮鞭，到处都是血，又黑又暗，还有老鼠跑来跑去，萧子健边说边做动作，吓得旁边的小姑娘尖叫连连。

萧子瑜不怕老鼠，但觉得血很恶心。穿过漆黑过道的时候，他幻想了许多恐怖场景，做了许多心理准备，最后看见整齐干净的牢房时，很是震惊——犯人住得比他以前的房子还好。

"我师父很爱干净，一点儿脏都受不了，岳小子说这叫什么洁癖。平日里，牢房若关押了犯人，都由仆役打扫，若没关押犯人，就由我们学徒打扫。拷问和关押的地方是分开的，这里没有血和刑具。事实上，牢房关押的犯人很少，重要罪人也不会被丢到这里来，他们在更下面的石牢。如今石牢也是空的，师父嫌那里气味不好，不太检查那里，我们都懒得打扫，里面的稻草都发霉了。"蓝锦年一边介绍，一边点亮了监牢里的四盏油灯。地下的小小世界忽然明亮起来，将黑暗驱散，散发着木头的清香，各个柱子上都刻着些老旧的符文，似乎是监禁类阵法。蓝锦年指着一条通向更深地底的石板路，朝萧子瑜努了努嘴："臭小子，怜香惜玉懂吗？你去石牢打扫，把发霉的东西都换了，要一尘不染，师父命令你打扫，就要亲手劳作，别指望让你家千娇百媚的红衣帮忙！锦儿你刚说了半天话，累了吧？先坐旁边喝杯水，来，地上有尘，哥哥替你擦擦，这点活计待会让那臭小子帮你做了就好。萧子瑜，你这臭小子想做我家妹夫总得献些殷勤吧？"

萧子瑜不介意帮女孩子干粗活，却很想说自己不想做他妹夫，奈何蓝锦年正在气头上，若说半个不字，估摸会打断腿。萧子瑜示意蓝锦儿自己去解释，蓝锦儿眨巴眨巴眼睛，表示知道了，让他放心。待萧子瑜走远后，托着下巴感叹："傻孩子就是可爱。"

蓝锦年正殷勤地用袖子将没什么灰的地方擦了又擦，整理出一块地方供妹妹休息，听妹妹还在说蠢货好，气得捶地跺足，低声抱怨："傻妹妹，要救那小子方法多得是，哪怕是让岳小子受些委屈，也不能毁了你名声，你怎么就那么实诚呢？"

蓝锦儿笑得甜丝丝的："我喜欢他啊。"

"撒谎！"

"真的！"

"撒谎！我们兄妹十六年，我才不信你眼光会那么差！"

"兄妹十六年，你竟还不了解我。"

"好妹妹，哥求你了，别胡闹，若爹娘知道我没照顾好你，拐了个这样的女婿回去，非杀了我不可。"

"放心，要是爹爹持剑砍你，我会帮你逃跑的。"

"妹妹，别开玩笑……"

"谁开玩笑了？"

蓝锦年觉得妹妹定被灌了迷魂药，以往心高气傲的她，连岳无瑕这种青年才俊都嫌正经过头不够情趣，怎能看上萧子瑜？虽说萧子瑜是个好人，是个善良的老实人，可惜好人在生活中是无趣的代名词，完全不是妹妹往日的品味，莫非萧子瑜的法器红衣还带迷魂效果？那法器确实是倾国倾城的美人，天生勾引人的尤物，难道这种属性对主人也会有影响？至于萧子瑜会不会喜欢蓝锦儿，蓝锦年压根儿不去思考。他家妹妹那么可爱，天底下哪有男人不爱？

蓝锦儿拉了下悲痛欲绝的哥哥，扭着衣角，不好意思地问："哥哥，我不能让子瑜一个人干活，我得去帮他。可是我身上的衣服是新的，有刚绣好的花，弄脏了好可惜。你帮我去取件旧衣裳来，好吗？"

蓝锦年和蓝锦儿年龄差距不过岁余，从小一起长大，感情深厚，他在旁人面前嚣张嘴贱，在古灵精怪的妹妹面前却是百依百顺的绵羊，要星星不给月亮。如今听她请求，纵使千般不愿，万般不甘，也犟不过她的脾气，只好乖乖去绿竹林取衣服。偏偏他嘴巴贱，不讨女孩子喜欢，没什么异性朋友，只好去求岳无瑕帮忙，再由岳无瑕求其他女孩帮忙，一来一往，耽搁了许多时间。

【肆】

太阳渐渐升起，山中寂寞，唯有八卦可解，绿竹林夜半的闹剧迅速传到每个角落。都说癞蛤蟆吃了天鹅肉，有羡慕萧子瑜傻人有傻福的，有恨蓝锦儿有眼无珠的，亦有见识高明者感慨，蓝锦儿怕是玩弄萧子瑜这种穷小子，就算有几分认真，两人家世差异甚大，所见所想皆不相同，待蓝锦儿过了新鲜期，萧子瑜剩下的便是痛苦和折磨。又有心思阴暗者猜测萧

子瑜是伪装成绵羊的白眼狼，不择手段的恶棍，骗单纯善良的蓝锦儿上手，是为了进入灵法界的贵族阶层，找个靠山，待功成名就后，就会将蓝锦儿一脚踹了，再换个年轻貌美的贤惠妻子。最后一种猜测让认识萧子瑜的人都笑破了肚子。

萧子瑜不知外头闹剧，他知道自己违反宵禁是不对的，所以很卖力地打扫石牢，期望将功赎罪，最好是多干点活，多赎几次罪。他觉得在岳无瑕无法无天的带领下，估摸要一直"赎罪"，可是，若没人告诉他父母失踪的真相，他情愿天天"赎罪"。

发霉的稻草有难闻的味道，萧子瑜做过农活，不怕脏臭。他找到个铁叉，将稻草像收晒好的谷子般铲成堆，再搓两根简单的草绳将稻草捆起，堆在角落。忙乎了小半会，他发现油灯已烧尽，叫了几声蓝锦年都无人应答，蓝锦儿说不知道灯油在哪里，他便奢侈地用了张光符来照明，顺便练习施法速度。

一张光符成本十两银子，普通的能持续一个时辰。

萧子瑜的光符是跟老糊涂学的，比市面上的货色更强些，能燃烧两个时辰。

虽然制符材料都是老糊涂免费提供的，但萧子瑜还是很心疼，他决定借助这些昂贵的明亮照明，把石牢打扫得干净些，免得浪费制作符咒花的材料。他将稻草都收归在角落后，用以前打扫茶馆的法子，趴在地上，用抹布和清水，细心地将一块块石砖擦拭过去，争取每寸地面都擦得干干净净，找不到半点尘埃。

忽然，石牢上面传来女孩的争执声，似乎是蓝锦儿和花浅的声音。

萧子瑜猜测是花浅来看望自己的，赶紧放下抹布，擦干净额头上的汗珠，拍掉衣服上的尘埃，欢欢喜喜地跑上去。刚上台阶，就听到一声清脆的巴掌声，他赶紧跑进牢房，却被眼前的一幕震惊了。

花浅冷着脸，右手捧着个小包裹，左手则高高举起。

蓝锦儿右半边脸上有五道通红的指印，她不敢置信地捂着受伤的脸颊，双目含泪对花浅喊："你说话就说话！为什么打人？我娘都没打过我。"她越哭越伤心，越哭越委屈，"你没资格不允许我和萧子瑜交往，你又不是他什么人，不过八杆子打不着的表妹罢了！子瑜，哥哥，她欺负我是灵修师，不会打架！"

门外是刚刚进来的岳无瑕和蓝锦年，他们正好看见了花浅的剽悍，跟萧子瑜一样惊呆了。

蓝锦年先回过神来，他愤怒地冲上前，一把抓起花浅的衣领，将她提到半空，咆哮道："你这泼妇，早就看你奇怪了！竟敢打我妹妹？！别以为你是女人我就不敢动你！老子也是灵战师！用鞭子的！非教训你这头母老虎不可！"

燕草在蠢蠢欲动，带刺的藤蔓碰一下，花浅就会毁容。

蓝锦年在涉及妹妹的事情上没有理智。

　　岳无瑕和萧子瑜见势不妙，立即扑上去，一个抱着他大腿，一个抱着他胳膊，硬是将这个遭受连番打击、愤怒得快抽风的家伙拖开，劝道："说不定有什么误会呢？"

　　"误会？"蓝锦儿抽抽鼻子，似乎想止住哭声，眼泪却忍不住地往下掉，"她进来就说我不是好人，让我离子瑜远点，我说不愿意，她就打我。我就不明白我怎么不是好人了？是挖了她祖坟还是抢了她男人？凭什么一言不合，就挥掌相向？"

　　蓝锦年咬牙切齿问："是你打的？"

　　花浅似乎在犹豫什么，过了许久方道："是。"

　　蓝锦年气得肺都要炸了，他哑着嗓子问："为什么？"

　　花浅再次思考许久，缓缓道："不打，白不打。"

　　蓝锦年一个字一个字地问："我若想打你，是否可以打？"

　　花浅想了想："嗯。"

　　蓝锦年差点喷火，就连懒得管闲事的燕草都不淡定了，他很喜欢主人这活泼开朗的妹妹，宁可主人被欺负，也不要主人的妹妹受欺负。

　　岳无瑕见势不妙，再次收紧臂弯，将蓝锦年按得死死的，让绛羽用火焰压住燕草，苦劝道："冷静，再冷静，女孩子家的事情男人不能动手，有矛盾要好好解决，男人万万不可打女人，这是绅士风度。你快把法器收起来，这玩意碰到女孩子的脸，一辈子就都毁了。"

　　萧子瑜也劝："女孩子打架，男人插手很不好，何况都是同门师兄弟，说不定有什么误会。"

　　"滚！"蓝锦年深呼吸一口气，指着牢房石门道，"趁我还能冷静，你立刻消失！永远不要出现在我面前！否则别怪我没好话。若再欺负我妹妹，我便不管什么风度不风度！定让你后悔一辈子！至于你——"他扭头看着萧子瑜，"若没本事护着我妹，趁早滚蛋！我蓝家不要窝囊废！"

　　蓝锦儿忍着眼泪，赶紧劝哥哥："他会护着的，放心吧。"

　　"就是，"岳无瑕顺溜接上，"你和锦儿天生一对，你要好好护着她，花师妹我会帮你看顾的。"

　　燕草化身的长长藤鞭，随着主人的威胁声，在空中恐怖地扭动着，似乎只要萧子瑜说一个"不"字，就狠狠抽下去。萧子瑜百口莫辩，他真不想做蓝家女婿啊，就算感情撇开不说，这大舅子也太可怕了吧？

　　花浅看了眼萧子瑜，嘲讽地笑了下。

　　萧子瑜知道蓝锦年做事冲动，怕他失控，决议先把花浅救出来，赶紧使手势让她先离开。花浅也知道此时做不了什么，她将手上拿着的包裹放在矮桌上，转身离去，与蓝锦年擦身而过时，她冷笑道："有胆识，我倒要看看是你后悔，还是我后悔。"

蓝锦儿打开包裹，里面却是四个包子，她红着眼，将包子重重摔在桌上，朝萧子瑜重重地"哼"了声："她心疼你饿着呢，快趁热吃吧。"

萧子瑜知是花浅给自己送的点心，欢天喜地伸手去拿。

蓝锦年一脸你敢吃就杀了你的表情。

萧子瑜弱弱地缩回手，进退两难。

岳无瑕赶紧打圆场，抢过包子，两口一个往嘴里塞："你们不吃，我来吃，好吃。"

【伍】

蓝锦儿半边脸都被打肿了，蓝锦年在安慰哭泣的妹妹，命岳无瑕不准花浅再来石窟。

岳无瑕被他念怕了，主动跑去石牢帮忙干活。萧子瑜惊讶地发现看起来很有大少爷气场的岳无瑕干活很不错，便好奇询问，岳无瑕倒不隐瞒："我爹花了千两黄金聘请的宫里教养嬷嬷，厨师也是京中名厨，还有几个管事，一起来教我生活技能。我想着去天门宗修行，不好再拿大少爷架子，总归要学些本事，免得人家说我岳家养出的都是肩不能挑手不能提的纨绔废物，也怕其他同窗嫌我太过娇生惯养，不愿和我相处。本想随便学学就算了，可是我学东西总忍不住要学到最好……"

萧子瑜后悔问这种问题了，连干家务都花钱请人教的家庭不是他能理解的存在。

"对了，为什么浅浅师妹要打锦儿？锦儿虽然活泼爱闹了些，任性也有分寸，嘴巴也很甜，不至于和人结仇吧？"岳无瑕打断了萧子瑜的沉思，困惑地想着刚刚发生的事情。刚刚在牢房他和蓝锦年只看见了结局，没看见开头。他不相信蓝锦儿会故意挑衅花浅，也不认为花浅这样心高气傲的女孩会随便动手打人，可是，花浅却承认自己动手打了蓝锦儿，究竟为什么？岳无瑕乐观地问，"或许是意外？"

萧子瑜闻言，擦拭地板的动作稍稍一滞。他见过花浅打架的凶狠模样，可是他也知道花浅性格高傲，不会为口舌之争随便动手，若是动手，也绝不会只打一个耳光了事，可是蓝锦儿也不像会撒谎污蔑他人的女孩。他觉得两个女孩都有些古怪的地方，具体在哪里却说不出。

岳无瑕忧心忡忡："子瑜兄弟，浅浅师妹不会家暴男人吧？"

萧子瑜认真地思考了下："不知道。"

岳无瑕更忧心了："她打人痛吗？"

萧子瑜更认真地思考了下："绝对很痛。"

岳无瑕恍惚了，不知在思考什么。

迷雾之时

萧子沉默地继续擦地板，他发现角落的墙壁上有些凹凸不平，油灯灯架下方原阴暗处似乎有几行极细小的字迹，若非用他将稻草全部清走，又无意间用光符照亮了整个房间，断不会被察觉。他认真地看着这几行形状古怪的文字，岳无瑕发现了他的异样，也跑过来，发现这些字迹，激动地叫了起来："这是古魔文，我曾在师父的书籍里看到过，怎会在石牢出现？咱们运气真好！绝对的主角气场！我把这些魔文拓印下来，晚点让祝师兄破译！他经常琢磨各种古文书和前人的预言，对深奥的上古文字都有研究。"

"这些文字很难懂？"萧子瑜死死看着这些字迹，"普通人都认不出？"

岳无瑕一边描画字迹一边答道："除了魔宗和专门研究古文书的人，没人会学习这种深奥复杂的文字，你怎么问这种傻问题？"

萧子瑜摇摇头，惊恐地往后退了两步。

怪异的字体仿佛活了般，在墙上漂浮，一个一个地刻入他的额间。

一如能听懂妖魔说话般，他清楚地明白这段话的意思：

"恶魔的碎片分成了三个。

两个小偷。

我偷走了一个，他偷走了一个。"

【陆】

严先生说天门宗男女私情过于放肆，决意整顿纪律。他将所有学徒召集，再次强调宵禁，然后将高阶学徒分为五组，命他们轮流寻夜，若发现未经师父许可而还在半夜乱走的学徒，一律严惩不贷。

蓝锦年是个懒鬼，平日里连整理床铺都不乐意，幸好和他同寝室的陈铭是个勤劳的闷葫芦，两人感情很铁，陈铭总会帮他做这些乱七八糟的杂事。他乖乖按师父的话巡了几次夜，见师父监管松了些许，又开始偷懒，求着陈铭帮忙："今天我修行过度，膝盖发酸，手臂也使不上力，肚子也疼。你是夜猫子，你家万福能夜视，晚上巡逻最方便，替我一次吧？晚些我请你去燕来楼，听说新来的舞姬身段极好。"

陈铭板着脸看着他，不说话。

"忘了你不喜欢脂粉味。"蓝锦年拍拍脑袋，再诱惑道，"我请你吃百福居的涮羊肉可好？反正你身量和我差不多，穿个斗篷遮住脸，我和其他兄弟说声，让他们帮忙遮掩遮掩，不会被发现的。谁巡查都是巡查？我信得过陈兄弟！"

蓝锦年冒险加入岳无瑕的调查小组纯粹是看在陈铭的交情上，陈铭心存感激，正愁无

法回报，对他几乎有求必应。待熄灯号角吹响后，他穿上蓝锦年的衣服和斗篷，再将万福收在口袋里，匆匆往约好的集合地方赶去。

出门前，蓝锦年忽然叫住他，迟疑半晌，方道："兄弟，我前些天和岳小子去找云华师妹取东西，云华师妹提到一件事，是关于沈静的……"

陈铭立即止住脚步，竖起耳朵。

蓝锦年怕打击他，小心翼翼地问："我记得沈静在去世前和你一起出过任务，她回来后似乎心情很不好，对新进师妹的教导也失了耐心，是不是你和她吵过架？"

陈铭果断否认："不可能！静儿性情最是温柔和顺，别说吵架，她连拌嘴都不会。何况我们从未吵过架，定是被教导的新学徒性子恶劣，挑衅于她，惹得她忍无可忍，才会说几句略重些的话。云华这话有些武断了。"

"也是。"蓝锦年释然，"我记得和她同房的就是那个叫花浅的臭丫头，那女人长得倒有几分姿色，性格却极恶劣，活脱脱的泼妇、母老虎！怪不得能激怒沈静这种老好人，她真是不简单！总有天，我要让她吃个大亏！"

陈铭点点头，转身出门。

初冬的夜晚有些凉，月亮不知躲去哪个角落，数点黯淡星星挣扎着释放出微小的光芒。

巡查的学徒们都认识陈铭，知道他性情甚好，又能夜视，还喜欢照顾同窗，比起蓝锦年那喜欢使唤人的师兄，更愿意帮人，所以他们对陈铭的到来都很欢迎，毫不犹豫地替他瞒下了李代桃僵之事。

巡逻者共十六人，分两人一组行动，相距不远，发现危险可用哨子示警，互相接应。

巡逻线路有轻松也有麻烦的，为免拈轻怕重，所以抽签决定。

抽签结果，有人欢喜，有人抱怨。

"我和你换吧。"陈铭见抽中巡查墓园的是两个新入门不久的小学徒，其中一个还是女孩，最是胆小，正哭丧着脸，任凭师兄师姐再三催促，还扭捏不敢去，便主动将其换了过来。又见原本跟他巡查的学徒脸色不好，叹了口气，"乐铭，他们俩都是新人，夜路怕是不稳妥，你带带他们吧，我自己去墓园便可以了。"

乐铭见师兄发话，不好意思起来："这怎么好？"

陈铭扯动嘴角，露出个不怎么好看的笑容："我正想拜祭静儿，说些私己话，你在，不方便。"

乐铭大喜，再三谢过师兄，带着两名新人去巡查九曲溪。

其余人各安其职，约定发现动静就吹响哨子后，就散开了。

陈铭代替蓝锦年的位置，不方便飞翔，象征性地提着个小灯笼，用双脚缓缓向墓园走去。

乌云遮盖了最后星光，大地陷入黑暗，林间的蟋蟀早已停歇歌唱，只有乌鸦和猫头鹰的沙哑啼鸣在枯枝中偶尔传来，冷风吹得骨头寒。陈铭踏着青苔小路，缓缓朝墓园走去。他不爱睡觉，也不畏惧黑暗，沈静却很怕黑，每次在荒山野岭出任务时，他都会不眠不睡守在她身旁，替她点亮篝火，驱逐黑暗，赶走恐惧。

沈静怕他寂寞，总是坐在篝火旁，忍着困意和他说话。可是她太累了，每每忍到二更天就开始打一个又一个可爱的小哈欠，然后在三更天无知觉地睡着。陈铭永远记得他们度过的最后的夜，沈静的脑袋倚在他肩上，篝火的光亮将她平凡的脸映出了温柔的色彩。长长的秀发垂下，随着微风轻轻飘到他唇边，宛如梦境。

陈铭最喜欢沈静的长发。

沈静的长发是那么的美，那么的乌黑亮丽，那么的丝柔顺滑，就连天门宗里公认为美人的叶云华、蓝锦儿也比不上她。

忽然，陈铭停下了脚步，揉揉眼睛。

他那双可看破所有黑暗的眸子，看见沈静墓前静静站着一位穿着青色云纹裙的少女。

少女的头发很长，很美，如瀑布般倾泻而下，没有任何装饰，在冷风中轻轻飘起，幻境如梦。

"静儿？"

陈铭松开手，灯笼落地，他下意识地对少女伸出双手，很快又醒了过来——眼前少女的身形略矮，不可能是他的静儿，倒像是新学徒，或许是迷路？他想起严先生发布的禁令，快步上前，犹豫问："你是谁？"

少女转过身来，瞬息之间，一把锋利的短剑已刺穿了他的胸膛，速度是从未见过的快。

陈铭来不及反应，边来不及启动法器。

利刃穿心，心碎。

少女却很失望，她问："怎会是你？"

陈铭看清了少女的面目："怎会是你？"

少女微微转动手中短剑，抱怨道："可惜了，我想杀的是蓝锦年，你这可怜的替死鬼。"

利刃在心窝转动，很痛，很冷。

陈铭又惊又怒："为什么？虽然他得罪了你，何必……"

"为什么？"少女微笑着俯身，在他耳边说了一句悄悄话，说了一个小秘密。

陈铭的瞳孔瞬间收缩，他疯狂地伸出手，朝少女的脖子掐去："恶魔！你是恶魔！"

少女笑着将短刃抽出，鲜血四溅，沾满她的衣裳，她的脸。

"逃！"陈铭缓缓倒下，他拼尽最后的气力，将怀中万福丢出，"告诉大家！"

盲眼的蝙蝠少女展开翅膀，疯狂地向空中飞去，发出阵阵尖锐的警报。

警报声只响了一次。

少女冷冷地掷出匕首，将她粉碎。

巡山的学徒们听到警报，匆匆赶来。

他们在墓园的正中，看见了失去气息的陈铭和染血的少女。

月色在乌云背后悄悄露出了脸，照在少女的脸上，看清了她的容貌。

她仍在微笑，带着鲜血的笑容冰冷，宛如地狱的恶魔。

　　"花浅？"

孩子们的惊呼声此起彼伏。

第十一刻——劫火之时

若世间有神灵降世，
花浅便是他的女神。

【壹】

天门宗，花浅，杀人，被捕。

这几个词，萧子瑜每个都认识，可是串在一起却不理解了。

今天的天门宗有些乱，灵法师们大呼小叫，纷纷乘着飞行法器，四处奔跑。

所有的灵修修行都停了，灵法师让徒弟们回去休息，就连天天快马加鞭逼着徒弟赶超岳无瑕的老糊涂也不例外，还派人叮嘱他回去睡觉，少理闲事。

萧子瑜很听话地应了师父，去瑶台仙田拿了些制符材料回寝室休息，未料，却在窗外听见相处不睦的室友们竟凑在一起大声议论得热火朝天。

"啊啊啊啊啊——"莫珍发出惊天动地的哀号，"不可能，美人是不会杀人的，定是幻觉，定是梦境！定是没睡醒！"

素茹满脸不安，反反复复地问主人："主人，若主人被处死，法器会怎么样？冰蟒大哥会怎么样？"

莫珍抱着竹枕，打着滚哭："我管臭男人怎样？！美人杀臭男人肯定有误会，就算没误会也有她的道理，就算没道理也不应偿命的！"

"自古以来杀人偿命，以貌取人最是可恨！"王学知难得雄起，大声驳斥，"这件事哪有什么误会？骆冰和贺双年都看见了，发现陈铭尸体的时候，她手中凶器还滴着血，看见大家来还想逃跑。幸好天门宗好手众多，在寝室抓获了她。人证物证俱全，陈师兄死得可怜，死得冤枉。没想到花浅看起来文静漂亮，内心充满了恶毒，古人云，最毒妇人心，诚不欺我！"

黑鸦怒目横瞪，一巴掌抽他脑袋上："杀人就杀人了，偿你奶奶的命，想当年，老娘还在山上时，哪天不杀上几只……"

王学知瞬间焉了，磕磕绊绊地解释："您那时候是乱世，乱世自是不同的，唉……也不

知道子瑜兄弟知道这件事会怎么伤心，他和花浅是好友，和陈师兄交情也不错，若知道自己朋友这样心狠手辣地杀死朋友，怕是伤透了心……可是为这样的蛇蝎女子伤心实在不值得。咱们得想个法子，好好告诉他，语气婉转些，让他冷静，否则他发病会很麻烦。"他知道萧子瑜和花浅交好，刻意在聊这些时避开了他。

萧子瑜在窗外听得真切，开口问："花浅杀了陈铭师兄？"

红衣怕他激动过度有什么三长两短，赶紧进屋给他找药丸。

王学知吓了一跳，赶紧安慰："你别难过。"

萧子瑜的声音有些颤抖，却依然很镇静，他问："为什么？"

众人面面相觑，没有答案。

萧子瑜转身就往刑堂跑去，在熟悉的碎石小道上，他跑得很快。

在岳无瑕的调查小组里同甘共苦的时光，危险却快乐，他和大家都成了朋友，也很清楚陈铭的为人。他沉默寡言，和朋友在一起总是没什么存在感，连岳无瑕都会戏称他为小透明，实则是个重情重义的老实人，品行端正，就连喜欢嘲讽别人的蓝锦年也甚少拿他开玩笑，唯一让大家记住的是他对沈静师姐的那片痴心，让人动容。萧子瑜也知道花浅性格孤僻，行事古怪，无论她做出什么事，都不会让人意外。可是萧子瑜想破脑袋也想不明白花浅杀死陈铭的理由。

这一定是个意外。

萧子瑜拼命地跑，碎石溅入布鞋，硌得脚阵阵发疼，可是他毫无感觉。

从小到大，他有过许多愿望，做灵法师，找到父母，做英雄，等等，无论贫困还是顺境，这些愿望都烙刻在他的脑海里，从未忘记。

花浅的温柔，陈铭的重情，萧家村、天门宗，相识相处的点点滴滴，这些都不重要……

天门宗的惊涛骇浪中，萧子瑜撇开所有，忘了一切，他在狂奔，心里只有两个字。

真相！

哪怕是不择手段，抛弃一切，他也要知道所有的真相。

红衣捧着药追上来，素来温柔淡定的表情也有了几分欲言又止，似乎在担心什么。

刑堂早已戒严，所有学徒都被驱逐，禁止入内，可是禁令拦不住众人的好奇心。他们挤在门外看着师父们进进出出，不少知情人争相透露着晚上看见的真相。萧子瑜好不容易挤了进去，却看见蓝锦年跪在刑堂门口，他在号啕大哭，任凭谁拉都不起来，只一遍又一遍地重复："陈铭兄弟是替我死的！我蓝锦年用性命发誓，定与那魔女不死不休！陈铭，我的好兄弟啊！我不该让你替我去巡察的，我错了，错了……"

若时光能重回昨夜，他宁愿死的是自己，也不要这样的愧疚。

一辈子的忏悔，对十八岁少年来说太累，太重。

蓝锦儿在旁边掉着眼泪，不住宽慰："哥哥别说了，是我不好，我不该招惹那女人的……"

岳无瑕和祝明也一左一右，尽力安慰泣不成声的好友。他们焦急地看着刑堂里人进人出，盼望着结果的到来。

萧子瑜挤开众人，来到他们身边，小心翼翼地问岳无瑕："浅浅她？"

"你还关心那个魔女？她当然好，好得很！"话音未落，蓝锦年想起萧子瑜和花浅往日的交情，新仇旧恨涌上心头，他用哭得几乎滴血的眼睛狠狠看着为仇人担心的少年，猛地站起身，狠狠朝萧子瑜推了一把，破口大骂，"我恨不得师父快点下判决，用那心肠歹毒的魔女的头颅祭祀陈兄弟的在天之灵！"

萧子瑜人小体弱，措不及防，重重摔倒在地，脑袋磕在石头上，沁出几点血珠，却没有吭声。蓝锦儿赶紧上前搀扶，边掏出锦帕替他包裹伤口，边劝慰兄长："这不是他的错。"萧子瑜知道对方悲伤过度，已失理智，他接过锦帕自己掩好伤口，却拒绝了蓝锦儿继续关怀，低声道："我没事。"

岳无瑕也试图解释："胖子家獬豸曾判断过浅浅没做坏事，而且此事和子瑜无关。"

"哼，我早觉得那家伙不是好人，不应该相信胖子那只没用的笨山羊对她消除疑心的！它能说对什么？！"蓝锦年自知失态，也知不应迁怒，却不愿道歉，冷哼两声，硬梗着说，"子瑜这臭小子与魔女交好，就是错！说不准也是人面兽心的东西！"

蓝锦儿高声叫道："哥哥！子瑜不是这种人！"

萧子瑜无法和盛怒的蓝锦年沟通，便朝岳无瑕询问。岳无瑕亦极其痛心，他无法接受自己的梦中女孩竟是如此恶毒之人，可是证据俱全，他纵使有些不同意见，也不敢在蓝锦年等人面前反驳，心里早已憋屈得厉害。见萧子瑜到来，倒是大大地松了口气，便拜托祝明好好照顾蓝锦年兄妹，将萧子瑜单独拖去角落，把事情从头到尾说了一次。

"花浅会杀人吗？"岳无瑕看见萧子瑜不作声，急切地问，他希望能在萧子瑜身上找到些不同答案，"她不至于那么残忍吧？"

萧子瑜想了很久，无力地摇了摇头："我不知道。"

花浅的一切都是个谜。

萧子瑜寄人篱下多年，饱受欺负，看人脸色是他的生存本能。天门宗学徒年龄不过十来岁，大部分都不懂掩饰内心，不管是王学知还是莫珍、陈铭或蓝锦年，甚至是岳无瑕，他都能猜出对方性格，用直觉调整出最适合的方式来交往。可是花浅的心思，就算他刻意用了十二分气力去猜测，却怎么也猜不出。虽然花浅对他很好，可是萧子瑜隐隐能察觉，花浅是被迫喜欢自己的，她不喜欢身边的每一个人，只是萧子瑜拒绝承认这个猜测，他认为花浅只

是不擅长表达自己的情感，否则她绝不会不顾自己的安危多次来救他，这份感情浓烈得甚至让冰蟒嫉妒。萧子瑜也能察觉到，自己对花浅似乎很重要，自己说的话花浅愿意听，他相信这代表花浅是喜欢自己的，这种感觉让人快乐，甚至蒙蔽了一切。萧子瑜不明白这样的感觉是什么，患得患失，忽喜忽忧，反复无常，有些美好，有些痛苦，难以割舍。他唯一确定的是，自己真的很喜欢花浅，喜欢那个将他从绝境中拉出、不离不弃的古怪女孩。

若世间有神灵降世，花浅便是他的女神。

所以，花浅说他是自己最重要的人，他相信。

所以，花浅说会为他做任何事，他相信。

所以，花浅说任何话，他都相信。

只要有机会，他的视线永远跟随着花浅的一举一动，只要有空暇，他的脑子里永远想着花浅的模样。

天天想，天天念，天天琢磨花浅的性格。

所以，萧子瑜很清楚岳无瑕问题的答案——花浅会杀人。

这也是他听到消息后，没有马上开口为花浅喊冤的原因。

萧子瑜清楚不管在萧家村、岐城还是天门宗，不管是击退无天良、千魔女还是遇上妖魔，不管是受伤、被阻还是险境，花浅的眼里从未有过犹豫，也没有对自己性命的在乎。虽然在旁人眼里，只觉得她处事冷静聪慧，可是细细思来，一个不在乎自己性命的人也不会在乎旁人性命的。萧子瑜不明白花浅为何会变成这样的性格，或许过程中有许多他不知道的悲哀往事，可是萧子瑜知道，花浅视性命如蝼蚁，只要有杀的必要，她会毫不犹豫地杀人。就连萧家村里无天良的死，他都隐隐觉得和花浅有那么些许关系，只是他相信就算花浅杀了无天良也是为了救自己，为了替天行道，所以不愿往这方面过多猜测。

岳无瑕听了萧子瑜的答案，浑身一滞，瞬间蔫了，仿佛失了平日的锐气，嘴里念念叨叨："她不会这样的，不会……"

萧子瑜仿佛从迷雾中惊醒，他果断开口："是的，花浅不会杀陈铭，也不会杀蓝师兄。因为杀了他们根本没好处。浅浅从不做对自己没好处的事情，不会做意气之争，更不会为了口舌矛盾、一时痛快而杀人。虽然我不知道她会不会杀人，就算她会杀人，就算她有莫名其妙的必须杀死蓝师兄的理由，但是以她的头脑和身手，在哪里杀不好杀？怎会当众杀人让大家看见，还留下把柄？！这样的情形看起来就像故意要让大家看见，嫁祸给自己一样。"他顿了下，斩钉截铁道，"人绝不是浅浅杀的！浅浅没那么蠢！而且我曾见过很像花浅的女人，说不定是那个人做的。"

岳无瑕迟疑道："我觉得花浅身上有戾气。"

"有戾气就会杀人吗？在天门宗不喜欢她的人有很多，她不喜欢的人也有很多，就算杀人，她也没有蠢得被当场抓住的道理。而且天门宗杀人有很大的风险，凶手杀人要思之又思，若陈铭是替蓝锦年死的，凶手定是有要杀蓝锦年的重要理由，我们要找出那个理由。"萧子瑜思之又思，担心极了，哀求道，"如今师父都判定浅浅是凶手，不知他们会不会严刑拷打，我担心他们会冤枉浅浅。岳师兄，你在天门宗最受重视，可有办法混进刑堂，看看形势？"

"让我来想想办法。"

岳无瑕的眼神渐渐坚定起来。

担心则乱，扰了心智。

萧子瑜的答案让他再次充满希望。

只要花浅有一丝被冤枉的可能，他必护着她，不让任何人伤害他。

【贰】

为什么要杀蓝锦年？

这是所有人对此案最大的疑点。

刑堂的拷问持续了一天一夜，始终没有撬开花浅的口。

任凭巡夜的学徒再三指证，她坚持自己没有杀人，更不知道箱子里的血衣从何而来，可是她无法证明自己那天晚上离开寝室做了什么。

最后，严先生不顾她是年幼女孩，执意对她用了鞭刑。

过程血肉模糊，不忍观。

花浅任凭皮开肉绽，绝不招供，毫无妥协。

她说："我没有杀人。"

她的眼神一片坦荡，她的语气坚决不容置疑，就连死亡威胁也无法让她动摇。

这个案件真的很奇怪，除了动机略牵强，却是人证物证俱全，无从狡辩，本以为很好审理，偏偏她就以死抵赖了。是不管对方叫屈，强行定罪，还是继续拷打，强迫她认罪？

此情此景，就连严先生也不敢自作主张，只得向上汇报，让长老们做主。

周长老再次召来了胖子。

胖子出自灵修名门何家，何家代代出灵兽师，皆入万兽门。胖子是何家的幺子，天赋欠佳，偏偏灵兽又是只奇怪的变异种的獬豸，患有白化症，毫无战斗力。何家担心他进群兽荟萃的万兽门被其他学徒嘲笑排挤，连带灵兽一起被欺负，所以托关系让他进了天门宗，拜周长老为师。天门宗灵兽一脉较弱，灵兽师较为稀少，没那么排斥他和无能的灵兽，周长老与何家

家主是多年好友，对他颇为照拂，待毕业后，从天下第一门派出来也算给家族添点面子，不要那么丢人现眼。

小咩虽弱，但还是继承了獬豸一族的基础能力——辨别忠奸。

虽然受各种客观因素影响，它的判断不敢说百发百中，倒也能准个九成。

遇到难以辨别的谎言时，周长老也会让胖子带小咩来试试，顺便给自家徒弟长个脸。

胖子受岳无瑕委托，进刑堂后对众人拍须溜马，将刑堂内的事情好好了解了一番，然后带着小咩躲在角落观察。待看见受过刑罚的花浅时，吓了一大跳，他本就没什么原则，看见蓝锦年哀痛欲绝时，心里把花浅骂了千万遍，待看见花浅伤痕累累时，又觉得她好可怜，在心里将不懂怜香惜玉的严先生偷偷骂了无数遍，断定他要孤独终老，面上却笑嘻嘻的，不敢露出分毫。

小咩在墙角伸直了耳朵。

严先生再次逼问花浅："你为什么杀死陈铭？"

这个问题他已问了百十遍，还要继续问下去。刑讯要点是反反复复地问，直到犯人疲劳，突破她的心理界限，露出破绽。

花浅已一日一夜未眠未食，她的身体很疲劳，眼里却满是倔强，她直直地看着严先生，毫不妥协："我没有杀陈铭。"

严先生也不急躁，再问："你为什么想杀蓝锦年？"

花浅嘴角露出嘲讽的笑意："我没有想杀蓝锦年。"

"胡说！你和蓝锦年在大牢里有过争执，蓝锦年曾扬言要你后悔一辈子，你说会后悔的人是他，这就是杀机！"严先生毫不退让，"你性子桀骜不驯，自入天门宗以来，行事颇为孤僻，女学徒们也能证明你有夜半私到处闲逛的前科。事发当夜，你曾离开寝室，在陈铭遇害之后才回来，箱内也发现了染有鲜血的血衣，证据确凿，就算不承认也能直接定罪，只是想你死得心服口服。"

花浅任他千变万化，只有一句抵挡："我没有杀人。"

獬豸辨别出谎言时，会用独角刺穿罪人的肚子，小咩虽弱小，也继承了獬豸嫉恶如仇的本能，会将撒谎的罪人顶个四脚朝天。可是它听完花浅的辩白后，抖抖耳朵，缩回主人身边撒娇，没有任何进攻的反应，这证明花浅说的是实话。胖子为不用夹在蓝锦年和岳无瑕之间做受气包而大喜，也为花浅无辜受屈的境遇打抱不平，激动之下，他不顾灵法师们的再三叮嘱，直接跳了出去，欢欢喜喜地宣布结果："她没有撒谎！我就知道师妹是被冤枉的，可怜受了好大的罪，让无瑕和萧师弟在外头牵肠挂肚。嘿嘿，我这辈子就没见无瑕有那么急过。"

严先生最是刚愎自用，在拿到人证物证时，他早已认定花浅就是此案凶手，同意周长

老让小咩来协助辨别不过是走个过场，让大家心服。可是胖子的话结结实实打了他一个耳光，严先生的嘴角开始抽动，原本丑陋的面孔在愤怒下扭曲得更加丑，他冷冷地看着胖子欢天喜地地跑到花浅面前，试图将她扶起，猛地喝止："她的嫌疑还没洗清！"然后看向周围听审判的众灵法师解释道，"就算獬豸辨谎，也未必准确，我记得上次你家灵宠在寻找盗窃犯时也出过错吧？"

胖子急道："我家小咩怎能不准呢？上次盗窃案是小咩吃多了胡萝卜，生病了，它浑身发热，晚上还抽搐过，判别时头晕脑涨，所，所以才出错的，平日里它测谎都很准的。"

吴先生也嗤笑道："我倒也对獬豸这种上古神兽颇有研究，它嫉恶如仇，能辨忠奸不假，可是天下法器功能众多，自有能迷惑它的法器存在，就算花浅的法器不具备迷惑能力。可是三界六道中，有两种人是獬豸无法辨别的，一是永生不赦之恶徒，二是世世行善之善人。前者被地狱恶魔保护，后者受满天神佛庇佑。你说花浅究竟是哪种？"

永生不赦之恶徒是苍琼女神最亲信的手下，共有八魔，他们奉苍琼为唯一主神，无情无义，无血无泪，没有不敢做的恶事，没有做不出的恶行，曾让三界六道闻风丧胆。在三界之战中，大部分恶徒已随着女神的封印而阵亡，可是仍有小部分逃脱。据说他们在据守魔界，等待女神的苏醒，莫非还有一两只潜在人间，又或者是有人逃过了地狱的制裁，进入了轮回？

吴先生的话，越想越让人胆战，大家看向花浅的目光越发阴冷。

贺先生听她说得严重，看众人脸色不好，赶紧出来打圆场："哪有什么十恶不赦之恶徒？或许是小咩年幼，能力低微，判断错了。虽然它是獬豸，始终是胎中带病的变异种，能力不如其他獬豸也是有的，胖子也是没经验的小学徒，不懂这些也正常……"

"不！"胖子素来脾气很好，特别尊师重道，就算被大家嘲笑几句也不放在心上，顶多玩笑玩笑过了，如今听了老好人贺先生的话，却莫名其妙地动怒了，他不敢对师父们恶言相向，抱着小咩道，"我家小咩虽然是变异种，可是它身体健康时，辨别谎言方面从不出错。"

吴先生笑道："你家灵宠体弱多病，你怎知它现在健康无恙？胡先生说你前阵子替小咩找他要过治疗伤风的药草？"

胖子辩道："小咩前些天是有些伤风，如今全好了。"

小咩在主人怀里探出头，长长地叫了声"咩——"试图跳下地，摆个强壮的姿势替主人助威，结果没站稳，摔了个嘴啃地，晕头转向地"咩咩"叫个不停。

灵法师们发出嘲笑声，细小的议论声在人群中蔓延。

"这家伙真不像獬豸，倒像头山羊，还是羊群里最孱弱的那种。"

"主人的灵修天赋也挺差的，上次我路过何家，何家家主为这无能子孙头疼得很。"

"何家小胖子的灵修天分本就不出众，再配上这糟糕的灵兽，也怪不得何家老太爷愁得

吃不下饭……"

"他怎么就不趁早换个好灵兽呢？真笨。"

声声议论，声声刺耳，如针如剑，刺入心扉，将强行遮掩的伤口凌虐百千遍。

小咩红色的大眼睛里有泪珠在晃动，雪白的皮毛上都是湿漉漉的印子，它将脑袋垂到地上，仿佛要找道缝隙钻进去。

胖子的脸色越发难看。

天门宗都是爱护他的师长，灵法界都是保护天下人的英雄，可是他孤独无助。

吴先生用嘲讽的口气，大声给了他最后一击："什么样的废物主人配什么样的废物灵兽！每次受伤都给我添麻烦，既然派不上用场就回去好好修行！"

作为灵器师，吴先生是灵法界排得上号的治疗圣手，她能治好所有身体上的伤痛，她愿为挽救天门宗门人的性命出生入死，可是她不懂任何感情，所以她会脱口而出任何锋利的话语去伤害别人，却懵懂不觉其中的厉害。她曾替胖子治过很多次伤，所有人都知道她这句话的关心重点其实在后半段叮嘱胖子好好修行，可是在表达上，却让人难以接受。

胖子抱起小咩，抱歉地对花浅点点头，快速离开了刑堂。

此时，看热闹的学徒已退散大半，仍有零星几个守在门外等待最新消息，他们看见胖子走出来，纷纷围了上来，想打听最新的消息。胖子却狠狠推开他们，带着小咩，低着头往人迹罕至的寒月潭冲去，寒月潭未到，他的眼泪就忍不住掉了下来。废物灵兽，废物主人，这样的话他并不是第一次听，何况人家说的是真相，在天门宗，他和小咩就是不折不扣的一对废物。可是，他从未想过要做强大的灵法师，他讨厌争斗，讨厌血腥，对出人头地、争名夺利统统没兴趣，他只想和小咩一起过快乐的日子，乘着纸鸢，飞遍天下，吃各种美食，然后找个山清水秀的地方住下来，开个客栈，做个厨师，过着懒洋洋的日子。

他不是没对父亲说过自己的梦想，然后挨了一顿结结实实的竹鞭炒肉。

父亲足足骂了三个时辰，并告诉他，他是何家的儿子，做灵法师是他唯一的路，哪怕没有天赋，也不能做那丢人现眼的厨子。

他是个废物灵法师，可是他不希望小咩被大家说是废物灵兽。

无数个日日夜夜里，只有小咩才会听他的梦想，鼓励和支持他的决定。可是在何家，父亲和兄弟不止一次劝说他换灵兽。

他是为了让小咩不受歧视才踏入天门宗的！

结果……

他抱着膝头坐在寒月潭的草丛中，尽可能将肥大的身形遮掩，希望不被大家看见丢人现眼的模样。小咩轻轻用角蹭了蹭主人的胳膊，时而在地上打个滚，翻翻肚皮，尽可能让自

己显得活泼开朗些，让主人开心，可是皮毛上深深的泪痕出卖了它的感情，最后它沮丧地趴在角落，将脑袋埋在地底，不敢再看主人。胖子察觉了小咩的失落，伸手轻轻抚上它脑袋柔软的皮毛，柔声安慰："没事的，不是小咩的错。你是全天下最可爱的灵兽，是我的心肝宝贝，就算巨龙和凤凰来也不能替代，因为你家主人对灵兽最大的要求就是可爱！小咩是全天下最可爱的灵兽！任何法器都比不上！"

这样的话主人说过很多次，它不能让主人失望。

小咩勉强地抬起头，装出个开朗的模样，"咩咩"叫了两声。

草丛中传来脚步声，是岳无瑕和萧子瑜因担心刑堂的事态而赶到。

胖子赶紧擦去眼泪，装出个大爷模样："你们来做什么？"

"你怎……"岳无瑕想开口关心，却被萧子瑜撞了一下腰，他抢先抱起小咩，心疼道："小咩好像不高兴？是没替它梳毛，还是胡萝卜没吃足？今天厨房送来了许多胡萝卜，晚些我们去弄些来给它吃，小咩的毛摸起来真好。说起来，它最近是不是胖了些？我上次抱它没那么重啊。"小咩颇喜欢这个经常喂它吃胡萝卜的少年，便很给面子地蹭了萧子瑜两下，一人一兽其乐融融。

胖子见他们好像没察觉自己失态，面子无失，长长松了口气。

三人默默坐了许久，听远处落瀑传音。

不知过了多久，萧子瑜小心翼翼地问："胖师兄，浅浅她？"

胖子爱惜地摸摸小咩的脑袋，示意它去旁边啃青草，看着它连蹦带跳的背影跑远后，忽然答不对题地说："我认识小咩的时候是七岁，通常獬豸都是黑色的，只有它是罕见的白色，虽说特别漂亮，可父亲说可能是白化病，这种先天病症让它的身体特别弱。别的灵兽几个月就能跑，它长到一岁还走不稳路，就连獬豸母兽都舍弃了它，不愿给它喂奶。是我亲手用羊奶一点点将它喂大的，很多次它都差点噎死，也曾数度发热，我在鬼门关前一次又一次将它拉回来。后来，家族决定将这头不适合灵修的灵兽舍弃，派人将它丢去祁连山，任其自生自灭，那里有狼群，有巨蛇，瘦弱的它根本活不下去。即将送走的前夜，我偷偷去看它，它似乎知道了父母的决定，却没有挣扎，只看着我大滴大滴地掉眼泪。我忽然觉得它很像我，一个出生名门的废物，一个其貌不扬的笨蛋，我心疼它，可怜它，不愿让它死去，偷偷和它通灵，在长辈的痛骂声中留下了它……虽然小咩确实就像父亲说的那样，不是适合灵法师的灵兽，可是在我心里，它是最可爱的灵兽，在所有的歧视声中，只有它会温柔地安慰我，陪伴我，支持我所有的梦想和决定，我和它就是相依为命的兄妹。和小咩通灵，是我这辈子做过的最正确的决定，我不希望它被任何人轻视，所以……"胖子回过头，对着萧子瑜，斩钉截铁地说，"小咩说花浅没有杀人！我就相信花浅没有杀人！旁人说什么都不管用！无论如何

我也要给花浅洗脱罪名，为小咩正名！让吴先生那老女人给小咩道歉！"

他可以不在乎花浅的生死，可是他要为小咩而战！

獬豸的判词绝对没有错！错的是吴先生和众灵法师！

哪怕是不择手段，违背师命，被逐出师门，他也要找出真相，还花浅和小咩清白！

萧子瑜和岳无瑕对视一眼，有些欣喜。

胖子在天门宗有好人缘，而且擅长打探消息，有了胖子加盟，他们的行动会更稳妥。

【叁】

胖子将在刑堂打探到的情报告诉了大家，只是避免大家过于紧张，将花浅受的伤轻描淡写了一下，只道是用了刑。萧子瑜知道花浅很能忍耐痛苦，绝不求饶，很可能会激怒师父，以她的倔强怕是受了大罪，只是怕担心过度影响大家的分析，便压了下去。

岳无瑕倒算冷静，他开始筹划下一步行动。

他们都认为事实的真相，不能只听一面之词，他们有必要听听花浅的解释，然后再寻找线索。可是，花浅被关押在刑部内，等闲人不能进入。

在岳无瑕的秘密小组中，萧子瑜、胖子和祝明的战斗力趋近于零，陈铭遭遇不幸，蓝锦年对花浅恨之入骨，不愿接受任何解释，秘密小组之外的人也没那么可靠，饶是岳无瑕实力比寻常灵法师更高一筹，也无法单枪匹马在天门宗所有灵法师的阻拦下攻入大牢。三个脑袋凑在一起，叽叽喳喳商量了许久。

此时，刑堂内，严先生禀明长老，对花浅做出最后的判决：

罪证确凿，罪无可赦。

七日后在不归岩处死。

这是天门宗最严厉的处罚。

自从苍琼女神战败不归岩后，那里成了天门宗的处刑场。五百年来，但凡犯有同胞相残、出卖同门、滥杀无辜等罪行的人，都会在不归岩昭告天下后处死。只是此事事关重大，需要禀明宗主才好行事。天门宗宗主闭关修行，多年不见外人，偶有重大事宜，则在每月十五由长老传书告知。

今天是初八，离正月十五还有七天。

所有人都认为剩下的短短日子将是花浅最后的时光。

大牢幽冷，月光森森。

花浅并没有大家想象中的紧张，她嫌恶地擦拭着身上的血污，简单处理伤口。

往日这些琐事都是冰蟒处理的，如今冰蟒不在身边，是她在被捕后，主动取下冰蟒交予周长老了，并命其按兵不动。"该死。"她粗暴的动作不小心把背后的伤口再扯开了些，不由低声咒骂了句，然后躺下，静静看着烛火发呆。

墙边缝隙间，游来灰色小蛇，盘在暗处。

当年的不归岩，女神被封印，身受重伤的冰蟒仍能躲开神将的追踪，藏入地底，等待主人复苏归来，如今天门宗的小小封印和禁锢，又怎能困住这位昔日的魔界第一法器？他待众人放下戒心后，便赶来与主人汇合。

他决不愿再次将主人独自留在危险之中。

主人雪白的背上纵横着无数血痕。

天门宗的蝼蚁下手倒也狠毒，待事成，他必将其折磨至死。

冰蟒暗地将严冏敌放入心中黑名单，然后游到主人脚下，吐着血红的信子，用嘶哑的魔语道："主人，您的计划太冒险了，若是天门宗那群蠢货不管不顾，执意马上将您处死，岂不……"

"是我大意了，不过绝境才是最好的机遇，"花浅冷笑着命令，"不必管我，让红衣护好萧子瑜，别被人乘虚而入。"

"是。"冰蟒轻轻吻了吻她没受伤的脚踝，"主人，您应该知道，天下间我唯一无法忍受的是您的痛苦，那群蝼蚁没资格碰你一根手指。"

花浅轻轻将它托起，缠在指尖，她的双眸比夜色的昏暗更加深沉，她的笑容里面没有任何感情，她轻轻地说："我不在乎这具躯体受到的任何伤害，我唯一在乎的只有被封印在不归岩的神体，你懂吗？"那是她付出极大代价方炼成的魔体。

冰蟒当然懂，他只是想起了很久前，同样的绝境。

主人魔族血统不纯，和兄弟们的力量差异非努力可及。

元魔天君将魔界所有的希望都寄托在长子幽冥魔君身上，他将出身卑贱的苍琼视为耻辱，对其视而不见，任凭她在弱肉强食的魔界被责难欺凌。苍琼苦苦忍耐着，努力着，等待着，直到天界在斩龙顶上布阵对付魔界的时候，终于等到机会。

当时，伏魔阵法由元清天君和金鼎圣母所造，共有诛心、血海、死地、炼狱、净莲、金光、梵音、乾坤八个阵法，不但非魔君血脉不可破，且为九死一生之地。斩龙顶是魔界必争之地，天界向魔界叫嚣破阵，所有人都看出天界的意图。

唯一能破局的只有自己和两个儿子。

元魔天君虽不舍得魔军受辱撤退，更舍不得儿子冒险送死。

此时，苍琼主动请命破阵。

她拥有魔君正统血脉，是有资格破阵者之一。

她说，她愿意为魔界、为父亲、为兄长去死。

在这样感人肺腑的决心下，魔君相信了女儿的忠心，为了增加破阵胜算、取得战争胜利，他同意女儿用地狱炼火洗血换脉，重铸魔身，并将自己的部分力量赠与女儿。

一念之差，万丈深渊。

元魔天君以为可以利用女儿的性命实现野心，却葬送了他的一切。

熊熊烈焰中，苍琼抛弃了仅余的人类血脉，彻底化作恶魔。

斩龙顶之战，魔军大获全胜。

苍琼女神之名，震惊三界。

【肆】

"师父往日精明能干，如今怎么也糊涂了？"岳无瑕再次从周长老处碰了钉子回来后，气得直跺脚，他已将萧子瑜对花浅不会杀陈铭的理由细细分析给师父听，奈何周长老毫不理睬，只让他好好修行，不要管这些闲杂事。岳无瑕恼怒半晌，再次恢复了天不怕地不怕的本色，"也罢，反正师父没说管这些闲杂事要怎么罚我，咱们悄悄去见花浅，听听她怎么说。现在牢房门口有灵法师看守，咱们硬闯肯定是不行，得悄悄潜入。如今锦年不站咱们这方，刑堂没有内应，不太好办，要是有个像贺先生家无踪那样会隐身的法器就好了。"

胖子出身灵修世家，虽喜欢吃多过喜欢修行，可是每天听家里长辈念叨灵法界的种种事迹，耳濡目染，肚子里的货色怎么也比那两个半路出家的孩子多。他思索许久，忽然开口道："萧师弟，我记得以前听父亲提过，你家师父年轻时制作过一件可以隐身的符器，曾在万宝会上引起过轰动。让无瑕用钱砸个类似的符器？"

岳无瑕白了他一眼："我给你钱，你去砸个？"

胖子大喜："好啊好啊。"

萧子瑜迟疑了好一会，才不确定地问："是隐元布吗？这个没得卖的。"

隐元布是何思道二十多岁出道时，用玉玲珑制作的第一件符器作品，构造精妙绝伦，天下只有一件，据说能让人隐身消失，曾被人窃用闹出许多不好的事情，所以被老糊涂丢在瑶台仙田的角落里，几乎被遗忘。萧子瑜前些日子在整理宝库时曾发现这样物品，听师父说很重要，便小心翼翼地擦干净放在架子上。

岳无瑕果断道："咱们找你师父借用一下吧，别告诉他就好。"

萧子瑜挠头："我六爷爷说过，不问自取，就是偷，我得先找师父问问……"

岳无瑕为他的单纯有些无语："长老们下了禁令不准进大牢看花浅，此时借用隐元布的

原因用膝盖都能想到，你想让师父知道我们的计划吗？"

胖子大喜过望："子瑜兄弟，以后云华妹妹再说我是天门宗第一蠢货，我就把你介绍给她。"

萧子瑜："……"

千算计，万安排，三个孩子都无法想到见花浅的办法。

眼看花浅的性命危在旦夕，萧子瑜越发焦虑，他咬着指甲，苦苦思索着对策，却摸不着任何头绪，迫于无奈下，他接受了岳无瑕颇为冒险的建议。岳无瑕在战场上，除自身力量超群外，也以行动果敢著称，危急关头经常会做出大胆的判断和决策，虽然偶有失败，但绝大部分会成功，这也是他能成为孩子中领袖的关键。

岳无瑕分析，盗窃是小错，救不了花浅是大错。

在小错和大错之间，理应选择前者。

"花浅在大牢里受苦，你身为她最好的朋友，应该抛弃原则。"

"你爹娘知道你是为了救朋友性命而偷东西，他们会原谅你的。"

萧子瑜在大家的苦苦劝说下，咬咬牙，当晚就潜入了宝库，可是到了真正偷东西时，他再次不自觉地颤抖起来。上次潜入天门宗的密库中，也只是为了看资料，大家都约好不拿任何东西，只将查到的线索记在脑海里，回去抄录了一份，所以犯罪感不算强，心理障碍也比较少。可如今，萧家村那些不愿回忆的冷言冷语再次浮现耳边：

"萧子瑜，你爹是小偷，你娘是骗子，你是罪犯的孩子。"

"我没有。"

"我家铜钱定是萧子瑜那穷小子偷的，看他贼眉鼠眼的模样，就不是好东西！"

"我没有。"

"龙生龙，凤生凤，老鼠儿子打地洞！你和你爹一样，都是无耻二流子！"

"我不是！"

"不要靠近我家鸡窝，谁知道上次那个鸡蛋是黄鼠狼吃的还是你偷的！"

"不，我绝不是小偷……"

"你就是小偷！"

萧子瑜颤抖着取下木盒，险些将盒子摔落地上，他花了好些时间才平静心情，小心翼翼地打开盖子，再次目睹到隐元布的庐山真面目，那是一块整齐叠放在盒子里的刻满符咒的暗黄色老旧布匹，红色、金色、银色、黑色、蓝色等数不清的符咒材料制成的颜色布满薄薄布料，紧密却有条不紊地缠绕在一起，织出各种诡异的图案和咒文，就像最美丽的画卷，带着难以言喻的诱惑力，让人挪不开视线。

"拿走它。"

内心有贪婪的声音在呼唤。

萧子瑜屏住了呼吸，伸出手，虔诚地摸上这块美丽的符器。他轻轻揉着布角，细细地感受着柔顺织物和略带疙瘩的符文在手心的触感。他将指尖伸入布匹间，指尖在隐元布里消失不见。他无法想象自己有朝一日，也能做出如此奇妙的东西。恍惚只有片刻，耳边传来轻微的叹息声，他仿佛被烈焰灼伤般，猛地缩回手，警惕地朝四处张望，唯恐被发现这瞬间的迷失和贪婪。他羞愧地回过头去，没发现有人察觉他的罪行，只看见红衣飘荡在空中，他用那双空灵美丽的黑色眼睛贪婪地看着这块稀有的符器，催促主人："拿走它，动作快点，别被发现了。"

"这是偷吗？"

"成大事者不拘小节。"

"这是偷吗？"

"不过是偷偷地借用，算不上什么大事。"

"这是偷吗？"

"偷是为了花浅。"

"不行，我不能偷，"萧子瑜觉得手中的宝物如烙铁般滚烫，他的心跳得很快，几乎冲出了胸腔，强烈的罪恶感让他从迷迷糊糊的梦中清醒过来，他丢开木盒，后退了两步，愣愣地说，"不，这是师父很重要的符器，师父信任我才将宝库钥匙交给我保管，我不能偷窃。我不能让师父失望，不能做小偷。"

"快动手，这只是迫不得已的小小偷窃。"

"不！我父母是光明正大的灵法师，我不是小偷的儿子！"

"这是你唯一的选择！你无法做出隐元布这样的法宝。"

"不，我能，我还有更好的选择。"绝境中，萧子瑜脑中灵光闪过，他毫不犹豫地合上木盒，围绕着灵光，奇思妙想转过，如利刃在荆棘丛中斩出一条从未有人走过的道路，"我要制作自己的隐元布。"

号称灵修师第一天才的何思道，钻研十余年方设计出的隐元布。

萧子瑜，一个接触灵修才大半年的孩子，竟大言不惭地说要在七天内做成？

红衣听着他幼稚的豪言壮语，哑然失笑。

"你不行。"

"我行。"

萧子瑜不顾红衣的再三劝告，离开了宝库。

绝境中，退缩和畏惧已无用，再没有自信也要尝试，想到这里，热血反而在他身体里流淌起来，他再不能犹豫，必须强迫自己相信："我能做到。"

贺先生悄无声息地站在瑶台仙田那棵百年松树下，静静地看着眼前的一切。在天门宗，他喜欢在女孩子里面出风头，讨厌被人忽视，可惜他的法器偏偏有让人被忽视的能力。当无踪·异色璧展开法阵的时候，如拉开一道透明屏风，屏风这端的人可看到另端，而另端则无法察觉这端的景色。

在岳无瑕与胖子等人藏在瑶台仙田附近给萧子瑜把风的时候，他们没想到就在不远处有三个灵法师正打量着他们，周长老和老糊涂正站在贺先生展开的法阵内观察他们的一举一动。

当看见萧子瑜空着手从宝库中出来后，老糊涂有些失望又有些欣喜："这傻孩子，什么都好，就是太迂腐了。他和花浅感情极深，必要救她，刑堂大牢守卫森严，我倒好奇他不用隐元布究竟要怎么闯进去。比不得某人胆大包天，连牢房都想硬闯，果然有其师必有其徒。"

周长老赶紧维护心爱的徒弟："无瑕心地不坏，只是修行以来，事事顺利，有些娇纵了。若想让他接管天门宗门户，还需磨练心智。至于子瑜，品行肖父，是难得的好孩子。"

老糊涂沉默片刻，忽然嘲讽道："品行肖父？是啊，若非云帆善良正直，怎会轻易被牺牲？"

周长老正色道："休得胡说！萧云帆是英雄！他是自愿为天下苍生牺牲的！"

老糊涂嗤道："我倒希望子瑜那孩子能自私自利些，免得再踏上父亲的悲惨道路。"

周长老怒道："悲剧不会重蹈！"

"你欠这孩子的永远还不完！"

"用不着你提醒！"

贺先生听见两人再起争执，很是坐立不安，不知是劝好还是不劝好，挣扎许久，见两人声音越来越大，唯恐被发现，方劝了句："那几个孩子要走了……"

老糊涂不愿再争执，冷冷地哼了声，一屁股坐到地上，继续喝酒。

贺先生松了口气，收回法阵，匆匆告退离去。

周长老叫住他，低声吩咐："你去悄悄地告诉严先生，诱饵已行动，留意变化。"

【伍】

岳无瑕对萧子瑜的决定感到失望，他认为目的和结果比手段更重要，但萧子瑜再三坚持，他只能妥协。让萧子瑜先试试自己的法子，若能成功自是上好的，若他失败，再由自己行动，不但能让众人心服口服，让萧子瑜感激，也能让获救的花浅对自己好感更甚。至于胖子，他素来讨厌动脑子，最喜欢听别人的意见行事。

事关重大，萧子瑜强迫自己自信起来，行事中有难得的果断。

　　由于蓝锦年的决裂，原本的秘密基地只能弃用，他们便趁大家去修行的时候，躲在胖子的寝室里商讨行动，胖子室友是祝明，祝明是老好人，他躲出去装不知道。小咩蹲在外头伪装啃青草的模样替大家望风；绛羽看见红衣，也不躲在法器空间里玩珠宝了，而是出来耀武扬威；红衣心里有事，不愿和他计较，低头避让，倒让绛羽的气焰更为嚣张。

　　他挑挑眉，努力组织出最恶毒的语言，全方面打击讨厌的家伙："听说老糊涂的玉玲珑是珍器，擅长制作复合型符咒，他们主仆花了十余年才设计出隐元布。我想不到你这鬼器比珍器还厉害，几天就能制作出隐元布？厉害厉害，再过半个月就能赶上我这个神器了吧？真够不要脸的。听说我家主人说，男人长得像女人，各方面就是变态些，哈哈！"

　　岳无瑕立即否认："我没这样说过！"

　　绛羽玩着自己漂亮的羽毛，努力回忆往事："上次在周大人家看见那涂脂抹粉的娘娘腔时，你说过的，我记性很好，绝不会弄错。"

　　岳无瑕丢人现眼得脸都红了，他一边偷偷看红衣和萧子瑜脸色，怕对方生气，一边抵死反驳自家白痴法器："这是两回事，你怎么老喜欢欺负红衣呢？人家又没招惹你，不像话！"

　　绛羽怒："他的相貌就是在招惹我！"

　　所幸，红衣似乎没听这白痴俩主仆说什么，只管和主人商量。

　　岳无瑕大大地松了口气。

　　"应该可行。"萧子瑜和红衣商讨完毕，回过头来，发现了岳无瑕尴尬的表情，以为他没明白自己的意思，便和两位不修制符的师兄详细解释，"人类不可能在世间真正消失，隐元布是由十八道完全不同的符咒混合制成，能随着周围的环境而改变颜色，将人隐蔽其中，仿佛消失不见。我家师父是天才，他将多重符咒打散重组，结构比密码更复杂，所以我不可能做出真正的隐元布，可是我认出了隐元布上的银色符咒，在所有制符材料里，能画出纯粹银色线条的主材料极少，只有银壳虫、星银矿和月光石三种，其中银壳虫和星银矿制作的符咒功能和隐元布相差太远，所以上面的符咒只可能是月光石做主材料画成的幻符。"

　　幻符是简单的符咒，可用来记录简单的静态景象，可保存七天。

　　胖子上年回家时，曾悲剧地被母亲偷用幻符记录过相貌，拿去给媒婆说亲，然后被拒了，还被那丑得像无盐般的所谓名门千金嘲笑胖子像头猪，他对此符恨之入骨，怨念极深，回来后和岳无瑕念叨许久，所以两人都有些了解。

　　"隐元布最珍稀的地方是随着位置变化而变化，类似变色龙，但更复杂，也更隐蔽。可是我们唯一的目标是潜入大牢，所以用不着那么多变化，只需要配合牢房做伪装就可以了。"萧子瑜看见胖子委屈的眼神，以为他还是不懂，便当场绘制了一张地图，画好刑堂和牢房内部的简单结构，继续解释，"上次被罚打扫牢房，我有留意过里面的环境，严先生喜欢整齐干净，

牢房里面没有太多乱七八糟的东西，只是东侧墙上有三道锁链，东南角堆了两个箱子必须绕过，墙壁是很普通的白色，靠牢房那端有些脏，地砖是很普通的灰色，款式和学徒寝室是一样的。我可以用大块布匹正反两面贴上不同的两张幻符来潜入，正面是大牢外墙景色，用幻符制作出灰色墙壁和泥地的图像就够了，等进入大牢后，将布匹反转，里面是大牢墙壁的颜色，我可以绕开障碍，缓慢前进，混入石牢。"

岳无瑕犹豫地问："你真确定牢房里面是这样的？为什么你会留意牢房的布置？这种东西，若非花浅出事，根本是无用功。"

萧子瑜很不解："去到新地方，四处看看不是很有趣吗？看过的东西自然会记住，又不是背书，哪用得着什么工夫？大家不都是这样吗……"

"谁会注意这种没用的东西？"胖子嘀咕。

岳无瑕忽然觉得天门宗人都低估了萧子瑜，虽然灵修能力和身体素质都欠缺，但他在细节方面的细心、专注和记忆力都让人惊叹。他想了一会，提出这个计划里的不足："幻符虽然可以贴近周围的景色，但总归有细微的不同，只要细心点就能察觉，你不可能瞒过看守的眼睛。"

"所以要靠绛羽来演戏。"

"绛羽？"岳无瑕有些吃惊，"他脾气不好，不适合做这种事。"

"就是绛羽脾气不好才适合，打架的理由也是现成的，他很讨厌我家红衣，多次扬言要收拾他。"萧子瑜有条不紊地安排，"我与浅浅交好，红衣这些天都在牢房附近替我打听情报，就算出事也不算惹眼，只要你稍微找借口离开，让绛羽趁你'不注意'，稍稍挑起争端，对红衣大打出手，定会引起附近灵法师的注意和制止，红衣可在'争斗'途中丢出我制作的臭雾符，用来逃脱绛羽的追打。当看守的注意力被转移，视线被雾气模糊，我便可趁机潜入牢房。"

绛羽和红衣的不合，天门宗众人皆知，这场戏剧情和角色都选得合情合理。

岳无瑕沉吟片刻："你这样确实可潜入大牢，但是大牢里面还有看守。"

萧子瑜指了指地图的东面："这里有扇小窗户，也是红衣放臭雾符的地方。祝师兄说那天有西风，若是没风，便让胖师兄躲在附近的树上，掐准时间用张风符，臭雾就可以飘入大牢内部。"

胖子犹豫道："窗户似乎有些高。"

红衣笑了："我身子柔弱，不擅战斗，无法抵挡绛羽大爷的力量，自然要飞向天空逃跑，笨手笨脚地丢张符救命，哪知道准头在哪里？"

萧子瑜策划的行动谨慎细致，丝丝入扣，每一步都力求严密，他甚至将所有角色的性格和能力都考虑了进去，做出合情合理的局面，比起岳无瑕热衷的冒险和不确定性，更容易执行。胖子听见自己不用做诱饵引狐狸，也不用冒险，只要躲在角落里丢张符就完事，高兴得一个劲夸："我看这个行，比岳老大的还靠谱。"

"确实不错。"岳无瑕有些不是滋味，比起经常带领学徒们征战沙场、号称天门宗未来希望、灵法界最强学徒的他，萧子瑜不过是个弱不禁风的孩子，不管是力量还是性格魅力都不出色，很需要被保护，他从未想过萧子瑜能想出比自己更完美的计划，更没想过萧子瑜有压过自己的时候。可是转念一想，或许正因为萧子瑜太弱，行事不容有失，才需要做这样周密至极的计划，实在可怜。

岳无瑕的失落只有一瞬，他为自己的小心思感到懊恼，很快就真心赞美起来："子瑜兄弟心思细密，很聪明。"

胖子高兴过后，还有个小小疑问："就算臭雾飘入屋内，看守也未必会离开吧？"

萧子瑜解释："大牢只有一扇小窗户，空气无法流通，我的臭雾符真的很臭，还经过改良，在没有风的情况下，会比胖师兄上次在野外使用的臭上十来倍。"

岳无瑕不信："那臭味是挺难闻的，但没那么夸张吧？你先拿张给我试试看。"

胖子惊叫："别试别试，我绝不要再闻那个味道了！"

他说晚了半步……

"师兄为何要在房间试，试前也不先说一声……"

"算你狠！我的鼻子都快没知觉了，岳无瑕你这混蛋！为何不在你寝室试？！"

"我信了，信了。"

劫火之时

【陆】

"我真是倒霉透了，这次回来得不是时候，还没休息就给师父抓来看大牢。哪来那么多破事？区区一个小女孩还要我们看守？师父也太小心了。"天门宗内，大部分的年轻灵法师都喜欢在外头执行任务，不但能拿到丰厚的报酬，还能受人尊重，经常被普通人巴结讨好，甚至还有漂亮的大姑娘小媳妇抛媚眼，比留在门派内看长老们的脸色逍遥多了。灵武师邓杰今年二十四，正是年轻活泼的时候，他喜欢锦衣玉食，喜欢热闹喧哗，喜欢美酒佳人，讨厌深山苦寒，若不是师父规定每年最少要回来两个月做看守，他是半刻都不想回天门宗受罪的。如今他蹲在大牢门口，打着哈欠，试图和旁边站得笔直的同伴瞎扯解闷，"老徐，听说你前些时候在北边很出风头啊？一个人砍了六头妖魔？消息都传到荷城了，牛！赚了不少吧？"

老徐同为灵武师，但年纪较长，看重规矩，最看不惯这些好逸恶劳的后辈，听他说得过火，不耐烦地小声嘀咕了句："天门宗一代不如一代，每届就那么几个能看的。"

邓杰没听懂他的嘲讽，感叹："就是，新一代的学徒真是糟糕啊。我看这届的几个孩子，矮的矮，胖的胖，蠢的蠢，也不知师父是怎么挑的。前两年也是那姓岳的小子好命，初生牛

犊不怕虎，让离火剑跟了他，真是出尽了风头。好多名门都在打听他，要提亲，就连杏花楼的姑娘都说什么英雄出少年，好生仰慕。早知道离火剑择主的条件那么低，当年我就该试试的，说不准运气好，漂亮女孩围着的就是我了。对了，听说老徐你家媳妇的表妹是孟家的？听说孟家三姑娘贤惠，我娘想给我说亲，你帮我打听下三姑娘漂亮不……"

老徐听他越说越不像话，扭过头去，只盼看守轮班快些到来。

邓杰自个儿唱独角戏，倒也津津有味，忽然，他听见附近传来争吵声，扭头看去，眼前一亮："老徐快看！哪来的漂亮法器？真是楚楚动人，我见犹怜的美人啊，我以前怎么没见过。"

老徐眼皮都不抬："那是新学徒的法器，他主人似乎是牢里那姑娘的朋友，这些日子总在大牢附近转悠，想打听里面的事。你口风不紧，别看见美色就泄露了消息，那家伙是男的。"

"呸呸！你才口风不紧，我又不是兔儿爷，怎会对男人泄露消息？！"邓杰闻言，失望透顶，不甘心地嘟囔了几句，视线却始终无法离开那漂亮法器，只觉得他举手投足里尽是风情，比自己以前在青楼戏馆见过的美人更出色。就连正儿八经的老徐也忍不住看了好几眼。

"我道是谁在这里鬼鬼祟祟，原来是红衣你这变态娘娘腔啊。"

"绛羽大哥说得是，那家伙长得就不像男人！说话声音也娇滴滴的，简直丢法器的脸。"

"绛羽老大和你说话呢，你装委屈脸给谁看？还不速速给爷笑个？"

刻薄的话在林间传来，是绛羽带着那几个喜欢奉承他的跟班法器，不知何时出现在美人面前，大肆嘲讽。美人受不住委屈，反唇相讥了几句，跋扈惯了的绛羽勃然大怒，漫天火焰从身上燃起，其中数道卷向红衣，点燃了他的衣摆。红衣似乎没料到他忽然出手，吓得尖叫了一声，飞向空中，使劲抖动身上的火焰，火星四溅，到处飞扬，点起了四处的枯草。

"牙尖嘴利的家伙，也不看看眼前是谁，竟敢和我绛羽大爷呛声？"

"哈哈，敢惹绛羽老大生气的都没有好下场！"

"早看这不男不女的家伙不顺眼了，趁主人不在，收拾他！"

受到同伴的鼓舞，绛羽身上的火焰越发猛烈，不管不顾地袭向红衣，红衣急忙往后逃，绕着大牢打转，高声呼救。

邓杰知道绛羽力量强大，性格暴烈，和其他法器打架斗殴的事不止一两次，只有岳无瑕才能制止他的坏脾气，若放任不管，会酿成大祸，急忙上前阻拦。奈何绛羽怒火冲天，竟将他一同扫到，口中还骂骂咧咧，不准旁人多管闲事。

火势蔓延，神器难缠。

谁家法器，谁家负责！

邓杰既无法制止绛羽发脾气，也不愿和同门法器下死手拼杀，老徐见场面混乱，一边命令那几个看热闹不嫌事大的法器离开，一边派人去找岳无瑕，一边帮忙制止绛羽对红衣的迫害。

红衣在空中躲避，左右难支，被逼去墙角，迫于无奈，它丢出了一张古怪的符咒……

雾气和恶臭在空气瞬间散开，熏得众人连连后退。

紧接着，一阵不大不小的清风从树梢吹来，将雾气卷入墙上的窗户。

"我的妈呀，这是什么味道？"

不消半刻，大牢内冲出了两个灵法师，数人联手，愤怒地制服了绛羽，然后对着红衣大发雷霆："你丢的是什么东西？熏兔子吗？"红衣红着眼睛，不停道歉："对不起，对不起，我不是故意的，我只是太害怕了……"

过了好一会，岳无瑕匆忙跑来，彻底将绛羽收复，加入道歉行列。

四个灵法师怒不可遏，虽知道岳无瑕很无辜，经常被自家法器弄得焦头烂额，换个主人也无法做得更好。奈何绛羽的脾气实在太可恨了，所以要求上报长老，严惩主人的看管不严。

岳无瑕低着头，使劲道歉。

场面一片混乱，牢房臭得没人敢进去，带着口罩的萧子瑜早已利用幻符悄悄地潜入了大牢。花浅身上的伤口早已处理好，她正静静地坐在石牢深处，斜靠墙壁，紧闭双眼，如沉睡的母狮，似乎连弥天臭气都无法将她惊醒。可是，当萧子瑜靠近的瞬间，她猛地睁开眼睛，捂着鼻子皱了皱眉头，气势汹汹地质问："你在做什么？"

萧子瑜有些纠结。

他来前是愁肠百转，想过很多可怕的景色，比如花浅在大牢里吃不下睡不着，偷偷哭鼻子什么的，再不济也要紧张惶恐不可终日，看见他后感动欢喜，主动配合寻找自己的清白什么的……

花浅黑着脸，再次训斥："别惹事！"

"对不起。"萧子瑜下意识地道歉，看见后天就是死刑但仍张牙舞爪像头狮子般霸气的花浅，他觉得自己才是会躲在被窝里哭鼻子的那个。他做了好一会的心理建设，才弱弱地问："你伤势重吗？"

"我还以为严先生有多厉害手段，不过如此。我建议他拷问的时候，可以用烧红的刀片从腿上一块块割肉，保管不会失血过多而死，或者直接弄口大锅，将半个身子放进去煮，肯定很有趣。他听完后，便没再多用刑了，嘁，这男人的手段也不过如此。"

"……"

花浅杀人罪证确凿，唯一的疑点是动机。

严先生的拷问是为了逼供，花浅的建议却阐明了自己宁受最残忍酷刑也绝不招供的决心，若是真用了这样的酷刑而得不到证词，哪怕花浅性格再恶劣、真杀了人，她也是个小女孩，世人会对这起案件抱有各种猜疑，哪怕是花浅招了，也有屈打而招的嫌疑。

劫火之时

不怕死，也不怕痛，毫无畏惧，绝不开口，任凭处置。

每个刑狱官都最怕审问花浅这种精神强悍的犯人。

当折磨肉体无法让人屈服，又找不到精神上的弱点时，严先生反而无法下更重的手了。

擅长酷刑的花浅，比谁都清楚这点。当审问不再继续后，她得到了大量毫无打扰的空余时间，每天她都在睡觉，利用藏在密库里的蛇眼，贪婪地阅读着天门宗各类隐秘卷宗和资料，抽丝剥茧，补充自己被封印后对世界认识的缺失，寻找身体的线索。

很多资料里都显示，罗成在灵法界地位极高，几近封神。

究竟是为什么？

花浅努力地思考着。

萧子瑜的到来打断了她的思考，让她有些不快。虽然身陷牢狱，但很多东西还在她的掌控之中，她清楚对手的主要目的是除掉自己。她也早已物色好协助自己脱困的可利用人选，其中没有萧子瑜。

为求万全，花浅不太希望他掺入这件事里来。

偏偏萧子瑜过于重视自己的安危，哪怕飞蛾扑火，也会跳进这火坑来。

萧子瑜重视自己，很麻烦；萧子瑜不重视自己，会更麻烦。

能不能让萧子瑜处理此事？安全与否？

瞬息之间，花浅已做出决定。

萧子瑜依旧在不停追问那夜的真相："浅浅，你不要瞒我，那天夜里，你在做什么？"

花浅的表情柔和了下来，仿佛撕开了刚强的面具，她缓缓开口："我不怕死，我也没有杀人，我无法和大家说出那天见到的事，因为太过匪夷所思，我没有证据，也没有人会相信我。"昏暗的烛光照在她的脸上，那双冷酷如寒冰的眼柔和下来，她的声音很轻，仿佛在等待最害怕的答案，"子瑜，你愿意相信我吗？"

没有任何东西，比融化的钢铁更美丽。

最坚强的女孩展现出的瞬间柔弱，反而比普通女孩的楚楚动人更能打动人心。

萧子瑜看见花浅的遭遇，心都快痛得碎满地了，他忽然觉得自己是个男子汉，任何事情都能做。此时此刻，哪怕花浅让他上刀山下火海，他都愿意去做，哪怕花浅说杀人事件的原因是太阳从西边升起，他都愿意去追查求证："只要你说的话，我都相信，哪怕是蛛丝马迹，我都会追查到底！我会为你找到清白的证据。"

"那天夜里，我有事出门，结果看见了我自己，走向墓园，杀了陈铭。"花浅似乎有些迟疑、迷惘和不安，"我躲在附近亲眼目睹了整个案件，杀死陈铭的人，是另一个我。"

"另一个你？"萧子瑜的脑子有些混乱。

"我当时傻了，眼睁睁看着她离开，回去后却再也找不到她的存在。"

"天门宗现在实行宵禁，那夜，你为何出门？"

"我原想调查一件事，因为是直觉推断，怕引起不安，所以没有和任何人说。"

"什么事？"

"等等，有人来了，你快躲起来。"

"大牢里有异样吗？你们不会用风符吹散臭气吗？废物！蠢货！"严先生愤怒的声音打断了所有的对话，他来得比想象中还快，还急，数道风符丢入大牢，臭气已开始稀少，萧子瑜见势不妙，赶紧躲回幻符制作的背景后面，他还想让花浅说详细些，却已来不及。

纷乱的脚步声涌入大牢，似乎是灵法师们进来查看犯人的安危。

萧子瑜借着稀薄的雾气，小心翼翼地往门口处潜行，心里暗暗叫苦。

"犯人没问题吧？"

"还好好的。"

看守的灵法师急忙冲到石牢前，检查里面的状况，看见花浅好端端地待在里面，确认自己没玩忽职守让犯人逃脱，方松了口气，回头向严先生报告。

忽然，花浅开口大声说了两个字："最初！"

众人奇怪地看着在牢房里很少说话的她，并不明白这两个字的含义。

花浅却再次闭上嘴，依旧沉默。

她相信以萧子瑜的细心和聪慧，能懂。

萧子瑜趁着大家的注意力被花浅吸引，俯在地上，迟缓地向门口爬行。

门口处，站着许多灵法师和看热闹的学徒。

蓝锦年在质问岳无瑕："萧子瑜又在哪里？红衣在这里，他一定在附近。"

岳无瑕抱怨："绛羽闯祸，我头疼都来不及，哪里顾得上子瑜师弟？若你要寻他，便自己寻去，和我有什么关系？我还得去找长老请罪。唉，绛羽实在不老实，稍微没看住，祸就闯大了，师父不会那么容易饶了我的。真羡慕你家燕草，老老实实，从不惹事。"

蓝锦年压根儿不听他的废话，左右环顾了圈，没发现萧子瑜的存在，心中怀疑："哼，我去找师父，让他将大牢和附近好好搜查一番。"

萧子瑜贴着墙壁，找不到离开的机会，进退两难，忽然发现人群中有道目光在注视着他，是蓝锦儿正笑嘻嘻地看着他藏身的方位，然后悄悄地伸出了两根手指，晃了晃。他还没想明白这两根手指的含义，蓝锦儿已回头离去，没走几步，脚猛地扭了一下，在台阶上摔倒了，发出一声惊天动地的惨叫，吸引了所有人的视线。

"没事吧？"蓝锦年见妹妹受伤，顾不上寻找萧子瑜，也顾不上和岳无瑕扯皮，赶紧过

去，赶走想英雄救美吃豆腐的家伙，一边替她揉揉青的膝盖，一边关心地抱怨，"我家姑奶奶，你跑来这里做什么？"

蓝锦儿不高兴道："你能来，我就不能来了？我在和子瑜约会呢。"

蓝锦年的猜测被否决，又惊又怒："子瑜和你在一起？他不是在找花浅……"

蓝锦儿怒道："瞧你说的，子瑜找那杀人凶手干什么？还是你觉得我的魅力连杀人凶手都比不上？！"

"我不是这个意思，我是觉得……"蓝锦年怕极了妹妹的胡搅蛮缠，赶紧岔开话题，四处张望，"那家伙呢？躲哪里去了？！"

"哥哥最讨厌了！总是对子瑜凶巴巴的！"蓝锦儿随手指了指大牢门口的石狮子，"人家怕你发脾气，哪敢出来？"

蓝锦年横眉怒眼地瞪着石狮子。

萧子瑜弱弱地探出头来，他身材瘦小，蹲在石狮子后面，倒是被遮得严实，他顶着蓝锦年暴怒的目光，偷偷看了一眼，很快又缩了回去，死活不肯正面交锋。

蓝锦年冲过去，把他整个人揪出来："你和我妹妹在做什么？你又想怎么勾引她？！"

萧子瑜使劲摇头："我没勾引你妹妹……"

蓝锦儿在后头急道："花浅杀人，他心里不自在，我在安慰他。"

蓝锦年狐疑："真的？他没勾引你？没做无耻的事情？没在大牢乱来？"

蓝锦儿愤怒的声音提高了，尖锐道："哥哥，你居然不信我？"

"这……"

"你不信我，我再也不要和你说话了！"

"信，妹妹说的话我都信。"蓝锦年赶紧丢下萧子瑜，"瞧你说的，哪能不信我家宝贝呢？千万不要不理哥哥。"

"我最讨厌哥哥了！"蓝锦儿一把拖过呆若木鸡的萧子瑜，气呼呼地走了。

"等等！你们要去哪？"

"待原地！不准跟上来！"

蓝锦年委屈地蹲在地上，使劲地扭着燕草，哀怨看着妹妹离去的背影。

所有人都觉得他很像被遗弃在路边的某种会"汪汪"叫的动物……

这年头，做好哥哥不容易啊。

【柒】

"谢谢。"待离开大牢，萧子瑜急忙向蓝锦儿道谢。在蓝锦儿吸引众人视线的时候，他趁机冲到石狮子背后，收起幻符，装作混乱中一直躲在那里的模样，再加上蓝锦儿信誓旦旦的证词，替他避开了最难缠的蓝锦年的追问，逃过一劫。

"第二次。"蓝锦儿伸出两根指头，在他面前晃了晃，笑嘻嘻地说，"你又欠我人情了，该如何还？"

萧子瑜面红耳赤："还请师姐说了算。"

"嗯，"蓝锦儿似乎在烦恼，她原地走了几步，忽然回过头，伸出手指，挑起萧子瑜的下巴，"色迷迷"地开玩笑道，"我要你和我约会！就在中元节，听说那天好多情侣看完花灯，会去树林里幽会。嘻嘻，你懂幽会吗？"

蓝锦儿表白后，对萧子瑜的调戏变本加厉。

萧子瑜极不擅长这类事情，他的脸烫都得可以烧鸡蛋了，呆了许久，才从蓝锦儿的笑意里发现破绽，赶紧求饶："师姐别欺负我了，我真会被锦年师兄砍死的。"

"好了好了，开个玩笑罢了。"蓝锦儿收回吃豆腐的手，忽然换了脸色，生气问，"哼，你跑大牢里看花浅做什么？你不知道这是禁令吗？也不怕被严先生当同案犯处理？"

萧子瑜低声道："我担心她受伤，想去看看。"

蓝锦儿质问："你不相信她杀人？"

萧子瑜没有正面回答："我们毕竟是朋友，我总要看看她的。"

蓝锦儿好奇地问："她对你说了什么吗？"

萧子瑜苦涩地摇摇头："花浅性格非常孤僻，她只说自己没杀人，和严先生的拷问结果一模一样。可是，我真的不明白，她为什么要杀陈师兄。"

蓝锦儿冷冷"哼"了声，小声道："那女人性格太恶劣了，她要杀的肯定是我哥！我讨厌她！子瑜你什么都好，就是眼珠子不太好！把这样蛇蝎心肠的女人当宝贝。"

萧子瑜艰难地笑了笑："不要这样说。"

"算了，反正罪证确凿，她也得意不久了，我就大人有大量，不理睬她了。"蓝锦儿跺跺脚，深呼吸几口气，尽力平复心情，再次露出笑容，"子瑜，你欠我的人情，是不是我让你做什么都会做？"

萧子瑜警惕道："坏事不做。"

"你师姐是这样的人吗？"蓝锦儿凶巴巴地骂了他一句，抱怨道，"咱们灵修学徒就是苦力，我师父最不会怜香惜玉，啥苦活累活都让我做。你是我师弟，自然要帮师姐分担，是不是？"

萧子瑜讨好道："是。"

"这还差不多，我不准你想着那个坏女人，"蓝锦儿满意道，"制符用的朱砂和紫藤条不多了，师父让我去采买，你陪我去，帮我搬东西好吗？紫藤条重得很，我搬起来会吃力。而且过几天是山下的集市，你要给我买糖葫芦、桂花糕、蜜糖糕、炸果还有面人儿，再买七色针线、竹娃娃、绢花，我还要吃桂嫂铺子里的冰豆花和甜汤圆，全部你请客！"

萧子瑜点头如捣蒜："好。"

"好好记住，不准漏。"蓝锦儿见他听话，约定好见面时间，开心地离去了。

萧子瑜再次松了口气，他压根记不住蓝锦儿提出的大堆小女生要求，满脑子都是花浅在牢里说的话。这世间没有人可以见到另一个自己，此事太过匪夷所思，他心里隐约有些奇怪想法，却无法证实，也无从查起。

"最初。"

花浅最后说的两个字反反复复在脑海里回绕。

他必须找到整件事的起源，从哪里开始才算"最初"？

萧子瑜反反复复地想，他忽然想起了在湖畔看到的那个完全不像花浅的花浅。

如果这世上能有另一个花浅，是否也能有另一个萧子瑜，另一个岳无瑕，另一个祝明，另一个蓝锦年，另一个胖子？

线索渐渐展开，越想越深，萧子瑜的脑海里浮现出无限的可能性，令他毛骨悚然。

他想起了动乱之夜，那是一切的开始。

沈静的死，便是最初。

第十二刻——月缺之时

黑暗的夜，蒙蔽了你的眼睛。

邪恶的心，蒙骗了你的知觉。

沉浸在虚幻的幸福中，直到真相浮出水面。

你撕心裂肺的哀号，拉开了最终的序幕。

赞美苍琼。

痛苦是生命的永恒。

【壹】

沈静的死？

萧子瑜闭上眼，惊心动魄的动乱之夜早已在他脑中留下深深烙印，栩栩如生的场景再次在浮现眼前。雨中际遇，发狂的蚀月魔，烧焦的尸体，神秘出现的花浅，严先生的审讯，蓝锦儿的眼泪……所有细节通通掠过眼前。曾经的细小疑惑在明白花浅杀人案件的真相之后，如渐渐拨开云雾的风，让他模模糊糊地明白了些什么。

他需要证明自己推断的证据。

可是，敌人可变化成花浅，亦能变化成岳无瑕、胖子等朋友，甚至是老糊涂、周长老等师父，他可以相信朋友，可是他无法确认朋友身份的真假。若一步踏错，让对手知道有人察觉真相，就会逃得了无踪迹，彻底将罪责推给花浅。

在确定那个人身份之前，什么都不能说……

他唯一能相信的只有自己。

他能行吗？

在萧家村，萧子瑜是个手无缚鸡之力、劈柴烧饭都做不好、天天挨骂的孩子。在天门宗，他灵修能力也是倒数第一，除了十余种基础符咒还算熟练外，边什么都做不好，既没有岳无瑕那样的英雄气概，没有陈可可的勇往直前，也没有胖子那样讨人喜欢的性格，就连祝明那样将人际关系处理得八面玲珑的本事也没有……

他，萧子瑜是个彻头彻尾的废物，离开岳无瑕和花浅等朋友的帮助，他能做什么？

萧子瑜狠狠咬着大拇指的指甲，陷入深思。

红衣用手温柔地搭上他微微颤抖的肩膀，安慰道："可怜的主人，你在害怕？"

萧子瑜僵硬地答："是。"

红衣真心建议："若你害怕，可以找岳无瑕动手，我不希望你受伤。"

萧子瑜硬硬地扭着脖子："不行，我必须自己做。"

红衣"嗤"一声笑了，他伸手拭过萧子瑜的眼角，劝道："主人，别勉强了，你害怕得眼泪都快出来了。"

"是的，我很害怕，可是，我怕的不是死，而是失败。红衣你是那么的聪明美丽，你不明白我经历过的，进入天门宗的那天我就知道，后退就是失败，失败就是死。"萧子瑜抬起头，苍白的脸庞上，只有目光里有不一样的顽强，他的声音很小，但很坚决，仿佛在告诉自己，"我是胆小鬼，可是我知道有些事，就算再害怕也要做，有些朋友，就算再艰难也要救。"

就如天门宗的那口油锅。

大家都称颂他的勇气，只有他自己知道，伸手进去的那刻，他有多么恐惧害怕。

这世间，最难得的不是勇敢者的勇气，而是懦弱者的勇气。

这世间，最勇敢的不是毫无畏惧地奔向荆棘之道，而是害怕得想哭还是要冲向那条布满荆棘的恐惧之路，因为懦弱者需要战胜的不只有敌人，还有自己。

身为灵法师，他需要如天空般高的自信，他需要如大海般深的勇气，哪怕是没有，他也要用尽一切手段将它们找出来，他要用仅有的筹码，来打一场漂亮的仗，他没有失败的权利。

萧子瑜毫不犹豫地决定好前进的方向，脚步坚决，他的背后，有漫天红色纱衣飘舞追随，如血，如霞，如最优雅的水墨。

天色渐晚，寝室内也安静了下来，素茹乖巧地替主人打着扇，莫珍一边趴在床上看新出的艳情小说，一边悄悄地注意萧子瑜的行动，他觉得这家伙不安分，说不定会干出什么不合规矩的事来。却见萧子瑜正满脸烦恼地陪王学知说话，诉说着担忧："我和花浅走得极近，又违反了不少规矩，师父似乎很不高兴，说要处罚我，也不知什么时候。"

王学知安慰道："你家师父虽行事荒诞，却是个好人，他不会罚你很重的。"

莫珍听得眉开眼笑，想出言讽刺，又畏惧黑鸦大姐铁拳，小声嘀咕了句："活该。"

萧子瑜长长地叹了口气，靠着窗的手悄悄放出了一只传信纸蝶。

纸蝶颜色多变，每个灵法师都会在底色上加上些属于自己的特殊符号，别无分号。

老糊涂的纸蝶却是单纯的红色，没有任何装饰，只有股淡淡的酒气，伪造并不难。

红色纸蝶悄悄飞出窗外，盘了几个旋，当着所有人面，轻巧地飞回萧子瑜手中，萧子瑜拿到纸蝶后，脸色一变，焦躁不安道："师，师父说要罚我，让我独自去符材房见他，该，该不是让我整理打扫吧？那符材房里数千种材料，我，我就算通宵也忙不过来……"冒充师父的纸蝶，他从未想过自己能撒谎撒得那么顺利，因紧张而煞白的脸色和磕磕绊绊的语气更添说服力，他忐忑不安地看着室友，却见莫珍已神色飞扬，欢喜道，"做错事自然该罚，哈哈，你要好好打扫，不要偷懒睡觉。素茹，给爷打盆热水来，我要好好泡个脚，一夜好眠。"

素茹乖巧地应了一声，捧着木盆出去了。

王学知却有些担心："兄弟，你能行吗？不如我偷偷去帮你吧？两个人手脚快些。"

萧子瑜惊出了一身冷汗，赶紧拒绝朋友的深情厚谊："师父让我自个儿去，想必在那里喝酒呢，而且做错事就该罚，怎能连累兄弟？我做惯了活，手脚麻利，自个儿去就好了。"

王学知便替他点上灯笼，送出门外，叮嘱："夜里风寒，多穿衣裳。"

黑鸦若有所思："曾孙的举止似乎和山寨烧饭老妈子相似？"

莫珍补刀："错，是九尺身躯媳妇脸。"

王学知："……"

萧子瑜拍拍他的肩膀，表示感谢和安慰，赶紧逃了。

【贰】

萧子瑜来到符材库附近无人处，迅速吹熄灯笼，将身影隐藏入黑暗中。

周围一片漆黑，小路上，每隔数米就有绿色幽光，如萤火，若隐若现，明明暗暗，指出通向墓园的最平整道路，这是绿幽石未加工的粉末，也是萧子瑜提前布下的路标。周围静寂，只有数点蝉鸣，他确认没有被任何人发现和跟踪后，在草丛中拿出带幻符的黑色披肩将自己包裹其中，然后扛起铁铲，沿着自己做好的记号，小跑往目标而去。

沈静的墓，在上次被挖掘后，早已恢复原状。

萧子瑜默念了几句"冷静"，命红衣在空中望风，然后将自己身上的幻符启动，披肩颜色化作墓地旁绿草和花朵的颜色，虽然是固定的色彩，但是随着主人的动作在风中微微摇晃，毫不起眼，形成了最好的伪装，若非靠近认真观看，难以察觉。确认安排妥当后，他鼓起勇气，再次沿着曾挖松的土壤挖掘起来。

林间鸟儿忽然凄厉地叫了一声，几片树叶落下。

萧子瑜吓得浑身一抖，四处张望，却没发现任何人。他松了口气，继续在墓前挖掘，奈何人小体弱，挖十来下就要歇半晌，还要伪装好不让别人发现，费了老大工夫才将棺材掘出，他用铁钳使尽吃奶的力都无法将钉子撬出，只好让红衣下来帮忙。

主仆二人齐心合力，使尽吃奶的力终于将钉子拔出。

萧子瑜摔倒在泥土里，不顾擦拭身上的污迹，匆匆扑过去看棺材里的尸体。焦黑的尸体散发着难闻的味道，萧子瑜强忍恶心，细细查看起来。他没有再看岳无瑕观察过的咽喉和头颅，却将视线集中在身体未彻底烧焦的部分上，可是，在严重烧毁的尸体上，这样的地方

第十二刻

是极少的。忽然，他将视线集中在尸体的右手上，右手自腕部以上早已烧伤无法看，可是拇指、食指和中指的大部分尚是完好的。

萧子瑜死死看着那几根手指，想了许久，猛然醒悟。他坐倒在地，喃喃道："原来是她……"

他震惊得有些愣神，殊不知背后，几根藤蔓避开红衣的视线，悄悄游来，在黑暗中张开天罗地网，待萧子瑜和红衣察觉不妥时，网已落下，急速收紧，将两人包裹其中。然后藤蔓上伸出无数小小尖刺，尖锐地刺入皮肉，让他们的身体无法挣扎。

一条用泥巴画出斑斑点点的黑色斗篷从空中飘落到地。

"就算不用幻符，师兄也伪装得不错吧？"蓝锦年嘲讽的声音在树上传来，他高高坐在树桠间，无数藤蔓在身边盘旋飞舞，就像活动的蛇，他轻蔑地笑着，仿佛森林间的使者，暗夜里的猎人，将猎物玩弄掌间，"我还想看你这胆大包天的小子想做什么，想夸赞几句，没想到如此无趣，玩的都是咱们玩剩的货色。"

红衣凭借鬼魂身躯，化作一缕青烟，摆脱束缚，想去救主。

蓝锦年伸手置于身边树上，大树晃动笨拙的身躯，徐徐动了起来，有根尖锐的树枝缠成利剑，紧紧贴着萧子瑜的咽喉，他对红衣说："若是你敢动，我就杀了你主人。"

红衣在空中舞动的身形骤停。

"这才乖，就算你能动，区区制符法器又能拿我怎样？和主人一样的废物，一无是处，不对，你比主人强些，至少脸蛋还是可取的，能迷得绛羽那傻瓜团团转，让我看了许多笑话。哈哈，这里可是森林，是我家燕草的地盘，强化过的藤蔓和钢铁差不多，就算再来十对你俩这样的废物也比不过。哎呀呀，莫非你想去报信？告诉长老你们在挖墓？哈哈。"蓝锦年笑得极开心，他挥挥手，几根藤蔓柔顺地从树上延伸出，盘旋出一个楼梯，蓝锦年踏着楼梯，缓缓来到萧子瑜的面前，他嘴角露出轻佻的微笑，遣开树枝化作的利剑，绕着萧子瑜转了两圈，忽然狠狠抓住他下巴，带着杀气问，"胆大妄为的家伙，你说我在这里杀了你，会如何？"

短暂的慌乱过后，萧子瑜轻轻开口："你不会。"

"我不会？子瑜小师弟，你太看小我了吧？哥哥也是灵修世家的人，手上哪能没有血？月黑风高，我杀了你，往沈静的墓里一丢，神不知鬼不觉，还省了事。"蓝锦年差点笑出眼泪，"花浅杀了我最好的兄弟，我杀她最重视的朋友，这笔账倒也扯得平。"

红衣闻言，不再紧张，抱着双肩在空中看热闹。

萧子瑜越发笃定："你不会。"

蓝锦年挑挑眉："为何？你看不起我？"

"陈师兄是你最好的朋友，他最爱的人便是沈静，你不会用鲜血玷污沈静的墓，更不会让我和沈静死同穴，否则陈师兄会气得活过来掐死你。而且蓝师兄你是严先生的徒弟，据闻

严先生执法刚严，对徒弟的品行要求也极高。若蓝师兄有滥杀无辜的过往早就被赶出师门了，更何况我罪不当死，你不会杀了我而为你师父抹黑的。"萧子瑜啰啰唆唆地解释，趁他认真听之际，左手手指稍稍挥动，红衣已回到玉坠。很快，一枚水符出现在他掌心，细小的泉涌将藤蔓淋个湿透，藤蔓渐渐露出枯黄之色，紧接着寒冰符从玉坠中呈现在他掌心，迅速依附到旁边的藤蔓之上启动，随着寒冰符的消逝，细小的冰霜渐渐结出，这些都是基础符咒，所以力量不强，仅冻住了约莫半指长的一小段藤蔓，萧子瑜又召唤了一枚寒冰符，再次冰冻藤蔓同样的地方，如此反复三次，将那小段藤蔓冰得结结实实。

"算你聪明！"蓝锦年听得恼怒，他抽出鞭子，狠狠道，"好，老子不杀你这臭小子，至少我能打断你两条腿！就算能送吴先生处医治好，也要你现在痛得叫我太爷爷！"

鞭影凶猛，有伤筋断骨之势。

萧子瑜见势不妙，弹指，急召："火起！"

火焰符在他掌心绽开，一道小小的火焰带着灼热的气息，绕向被冰冻的藤蔓。

钢铁般的藤蔓竟瞬间枯萎，断裂。

萧子瑜扯开束缚，连滚带爬，躲开鞭子的攻势。

蓝锦年不敢相信地看着眼前的一切，他不明白萧子瑜是怎么扯开这刀砍不断火烧不毁的藤蔓的，可是眼前形势不由他细思，看着亲手抓到的猎物即将逃跑，他召唤出森林里的无数藤蔓奔向萧子瑜，如挥之不去的鬼魂，要将他再次擒获。

萧子瑜手中同时出现了十余张符咒，整把朝燕草抛去，最基础的水符在空中组作雨点，淋在燕草和周围的植物上，不消片刻，所有的植物都枯黄了叶子，低下了头颅，追绕的藤蔓动作也变得迟缓，燕草似乎陷入了痛苦中。

"燕草，怎么了？"蓝锦年焦急地收回自己的法器，沾了些许叶片上的水滴，指尖瞬间传来灼热的烧烫感，他迟疑地问，"这是酸？"他忽然明白了刚刚发生了的一切，"你在水符里添加了酸？不，这是死亡盐海，你用来替代了水符里的普通水分，至于刚刚，莫非是冰冻和火烧，你怎会……"

萧子瑜逃去上风处，揉了揉有些烧伤的手腕，松了口气道："蓝师兄，这些都是我琢磨了许久，为你预备下的。虽然我战斗不是师兄的对手，可是我没必要和师兄作对，只要逃跑就好了。"

蓝锦年大怒："你怎知我会追来？"

"我不知你会追来，我只是怕你会追来，"萧子瑜心有余悸，"其实除了你，我还准备了很多其他的逃脱符咒，不过，这些都不重要，我想和师兄说件事，这事我不知从何开口，可能你听了不相信，可是请你……"

"你说的任何话我都不信！"话音未落，暴怒的蓝锦年再次挥鞭抽来，"森林里，任凭

你千般算计，万般狡猾，绝不可能逃过我的追杀。"

萧子瑜磕磕绊绊，还想解释："可，可是，师兄先听我说话……"

鞭影如鬼魅缠来。

红衣厉声高喝："主人！快逃！"

萧子瑜见势不妙，再次往地上丢了张符，捂着鼻子转头就往上风处跑，然后又往身后丢了张清风符。猛烈的臭气随着风，将蓝锦年整个人笼罩，他被臭得眼睛无法睁开，整个人都快晕了，咳嗽连连，待挥舞鞭子，抽出无数风影，将雾气遣散，萧子瑜已逃得不见踪影。

蓝锦年狠狠地在石头上踹了一脚："该死的臭小子！"

自视甚高的猛虎，竟让弱小的兔子逃了。

耻辱的滋味涌上心头。

他必将今天之事，完完整整地告诉师父，亲自将这不守规矩的家伙施以重罚。

【叁】

萧子瑜跌跌撞撞，好不容易逃到绿竹林边，躲开追杀，靠着竹子直喘气。

忽然，有只白皙柔软的手从竹后伸出，放在他肩膀上，萧子瑜吓得差点摔倒。紧接着，少女狡黠的声音再次像银铃般响起："嘻嘻，子瑜，你在这里做什么？莫非是想我了？要半夜来看望？"

"锦，锦儿？"萧子瑜畏惧地往后缩了缩，使劲摇头。

蓝锦儿笑得越发灿烂，她问："你在怕什么？"

萧子瑜赶紧看了眼远方，尴尬道："我被你哥追杀……"

蓝锦儿惊讶道："我哥？你怎么又惹他不痛快了？"

萧子瑜悄悄看了她一眼，不好意思道："我想救花浅，为她找线索。"

"蠢小子！"蓝锦儿大怒，她狠狠用指头戳萧子瑜额头，斥道，"你不知我哥什么性格？这时候还上赶着？找死吗？你怎就那么在意那蛇蝎心肠的女人呢？我，我讨厌你！"最后一句，她已带了哭调。

萧子瑜忽然反手，紧紧抓住了她的手，过了半晌，他轻轻地说："对不起。"

蓝锦儿愣愣地看着他。

萧子瑜紧张道："锦儿，你不要讨厌我。"

蓝锦儿用力抽回手，抱肩道："哼，现在才悔过，晚了。这次就算我一哭二闹三上吊，我哥也不会善罢甘休的，现在他追不到你，估摸已将事情报到严先生处，我哥那脾气，真犟

起来，这事没完。你死定了！被他怂恿后的严先生绝不会轻饶了你！打板子抽鞭子算是轻的，若是我哥执刑，你这小身板子也不知能经得起几下。他以前干过这种事，上届有个叫黄无用的纨绔生性轻佻，总是调戏女孩子，喜欢在背后说不三不四的话，还牵扯到我，把他惹毛了，日夜盯着他，终于找到个小错落在刑堂，不过是罚了十鞭子，却被活活抽断了两条腿三根肋骨，这事很轰动，你打听打听就知道了。所以我哥虽看着嬉皮笑脸，爱开玩笑，可是在天门宗是没人敢真惹他逆毛的，陈师兄死后，这几日他的怒火是我活十六年都没见过的大……说不准他还会故意弄得你被封锁法器赶出门派，可怜你那新成形的法器，才跟了你大半年，就要落入别人手中。你进灵修界时间短，只看见光鲜亮丽的一面，不知污浊事，凭它那如花似玉的美貌，也不知会不会遇到个无耻的……"

"蓝，蓝师兄真有那么厉害？我，我不知道啊，"萧子瑜吓得脸都没了血色，他慌乱道歉，"对不起，我错了，我该怎么办？锦儿师姐，你要救救我。"

"留在这里必死无疑，反正都是逐出师门或者死，倒不如拼了，"蓝锦儿想了半晌，一跺脚，果断道，"逃吧！我以前陪师父走南闯北找符材，记得几个适合躲藏的地方，你先去藏起来，避避风头。待过些日子，他气稍微平些，我拼命给你求情，说不准还能保下来。而且你这孩子特别善良，就算最后走投无路，至少你能把红衣救下来，给他挑个好人家，否则，我真不知道他会遭遇什么……"

萧子瑜忽然问："锦儿师姐，你的法器是什么？我从未见过。"

蓝锦儿愣了下，笑了，她从脖子里掏出条细细的黄金项链，项链上挂着只蝴蝶吊坠，镂空翅膀，栩栩如生，翅膀处镶嵌着数颗宝石。她介绍道："蝶梦·锦瑟，特长是临摹再造，无论多复杂的符咒和符器，只要有样本，她都不会画错，就是很耗心血。我灵修能力不足，她画得很慢，越复杂的东西越花时间，我师父交代我弄的那个八卦炉，我弄到现在还没画完，真是讨厌。"她撇撇嘴，抱怨地拍了拍蝴蝶翅膀，"笨蝶梦，呆蝶梦，别那么怕生，快和我朋友打个招呼。"

萧子瑜等了好一会，方听见蝴蝶项链里传出极懦弱的女声，"子……子瑜，你，你好。"接着便无音讯。

蓝锦儿不好意思地解释："她始终不愿出来见人呢。"

萧子瑜赶紧摆手："不要紧，我也听说过锦儿师姐的能力，在琢磨逃跑时能不能求你给做个速度快的纸鸢，否则会被追兵追上的。我现在的纸鸢是师父给的，特别老旧，速度慢悠悠的，颜色也现眼，实在没办法逃，虽然我现在没有钱，可是，我以后一定会挣钱还你的……"

蓝锦儿眼前一亮，问："你决定逃跑？区区纸鸢而已，我多得是。"

萧子瑜咽了下口水："你不是说，我留在这里会死吗……"

他看起来就是个惊恐过度的孩子，不但是怕，而是怕狠了，哪里受得了大场面？

他的双腿在发抖，仿佛没有主意，任凭蓝锦儿做主。

蓝锦儿命他马上逃跑，不要告诉任何人。

萧子瑜像个呆子般想了想，点点头，又摇摇头，悄声道："我能去瑶台仙田把我做符的材料和工具都带走吗？我，我还想给学知和无瑕、胖子都留个言，让他们好好保重自己，看，看顾好浅浅最后的日子，我舍不得天门宗的朋友……"

"不行！"蓝锦儿厉声道，"我哥动手极快，你没有拖延的时间了！"

萧子瑜带着哭腔坚持："不行，就算死，我也要把我的心血都带走，那是我的命根子。"

蓝锦儿无奈，只好同意了，她问："老糊涂或许在瑶台仙田，若被他发现了怎么办？"

"你又不是不知道我师父的性子，哪天这个时候不喝得醉醺醺？怎会注意我在做什么？"萧子瑜小心翼翼地问，"蓝师兄那里怎么办，我走的时候看见他往严先生那里去了，锦儿师姐，你可有办法拖住他……"

蓝锦儿想想，同意了："我去想办法拖住哥哥，否则他们马上就会发现你不在了，你去把你的宝贝收拾收拾，小心点，千万别被发现，一个时辰后在断崖集合。"

萧子瑜点头如捣蒜。

蓝锦儿担心地看了眼他，如风般去了。

红衣悄悄地从玉坠里飘出，嘲讽道："主人，看你小脸煞白的，就那么怕他？"

萧子瑜跳动的心渐渐平复，他擦了把额头的冷汗，看着蓝锦儿远去的窈窕背影，轻轻摇头道："不，我怕的是她。"

【肆】

瑶台仙田，萧子瑜不顾尊师重道，一盆冰水倒在睡在酒坛堆里的老糊涂身上。

老糊涂被淋一个激灵，跳起来就要开骂三字经。

"师父别叫！小声说话。"萧子瑜扑上去，用最快的速度死死捂住了他的嘴，力道之猛，动作之粗鲁，差点把师父捂窒息，他轻轻地附在耳边说了句话。

老糊涂彻底清醒了，连声道："不可能，不可能，我睡糊涂了，继续睡。"

萧子瑜拦住他，将猜疑说了出来。

老糊涂仍无法接受："蓝家门风严谨，世代都是灵修界的翘楚，家世清白得不能再清白，蓝家兄妹入天门宗，更是考核过品行的，他们天赋出众，前途光明。绝无可能投靠魔宗，我想不出她有任何做出这样丑事的理由。"

萧子瑜轻轻再说出了一件事。

月缺之时

老糊涂愣了许久，他再无法反驳："就算如此，也无法证明是她，你且将整件事细细说来。"

萧子瑜从进入天门宗开始，到加入岳无瑕的调查小组，最后到私下调查，不管违反规矩还是合规矩的所有事都理清脉络，尽数说出，毫无遗漏。纵使他用词简洁，条理分明，仍是说了两刻钟。

老糊涂听得又惊又怒又喜，惊的是几个孩子胆大妄为，怒的是萧子瑜冒险闯密室和牢房，喜的是这孩子在布局方面极有天赋，小手段用得颇有创意，这正是灵修师最需要的能力。他本对制符狂热，忍不住细细问了他设计的符咒手法，若非事态紧急，他非将臭雾符和盐水符拿来试试效果。饶是满心赞赏，他嘴上也不愿饶过这胡作非为的徒弟："还道你是个聪明人，可惜愚蠢至极。利用幻符潜入牢房的设计本是妥当的，可你为何不考虑脱身的麻烦呢？只顾头不顾屁股的蠢货！"

萧子瑜喃喃道："是严先生来了，我，我没办法……"

老糊涂教训："既然你利用绛羽和红衣的性格设下第一个陷阱，自然也可以利用严先生的性格再设下陷阱，严先生是有洁癖的人，只要你让岳小子还是那个谁，装作不小心泼些脏东西在他身上，他自然要去沐浴更衣。白天澡堂没人，只要把他衣服偷了，还怕他会光屁股追出来吗？笨蛋！"

萧子瑜被骂得一愣一愣的，他不敢和师父驳嘴，只好努力忏悔自己怎么没想到那么猥琐无耻的办法来拖延严先生的脚步。等师父听顺气后才继续往下说："也是错有错着，若非如此，我也没那么快想到蓝锦儿身上去。师父，我总觉得她对我的维护不舒服，原以为是自己小家子气，可是后来，我想起我被莫珍控告偷窥绿竹林，她和浅浅都很快跑来救我，那时候天刚刚清亮，她却穿得整整齐齐，这不合理……"

老糊涂怒道："女孩子出门都要穿整齐，难道衣衫不整给你看不成？有什么不合理？"

"浅浅不爱打扮，也不愿花时间在这上面，她能迅速收拾好冲过来是有可能的，可是锦儿师姐不同，她是极爱打扮的，不管发型还是衣衫装饰都很精致。我曾去绿竹林找过一次可可师姐，她当时在午睡，听见我来才出门，打扮得比锦儿师姐简单多了，饶是如此，我在亭子里足足等了她三刻钟，可见女孩子梳妆打扮是不容易的。"

"废话，你师父活了几十岁还不知道吗？哪个女人梳妆不花时间？！等她们的时间足够我喝两壶酒再吃盘小菜了。"老糊涂的怒骂戛然而止，他意识到什么，"你说那天蓝锦儿出现得很早，梳妆却和平时一样？那个爱打扮的丫头，不可能……"

萧子瑜点头道："我听说那天浅浅冲进刑堂时，已经有一些早起的学徒聚集在刑堂外头看热闹了，大部分都是男学徒，个个只披了件袍子就出来了，女学徒只有一两个，打扮得也很随意。锦儿师姐和浅浅也都是起床后才听到消息再赶来的，但她们差不多是同时到的，按

理锦儿师姐正常梳妆打扮的时间不可能像不爱打扮的浅浅一样快的。我当时有些疑惑，但是并没细思。现在想起来，与其说她早起倒不如说整晚没碰过床。另一方面，天门宗戒备森严，我们找不到魔宗进来的线路，所以之前就怀疑了绿竹林，只是苦于没机会去调查……"

老糊涂立即打断了他的话："绿竹林以前确实有条暗道，是勾搭魔宗的叛徒弄的，十余年前已被发现并彻底封死了，如今绝无可能再借暗道混入天门宗。"

"我怀疑沈静师姐是被魔宗灭口的，所以再次调查了她的墓，我发现了一样东西，可确定魔宗是利用她混入了天门宗……"萧子瑜缓缓将他的观察和判断说出。

老糊涂听得目瞪口呆，继而怒不可遏："混账家伙！好狠的心肠！乖徒儿休怕！我这就禀报长老，派人去捉拿她！"

萧子瑜摇摇头："不行，我还有太多的不明白。"

老糊涂摸着胡子，看着他，略略皱了皱眉。

"师父，"萧子瑜唯恐师父不快，赶紧解释，"她冒着风险，潜入天门宗，自是有所求，可是求的是什么？杀人？放蚀月魔？陷害花浅？甚至……接近我？总不会是给灵修界添堵吧？"

老糊涂道："抓住她，严刑拷打，总能得到些什么。"

萧子瑜不确定地问："动乱之夜，小咩没有判断出她的谎话？"

"小咩偶尔也会犯错。"

"师父，若真是小咩判断不出呢？我记得胖师兄说过……"

永生不救之徒。

这六个字如雷般击落在他们脑中。

那是苍琼的直系魔将，皆有通天之能，高傲异常，他们宁死也不会落在凡人之手。

天门宗虽是灵修界的翘楚，但终究是凡人，面对真正的神魔血统，仍有几分忌惮。

"蓝锦儿数次要带我离开天门宗，所求为何？"萧子瑜恳求道，"恐怕只有离开后，才能知道她的真面目。天门宗人才济济，不乏擅长设置陷阱的先生，弟子愿为诱饵，将其带入陷阱活捉，望师父成全。"

老糊涂有些焦虑："傻孩子，你怎能和你父……你师父般老做傻事呢！不行，太危险了，这种冒险事让岳小子去做！反正老混蛋的徒弟倒霉是活该的！"

萧子瑜忽然双膝跪下，用最坚决的态度恳求："师父，让我去吧，蓝锦儿想要的人是我，只有我去才能弄清楚她的目的。"或许别人不明白魔宗为何看上这少年，但萧子瑜自己知道，融魔的庇护，蚀月魔的言语，古魔文的无师自通，方方面面都显示他和魔族有着莫名的关系，这也是他辗转反侧，苦思不得其解的秘密。既然蓝锦儿是冲着他而来的，他愿意弄清楚整件事的真相。

幽暗月光下，老糊涂看着他满脸的倔强，恍惚看见了当年的那一双男女。

同样的稚嫩，同样的倔强，同样的蠢。

果然是父子……

最终，他摇摇晃晃地坐倒在椅子上，妥协了："随你吧……"

瑶池仙田的木屋里，悄悄飞出一群黑色的纸蝶，带着伪装，隐入黑暗，静悄悄地飞去每个灵法师的手上。

沉静的夜幕最深处，有狂风骤雨正悄悄酝酿。

【伍】

沉闷得几乎透不过气的天门宗密室里，七八本文献卷轴摊开在地，有条灰色小蛇趴在这些秘密档案上面，快速翻动着。蛇的眼睛早已被神灵取代，每本书的每页每行每字，不管内容深奥还是显浅，只要一眼就能通通看完，牢牢记住，并传输到主人脑海中。

入狱短短数日，花浅已将密库里的书看了大半。

苍琼女神将她沉睡后的五百年灵修界发展历史，用数日得到了充分的补充，遗憾的是，她并没有在里面找到有关自己身躯的线索，可是她发现了一个频繁出现的名字：罗成。

罗成？

那是个平凡的灵法师，他有普通的面孔，普通的身材，站在人群里毫不惹眼。他的嘴角永远挂着笑，说话声音很温和，脾气看着很好，就算被人捉弄也不回嘴。若非他在几次战役里靠瑶琴的操控力给魔军造成些许麻烦，激怒了苍琼女神，在最终之战前亲手砍下了他的头颅，否则她根本记不住这渺小的名字。

时隔五百年，花浅回忆杀死罗成时的情景，简单利索，索然无味。

灵法界的凡人里，比他厉害得有很多，尤其灵战师李乘风、灵器师叶念春、灵兽师塔尔查都是个中翘楚，他们领军布阵，配合天军作战，让魔军吃了不小的亏。如今这几个人，随便拎出来都该是响当当的角色，载入史册的英雄。

罗成文不如叶念春，武不如塔尔查和李顺风，他是凭借什么和他们并肩而列，受万众景仰，甚至隐隐高出一头呢？

花浅想了许久，都没找到答案。

空中的气场开始乱了。

黑蝶扑过，扇动翅膀，若有若无的细小声音，夹杂在风声里，传入了花浅的耳中。

她猛地抽回附在蛇身的灵魂，睁开眼，她知道悠闲的时光已经结束。

监牢里气息阴冷，腐烂的稻草味道恶心难闻，门外传来沉稳的脚步声，紧接着是开锁

声和沉重的推门声。

花浅缓缓拖着铿锵铁链，斜斜靠在墙壁，仿佛知道他会来："你来了？"

"是的，尊贵的主人，我来迟了，"来人打开牢门，带着火把，卑微地跪在少女面前，亲吻她的裙角，一遍又一遍恳求饶恕罪过，"让您受苦了。"他将手虔诚地放在锁链上，却因激动过度，黑暗中看不清锁孔，哆嗦了几次，都无法解开。

"我讨厌光明，人类却无法离开光明，"花浅弹指，牢房中亮起无数萤火，明亮的光线充斥整个石牢，映出一张疤痕纵横的丑陋面孔。若天门宗任何人在场，都会为眼前这一幕震惊——那是严罔敌，号称灵法界最铁面无私的存在，嫉恶如仇的执法者，忠诚的化身，他跪在了三界最邪恶的女神面前，如最虔诚的信徒。他替花浅解开了铁链的束缚，将蛇镯恭恭敬敬地交到新主人的面前，蛇镯迫不及待地缠上了花浅的腕间，再次闪耀出美丽的银色光辉。

花浅迈步走出牢门，她笑着点点严罔敌的额头，淡淡道："辛苦了。"

严罔敌的额上浮现出淡淡的蛇状黑色魔纹，仿佛在呼应主人的召唤。

苍琼女神的力量来自魔界，天门宗戒备森严，贸然使用容易引起警觉。花浅第一次来刑部受罚时便已发现严罔敌刚愎自用，固执难缠，深受信任，喜欢在牢里私审犯人，监牢看守森严，里面却是天门宗最安全之处。花浅杀人之事涉及天门宗隐秘，只要抓住一个单独审讯用刑的机会，便可将魔印刻入他的灵魂。

刑狱是最容易探听机密的方式，没有人会怀疑忠诚者的背叛。

月缺之时

【陆】

一日一夜未眠，蓝锦年毫无疲惫，他紧紧趴在地上，燕草衍生出长长绿色的藤蔓，旋转扭曲，像蝉蛹般将主人包裹，远远看去如荒野的荆棘灌木，形成最天然的伪装。蓝锦年死死盯着眼前"私奔"的少年少女，脑海中反反复复浮现出祝明的预言：

"月亮湖畔，贺云山脚，你将失去最重视的宝物。"

蓝锦年心中，最重要的宝物永远只有一个。蓝家血脉艰难，三代单传，他父亲是灵修界最优秀的灵战师之一，常年征战在外，甚少回家，母亲身体柔弱，常年卧床，缺乏管教孩子的精力，所幸两个孩子的行为举止虽少了几分大家规矩，却没失了善良本性。

哥哥正直刚强，妹妹天真娇憨。

两兄妹相依为命，感情极好。

蓝锦儿对哥哥极爱惜，衣衫鞋袜全部一手包办，绝不假手他人。

蓝锦年对妹妹更是千般疼万般宠，只恨不得将天上星星都摘给她。

蓝锦儿是全家的宝贝，是黑暗中的曙光，只要她走过的地方，就有笑声和欢乐。

十三岁时，母亲病逝，父亲唯恐儿女失了长辈教导，将其双双送入天门宗。

蓝锦年在母亲灵牌前发誓，要好好照顾妹妹，绝不让她受一丝伤。

可是，他的妹妹被卑鄙无耻的臭小子哄走了，甚至不惜伤害自己哥哥，这种脑子不清楚的行为要坚决制止，哪怕被怨恨他也要棒打鸳鸯。凭借祝明的推算，他找喜欢赛纸鸢的纨绔朋友借用了"流星"，这是世界上最快的纸鸢品种，还被主人做了各种改造，速度极其惊人。他抄近路，抢先一步到了月亮湖畔，贺云山脚，静静地埋伏，等待他们的到来。

月亮降下，太阳升起。

空中传来纸鸢扇起的风。

蓝锦年睁开满是血丝的眼。

祝明的预言没有半点差错，萧子瑜来了，蓝锦儿和这卑鄙小人在一起。

蓝锦年紧紧握住手中长鞭，咬牙切齿，紧接着，他看见萧子瑜似乎在对蓝锦儿质问什么，虽然听不清对话，表情却极难看，仿佛要将敌人逼落悬崖峭壁的狮子。自家妹妹背对着自己，看不见表情，却见肩膀抖动，楚楚可怜。

莫非，混蛋要动手了吗？

蓝锦年犹豫片刻，按兵不动，他决定让妹妹看清萧子瑜的真面目，彻底死心，让两人一刀两段，免得黏黏糊糊，后患无穷。于是，他再次隐入了荆棘丛中，收敛杀气，屏住呼吸。

"魔宗？"蓝锦儿困扰片刻，左右四顾，惊恐地问，"哪里有魔宗？"

萧子瑜死死地看着她，表情认真。

蓝锦儿不敢置信地指着自己问："我？你觉得我是魔宗之人？"

萧子瑜没有否认。

"荒唐！"蓝锦儿暴怒起来，"我们蓝家百年名门，世代忠良！我太爷爷蓝长风，爷爷蓝单都死在征魔战场上，我爹蓝晓也是灵修界赫赫有名的战将，我娘庄蝶是大户人家千金，知书达理。我从小念的是忠孝礼节，入天门宗多年，兢兢业业，家世清白，经得起考验！你，你凭什么质疑我的忠诚？！若我是魔宗之人，早杀了你这白痴！"

"我没有质疑你的忠诚，"宽大的衣袍内，萧子瑜努力将自己的紧张掩饰起来，尽可能装得平静，"只是这份忠诚属于魔宗。"

蓝锦儿忽然笑了："你认为我是魔宗，为何还跟我离开天门宗？真不怕死吗？"

萧子瑜想了好一会："在岐城，我们曾见过面。"

梅园，那位穿着飘逸白裙，赤裸双足，带着金饰，眼角下有妩媚泪痣的神秘女人。只要见过她一眼，就绝不能忘记那种斑斓毒蛇般，浑身透着危险气息的美丽，她的举手投足间带着诱惑的气息，曾幻化成母亲诱惑萧子瑜上钩。

千魔女，魔宗赫赫有名的魔女。

灵修界也曾有人和她交过手，资料里对她的记载是魔宗战将，美艳恶毒，擅长在战斗中用幻象动摇对手心志，是精神攻击型法器，却没有对这种几近完美的伪装潜伏进行记载，或许，他们没发现恶魔潜伏在自己身边，也或许，见过恶魔真面目的人都已经死了。

幻鞭·百媚，并非单一的精神攻击型法器，还是灵法界独一无二的伪装型法器。

凭借法器，不管大人还是小孩，不管男人还是女人，随意转换变化。

千魔女在正道里做了许多挑拨离间，栽赃陷害的事情，包括父子反目，师徒隔阂，情侣相杀，在那些愚蠢的人心里种下不信任的种子，将黑暗和仇恨引诱出来，过程之精彩，就连天下最有趣的戏文也比不了。她从未想过自己完美的伪装竟被初出茅庐的孩子揭穿两次，简直奇耻大辱。

第一次的失败，她承认是轻敌，以为乡下孩子好骗。

第二次的行动，她倾尽全力，在潜入天门宗前，派手下调查过蓝锦儿的性格爱好，亲朋好友，近距离观察过她的行为举止，言谈笑貌。最后她将自己从头到尾都变成了蓝锦儿，就连蓝锦儿亲哥哥都没发现半点破绽。

萧子瑜是怎么发现的呢？莫非只是虚晃一招，诱她上钩？

千魔女脸上带着笑，心却笑不起来了。

萧子瑜不是喜欢开玩笑的孩子，他说出的每个字，都是负责任的。

千魔女看着表情严肃的孩子，没分辩，也不需要再分辩，最后她干涩地笑了两声，问："怎么发现的？"

萧子瑜沉默，他并不打算对敌人全盘托出。

"无所谓了。"真面目揭破，千魔女也没变回原本的模样，只是眼里活泼俏皮的色彩渐渐褪去，换上的是成熟女人的韵味，她整个人轻松起来，轻轻玩弄着耳边长发，低声问，"既然知道了我的真面目，为何还跟我出天门宗？你不知道魔宗都是杀人如麻的恶棍吗？传闻中，我可是会吃小孩子的哦。"她悄无声息地走到萧子瑜身边，附在耳畔，吐气如兰，"莫非，岐城一别，你爱上了姐姐我？"

"少不要脸了！"饶是萧子瑜有准备，也被千魔女的不要脸弄得面红耳赤，他故作镇定，强撑着不让自己后退，"第一次，在岐城，你想带我走。第二次，你追到天门宗，千方百计和我套交情，还是想带我走。你若想杀我，有太多可杀我的机会，可是你统统都放过了，所以我判断，你并不想杀我，可是，我不明白，你想带我去哪里？带我做什么？"

"你猜。"

"我不猜恶人的心思。"

"嘻嘻,跟姐姐走,自然会知道。"

"魔宗?"

"是。"

"我和那种邪恶的地方绝无关系!"萧子瑜大声拒绝,外强内干,仿佛在说服恐惧的自己。

"邪恶和正义,如何界定?不过是神魔之战,胜者制定规则罢了。"千魔女低声道,"我没有兴趣和小孩子过家家,这里不是天门宗,你没有抗拒的资格,必须跟我走。不过去之前,我还得解决一个难缠的家伙……"她的嘴角露出一个邪恶的笑容,忽然上前半步,挡住了背后的视线,猛地扯开了自己的衣襟,用蓝锦儿的声音,带着哭腔尖叫起来,"求求你,不要这样!"

少女白皙的锁骨露出,撕破的领口有向下延伸的趋势。

"蓝锦儿"跪坐在地,眼里满是泪水,仿佛被侵犯的可怜羔羊般哭喊:"谁来救救我?!哥哥,哥哥救命——"

萧子瑜忽然意识到了什么,但为时已晚。

"畜生!你想对我妹妹做什么?!"随着蓝锦年惊天动地的怒吼声,燕草在他掌心分化出千丝万缕的绿色幼蔓,每根幼蔓飞快成长,又化作带刺的荆棘枝条,数不清的绿色在天空纵横交错,遮蔽了蓝天,汇成"滔天巨浪"向萧子瑜袭来,要将其置于死地。

萧子瑜很喜欢植物,可是他从未想过植物会如此可怕。

荆棘网所过之处,绞断了巨树,毁灭了生灵,天罗地网,无处可逃。

巨树倒地,发出惊天动地的轰鸣。

萧子瑜在惊恐中手忙脚乱地从怀里掏出个臭雾符丢出,这是他的法宝。

这些日子,他曾用臭雾符逃脱过很多次危机。

可惜,这次没有那么幸运。

蓝锦年早有防备,当萧子瑜掏出符咒的瞬间,他便掏出张买来的高阶狂风符,缓缓发动,荒野里瞬间刮起一场小小的风暴,臭雾刚刚凝聚,尚未扩散的瞬间便被吹散,雾气里只留下萧子瑜不知所措的身子,似乎吓得无法动弹。

藤蔓之网将他罩在其中,迅速收拢。

荆棘之刺如最残酷的刑具,毫不犹豫地往他身上戳去,眼看就要戳出几千几百个血窟窿。此情此景,就连"蓝锦儿"都坐不住了,赶紧喝止:"哥哥,别杀他!"

萧子瑜同时大叫:"等等,听我说!"

荆棘之网骤停。

第十二刻

"好！很好！你还想替这混蛋说话！"蓝锦年想起"妹妹"这些日子的所作所为，气得两眼发红，他看了眼"楚楚可怜"的"妹妹"，再看了眼待在网中，任他鱼肉的萧子瑜，滚烫的脑子略恢复了理智。他微微挑起嘴角，似乎想笑，可是笑容里每个牙齿都在发寒，仿佛随时能将仇人的肉撕下去，他说，"你又想拖时间，用那些乱七八糟的盐水符冰符火符来解围了吗？可惜我蓝锦年这辈子绝不吃第二次亏！你想说，我便让你说，只允许你说一句话，若双手有半点动作，我便让你受尽天下酷刑。"

亲妹受辱，蓝锦年的恨，克制得极艰难。

若萧子瑜再胡言乱语，说蓝锦儿半句不好，或是替花浅那毒妇辩白，都会让尚未熄灭的怒火迅速重燃，烧尽一切。因为在蓝锦年的心里，蓝锦儿比任何东西都重要，甚至灵法师身份、戒律或规矩，当仇恨蒙蔽了他的眼睛时，他随时都会失去理智地弄死萧子瑜，再去师父面前负荆请罪。

一句话，说错了就是死路一条。

萧子瑜意识到了危机，他毫不犹豫道："我发现了动乱之夜的真相！"

动乱之夜，牵涉沈静之死。

这是陈铭死不瞑目的事情。

陈铭是替蓝锦年死的。

萧子瑜赌赢了。

蓝锦年对陈铭有深深的内疚，他能拒绝任何事，却无法拒绝让好友安息的机会，哪怕这机会出自仇人口中，只要有半分希望，他也得听一听。想到惨死的好友，蓝锦年的理智被唤醒，杀气骤降，荆棘之网再次挪动，将萧子瑜围得密密实实，然后走到他身边，确认他双手没有任何小动作，示意他说下去。

萧子瑜给出的答案难以置信："动乱之夜开始前，沈静师姐便死了。"

岳无瑕的行动小组第一次调查沈静之死，便是掘她的坟，早已确定沈静死在火起前，所以蓝锦年嗤之以鼻："还以为你要说什么重要的事情，结果是我们早已查明的真相，你就算胡说八道也编些新鲜的理由来吧，这样就能让我饶了你吗？"

"不，"萧子瑜斟酌着用词，日常相处的点点滴滴中，他知道蓝锦年是多么爱惜妹妹，看着在旁边饶有兴趣听他们说话、似乎也想知道如何被勘破真相的千魔女，硬着头皮说下去，"沈静师姐死得更早，她死在在外面出任务的时候，她从未回过天门宗。"

"编！你继续编！"蓝锦年差点笑出眼泪，"沈静回天门宗那么多人都见过，你以为我们是傻子吗？哦，对，你没见过沈静，你就编吧……"他的笑声渐渐停了，他忽然想起陈铭和自己相处的最后时光，最后的对话。

月缺之时

——"我记得沈静在去世前和你一起出过任务，她回来后似乎心情很不好，对新进师妹的教导也失了耐心，是不是你和她吵过架？"

——"不可能！静儿性情最是温柔和顺，别说吵架，她连拌嘴都不会。何况我们从未吵过架，定是被教导的新学徒性子恶劣，挑衅于她，惹得她忍无可忍，才会说几句略重些的话。"

蓝锦年有些恍惚，他记得自己后来有大声驳斥过陈铭，说花浅是泼妇，是母老虎，连沈静这种老实人都能惹怒，紧接着，陈铭就死了。他脑海里一片空白，依稀听见萧子瑜在耳边絮絮叨叨："回到天门宗的沈静师姐，已不是沈静。我进天门宗考核，住在灵法师驿馆，曾遇过魔宗女子，能幻化出他人外貌。"

"就算你说的是真的，沈静已死……"蓝锦年终于想到了驳斥的理由，却戛然而止，他的心很冷，如寒冬腊月的冰窟，仍在努力否定，他必须否定，"沈静的尸体被火烧毁，面目全非，如果这是魔女安排的陷阱，她借沈静的身份混进天门宗，然后再改变身份，多了一个，就要少一个，沈静死了，死的不是沈静……"他的思绪越发混乱，片刻后，再度怒吼，"你有任何证据能证明这荒谬的事吗？！你压根儿不认识沈静！连她长什么相貌都不知道，怎知沈静是什么性格？！什么做派？！"

"我确实不认识沈静师姐，也不知她的相貌，"萧子瑜犹豫片刻，"我只是认出了坟墓里的那双手，绝不属于她，那双手……"

蓝锦年的呼吸有些急促，抱着最后的希望："那双手是谁的？"

"天门宗的女孩很多，绝大部分出自名门世家，包括沈静师姐在内，都是十指不沾阳春水的娇小姐，她们的手上不应该有茧子，就算像可司师姐和浅浅有些茧子，也是使用法器留下的痕迹。可是那双手上的茧子位置很特别，它只在食指和拇指间有，那是……"事实的真相太过残酷，萧子瑜竟迟迟无法说出口，过了稍许，他才开口道，"只有长期拿针线的手才会留下这样的茧子。"

天门宗的千金小姐们做女红多数是装装样子，酷爱女红的只有一个。

那年，母亲在寒冬病重，她说自己等不到来年春天。

所以，她绣了许多花，装点了整个寝室，栩栩如生，将寒冬化作春天。

那年，父亲征魔劳累，总说她就是春天的解语花，只要看见就欢喜。

所以，她的裙角永远绽放着各式各样的花，别致美丽。

刚进天门宗，修行艰苦，到处都是思乡哭鼻子的孩子，她拿起针线，一针针在衣衫上绣上最漂亮的花，仿佛没有烦恼，没有痛苦，她的衣裳上有美丽的花朵，她的笑容如春天般明媚，照得人心暖暖，亦帮她忘了灵修的痛苦。

年年岁岁，春天是永远不会消失的。

蓝锦儿……

"我不信，"蓝锦年下意识地否认，"绝不可能，不可能，或许沈静也做针线，或许还有别人做针线，或许，或许……"强烈的不安让素来傲慢的他几近崩溃，他站在荆棘做成的牢笼外，抱着最后一丝希望，哀求着问牢笼内的萧子瑜，"你弄错了吧？或许是别人，比如那个苏琴儿，她出身贫寒，也会绣花……"

萧子瑜不忍地打断了他的祈求："苏师姐的法器是琵琶，常年累月的练琴，她手上的茧子，是不同的。我出身穷乡僻远地方，身边的女人都要自己动手做针线活，萧大叔的媳妇是绣娘，我看过她手上的茧子……"

"不是，不可能，不可能，不可能……"

蓝锦年反反复复地拒绝，他不愿再听见任何声音。

"这样的魔女混进天门宗，花浅杀陈铭的事情就好理解了，她要杀的确实不是陈师兄，而是你。不管她再怎么伪装，你毕竟是蓝锦儿的亲哥哥，是最熟悉蓝锦儿的人，她担心露了破绽，倒不如先下手为强，把你杀死，顺便嫁祸给花浅，我想浅浅应该早发现了蓝锦儿的不对劲，暗暗观察，只是没找到证据，她杀了你，除掉浅浅，正是一石二鸟之计。"

"别说了，别说了。"

"动乱之夜，我想我见到的锦儿师姐是真的，见到的花浅却是假的。离开观棋亭到蚀月魔放出的这段时间，是她们交换的时候，蚀月魔的举动不是为了杀人，而是为了毁灭痕迹。"

"不。"

"所以，死在动乱之夜的，不是沈静师姐，而是……"

"不。"

蓝锦年连连后退。

不管如何拒绝，萧子瑜的每个字都穿透空气，刺入脑海中，顽强地让他面对真相。

他无法从中找到任何辩驳的空隙。

他带着最后的希望，请求"蓝锦儿"："让你的蝶梦出来给我看看。"

"蓝锦儿"笑嘻嘻地往旁边退了半步："哥哥，蝶梦死了。"

蓝锦年瞬间什么都懂了。

蓝锦儿，他唯一的宝贝妹妹，活泼爱笑，善良美丽。

她才十六岁，刚长出的花蕾尚未等到绽放的时刻。

她是那么的爱漂亮，怎能接受自己死后化作如此容貌。

她不太喜欢灵修，更喜欢做女红和照顾小孩子，她说要嫁个好男人，做个快乐的妻子，给丈夫和孩子做很多漂亮的衣服，等老了后，她要做个快乐的老太太，给孙子做很多漂亮的

月缺之时

衣服。他曾嘲笑锦儿的梦想是如此渺小，无聊，不起眼，没志气。

可是，她连这样渺小的梦想的第一步都没有实现。

这样的现实，蓝锦年无法承受。

"不是这样的！锦儿，我的妹妹，不是——"

他最心爱的妹妹，已经死去。

他不敢想象蓝锦儿被害的时候，是多么的凄凉绝望，是多么的求助无门，甚至连痕迹都没有留下。他不敢想象这些日子里，杀害他妹妹的凶手，每天都挂着甜腻腻的笑容，亲热地叫他"哥哥"，面对质疑，他还在心疼她，想方设法地保护她。

虚幻的幸福被扯下，真相竟是如此残酷。

祝明的预言变成了真实，他失去了最重要的宝物，只是失去的方法和想象的有些不同。

愤怒，能让他不顾一切地袭向敌人。

绝望呢？杀了恶魔，能让妹妹回来吗？

父亲说，男儿有泪不轻弹。

师父说，灵法师要有最坚强的心。

一滴眼泪，慢慢划过脸颊。

少年的心已崩溃。

古有双头鸟，相依为命，一头死，一头亡。

此时此刻，此情此景，生有何欢，死有何惧？

蓝锦年再也无法支撑自己的身躯，他的每寸灵魂都在破碎，喉咙在窒息，说话和呼吸都不能，他拼尽全力，终于撕裂出一声绝望哀号，贯彻云天，如炼狱里传来的挣扎声。

恶魔再次露出獠牙。

千魔女手持匕首，轻轻走向无法防备的他。

她喜欢绝望的猎物，喜欢轻松简单的狩猎方式。

银光再次亮起，落下。

千魔女不可思议地睁大眼，她的匕首刺入了空气中。

空气起了奇怪的波动，风景快速退去，变成一块满是符咒灰扑扑的布，这是天门宗的隐元布，匕首正插在隐元布的正中心。符咒被刺破，隐元布的效果消逝，萧子瑜掀开了藏身的布料，匕首刺在他的身上，而他的衣服内却是出发前老糊涂让他穿上的护身软甲。

千魔女急忙看向荆棘牢笼中的萧子瑜，牢笼里的萧子瑜依旧面无表情。

这是高阶幻符，出自天下第一制符师老糊涂的手笔，真假莫辨。

千魔女瞬间明白了，在蓝锦年发动攻势的时候，萧子瑜的臭雾符并非为了防御蓝锦年

的攻势，而是为了借机发动幻符，将自己藏身在隐元布内，他在牢笼里的絮絮叨叨述说，不止吸引了蓝锦年的注意，同时吸引了千魔女的注意，也放松了两人的警惕，得以悄悄潜到蓝锦年旁边，防备着千魔女的忽然一击。

除此以外……

在这短短的时间内，他离开了所有人的视线。

千魔女心下一寒，百媚再次冒出彩色的烟雾，烟雾内，蓝锦儿起了变化，裙子再也遮不住妖娆的身段，朱砂般的泪痣浮现眼角，像血。她终于脱下蓝锦儿的伪装，现出原形。

蓝锦年的出现，是两个人都意料不到的事。

千魔女对萧子瑜自愿跟自己走抱了几分疑心，她也发现了萧子瑜暗藏的响螺，一路上，她看似轻松，实则严密监视着萧子瑜的一举一动，没让他有任何吹响响螺求援的机会。可是，离开她视线的萧子瑜终究是得到了机会，萧子瑜借喋喋不休的述说同时给天门宗的援军争取了将近两刻的时间，援军很快要到，她独木难支，必须用最快的速度将萧子瑜掳走。

萧子瑜原来的计划也有了偏差，他原计划用臭雾符暂离千魔女视线，然后利用隐元布藏在附近，吹响响螺求援。如今蓝锦年的出现，扰乱了他的安排，臭雾符虽有，隐元布却遭到破坏，虽然凭借护身软甲阻挡了片刻攻势，也有部分小花招可以耍，但脆弱的灵修师在千魔女这种魔宗高手面前，不值一提。

千魔女右手抽出绕在腿上的红色长鞭，左手握着匕首。

萧子瑜绝望地闭上眼，难道要完蛋了吗？

荆棘做的牢笼忽然动了，绿色长鞭收起尖刺，缠上他的腰，将他狠狠甩去湖边柔软的草丛里。失魂落魄的蓝锦年终于站起，带着无穷无尽的恨，将千万条荆棘扭转目标，他的眼里只有一个敌人，哪怕是付出生命的代价，也要拖着她同死。

蓝锦年很强，天门宗除了岳无瑕外，能和他匹敌的学徒寥寥无几，如今又是舍命之击，没有害怕，没有畏惧，出手狠辣，毫不害怕受伤，也不害怕同归于尽。

最强的敌人是不怕死的。

红色和绿色的鞭影在空中交错，仿佛缠绕的蛇。

"我最讨厌这种事。"千魔女避开了他的锋芒，小声嘀咕着。纵使力量悬殊，她也不敢和这样拼命的人正面碰撞。紧接着，她的身体再次起了变化，化作了蓝锦儿的模样，柔弱可怜地呼唤："哥哥，哥哥，不要伤害我。"百媚带着诱惑的香气弥漫，摧毁着人的神智，仿佛带人堕入梦境。

破碎的美梦再次出现眼前。

蓝锦年紧密的攻势一滞，庞大的荆棘鞭影终究给灵活的红色小蛇找到了空隙，卷上了

他的小腿，然后卷走了燕草，折成两段。

皮开，肉绽，骨碎。

蓝锦年重重地跌倒地上，他拖着血淋淋的双腿，挣扎着再爬起来，可惜折断的腿再无法支撑身体的力量，摔倒爬起，摔倒爬起，重复数次，他还要进攻，不顾一切地进攻，却被对方轻易化解。

"那一夜，锦儿死时，她哭着叫哥哥呢，唉，那么漂亮的女孩子，哭得可难看了。她至死都相信哥哥会来救她呢。可惜她哥哥是个废物，不但有眼无珠，和杀她的仇人亲亲热热，还被打得满地爬。"千魔女一边毫不留情地嘲笑着他的顽强，一边再次握上了短刃，"看着你们这样，我也不忍心，你若是叫我三声好姐姐，我就饶你小命如何？"

蓝锦年抬起满是血污的脸，问："锦儿死前向你求饶了吗？"

千魔女微微一滞。

蓝锦年抬起头，直直看着她的眼，毫无畏惧："天门宗人，绝不向敌人求饶。"

千魔女想起那夜的情景，怒极，再次扬起了短刃，她要将这羞辱她的少年杀死。

蓝锦年直视死亡利刃，纹丝不动。

"住手！"萧子瑜阻止了她的行动，他说，"若蓝师兄死，我绝不独活！"

千魔女竟硬生生地停下了屠杀的举动，她想了想，反手，用短刃柄打晕了蓝锦年，说："若你乖乖跟我走，我便不杀他。"

萧子瑜愣住了。

他不明白，无论如何都不明白。

千魔女宁愿放弃杀人，也要留着他性命，带他走。

千魔女知时间急迫，她不由分说，拉着萧子瑜就走。

萧子瑜迟疑问："为什么？"

千魔女嫣然一笑，褪去魔头本色："你可以当成是，我喜欢你。"

萧子瑜不相信她的演技，被硬拉往纸鸢而去。

纸鸢腾空，忽然，直直往地面坠落。

另一只纸鸢的翅膀随之折断。

千魔女大惊，却见几根藤蔓从奄奄一息的燕草处伸出，沿着绿草，隐藏着身形，悄无声息地缠上了两只纸鸢的翅膀，重重绞断。这是主人昏迷前最后的指示，亦是他最后的力量，不惜一切代价，都要拖延千魔女的脚步，等待援军，救萧子瑜。

远处传来了隐约破风声。

天门宗援军即将抵达。

第十三刻——破晓之时

毒蛇的印记，牢牢钻入额头。

他的灵魂已烙上你的模样。

【壹】

狂风吹得砂石乱飞，无数法器在空中闪烁着自己的光芒。

千魔女不敢和天门宗最优秀的灵法师硬抗，她慌乱将自己的目标——萧子瑜抱起，将法器百媚化作巨大的红色赤练蛇，准备骑上蛇背逃跑。忽然，萧子瑜狠狠一口咬在她肩膀上。千魔女吃痛，手一松，萧子瑜落在地上的瞬间，几张盐水符朝着千魔女迎面浇去，这种盐水会腐蚀肌肤，千魔女不愿毁了容颜，只好侧身避过。萧子瑜趁机连滚带爬向倒在地上的蓝锦年跑去，他丢出一张火焰符，比起他制作的小小火焰，老糊涂制作的符咒威力大多了，荒野瞬间燃起了熊熊烈火，形成火墙，将二人包裹中间。

千魔女尝试用水符，竟无法浇灭老糊涂的符咒之火，她又不好用鞭子强拉萧子瑜穿过火海，急得冷汗都要出来了："傻孩子！那么向着天门宗的伪君子做什么？他们将你当诱饵呢！你个傻子还帮他们？快出来！跟姐姐走！"

萧子瑜拒绝道："我愿意做诱饵，除非你告诉我为什么要带我去魔宗，否则我绝不出来。"

千魔女怒道："我是为你好！你留在天门宗不会有好结果的。"

"为我好，所以杀了沈静师姐、陈铭师兄和锦儿师姐？"

"天门宗人都该死！"

"我也是天门宗的一分子。"

"不，你不应该是……"

"魔女，潜入天门宗究竟为何？！"天空中传来周长老的怒喝声，他身后跟着数十只各色纸鸢或灵兽，上面都或站或坐着灵法师，天门宗最强战力几乎到齐。岳无瑕也乘着红色纸鸢，随侍在师父身边，他担心地看着地上受伤的好友，焦急不已。

"原来如此，"千魔女面对大规模的围剿，却冷静了下来，她冷笑一声，对火海中的萧

子瑜道："傻孩子，你们被天门宗当诱饵竟不自知。"

萧子瑜立即为师父正名："我是自愿的。"

"我说的不是你，"千魔女的声音不大，却足够让所有人听见，"最初的诱饵应是花浅，我就奇怪，为何处死个罪大恶极的小学徒还要私下审讯，拖拖拉拉那么久。你们将处刑时间定在七日后，放任萧子瑜这群蠢货调查刑堂，找线索相救，是为了逼我露出马脚吧？"

周长老沉吟片刻，承认道："对，从动乱之夜开始，我们就不认为花浅是凶手，动乱之夜的情况实在可疑，杀人之事也做得太明显，看着就像故意让大家认为是花浅动手似的。"

千魔女再问："你们认为花浅是我的目标，如果刑部有动静，必有行动。若萧子瑜他们实在太蠢，没办法混入刑堂或者找到有威胁的线索，便安排人放出风声。更有甚者，让岳无瑕什么的来个劫狱，引我再次下手，露出马脚吧？"

周长老再次承认："是。"

千魔女笑道："可怜的小姑娘，清白无辜，被你们当作诱饵，受了那么多活罪。"

"我们无法找到你的踪迹，只好出此下策，"周长老面无表情道，"事后自有补偿。"

岳无瑕忍不住高声叫道："师父！这样的行动，是否太过分了？花浅师妹是女孩子，若是伤了肌肤怎么嫁出去？"绛羽在他腰间低声抱怨："吵什么？嫁不出去你想负责吗？"岳无瑕闹了个大红脸。

萧子瑜听得目瞪口呆，他无法忍受这样的安排："太过分了！浅浅受了那么多苦，太可怜了。"

周长老没察觉徒弟的情绪，解释道："不逼真如何引毒蛇出洞？严先生下手有分寸，吴先生鹤舞治疗有奇效，顶多受些皮肉之苦，身为灵法师，若这点委屈和苦楚都受不得，如何成大器？花浅很识大体，前途无可限量。"

因为担心萧子瑜，跟着众人出来的老糊涂，在众人的附和声中，若有若无地冷冷哼了一声："狗屁。"

周长老不愿和他纠缠，逼问道："千魔女，你要杀花浅和萧子瑜，是否因为他们察觉了你的真面目，而且花浅找到了你伪装的线索？"

"是你奶奶个熊！"千魔女用极妩媚的声音，调情般的语气，骂了句粗鲁的话，红色长鞭再次幻化出淡淡的香气，向众人席卷而来，试图突围而出。胡先生的小白立即跳下，口吐狐焰，汹涌卷向荒原，众灵法师各展奇才，将不大的地方堵了个严严实实。周长老祭出墨言，要用这魔女的人头，为天门宗死去的徒弟们血祭。

千魔女再强，也无法从众多高手中突围。

她一边眼睁睁地看着吴先生救走了蓝锦年，老糊涂安慰着萧子瑜，一边苦苦支撑，步

步被逼向月亮湖边。忽然，她笑了，手中掏出一张小小的淡黄色符咒，朝众人扬了扬："小子瑜，谢谢你。"

萧子瑜看见符咒的模样，大惊，朝怀里掏去，却发现自己藏在身上的臭雾符，不知什么时候少了一张。

千魔女顺手丢出臭雾符。

浓浓雾气将周围包裹，将靠近的几个灵法师呛得直打喷嚏。

周长老鄙夷她的小手段："无聊。"

墨言腾空，化作无数长剑，迅速飞转，扇起旋风，瞬间将臭雾驱散。

雾气散尽，湖水泛起阵阵涟漪，千魔女已消失踪迹。

【贰】

"她跳水跑了！"

空中的灵法师阵阵惊愕，迅速移动，纷纷要入水寻找千魔女的下落。

"别上当！别乱！"萧子瑜高声大叫，"她会易容！她想趁你们寻找的时候，趁乱逃跑！"

千魔女就在身边，她化成了另一个人。

众人面面相觑，臭雾范围较大，当时靠近千魔女身边的灵法师是谁已经无法确定，他们不能判定身边的战友是不是敌人，也无法确定朋友会不会忽然给自己一刀。谁也无法信任，谁也不信任自己。

大家的情绪有些慌乱。

萧子瑜急坏了："派个人下水救人！她定是把伪装的对象丢到水里了！"

天门宗位于深山，擅长飞翔的灵法师很多，熟悉水性的却极少，大部分金属法器也无法游泳，七嘴八舌讨论许久，最终是小白在主人的逼迫下，含泪跳进湖里，用不甚熟练的狗刨努力往下钻，试图将沉入水底的人拖出来。

月亮湖很深。

千魔女将受害者身上绑了石块之类的重物才丢进湖里，沉得很快。

小白呛了数次水，眼泪汪汪地朝主人宣告失败，摇着尾巴，死活不肯再下去了。

或许，可以派人去找熟悉水性的人来捞人。

可是，在场谁都有可能是千魔女，该派谁去？来得及吗？

大家努力地思考当时离月亮湖最近的灵法师是谁，七嘴八舌吵了半晌，将绝对没嫌疑的灵法师一一排除，剩下的仍有二十余人，他们异口同声地说自己不是冒牌货，千魔女混迹

天门宗有些日子，有思考过退路，对部分灵法师的行为举止了如指掌，一时半会也无法分辨真假，也不可能将那么多人都拖去审讯。

场面陷入僵着。

"咩——"

"要帮忙吗？"

忽然，长长的羊叫响起，胖子得瑟地抱着小咩，悠悠闲闲地乘着纸鸢飞来。

周长老问："他怎么会来？"

岳无瑕举手："他本就在附近凑热闹，是我叫他来的……"

虽然胖子的到来有些不合规矩，却解了焦头烂额之急。胖子回忆前些日子大家痛斥小咩无能的情景，今日神采焕发，摆足了架子。先是向师父请安，然后狠狠抛给湿漉漉的游泳废物小白两个白眼，直到众人再三请小咩出手，方让将小咩从怀中放下，让它摇摇晃晃地走到每个嫌疑人身边，问同样的话："你是千魔女吗？"

"不是！"

"不是！"

"不是！"

一声声回答，或温柔，或坚决，或恼怒……

小咩嗅嗅气味，迈开小短腿，慢悠悠地从他们身边走过。

"不是。"

忽然，它停在了张先生面前，张先生是灵器师，辅助为主，性格没什么特色，也不喜张扬，是个普通得不能再普通的灵法师。紧接着，小咩疯狂暴怒起来，它用独角狠狠一头顶向张先生怀里。这是獬豸的本能，它们能辨忠奸，憎恨谎言，会不惜一切代价杀死在它们面前撒谎的人。虽然小咩力量很弱，无法杀人，但它依旧会做出攻击举动。

胖子见状，立即将小咩拖开。

独角山羊的四只蹄子仍愤怒地挥舞不停。

"真无聊，"张先生做出和他外表完全不同的女性举止，紧接着渐渐幻化回千魔女的模样，抱怨道，"我还以为可以拖久些呢。"

周长老脸色骤变，没有迟疑，墨言如暴雨般卷向千魔女。

千魔女毫不犹豫地向月亮湖跳去。

月亮湖中，忽然起了波澜，巨大浪花打过，有蛇首龟背虎身鹰翅的妖魔浮出水面，它的名字叫丘虎，千魔女站在丘虎背上，笑得花枝乱颤，她再次朝萧子瑜抛了个媚眼："早就觉得事情不会那么顺利，你们天门宗有埋伏，难道我们魔宗就没有？小子瑜，拖时间这一手，

我还是和你现学的呢，你看姐姐学得好吗？"

丘虎发出一声惊天动地的咆哮。

四周响起了各种各样的野兽咆哮声。

滚滚狂风卷过，无数妖魔和魔宗之人，从四面八方围来，将天门宗众人围在中间。为首的黑色纸鸢上站着个弯腰驼背的瘦削老者，她穿着黑色长袍，脸上带着诡异的金属面具，干枯的手如鸡爪般难看，挂着根黑色蛇杖，蛇杖顶端有颗小小的暗红色宝石，在闪烁着魔性的光辉。

鬼娘，隐居的魔宗之主，竟为了千魔女离开了巢穴。

千魔女惊喜道："干娘！"

面具后的人看不出任何表情："做好你的事情。"

魔宗好手纷纷汇聚，人数比天门宗多上数倍。

这样的阵容，就算强如周长老也感到难缠。

鬼娘微微抬手，蛇杖底端轻叩纸鸢，黏稠腥臭的毒雾化作三条巨蛇，汹涌而出，所过之处，鲜花凋零，草木枯死，瞬间冲乱了灵法师们包围的阵型。丘虎展翅飞起，千魔女的长鞭随着出手，卷上萧子瑜的腰肢，将他拉上龟背，朝远处飞去。萧子瑜的表情极诡异，极慌乱。

萧子瑜的每个毛孔都在发寒，他的思维还没跟上这瞬息万变的战场局势，甚至被掳的瞬间，他都没有反应过来，脑子里反反复复想的是另一件事——小咩。

小咩判断出千魔女撒的谎，代表千魔女并非永生不救之徒。在萧子瑜的推理中，千魔女是在蚀月魔烧毁蓝锦儿尸体前交换了身份。动乱之夜，大家都认为"沈静"是被私逃的蚀月魔杀死再被焚烧，所以"蓝锦儿"在审讯时在语言上玩了花招，她没有否认自己没杀人，只说自己没有放出蚀月魔。小咩判断"蓝锦儿"没有撒谎，代表千魔女没撒谎，她杀了人却没有放出蚀月魔。

蚀月魔是怎么出来的？为何那么听话地协助千魔女对蓝锦儿毁尸灭迹？

除了魔宗高手，还有谁能操控蚀月魔这种高阶妖魔？

莫非，杀死蓝锦儿和放出蚀月魔的是不同的人？

莫非，天门宗还藏着别的恶魔？

萧子瑜忽然觉得，所有的一切才刚刚开始……

高空的风那么冷，刮在脸上是刺骨的痛。

周长老和鬼娘都是当世一等一的高手，难分高下。

千魔女担心鬼娘，萧子瑜担心朋友，两人各有忧心，一路沉默。

"天门宗不是好地方，姐姐带你走，是要救你性命。"虎丘不知飞了多远。千魔女忽然开口，

似乎想安慰他，"我想杀花浅，不是因为她察觉了我的真面目，而是为了你。"

杀人如麻的女魔头混入名门正派，杀人陷害是为了救他？

萧子瑜气得都要笑了："请问，我和你有什么奇怪的关系？值得你那么青睐，不惜一切代价要'救'我性命吗？"

千魔女欲言又止，支支吾吾道："总有一天你会知道的。"

萧子瑜冷笑道："骗子！就算你有要杀花浅救我的理由，那么沈静呢？她是那么无辜的女孩子，还有蓝锦儿师姐呢，陈铭师兄呢！他们是好人，却为了你莫名其妙要将杀人罪嫁祸给花浅！天门宗是不是好东西，灵法师是不是好东西我不懂，至少魔宗和你，绝不是好东西！你既然与花浅有仇，为何不敢直接对她下手？反而要来这种曲曲折折的方式？！从相见至今，你就没说过一句真话，像你这种撒谎成性的女人说什么救我？谁会信？我萧子瑜宁愿死也不要与仇人为伍！更不稀罕被仇人相救！"

"不，不是的，"千魔女想起鬼娘的嘱咐，试图编个理由让他安定，"其实你是……"

"是什么？"恐怖的气息席卷而来，萧子瑜清澈的双眼渐渐染上琥珀色彩，额头上缓缓浮起黑色魔印，苍琼烙下的印记及时囚禁了少年的灵魂，操纵了他身体。他的表情变得诡异而恐怖，他在笑，笑容里有残忍的颜色，瞳孔里可见的千魔女像个死人。

千魔女浑身战栗，她意识到要马上逃跑，可是已经晚了。

悄无声息，灰色利箭飞来，带着缭绕魔气，贯穿丘虎头颅，它无知无觉地继续飞翔了数十尺方坠落树林。利箭化作巨蛇，缠上萧子瑜的身躯，尾巴勾上枝叶茂密的树丛，然后化作银发男子站在枝干上。

同在树上的是手持短弩的少女，旁边跪着高大独眼的男子。

银发男子小心翼翼地将萧子瑜交给少女，少女检查了他的身体无碍后方将其交回给高大男子照顾。接着她居高临下，像看蝼蚁般看着千魔女，诛天·冰蟒已化作短剑握在手心，带着血的恐怖气息在弥漫，死亡笼罩了整片树林。

飞鸟低头，走兽消声。

没有任何生灵敢在这片恐怖中逃离。

苍琼，带着罪恶出生、踏着鲜血成长的女神，她嗜好杀戮，喜欢用仇人的尸骨来装点自己的宫殿，她从不饶恕任何背叛者和敌人。哪怕变成凡人之躯，也不能改变她的残忍本性。

千魔女浑身发寒，她想起在岐城少女曾对她说过的预言。

——"你的四肢会离开你的身躯，血泊中，你无力反抗，将眼睁睁地看着自己引以为傲的容貌被毁坏，然后带着后悔的血泪，哀求仇人砍下你的头颅。"

千魔女奋起最后一口气，用平生最快的速度试图逃走。

诛天身上毒蛇般的魔气缠住了她的腿，紧接着，她的双腿落在地上，快得仿佛什么都没发生过。她忘了疼痛，忘了哭泣，毫无自觉地用双手往前爬，只想离开这片恐怖树林，离开她身边。

少女在后面，慢慢地一步步走了上来。

百媚发出诱惑的红光，想为主人奋力一拼，却被残忍地碾成两段。

她饶有趣味地看这位曾经美丽的女人在血泊中做无用的挣扎，忽然开口道："只要你回答我一个问题，我便饶你一条命。"

千魔女眼里流露出微弱的希望光芒。

花浅弯下腰，轻轻问："为什么你不杀萧子瑜？"

千魔女愣住了，过了好久才说："我不明白。"

"为什么不杀萧子瑜？"花浅再重复了一次问题，声音很温柔，仿佛在考虑什么有趣的事情般，"你这小小蝼蚁在天门宗瞒住了我那么久，有无数杀死萧子瑜的机会，为什么不动手？萧子瑜的存在对凡人没有任何意义，背叛的魔宗不应让我有任何回到魔界的机会，否则你们将死无葬身之地。"

千魔女沉默了。

花浅朝她伸出手，硬生生按住她的头颅，无数毒蛇般的黑色魔气将她包裹缠绕，每次触碰都有被火焰灼烧过的痛楚。双手再次落地，千魔女忍不住尖叫起来："我说，我说！"魔焰稍息，她喘了口气，气若游丝地开口，声音弱小，急促而模糊，"魔宗不杀萧子瑜，是为了……"

花浅俯下身去。

"为了让你这残忍的女人落入比地狱更恐怖的黑暗，你将失去引以为傲的力量，失去权力，失去所有一切，像只可怜的丧家狗，被囚禁至海枯石烂，世界荒芜之日，这是我给你的预言，我的灵魂将在地狱的最深处看着这一切的到来，哈哈哈——"

花浅狠狠一把掐住她的喉咙，将她整个人提起，数道魔气往她脑子钻去，要强行读取记忆。千魔女朝她狠狠吐了口黑色口水，却被侧头避开，她嘲弄地说："你的预言并没有实现，我也没有死在你手上……"因为断成两截的赤练·百媚，用最后的气力死死咬住主人的大腿，僵硬着死去。剧烈的毒素瞬间传遍全身，没有人可以阻止死亡的到来，哪怕神灵也不行。

千魔女死了，她留下的话宛如庞大的阴影。

冰蟒不安地问："主人，怎么办？"

"从前，我们一无所有，在尸骨堆里活了下来，在地狱火海里也活了下来，那么多别人

眼里必死的绝境我们都闯了过去，还有什么值得害怕呢？"花浅甩干手上血迹，从傀儡般的严先生手中接过萧子瑜，小心翼翼地将他抱在怀里，放在臂弯中，轻轻替他拭去身上的污迹，温柔地看着他，仿佛看着最珍贵的宝贝，"只要有你在身边，我永远不会绝望。"

夜幕降临，黑暗中有来自地狱的花。

染满鲜血，妖异美丽。

请跪拜在她的裙角，匍匐于她的脚下。

唱着永不停歇的歌谣。

赞美苍琼。

后记

曾经看过一个有趣的科学调查，如果世界没有黑暗怎么办？

结论是生态会陷入崩溃，人类会走向灭亡。

也曾思考过，如果人类没有贪、嗔、痴三魔如何，或许人类的历史便停留在原始社会，再不会进展。欲望之魔是把双刃剑，因为贪心，因为愤怒，因为痴迷，人类拼命去争夺，去抢，不停破坏重建，然后发明创造，经过一场又一场的战争，从原始社会到奴隶社会，再从奴隶社会到封建社会……

我们很讨厌罪恶，讨厌一切残忍和不道德的东西，可是我们无法离开黑暗，只能用善良、正直、规矩、法律、道德做囚笼来约束这头猛兽。

苍琼由此而生。

很多年前便构思过这个女性形象，她有着毒蛇般美丽的外表，内里却是冰冷的血液，她是黑暗的象征，集中了所有人类的冷酷和残忍，完全不明白什么是道德和善良，只要有欲望便不择手段去夺取，只要讨厌便将所有一切都毁灭。

爱情、亲情、友情在她眼里统统是废物。

她依靠人类的欲望和黑暗而生存，永不灭亡。

她如一头无法战胜的猛兽，所过之处，让人胆战心惊。

怎样才能将这样的恶魔擒住？怎样才能克制她的魔心？

橘子忽然想到，这样一个恐怖的女主角被迫化身成人类女孩，被迫在人类中生存，被迫隐藏自己的真面目，被迫压抑自己的欲望和本性，会不会是很有趣的故事？从不相信感情的她究竟有没有可能和人类发生感情？她的感情又该如何表达？应该会是一种很别扭、很特别的表达方式吧……

故事的延续越想越多，越想越远。

《苍琼》这本书因此而生。

写得过程不怎么顺利，二十多万字，从设定到结尾经历过几次大修。

这本书是我写书历程中最累，修改最多的一本，除了苍琼外的每个重要角色，都接受过两到三次的性格调整和修正，其间将负责此书的小色、格格等编辑折腾得够呛，把负责插画的古戈力也累得不行，成书后还让出版社编辑检查修正了无数次。

呃，这好像是橘子每次后记的例行检讨……

橘子和古戈力作为拖稿双人组，经常抱头痛哭，非常诚恳地互相忏悔。

古戈力："我对不起光姐，呜呜，光姐对我那么好，我还拖稿……"

橘子："我对不起编编，呜呜，编编对我那么好，我还拖稿……"

两人抱头痛哭："我们要检讨啊，这期绝对不拖稿了！"

数日后……

橙小色："你们检讨有屁用啊！！！交稿！交稿！"

橘子点头哈腰："放心，明天，明天保证交……"

格格："等等！她昨天和前天和大前天和大大前天不是都说了明天交吗？！"

橘子猛虎落地："我错了！"

橙小色语重心长："你要治疗拖延症啊，这样对人生没好处的。"

橘子点头如捣蒜："是是是是。"

为了安抚编辑受伤的心灵，为了挽救未来的人生。

橘子痛定思痛，当天便去书店买了本关于治疗拖延症的书籍回来。

第二天。

格格期待："看你似乎通宵了？稿子呢？"

橘子："明天交……"

格格："为什么？为什么欺骗我脆弱的心灵？！给我个完美的理由！"

橘子："我通宵看完两本治疗拖延症的书。"

格格："……"

橘子："治疗很成功噢！我觉得人生受到了启发！"

格格："……"

橘子："我先去睡一觉，明天交稿。"

格格："……"

橘子："明天真的真的真的会交了啦！相信我！"

明日愁来明日愁……

苍琼
女神归来

作者
橘花散里

选题策划
知音动漫图书·新阅坊

封面&彩色插图
古戈力

封面设计
贾志翔

内文版式
贾志翔 余诗立

图片总监
杨小娟

特约编辑
耿　婷 吴玉清

责任发行
苏志英

出版社
长江出版社

总出品
湖北知音动漫有限公司

制作出品
知音动漫图书·新阅坊

官方论坛
http://xsbbs.zymk.cn

平台支持

图书在版编目（CIP）数据

苍琼——女神归来 /橘花散里著.

一武汉：长江出版社，2015.3

ISBN 978-7-5492-3228-4

Ⅰ.①苍… Ⅱ.①橘… Ⅲ.①长篇小说－中国－当代 Ⅳ.①I247.5

中国版本图书馆CIP数据核字（2015）第056859号

苍琼·女神归来/ 橘花散里 著

出　　版	长江出版社	
	（武汉市解放大道1863号）	
出　　品	湖北知音传媒股份有限公司知音动漫有限公司	
	（武汉市东湖路169号）	
发　　行	湖北知音动漫有限公司	
作品企划	知音动漫图书·新阅坊	
出 版 人	别道玉	
责任编辑	陈　辉　张艳艳	
特约编辑	耿　婷　吴玉清	
装帧设计	贾志翔　余诗立	
印　　刷	湖北知音印务有限公司	
版　　次	2015年3月第1版	
印　　次	2015年6月第1次印刷	
开　　本	710mm×1120mm　1/16	
印　　张	21.5	
字　　数	280千字	
书　　号	ISBN 978-7-5492-3228-4	
定　　价	32.00元	